疆阅典藏

敖包

图书在版编目（CIP）数据

爱情敖包：蒙古文 / 加斯那·巴依斯哈著 .—乌鲁木齐：新疆人民出版社，2020.12（2024.7 重印）
ISBN 978-7-228-20488-5

Ⅰ.①爱… Ⅱ.①加… Ⅲ.①短篇小说—小说集—中国—当代—蒙古语（中国少数民族语言） Ⅳ.I247.7

中国版本图书馆 CIP 数据核字（2020）第 241196 号

爱情敖包（蒙古文）
AIQING AOBAO

出 版 人	李翠玲		
责任编辑	敖其尔巴图	装帧设计	陈 飞 刘堪海
责任校对	朝克图	责任技术编辑	马凌珊

出版发行	新疆人民出版社
地　　址	乌鲁木齐市解放南路 348 号
邮　　编	830001
电　　话	0991-2825887（W 总编室） 0991-2837939（营销发行部）
印　　刷	新疆新华印务有限责任公司

开　　本	880mm × 1230mm 1/32
印　　张	9.75
字　　数	200 千字
版　　次	2020 年 12 月第 1 版
印　　次	2024 年 7 月第 2 次印刷
定　　价	38.00 元

ᠭᠠᠷᠴᠠᠭ

ᠭᠠᠷᠴᠠᠭ

ᠤᠳᠤᠷᠢᠳᠤᠯᠭ᠎ᠠ

ᠮᠣᠩᠭᠣᠯᠴᠤᠳ ᠪᠣᠯᠪᠠᠰᠤ ᠮᠣᠩᠭᠣᠯ ᠤᠨ ᠪᠢᠴᠢᠭ᠌ ᠦᠨ ᠰᠤᠶᠯ ᠤᠨ ᠦᠪ ᠢ ᠰᠠᠶᠢᠨ ᠪᠣᠯ ᠭᠡᠵᠦ ᠃ ᠰᠤᠷᠭᠠᠭᠤᠯᠢ ᠶᠢᠨ ᠪᠠᠶᠢᠨ᠎ᠠ ᠃

ᠨᠢᠭᠡ

ᠲᠡᠭᠡᠪᠡᠯ ᠪᠣᠯ ᠮᠣᠩᠭᠣᠯ ᠬᠦᠮᠦᠨ ᠦ ᠰᠤᠷᠭᠠᠯ ᠤᠨ ᠬᠡᠯᠡ ᠪᠢᠴᠢᠭ᠌ ᠦᠨ ᠮᠡᠳᠡᠯᠭᠡ ᠶᠢ ᠪᠠᠶᠢᠭᠤᠯᠬᠤ ᠶᠠᠭᠤᠮ᠎ᠠ ᠃ «ᠦᠬᠡᠷ ᠦᠨ ᠡᠪᠡᠷ ᠤᠨ ᠳᠤᠯᠳᠤ ᠪᠠᠶᠢᠨ᠎ᠠ ᠢ ᠶᠠᠭᠤ……» ᠭᠡᠳᠡᠭ ᠦᠭᠡ ᠪᠣᠯ ᠮᠣᠩᠭᠣᠯ ᠬᠦᠮᠦᠨ ᠦ ᠰᠡᠳᠬᠢᠯ ᠦᠨ ᠪᠠᠶᠢᠳᠠᠯ ᠢ ᠬᠡᠯᠡᠵᠦ ᠪᠠᠶᠢᠨ᠎ᠠ ᠃ «ᠮᠣᠩᠭᠣᠯ ᠬᠦᠮᠦᠨ ᠦ ᠰᠤᠷᠭᠠᠯ ᠦᠨ ᠰᠤᠷᠭᠠᠭᠤᠯᠢ ᠳᠤ ᠬᠦᠷᠲᠡᠯ᠎ᠡ ᠶᠠᠭᠤ ᠪᠤᠢ……» ᠭᠡᠳᠡᠭ ᠦᠭᠡ ᠨᠢ ᠪᠣᠯ ᠬᠦᠮᠦᠨ ᠦ ᠪᠠᠶᠢᠳᠠᠯ ᠢ ᠬᠡᠯᠡᠵᠦ ᠪᠠᠶᠢᠨ᠎ᠠ ᠃ ᠡᠨᠡ ᠪᠣᠯ ᠮᠣᠩᠭᠣᠯ ᠬᠦᠮᠦᠨ ᠦ ᠰᠤᠷᠭᠠᠯ ᠢ ᠬᠡᠯᠡᠵᠦ ᠪᠠᠶᠢᠨ᠎ᠠ ᠃ «ᠨᠢᠭᠡ ᠰᠠᠶᠢᠨ ᠪᠠᠶᠢᠳᠠᠯ ᠢ ᠬᠡᠯᠡᠵᠦ……» ᠦᠭᠡ ᠶᠢᠨ ᠮᠡᠳᠡᠯᠭᠡ ᠶᠢ ᠪᠠᠶᠢᠭᠤᠯᠬᠤ ᠪᠣᠯᠪᠠᠰᠤ ᠶᠠᠭᠤ ᠪᠤᠢ ? ᠃

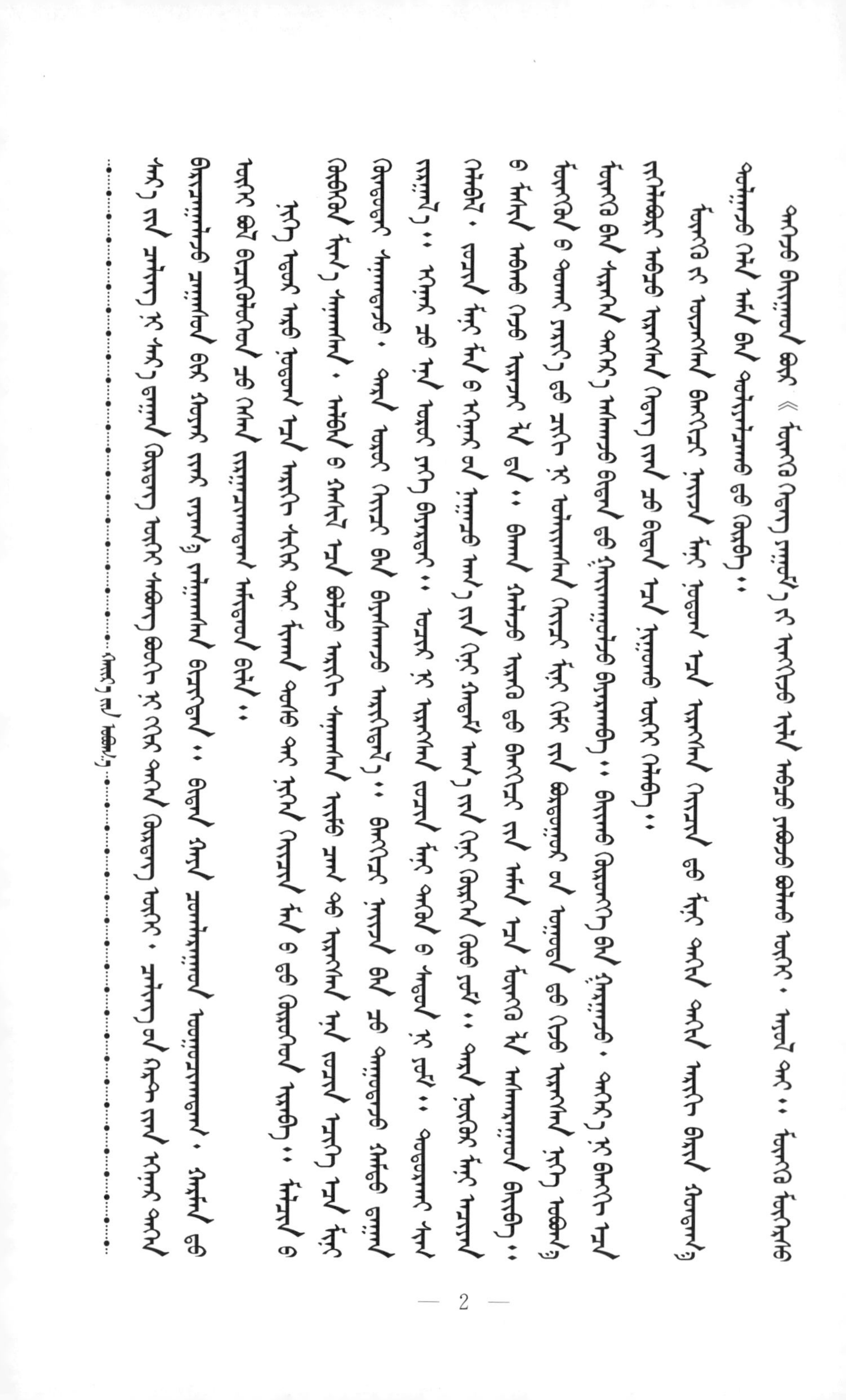

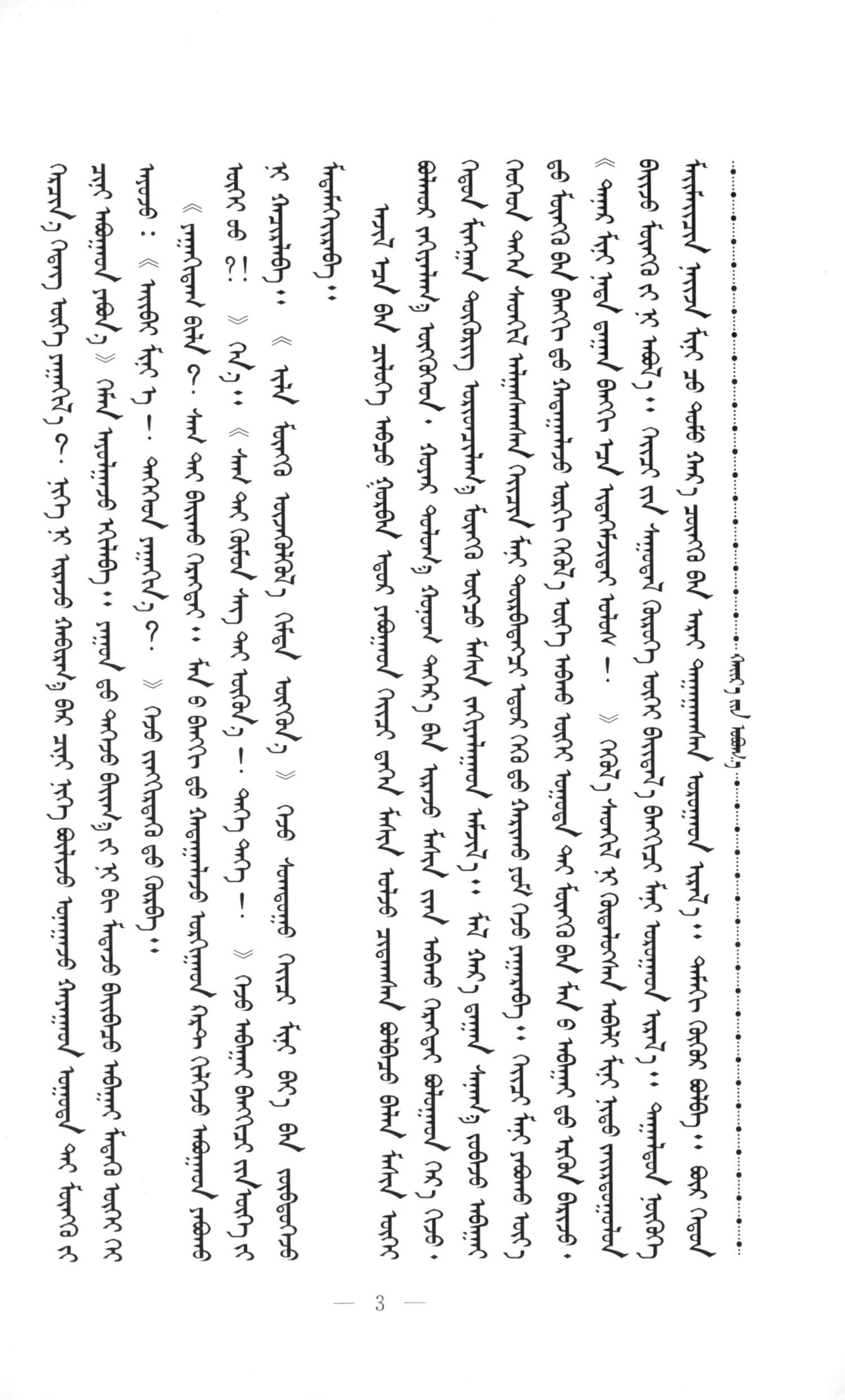

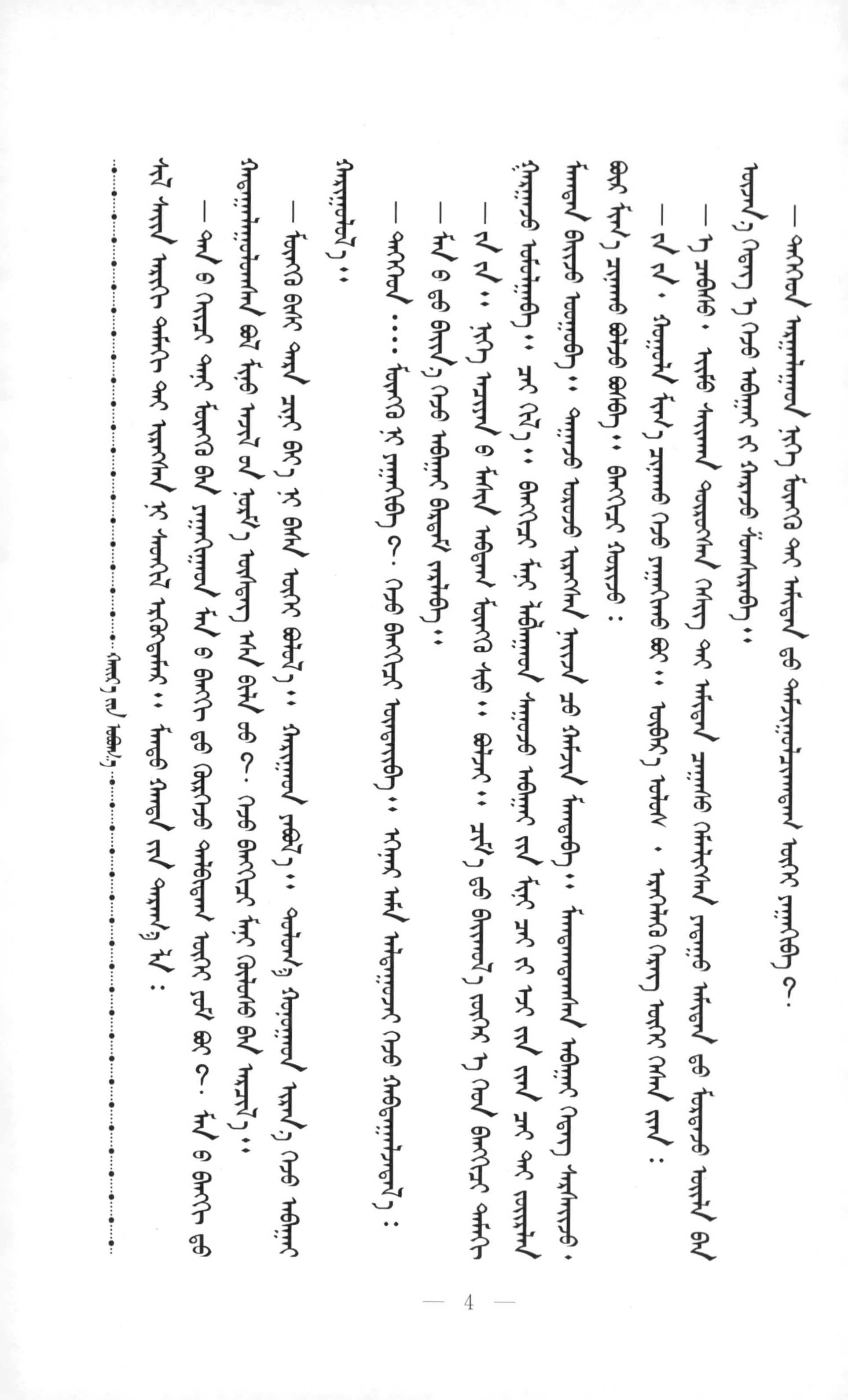

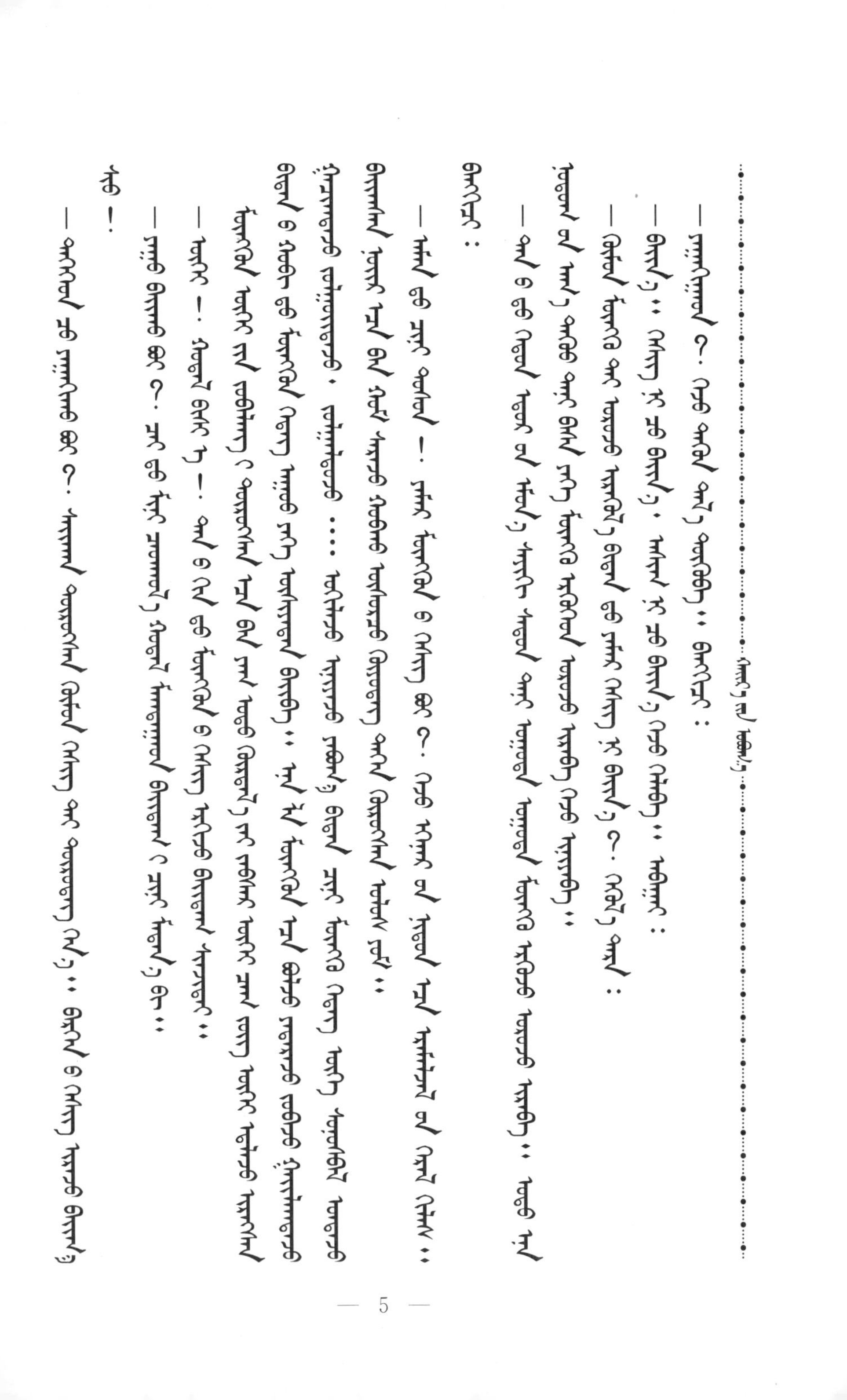

— ᠲᠡᠭᠦᠨ ᠢ .... ᠭᠡᠳᠡᠭ ᠪᠣᠯ ᠮᠠᠨ ᠤ ᠰᠤᠷᠭᠠᠭᠤᠯᠢ ᠳᠤ ᠰᠠᠢᠬᠠᠨ ᠪᠠᠢᠨ᠎ᠠ :

— ᠡᠨᠡ ᠬᠠᠷᠠ ᠰᠠᠷᠠ ᠶᠢᠨ ᠡᠳᠦᠷ ᠰᠤᠷᠭᠠᠭᠤᠯᠢ ᠳᠤ ᠪᠠᠭᠰᠢ ᠪᠠᠷ ᠳᠠᠮᠵᠢᠭᠤᠯᠤᠨ ᠦᠵᠡᠭᠦᠯᠦᠯᠴᠡᠬᠦ ᠬᠦᠮᠦᠵᠢᠯ ᠬᠦᠮᠦᠵᠢᠯ ᠦᠨ ᠬᠠᠷᠢᠯᠴᠠᠭ᠎ᠠ ᠬᠠᠯᠠᠭᠤᠨ ᠳᠠᠯᠠᠢ ᠨᠠᠢᠵᠠ ᠶᠢᠨ ᠪᠡᠶ᠎ᠡ ᠳᠦ ᠪᠡᠯᠡᠭᠯᠡᠬᠦ ᠪᠣᠯᠪᠠ ·· ᠡᠨᠡ ᠪᠣᠯ ᠮᠠᠨ ᠤ ᠠᠩᠬᠠᠨ ᠤ ᠨᠠᠢᠵᠠ ᠶᠢᠨ ᠪᠡᠯᠡᠭ — · ᠭᠡᠵᠦ ᠬᠡᠯᠡᠭᠡᠳ ᠮᠢᠨᠢ ᠨᠠᠢᠵᠠ ᠳᠤ ᠪᠡᠯᠡᠭᠯᠡᠪᠡ ·· ᠲᠡ ᠴᠢ · ᠪᠢ ᠴᠢᠮᠠᠢ ᠬᠠᠮᠲᠤ ᠨᠠᠢᠵᠠ ᠪᠣᠯᠵᠠᠢ ·· ᠭᠡᠪᠡ
ᠪᠣᠯᠤᠨ ᠠᠩᠬᠠᠨ ᠤ ᠨᠠᠢᠵᠠ ᠪᠡᠨ ᠰᠠᠨᠠᠭᠰᠠᠨ ᠤᠷᠤᠭᠰᠢ ᠪᠣᠯᠤᠭᠰᠠᠨ ·· ᠮᠢᠨᠢ ᠰᠠᠨᠠᠭ᠎ᠠ ᠶᠢᠨ ᠬᠦᠯᠢᠶᠡᠯᠲᠡ ᠶᠢᠨ ᠴᠢᠬᠤᠯᠠ ᠴᠢᠬᠤᠯᠠ ·· ᠲᠡᠭᠦᠨ ᠢ
ᠰᠤᠷᠭᠠᠭᠤᠯᠢ ·· ᠪᠠᠭᠰᠢ ᠶᠢᠨ ᠪᠡᠯᠡᠭ ᠦᠨ ᠠᠩᠬᠠᠨ ᠤ ᠨᠠᠢᠵᠠ ᠲᠠᠨᠢᠯᠴᠠᠪᠠ :

— ᠲᠡᠭᠦᠨ ᠦ ᠠᠩᠬᠠᠨ ᠤ ᠪᠡᠯᠡᠭ ᠦᠨ ᠢᠶᠡᠷ ᠨᠠᠢᠵᠠ ᠪᠣᠯᠬᠤ ᠶᠢ ᠪᠢ ᠮᠠᠰᠢ ᠪᠠᠶᠠᠷᠯᠠᠵᠤ ᠪᠠᠢᠨ᠎ᠠ ᠭᠡᠪᠡ ::

— ᠲᠡ ᠲᠡ ·· ᠮᠢᠨᠢ ᠠᠩᠬᠠᠨ ᠤ ᠪᠡᠯᠡᠭ ᠢ ᠴᠢ ᠦᠵᠡᠭᠰᠡᠨ ᠦᠦ ?

— ᠡᠭᠦᠨ ᠦ ᠪᠡᠯᠡᠭ — · ᠲᠡᠷᠡ ᠬᠡᠯᠡᠪᠡ ·· ᠮᠢᠨᠢ ᠪᠡᠯᠡᠭ — · ᠲᠡᠷᠡ ᠴᠢ ᠨᠠᠢᠵᠠ ᠨᠠᠢᠵᠠ ᠶᠢᠨ ᠡᠳᠦᠷ ᠠᠩᠬᠠᠨ ᠤ ᠰᠤᠷᠭᠠᠭᠤᠯᠢ ᠳᠤ ᠬᠠᠮᠲᠤ ᠰᠤᠷᠤᠯᠴᠠᠬᠤ ᠪᠣᠯᠤᠨ᠎ᠠ
ᠴᠢ ᠴᠢᠮᠠᠢ ᠶᠢ ᠴᠢ ᠰᠠᠢᠬᠠᠨ ᠰᠣᠨᠣᠰᠴᠤ ᠨᠢᠭᠡ ᠲᠠᠯᠠ ᠨᠠᠢᠵᠠ ᠪᠣᠯᠤᠨ ᠰᠠᠢᠬᠠᠨ ᠬᠠᠷᠢᠯᠴᠠᠬᠤ ᠰᠠᠨᠠᠭ᠎ᠠ ᠪᠠᠢᠨ᠎ᠠ ᠭᠡᠪᠡ ::

— ᠪᠠᠢᠨ᠎ᠠ ᠰᠠᠢᠨ ·· ᠮᠢᠨᠢ ᠠᠩᠬᠠᠨ ᠤ ᠨᠠᠢᠵᠠ ᠮᠢᠨᠢ ᠪᠠᠢᠨ᠎ᠠ ᠰᠠᠢᠨ ·· ᠲᠡᠭᠦᠨ ᠲᠡᠢ

— ᠲᠡᠭᠦᠨ ᠢ ᠲᠡᠭᠦᠨ ᠲᠡᠢ ᠪᠢ ᠨᠢᠭᠡ ᠲᠡᠭᠡ — · ᠲᠡᠷᠡ .... ᠪᠠᠢᠨ᠎ᠠ ᠲᠠᠨᠢᠯᠴᠠᠪᠠ ·· ᠲᠡᠭᠦᠨ ᠲᠡᠢ ᠪᠢ ᠬᠠᠮᠲᠤ ᠰᠤᠷᠤᠯᠴᠠᠨ ᠮᠠᠰᠢ ᠰᠠᠢᠬᠠᠨ ᠨᠠᠢᠵᠠ ᠪᠣᠯᠤᠭᠰᠠᠨ ᠪᠠᠢᠨ᠎ᠠ ᠴᠢ ᠪᠢ
ᠰᠠᠨᠠᠭ᠎ᠠ ᠰᠠᠢᠬᠠᠨ ᠪᠠᠢᠨ᠎ᠠ ᠠᠭᠤ ·· ᠬᠠᠮᠲᠤ ᠶᠢᠨ ᠰᠣᠯᠢᠯᠴᠠᠬᠤ ᠲᠤ ᠪᠦᠬᠦ ᠠᠩᠬᠠᠨ ᠤ ᠪᠡᠯᠡᠭ ᠢ ᠨᠠᠢᠵᠠ ᠪᠠᠢᠯᠭᠠᠬᠤ ᠰᠠᠨᠠᠭ᠎ᠠ ᠰᠣᠨᠣᠰᠴᠤ ᠰᠣᠯᠢᠯᠴᠠᠬᠤ ᠪᠠᠢᠬᠤ ᠪᠡᠷ ᠰᠠᠨᠠᠵᠤ
ᠠᠭᠤ ::

ᠰᠣᠨᠣᠰᠴᠤ ᠰᠣᠯᠢᠯᠴᠠᠭᠤ ::

— ᠬᠠᠷᠢᠯᠴᠠᠨ ᠲᠡᠨ ᠦ ᠰᠣᠨᠢᠷᠬᠠᠯ ᠪᠡᠯᠡᠭᠯᠡᠬᠦ ᠶᠠᠭᠤ ᠪᠤᠢ ?

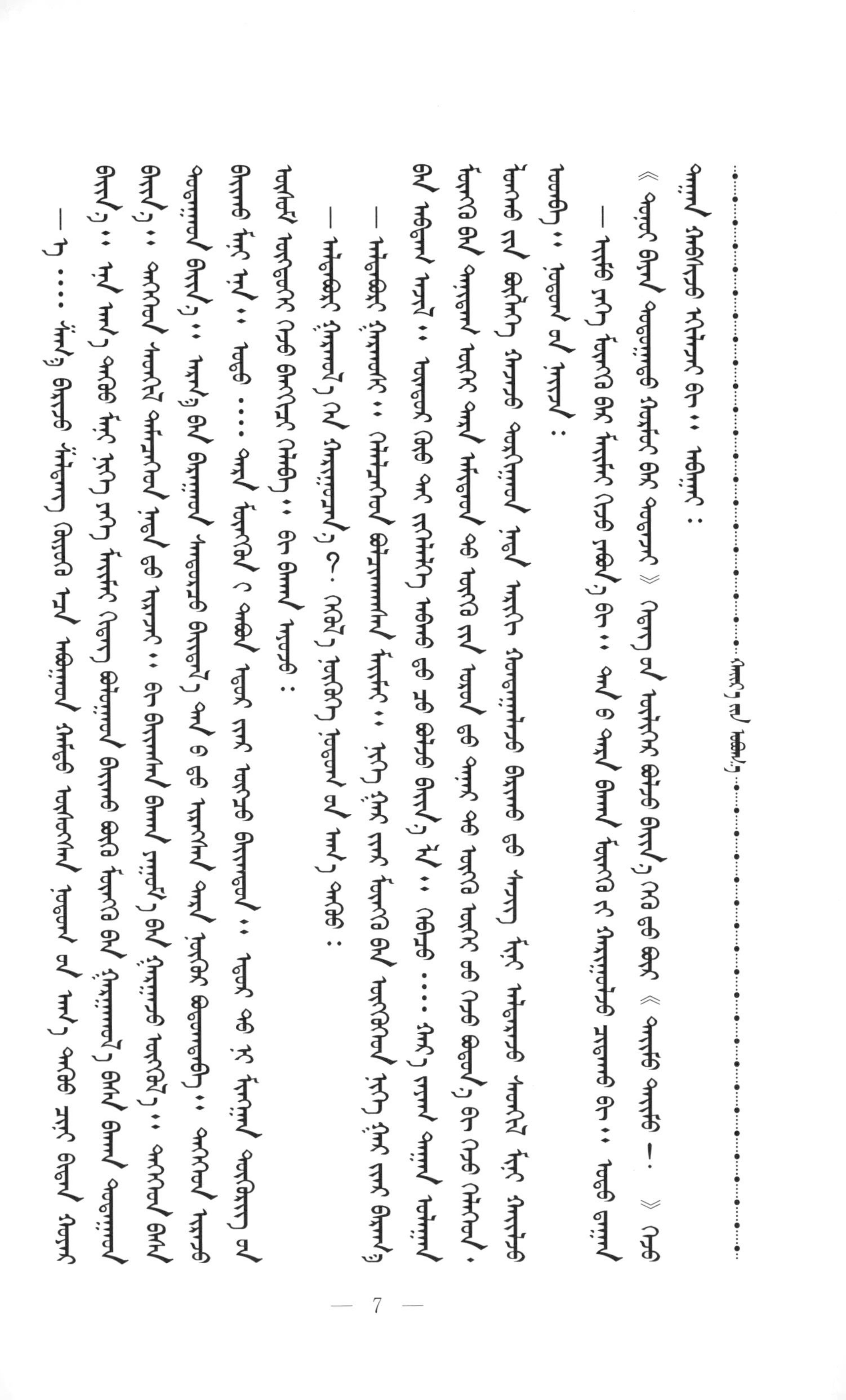

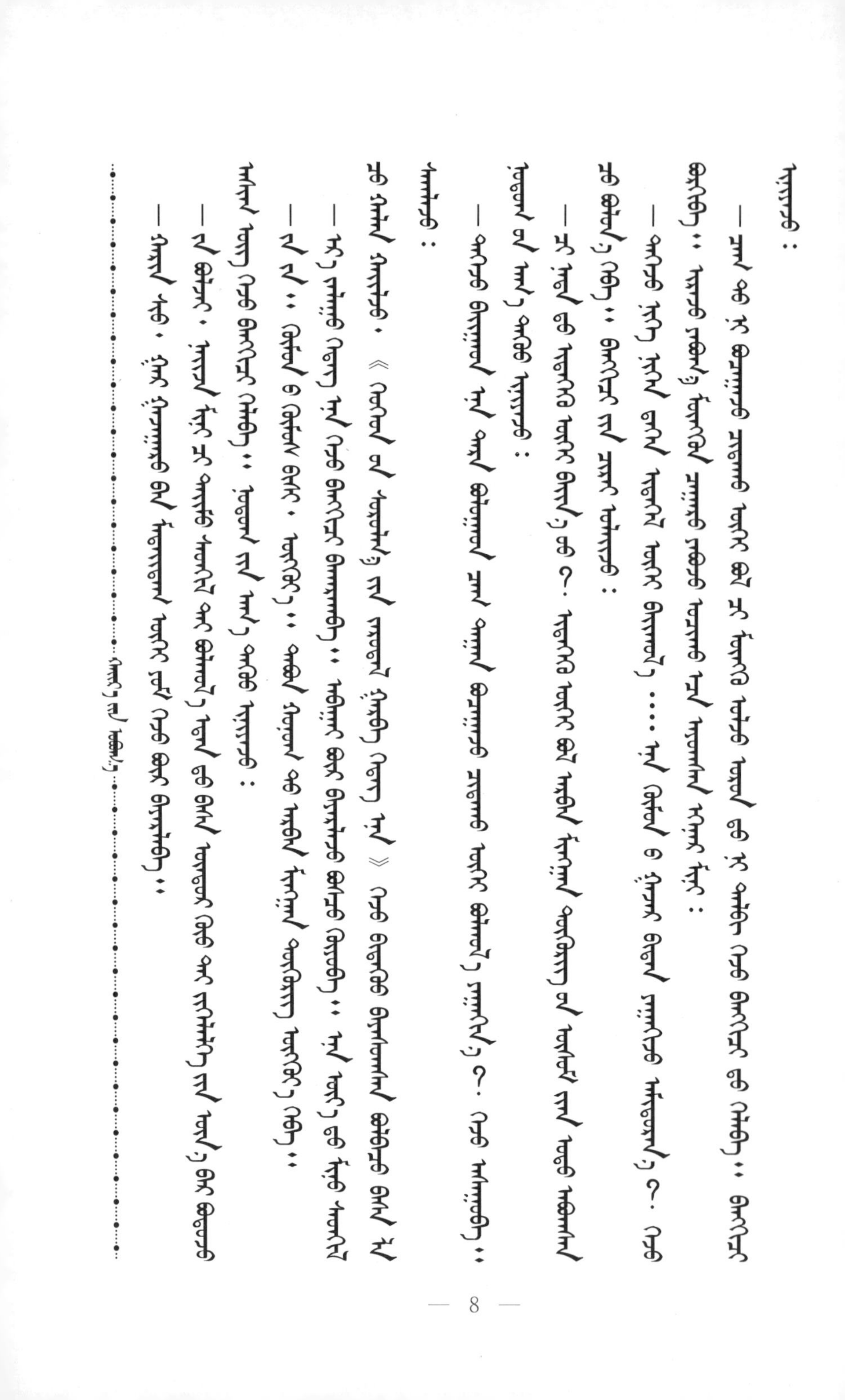

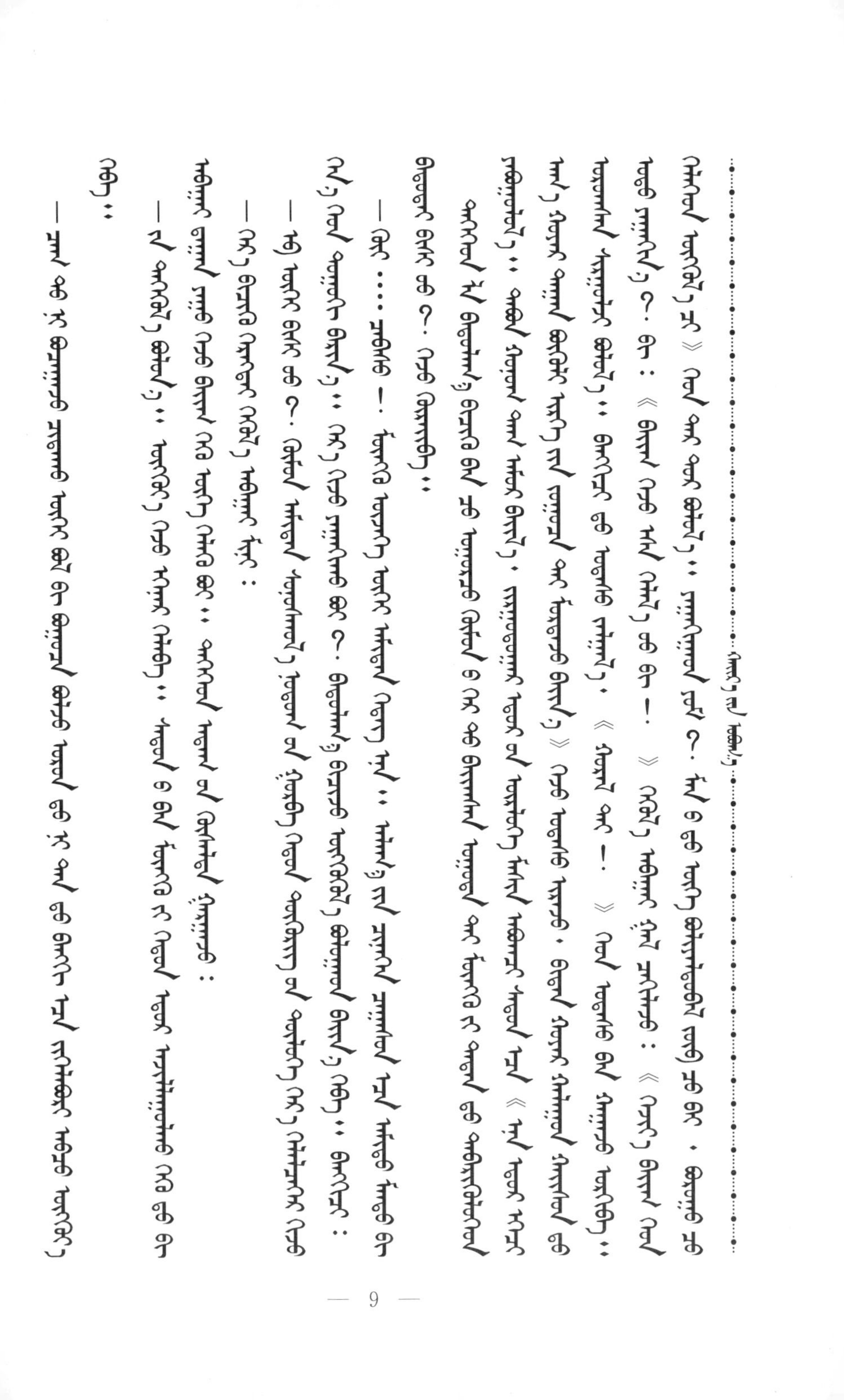

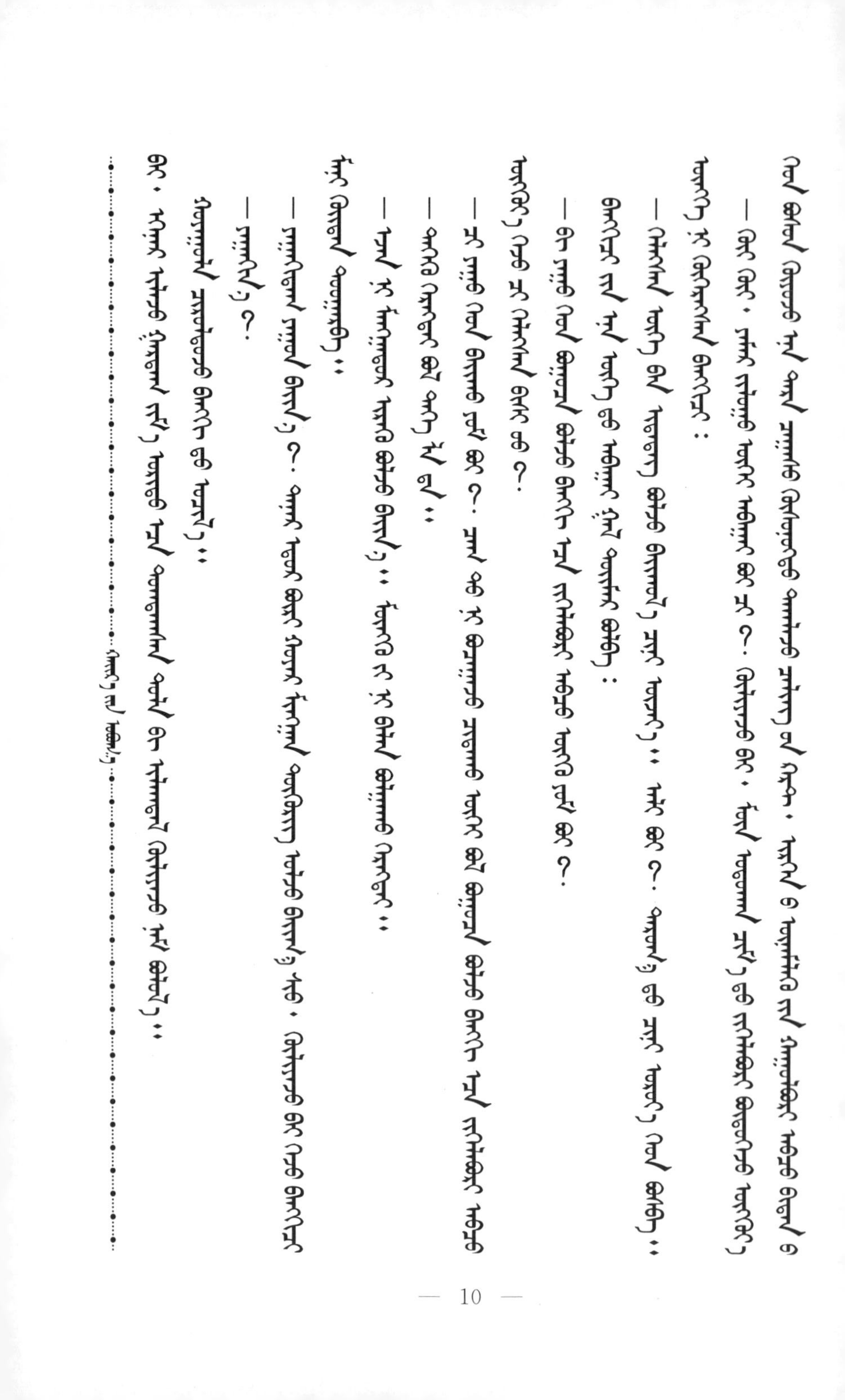

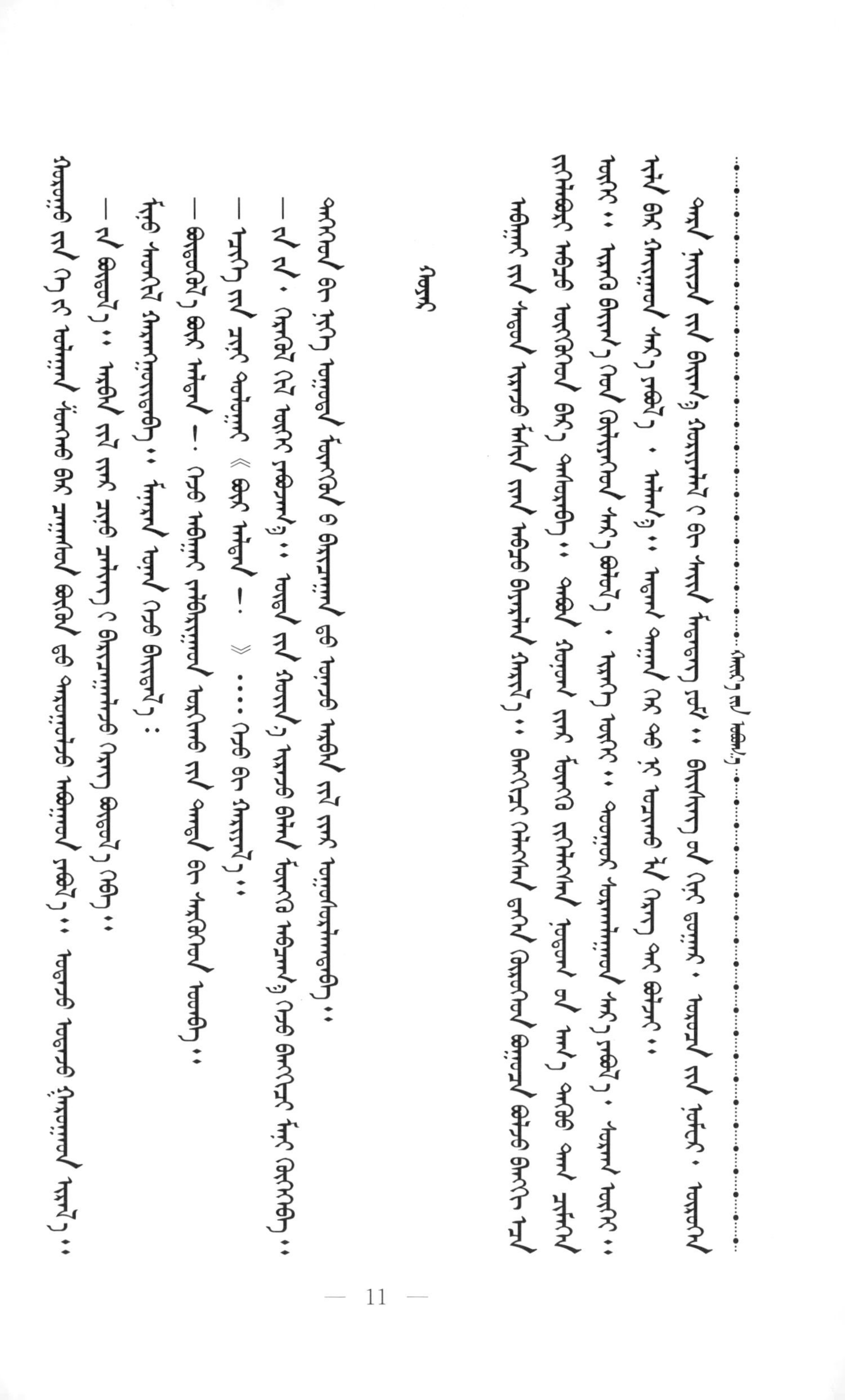

[illegible]

[illegible]

[illegible]

[illegible]

[illegible]

[illegible]

[illegible]

[illegible]

[illegible]

[illegible]

[illegible]

[illegible]

[illegible]

[illegible]

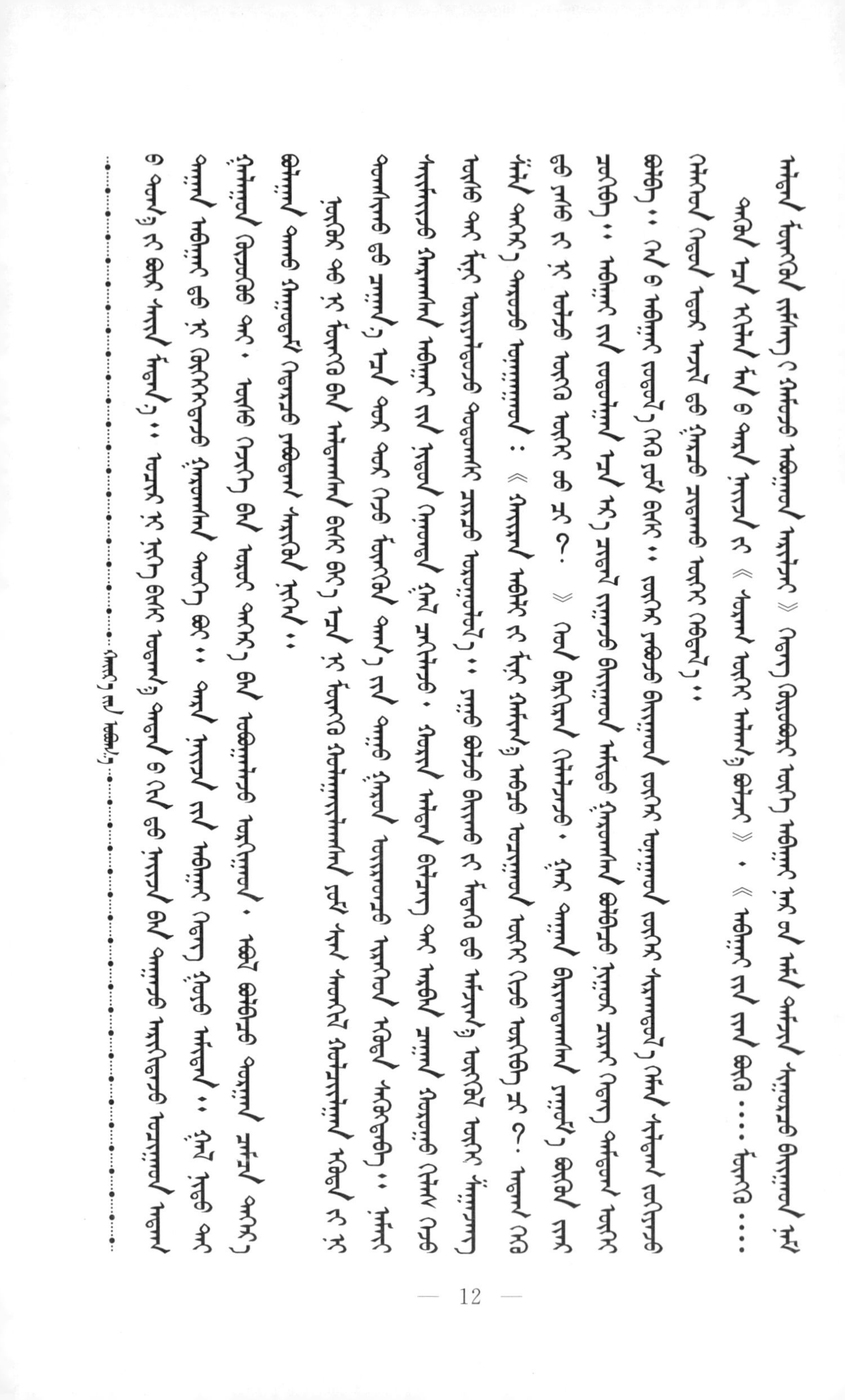

ᠪᠣᠯᠪᠠ :: 《 ᠲᠡᠷᠡ ᠲᠡᠷᠡ ᠶᠠᠭᠤᠨ ᠤ ᠳᠠᠭᠤ ᠪᠤᠢ ᠬᠡᠮᠡᠨ ᠠᠰᠠᠭᠤᠭᠰᠠᠨ 》 ᠭᠡᠵᠦ ᠠᠰᠠᠭᠤᠭᠰᠠᠨ ᠶᠠᠭᠤᠨ ᠪᠣᠯᠪᠠ ᠭᠡᠭᠰᠡᠨ ᠪᠠᠢᠭᠠᠯ ᠢ ᠪᠠᠷᠢᠮᠳᠠᠯᠠᠨ ᠬᠡᠯᠡᠪᠡ᠂

ᠡᠬᠡ ᠮᠢᠨᠢ ᠪᠢᠰᠢᠷᠡᠯ ᠦᠨ ᠡ ? ᠬᠡᠮᠡᠨ ᠠᠰᠠᠭᠤ :: ᠬᠡᠯᠡᠭᠡ

[illegible]

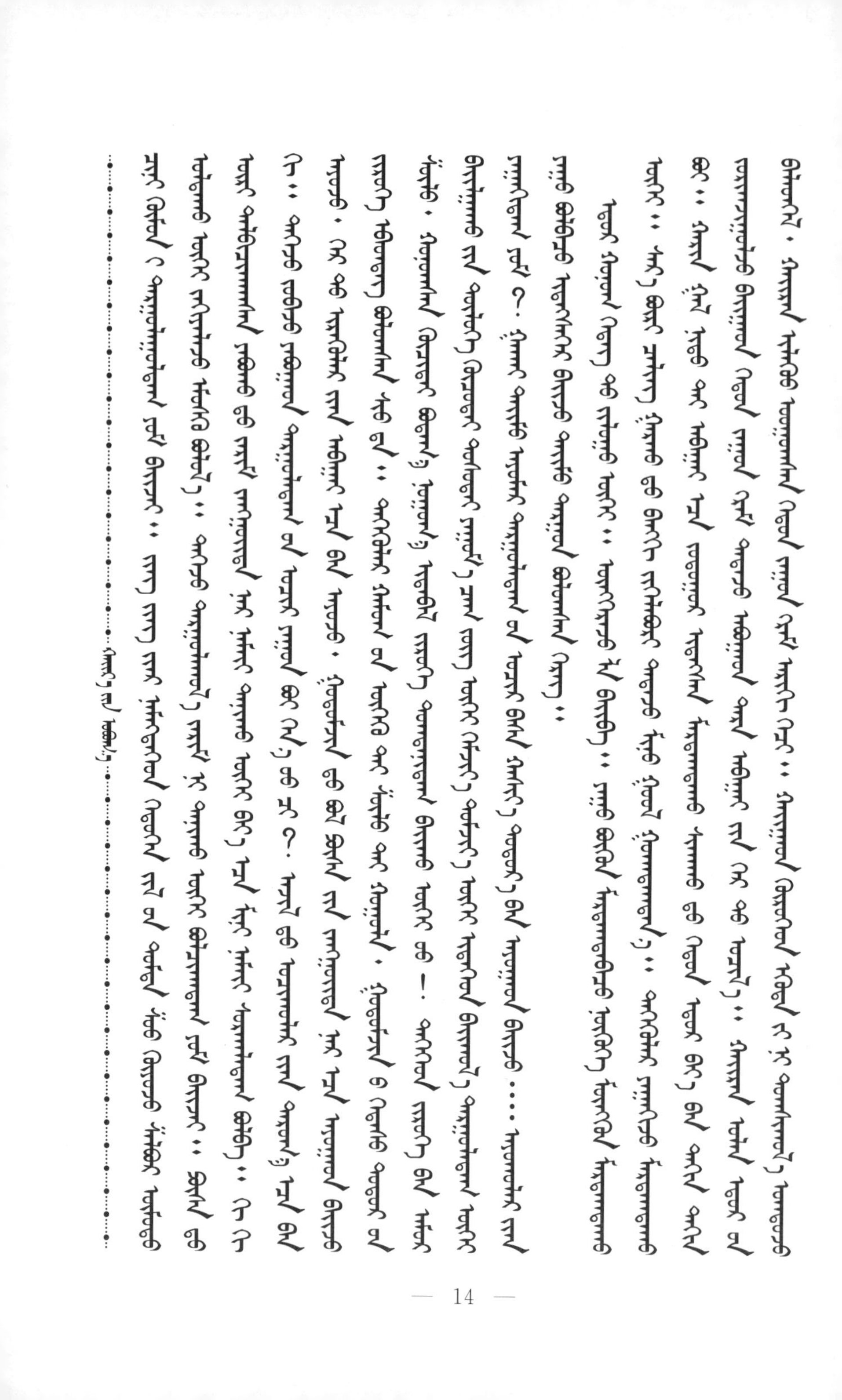

[illegible]

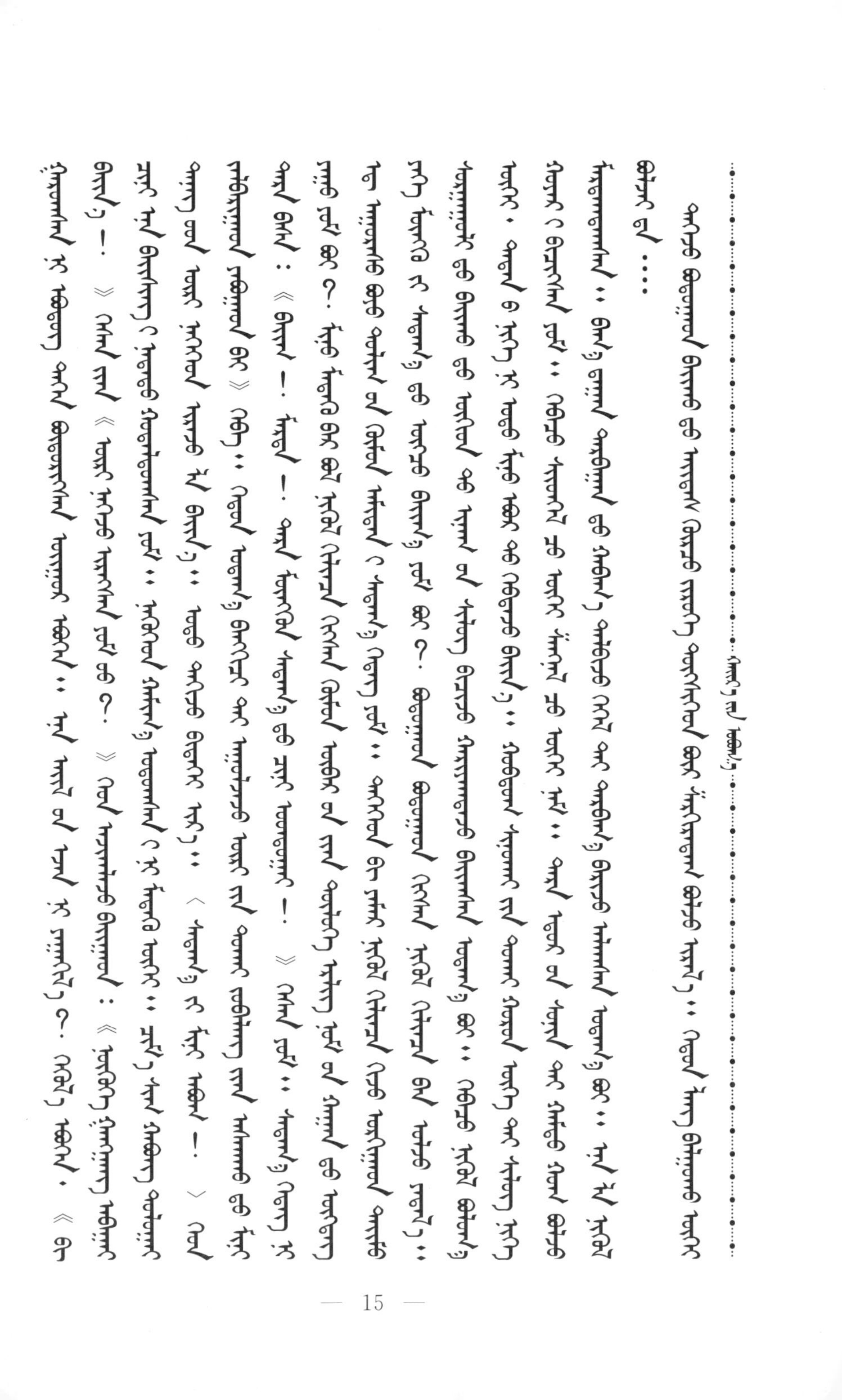

ᠪᠣᠯ ᠬᠠᠷᠢᠭᠤ ᠪᠡᠯᠡᠳᠬᠡᠯ ᠪᠣᠯᠤᠨ᠎ᠠ ::

.... ᠰᠠᠨᠠᠭᠠᠯᠭ᠎ᠠ ᠪᠡᠶᠡᠯᠡᠭᠦᠯᠦᠯ ᠪᠣᠯᠤᠨ ᠬᠦᠮᠦᠨ ᠲᠡᠷᠡ ᠪᠡᠶ᠎ᠡ ᠪᠡᠷ ᠪᠡᠶᠡᠯᠡᠭᠦᠯᠦᠭᠰᠡᠨ ᠨᠢ ᠮᠡᠳᠡᠷᠡᠮᠵᠢ ᠶᠢᠨ ᠬᠡᠮᠵᠢᠶ᠎ᠡ ᠪᠡᠷ ᠲᠤᠬᠠᠢ ᠨᠢ ᠪᠣᠯᠤᠭᠰᠠᠨ ᠮᠡᠳᠡᠷᠡᠮᠵᠢ ᠬᠡᠮᠵᠢᠶ᠎ᠡ ᠲᠠᠢ ᠰᠠᠯᠭᠠᠨ ᠵᠣᠬᠢᠴᠠᠭᠤᠯᠬᠤ ᠬᠡᠷᠡᠭᠲᠡᠢ :: ᠮᠡᠳᠡᠷᠡᠮᠵᠢ ᠶᠢᠨ ᠪᠦᠲᠦᠴᠡ ᠨᠢ ᠪᠡᠶᠡᠯᠡᠭᠦᠯᠦᠭᠰᠡᠨ ᠬᠦᠮᠦᠨ ᠦ ᠣᠶᠤᠨ ᠤ ᠰᠠᠨᠠᠭᠠᠯᠭ᠎ᠠ ᠪᠣᠯᠤᠨ᠎ᠠ :: ᠮᠡᠳᠡᠷᠡᠮᠵᠢ ᠶᠢ ᠪᠣᠯ ᠲᠡᠭᠦᠨ ᠦ ᠬᠡᠯᠡᠯᠴᠡᠬᠦ ᠳᠦ : 《 ᠤᠭᠯᠠᠭᠰᠠᠨ ᠪᠣᠯ ᠬᠡᠯᠡᠭᠰᠡᠨ ᠪᠢᠯᠡ — ! 》 《 ᠬᠡᠯᠡᠭᠡᠳ — ! 》 ᠭᠡᠵᠦ ᠰᠠᠨᠠᠭᠠᠳ ᠪᠣᠯᠤᠨ᠎ᠠ :: (ᠮᠠᠯ ᠤ ᠨᠢ ᠳᠦ ᠰᠠᠨᠠᠭᠰᠠᠨ ᠵᠢᠭᠠᠰᠤ ᠶᠢᠨ ᠵᠢᠷᠤᠭ ᠲᠤ ᠬᠠᠷᠠᠭᠳᠠᠨ᠎ᠠ) :: ᠮᠡᠳᠡᠷᠡᠮᠵᠢ ᠳᠦ ᠶᠢ ᠬᠦᠮᠦᠨ ᠠᠯᠬᠤᠬᠤ ᠳᠡᠭᠡᠷ᠎ᠡ ᠪᠤᠯᠪᠠᠰᠤᠨ ᠮᠡᠳᠡᠷᠡᠮᠵᠢ ᠬᠡᠮᠵᠢᠶ᠎ᠡ ᠦᠨ ᠵᠢᠭᠠᠰᠤᠨ ᠤ ᠰᠡᠳᠬᠢᠯ ᠳᠦ ᠪᠡᠶᠡᠯᠡᠭᠦᠯᠦᠭᠰᠡᠨ ᠪᠣᠯᠤᠨ᠎ᠠ :: ᠮᠠᠯ ᠬᠦᠮᠦᠨ ᠪᠡᠷ ᠬᠠᠷᠢᠴᠠᠭᠤᠯᠵᠤ ᠪᠣᠯᠭᠠᠪᠠᠯ ᠵᠢᠭᠠᠰᠤ ᠳᠤ ᠪᠡᠶᠡᠯᠡᠭᠦᠯᠦᠭᠰᠡᠨ ᠬᠡᠮᠵᠢᠶ᠎ᠡ ᠨᠢ ᠪᠠᠰᠠ ᠵᠢᠭᠠᠰᠤᠨ ᠤ ᠳᠦᠷᠰᠦ ᠪᠣᠯᠤᠨ᠎ᠠ ::

ᠬᠦᠮᠦᠨ ᠲᠡᠷᠡ ᠬᠡᠯᠡᠭᠡᠳ ᠮᠡᠳᠡᠭᠡᠳ ᠮᠡᠳᠡᠷᠡᠮᠵᠢ ᠶᠢᠨ ᠬᠡᠮᠵᠢᠶ᠎ᠡ ᠪᠡᠷ ᠲᠤᠬᠠᠢ ᠶᠢᠨ ᠮᠡᠳᠡᠷᠡᠮᠵᠢ ᠬᠡᠮᠵᠢᠶ᠎ᠡ ᠲᠡᠢ ᠪᠣᠯᠵᠠᠢ :: ᠬᠠᠷᠢᠨ ᠬᠦᠮᠦᠨ ᠦ ᠰᠡᠳᠬᠢᠯ ᠳᠦ ᠶᠠᠭᠤ ᠪᠣᠯᠤᠭᠰᠠᠨ ᠪᠤᠢ ? (ᠮᠠᠯ · ᠬᠦᠮᠦᠨ ᠦ ᠮᠡᠳᠡᠷᠡᠮᠵᠢ ᠶᠢᠨ ᠬᠡᠮᠵᠢᠶ᠎ᠡ ᠪᠡᠷ ᠪᠤᠶᠤ) :: ᠬᠠᠷᠢᠨ ᠬᠦᠮᠦᠨ ᠦ ᠰᠠᠨᠠᠭᠠᠯᠭ᠎ᠠ ᠳᠤ ᠪᠡᠶᠡᠯᠡᠭᠦᠯᠦᠭᠰᠡᠨ ᠨᠢ ᠮᠡᠳᠡᠷᠡᠮᠵᠢ ᠪᠣᠯᠤᠨ᠎ᠠ :: ᠮᠠᠯ ᠤ ᠨᠢ ᠬᠠᠷᠢᠴᠠᠭᠤᠯᠤᠭᠰᠠᠨ ᠮᠡᠳᠡᠷᠡᠮᠵᠢ ᠬᠡᠮᠵᠢᠶ᠎ᠡ ᠪᠡᠷ ᠳᠤ ᠮᠥᠷᠥᠢ ᠰᠠᠨᠠᠭᠠᠯᠭ᠎ᠠ ᠶᠢᠨ ᠬᠡᠮᠵᠢᠶ᠎ᠡ ᠪᠡᠷ ᠪᠣᠯᠤᠨ᠎ᠠ :: ᠮᠡᠳᠡᠷᠡᠮᠵᠢ ᠶᠢᠨ ᠬᠡᠮᠵᠢᠶ᠎ᠡ ᠪᠣᠯᠤᠭᠰᠠᠨ ᠲᠤᠬᠠᠢ ᠨᠢ ᠬᠡᠮᠵᠢᠶ᠎ᠡ ᠪᠡᠨ ᠪᠡᠶᠡᠯᠡᠭᠦᠯᠦᠭᠰᠡᠨ ᠪᠣᠯᠤᠨ᠎ᠠ ::

ᠮᠣᠷᠢ ᠶᠢᠨ ᠬᠡᠮᠵᠢᠶ᠎ᠡ ᠪᠡᠷ ᠮᠠᠯ ᠤᠨ ᠮᠡᠳᠡᠷᠡᠮᠵᠢ ᠪᠡᠶᠡᠯᠡᠭᠦᠯᠦᠭᠰᠡᠨ ᠨᠢ ᠪᠣᠯᠤᠨ᠎ᠠ ::

《 ᠲᠠ ᠴᠢᠨ ᠬᠡᠳᠦᠨ ᠬᠣᠨᠤᠭ ᠪᠠᠷ ᠢᠷᠡᠭᠰᠡᠨ ᠶᠢ ᠵᠢᠭᠠᠰᠤ ᠶᠢ ᠮᠡᠳᠡᠭᠰᠡᠨ ᠴᠢᠨ ᠡᠭᠦᠨ ᠬᠠᠮᠤᠭ ᠮᠡᠳᠡᠷᠡᠮᠵᠢ ᠶᠢᠨ ᠬᠡᠮᠵᠢᠶ᠎ᠡ ᠪᠡᠷ ᠪᠣᠯᠤᠭᠰᠠᠨ ᠪᠣᠯᠤᠨ᠎ᠠ ᠪᠢᠯᠡ

ᠪᠣᠯᠵᠣᠭᠠᠨ ᠬᠡᠳᠦᠨ ᠰᠠᠷ᠎ᠠ ᠶᠢᠨ ᠳᠠᠷᠠᠭ᠎ᠠ ᠳᠤ ᠵᠢᠭᠠᠰᠤᠨ 〈 ᠮᠡᠯᠡᠬᠡᠢ 〉 ᠪᠣᠯᠤᠭᠰᠠᠨ ᠤᠤ 》 ᠭᠡᠵᠦ ᠵᠢᠭᠠᠰᠤ ᠬᠡᠯᠡᠭᠡᠳ ᠤᠭᠤᠯᠵᠠᠭᠰᠠᠨ ᠮᠡᠯᠡᠬᠡᠢ ᠪᠡᠨ ᠠᠰᠠᠭᠤᠪᠠ

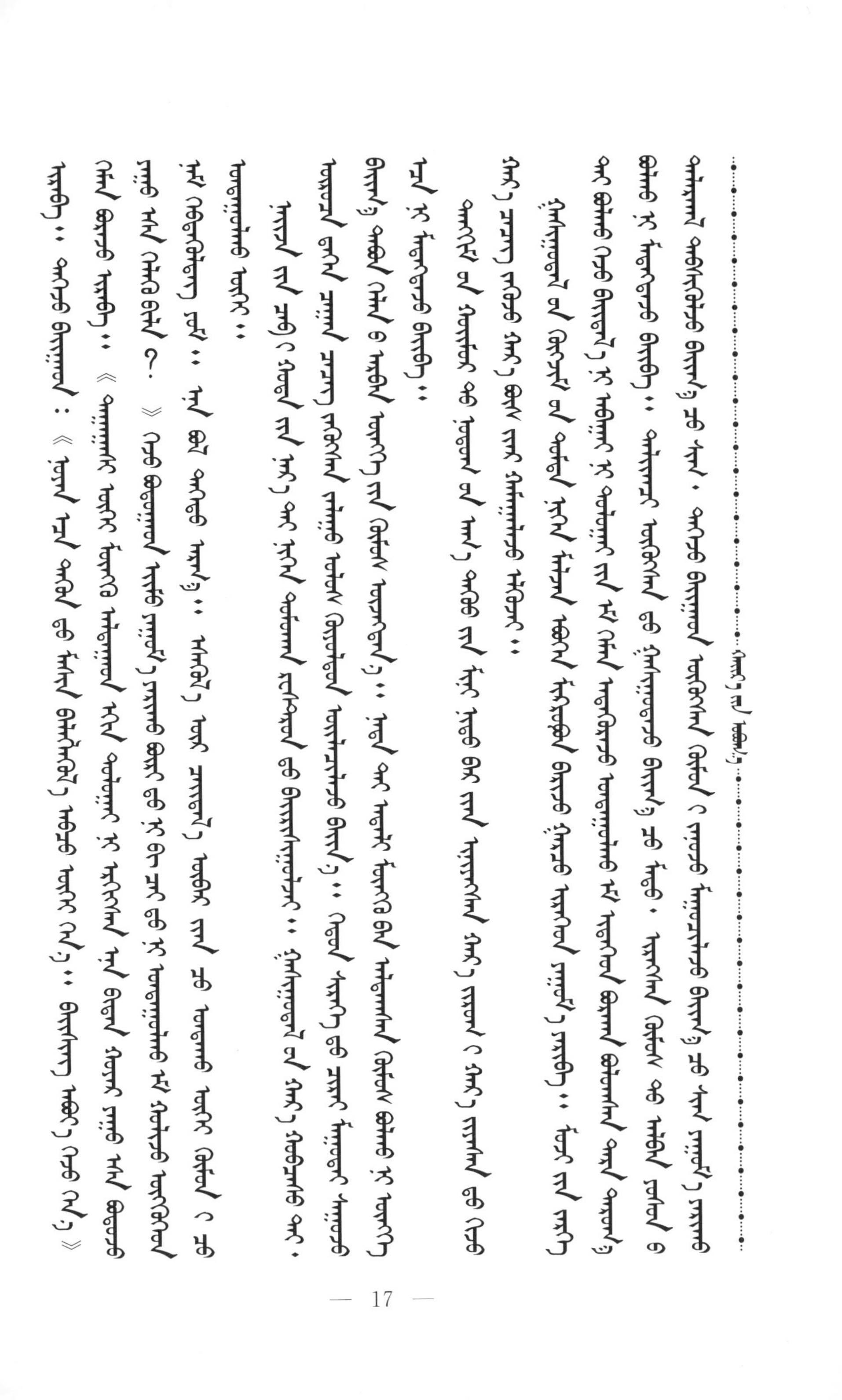

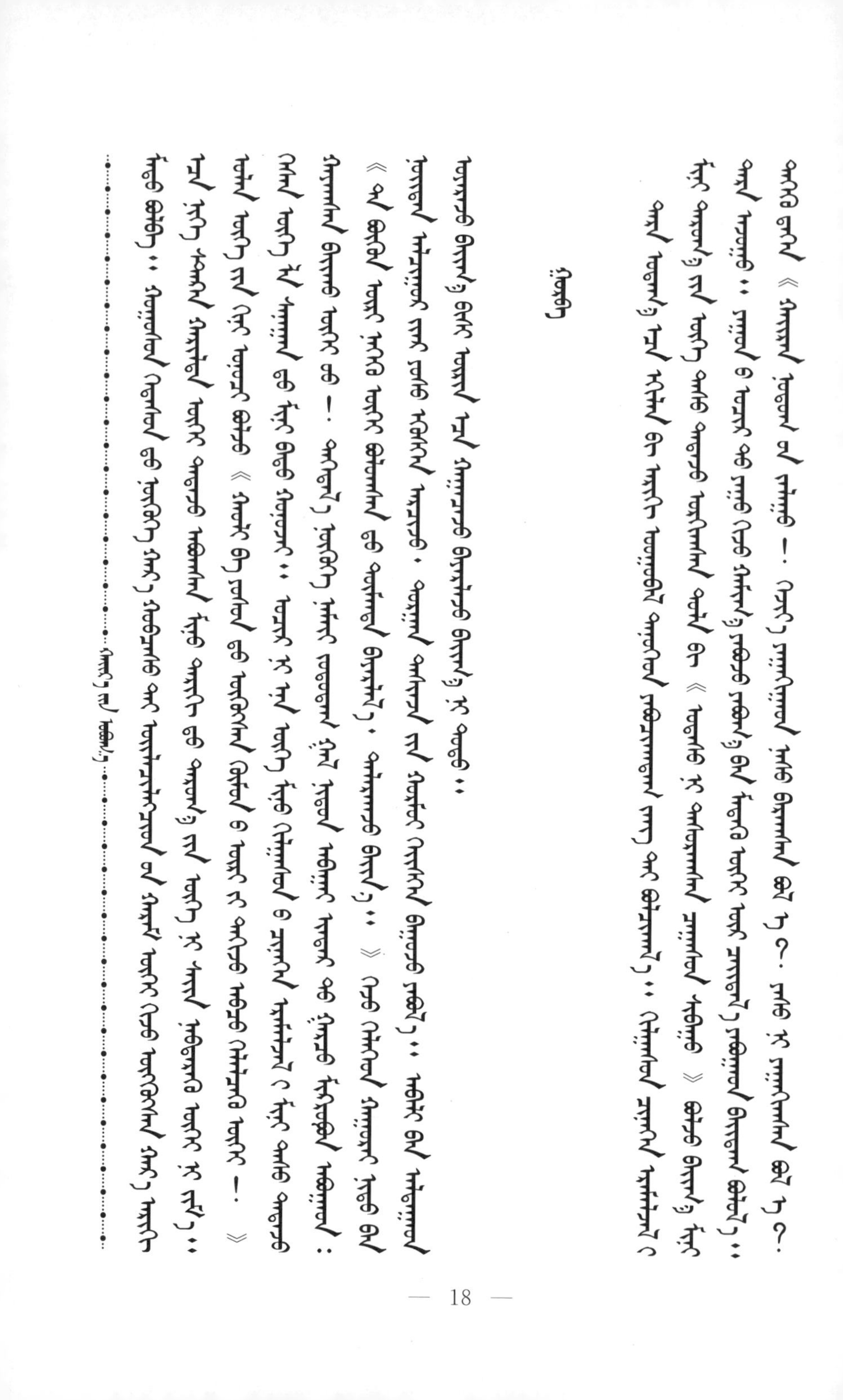

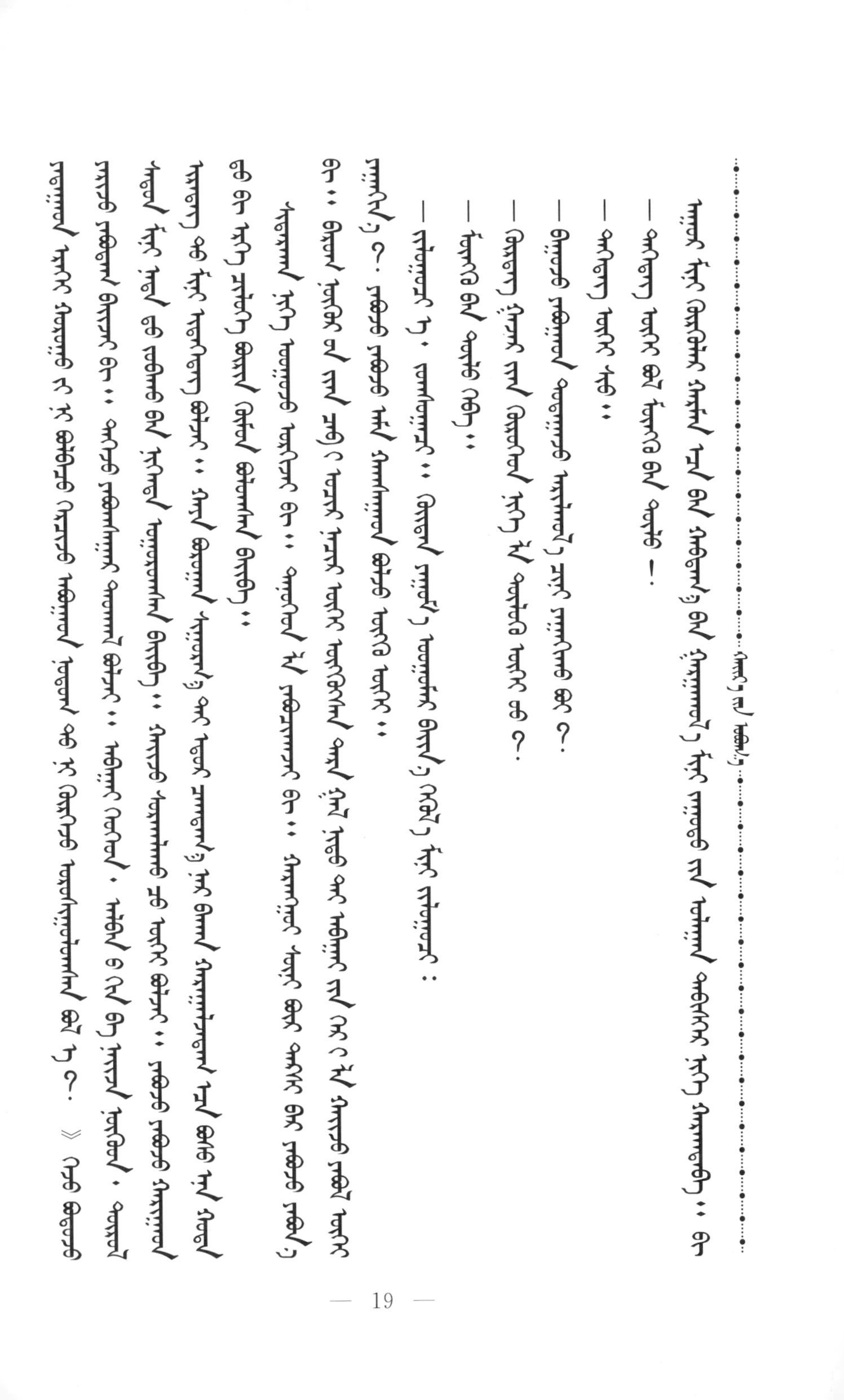

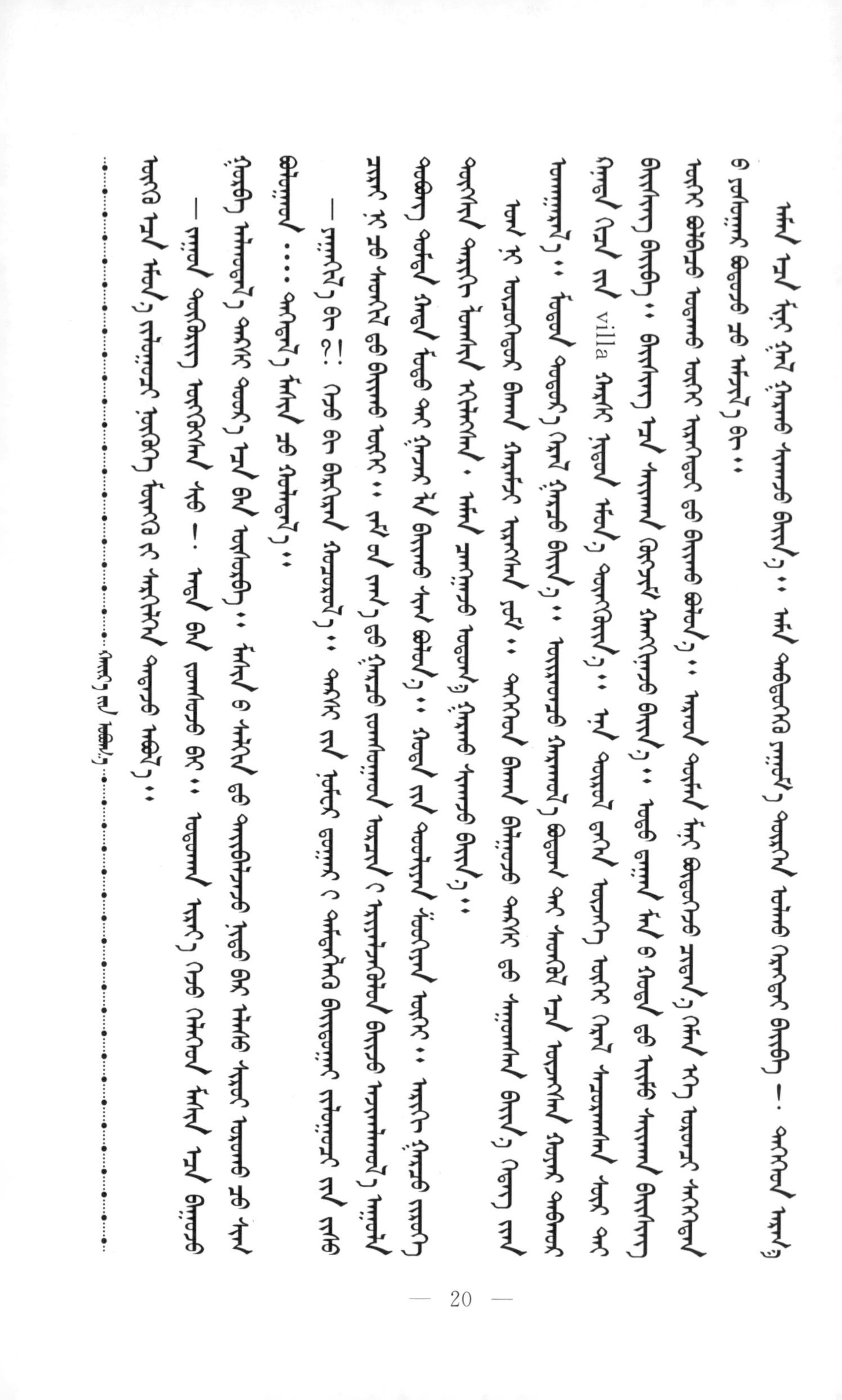

ᠰᠡᠷᠭᠦ ᠰᠡᠳᠬᠢᠯ ᠨᠢ villa ᠰᠠᠭᠤᠬᠤ ᠭᠡᠷ ᠡᠮᠡᠭᠡᠨ ᠬᠦᠷᠭᠡᠭᠦᠯᠦᠨ ᠃ ᠡᠨᠡ ᠬᠤᠷᠢᠶᠠ ᠴᠢᠮᠡᠭ ᠡᠳᠦᠷᠢᠨ ᠡᠳᠦᠷ ᠰᠡᠷᠭᠦ ᠬᠦᠯᠡᠭᠡᠵᠦ ᠬᠡᠷᠡᠭ ᠬᠦᠨ

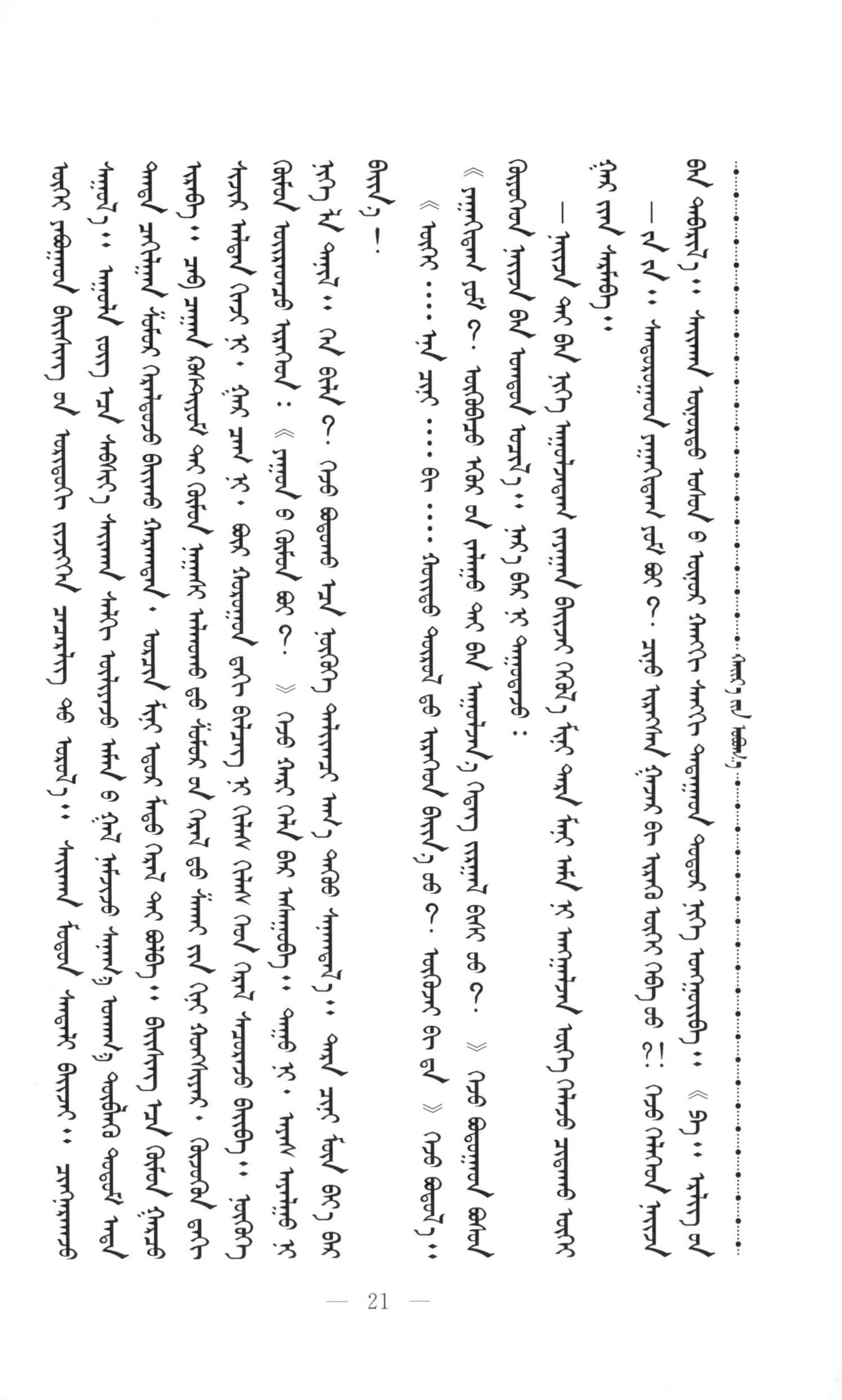

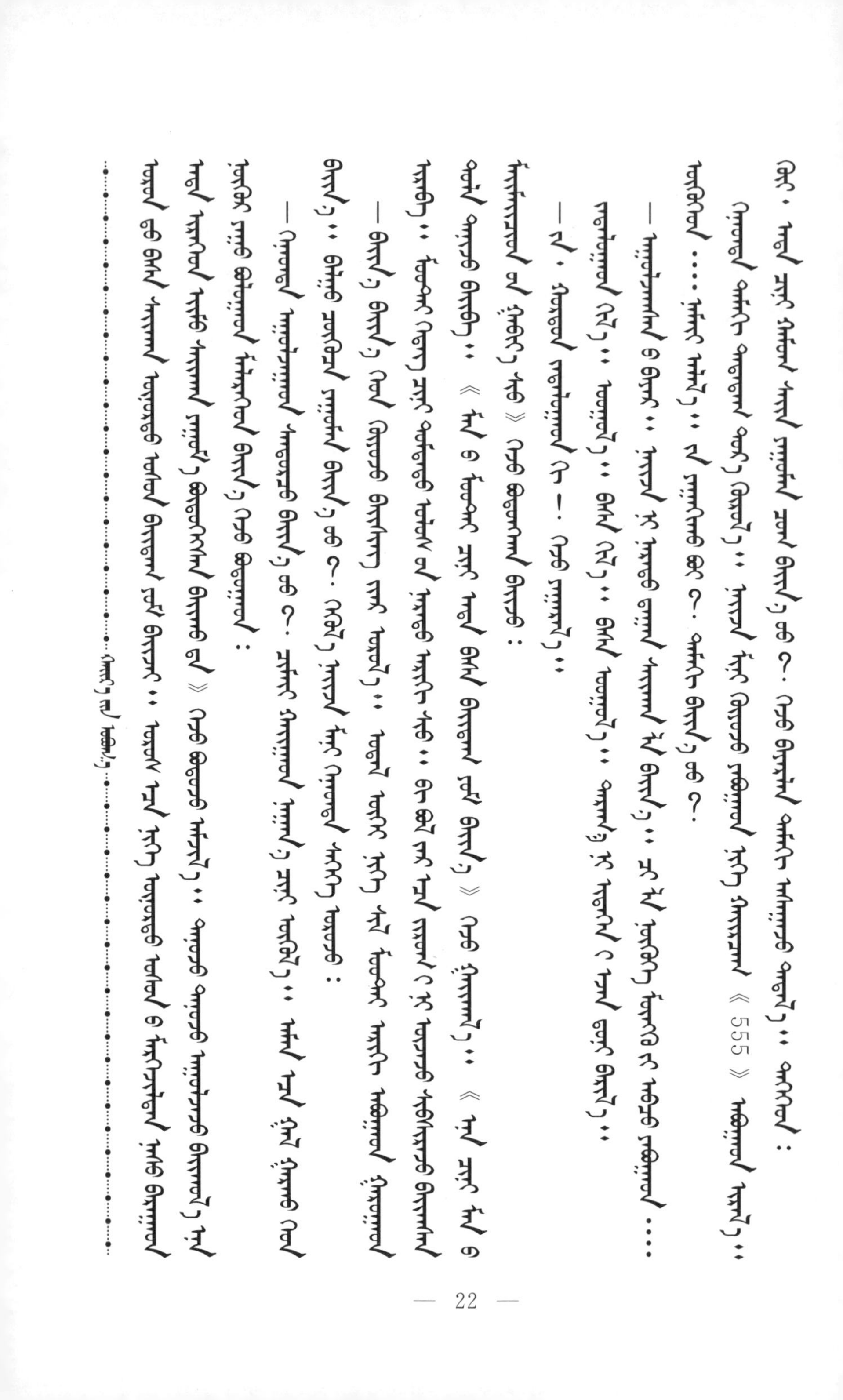

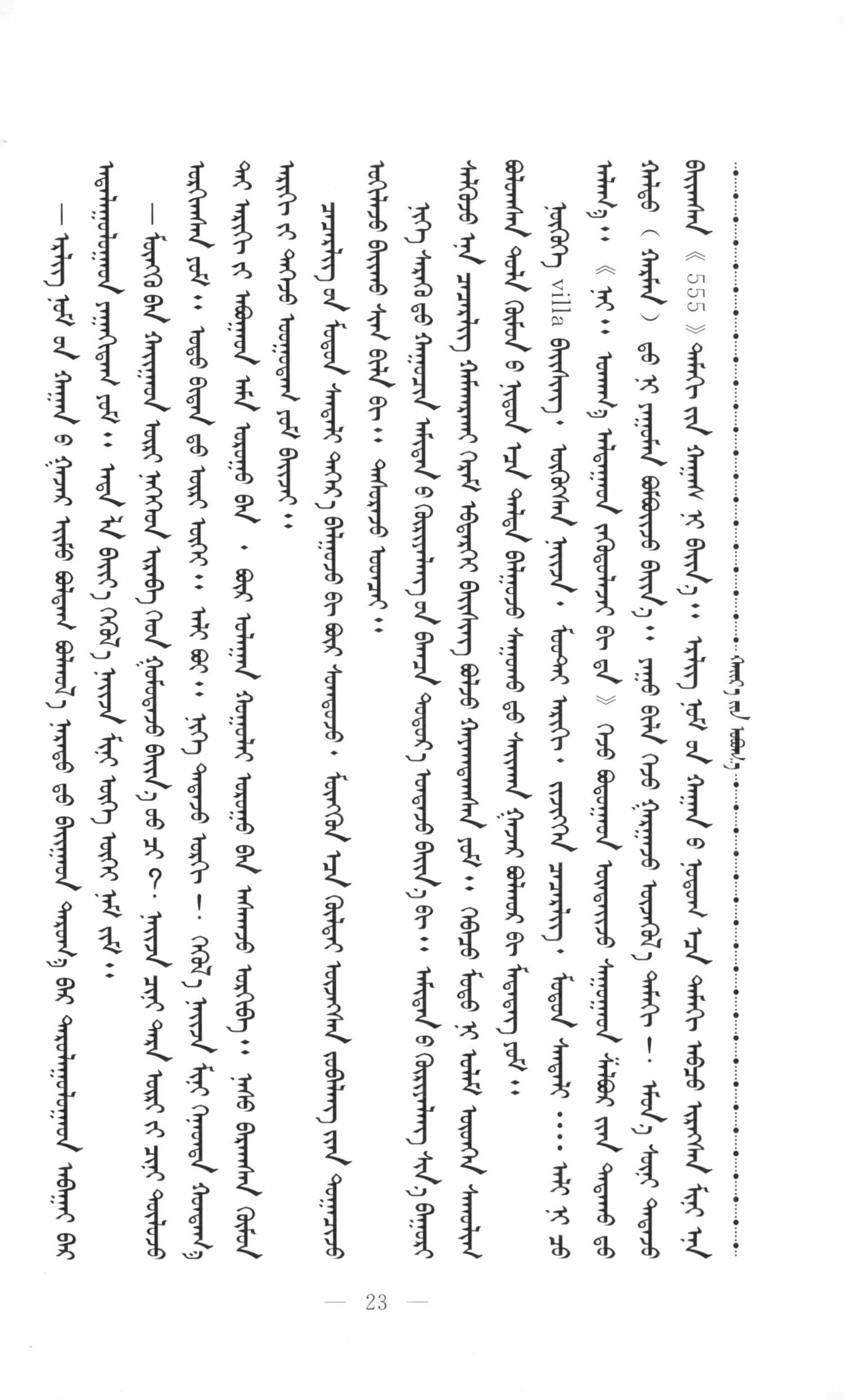

ᠪᠢᠴᠢᠭᠡᠰᠦ villa ᠪᠢᠯᠯᠠ ᠂ ᠬᠠᠪᠢᠰᠤᠨ ᠭᠠᠵᠠᠷ ᠂ ᠬᠥᠷᠥᠩᠭᠡ ᠬᠣᠰᠢᠭᠤ ᠂ ᠲᠦᠯᠬᠢᠭᠦᠷ ᠂ ᠰᠠᠷᠠᠭᠤᠯ ᠨᠡᠷᠡᠶᠢᠳᠦᠯ ᠂ ᠬᠦᠮᠦᠨ ᠮᠣᠩᠭᠣᠯ …… ᠡᠨᠡ ᠨᠢ ᠳᠤ

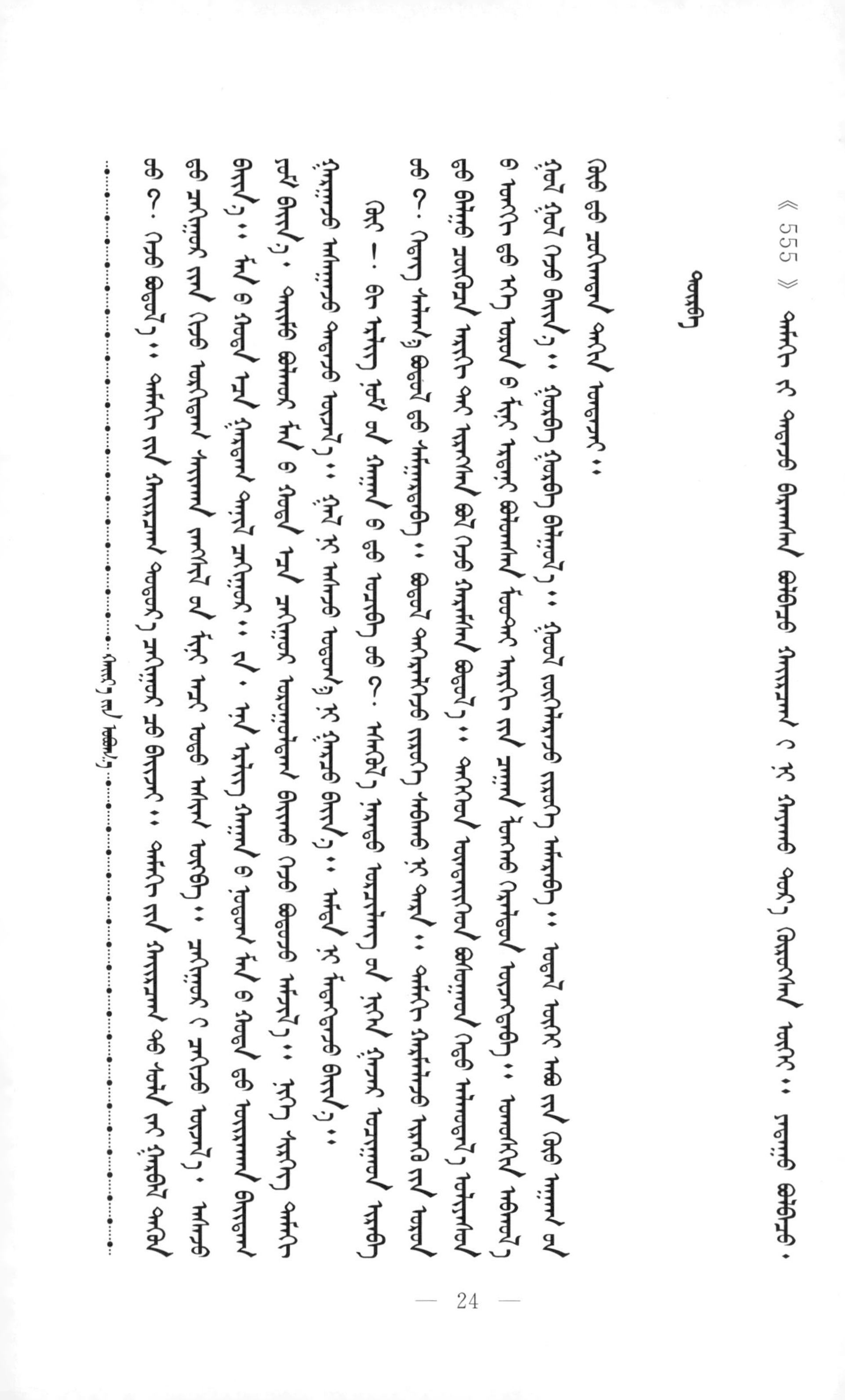

《 555 》 [illegible]

[illegible]

[illegible]

[illegible]

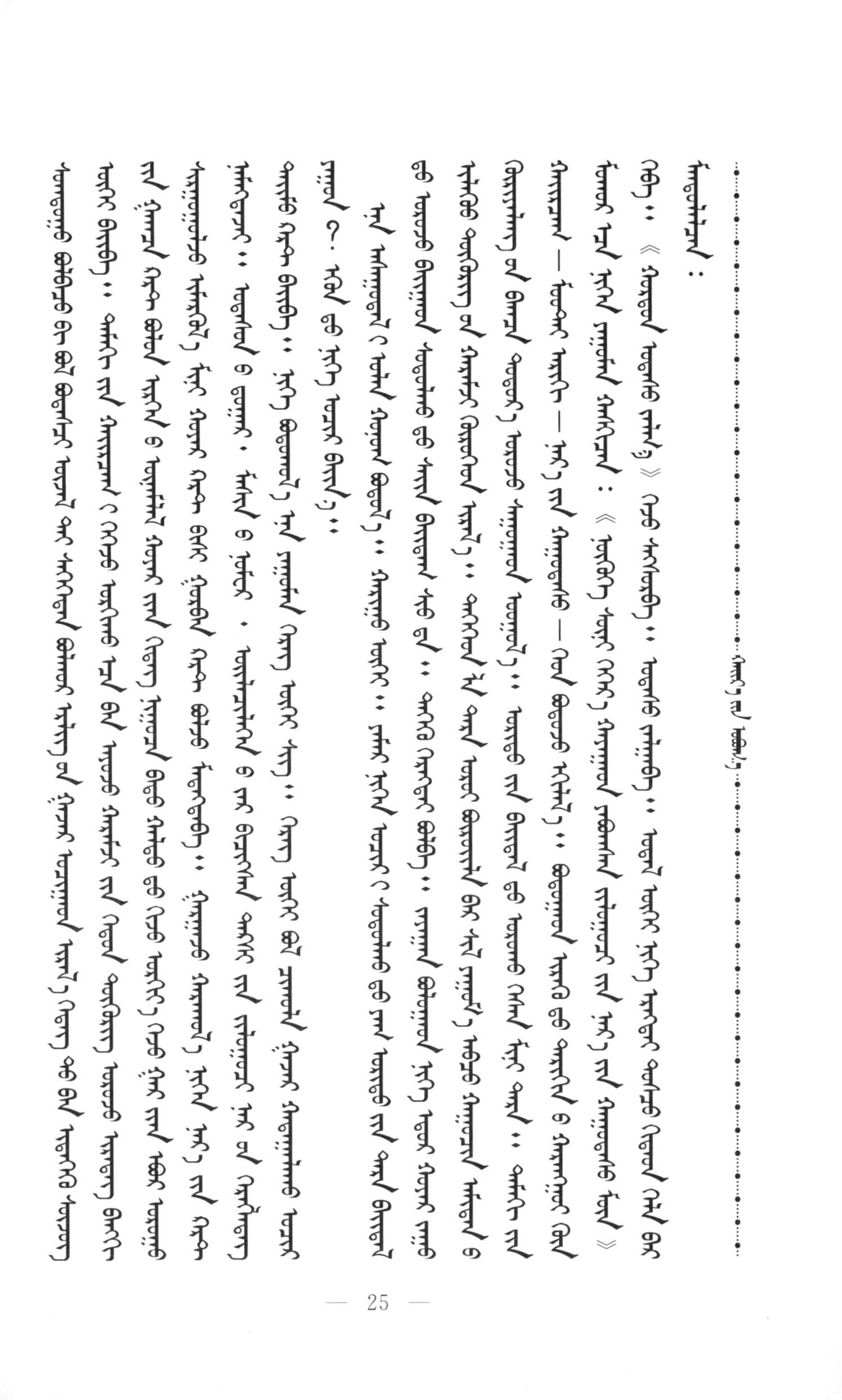

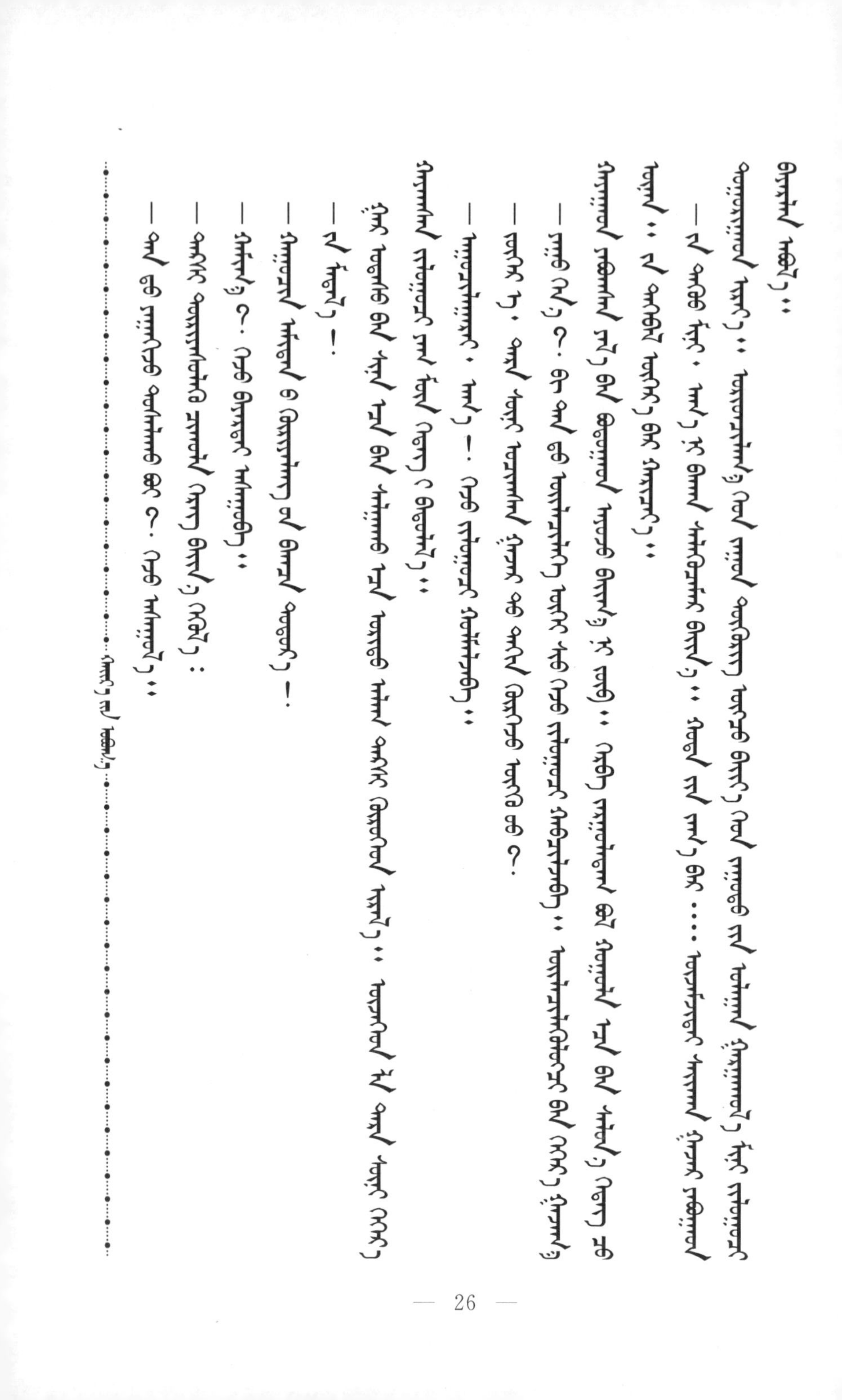

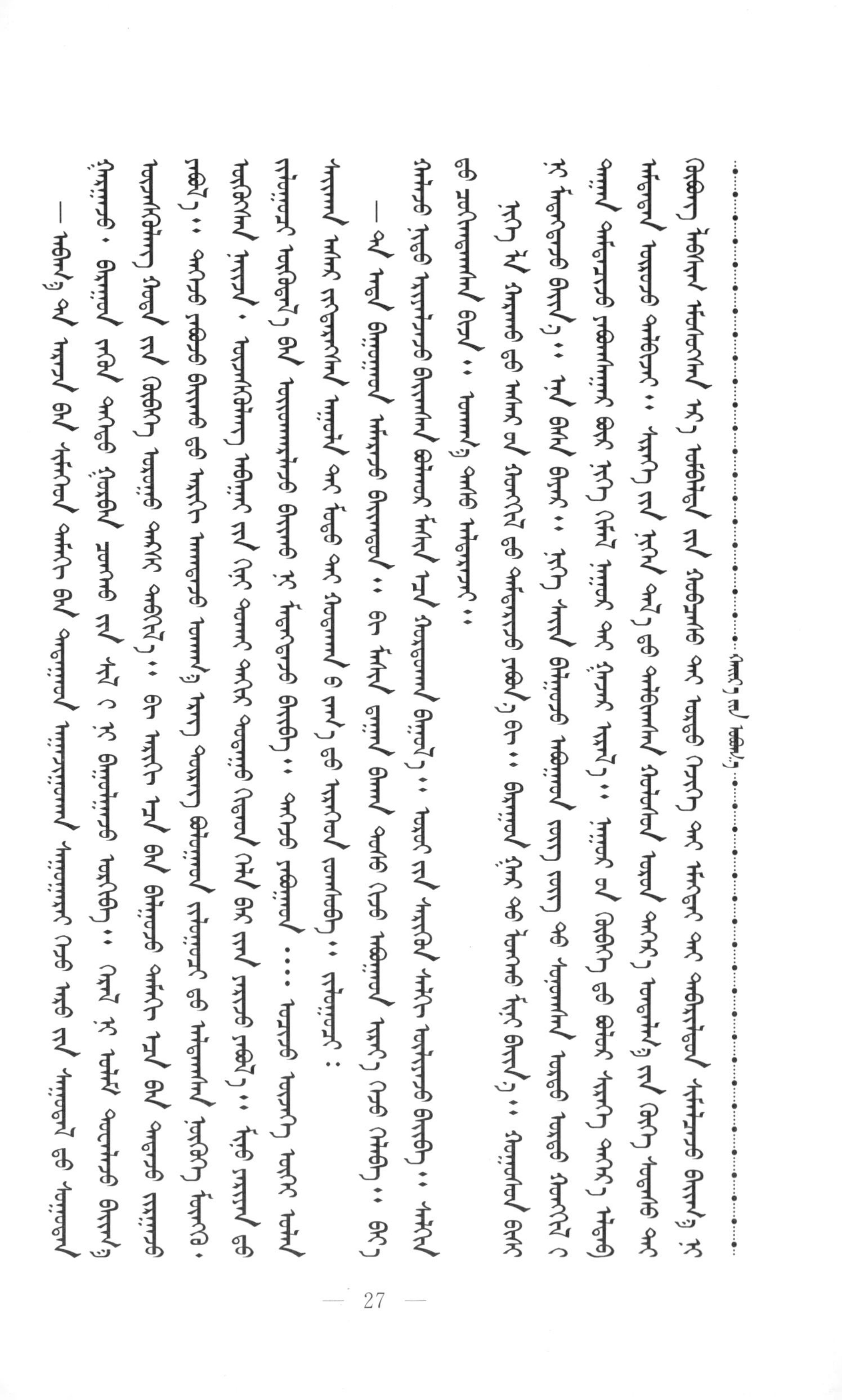

[illegible]

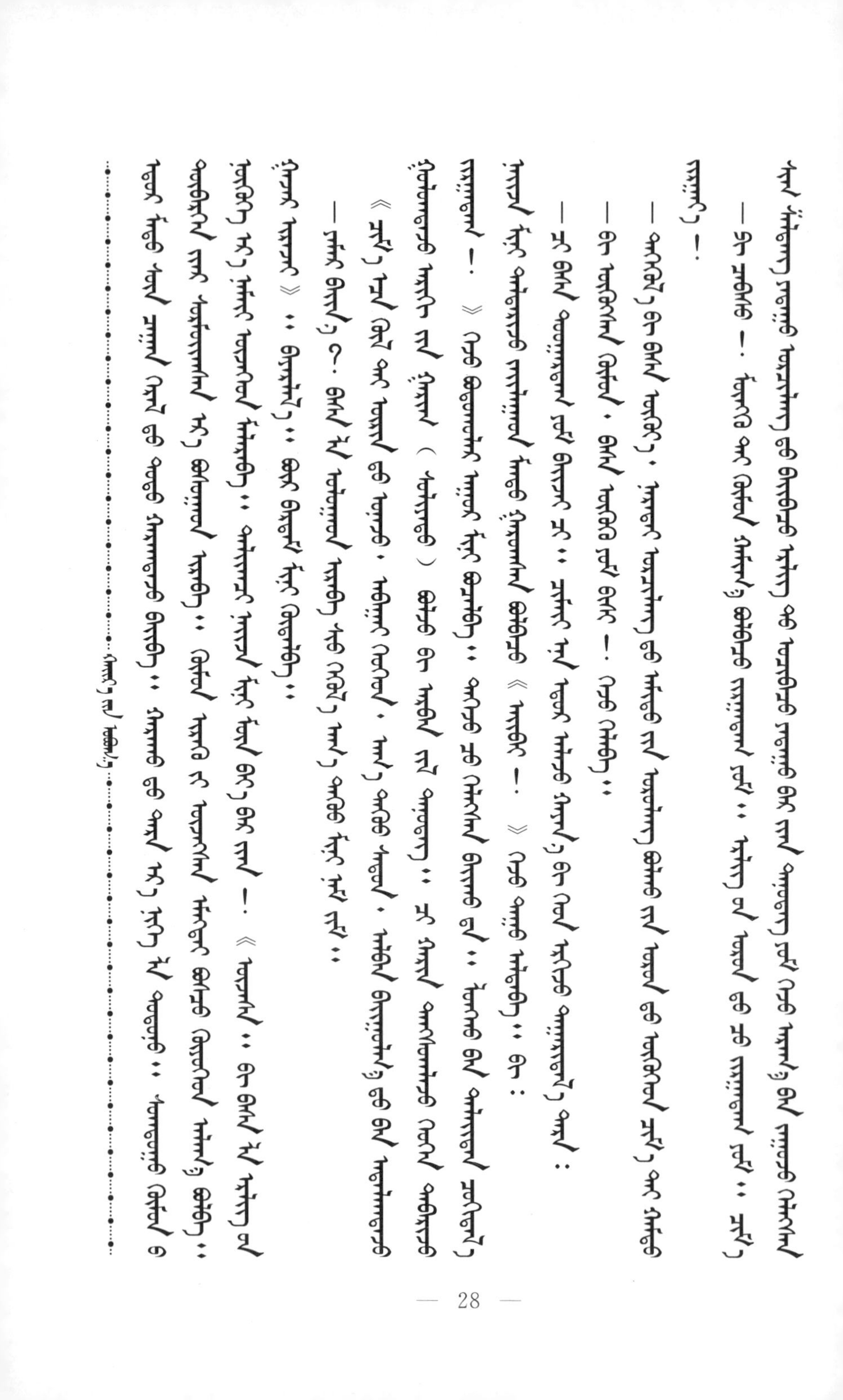

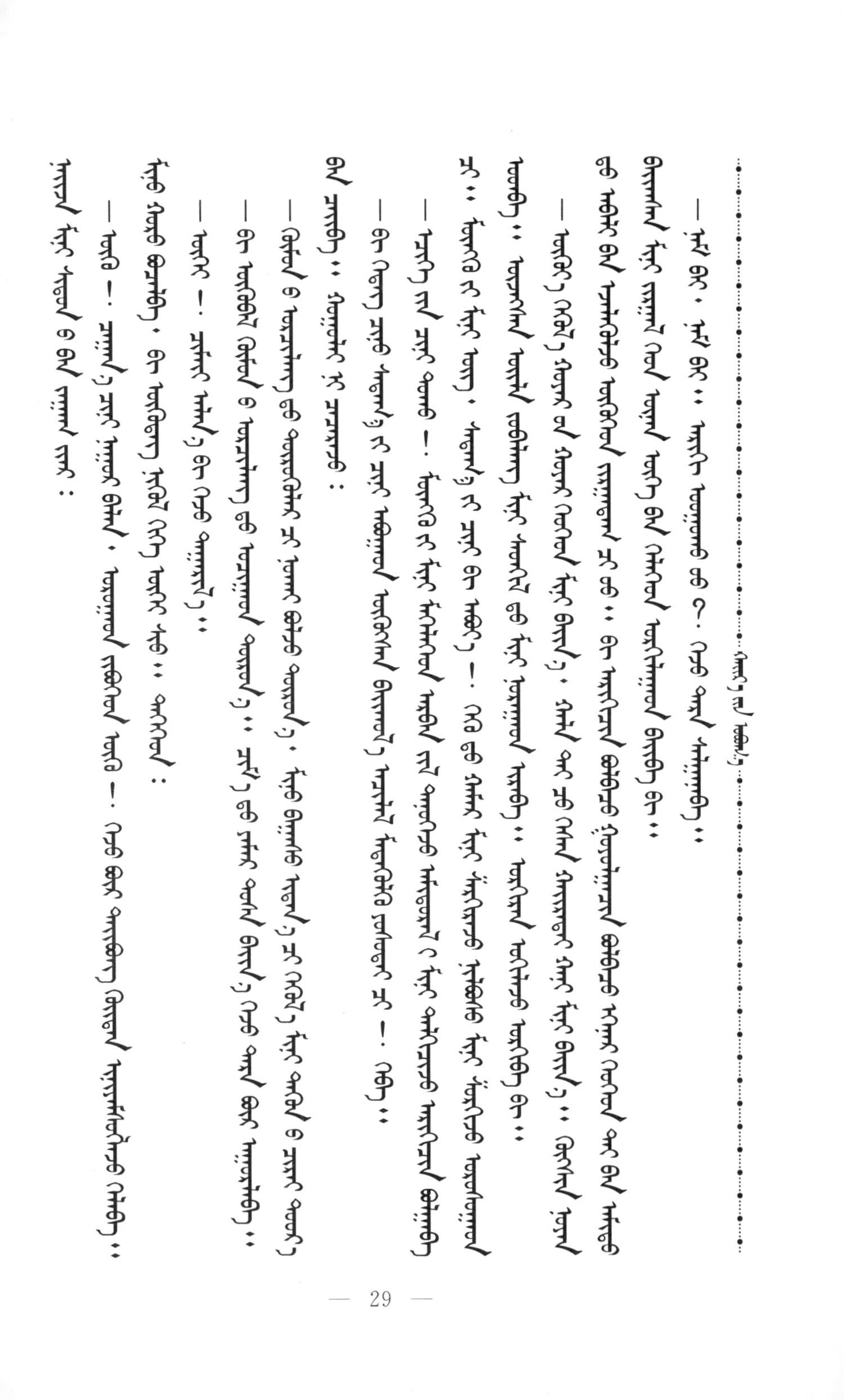

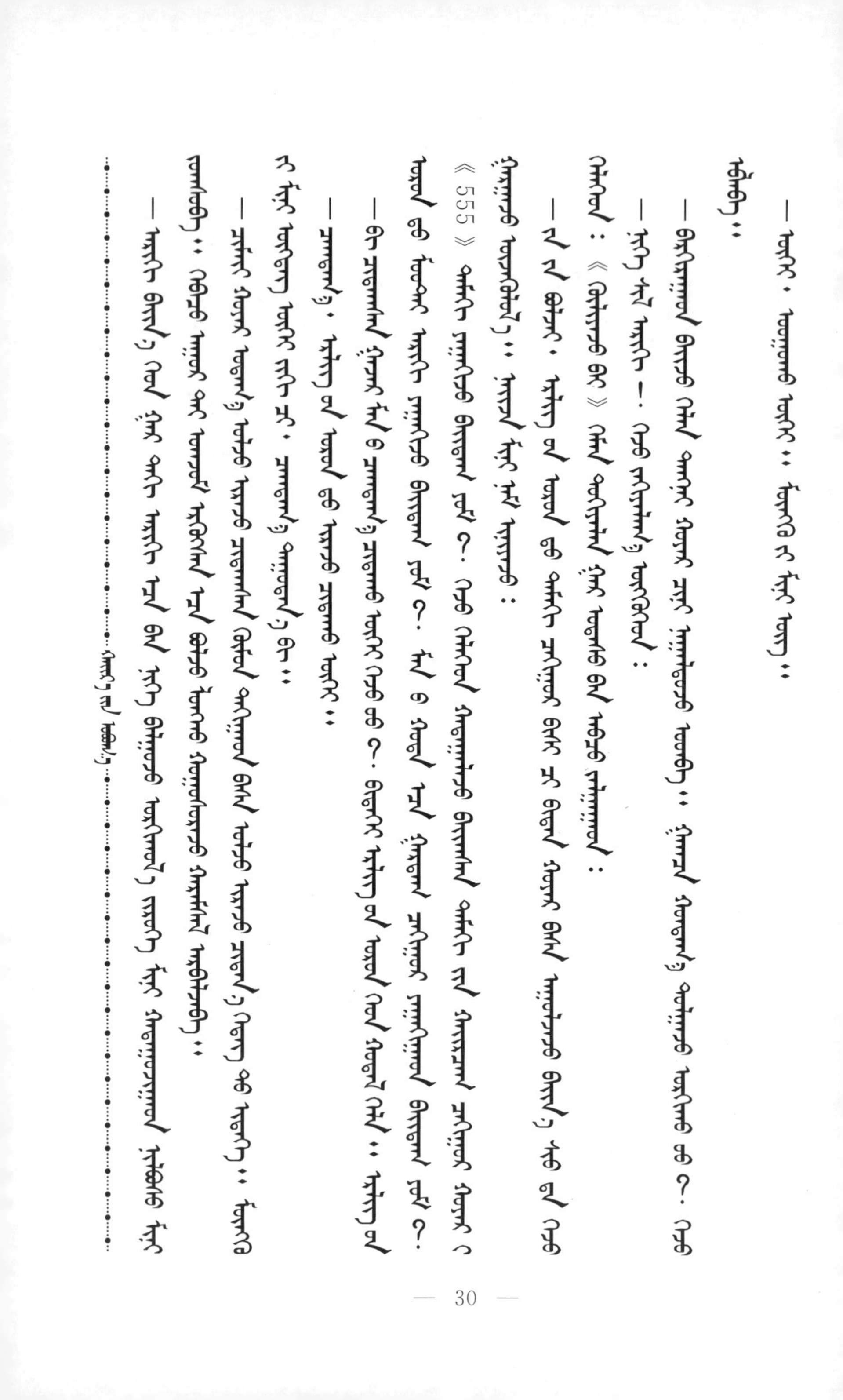

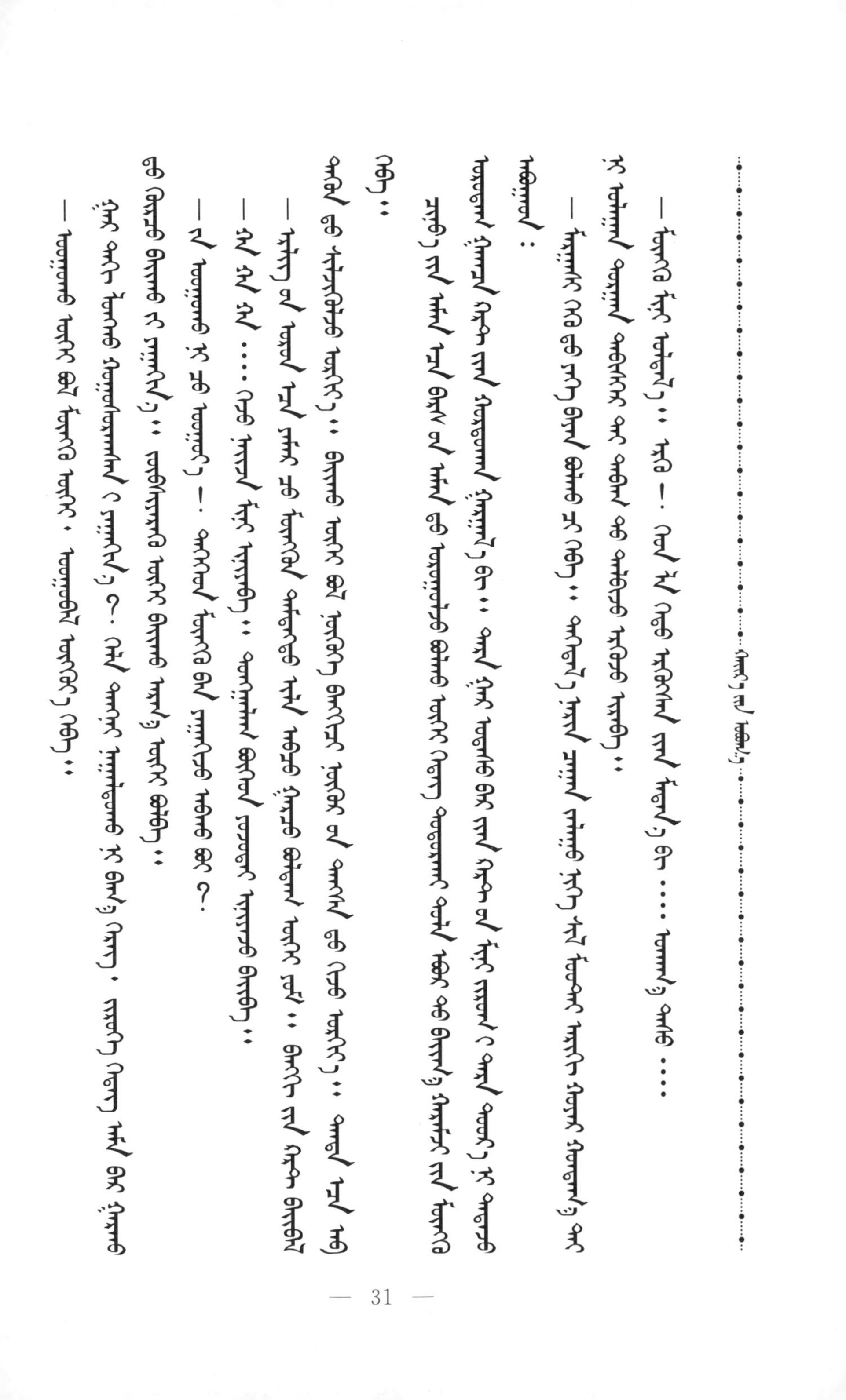

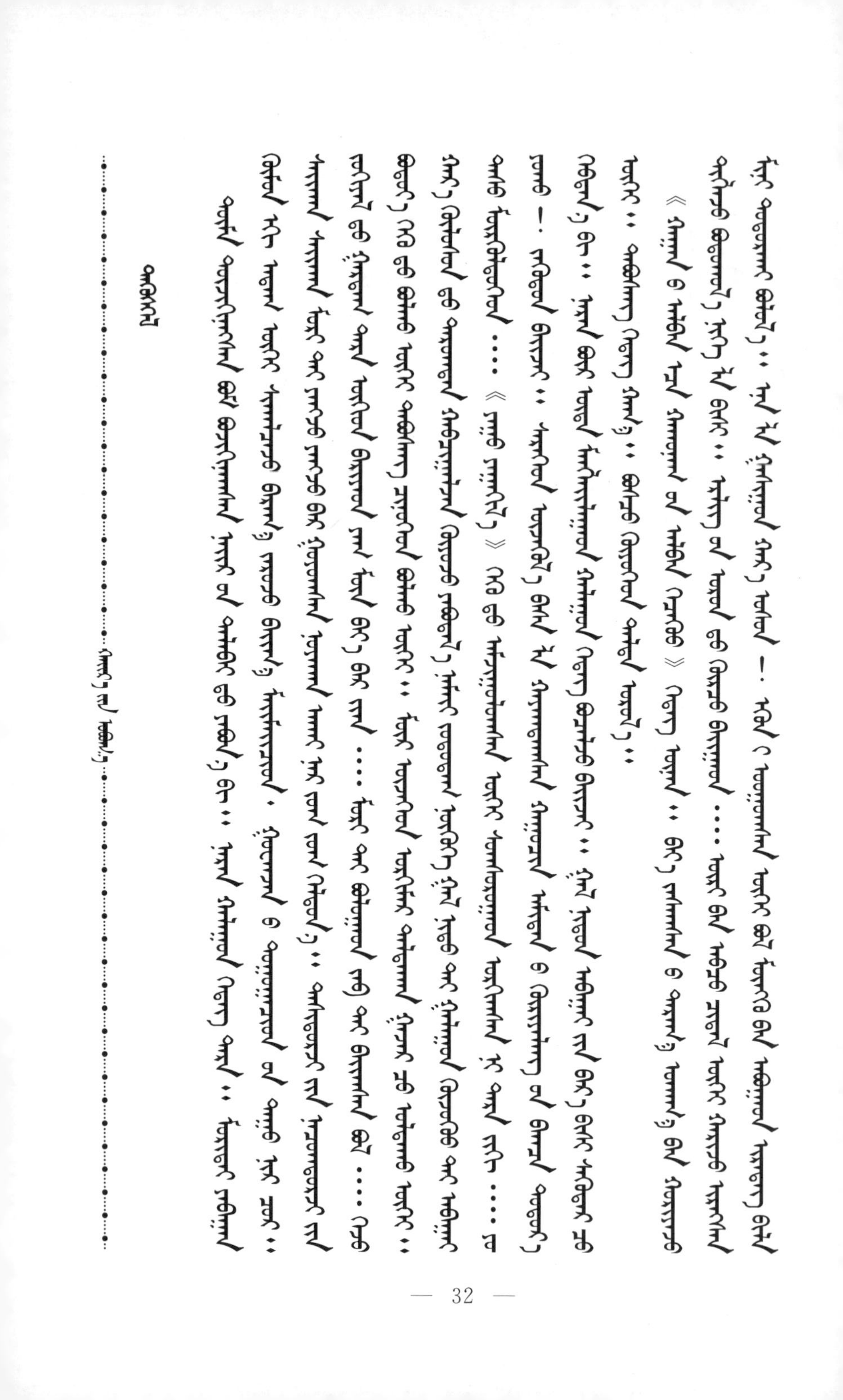

ᠪᠠ ᠶᠠᠭᠤ ᠪᠣᠯᠤᠭᠰᠠᠨ ᠰᠢᠯᠭᠠᠯᠲᠠ ᠳᠤ ᠪᠡᠶᠡᠯᠡᠭᠰᠡᠨ ᠳᠦ ᠴᠢᠬᠤᠯᠠ ᠠᠷᠭ᠎ᠠ ᠪᠠᠶᠢᠳᠠᠯ ᠢᠶᠠᠷ ᠬᠠᠷᠢᠭᠤᠴᠠᠯᠠᠬᠤ ᠪᠣᠯᠤᠨ᠎ᠠ᠃ ᠲᠡᠭᠡᠭᠡᠳ ᠪᠡᠶᠡ ᠶᠢᠨ ᠪᠠᠶᠢᠳᠠᠯ ᠢ ᠬᠠᠮᠠᠭᠠᠯᠠᠬᠤ ᠪᠣᠯᠤᠨ᠎ᠠ᠃ ᠡᠨᠡ ᠪᠣᠯ ᠬᠠᠮᠤᠭ ᠤᠨ ᠴᠢᠬᠤᠯᠠ ᠪᠣᠯᠤᠨ᠎ᠠ ᠭᠡᠵᠦ ᠪᠣᠳᠣᠳᠠᠭ᠃ ᠬᠡᠷᠪᠡ ᠡᠨᠡ ᠮᠡᠳᠡᠭᠡ ᠪᠡᠷ ᠪᠠᠶᠢᠭᠤᠯᠬᠤ ᠲᠤᠬᠠᠢ ᠳᠤ ᠪᠠᠶᠢᠭᠤᠯᠤᠯᠭ᠎ᠠ ᠶᠢᠨ ᠬᠠᠮᠲᠤ ᠪᠣᠯᠤᠨ᠎ᠠ᠃ ᠲᠡᠷᠡ ᠪᠣᠯᠤᠨ᠎ᠠ ᠭᠡᠬᠦ ᠮᠠᠰᠢ ᠶᠢᠨ ᠪᠠᠶᠢᠳᠠᠯ ᠳᠤ ᠬᠦᠷᠭᠡᠬᠦ᠃ ᠲᠡᠭᠡᠭᠡᠳ ᠴᠢᠬᠤᠯᠠ ᠪᠠᠷᠢᠮᠲᠠ ᠶᠢᠨ ᠭᠠᠵᠠᠷ — ᠰᠠᠨᠠᠭ᠎ᠠ ᠶᠢᠨ ᠬᠡᠷᠡᠭ ᠦᠨ ᠪᠠᠶᠢᠳᠠᠯ ᠢ ᠮᠡᠳᠡᠬᠦ ᠪᠣᠯᠤᠨ᠎ᠠ᠃ ᠡᠨᠡ ᠪᠣᠯ ᠮᠠᠰᠢᠨ ᠤ ATM ᠮᠠᠰᠢᠨ ᠤ ᠬᠡᠷᠡᠭᠯᠡᠭᠡᠨ ᠦ ᠵᠠᠮ ᠪᠣᠯᠤᠨ᠎ᠠ᠃ ᠪᠣᠯᠬᠤ ᠳᠤ ᠠᠭᠤᠯᠭ᠎ᠠ ᠶᠢᠨ ᠪᠠᠶᠢᠳᠠᠯ ᠪᠠᠶᠢᠨ᠎ᠠ᠃ ᠲᠡᠷᠡ ᠶᠢᠨ ᠪᠦᠲᠦᠭᠡᠭᠳᠡᠬᠦᠨ ᠢ ᠬᠠᠷᠢᠭᠤᠴᠠᠯᠠᠨ᠎ᠠ᠃ ᠰᠠᠨᠠᠭ᠎ᠠ ᠶᠢᠨ ᠬᠡᠷᠡᠭ ᠦᠨ ᠬᠡᠮᠵᠢᠶ᠎ᠡ ᠶᠢ ᠡᠷᠭᠡᠯᠳᠡᠭᠦᠯᠬᠦ ᠪᠣᠯᠤᠨ᠎ᠠ ᠭᠡᠵᠦ ᠮᠡᠳᠡᠨ᠎ᠡ᠃ ᠬᠠᠮᠤᠭ ᠬᠡᠷᠡᠭᠯᠡᠭᠡ ᠶᠢᠨ ᠬᠡᠮᠵᠢᠶ᠎ᠡ ᠶᠢ ᠳᠠᠭᠠᠨ᠎ᠠ᠃ 《 ᠰᠠᠨᠠᠭ᠎ᠠ ᠶᠢᠨ ᠬᠡᠷᠡᠭ ᠦᠨ ᠬᠡᠮᠵᠢᠶ᠎ᠡ ᠶᠢᠨ 》 ᠪᠣᠯᠬᠤ ᠪᠠᠶᠢᠨ᠎ᠠ᠃ ᠡᠨᠡ ᠪᠣᠯ ᠬᠠᠮᠤᠭ ᠤᠨ ᠴᠢᠬᠤᠯᠠ ᠬᠡᠷᠡᠭ ᠦᠨ ᠪᠠᠶᠢᠳᠠᠯ ᠢ ᠮᠡᠳᠡᠬᠦ ᠲᠤᠰᠠ ᠲᠠᠢ —᠄ ᠰᠠᠨᠠᠭᠠᠨ ᠤ ᠬᠡᠷᠡᠭ ᠪᠣᠯᠤᠨ᠎ᠠ ᠭᠡᠵᠦ ᠮᠡᠳᠡᠬᠦ ᠰᠠᠨᠠᠭ᠎ᠠ ᠪᠠᠢᠨ᠎ᠠ᠃ ATM ᠮᠠᠰᠢᠨ ᠤ ᠪᠠᠶᠢᠳᠠᠯ ᠢ ᠮᠡᠳᠡᠬᠦ ᠶᠢᠨ ᠬᠡᠷᠡᠭᠴᠡᠭ᠎ᠡ ᠪᠠᠢᠨ᠎ᠠ᠃

ᠬᠠᠮᠤᠭ ᠤᠨ ᠴᠢᠬᠤᠯᠠ ᠪᠠᠶᠢᠳᠠᠯ ᠢ ᠰᠠᠢᠲᠤ ᠪᠣᠳᠣᠯᠭ᠎ᠠ ᠶᠢᠨ ᠬᠡᠮᠵᠢᠶ᠎ᠡ ᠪᠡᠷ ᠪᠠᠶᠢᠭᠤᠯᠬᠤ ᠡᠷᠬᠡ ᠲᠠᠢ ᠪᠠᠶᠢᠨ᠎ᠠ᠃

ᠪᠣᠯᠬᠤ ᠶᠠᠭᠤ ᠪᠣᠯ ᠮᠠᠨᠠᠢ ᠪᠡᠷ ᠮᠡᠳᠡᠬᠦ ᠦᠭᠡᠢ᠃ ᠪᠣᠯᠤᠨ᠎ᠠ ᠦᠭᠡ —᠄

2016. 4. 24 ᠨᠡᠶᠢᠲᠡᠯᠡᠭᠰᠡᠨ ᠳᠦ ᠪᠢᠴᠢᠪᠡ᠃

ᠬᠠᠪᠰᠤᠷᠭ᠎ᠠ ᠶᠢᠨ ᠮᠡᠳᠡᠭᠡ

ᠲᠠᠩᠭᠠᠰ ᠤ ᠬᠠᠭᠠᠨ ᠲᠠᠩᠭᠠᠰ

ᠨᠢᠭᠡ

[illegible]

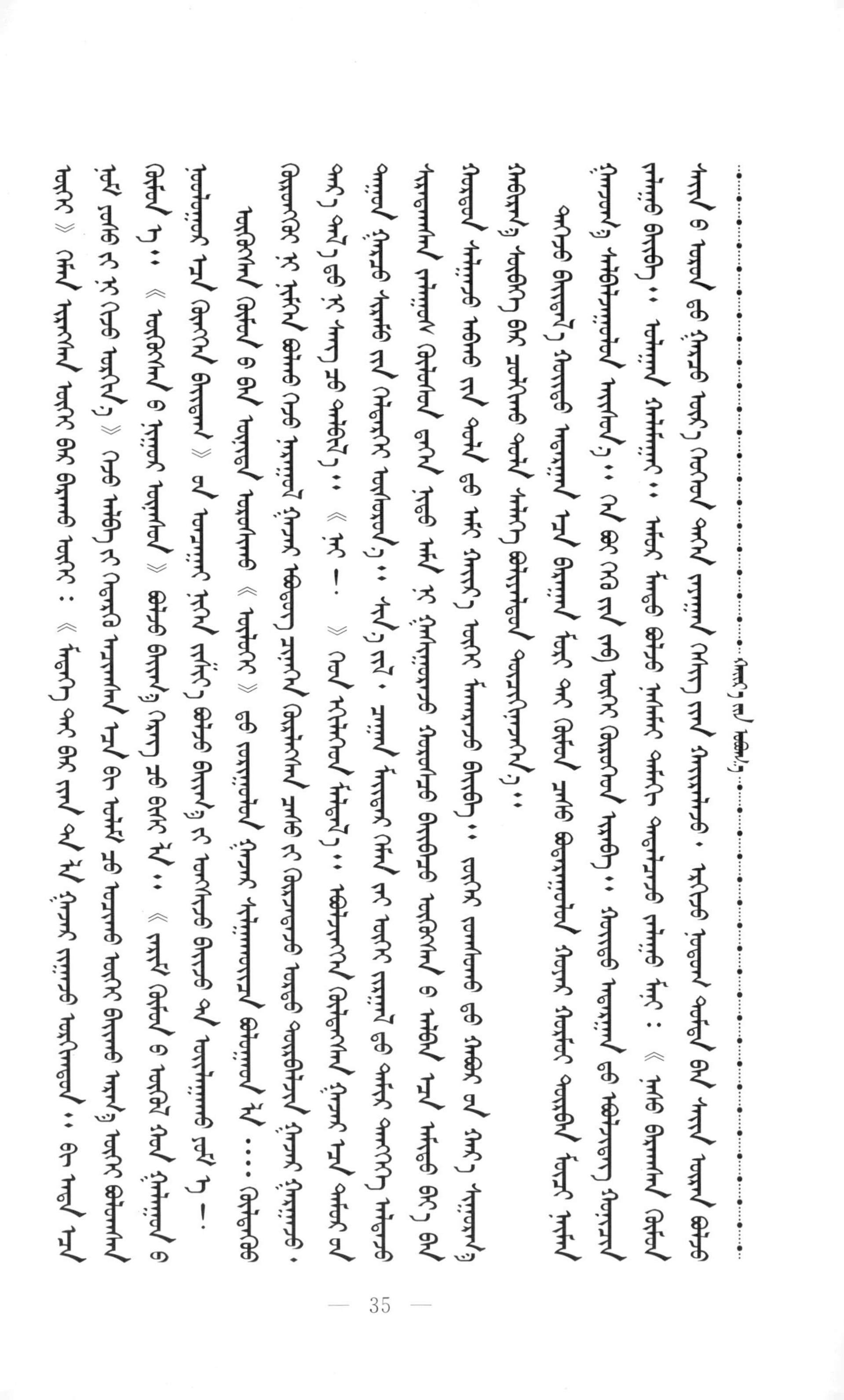

[illegible]

— 35 —

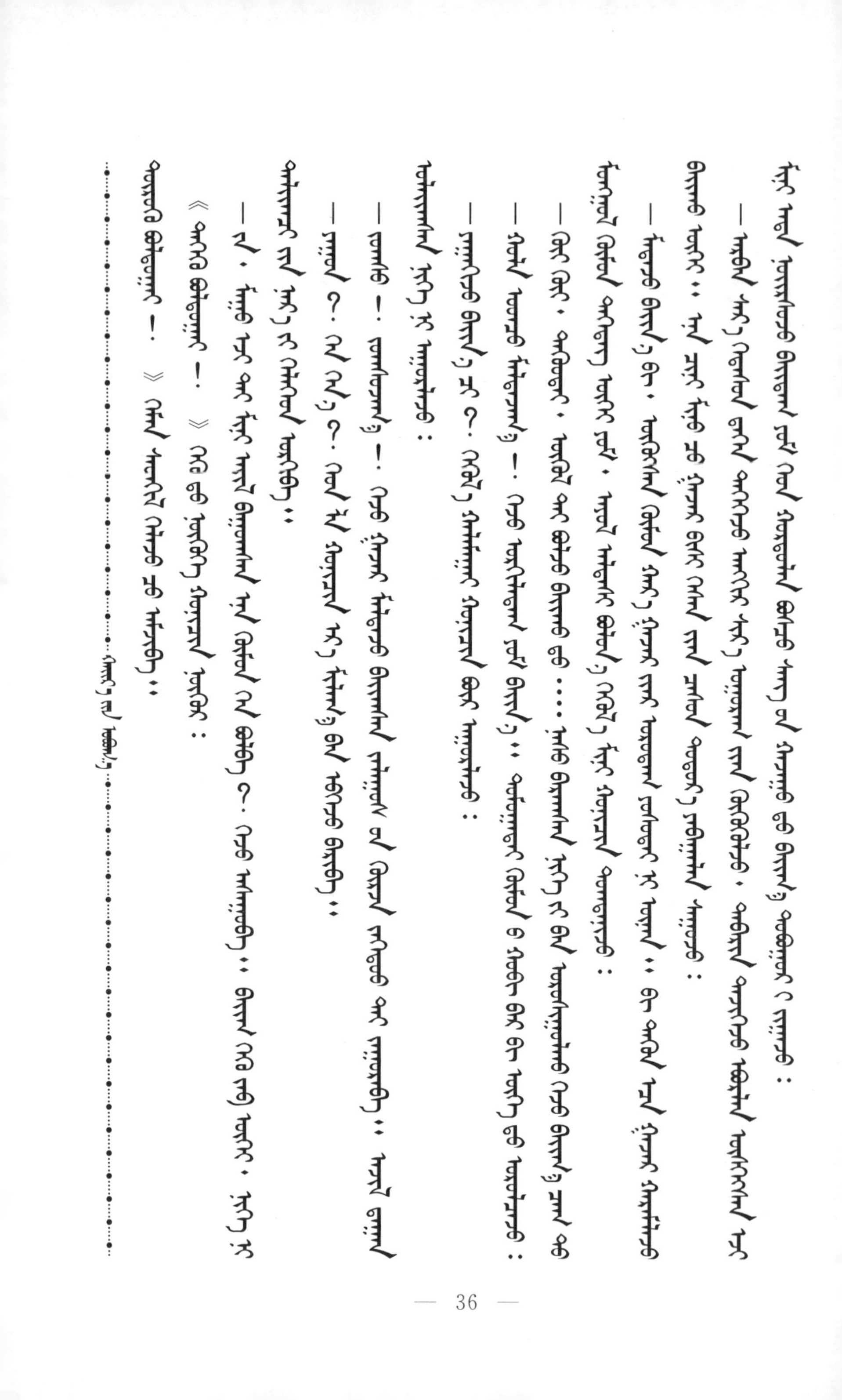

[illegible]

— [illegible]

[illegible]

— [illegible]

[illegible]

— [illegible]

— [illegible]

— [illegible]

[illegible]

— [illegible]

— [illegible]

[illegible]

— [illegible]

《 [illegible] 》 [illegible]

[illegible] 》 [illegible]

[illegible]

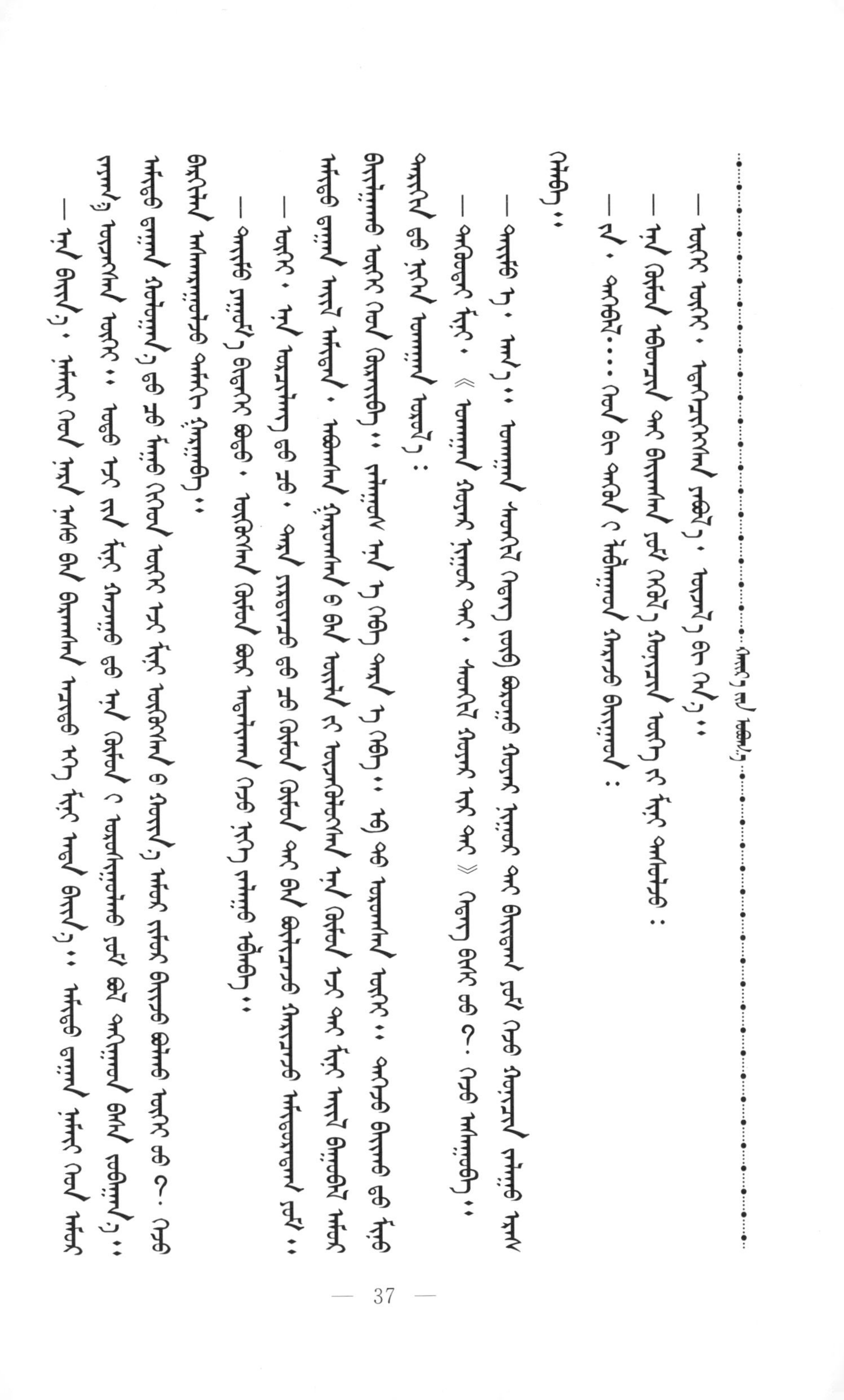

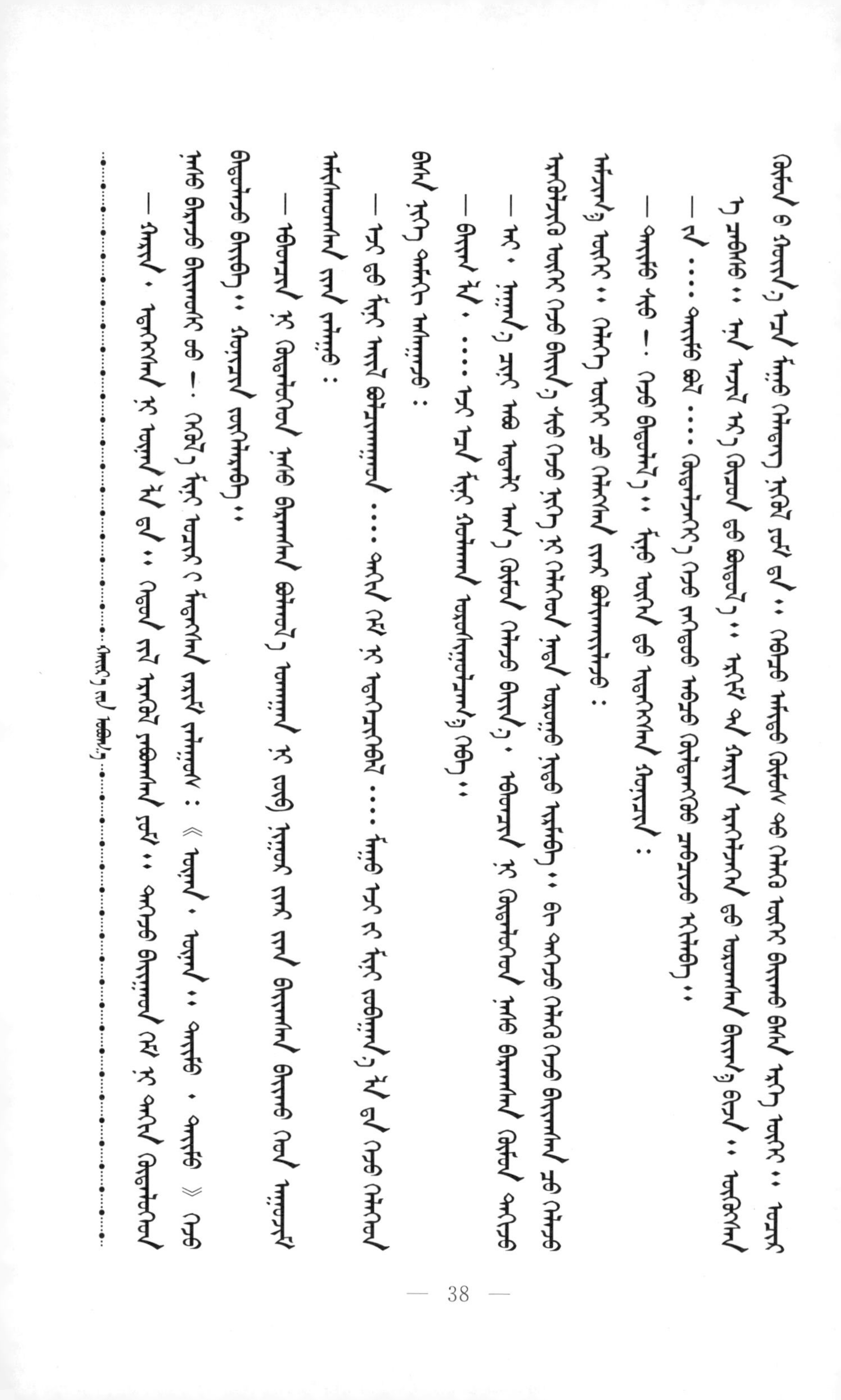

ᠪᠢ : 《ᠠ — 》 ᠭᠡᠯ᠎ᠡ :: ᠪᠠᠢᠨ᠎ᠠ ᠨᠢᠭᠡ ᠬᠦᠮᠦᠨ ᠦᠭᠡ ᠪᠠᠢᠨ᠎ᠠ ᠂ 《ᠲᠡᠷᠡ ᠬᠦᠮᠦᠨ ᠦ ᠨᠡᠷ᠎ᠡ ᠶᠠᠭᠤ ᠪᠤᠢ —》 ᠭᠡᠵᠦ ᠪᠠᠢᠨ᠎ᠠ ::

《ᠠ ᠂ ᠲᠠ ᠬᠡᠯᠡᠭᠡᠳ ᠦ ᠪᠠᠢᠨ᠎ᠠ ᠵᠢᠨᠬᠢᠨᠡ ᠲᠠᠢ ᠪᠠᠢᠨ᠎ᠠ :: ᠲᠡᠭᠦᠨ ᠪᠠᠢᠨ᠎ᠠ ᠲᠡᠷᠡ ᠬᠦᠮᠦᠨ ᠪᠣᠯ ᠮᠢᠨᠦ ᠪᠠᠭᠰᠢ —》 ᠲᠡᠭᠦᠨ ᠦ ᠨᠡᠷ᠎ᠡ ᠶᠢ ᠮᠡᠳᠡᠬᠦ ᠦᠭᠡᠢ ᠪᠠᠢᠨ᠎ᠠ ::

ᠲᠡᠷᠡ ᠬᠦᠮᠦᠨ ᠲᠡᠭᠦᠨ ᠡᠴᠡ ᠠᠰᠠᠭᠤᠭᠰᠠᠨ ᠦᠭᠡ ᠶᠢᠨ ᠬᠠᠷᠢᠭᠤ ᠶᠢ ᠬᠦᠯᠢᠶᠡᠵᠦ ᠪᠠᠢᠭᠠᠳ ᠂ ᠲᠡᠭᠦᠨ ᠦ ᠨᠡᠷ᠎ᠡ ᠶᠢ ᠮᠡᠳᠡᠬᠦ ᠭᠡᠰᠡᠨ ᠰᠠᠨᠠᠭᠠ ᠲᠠᠢ ᠪᠠᠢᠨ᠎ᠠ ᠂
《ᠲᠡᠭᠦᠨ ᠦ ᠨᠡᠷ᠎ᠡ ᠶᠢ ᠲᠠ ᠮᠡᠳᠡᠨ᠎ᠡ — ᠦᠭᠡᠢ ᠤᠤ ᠭᠡᠵᠦ ᠠᠰᠠᠭᠤᠭᠰᠠᠨ ᠳᠤ ᠂ 》 ᠲᠡᠷᠡ ᠬᠦᠮᠦᠨ ᠮᠡᠳᠡᠬᠦ ᠦᠭᠡᠢ
ᠭᠡᠵᠦ ᠬᠠᠷᠢᠭᠤᠯᠠᠭᠰᠠᠨ ᠪᠠᠢᠨ᠎ᠠ :: ᠪᠠᠰᠠ ᠨᠢᠭᠡ ᠪᠠᠢᠳᠠᠯ :
ᠲᠡᠭᠦᠨ ᠦ ᠬᠡᠯᠡᠭᠰᠡᠨ ᠦᠭᠡ ᠶᠢ ᠰᠣᠨᠣᠰᠴᠤ ᠦᠭᠡᠢ ᠬᠦᠮᠦᠨ ᠦᠨ ᠳᠤᠮᠳᠠ ᠲᠡᠷᠡ ᠬᠦᠮᠦᠨ ᠪᠠᠢᠨ᠎ᠠ ᠲᠡᠭᠦᠨ ᠦ ᠨᠡᠷ᠎ᠡ ᠶᠢ ᠮᠡᠳᠡᠬᠦ
ᠦᠭᠡᠢ ᠪᠠᠢᠨ᠎ᠠ :: ᠲᠡᠭᠦᠨ ᠦ ᠬᠡᠯᠡᠭᠰᠡᠨ ᠦᠭᠡ ᠪᠣᠯ ᠮᠢᠨᠦ ᠪᠠᠢᠨ᠎ᠠ :: ᠲᠡᠷᠡ ᠬᠦᠮᠦᠨ ᠪᠣᠯ ᠮᠢᠨᠦ ᠡᠭᠡᠴᠢ ᠠᠬ᠎ᠠ
ᠳᠡᠭᠦᠦ ᠲᠠᠢ ᠪᠠᠢᠨ᠎ᠠ :: ᠲᠡᠭᠦᠨ ᠦ ᠨᠠᠰᠤ 14 ᠨᠠᠰᠤᠨ ᠳᠤ ᠬᠦᠷᠦᠭᠰᠡᠨ ᠪᠠᠢᠨ᠎ᠠ ::
ᠲᠡᠷᠡ ᠬᠦᠮᠦᠨ ᠪᠣᠯ ᠮᠢᠨᠦ ᠡᠭᠡᠴᠢ ᠪᠠᠢᠨ᠎ᠠ :: ᠲᠡᠭᠦᠨ ᠦ ᠨᠡᠷ᠎ᠡ ᠶᠢ ᠮᠡᠳᠡᠬᠦ ᠦᠭᠡᠢ ᠪᠠᠢᠨ᠎ᠠ ::
ᠲᠡᠭᠦᠨ ᠦ ᠬᠡᠯᠡᠭᠰᠡᠨ ᠦᠭᠡ ᠶᠢ ᠮᠡᠳᠡᠬᠦ ᠦᠭᠡᠢ ᠲᠡᠷᠡ ᠬᠦᠮᠦᠨ ᠦ ᠪᠠᠢᠳᠠᠯ ᠶᠢ ᠬᠡᠯᠡᠬᠦ ᠦᠭᠡᠢ ::

ᠲᠡᠭᠦᠨ ᠦ ᠬᠡᠯᠡᠭᠰᠡᠨ ᠦᠭᠡ ᠪᠠᠢᠨ᠎ᠠ ᠭᠡᠵᠦ ᠪᠠᠢᠨ᠎ᠠ ::
ᠶᠢ ᠬᠡᠯᠡᠭᠰᠡᠨ ᠲᠡᠭᠦᠨ ᠦ ᠬᠦᠮᠦᠨ ᠲᠡᠭᠦᠨ ᠦ ᠪᠠᠢᠳᠠᠯ ᠳᠤ ᠪᠠᠢᠭᠤᠯᠬᠤ ᠬᠡᠷᠡᠭᠲᠡᠢ ᠂ ᠬᠡᠯᠡᠯᠴᠡ ᠂ ᠬᠡᠯᠡᠯᠴᠡᠬᠦ ᠶᠢᠨ ᠰᠢᠨᠵᠢ ᠪᠠᠢᠨ᠎ᠠ ᠪᠣᠯᠪᠠᠰᠤ

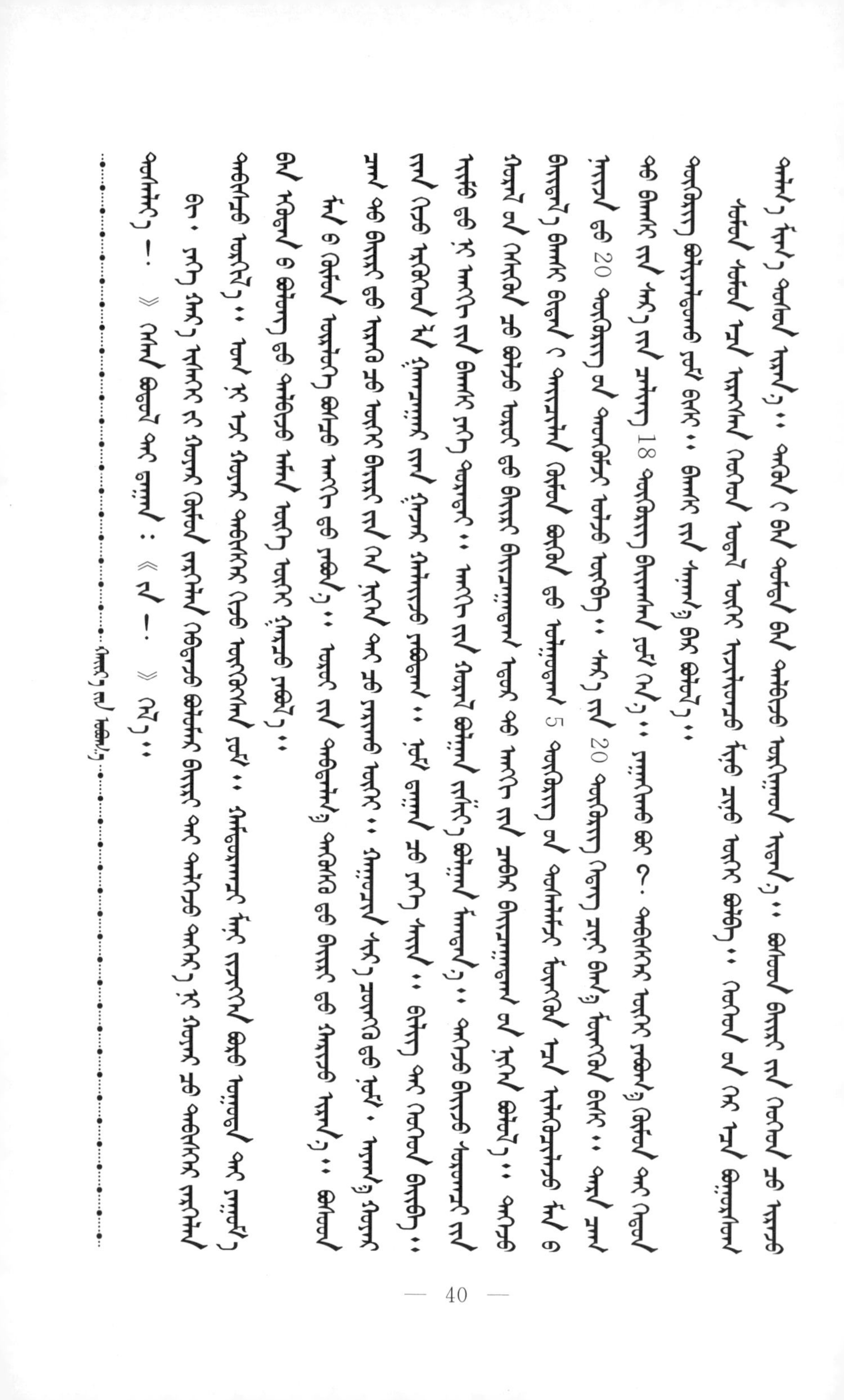

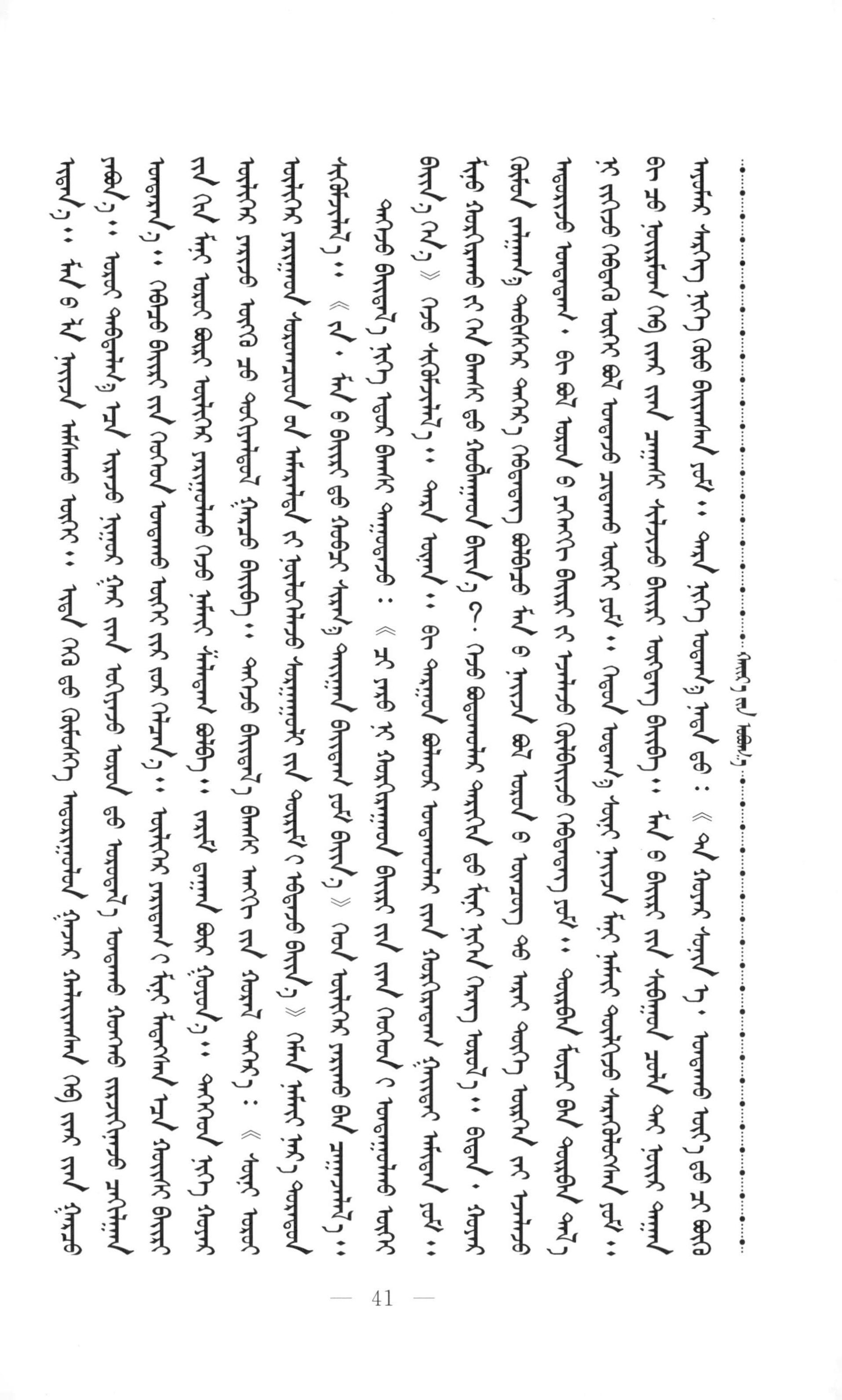

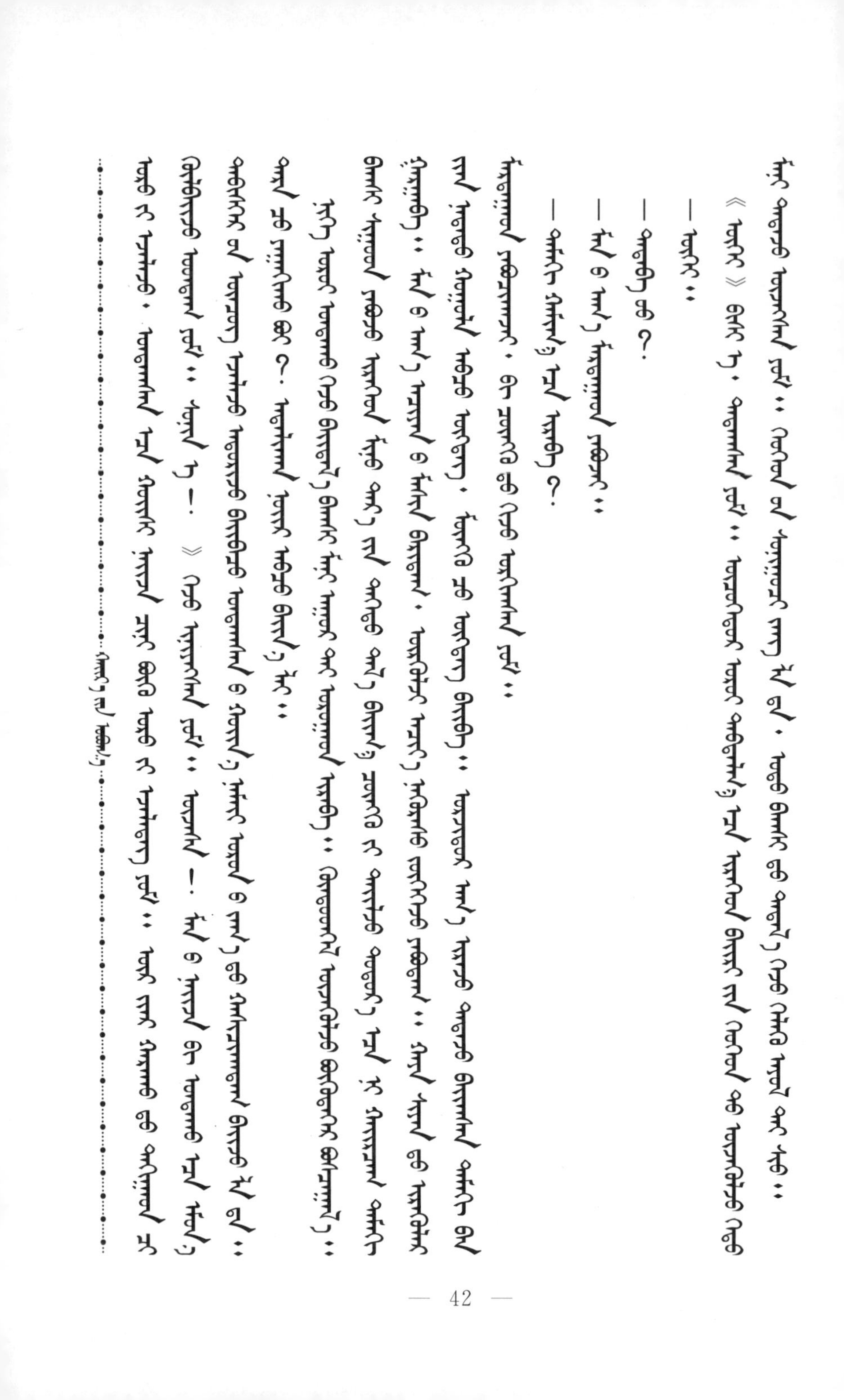

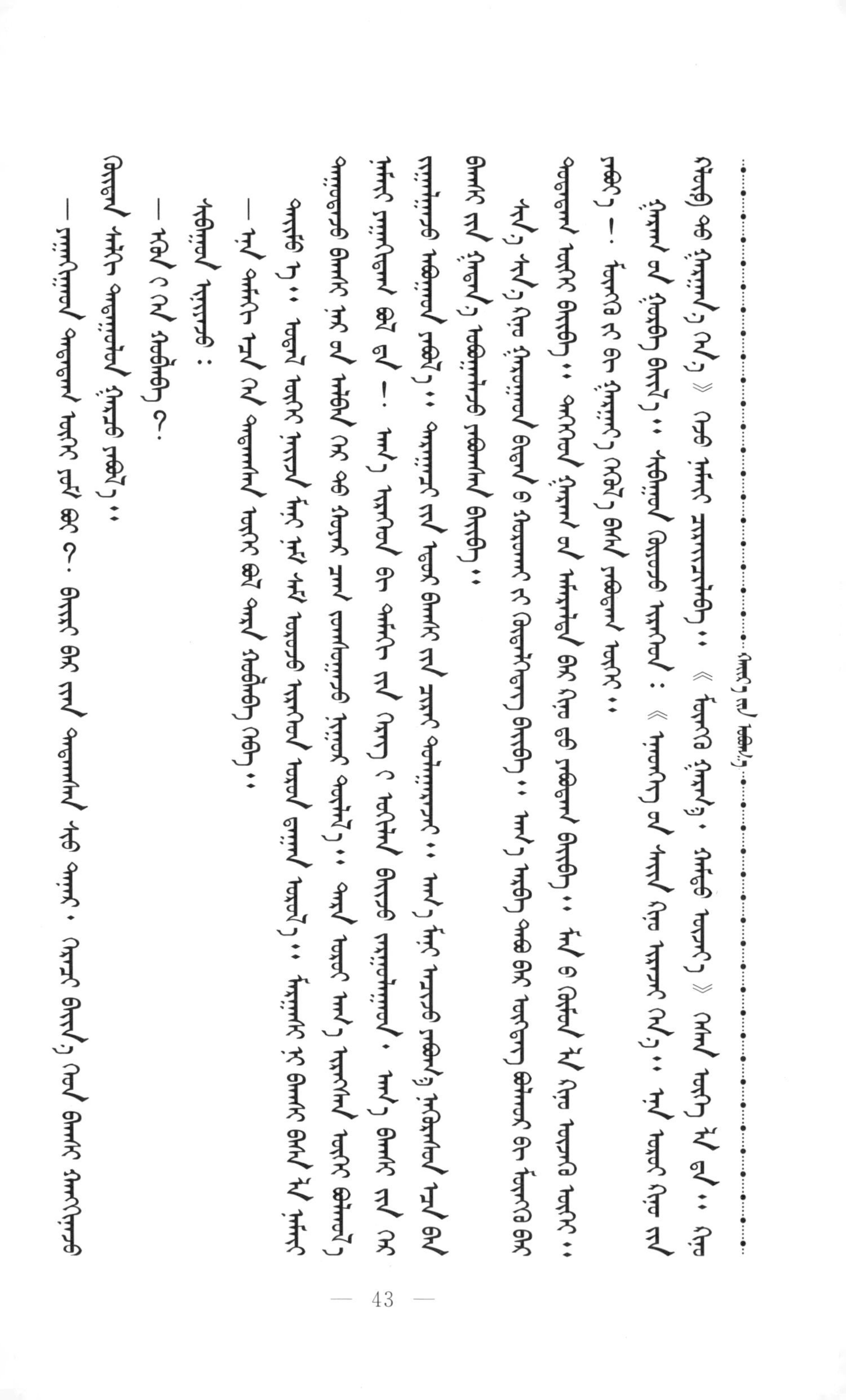

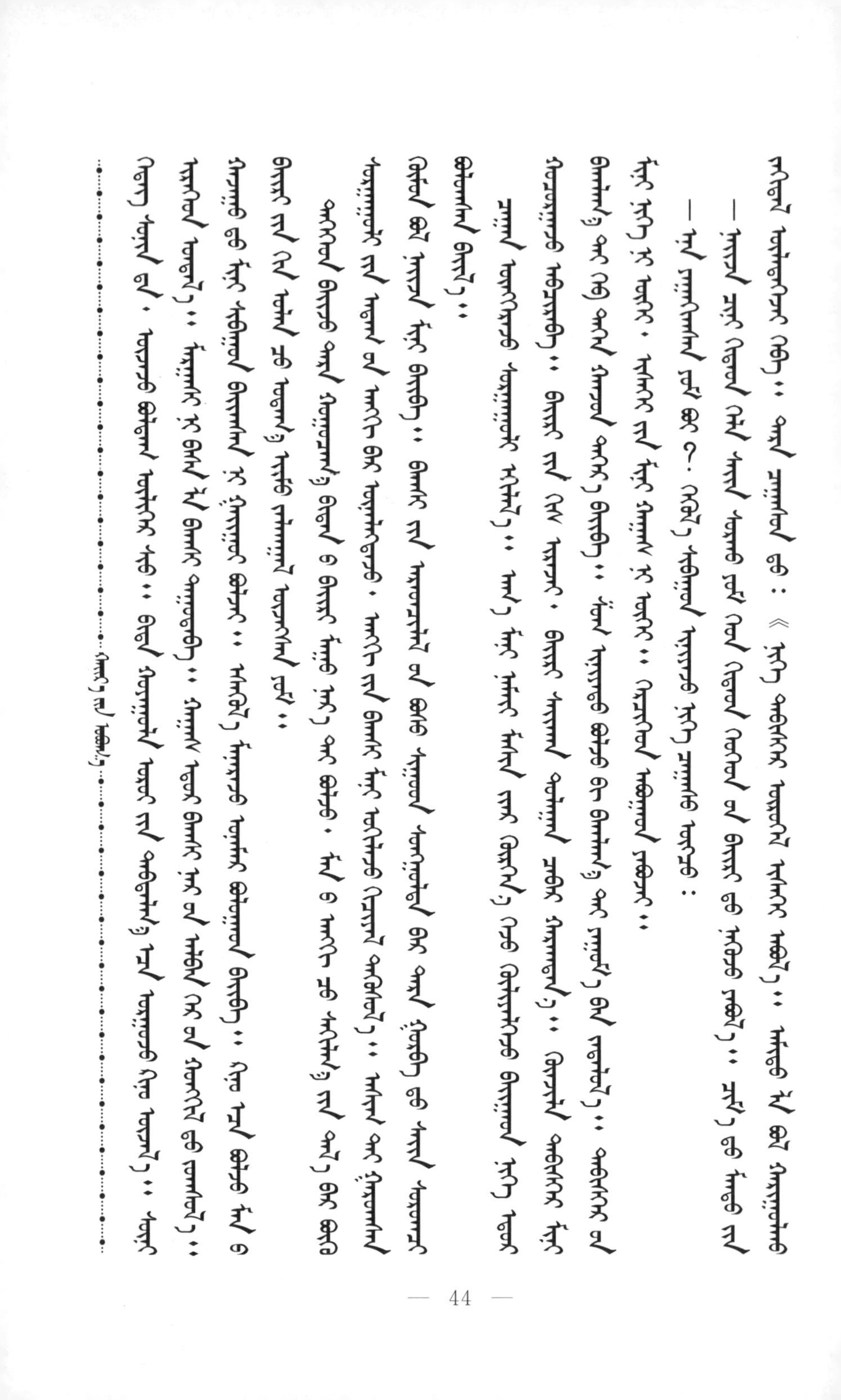

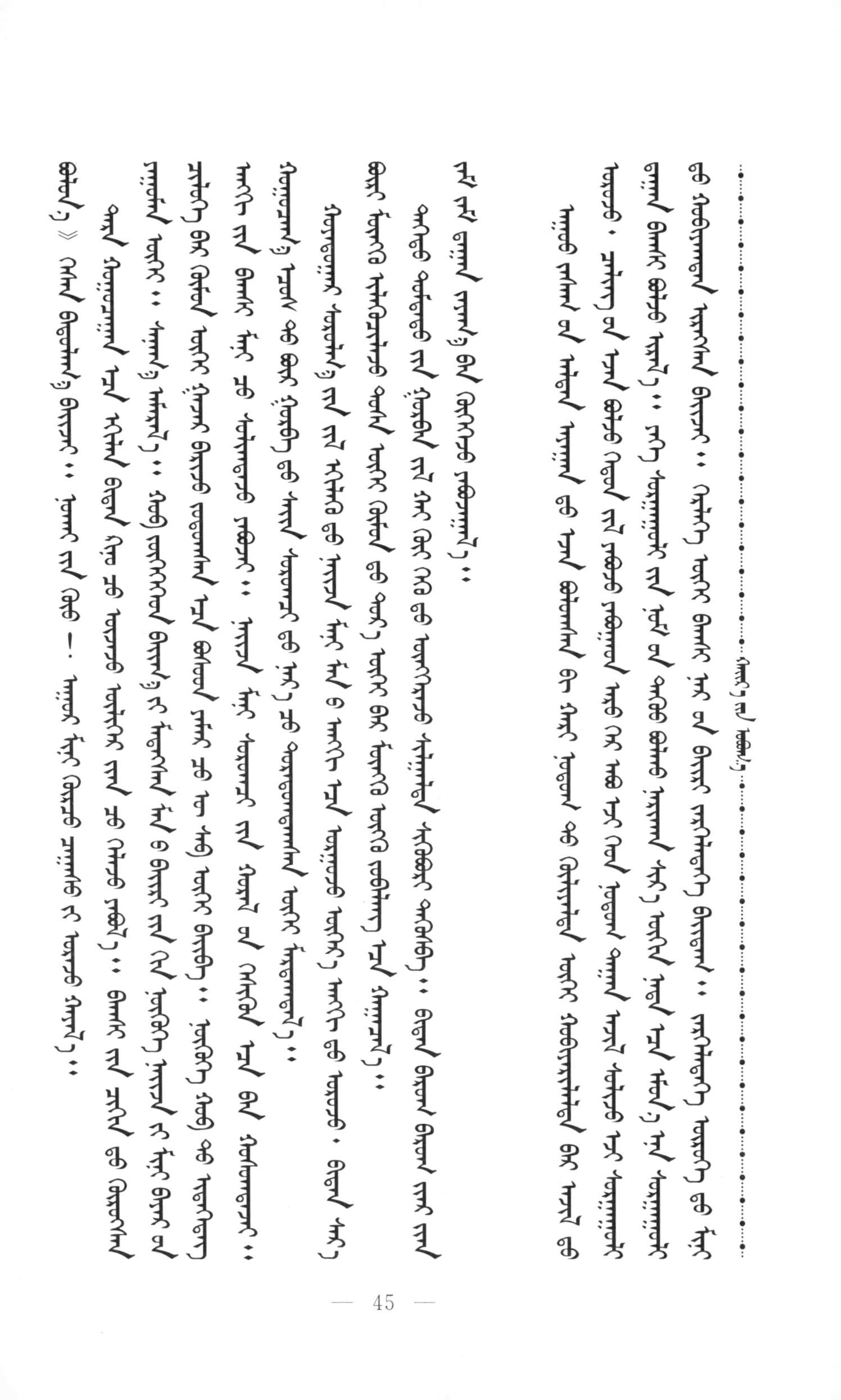

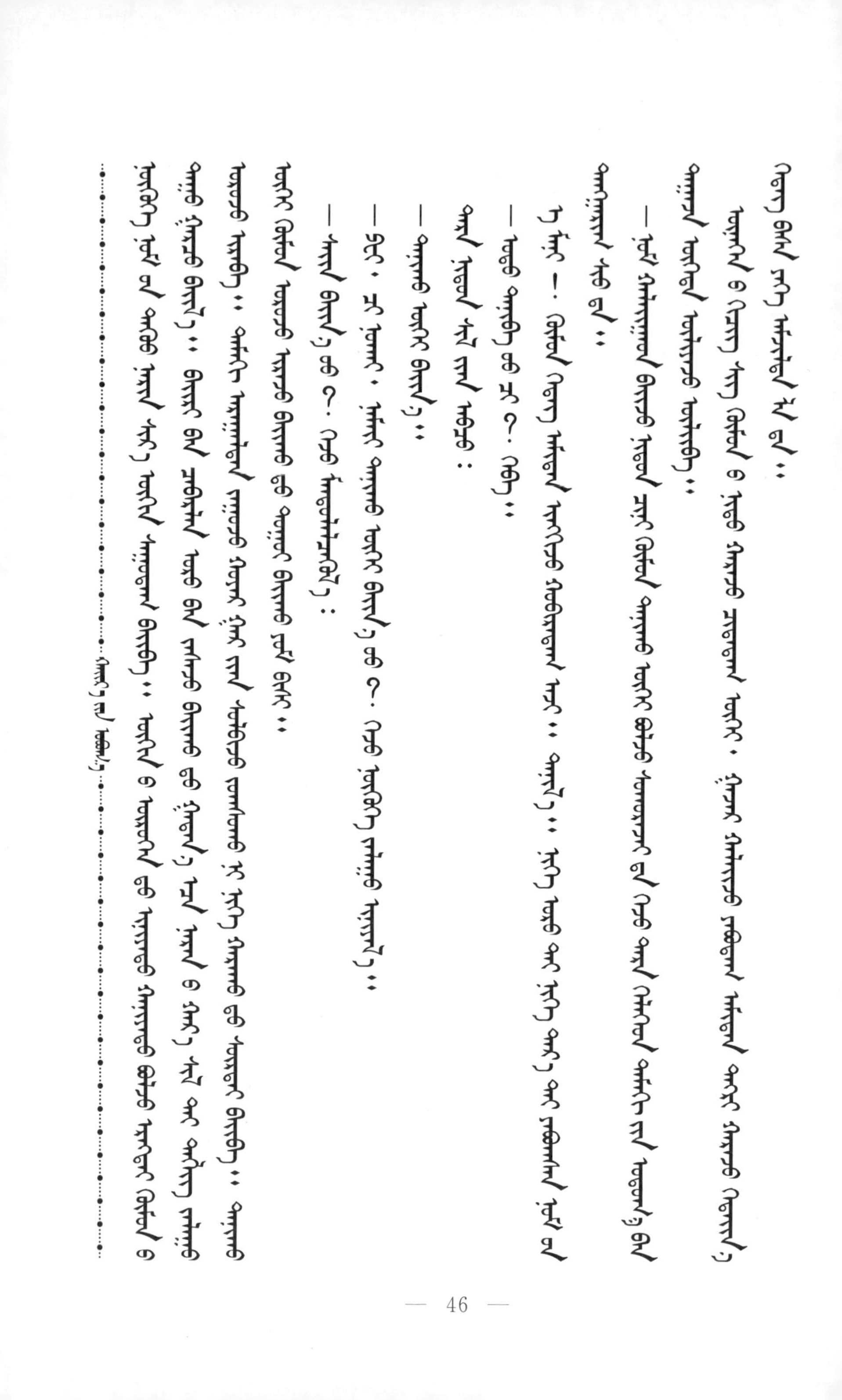

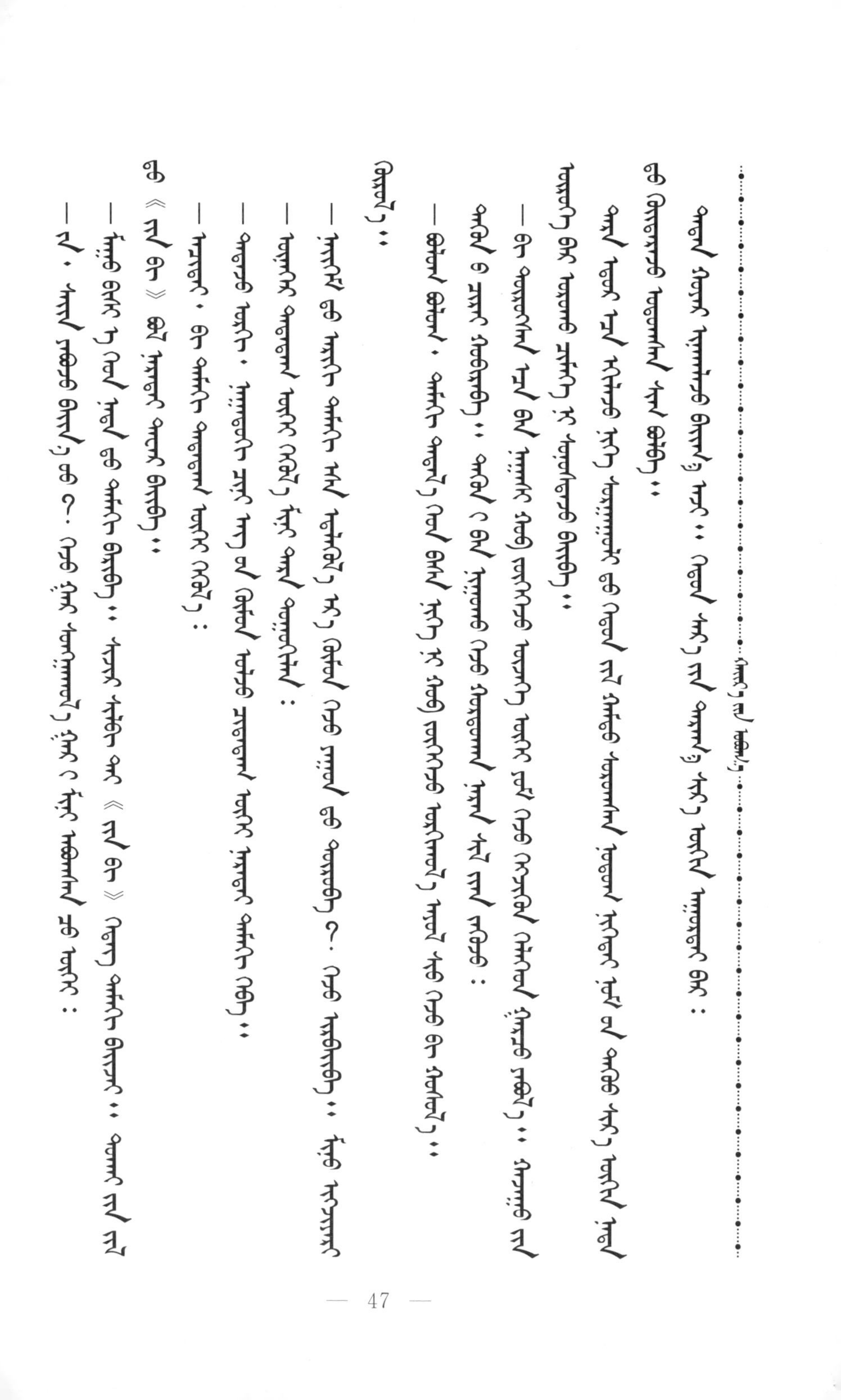

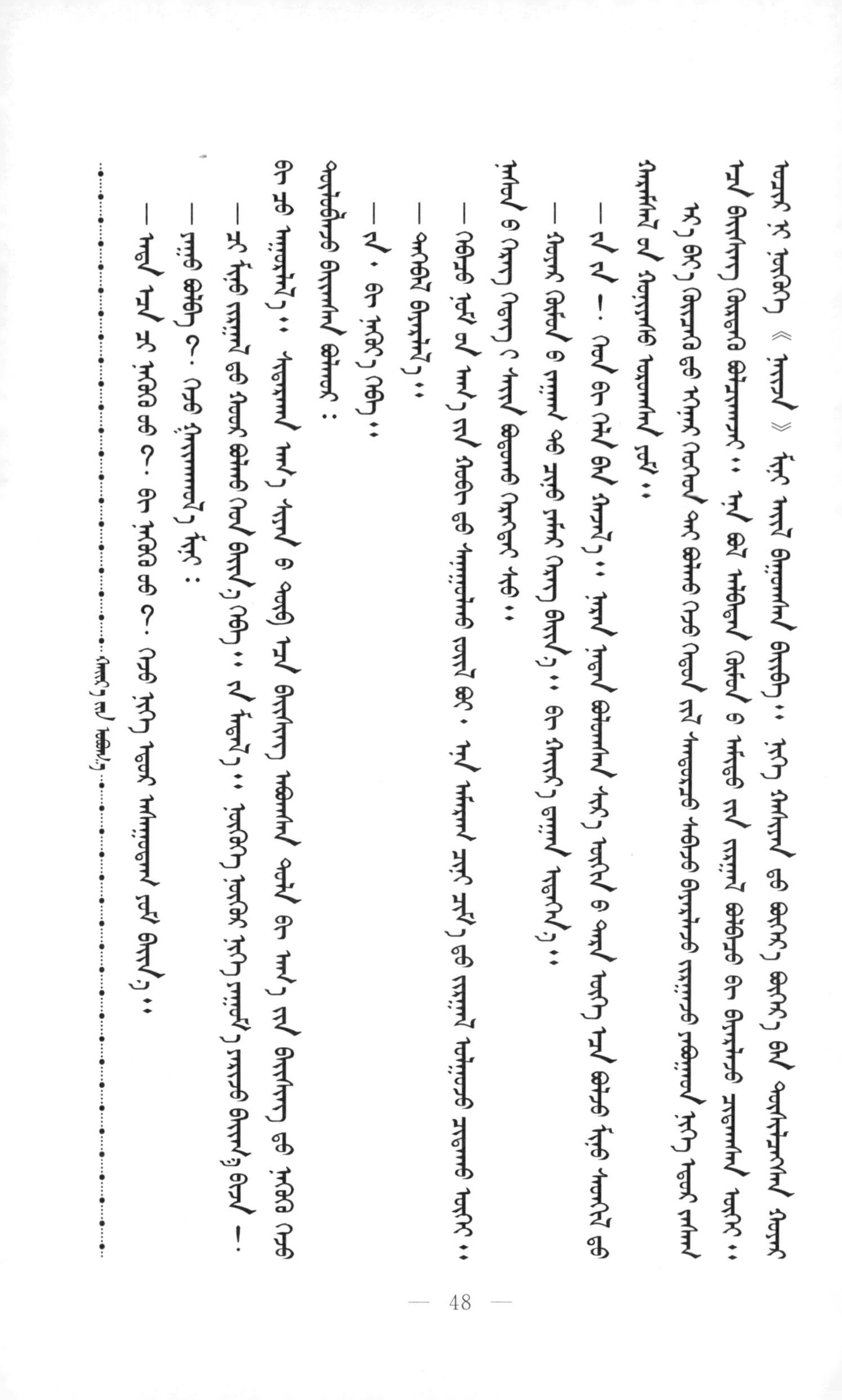

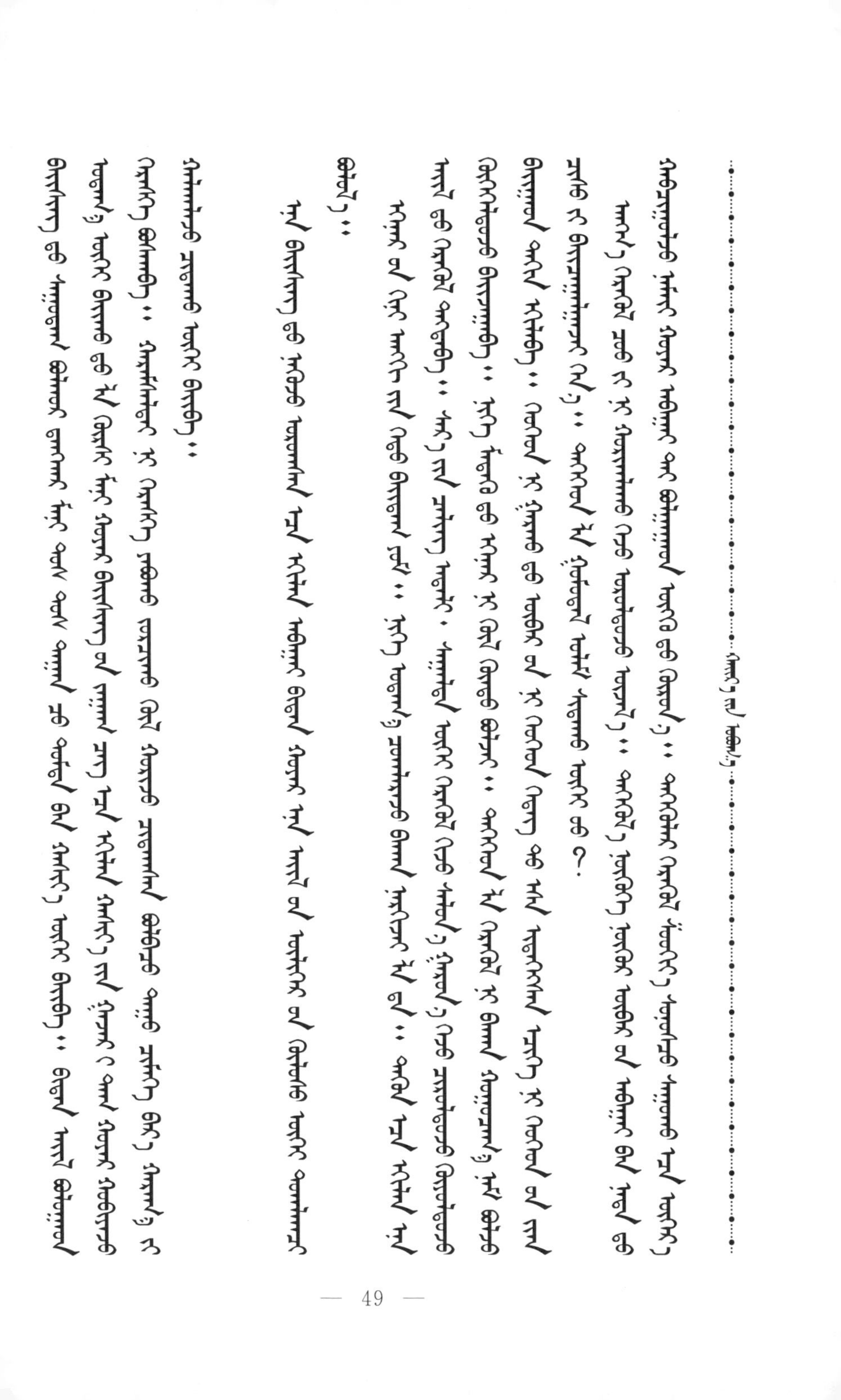

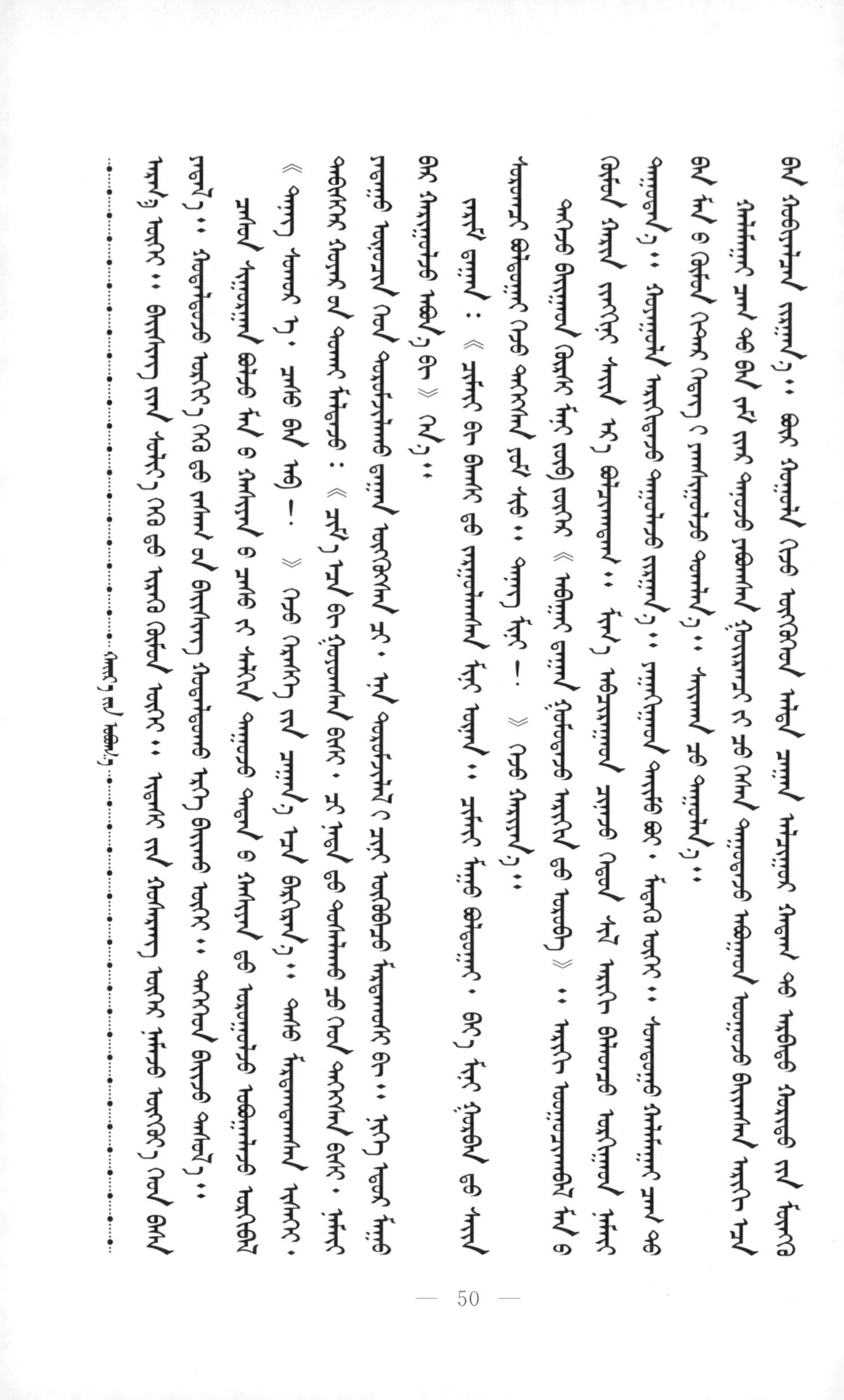

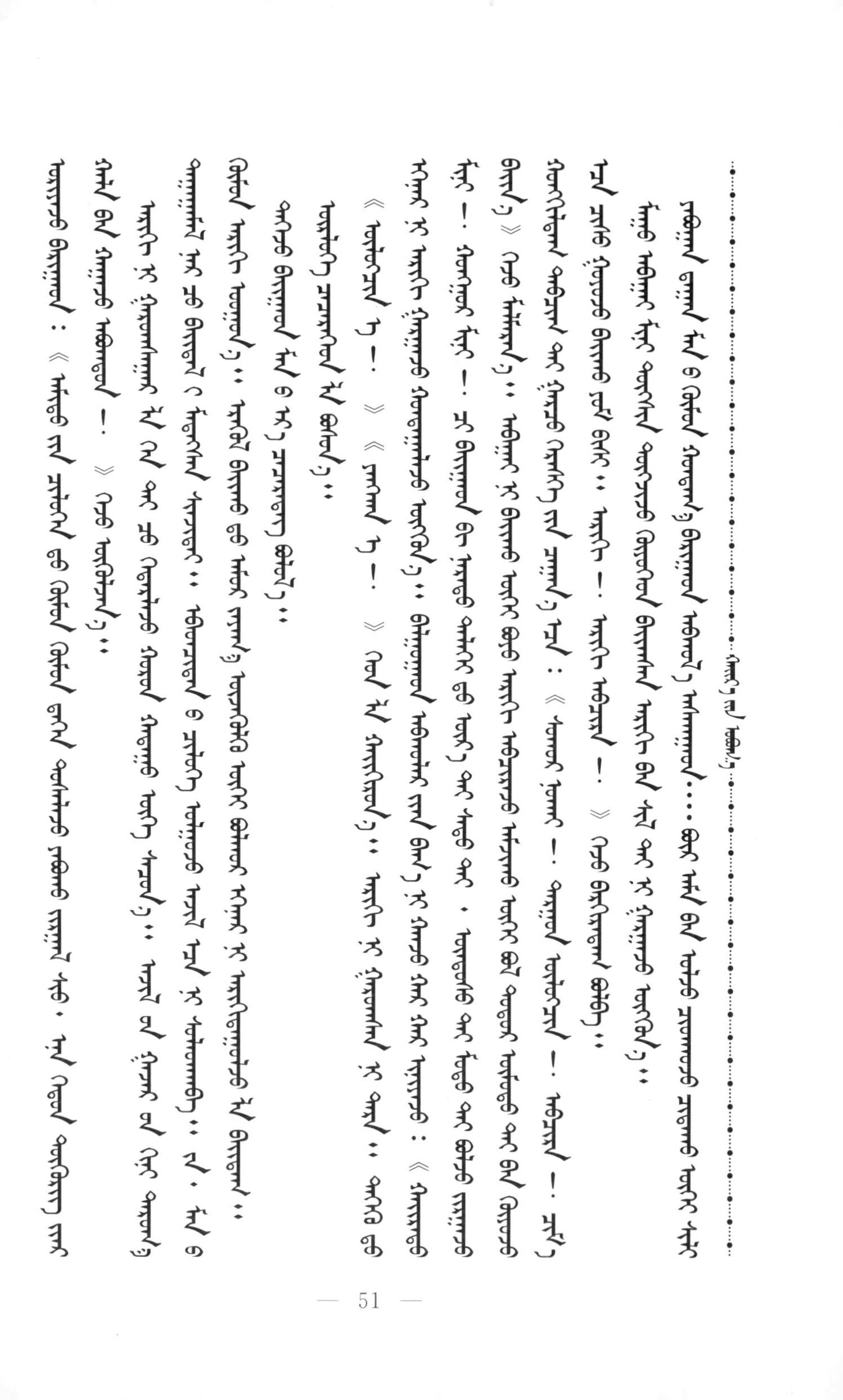

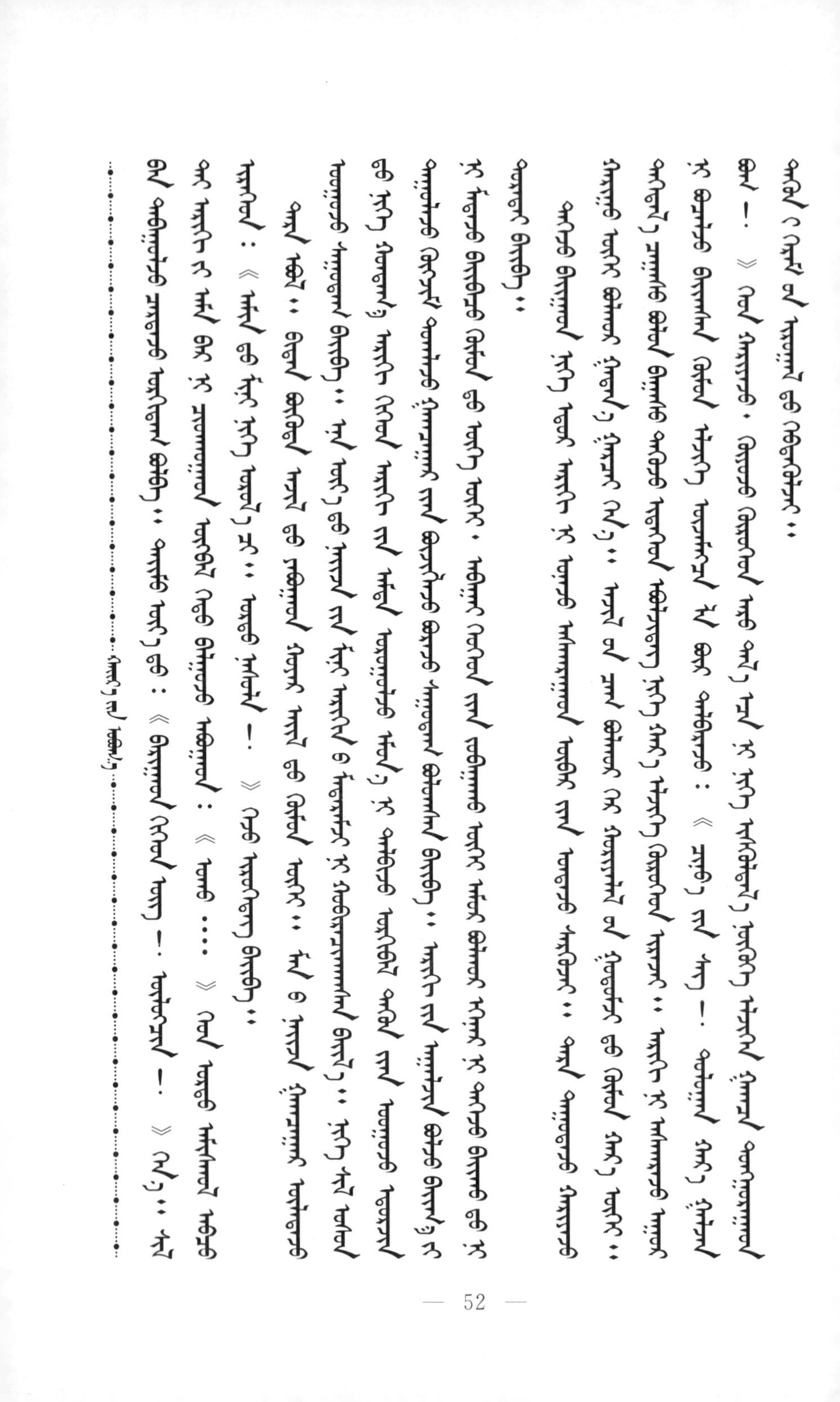

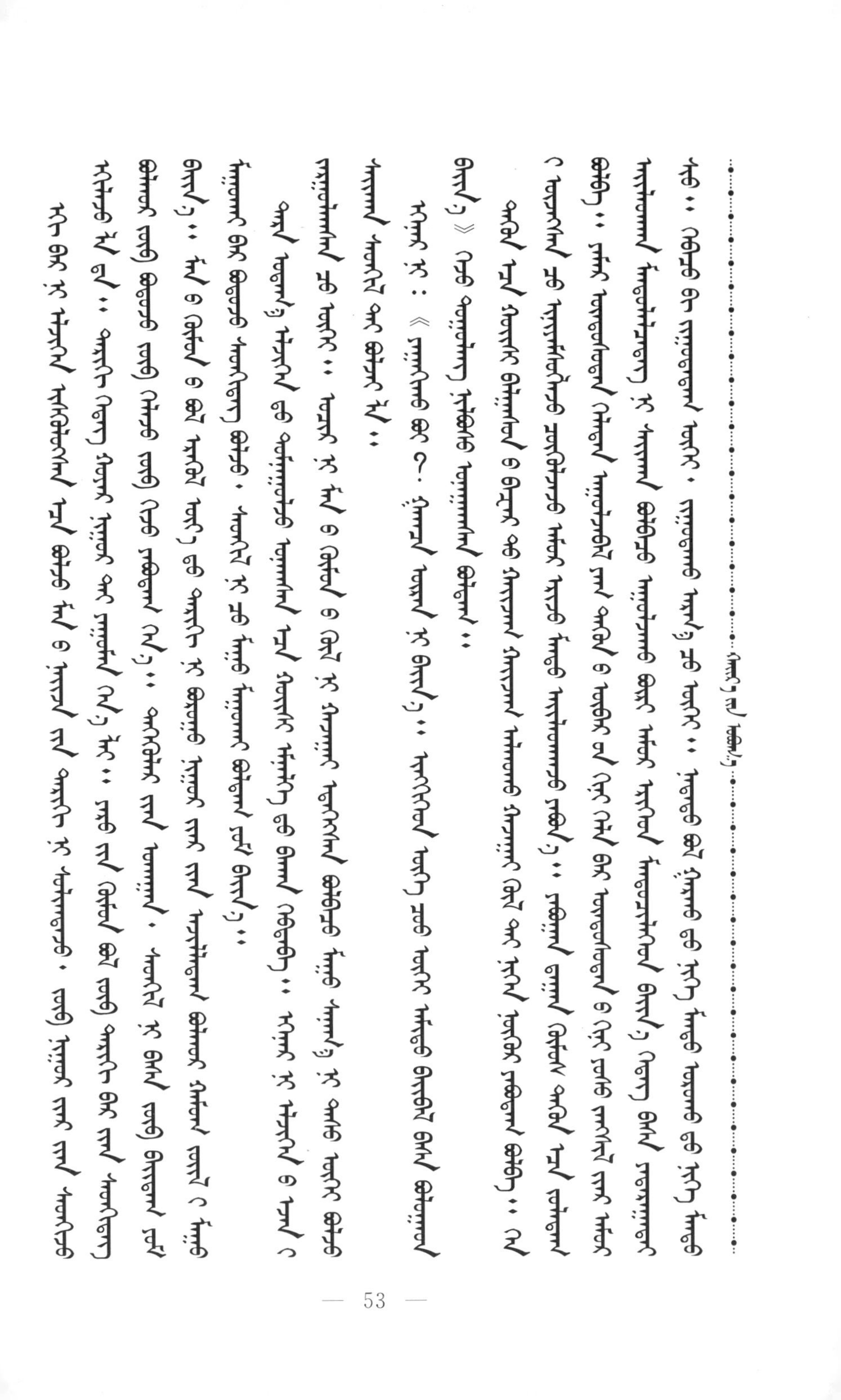

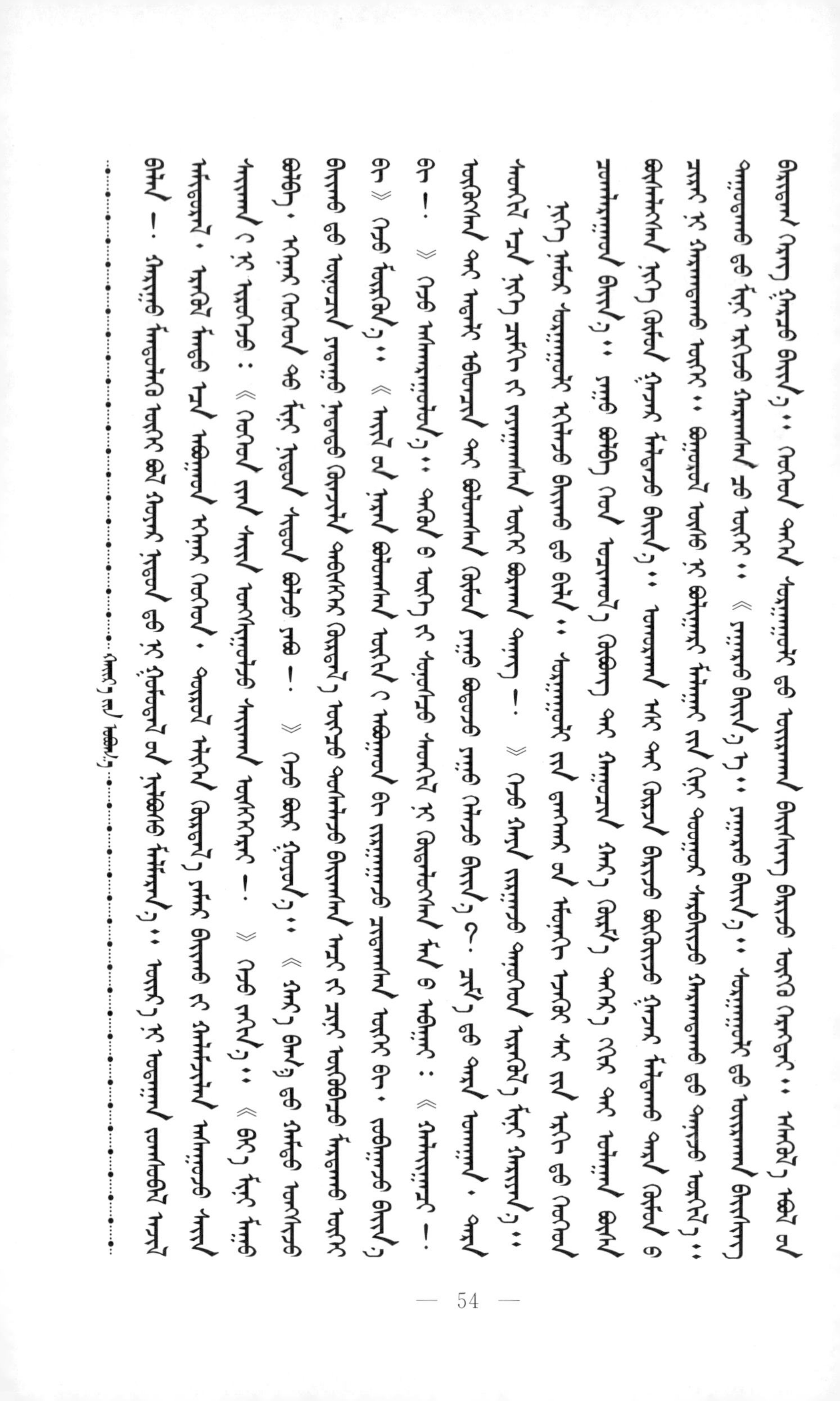

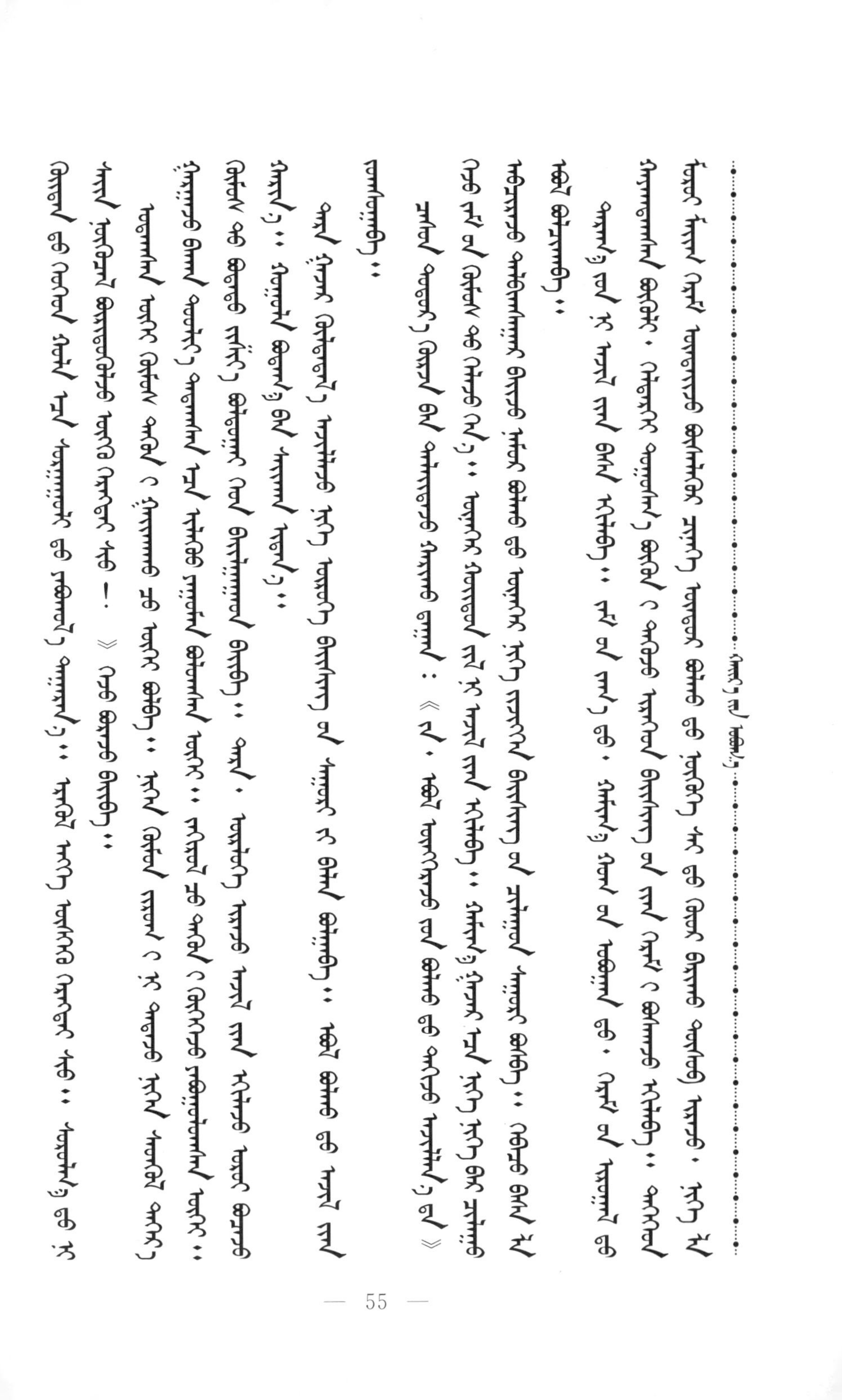

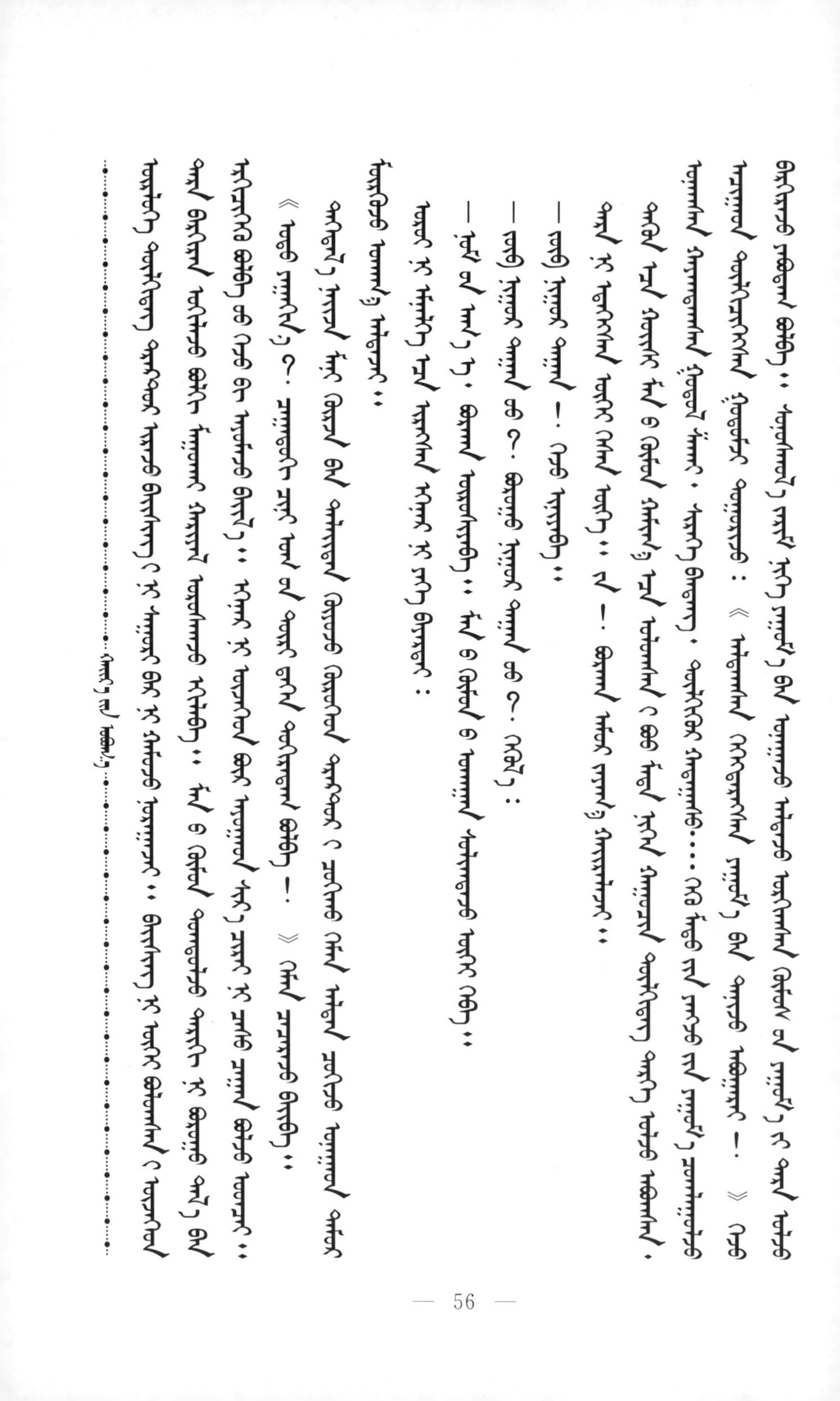

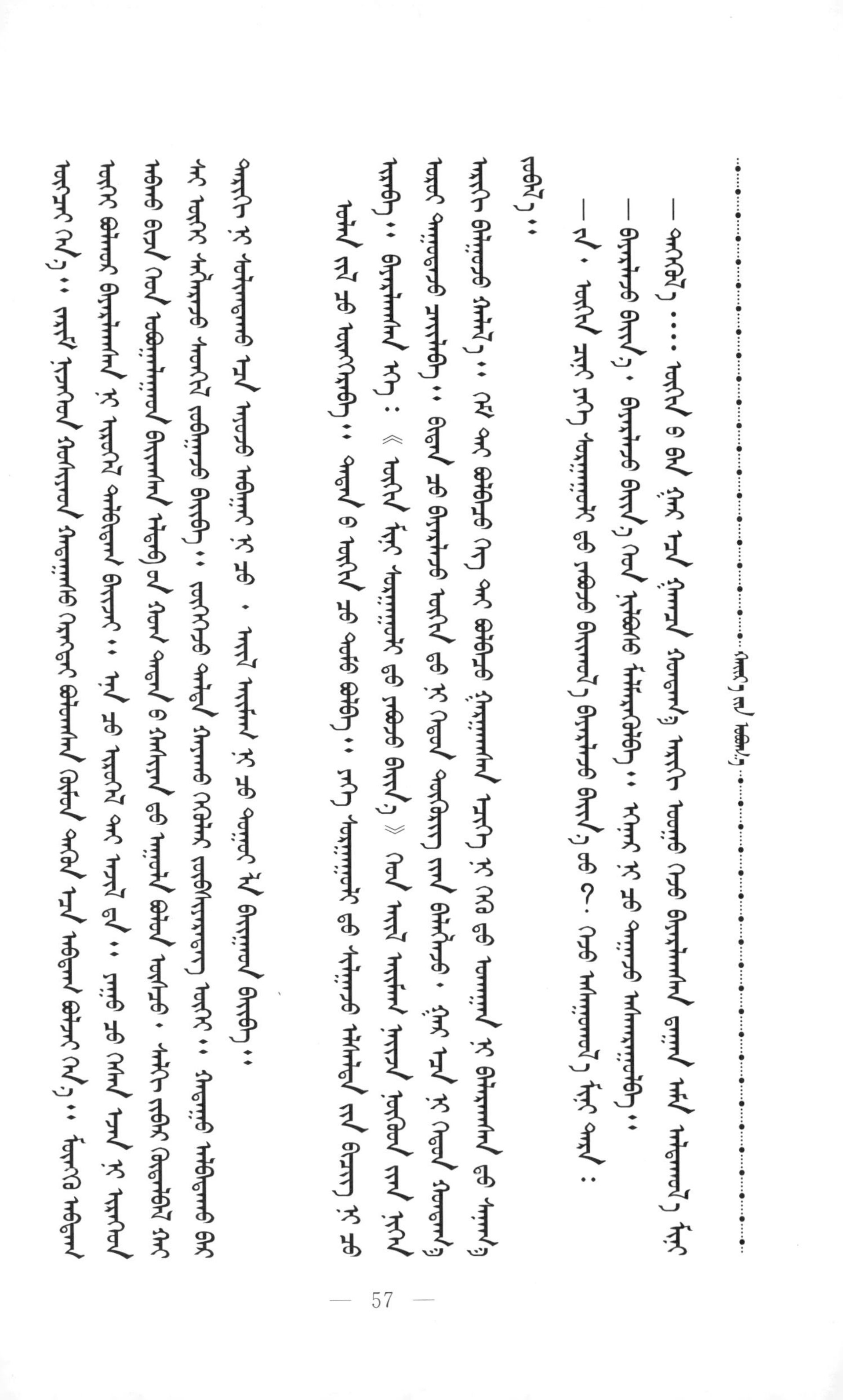

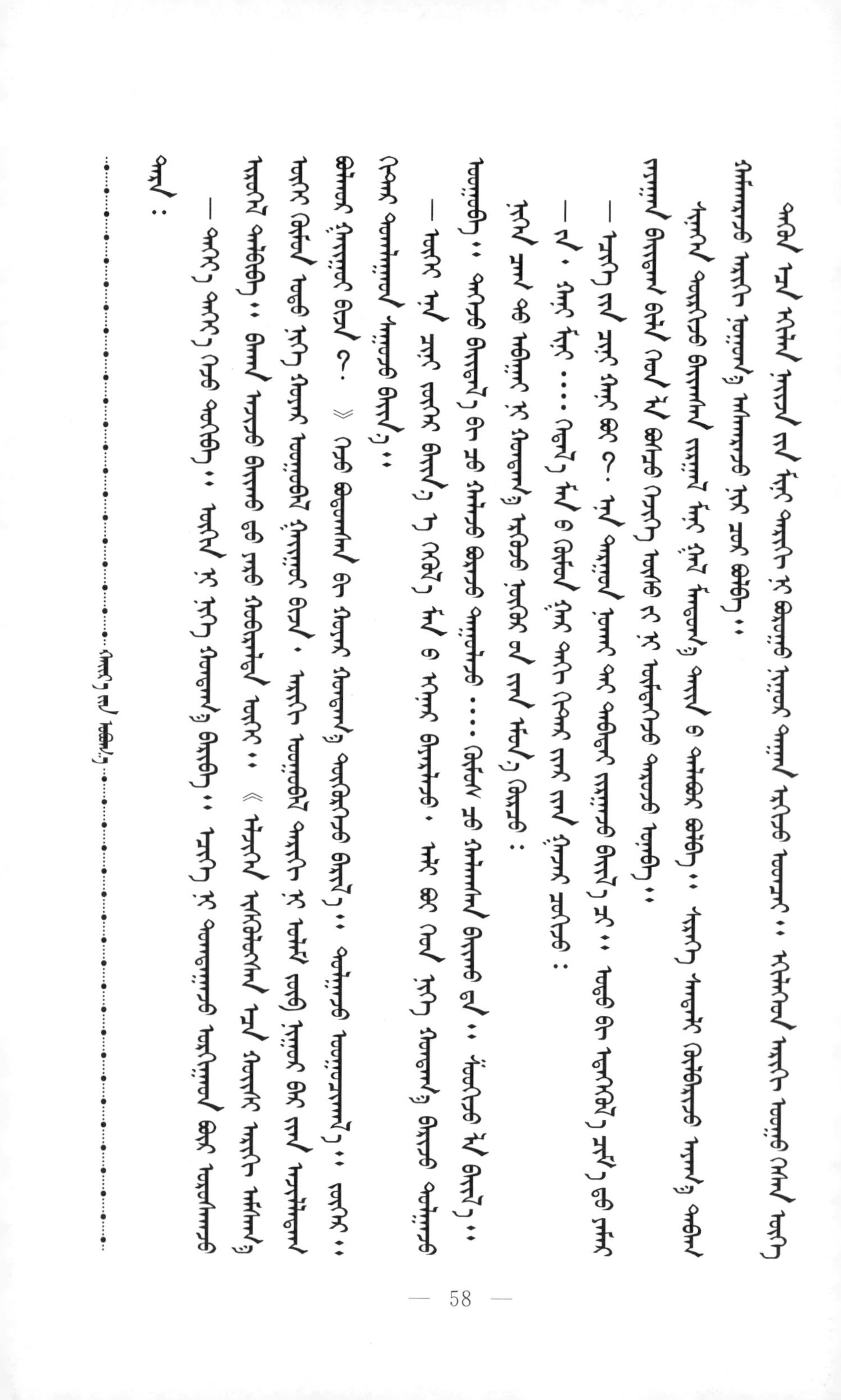

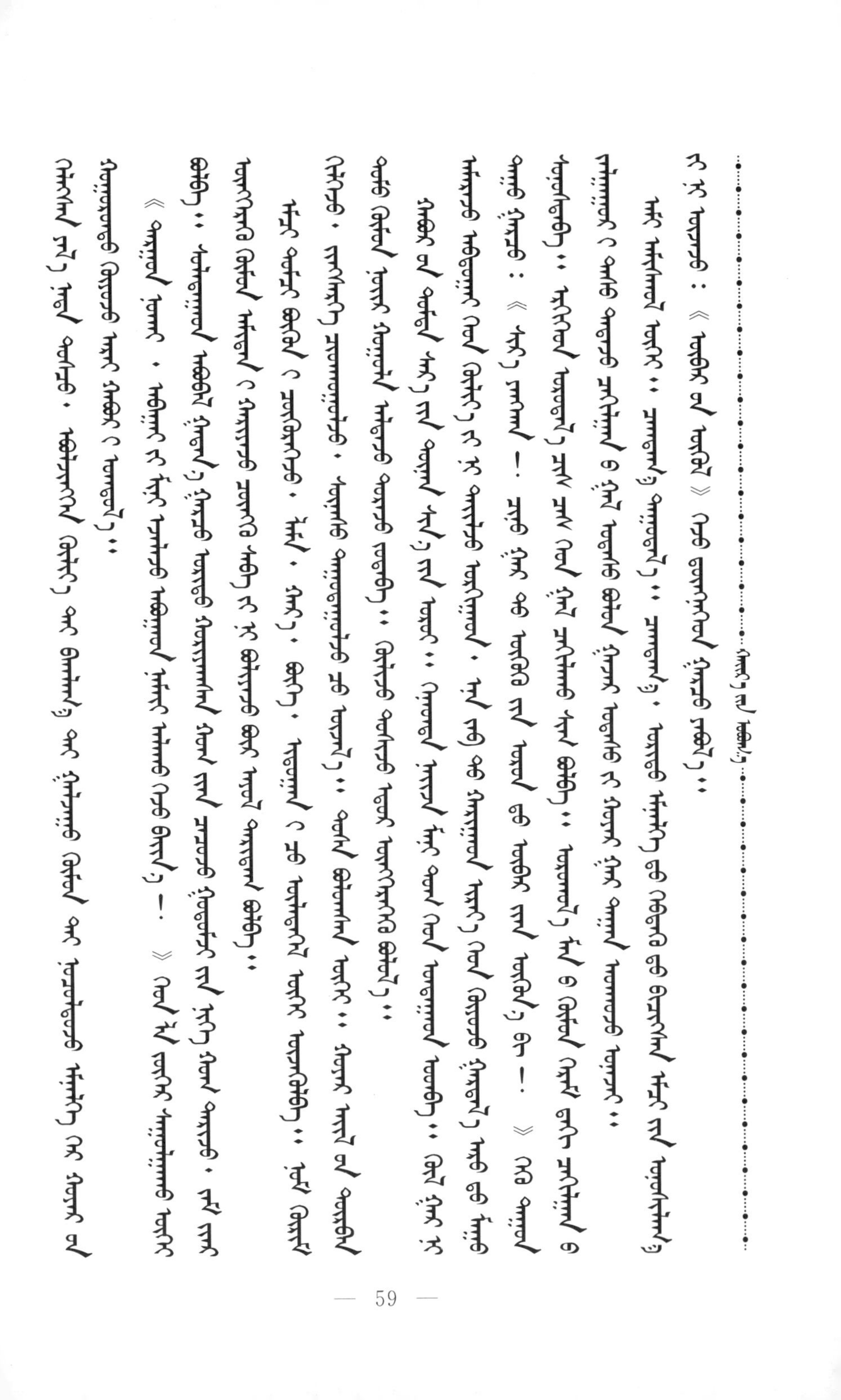

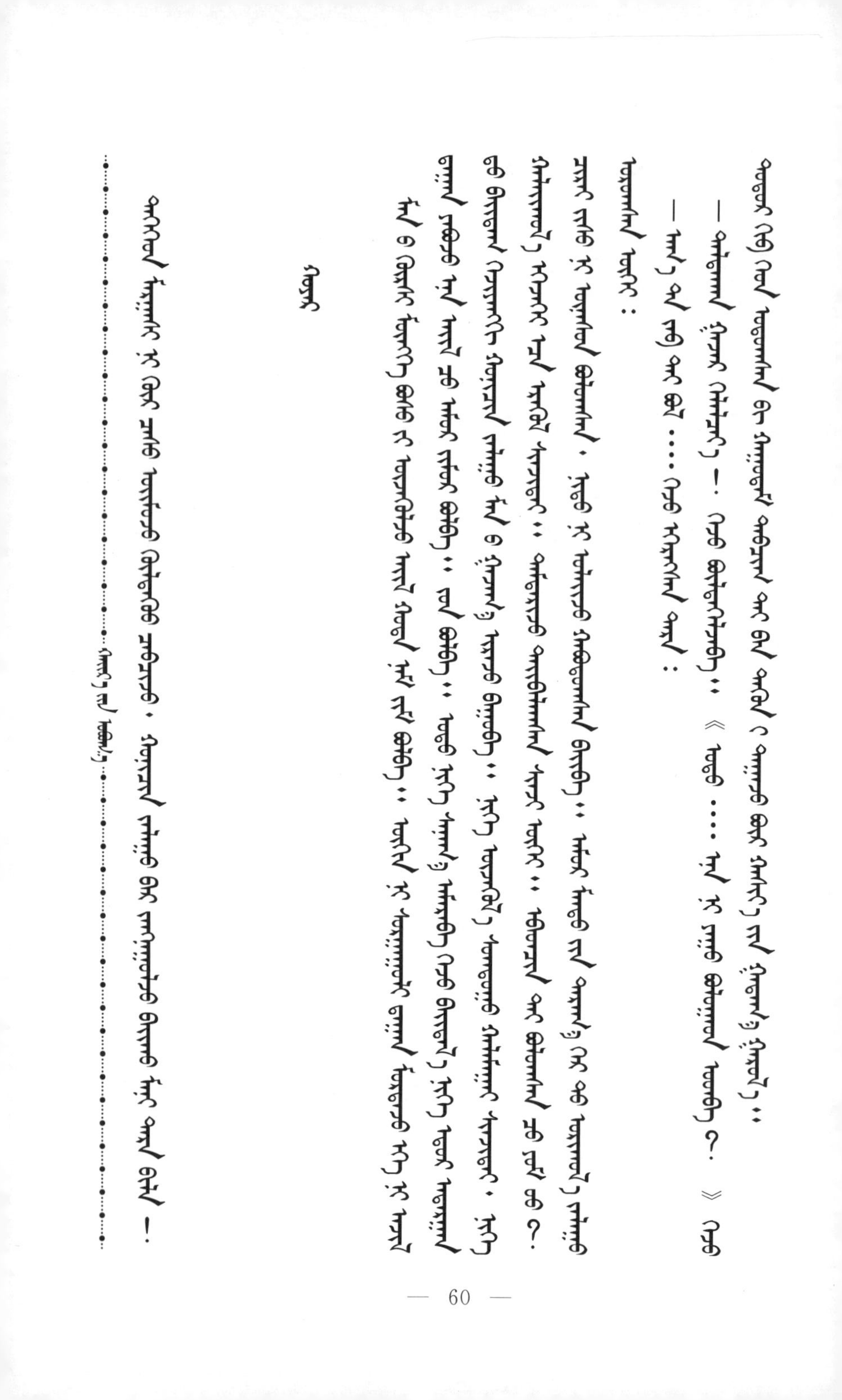

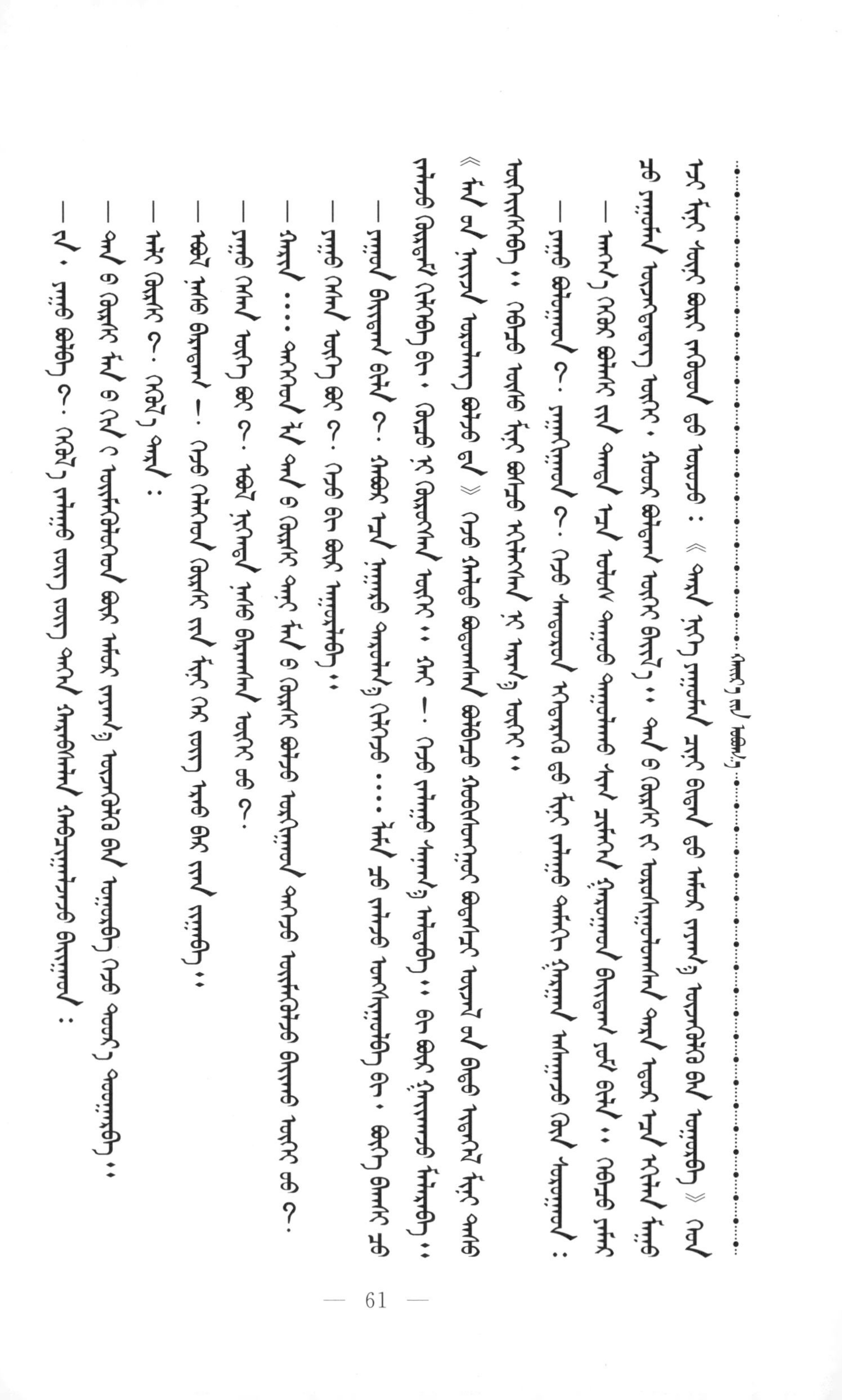

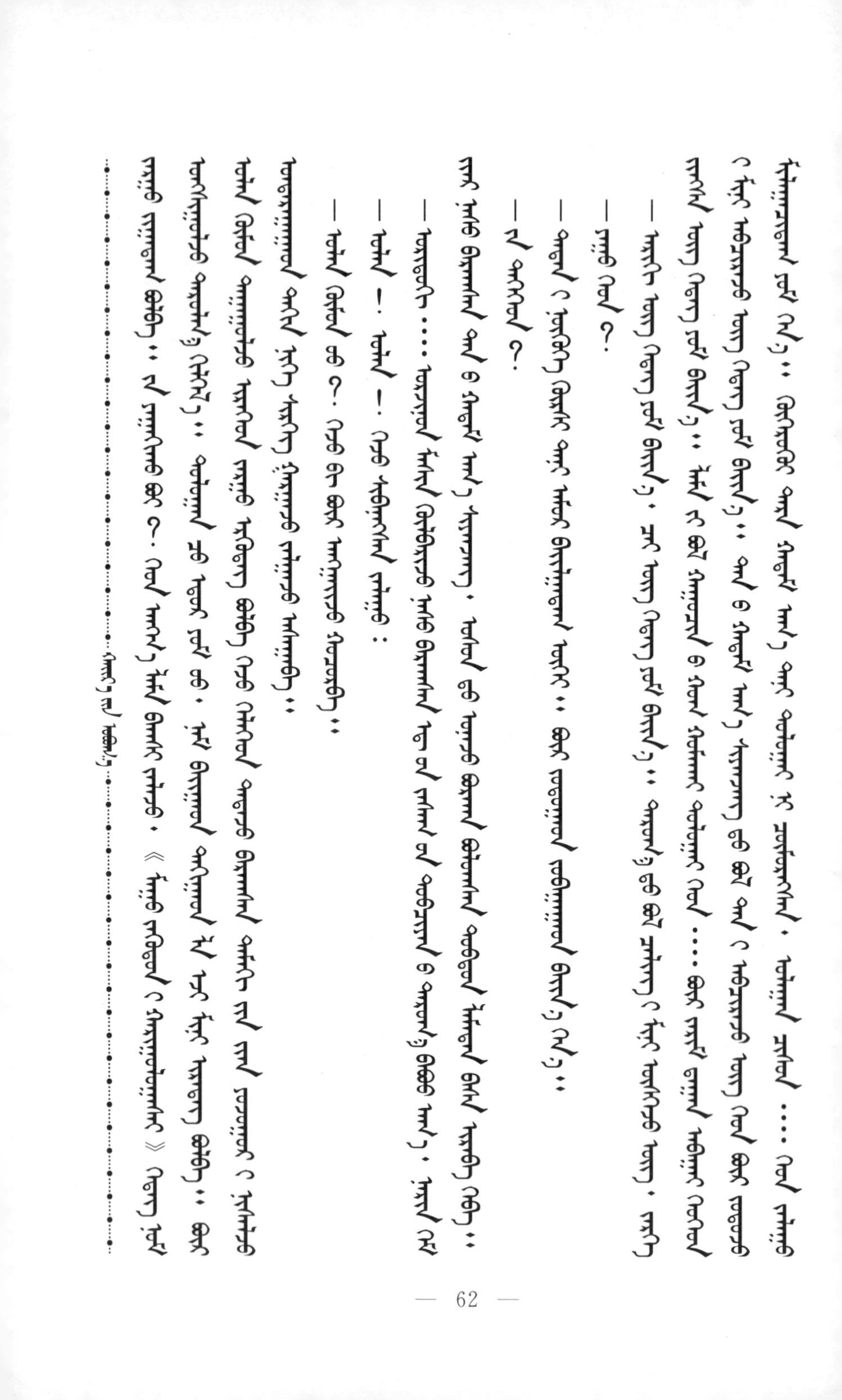

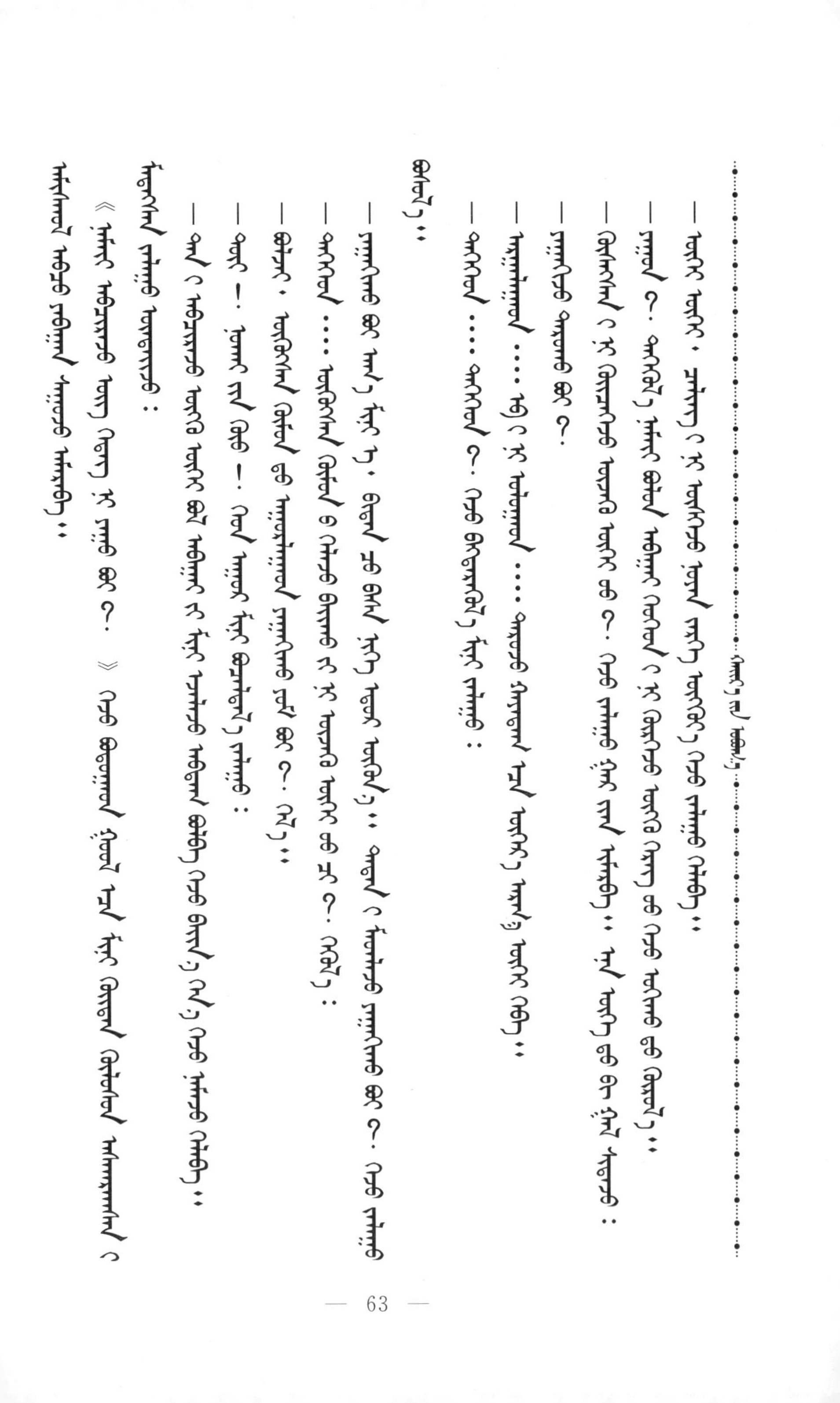

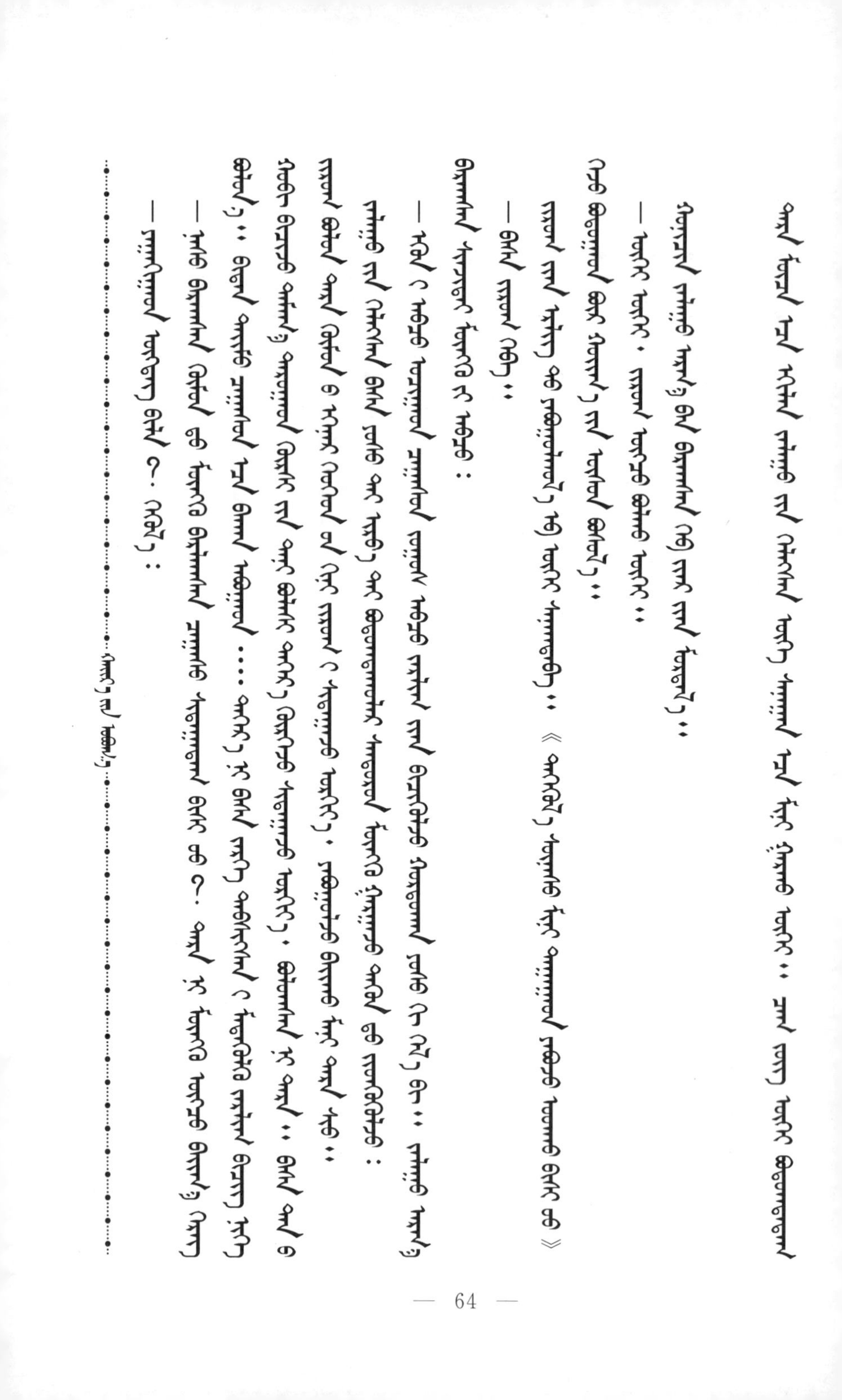

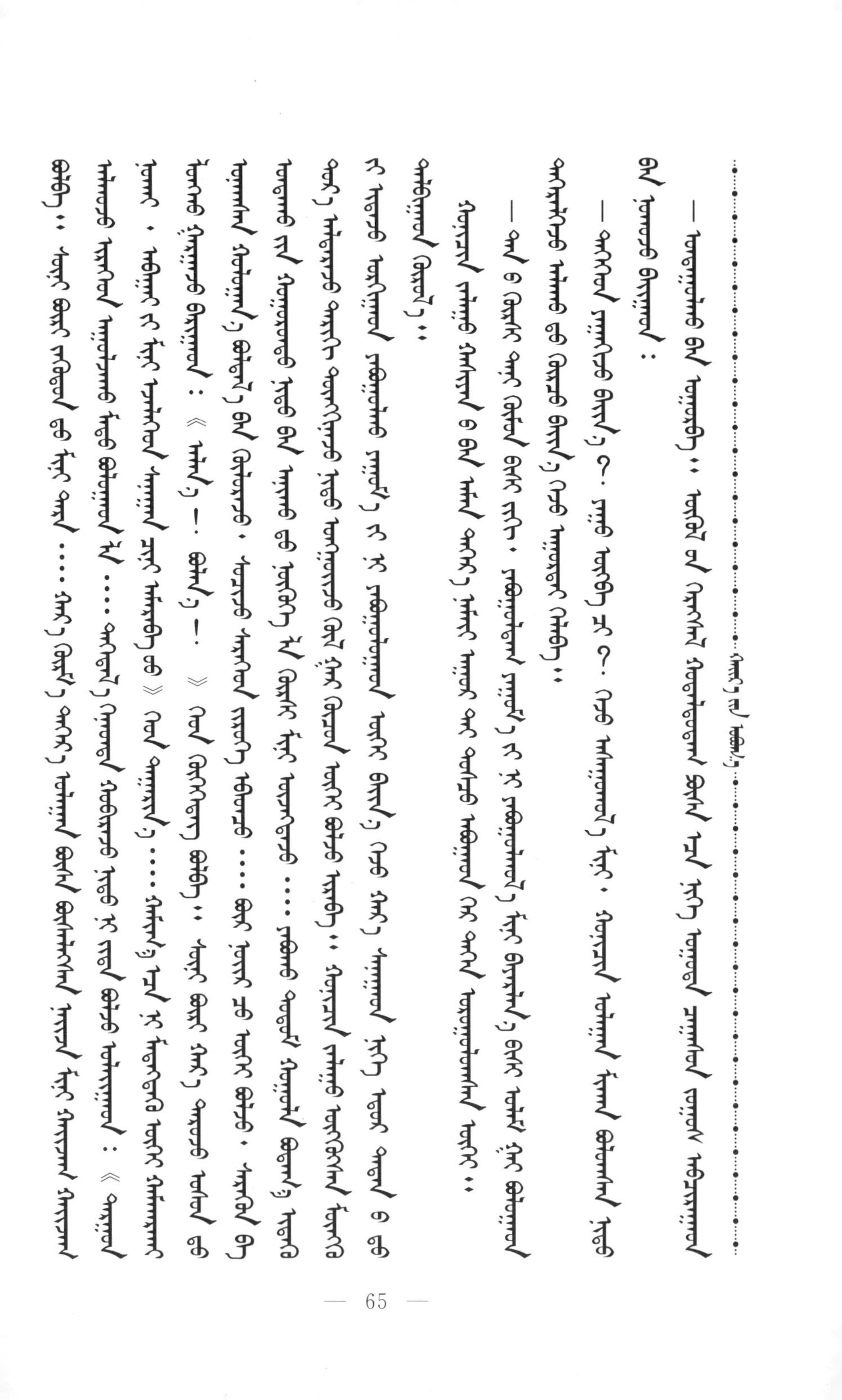

[illegible]

— [illegible] :

— [illegible] ::

— [illegible] ::

[illegible] ::

[illegible] ::

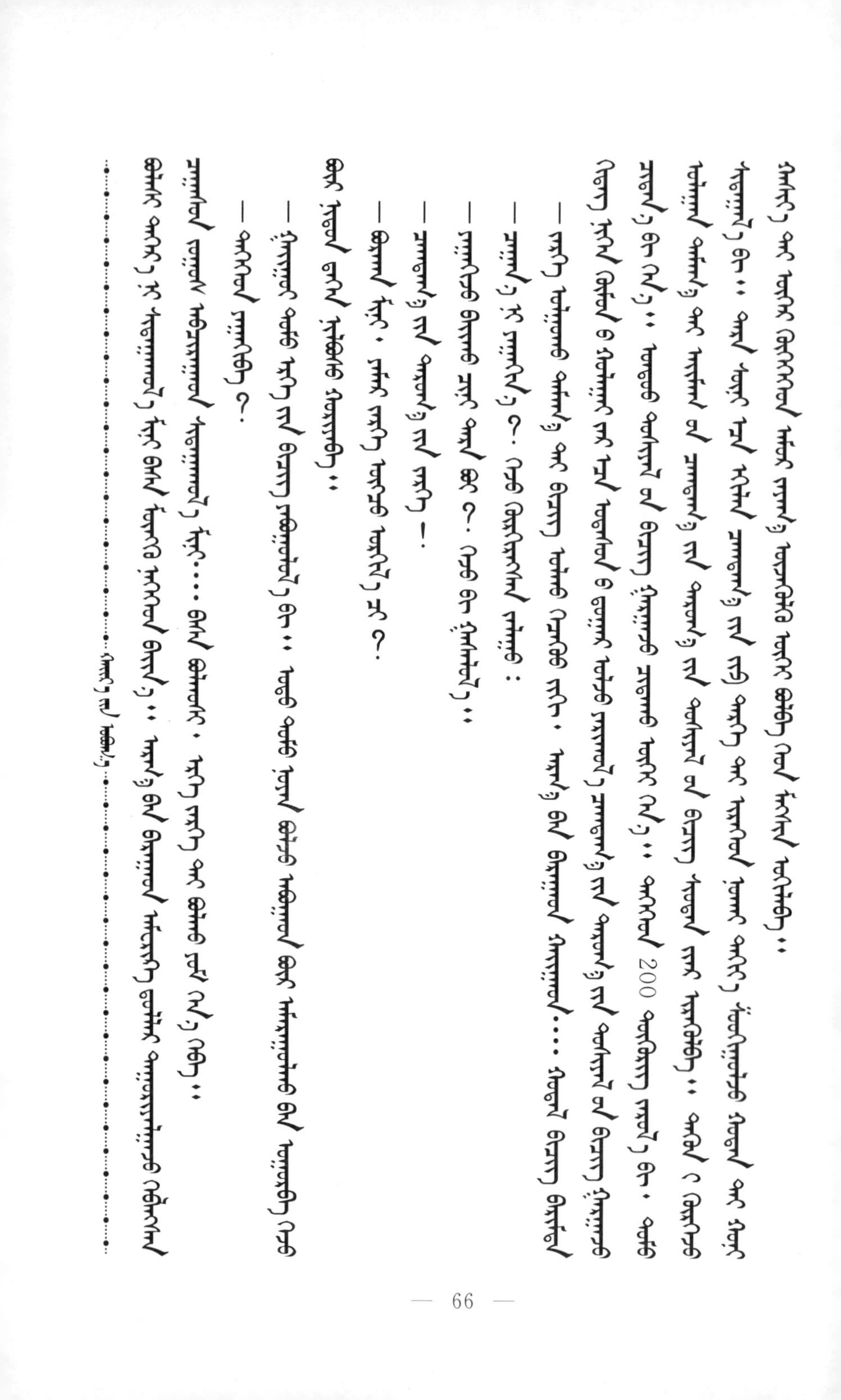

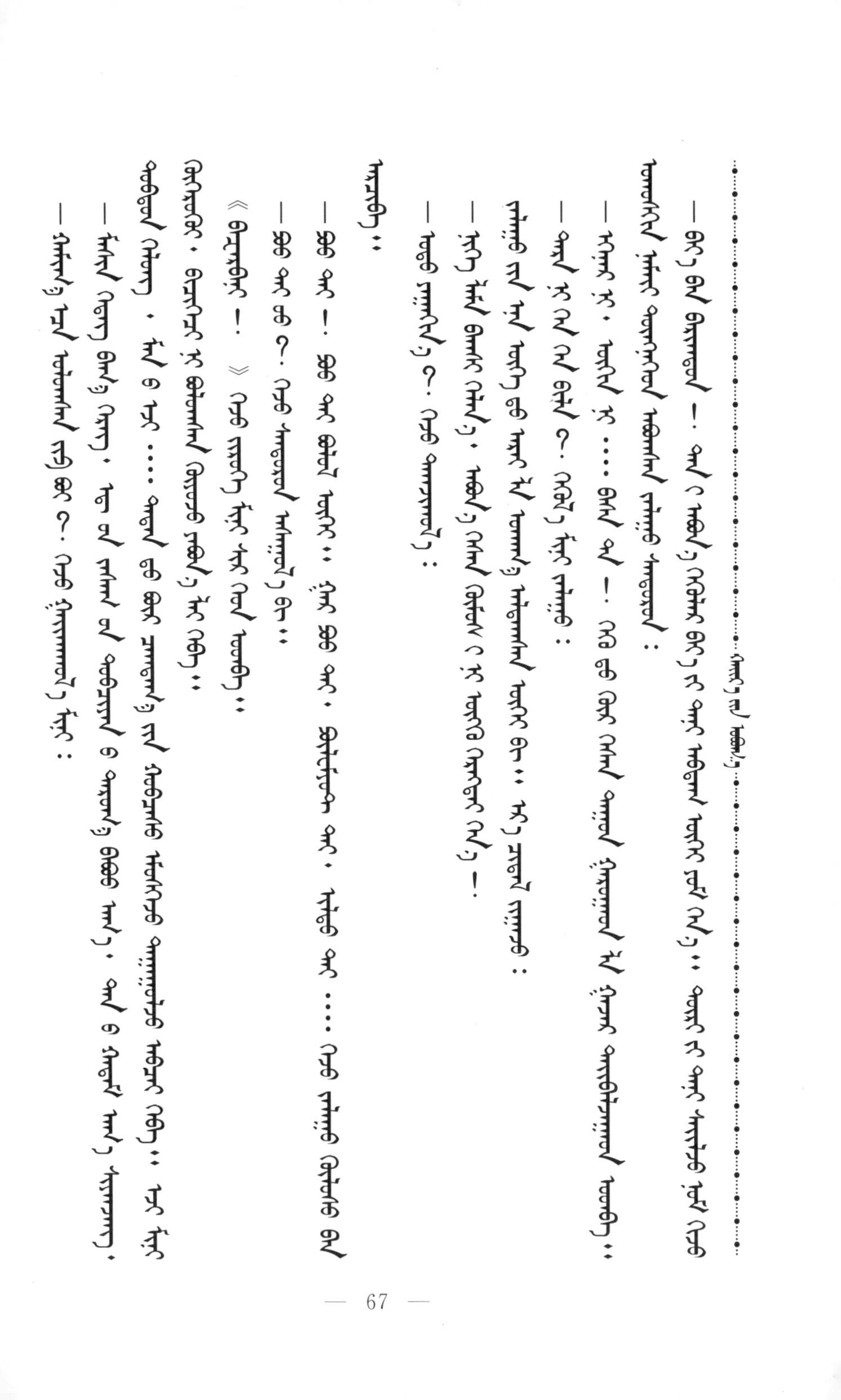

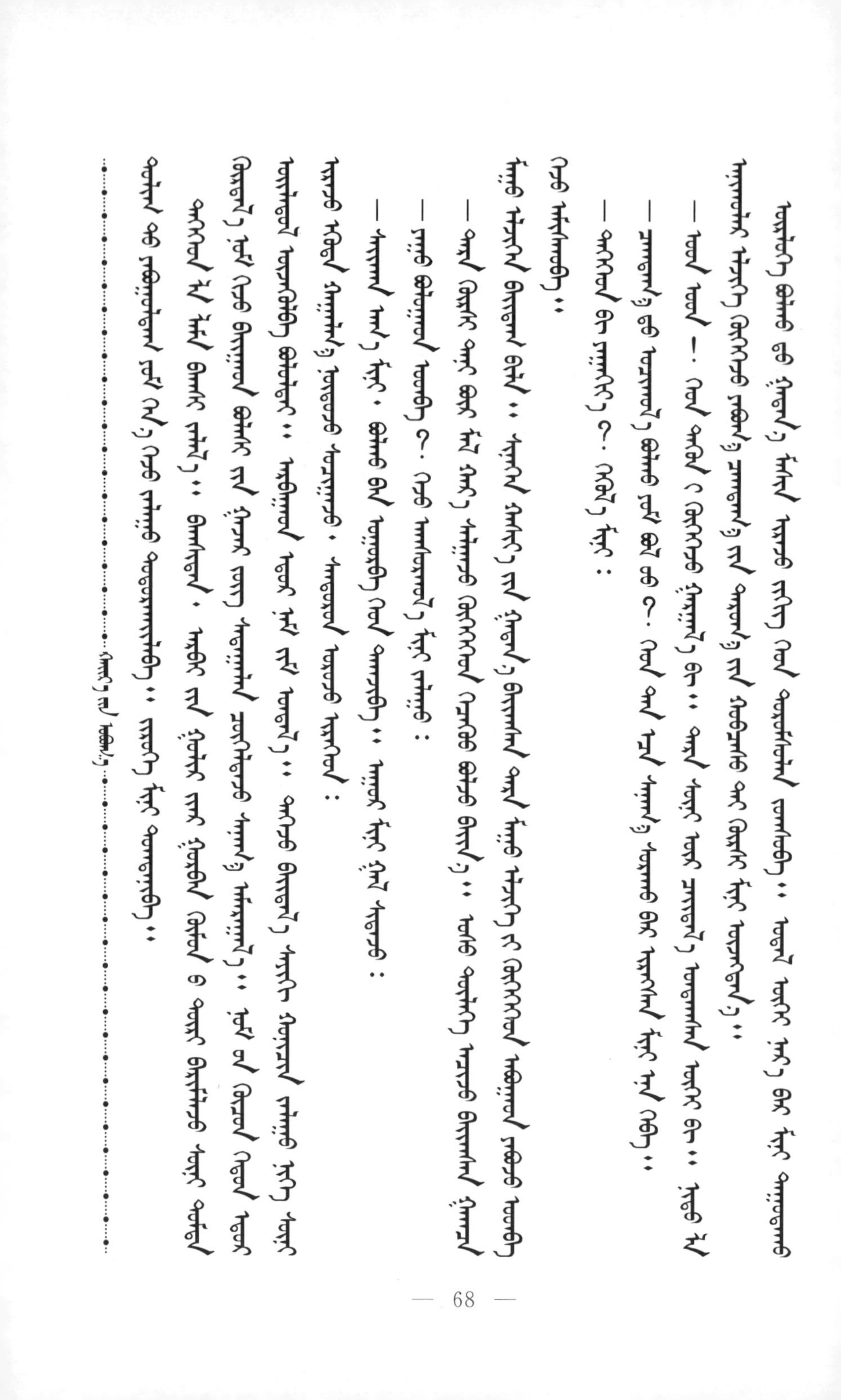

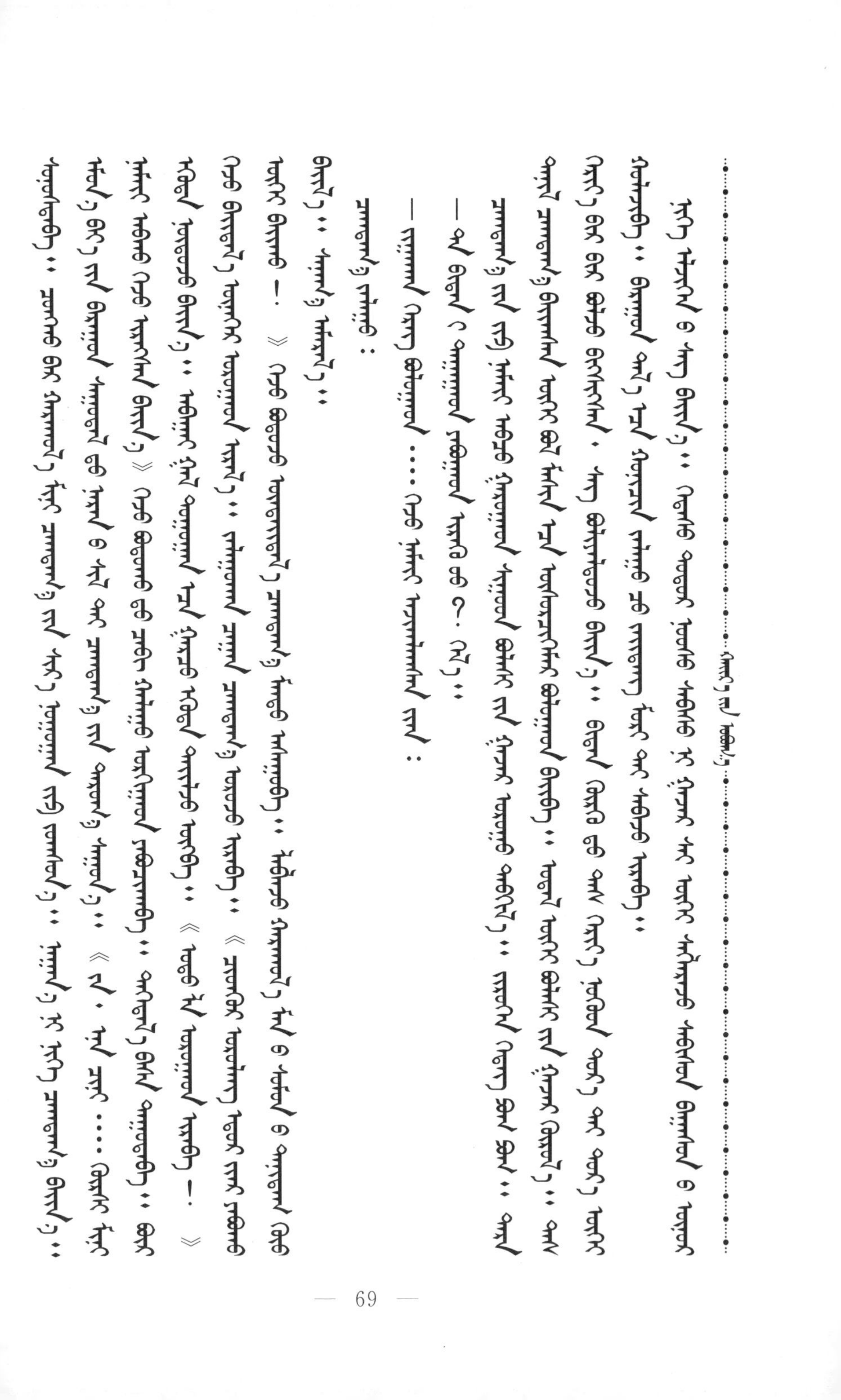

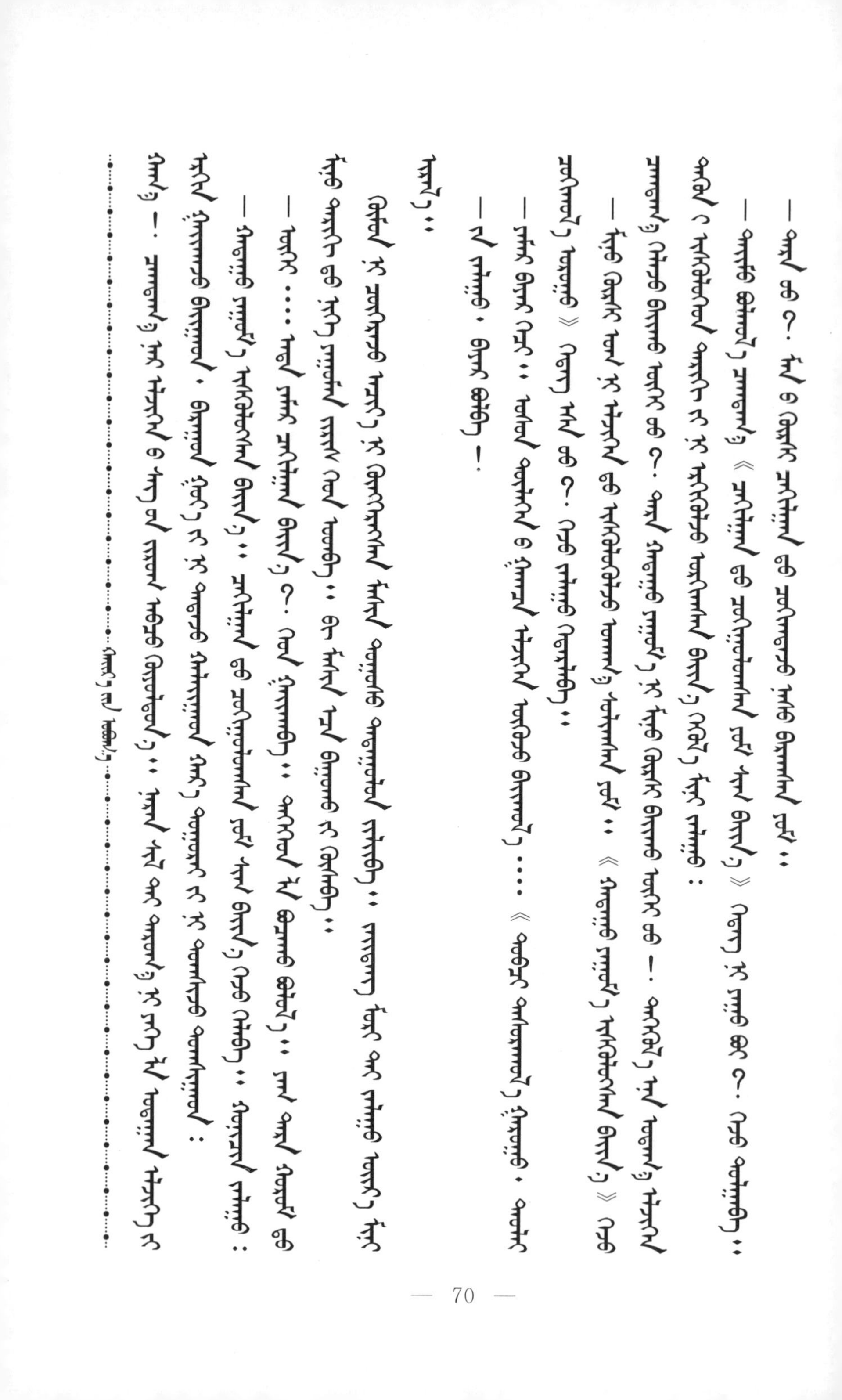

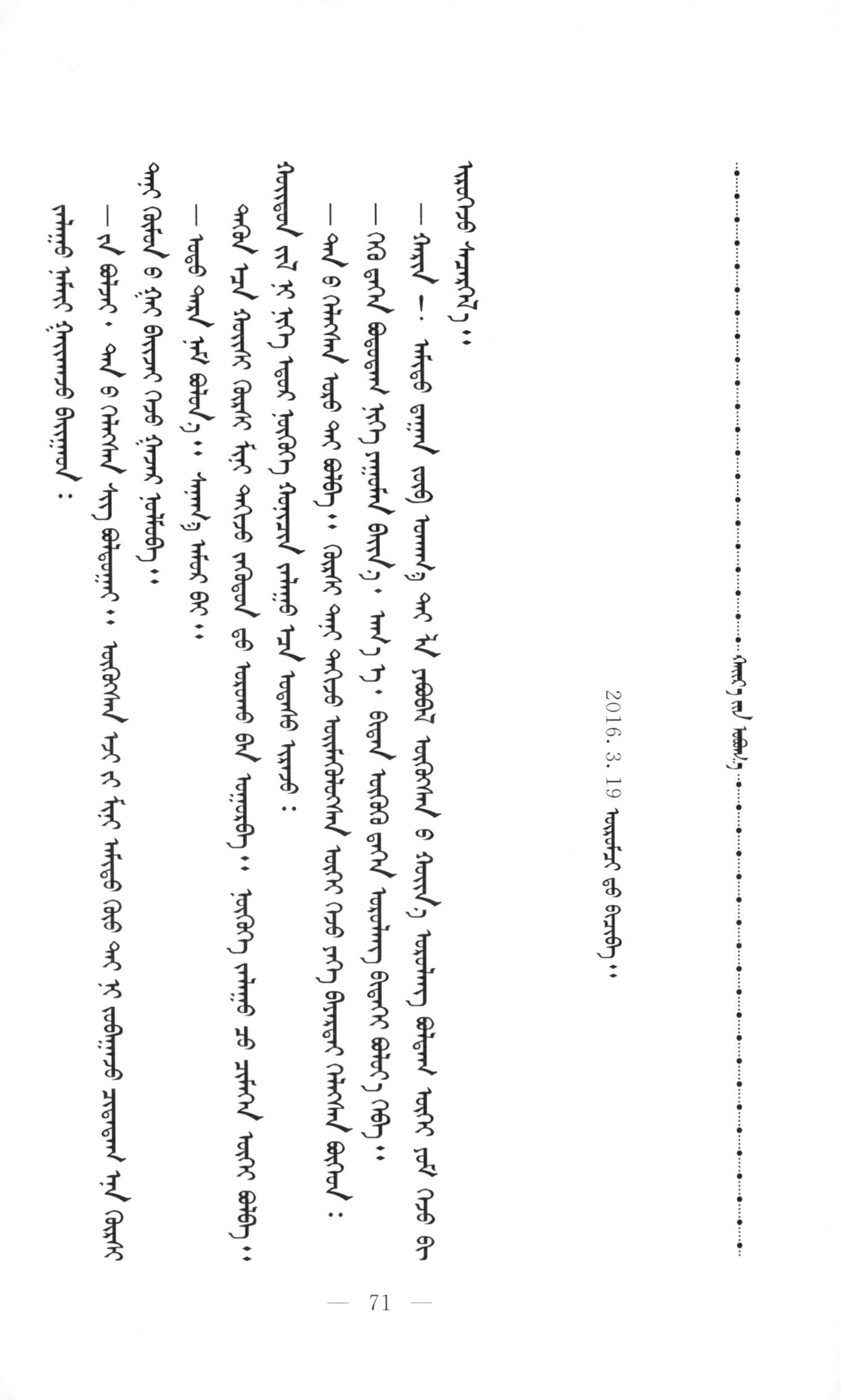

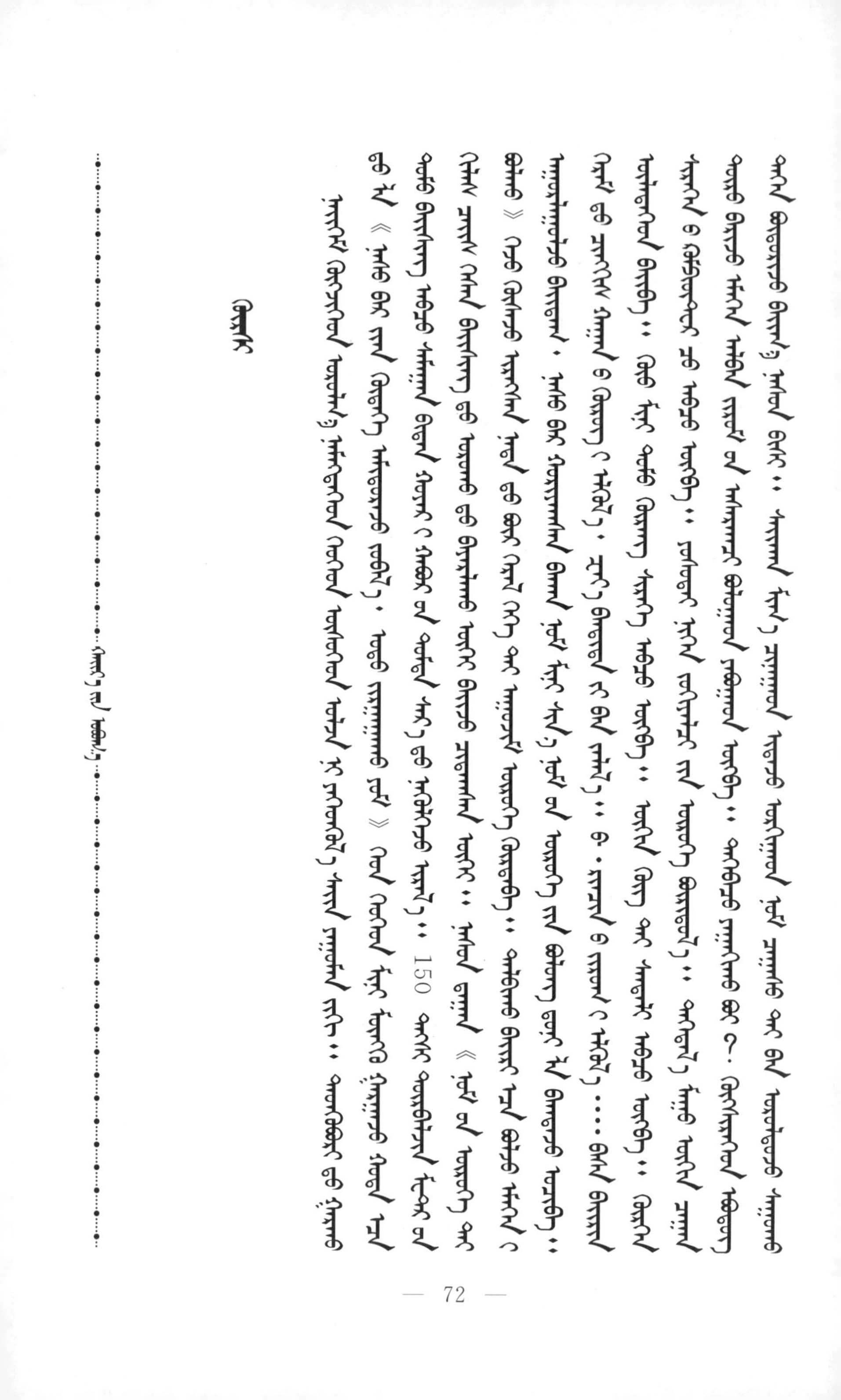

[illegible]

[illegible]

[illegible]

[illegible] 150 [illegible]

[illegible]

[illegible]

[illegible]

[illegible]

[illegible]

[illegible]

[illegible]

[illegible]

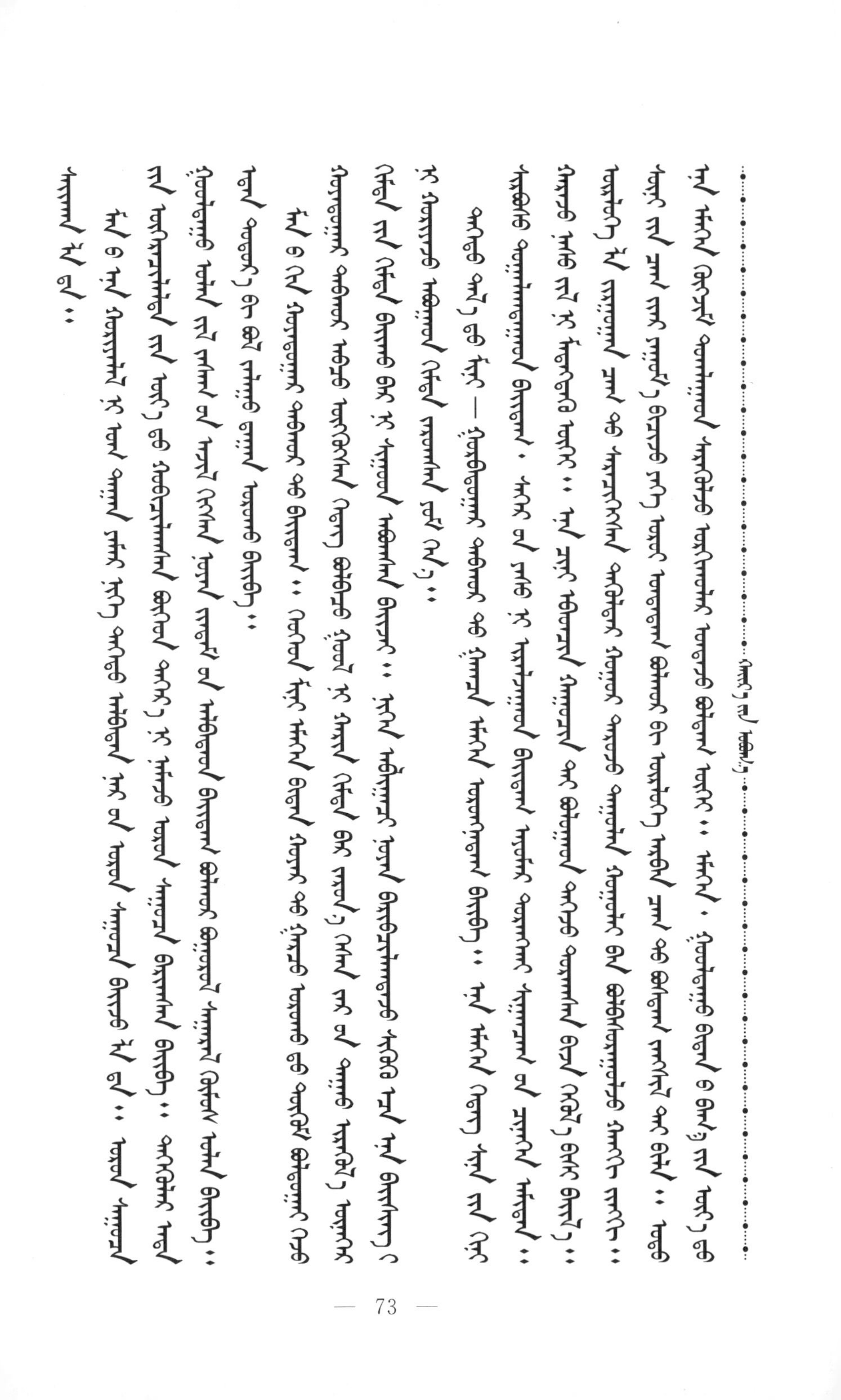

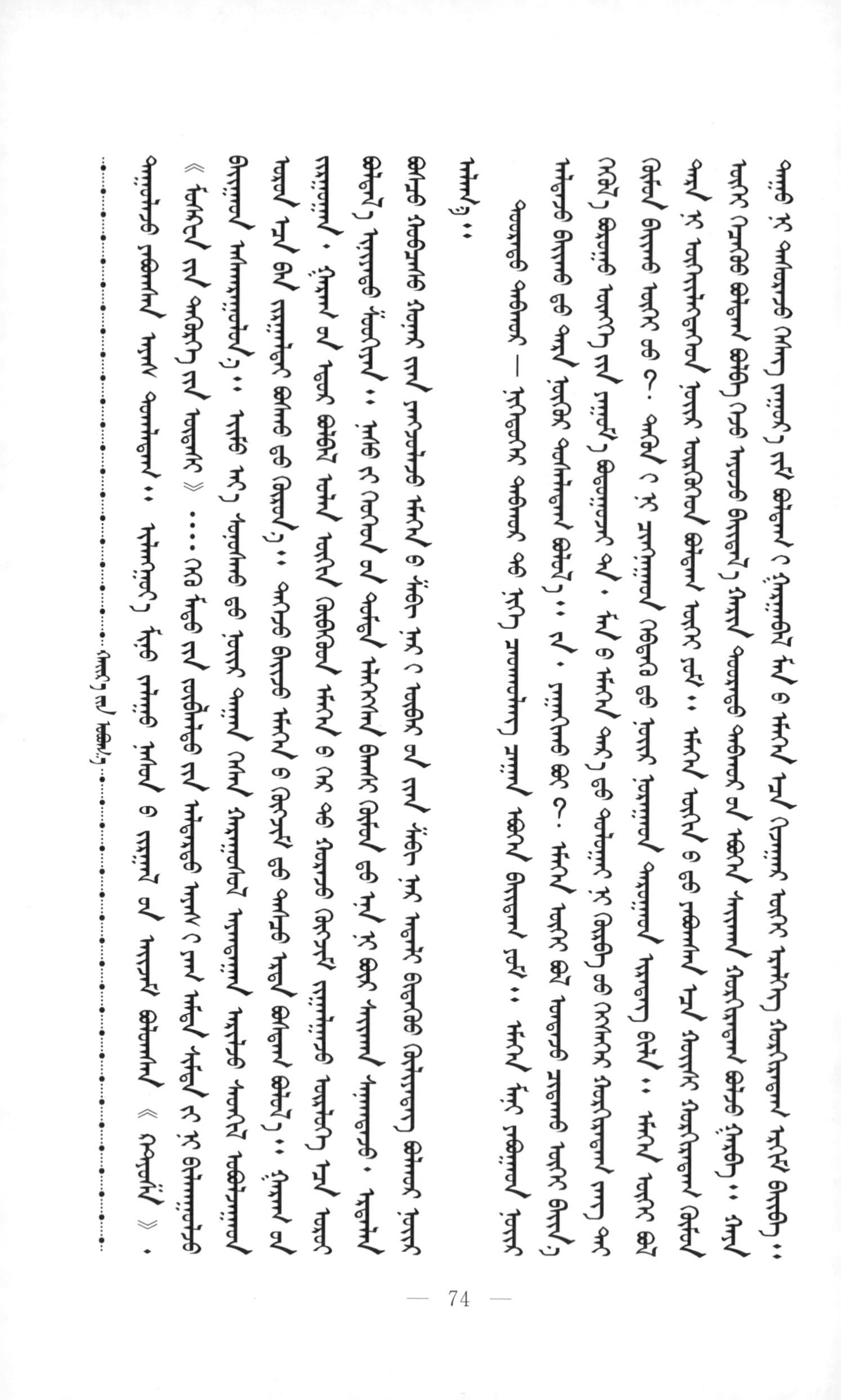

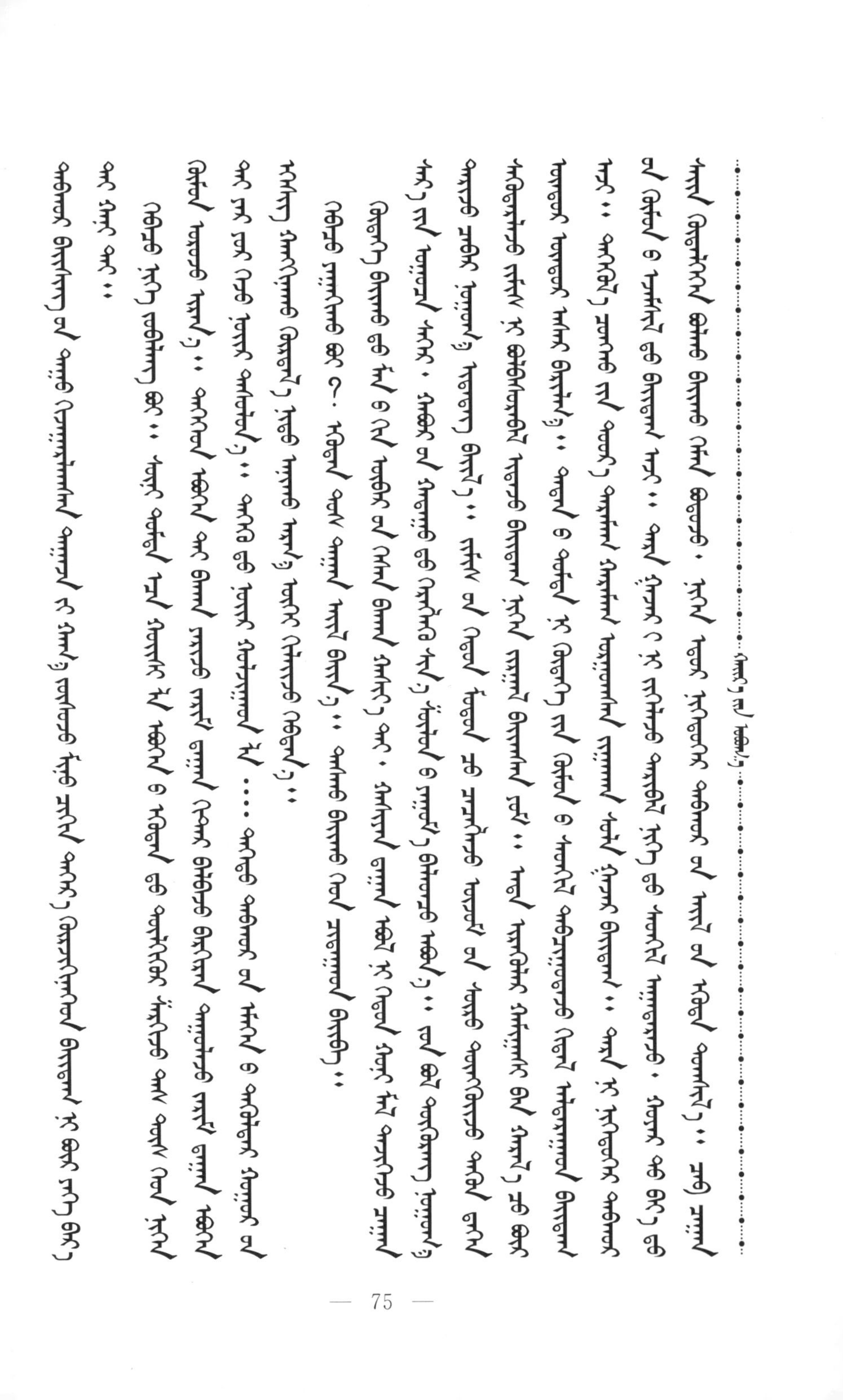

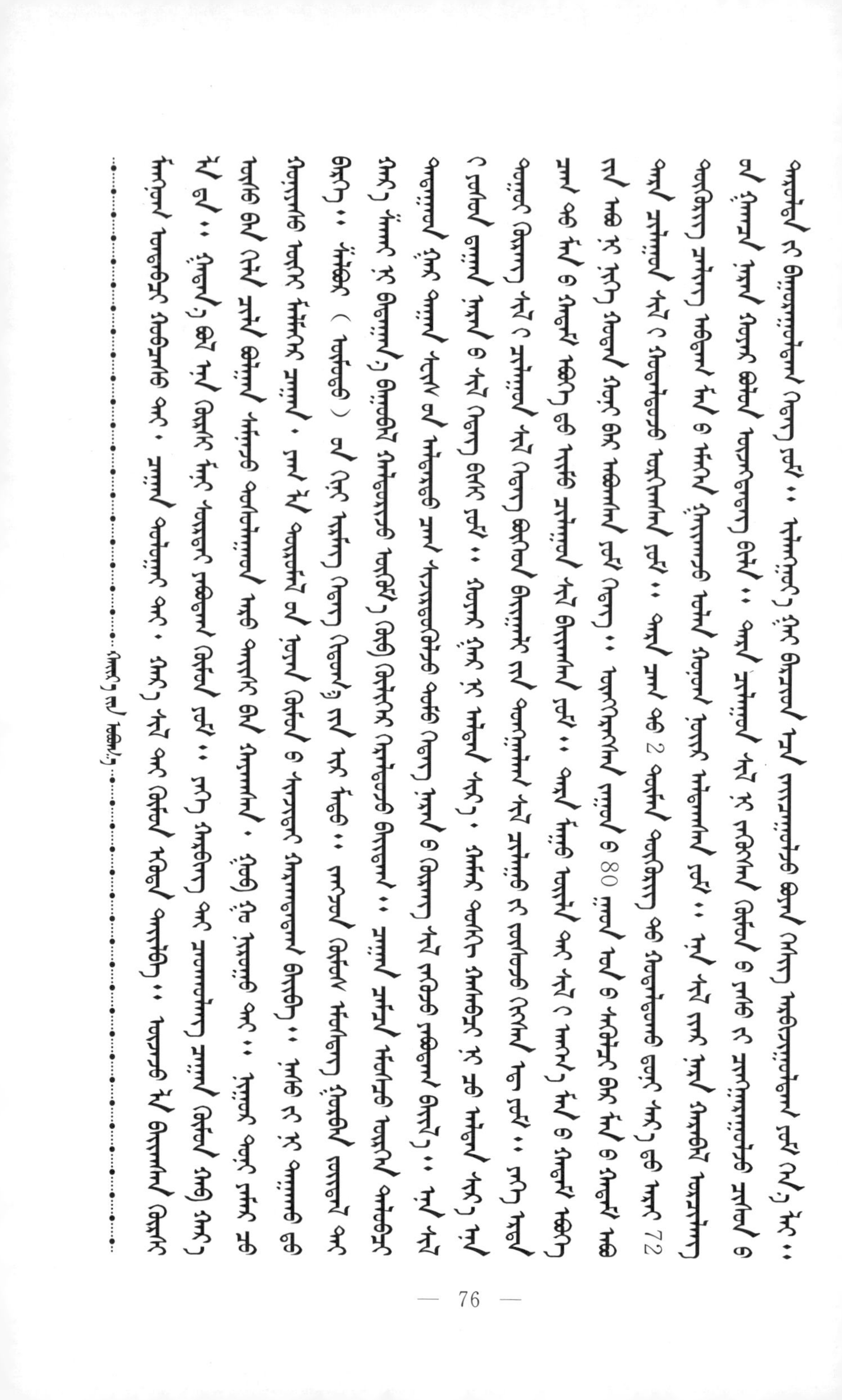

[illegible]
[illegible]
[illegible]
[illegible]
[illegible]
[illegible]
[illegible]
[illegible]
[illegible]
[illegible]
[illegible]
[illegible]
[illegible]
[illegible]
[illegible]
[illegible]

[illegible]

— ᠲᠥᠷᠥᠯ ᠦᠨ ᠬᠠᠮᠤᠭ ᠪᠠᠢᠳᠠᠯ ᠲᠠᠢᠯᠪᠤᠷᠢ ᠶᠠᠮᠠ ᠂ ᠰᠣᠨᠢᠨ ᠤ ᠬᠠᠷ᠎ᠠ ᠪᠢᠴᠢᠭᠰᠡᠨ ᠶᠠᠮᠠᠷ ᠶᠠᠭᠤᠮ ᠃

— ᠰᠤᠷᠤᠯ ᠳᠤ ᠲᠠᠯᠠᠭᠠᠷ ᠂᠂᠂᠂ ᠪᠠᠢᠨ ᠭᠠᠵᠠᠷ ᠬᠠᠮᠤᠭ ᠶᠠᠨ ᠂᠂᠂᠂ ᠶᠠᠭᠤ ᠲᠠᠭᠤᠰᠬᠠᠭᠰᠠᠨ ᠲᠤᠰ ᠄

— ᠬᠠᠷᠢᠭᠤ ᠶᠢ ᠂ ᠪᠣᠯᠣᠨ ᠲᠡᠷᠡ ᠂᠂᠂᠂ ᠬᠠᠮᠲᠤᠷᠠᠭᠠᠳ ᠳᠤ ᠭᠠᠷᠭᠠᠭᠰᠠᠨ ᠂᠂᠂᠂ ᠲᠤᠰᠠᠳᠤ ᠲᠠᠯᠠᠭᠠᠷ ᠂᠂᠂᠂ ᠪᠠᠢᠨ᠎ᠠ ᠪᠣᠯᠣᠨ ᠶᠠᠭᠤᠨ ᠤ ᠭᠡᠵᠦ ᠄

— ᠲᠡ ᠂᠂᠂᠂ ᠪᠣᠯᠣᠨ ᠲᠤᠰ ᠪᠣᠯᠣᠨ ᠳᠤ ? ᠶᠠᠭᠤ ᠬᠡᠯᠡᠵᠦ ᠪᠠᠢᠨ᠎ᠠ ᠃

ᠭᠡᠵᠦ ᠪᠠᠢᠭᠠᠳ ᠭᠡᠵᠦ ᠬᠡᠯᠡᠵᠦ ᠪᠣᠳᠣᠯᠭᠠ ᠲᠠᠭᠤᠰᠬᠠᠭᠰᠠᠨ ᠭᠠᠢᠬᠠᠪᠠ ᠄

— ᠬᠠᠨ ᠤ ᠲᠤᠷᠰᠢᠯᠲᠠ ᠲᠤᠰ ᠲᠤ ᠬᠠᠮᠲᠤᠷᠠᠭᠠᠳ ᠭᠠᠵᠠᠷ ᠳᠤ ᠪᠣᠯᠣᠨ ᠲᠠᠢᠯᠪᠤᠷᠢ ᠶᠢᠨ ᠬᠠᠮᠤᠭ ᠲᠠᠢᠯᠪᠤᠷᠢ ᠶᠠᠮᠠᠷ ᠪᠠᠢᠨ ᠳᠤ ? ᠭᠠᠵᠠᠷ ᠲᠠᠭᠤᠰᠬᠠᠭᠰᠠᠨ ᠪᠣᠯᠣᠨ ᠶᠠᠭᠤᠨ ᠤ

— ᠰᠠᠢᠨ ᠪᠠᠢᠨ᠎ᠠ ? ᠶᠠᠭᠤ ᠲᠠᠭᠤ ᠬᠡᠯᠡᠭᠡᠳᠦ ᠃

— ᠬᠠᠨ ᠲᠡᠷᠡ ᠲᠠᠯᠠᠭ ᠰᠠᠢᠨ ᠤ ᠭᠠᠵᠠᠷ ᠶᠠᠭᠤ ᠲᠠᠯᠠᠭᠠᠷ ᠶᠠᠮᠠᠷ ᠶᠠᠭᠤᠨ ᠤ ᠪᠠᠢᠨ᠎ᠠ ᠭᠡᠵᠦ ᠪᠢᠴᠢᠭ ᠬᠡᠯᠡᠵᠦ ᠲᠡᠷᠢᠭᠦᠨ ᠲᠣᠭᠣᠭᠰᠠᠨ ᠶᠠᠨ ᠲᠤᠰ ᠄

[illegible] ᠲᠠᠢᠯᠪᠤᠷᠢ ᠃ ᠬᠠᠮᠤᠭ ᠤᠨ ᠪᠣᠯᠣᠨ ᠲᠡᠷᠢᠭᠦᠨ ᠭᠠᠵᠠᠷ ᠤ ᠲᠡ ᠬᠠᠮᠤᠭ ᠤᠨ ᠲᠡᠷᠢᠭᠦᠨ ᠭᠠᠵᠠᠷ ᠲᠤ ᠬᠠᠮᠲᠤᠷᠠᠭᠠᠳ ᠳᠤ ᠰᠤᠷᠤᠭᠰᠠᠨ [illegible] ᠄

ᠪᠠᠢᠨ᠎ᠠ ᠲᠤᠰ ᠭᠡᠵᠦ ᠭᠠᠵᠠᠷ ᠬᠡ ᠬᠠᠮᠤᠭ ᠪᠠᠢᠨ ᠲᠤᠰ ᠲᠡᠷᠡ ᠲᠠᠭᠤᠰᠬᠠᠭᠰᠠᠨ ᠭᠠᠵᠠᠷ ᠲᠤ ᠲᠤᠰ ᠲᠡᠷᠡ ᠲᠤᠰᠠᠳᠤ ᠤ ᠲᠤᠷᠰᠢᠯᠲᠠ ᠬᠠᠮᠤᠭ ᠭᠡᠵᠦ ᠬᠠᠮᠤᠭᠳᠠᠨ ᠃ ᠶᠠᠭᠤᠪᠠ

— ᠬᠠᠨ ᠬᠠᠷ᠎ᠠ ᠪᠠᠢᠨ ᠲᠤᠰᠠᠳᠤ ᠲᠤᠰᠠᠳᠤ ᠪᠠᠢᠭᠰᠠᠨ ᠪᠠᠢᠨ ᠶᠠᠭᠤ ᠭᠠᠵᠠᠷ ᠭᠠᠵᠠᠷ ᠲᠤ ᠲᠤᠰ ᠪᠠᠢᠨ ᠲᠠᠯᠠᠭᠠᠷ ᠭᠡᠵᠦ ᠲᠤᠰ ᠲᠤᠷᠰᠢᠯᠲᠠ ᠳᠤ ᠭᠡᠵᠦ

ᠪᠠᠢᠨ 》 ᠶᠠᠭᠤ ᠪᠠᠢᠭᠰᠠᠨ ᠲᠠᠭᠤᠰᠬᠠᠭᠰᠠᠨ ᠲᠠᠯᠠᠭ ᠤ ᠲᠠᠯᠠᠨ ᠲᠠᠭᠤᠰᠬᠠᠪᠠ ᠃ ᠪᠠ ᠄

— ᠲᠡ ᠂ ᠰᠠᠢᠨ ᠪᠠᠢᠨ᠎ᠠ ? ᠶᠠᠭᠤ ᠪᠣᠯᠣᠨ ᠬᠡᠯᠡᠭᠡᠳᠦ ᠬᠠᠷᠢᠭᠤ ᠰᠤᠷᠤᠪᠠ ᠃ 《 ᠬᠠᠨ ᠲᠡᠷᠡ ᠲᠤᠰᠠᠳᠤ ᠲᠤᠯᠠ ᠪᠣᠯᠣᠨ ᠰᠤᠷᠤᠭᠤ ᠪᠣᠯᠣᠨ

ᠬᠠᠷᠢᠭᠤ ᠪᠠᠢᠭᠰᠠᠨ ᠲᠡᠷᠡ ᠲᠤ ᠲᠠᠭᠤᠨ ᠤ ᠲᠡᠷᠡ ᠲᠠᠯᠠᠭᠠᠷ ᠭᠠᠵᠠᠷ ᠪᠠᠢᠨ ᠭᠡᠵᠦ ᠪᠣᠯᠣᠨ ᠲᠠᠯᠠᠭᠠᠷ ᠬᠠᠮᠤᠭ ᠪᠠᠢᠨ ᠄

ᠪᠣᠯᠣᠨ ᠬᠠᠷ᠎ᠠ ᠲᠤ ᠤ ᠪᠠᠢᠭᠰᠠᠨ ᠬᠠᠷ᠎ᠠ ᠪᠣᠯᠣᠨ ᠲᠡ ᠲᠠᠭᠤᠰᠬᠠᠭᠰᠠᠨ ᠪᠠᠢᠭᠠ ᠲᠠᠢᠯᠪᠤᠷᠢ ᠰᠠᠢᠨ ᠤ ᠃

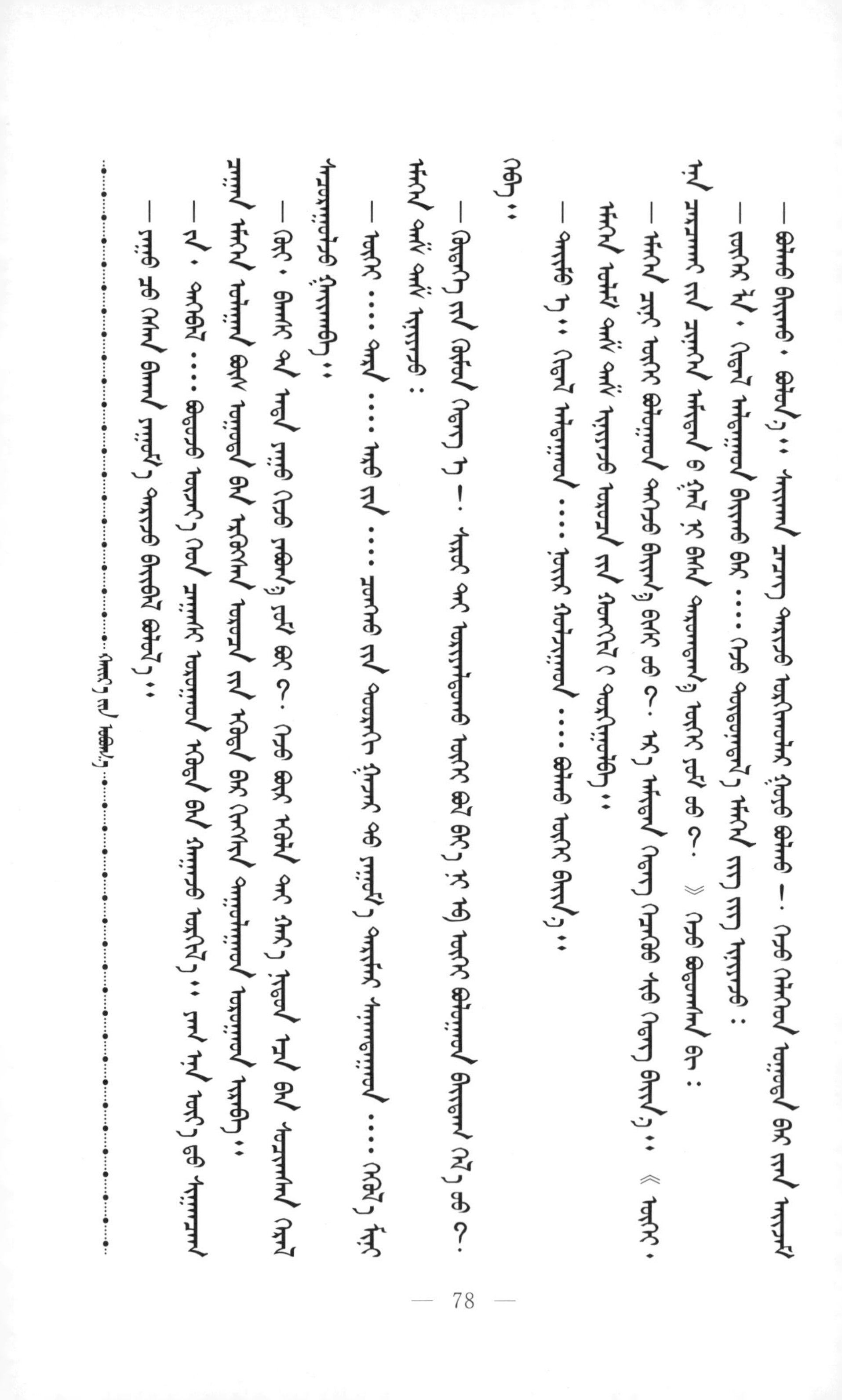

········ [illegible] ········

— [illegible]

— [illegible]

— [illegible]
[illegible]

— [illegible]
[illegible]

— [illegible]
[illegible]

— [illegible]

— [illegible]
[illegible]

— [illegible]
[illegible]

— [illegible]

— [illegible]

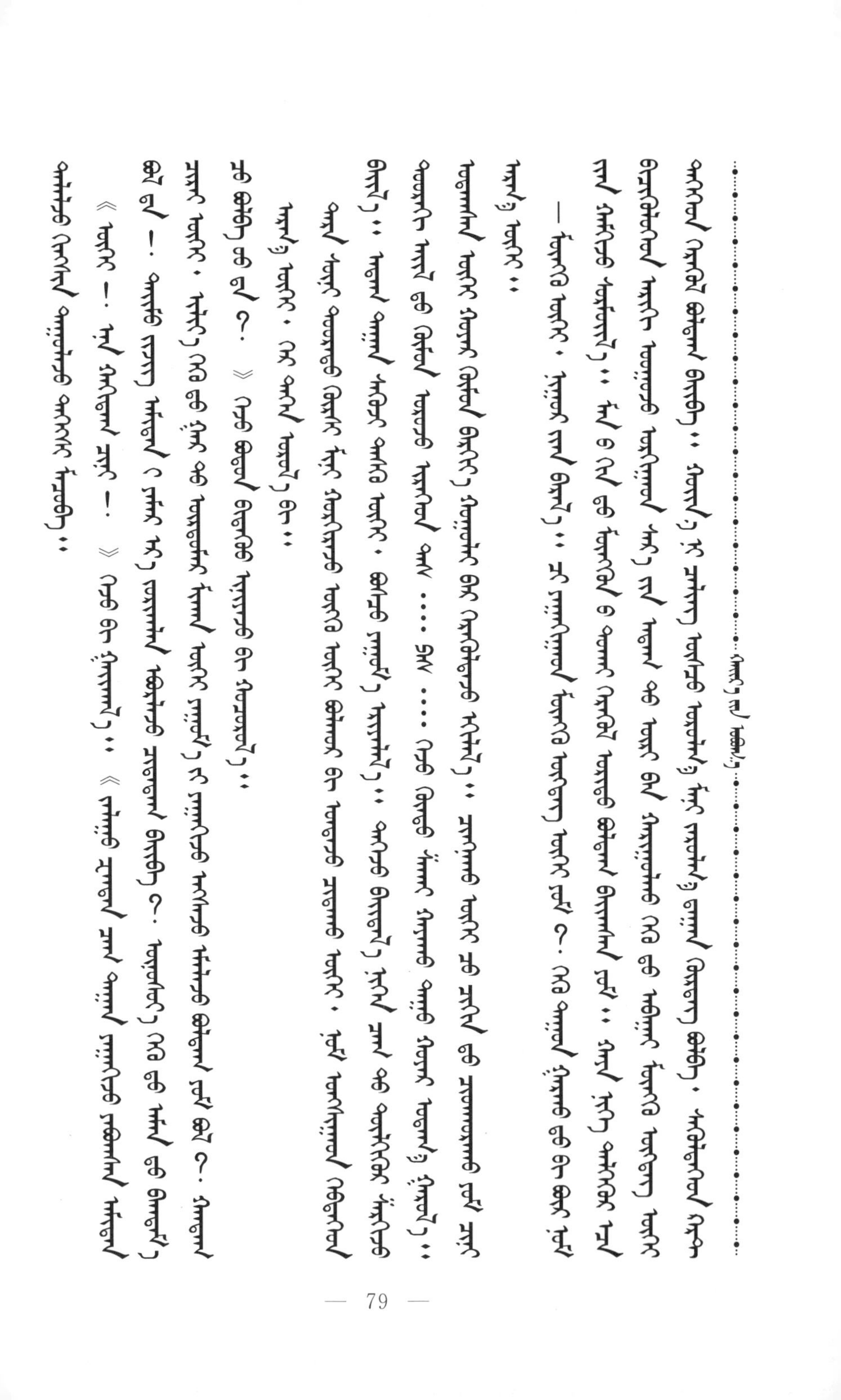

[illegible] ᠪᠠᠶᠢᠪᠠ :: [illegible] [illegible] [illegible] ᠪᠠᠶᠢᠪᠠ · [illegible] [illegible] [illegible] :: [illegible] :: [illegible]

— [illegible] · [illegible] :: [illegible] ? · [illegible]
[illegible] ::

[illegible] :: [illegible] ···· [illegible] ···· [illegible] :: [illegible] :: [illegible] · [illegible] :: [illegible]

[illegible] · [illegible]
[illegible] · [illegible] ::

[illegible] ? · 《 [illegible] ::

[illegible] · [illegible] ? · [illegible] ? · [illegible] ! · [illegible] ? · [illegible]

《 [illegible] ! · [illegible] ! · 》 [illegible] :: 《 [illegible]
[illegible] ::

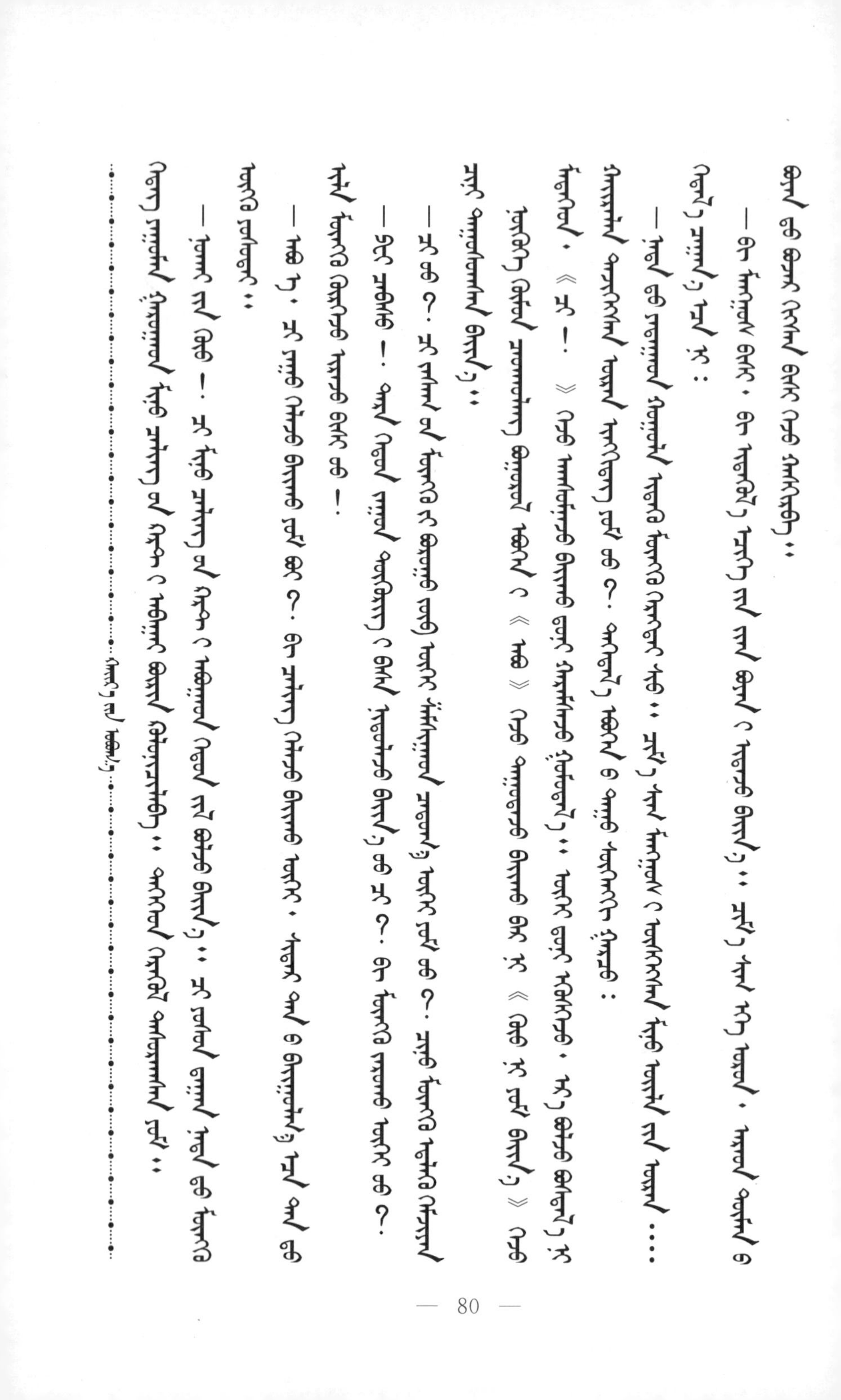

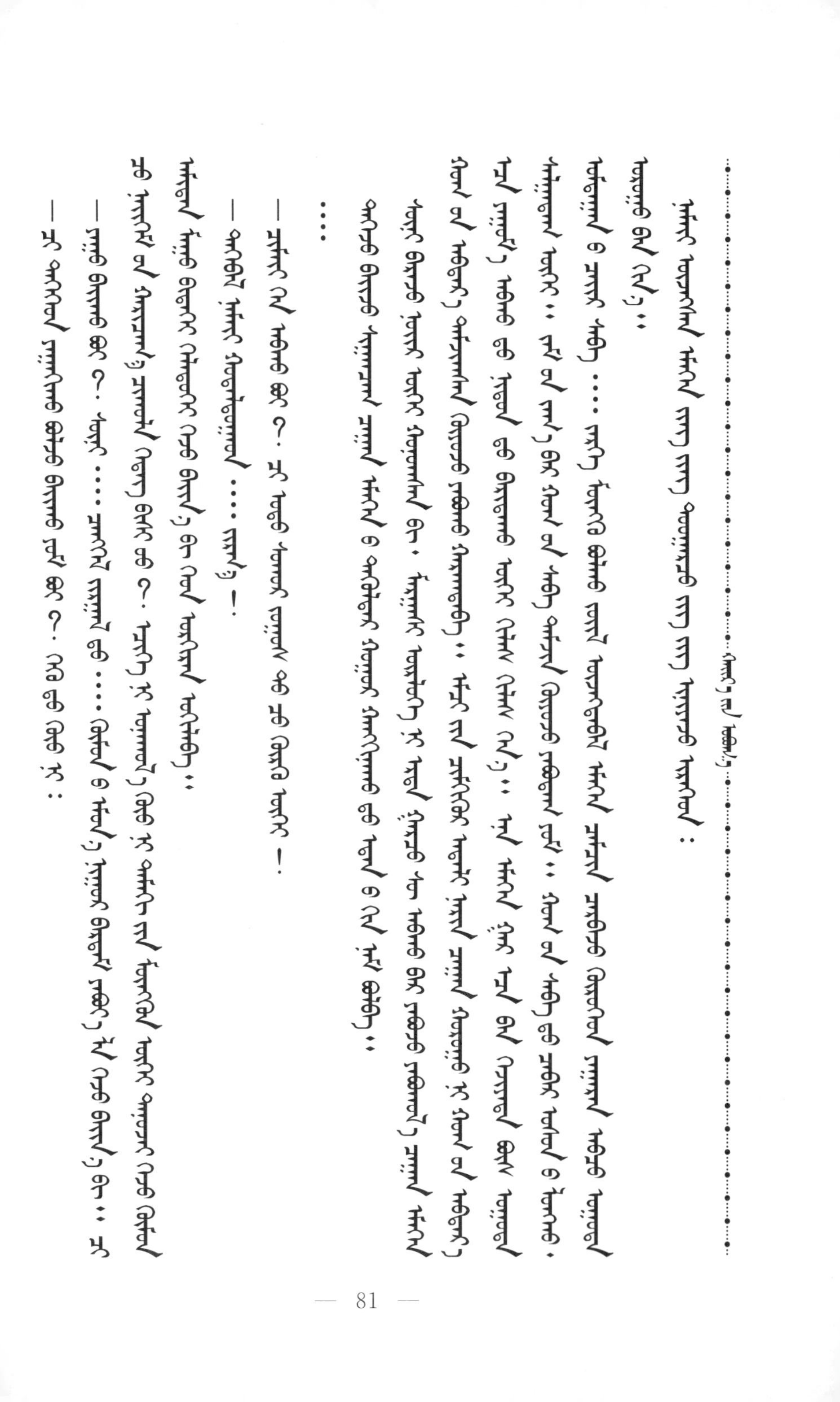

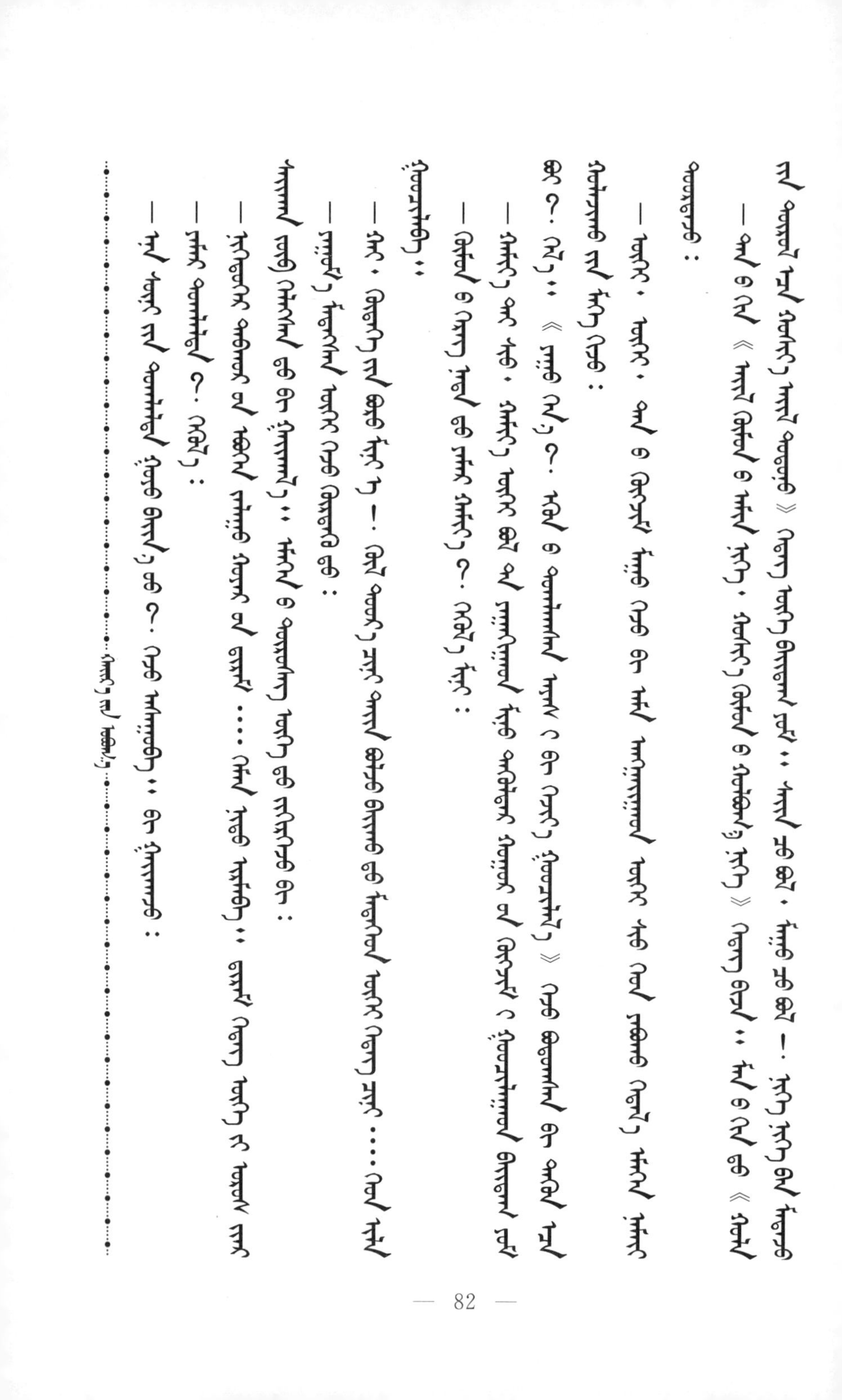

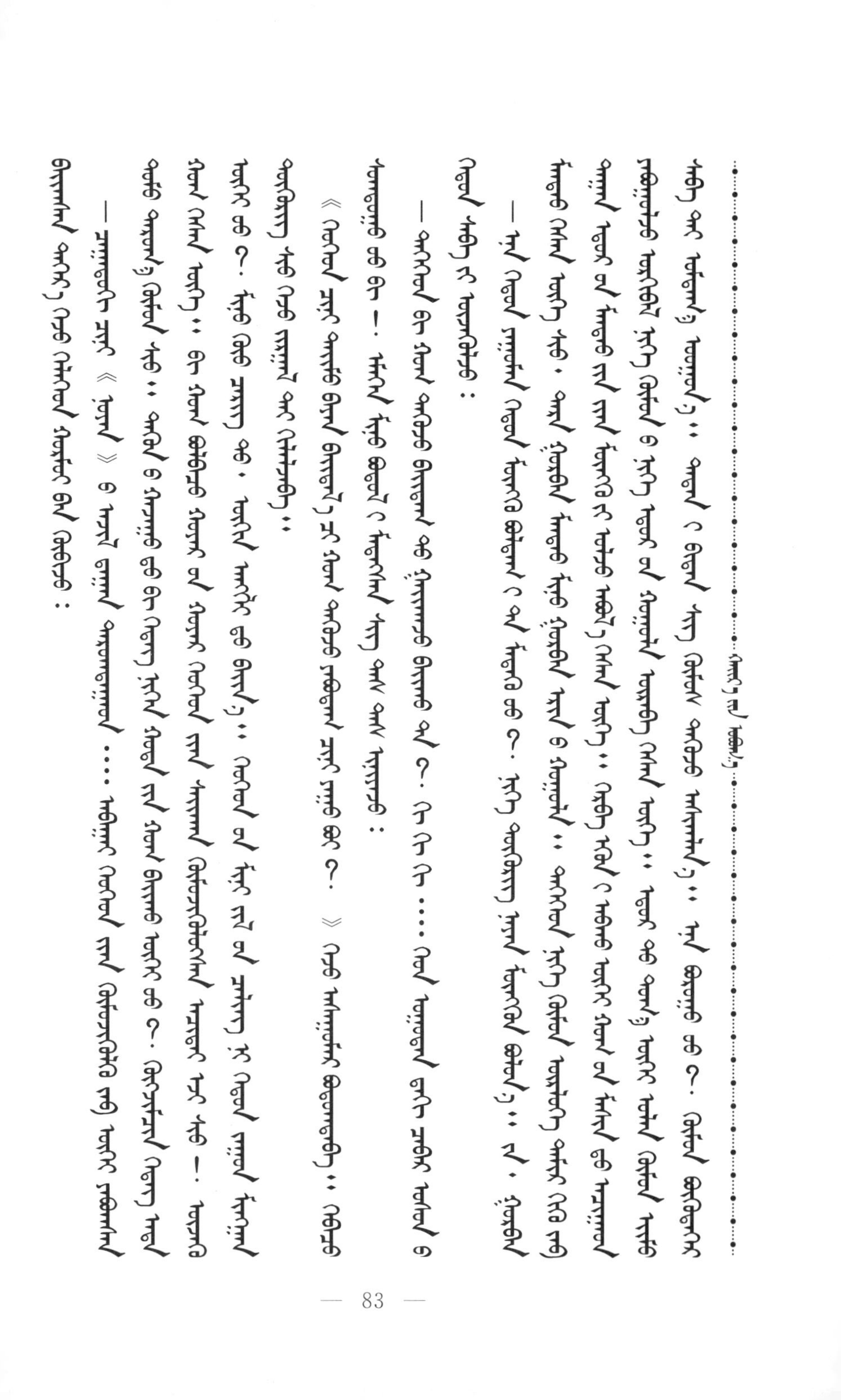

[illegible]

— [illegible]

— [illegible]

《 [illegible] 》 [illegible]

[illegible]

— [illegible] 《 [illegible] 》 [illegible]

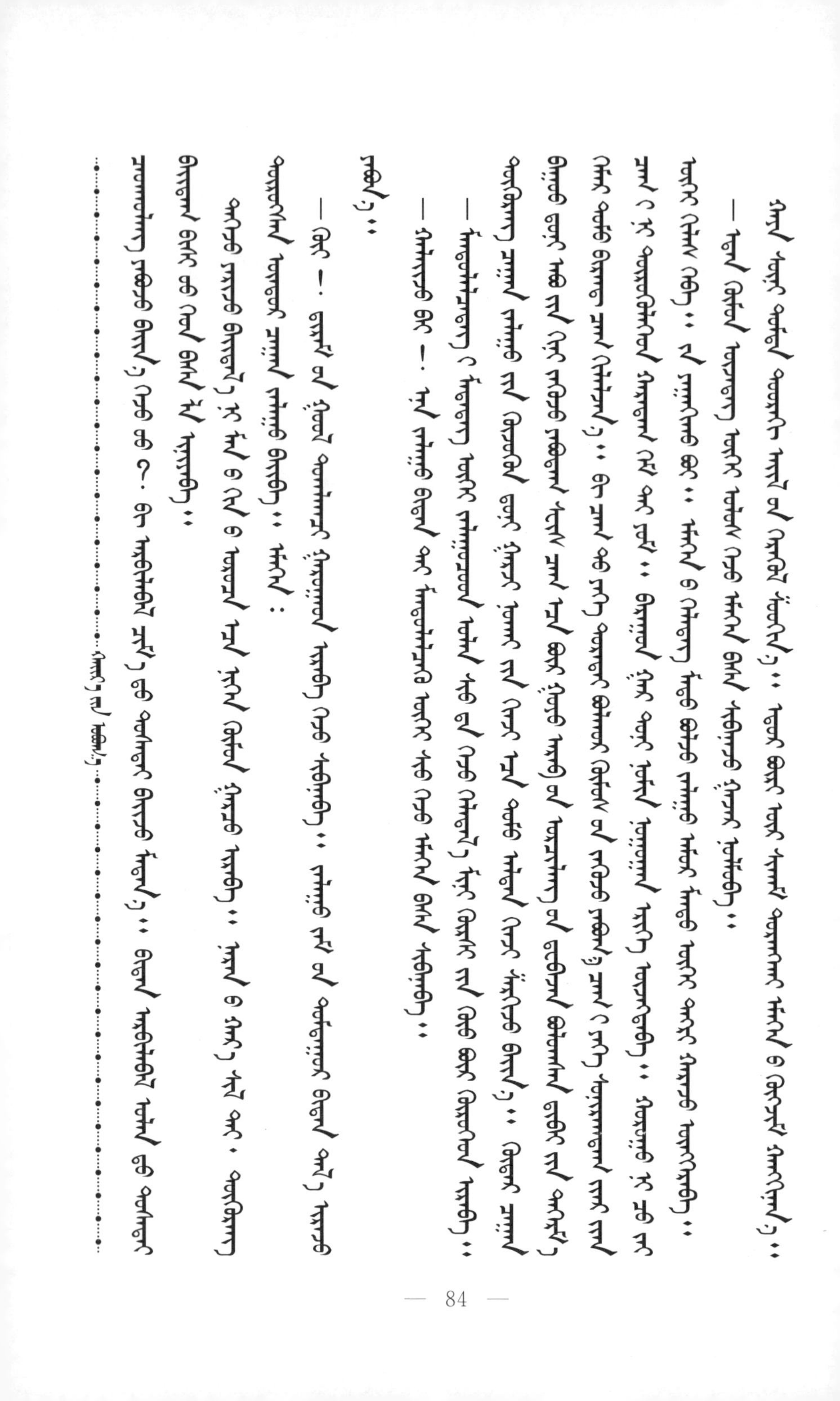

— ᠶᠠ …… [illegible] ᡅ ᠶᠠᡋᠠ [illegible]᠃ [illegible] …… ᡐᡄᠷᡄᡋᡄᠷ [illegible] ᠶᡅᡎᡅ᠃

— [illegible] …… [illegible] ᡍᡇᠸᠠᠷᡅ ᡐᠠᠷᡅᠯ ᡐᠠᠷᡅᠯ [illegible] [illegible] [illegible] ᡐᠠᠷᠠᠨ [illegible] ᡋᡅ ᡅ :

— [illegible] ᠶᡅᡎᡅ᠃

— ᠶᠠ᠂ [illegible] [illegible] [illegible] [illegible] [illegible] ᡋᡅ ? [illegible] [illegible]᠃

[illegible]᠃ [illegible] [illegible] [illegible] [illegible] [illegible] ᡅ [illegible] [illegible] [illegible] ᡐᠠᠷᠠᠨ᠃ [illegible] ᡍᡇᠸᠠᠷᡅ :

[illegible] [illegible] [illegible] [illegible] [illegible] [illegible] [illegible] [illegible] [illegible]᠃ [illegible] [illegible] ᡐᠠᠷᠠᠨ᠃ [illegible] [illegible] [illegible] [illegible]

[illegible] [illegible] [illegible] [illegible] [illegible] [illegible] [illegible] ᡅ [illegible] [illegible] [illegible] [illegible] [illegible] [illegible] [illegible] [illegible] [illegible] [illegible]

[illegible] [illegible] [illegible] ᡋᡅ [illegible] [illegible] [illegible] [illegible] [illegible] [illegible] [illegible] [illegible] [illegible] [illegible]᠃ [illegible] [illegible] [illegible]

[illegible] ᡅ [illegible] ᡋᡅ [illegible] [illegible] [illegible]᠃

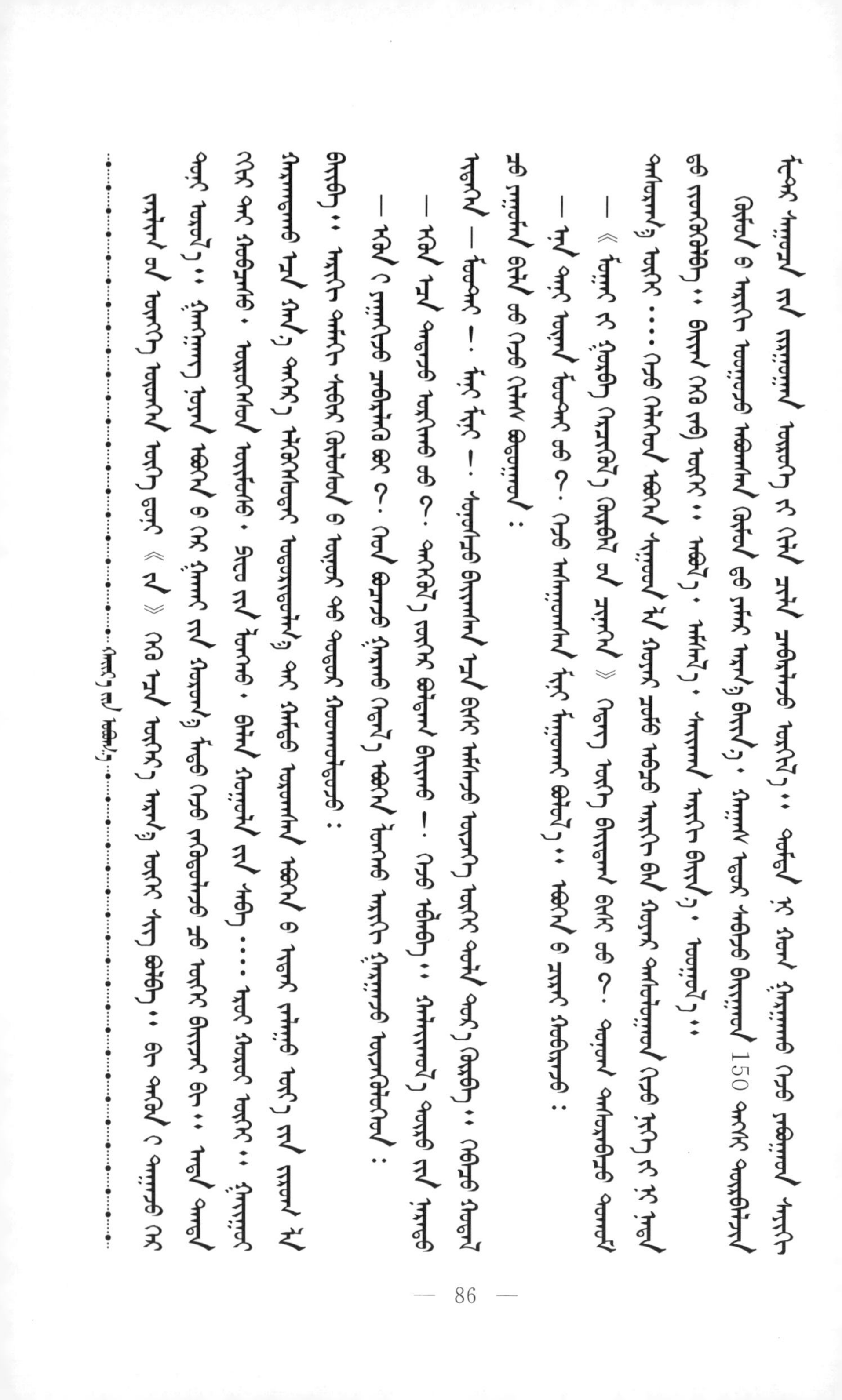

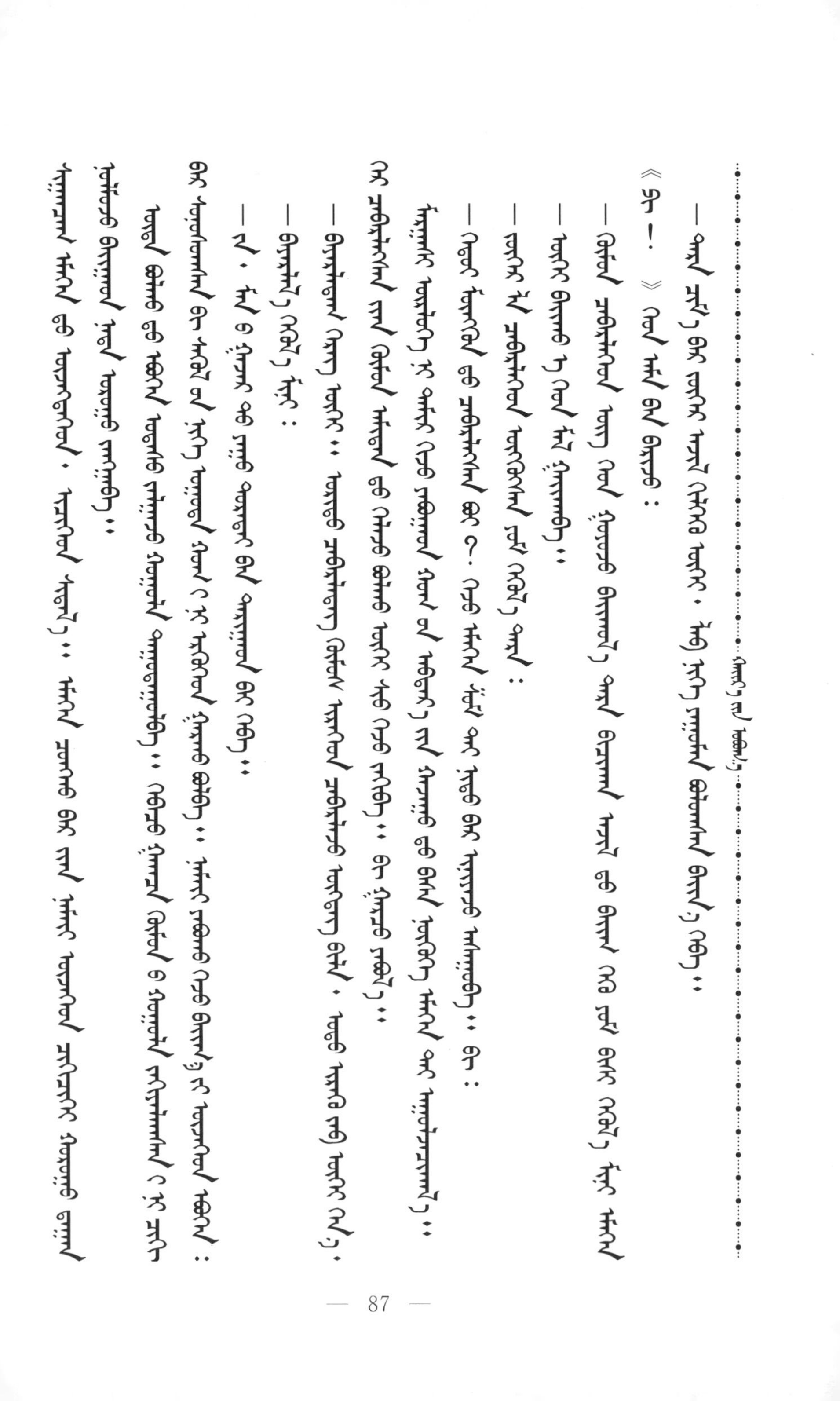

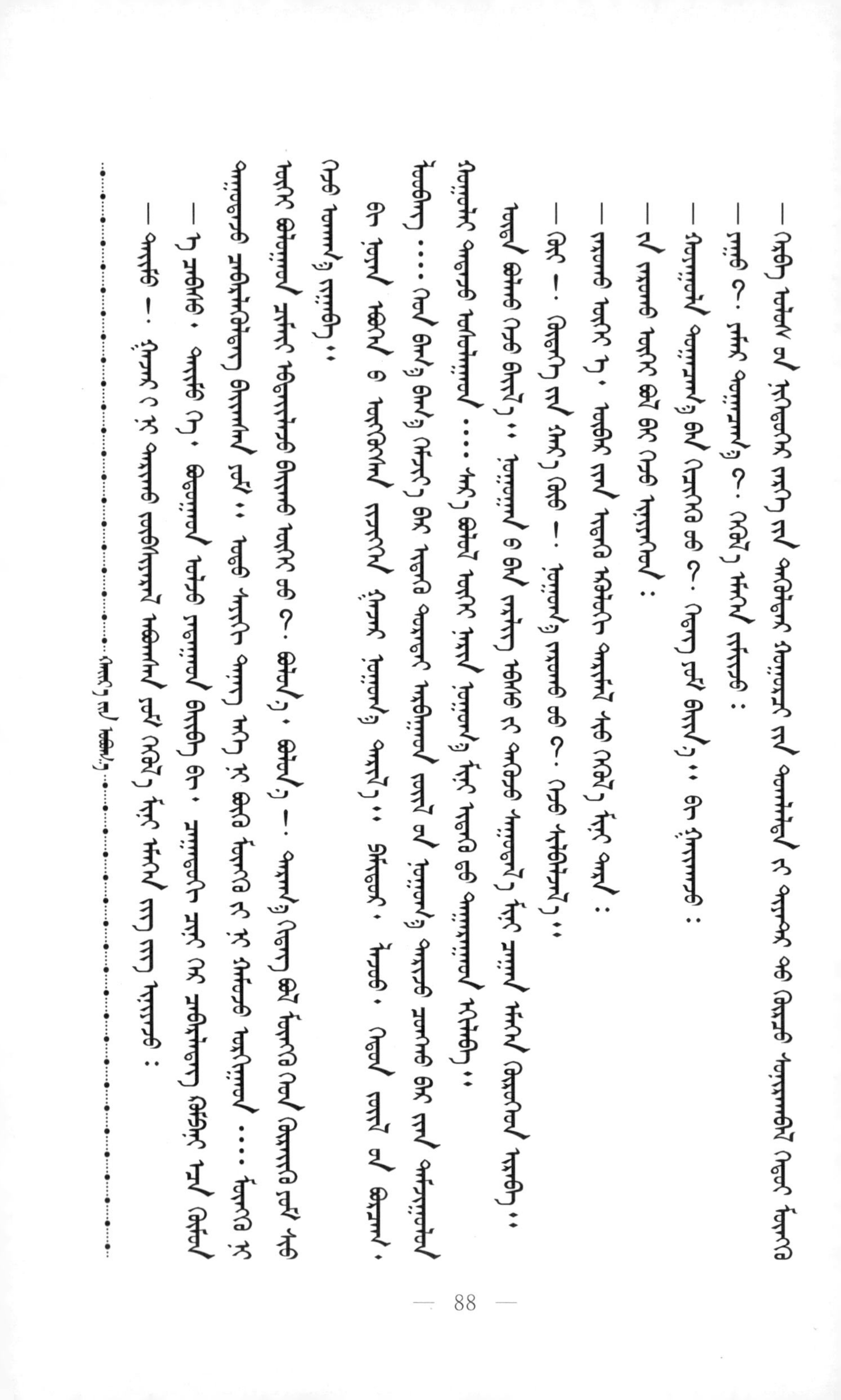

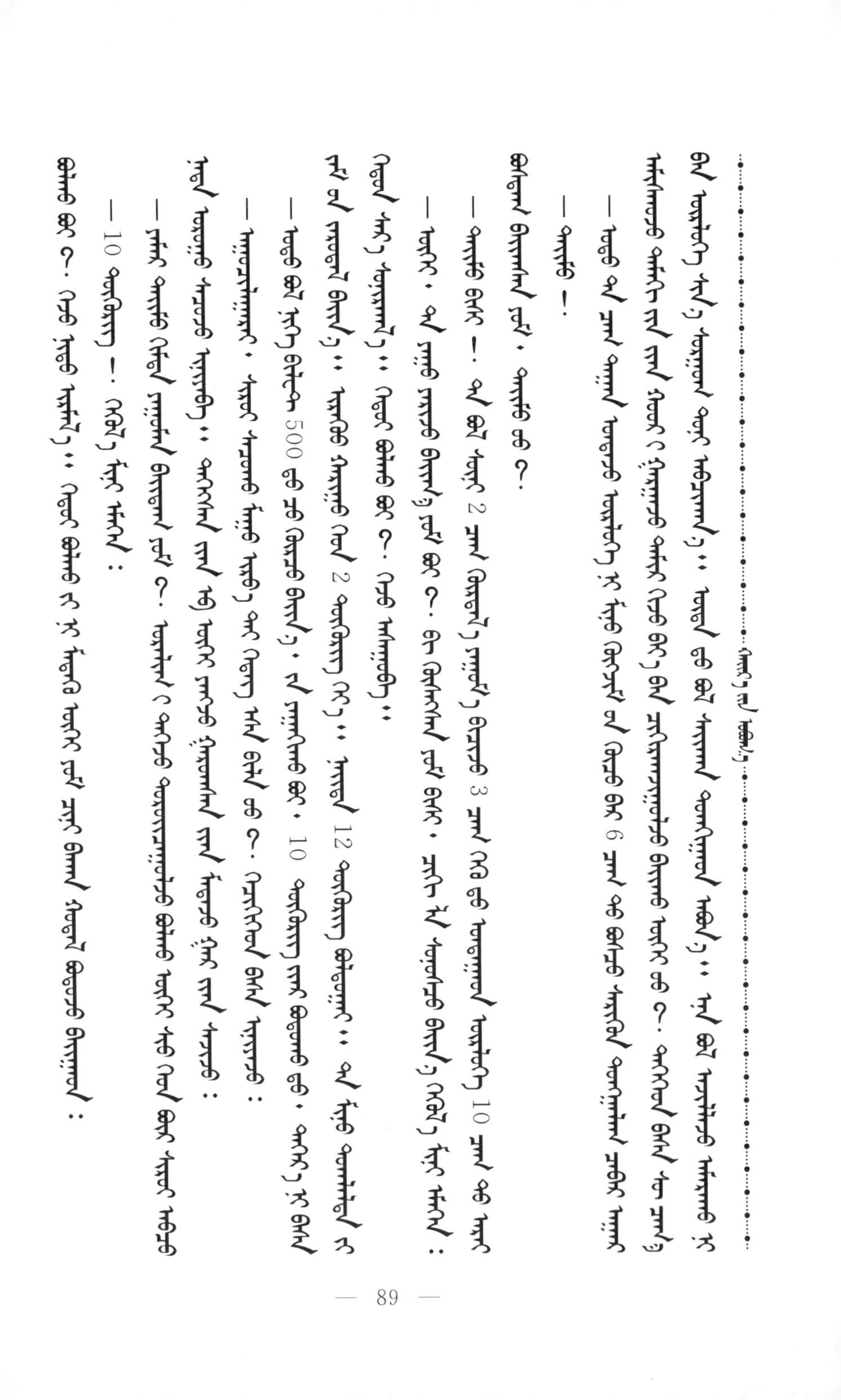

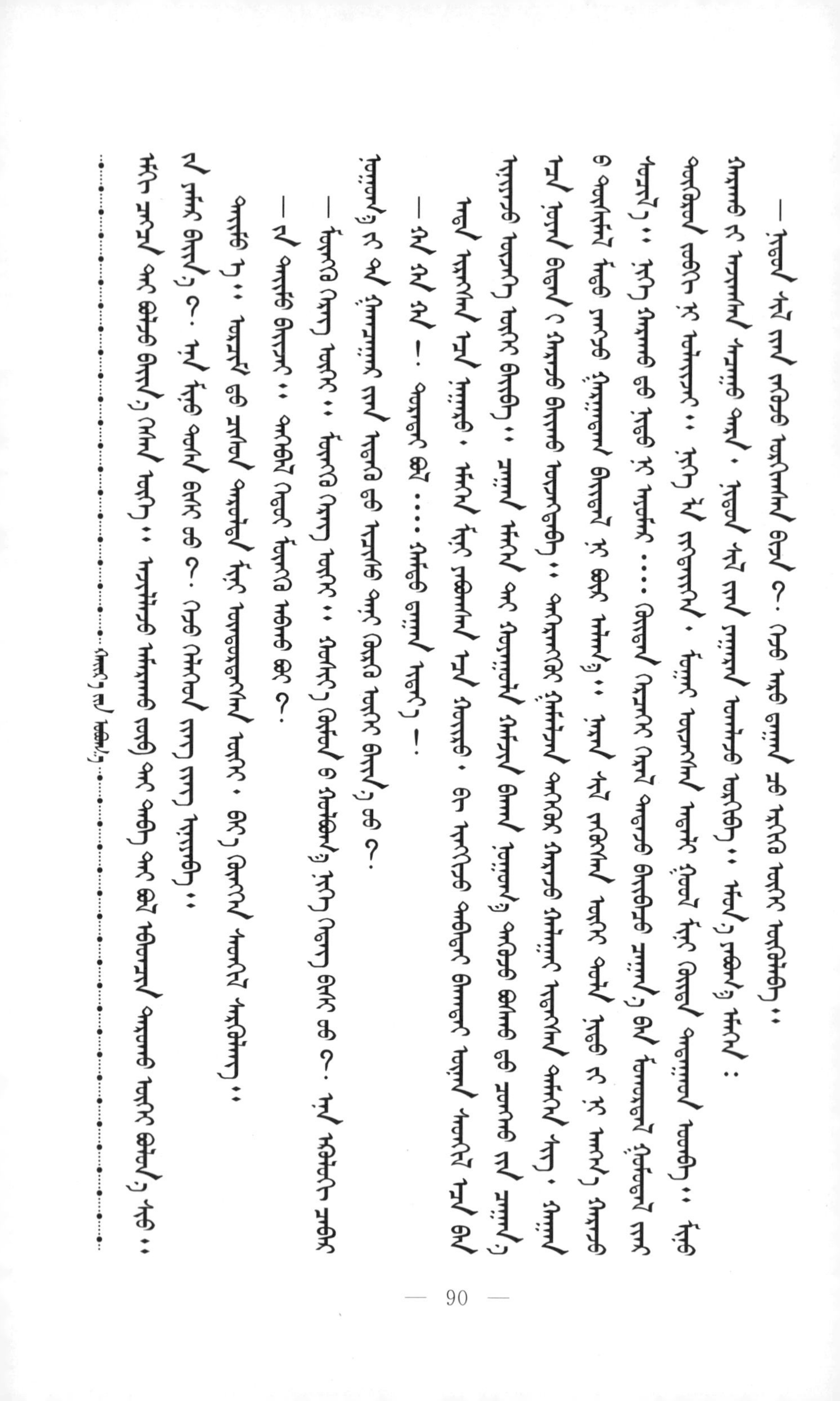

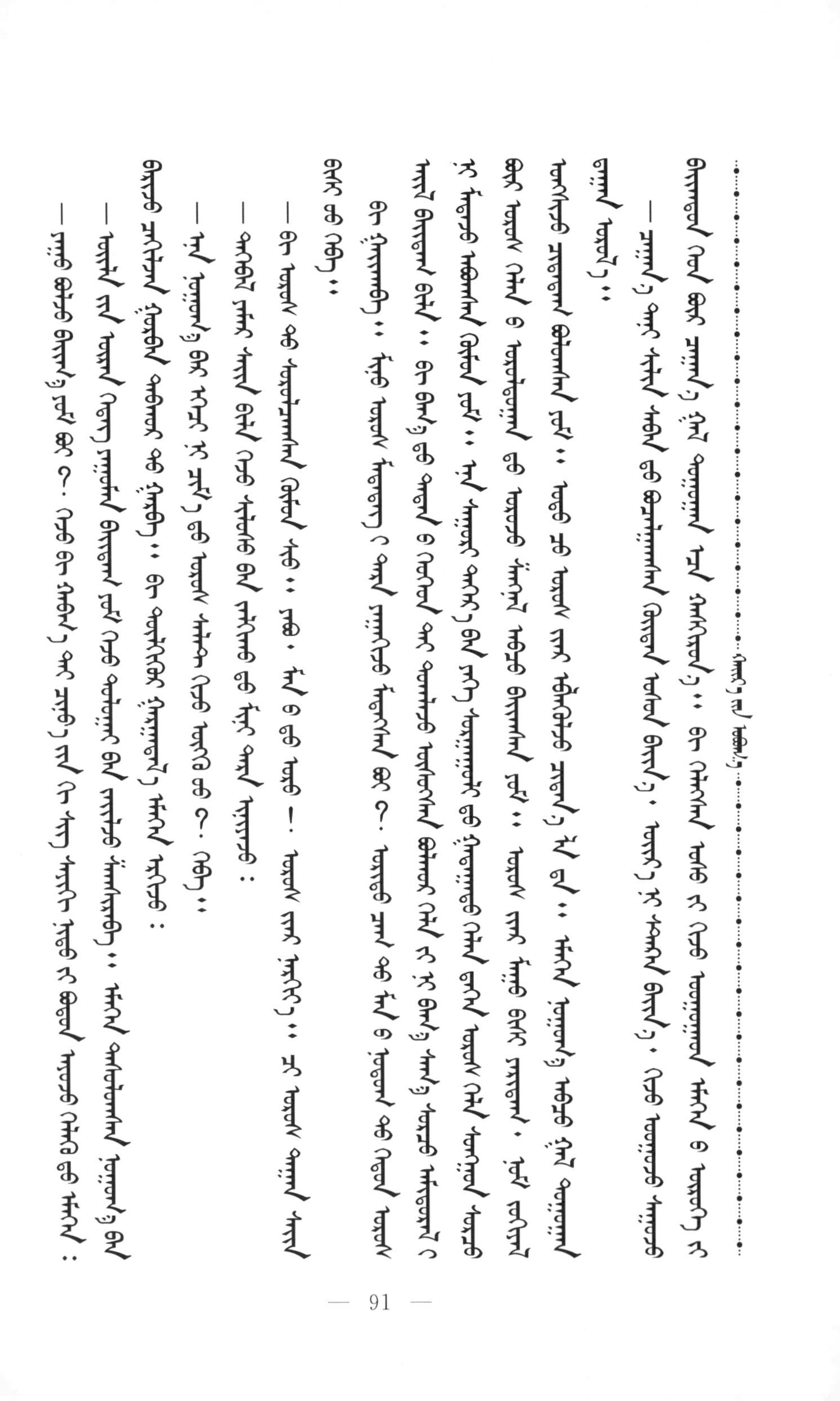

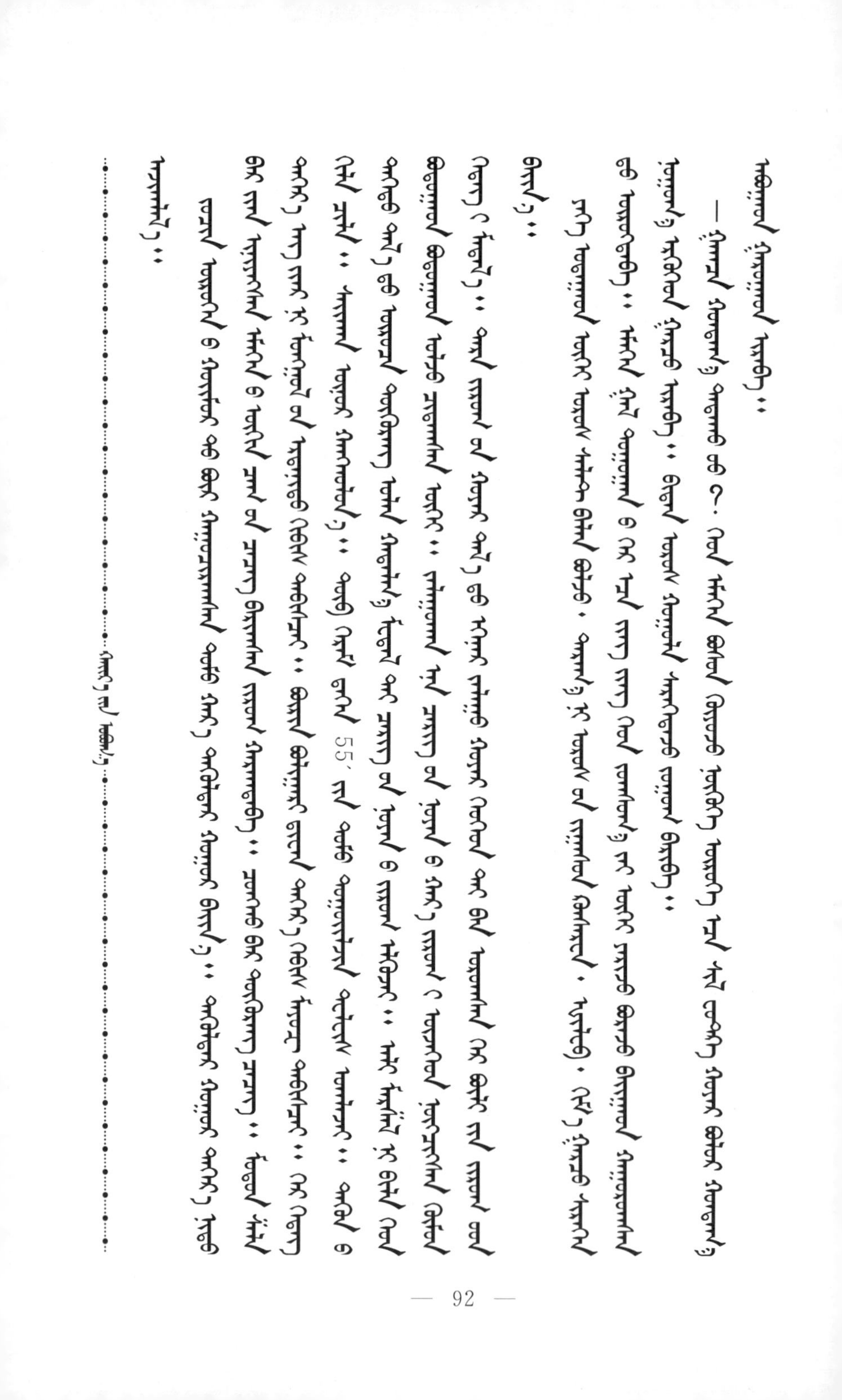

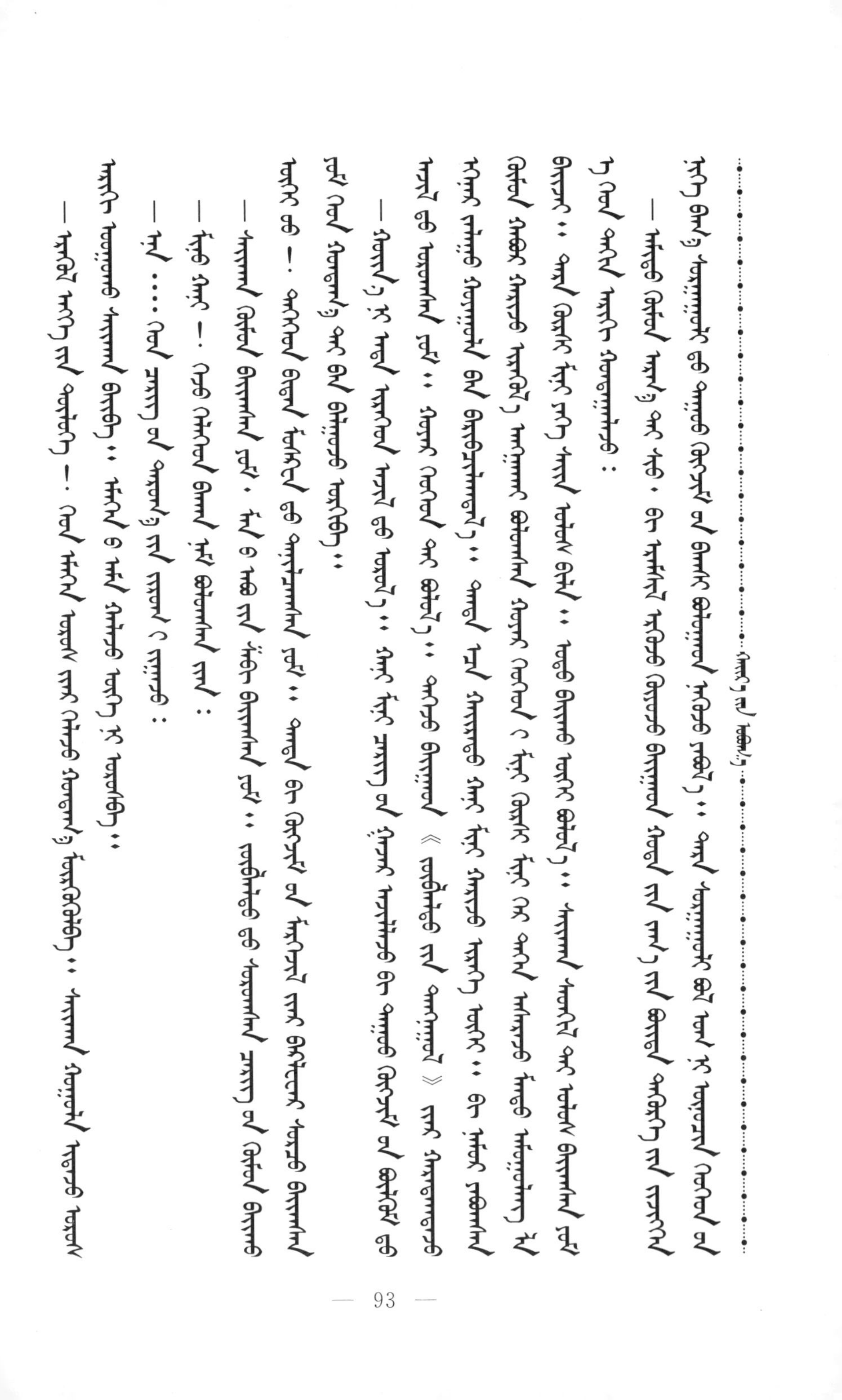

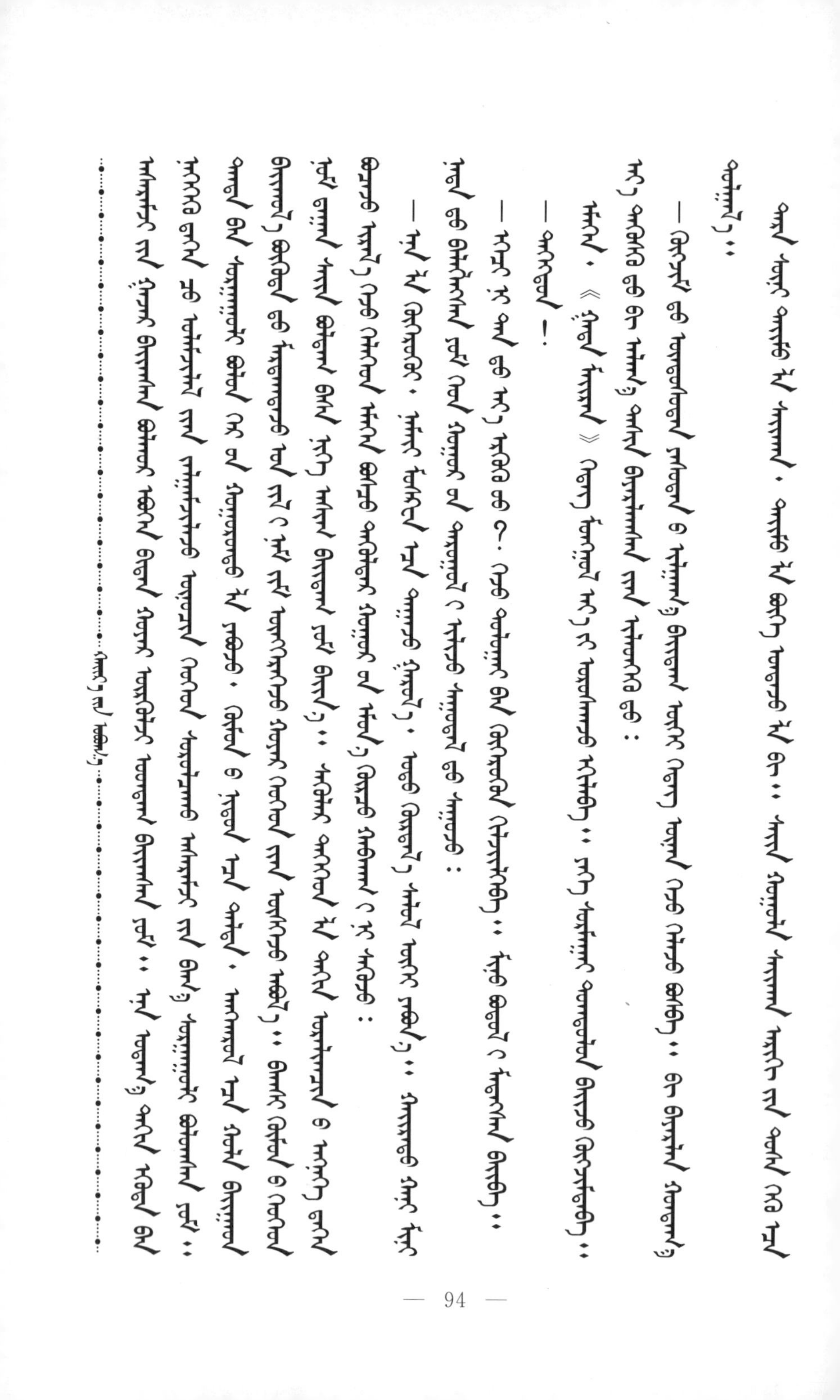

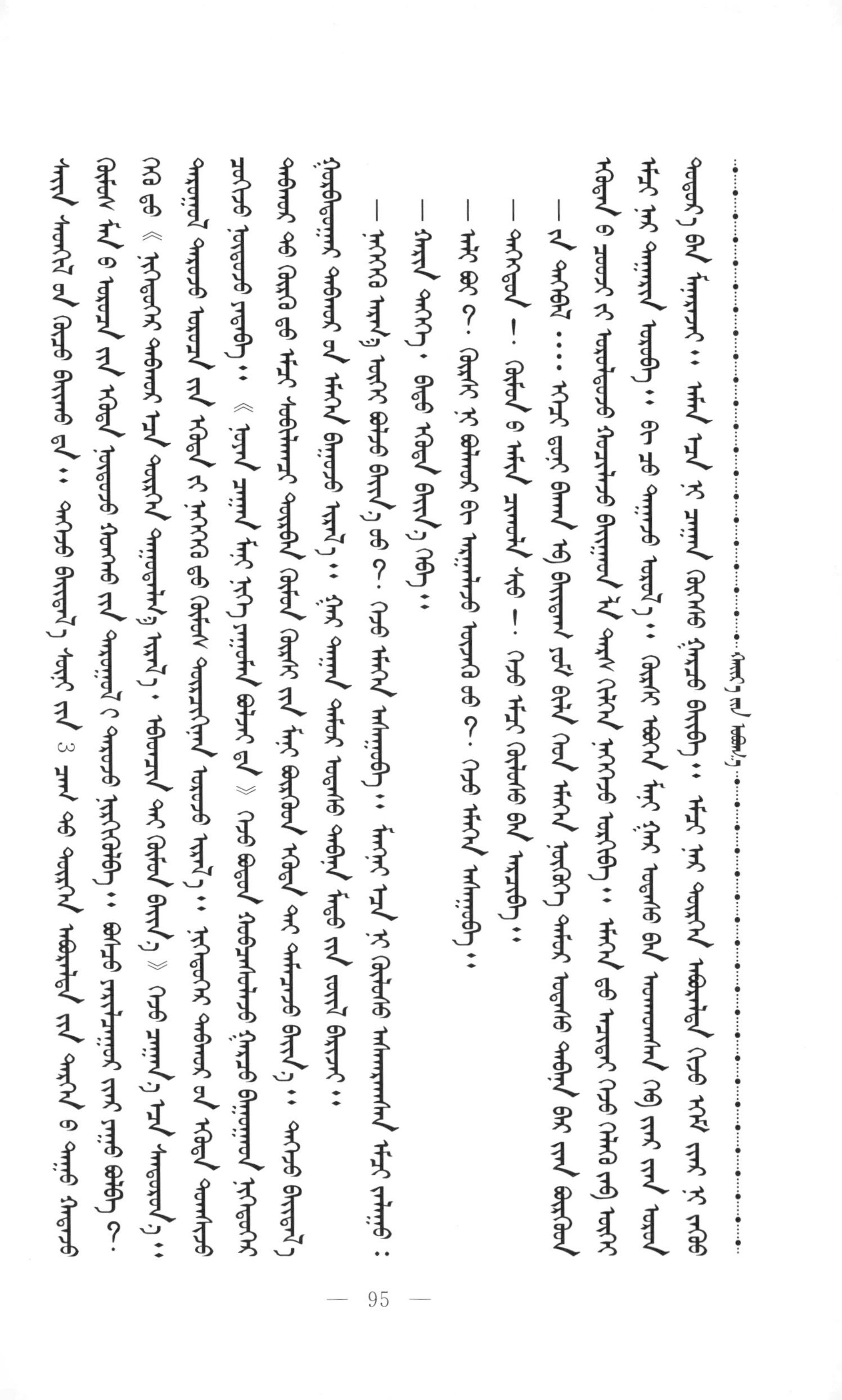

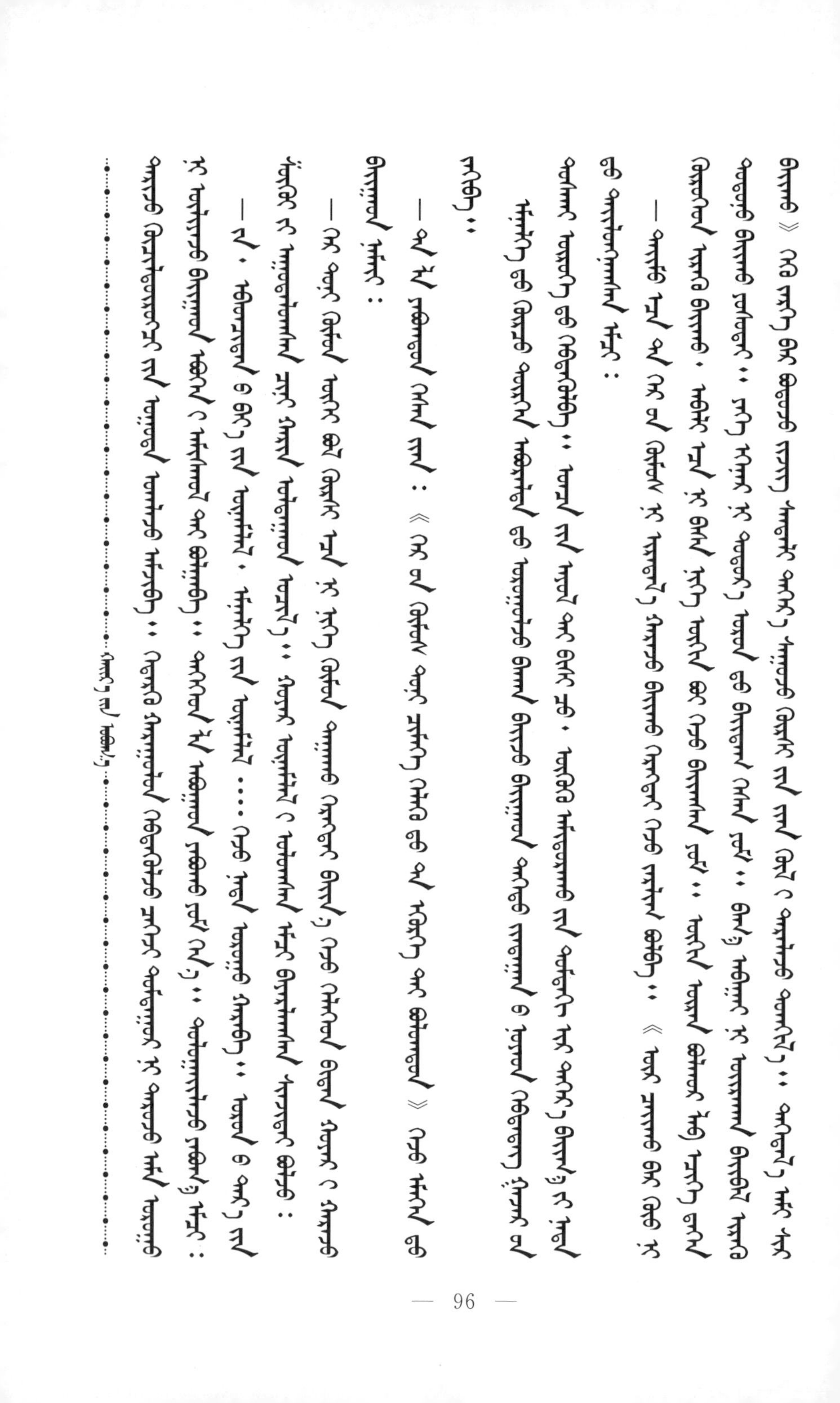

[illegible]

— [illegible] …. [illegible]

— [illegible]

— [illegible] : 《 [illegible] 》 [illegible]

[illegible]

— [illegible] 《 [illegible] 》 [illegible]

[illegible]

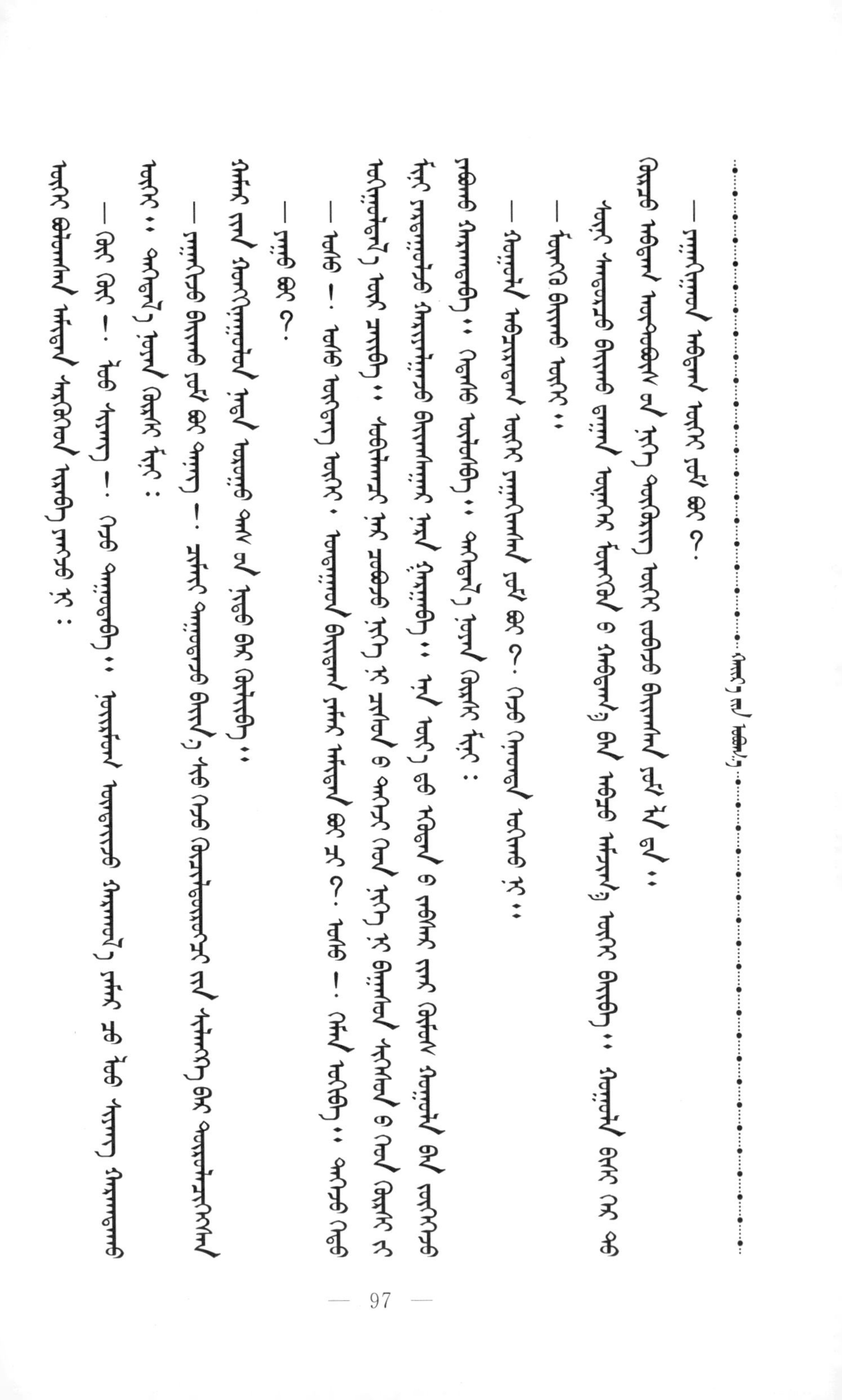

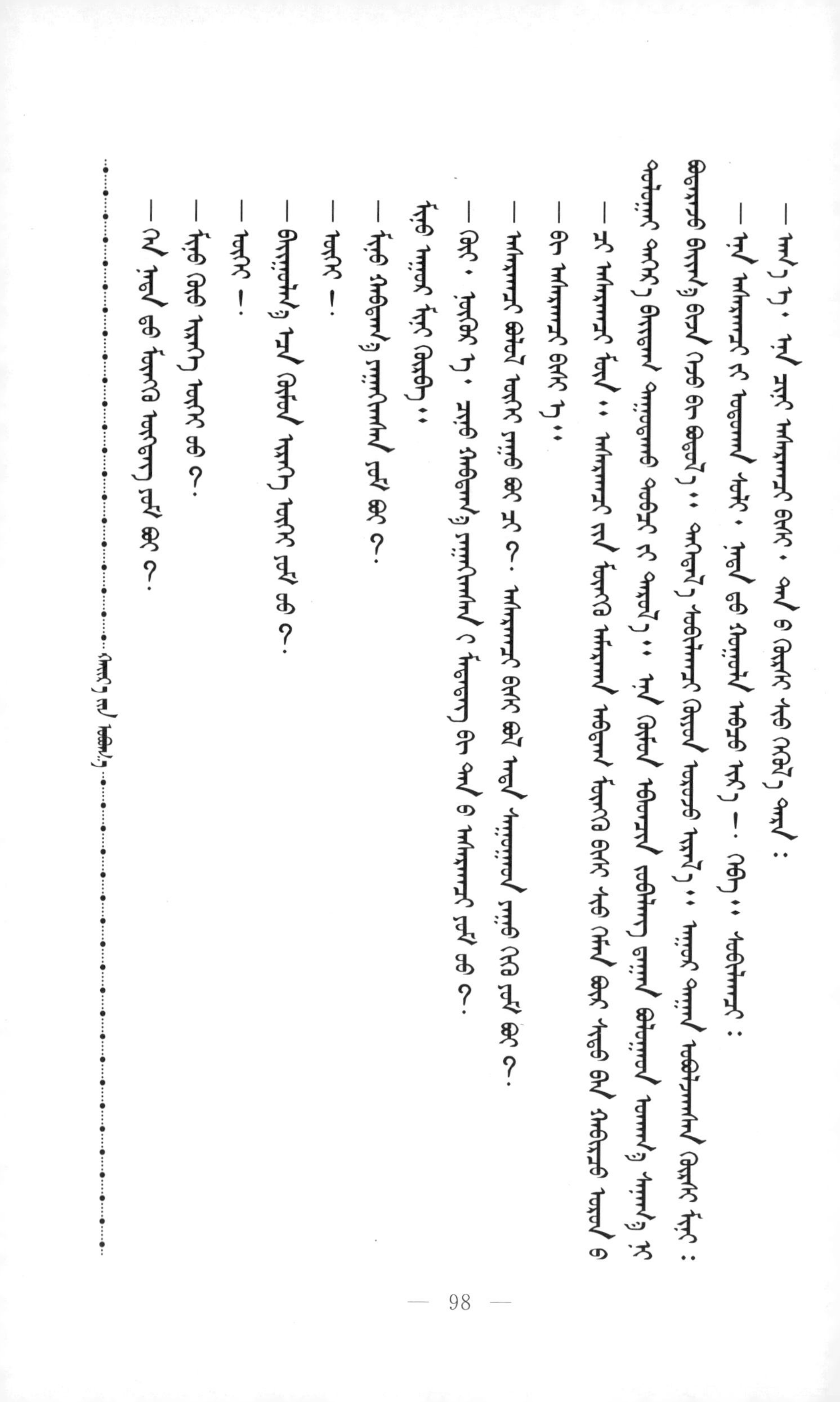

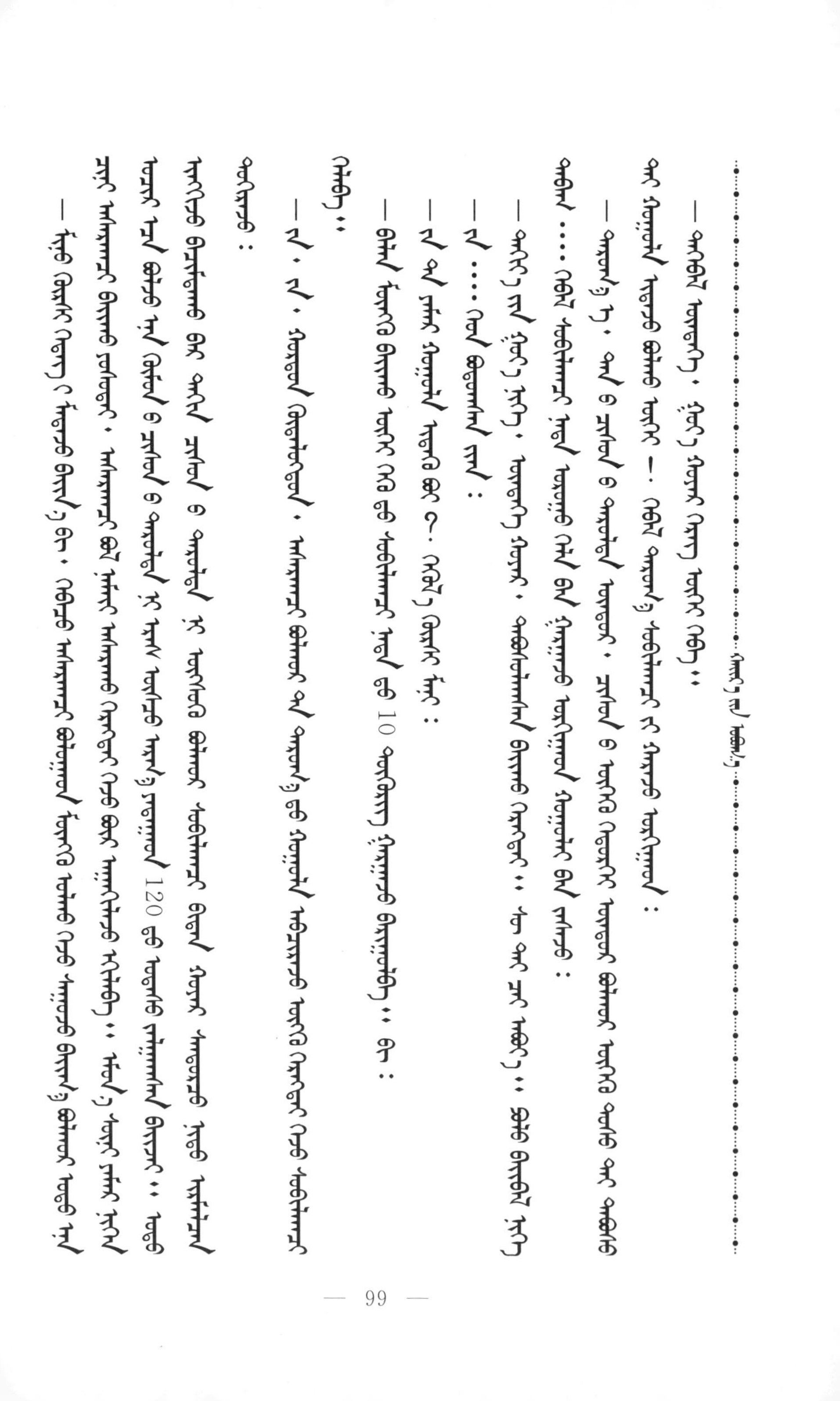

— [illegible] ::

[illegible] — · [illegible] :

— [illegible] · [illegible] · [illegible]

[illegible] ···· [illegible] ···· [illegible] :

— [illegible] · [illegible] · [illegible] :: [illegible] :: [illegible]

— [illegible] ···· [illegible] :

— [illegible] ? · [illegible] :

— [illegible] 10 [illegible] :: [illegible] :

[illegible] ::

— [illegible] · [illegible] · [illegible] · [illegible]

[illegible] :

[illegible]

[illegible] 120 [illegible] :: [illegible]

[illegible] · [illegible] :: [illegible]

— [illegible] · [illegible]

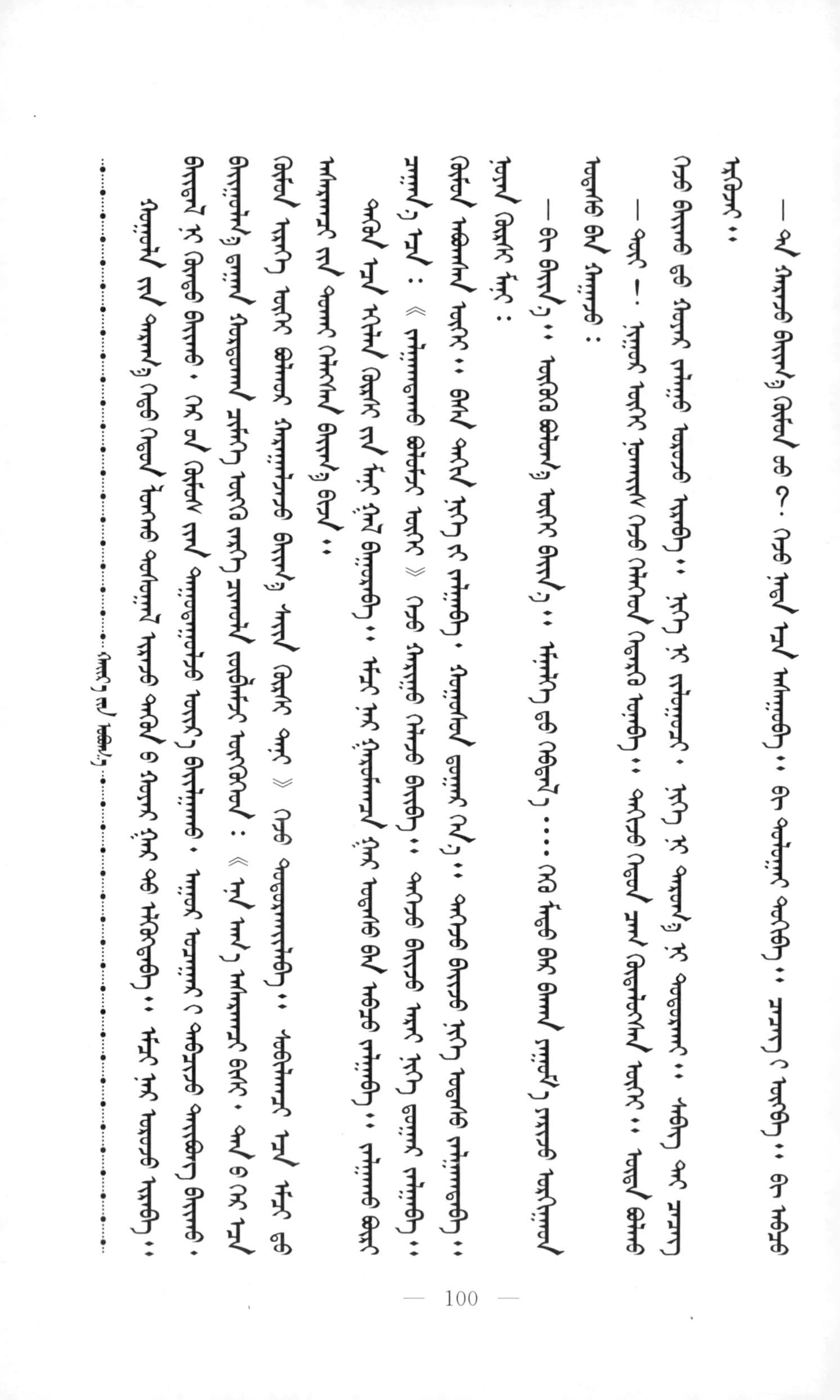

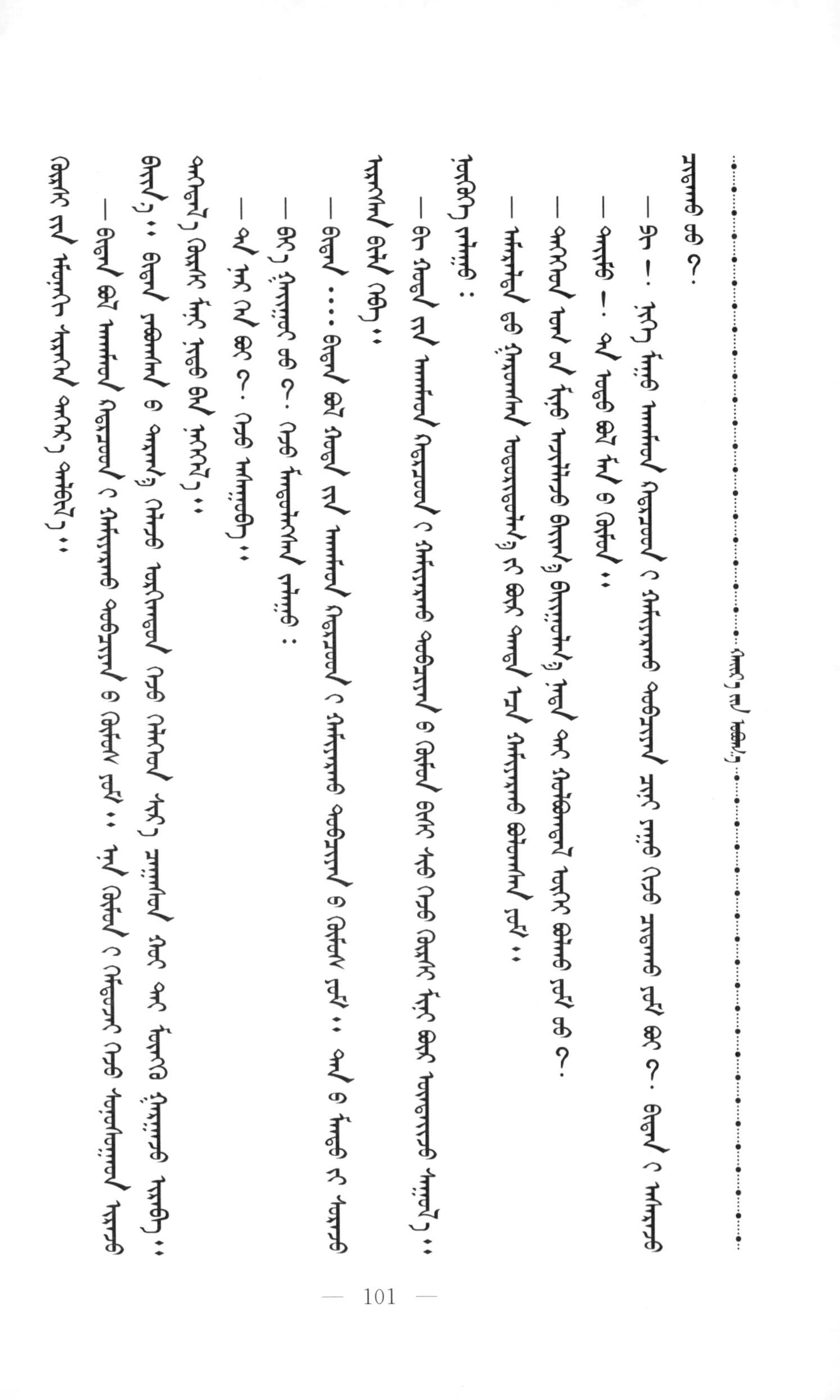

[illegible] ?

— [illegible] ?

— [illegible] ··

— [illegible] ?

— [illegible] ··

[illegible] :

— [illegible] ··

[illegible] ··

— [illegible] ··

— [illegible] :

— [illegible] ··

[illegible] ··

[illegible] ··

— [illegible] ··

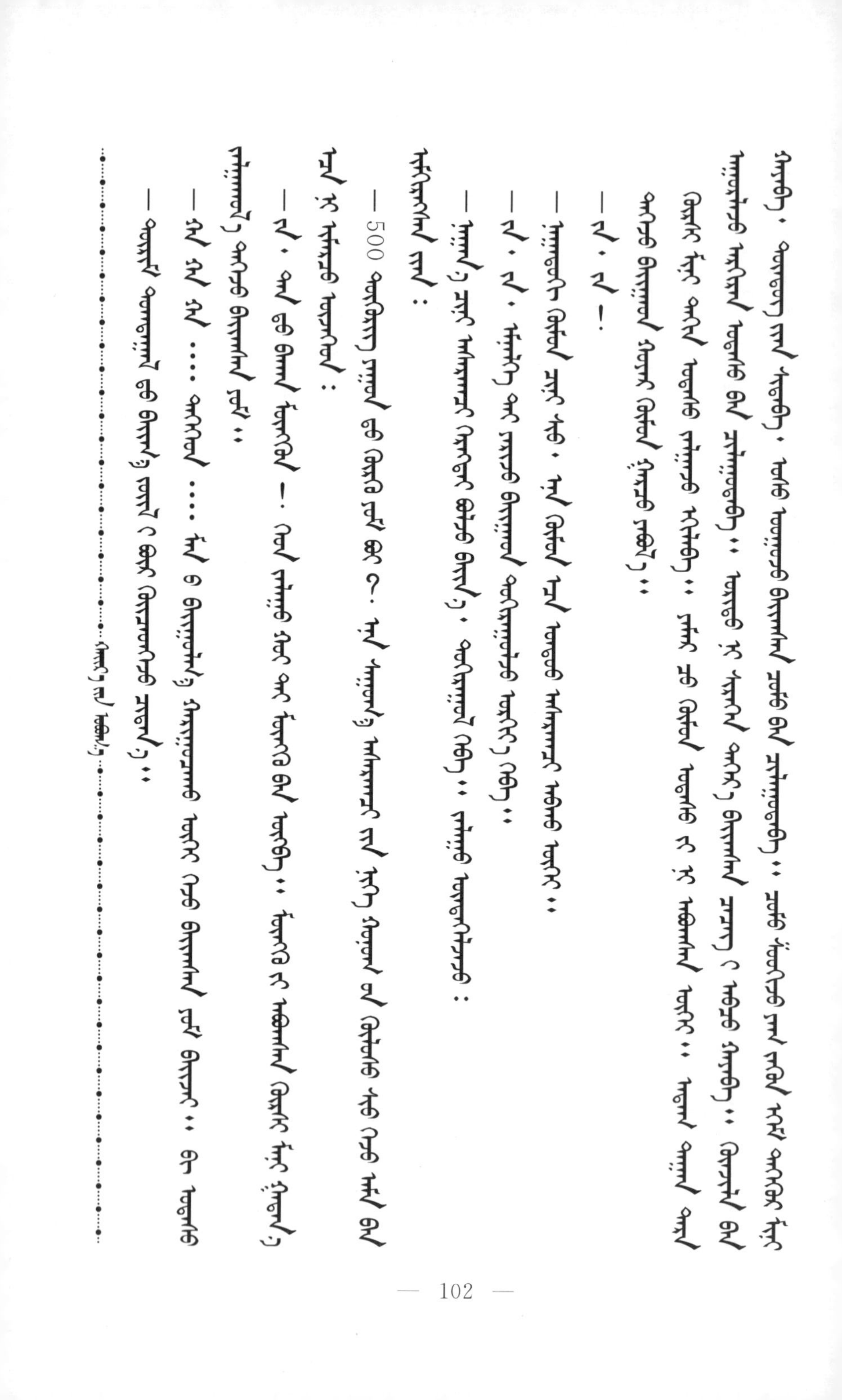

[illegible]

— ᠳᠠ᠂ ᠳᠠ —!

— [illegible]

— ᠳᠠ᠂ ᠳᠠ᠂ [illegible]

— [illegible] :

— 500 [illegible] :

— ᠳᠠ᠂ [illegible]

— [illegible] …. [illegible] …. [illegible]

— [illegible]

[illegible]

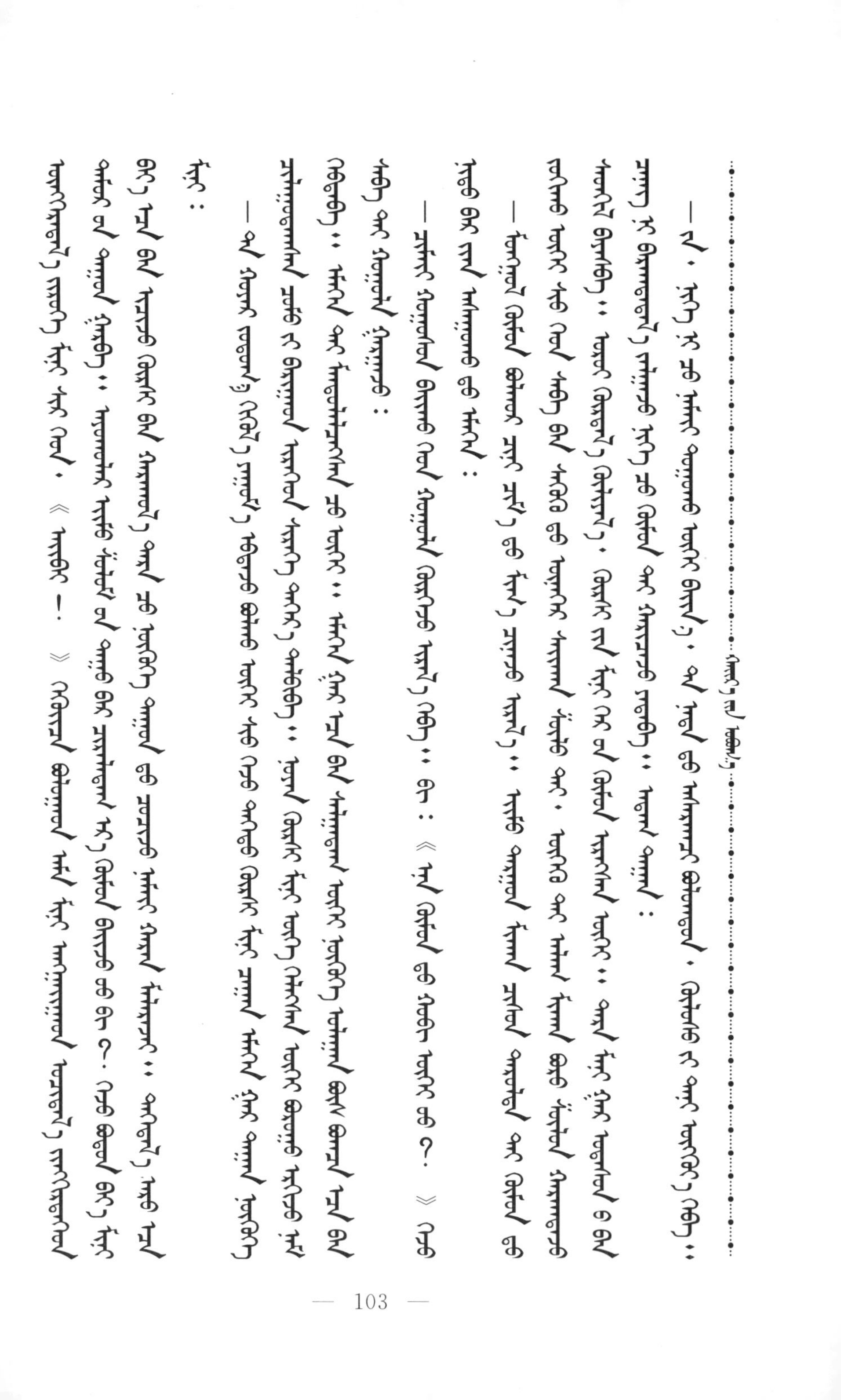

— [illegible] ::
[illegible] :

[illegible] ::
[illegible]

— [illegible] ::
[illegible] :

— [illegible] :: [illegible] : « [illegible] ? »
[illegible] :

[illegible] ::
[illegible]

— [illegible]
[illegible] :

[illegible] ::
[illegible] ? [illegible]
[illegible] « [illegible] ! » [illegible]

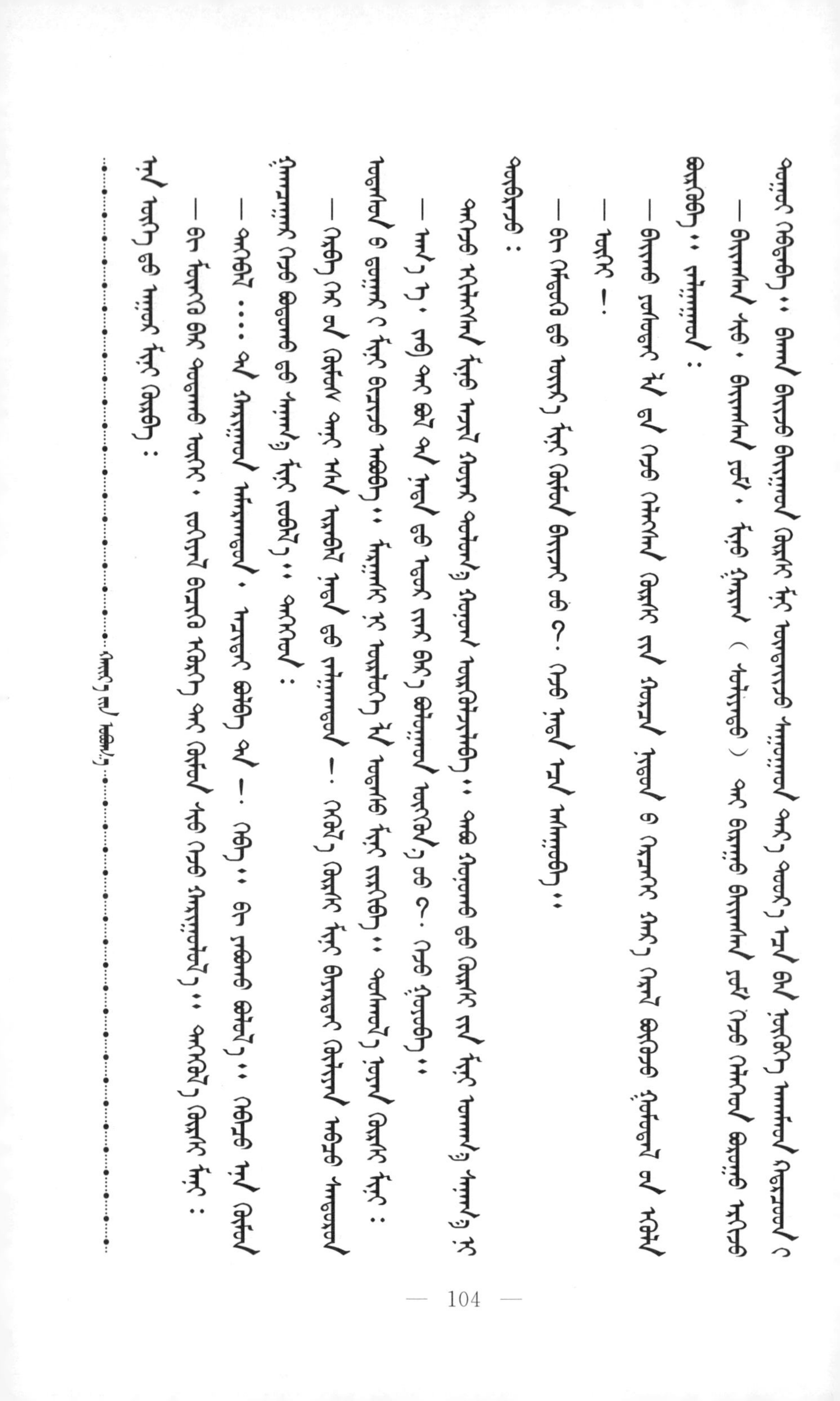

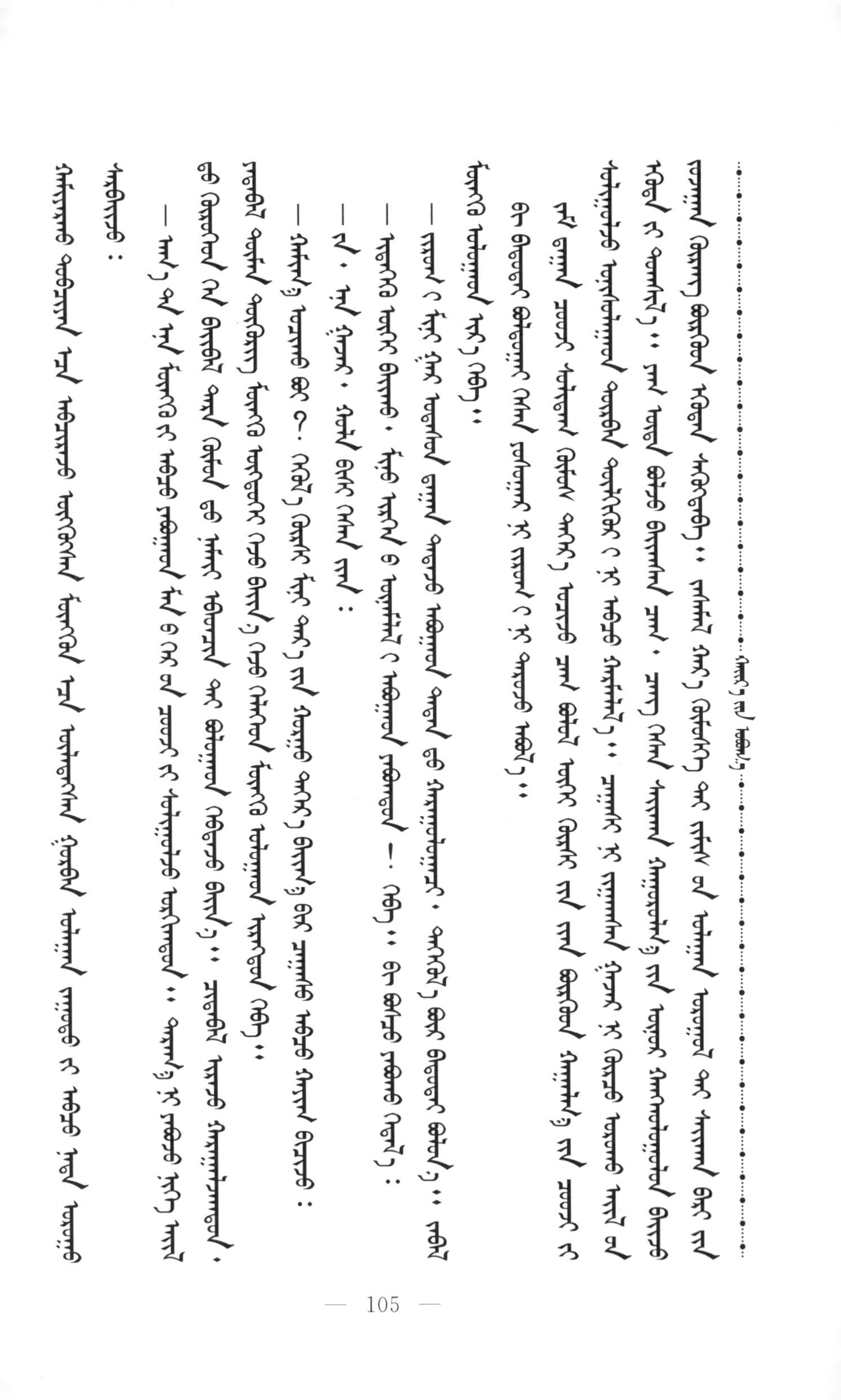

[illegible]
[illegible] ᠄

— [illegible]
[illegible] ᠂
[illegible] ᠃

— [illegible] ? [illegible] ᠄

— [illegible] ᠂ [illegible] ᠂ [illegible] ᠄

— [illegible] ! [illegible] ᠃ [illegible] ᠄

— [illegible] ᠂ [illegible] ᠃ [illegible]
[illegible] ᠃

[illegible] ᠃

[illegible] ᠃ [illegible] ᠃ [illegible]

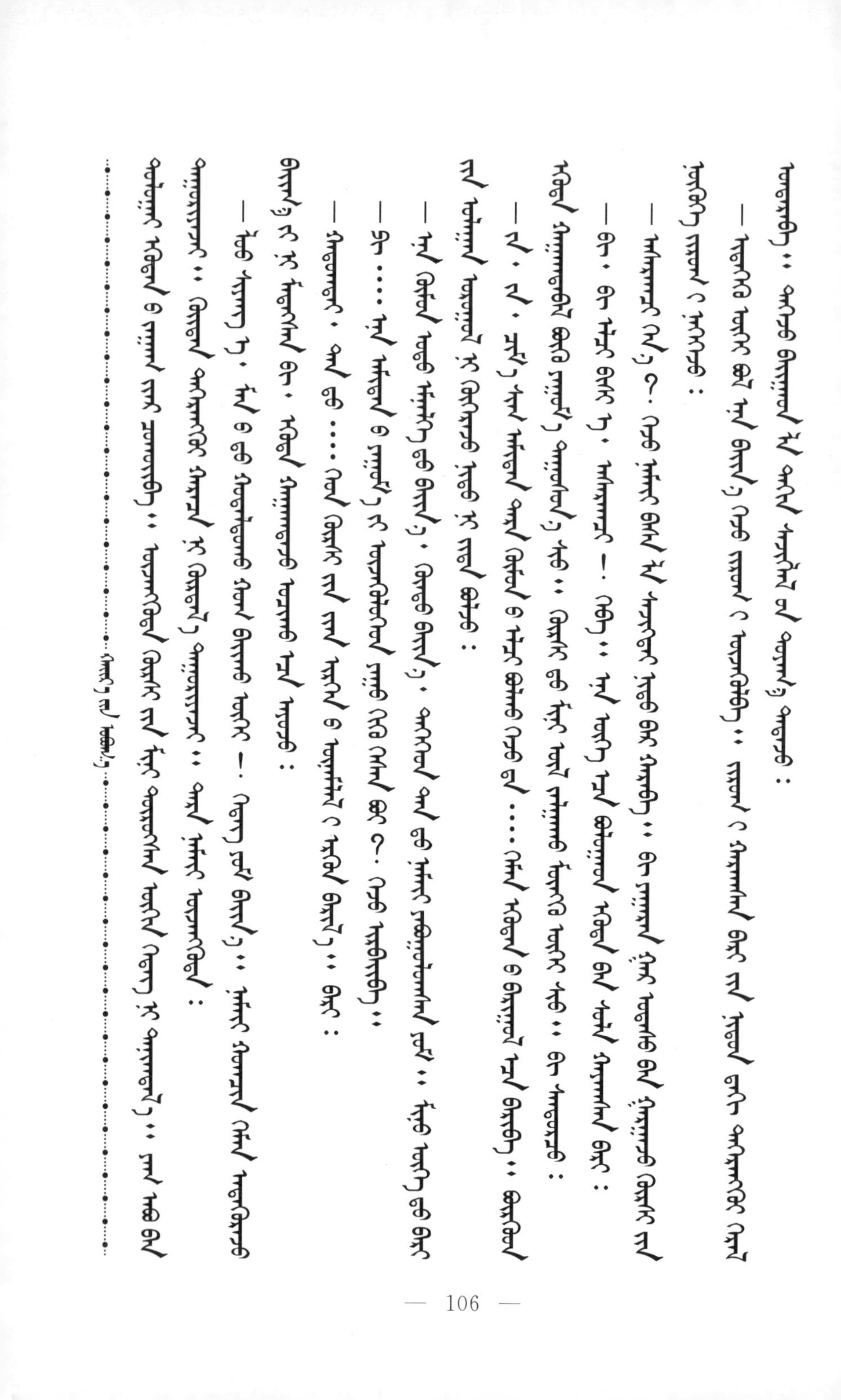

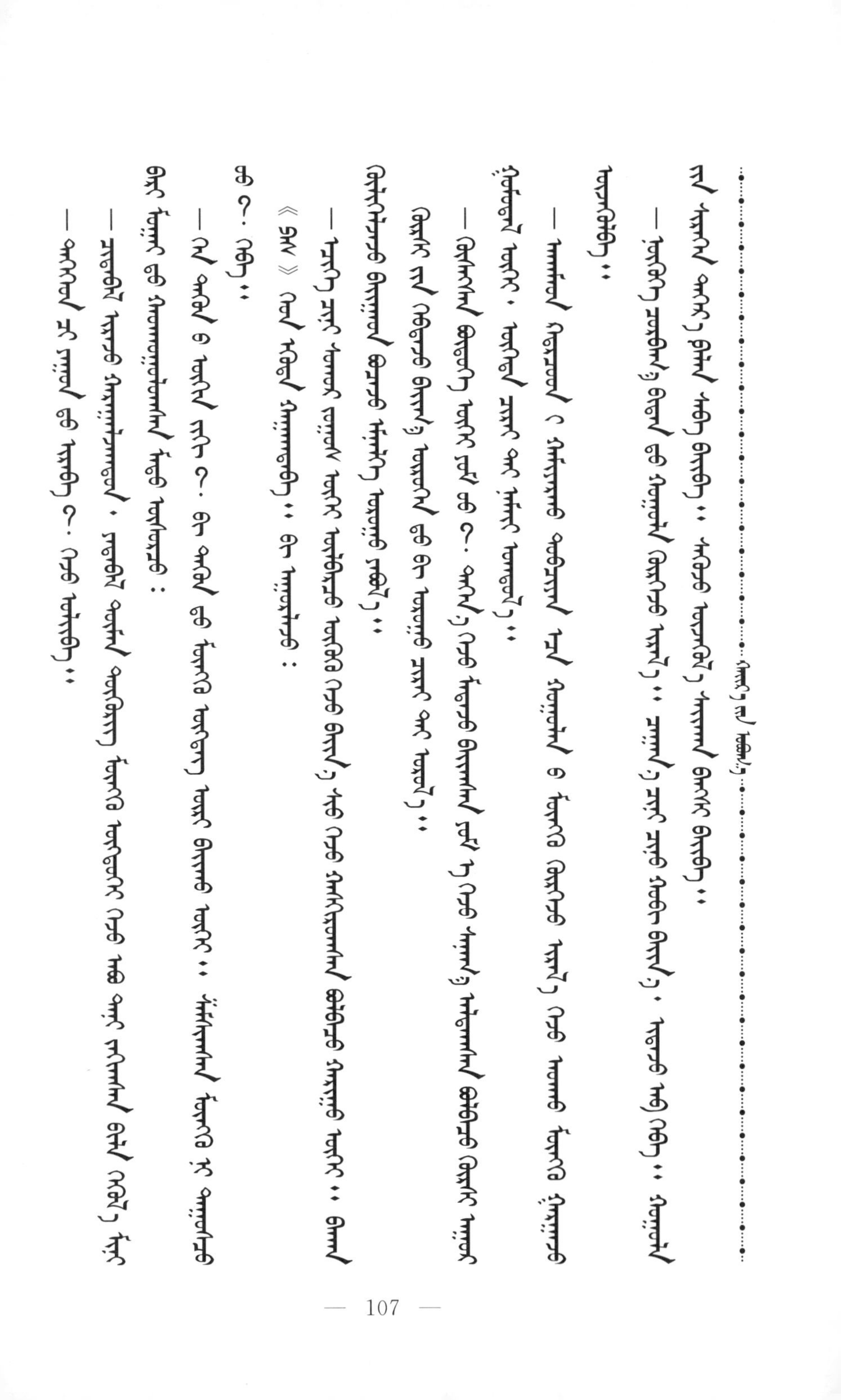

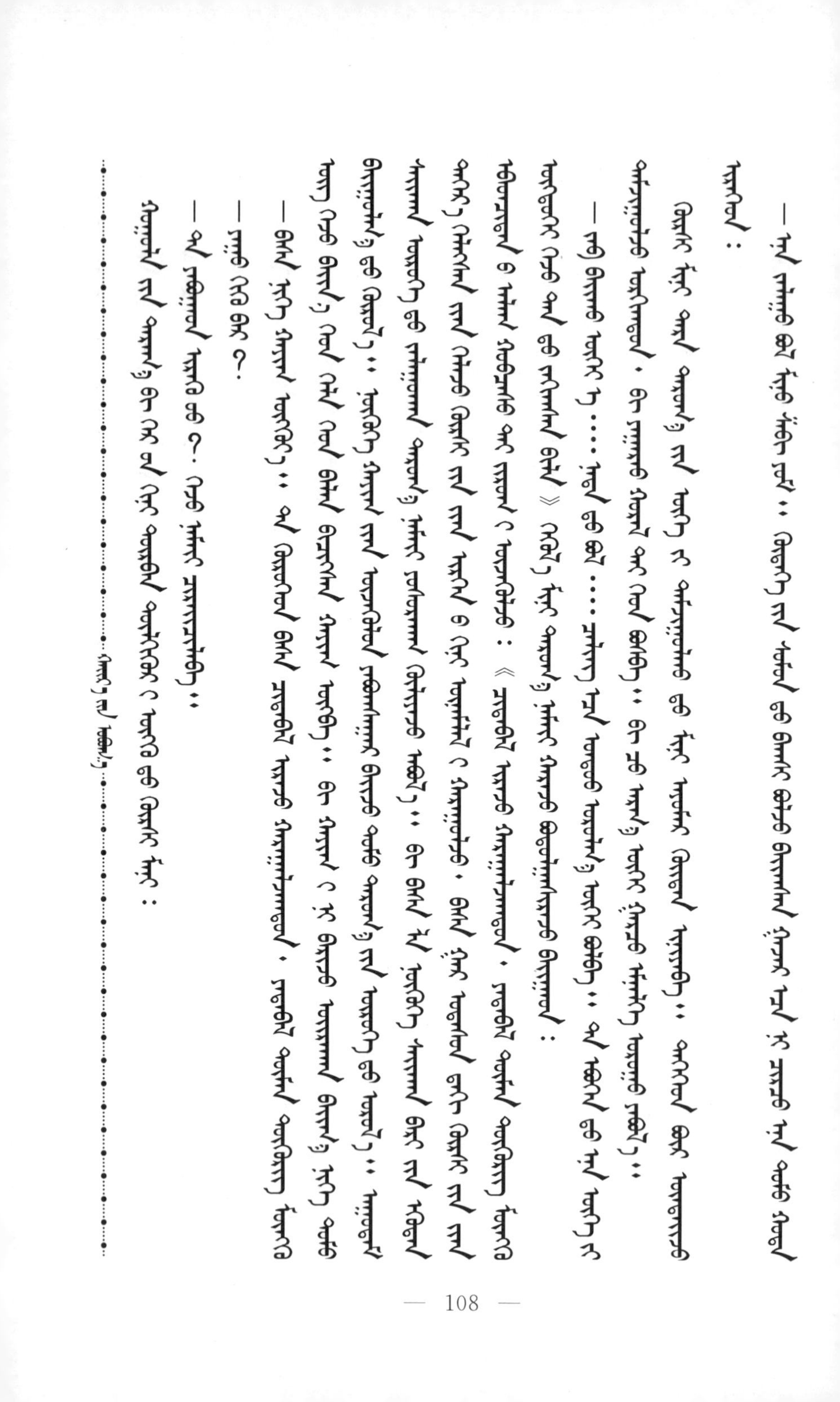

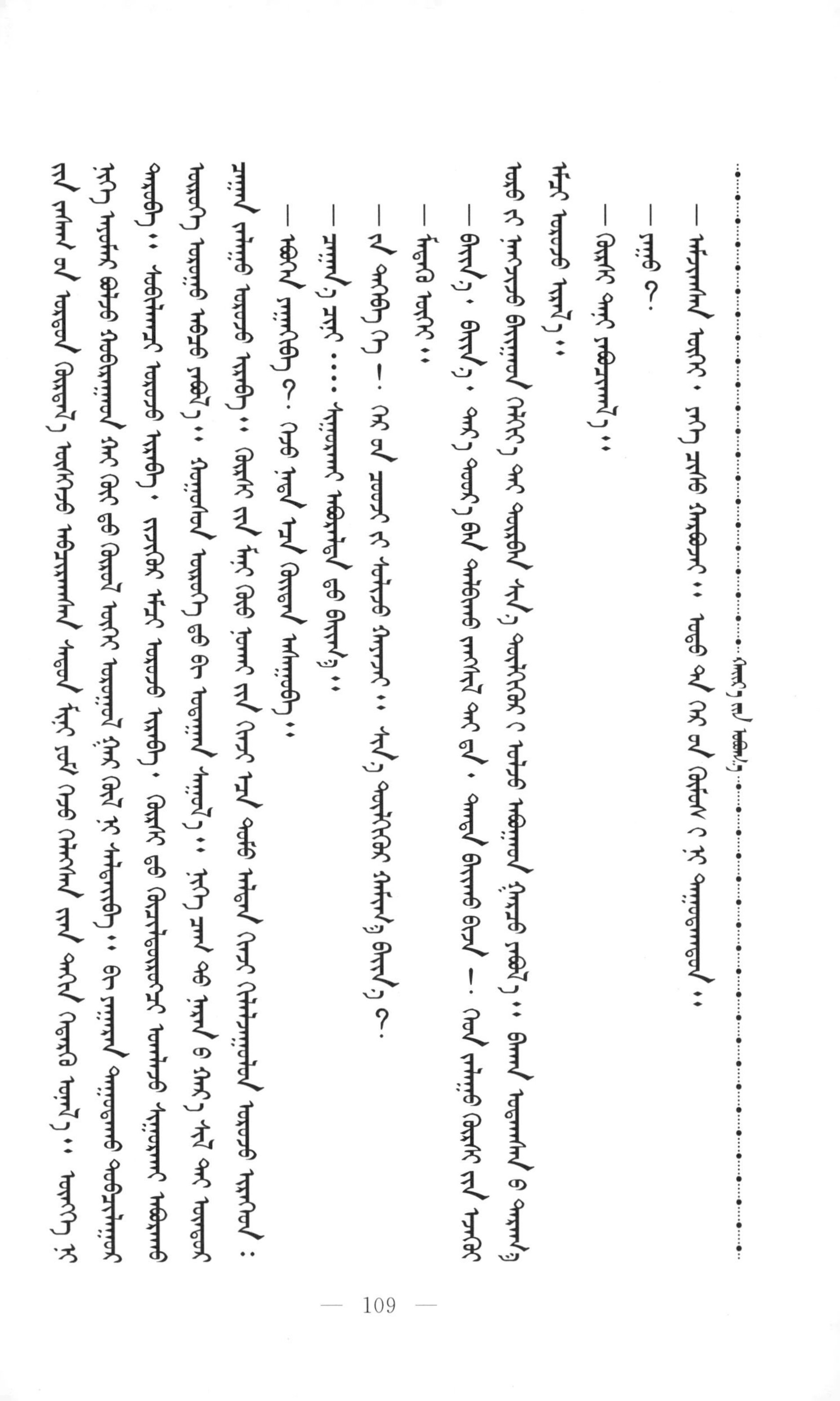

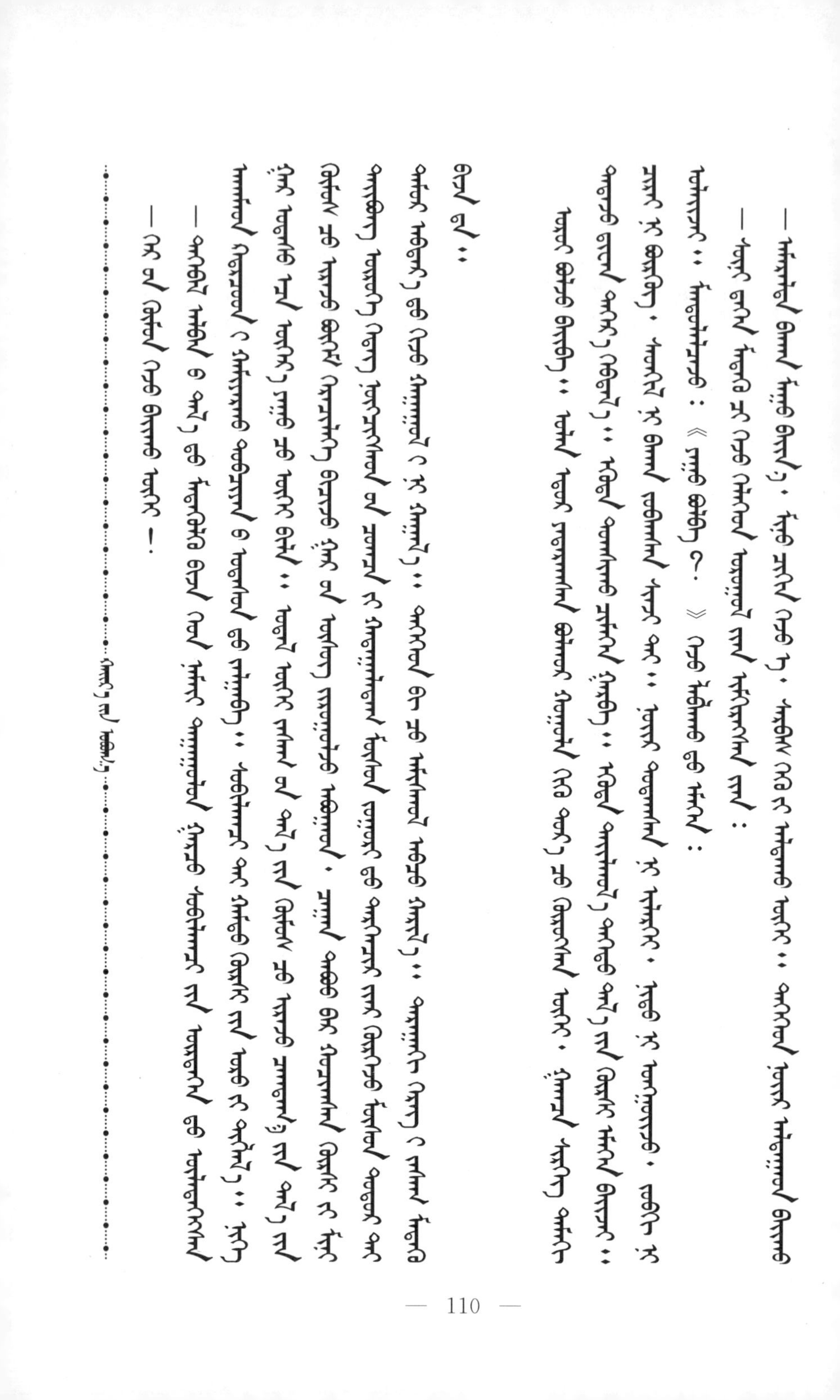

— [illegible] ᠄

— [illegible] ᠄

[illegible] ᠄ 《 [illegible] ？ 》 [illegible] ᠄

[illegible]

[illegible] ᠃

— [illegible]

— [illegible] ！

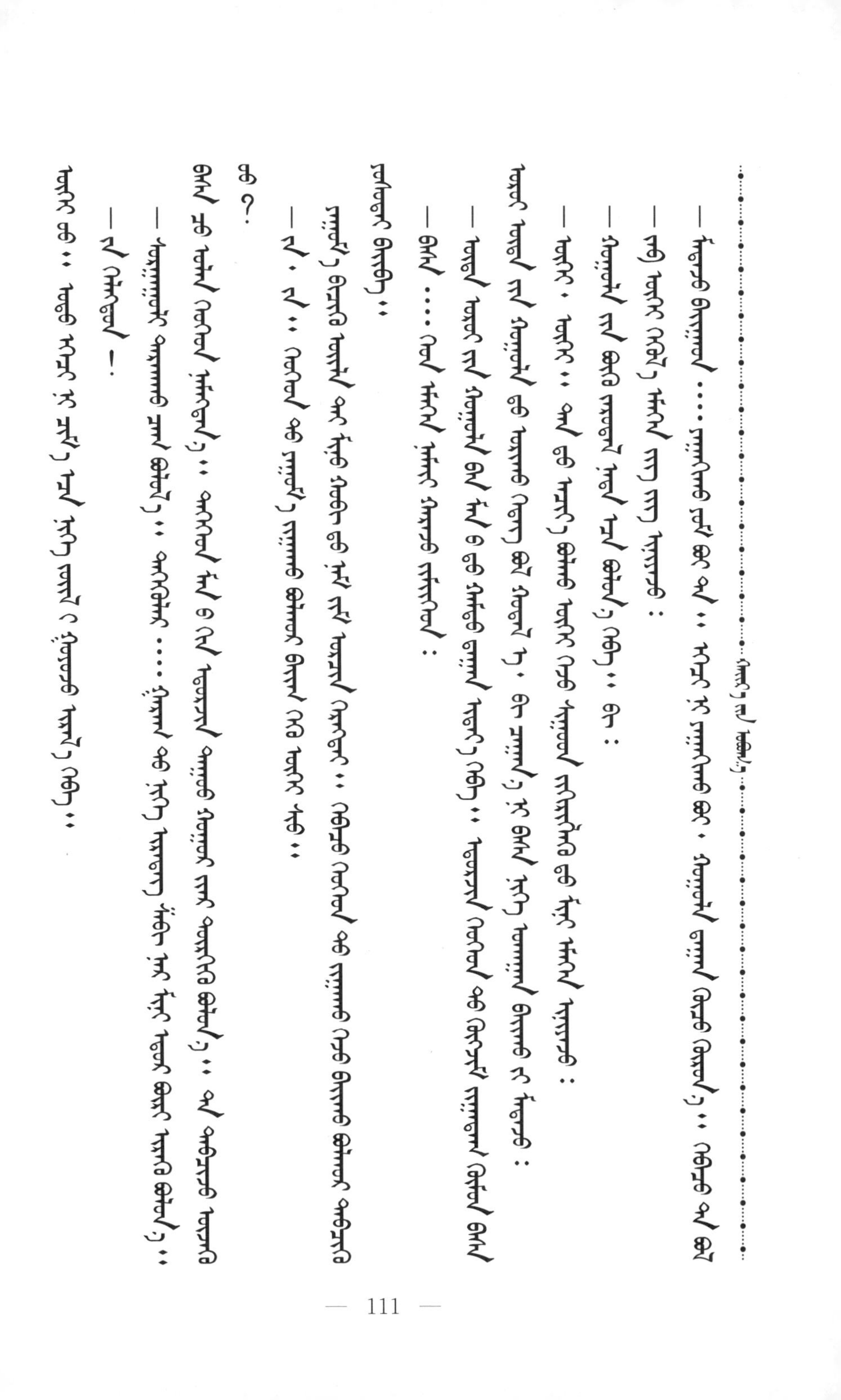

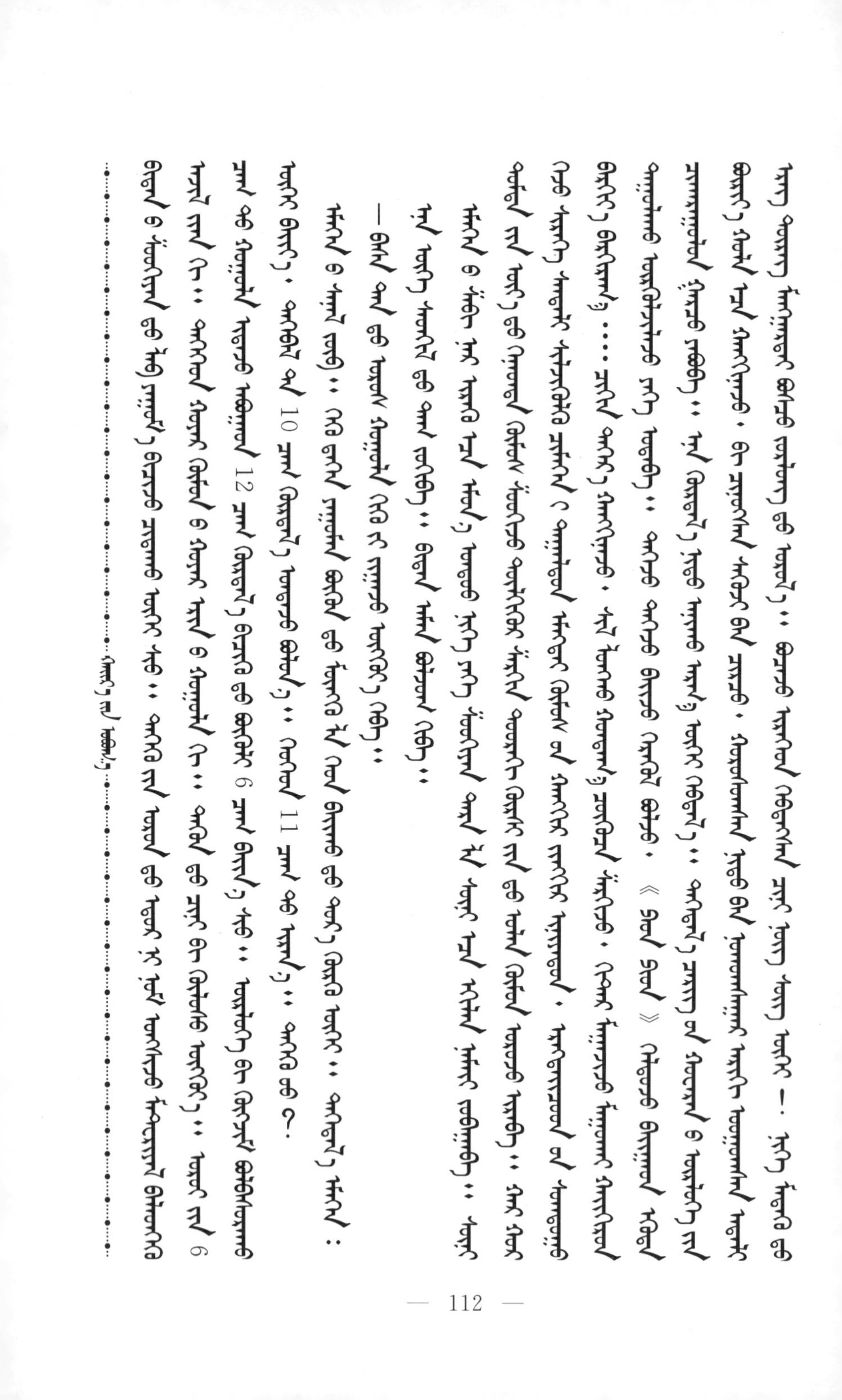

[illegible]

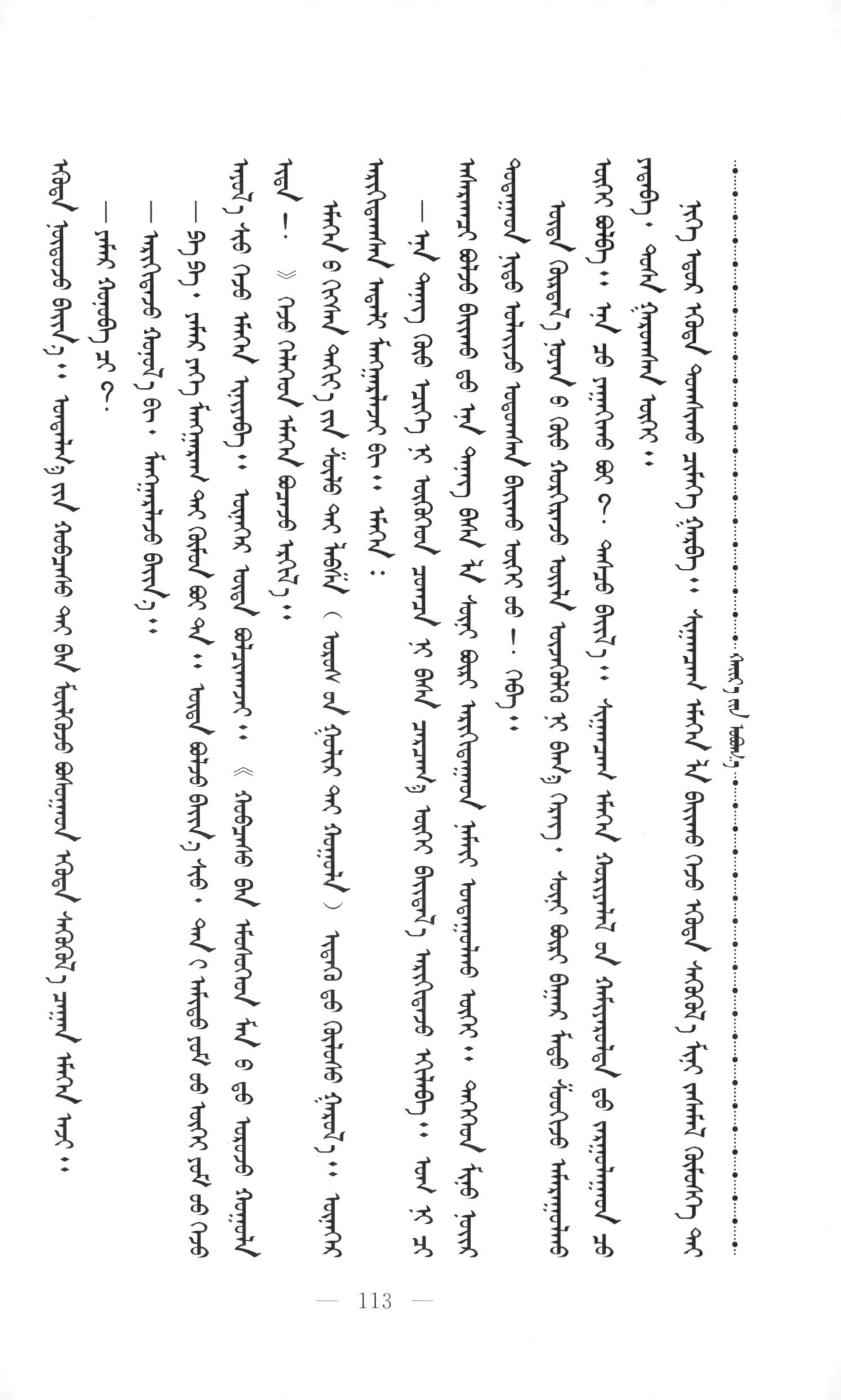

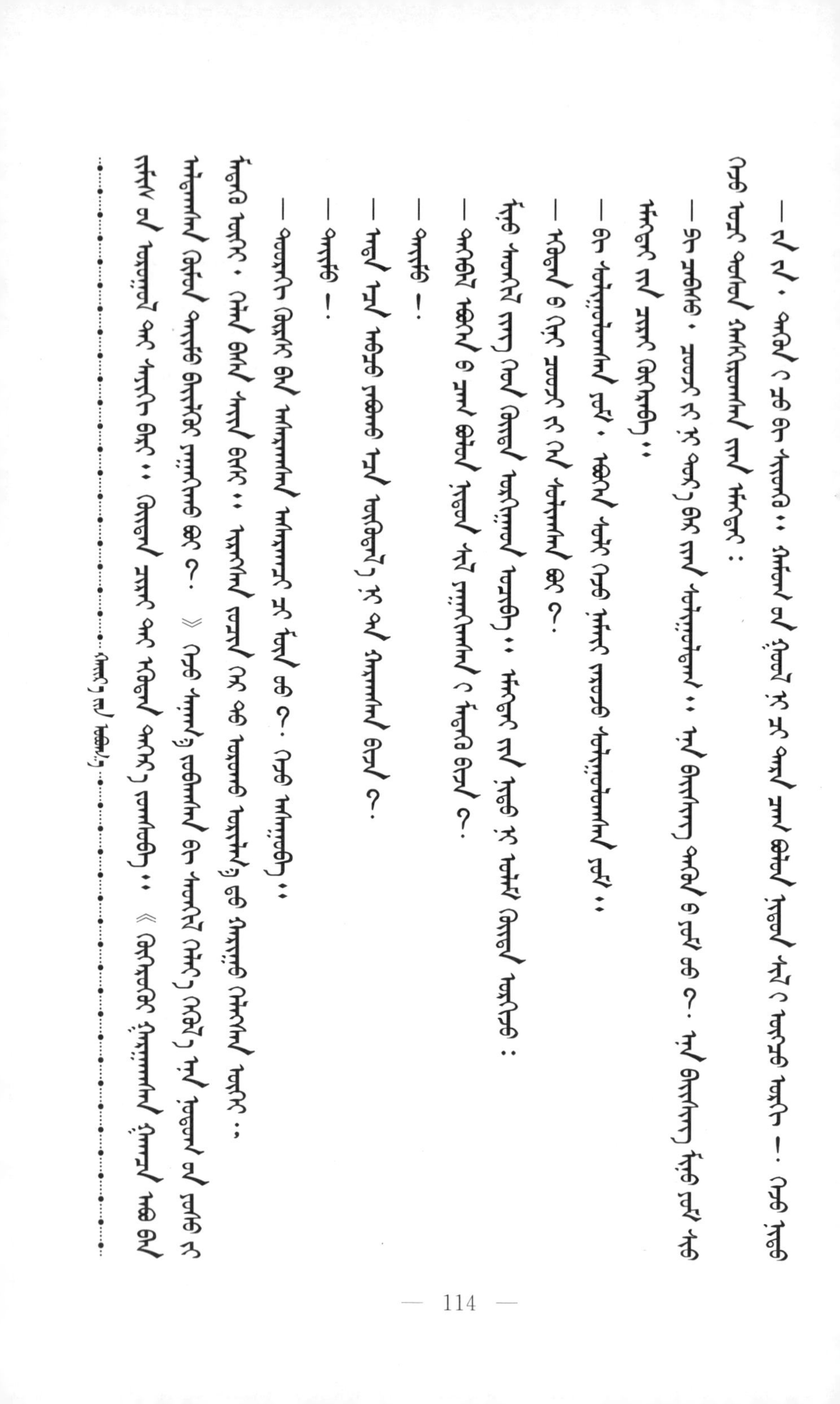

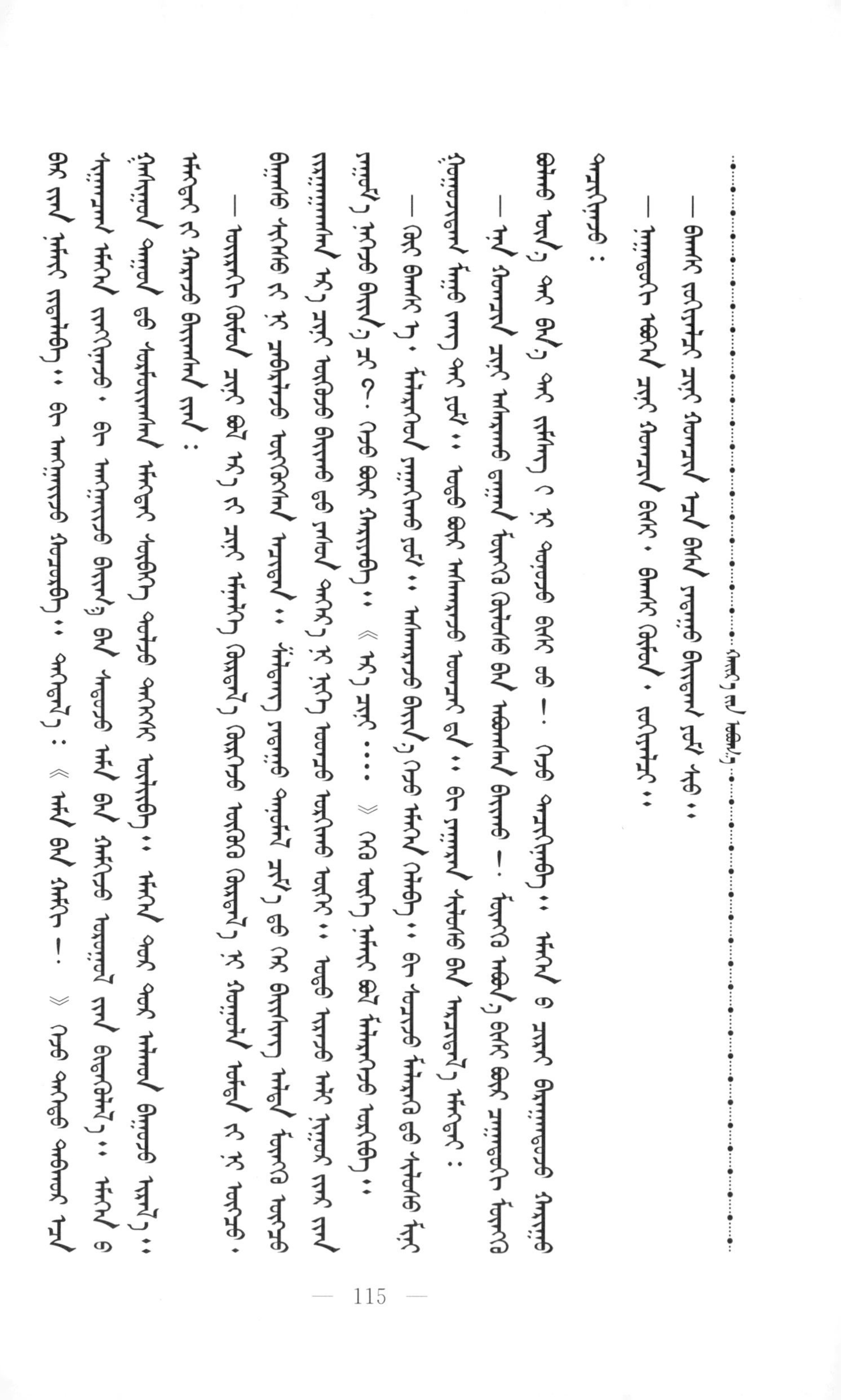

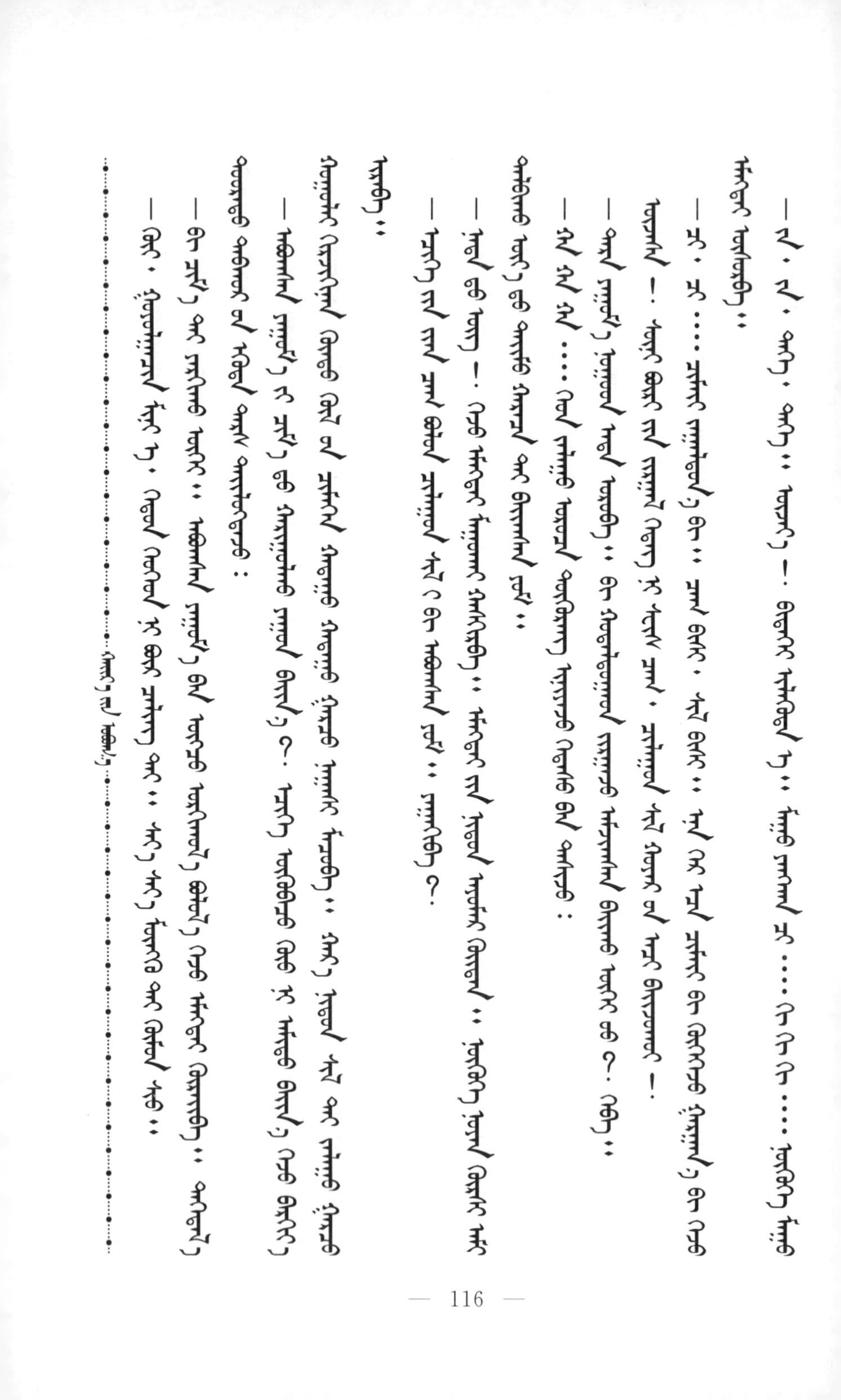

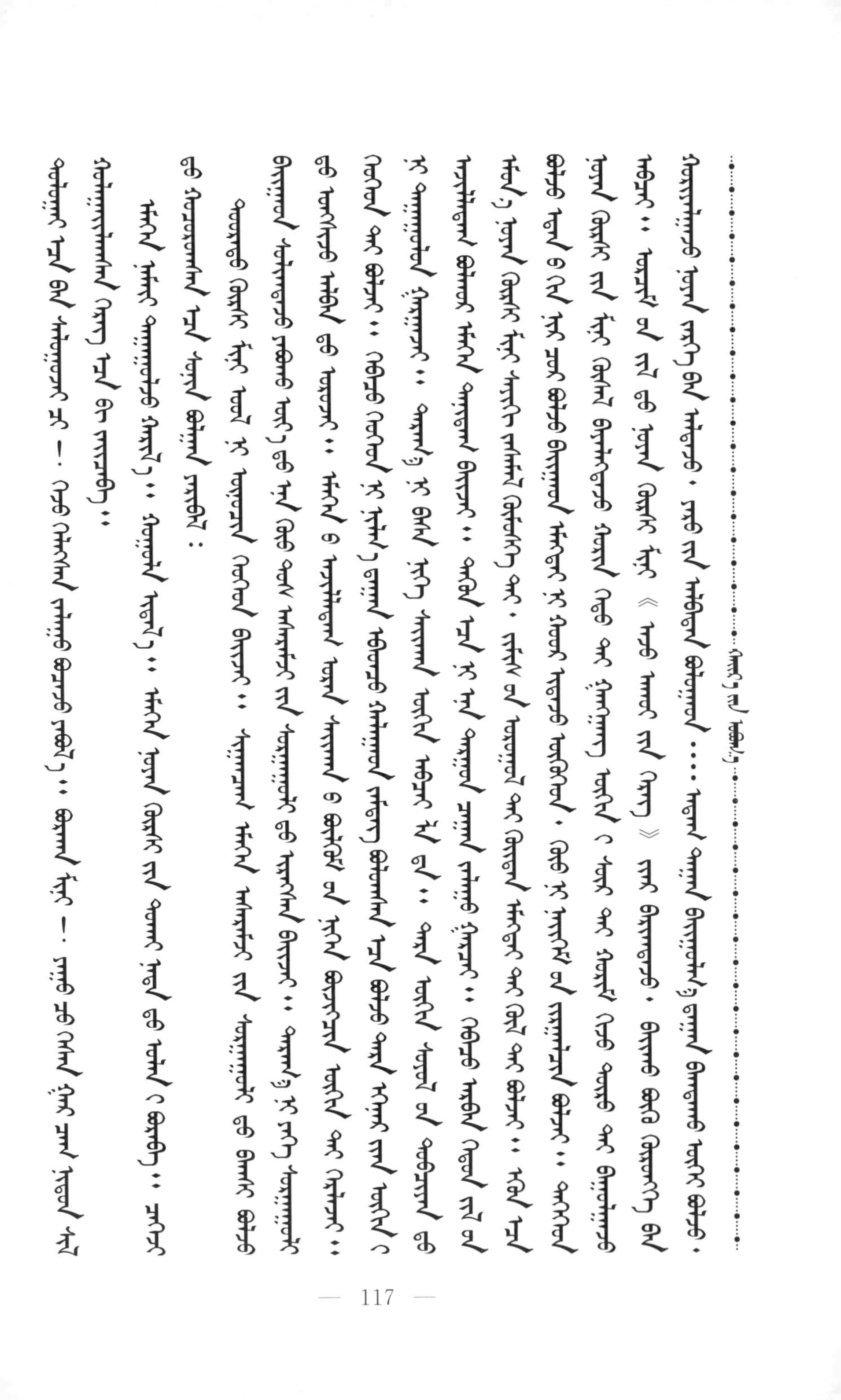

[illegible]

[illegible]

[illegible]

[illegible]

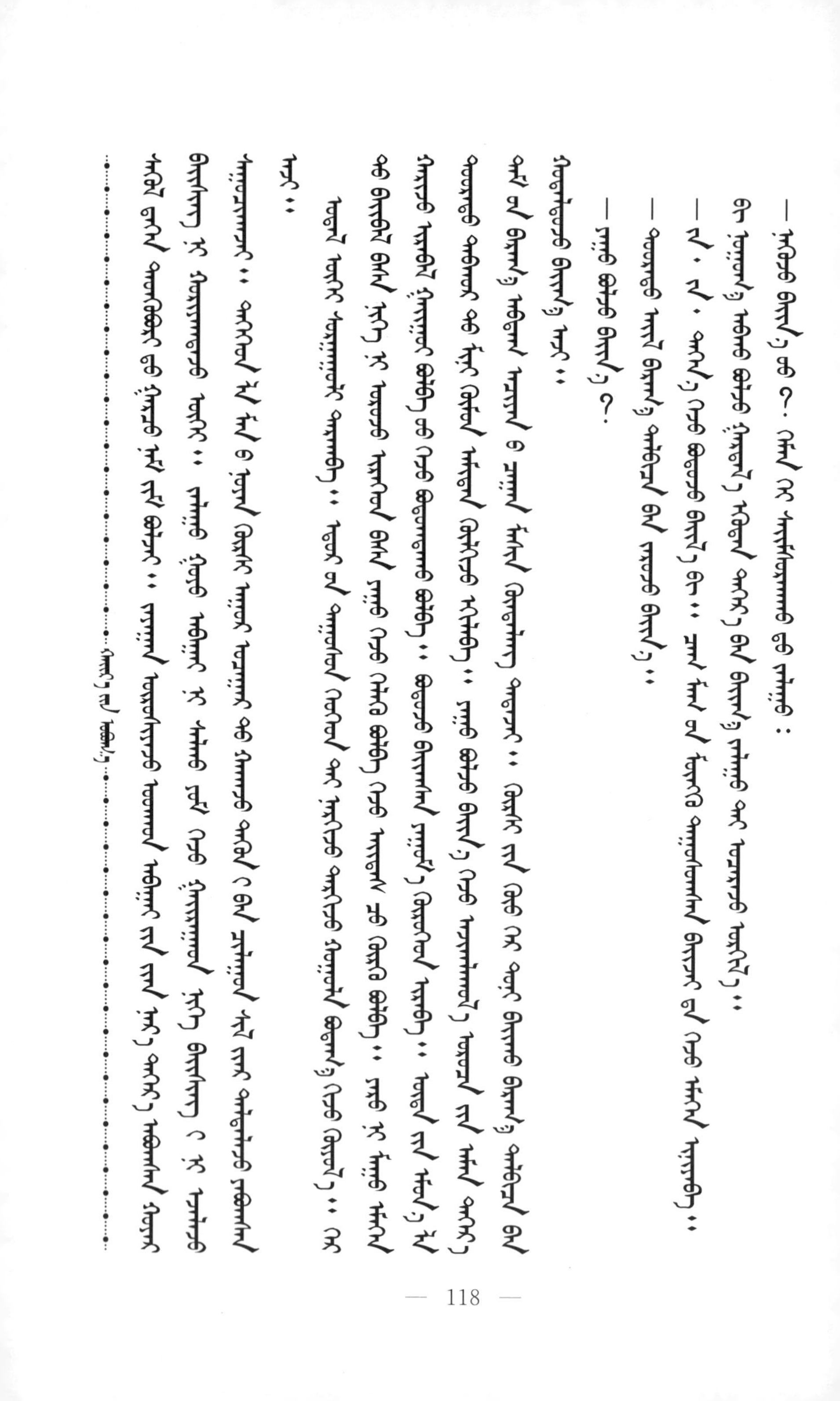

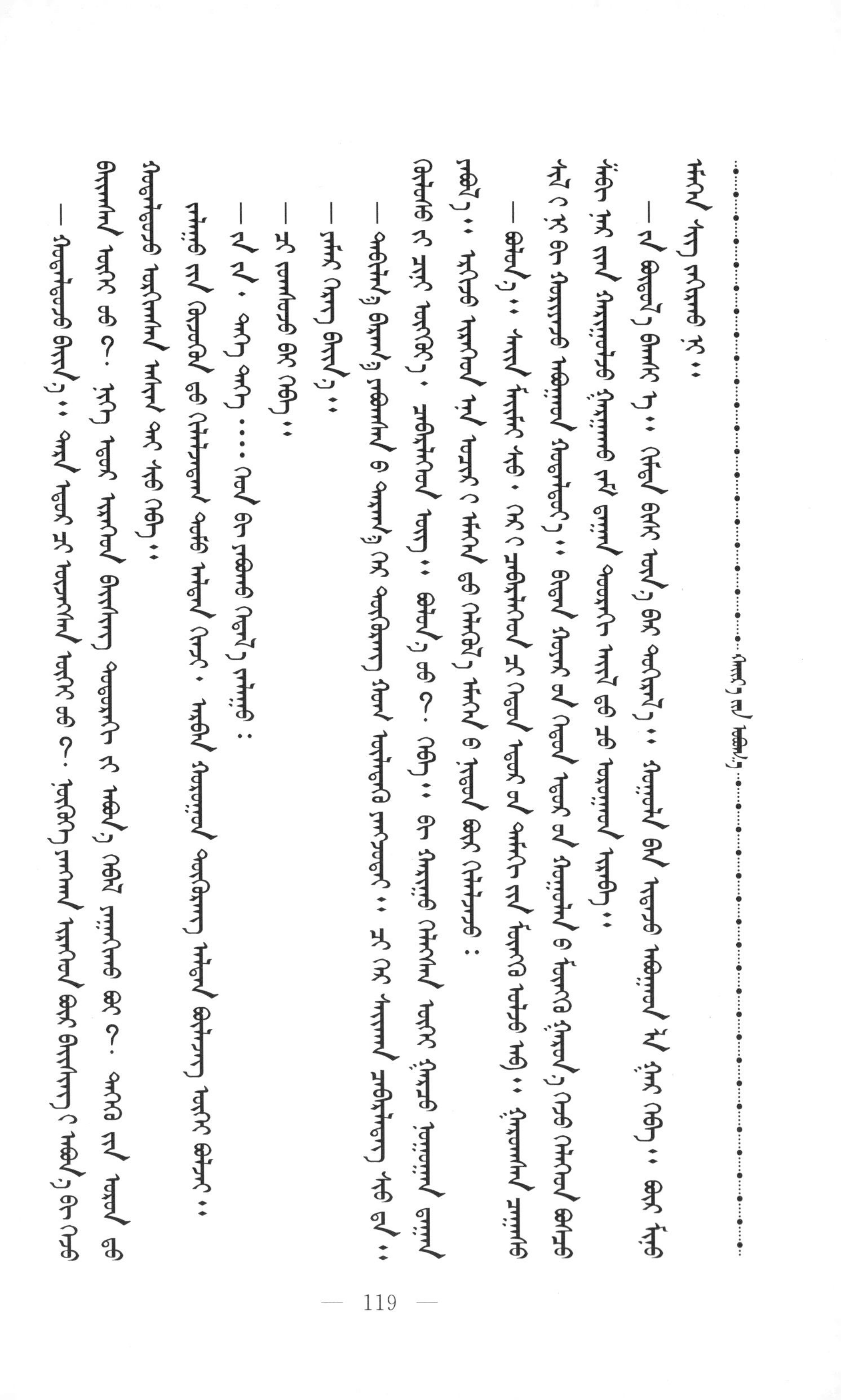

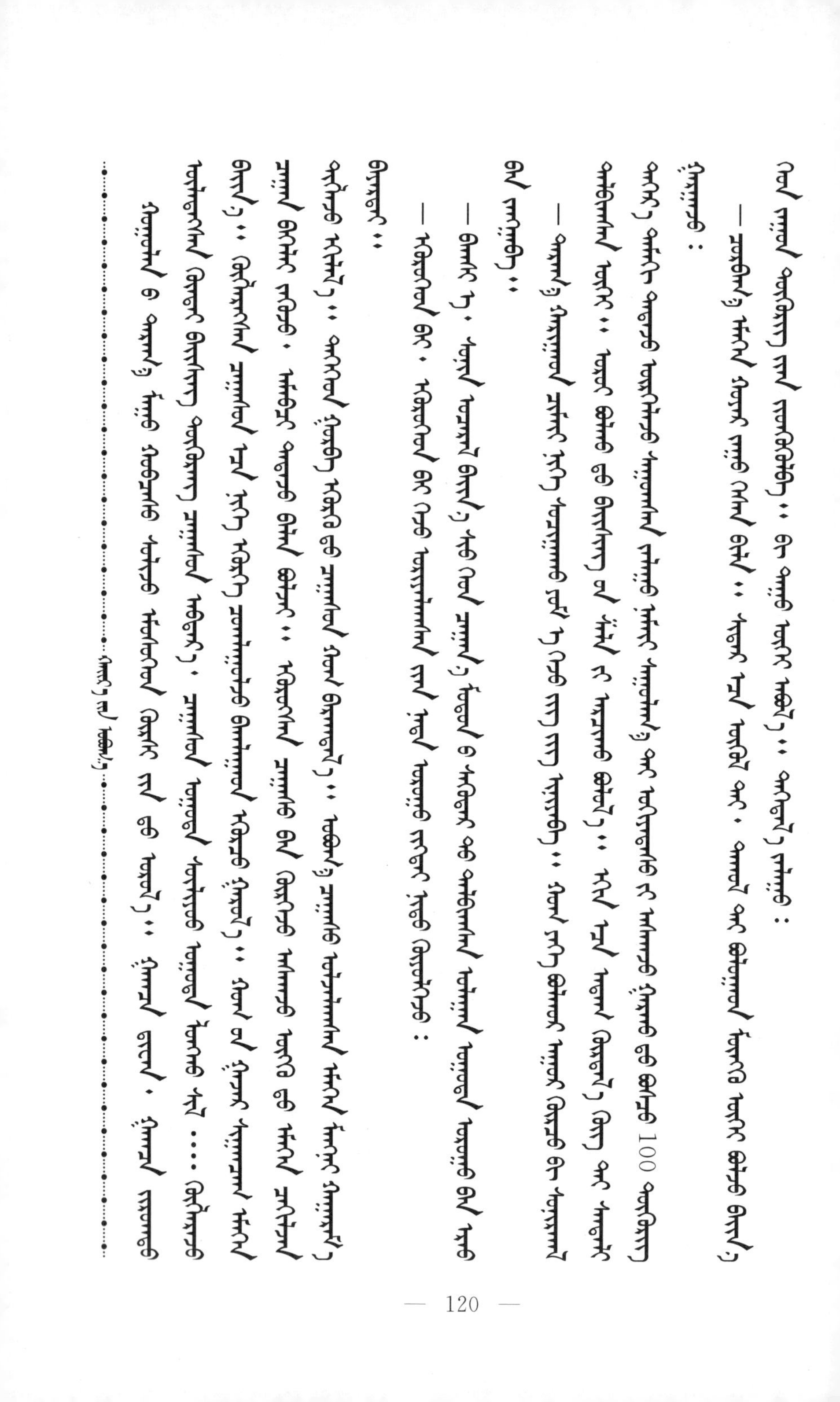

[illegible]

[illegible]

— [illegible]

— [illegible]

— [illegible]

— [illegible]

— [illegible]

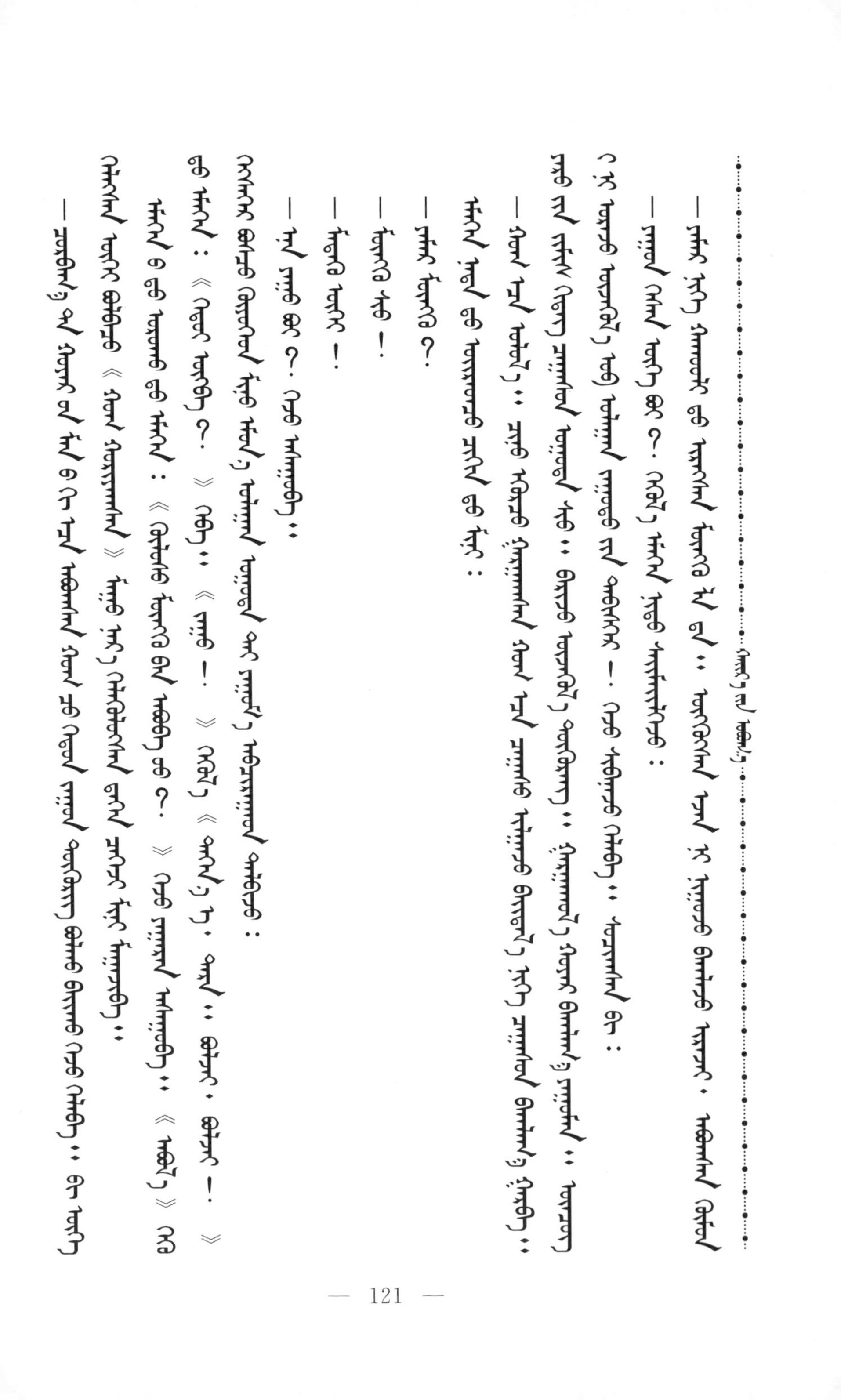

[illegible]

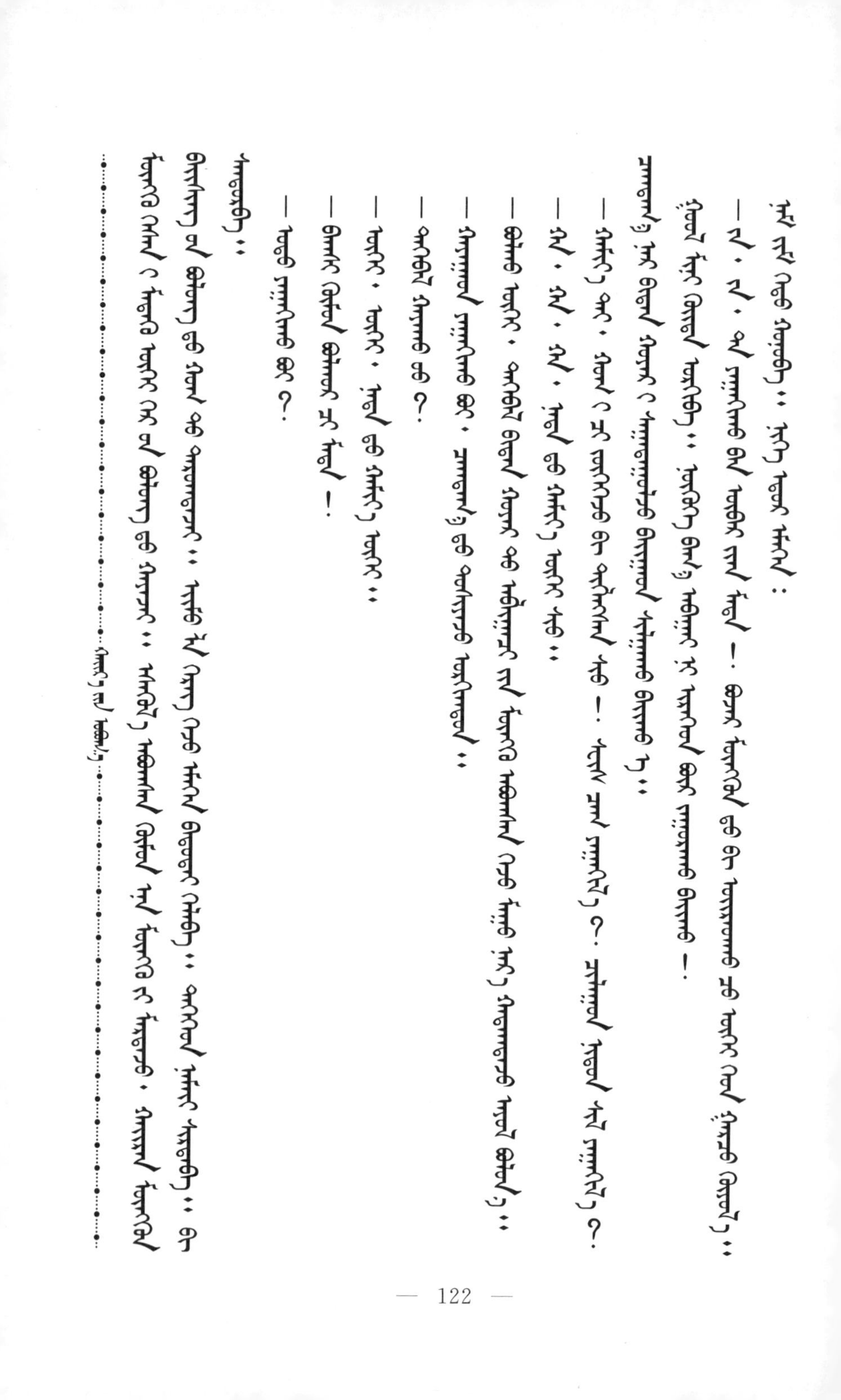

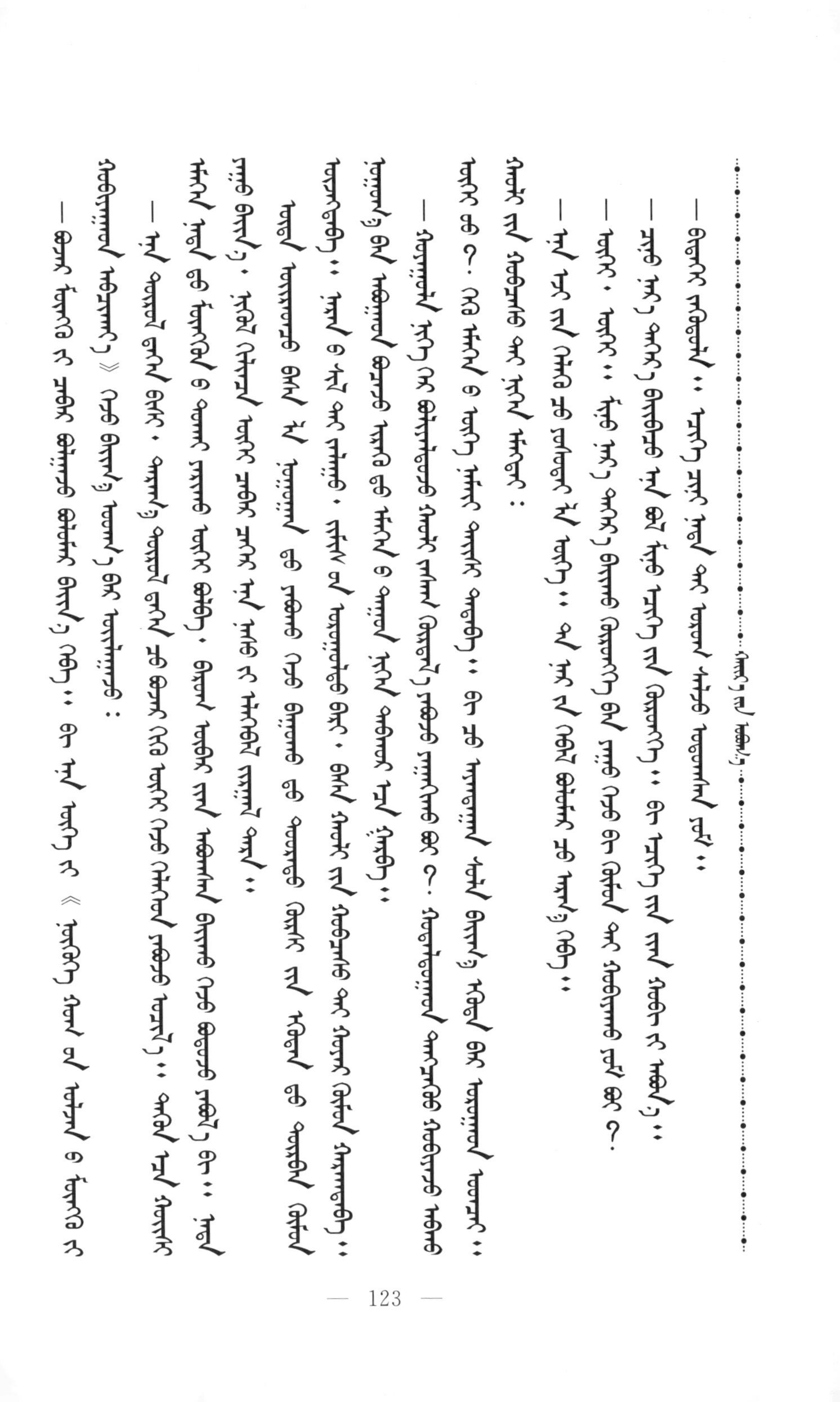

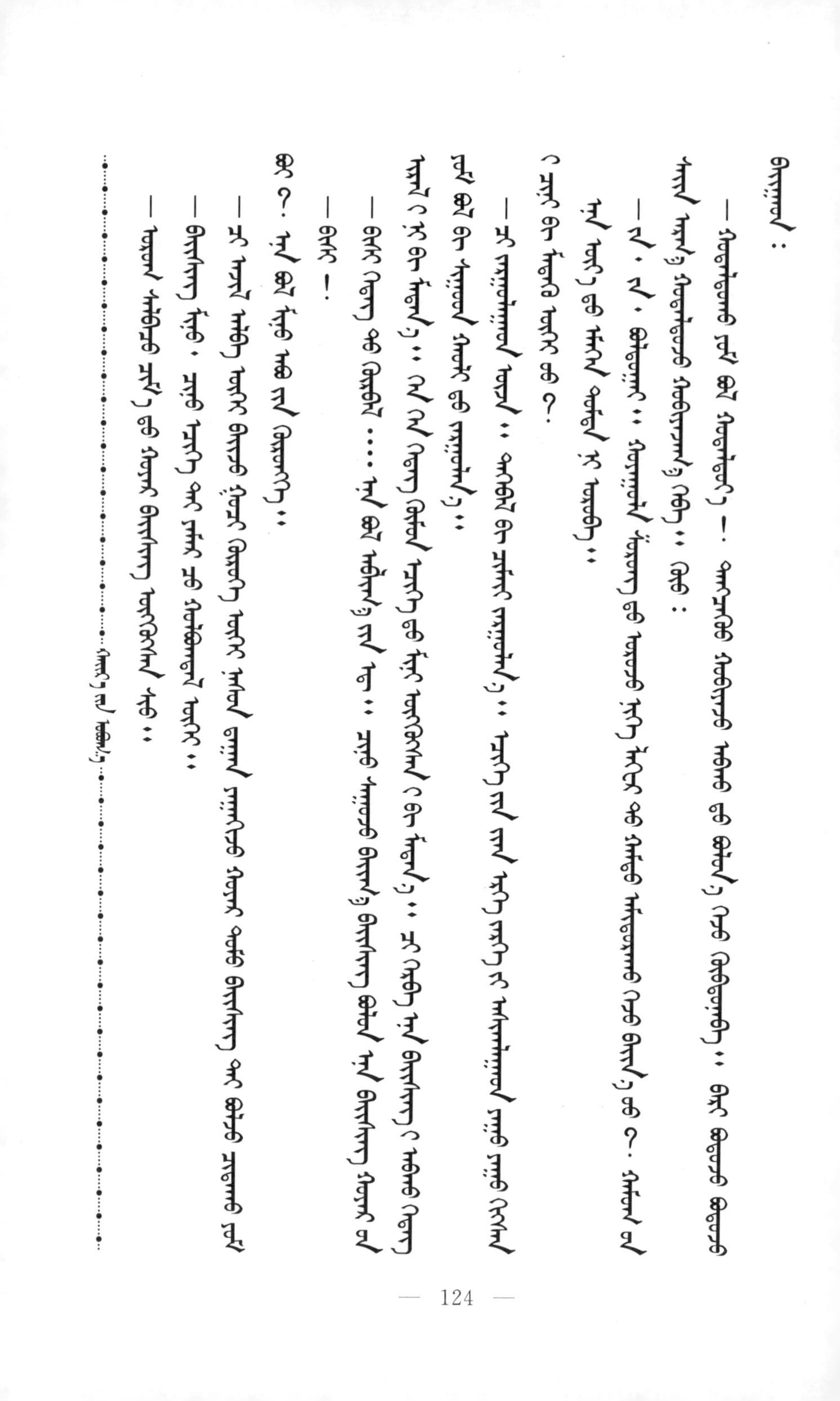

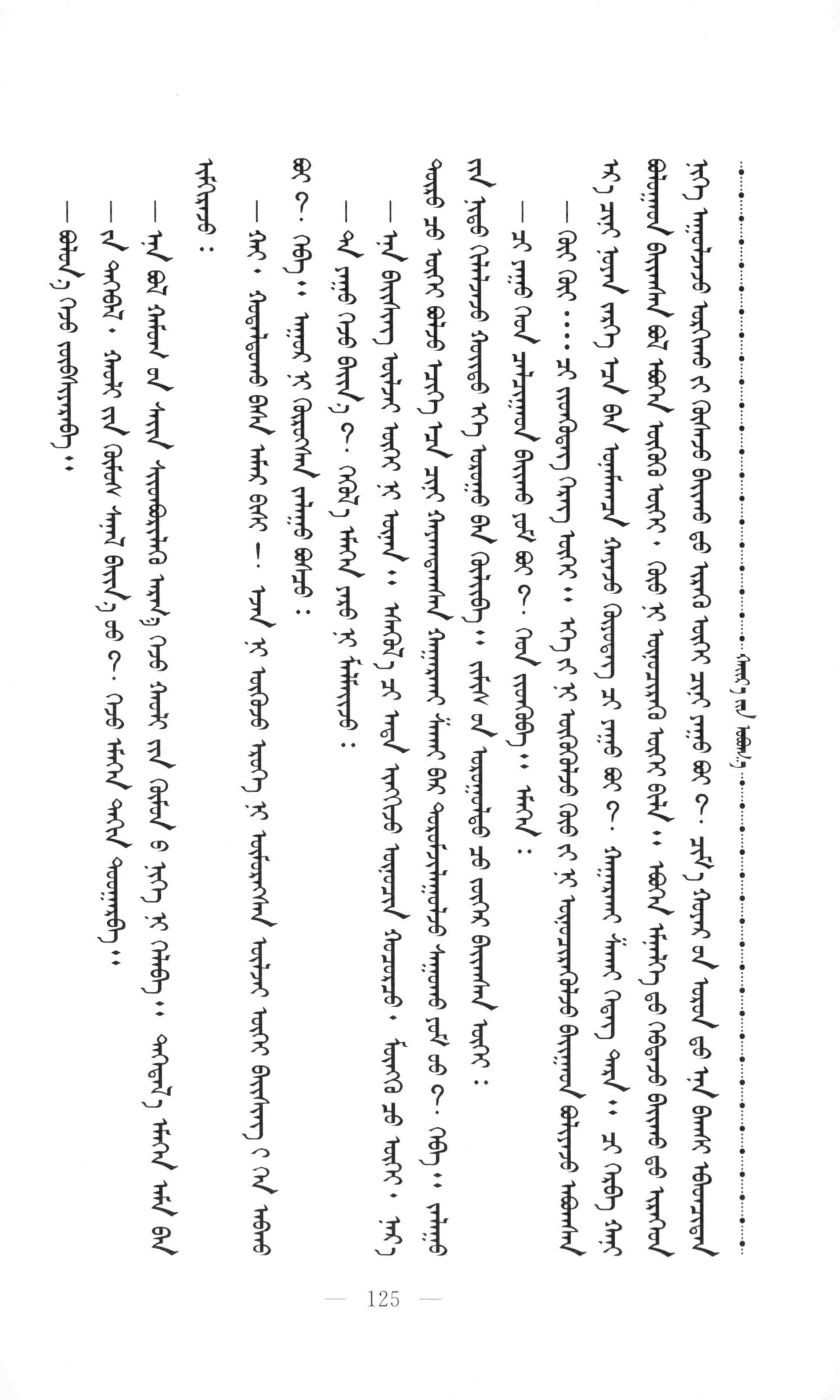

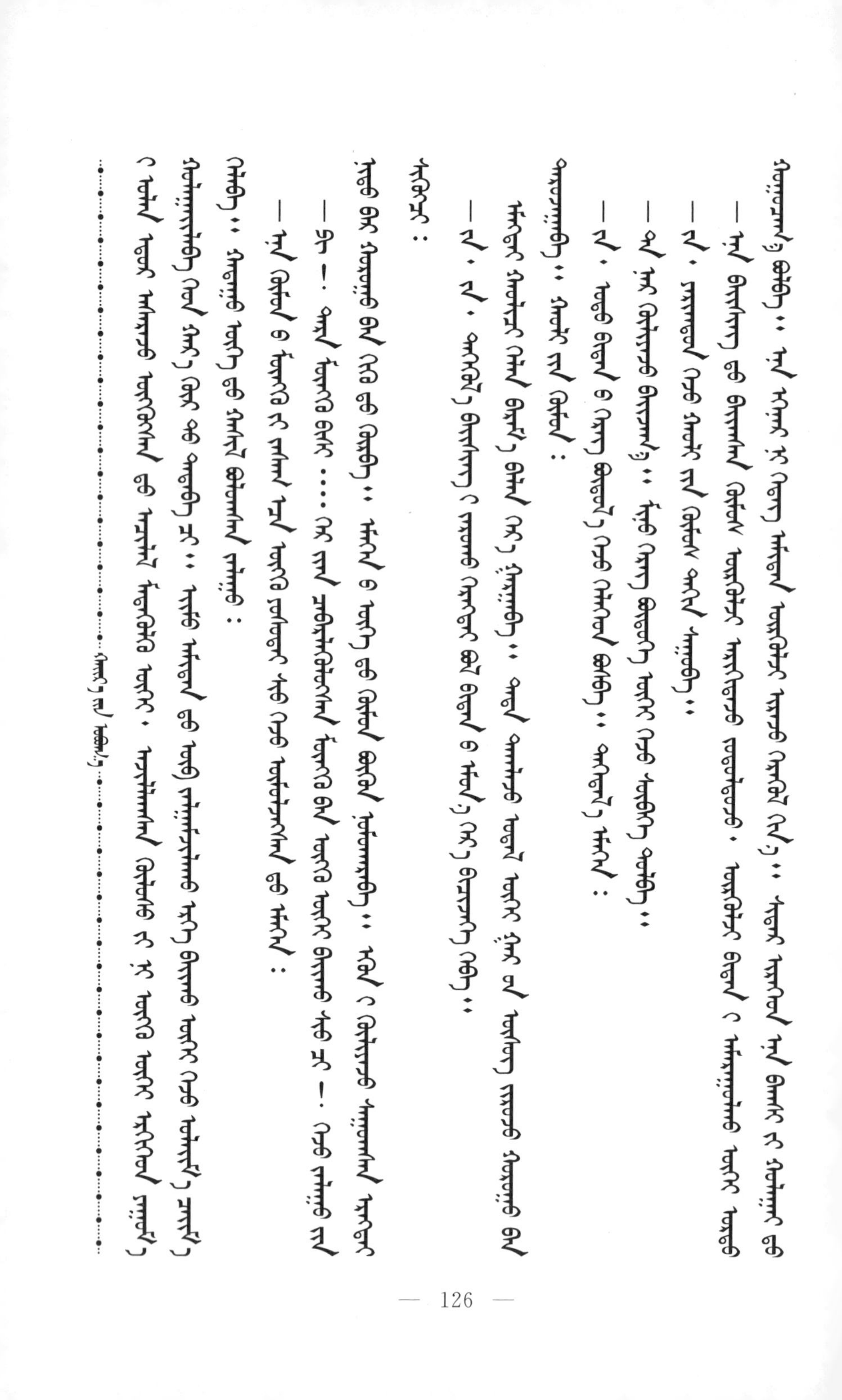

[illegible]

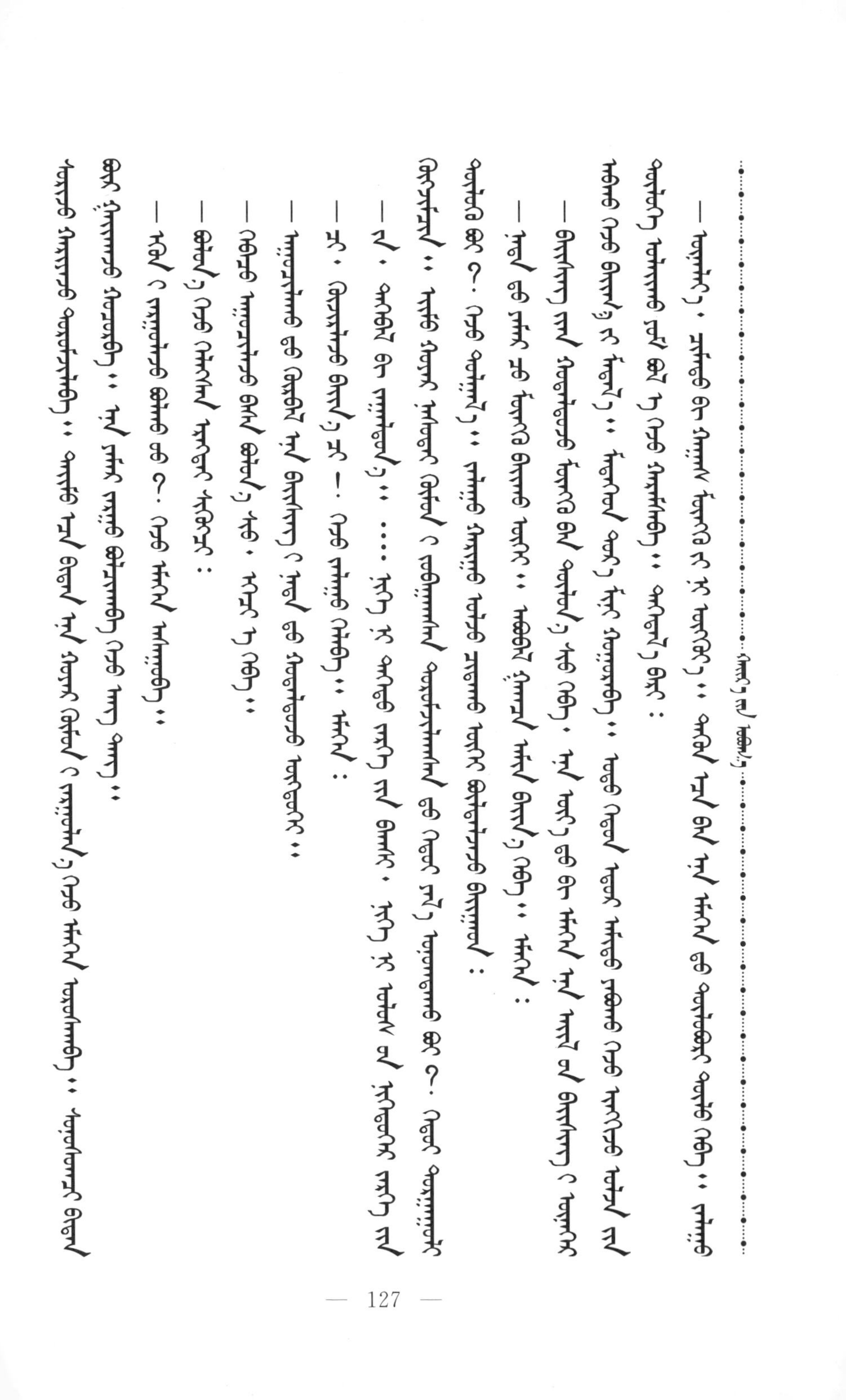

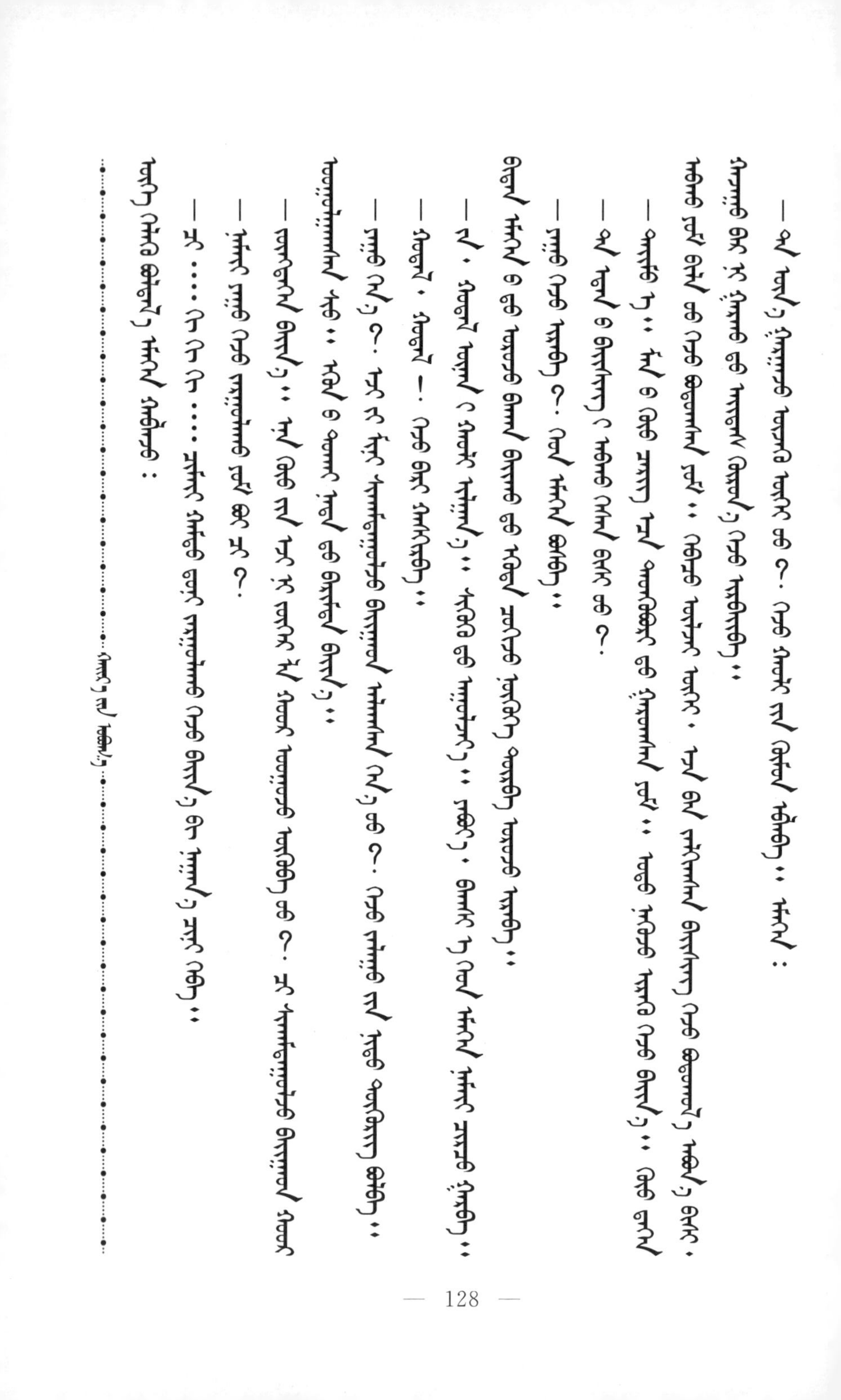

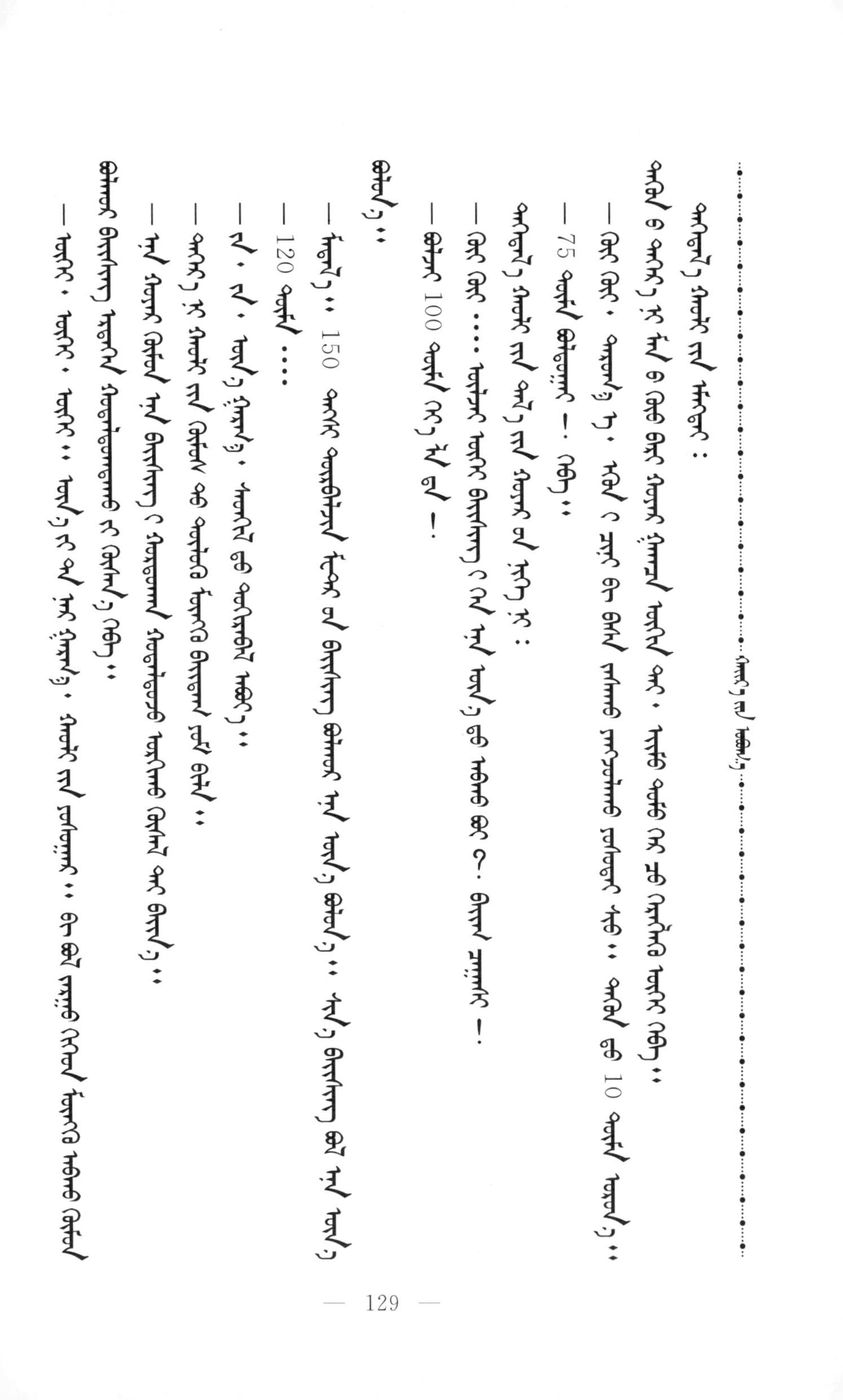

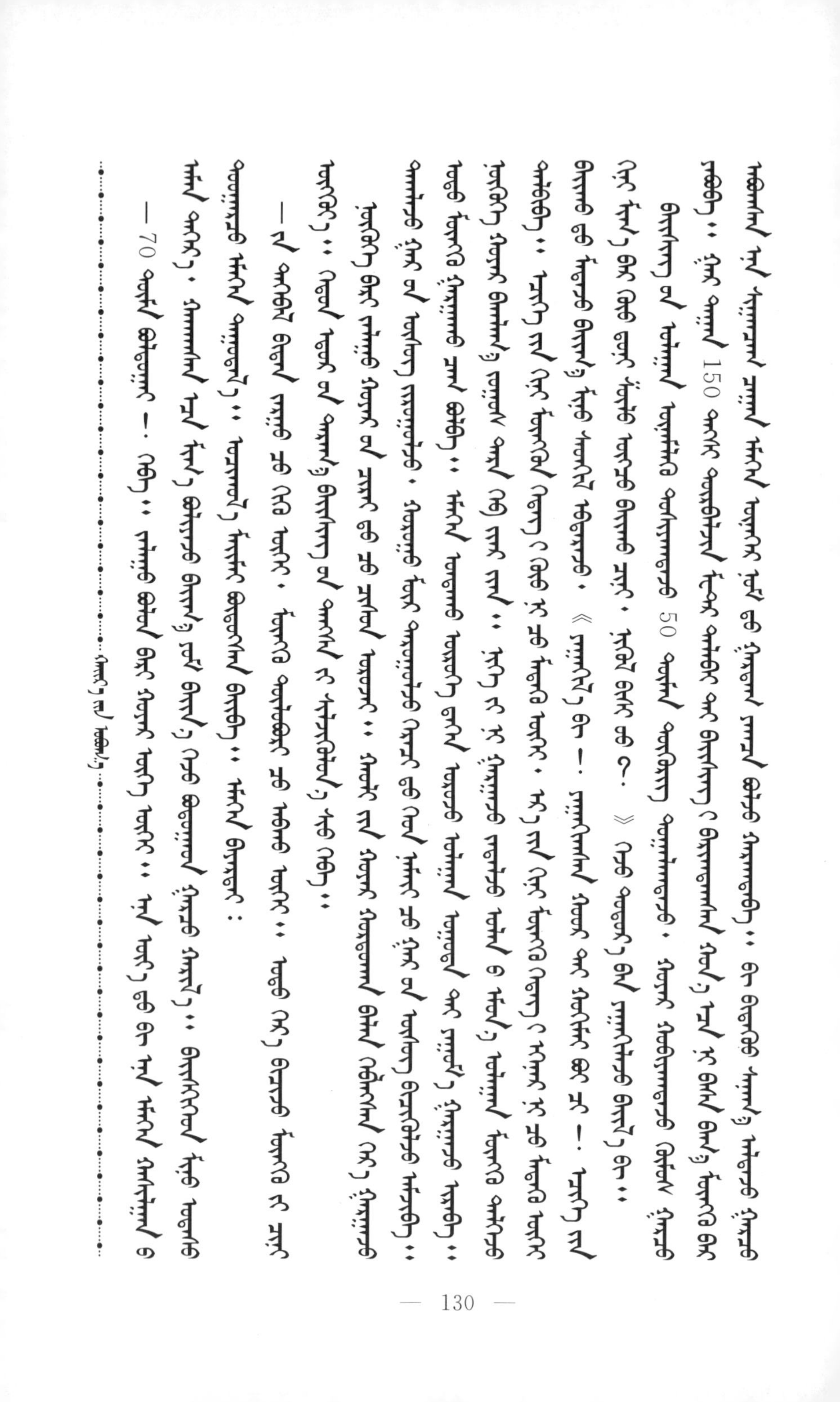

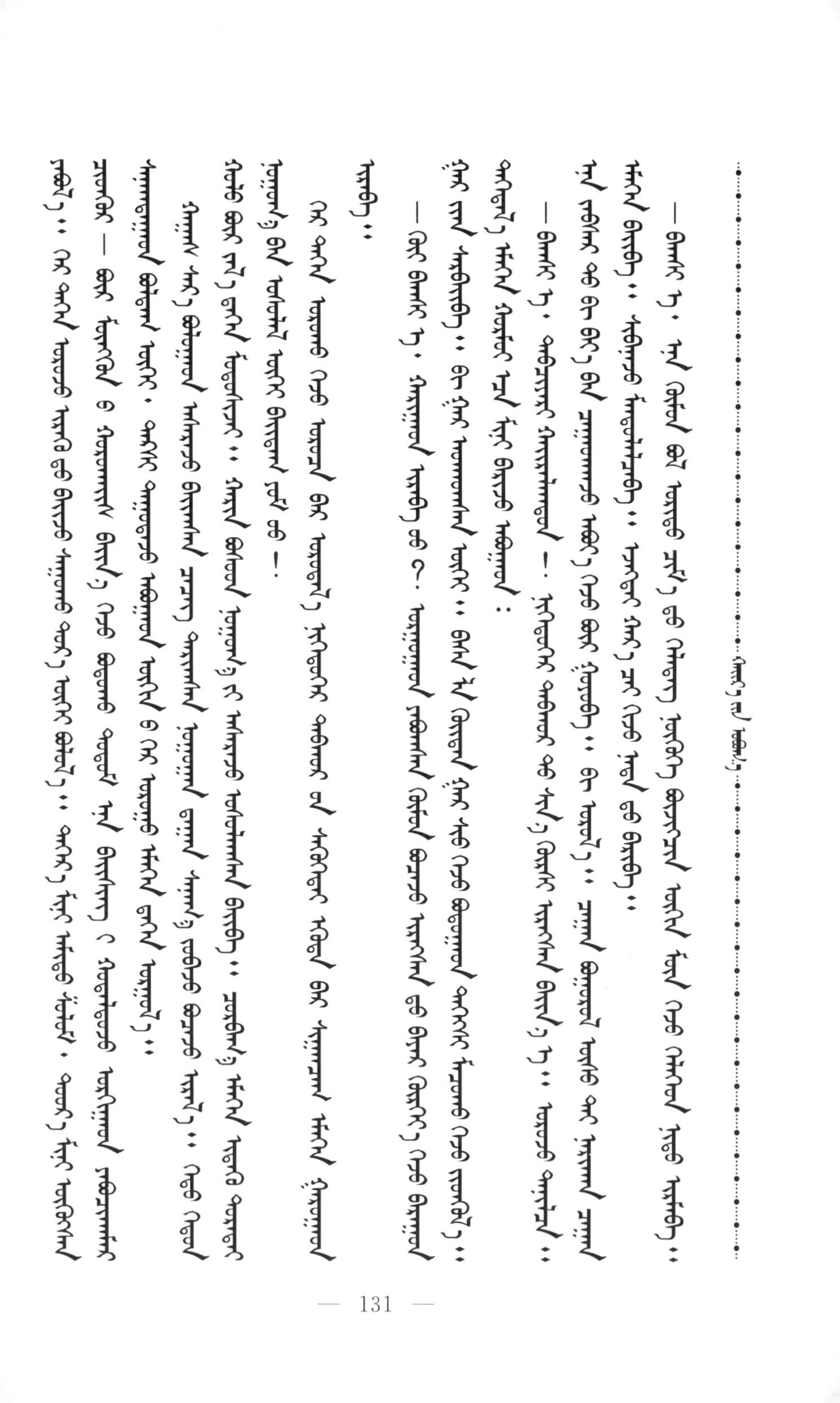

— ᠬᠡᠯᠡᠨ ᠭᠠᠷᠭᠠᠵᠤ ᠪᠠᠶᠢᠭ᠎ᠠ ᠶᠢ ᠪᠠᠶᠢᠨ᠎ᠠ ᠶᠤᠮ ᠪᠢᠳᠡ ᠪᠠᠰᠠ ᠶᠠᠭᠤ ᠬᠢᠬᠦ ᠪᠣᠯᠤᠭᠤ ᠦᠦ? ᠴᠢ ᠴᠢ ᠴᠢ ....

— ᠲᠡᠷ ᠲᠡᠷ .... ᠲᠡᠷᠡ ᠪᠣᠯ ᠬᠣᠷᠢᠶ᠎ᠠ ᠶᠢᠨ ᠳᠠᠷᠤᠭ᠎ᠠ ᠶᠢᠨ ᠬᠡᠯᠡᠬᠦ ᠦᠭᠡ ᠪᠣᠯᠤᠨ᠎ᠠ ᠦᠦ? ᠬᠣᠷᠢᠶᠠᠯᠠᠨ ᠪᠠᠶᠢᠭᠤᠯᠬᠤ ᠶᠢᠨ ᠰᠠᠨᠠᠯ ᠲᠡᠭᠡᠷᠡᠭᠦᠯᠦᠨ ᠭᠠᠷᠭᠠᠵᠤ ᠪᠠᠶᠢᠨ᠎ᠠ::

— ᠬᠡᠳᠦᠢ ᠦᠨᠳᠦᠷ ᠬᠣᠷᠢᠶᠠᠯᠠᠭᠰᠠᠨ 50 ᠮᠢᠩᠭ᠎ᠠ ᠶᠤᠸᠠᠨ ᠢ [illegible]

— ᠮᠡᠳᠡᠨ᠎ᠡ ᠦᠦ?

ᠭᠡᠵᠦ ᠪᠠᠶᠢᠪᠠ::

[illegible]

《 ᠰᠠᠷ᠎ᠠ ᠰᠣᠨᠣᠰᠤᠭᠰᠠᠳ ᠤᠨ ᠳᠣᠮᠣᠭ ᠪᠢᠯᠡ ᠦᠦ? 》 ᠭᠡᠵᠦ [illegible]

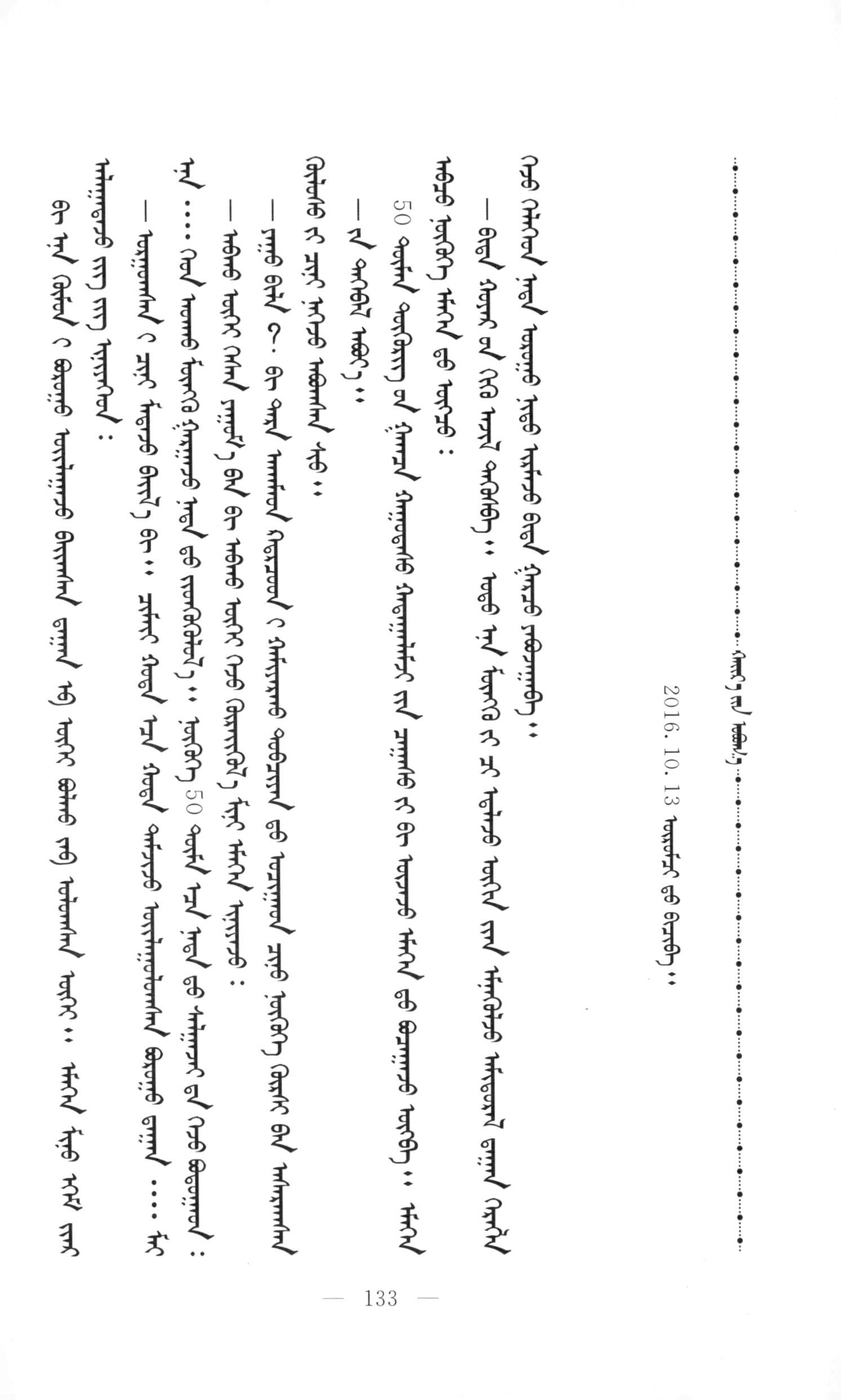

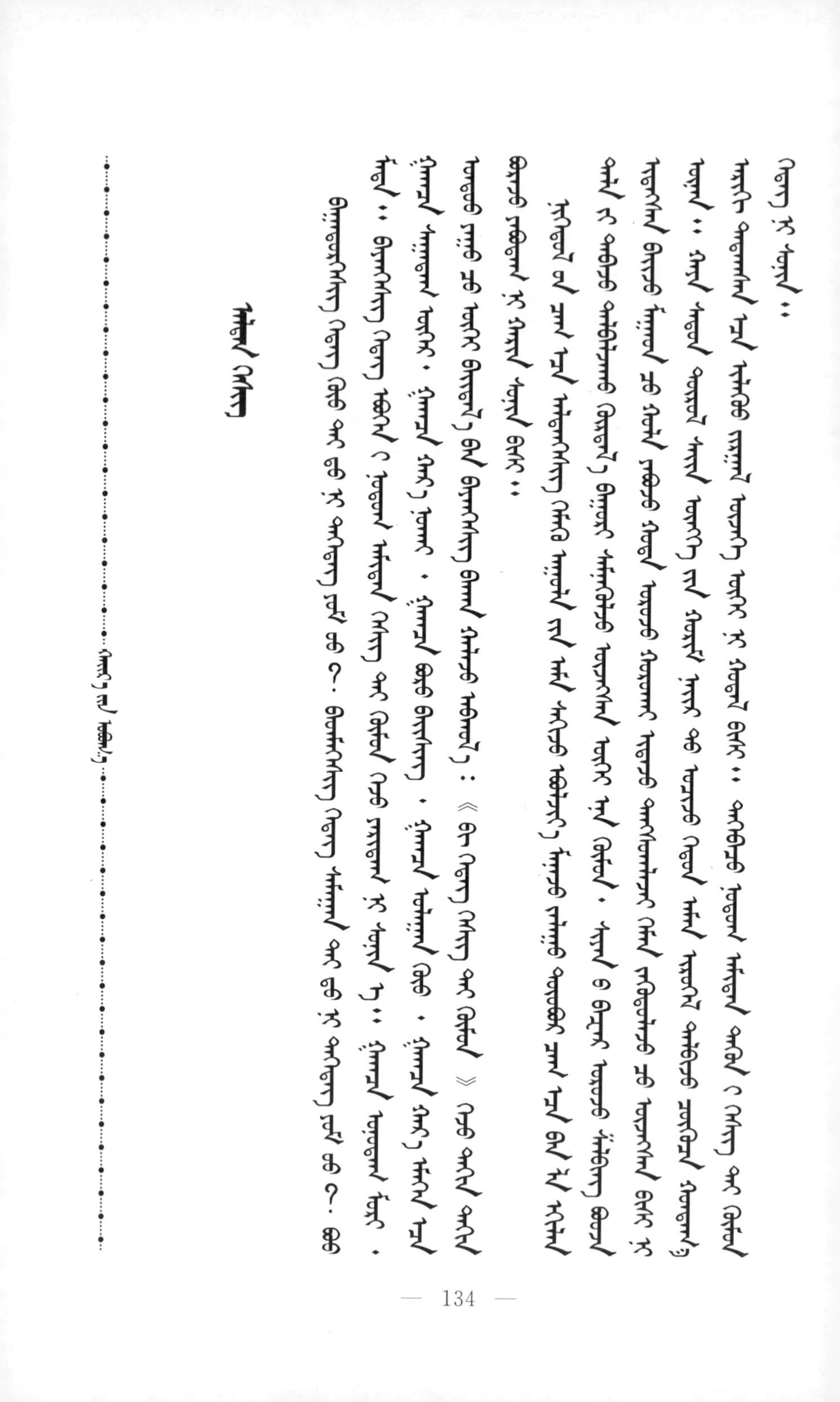

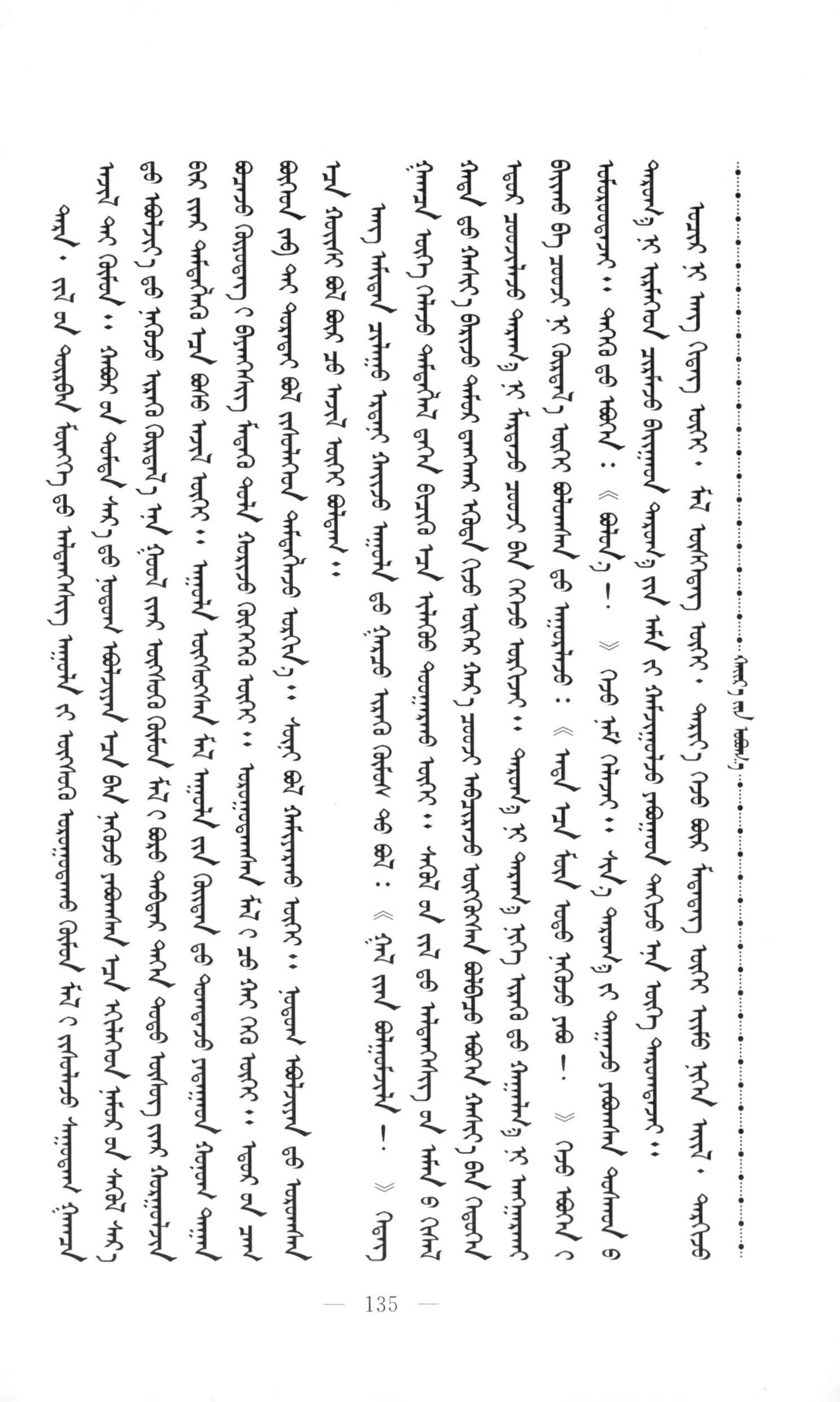

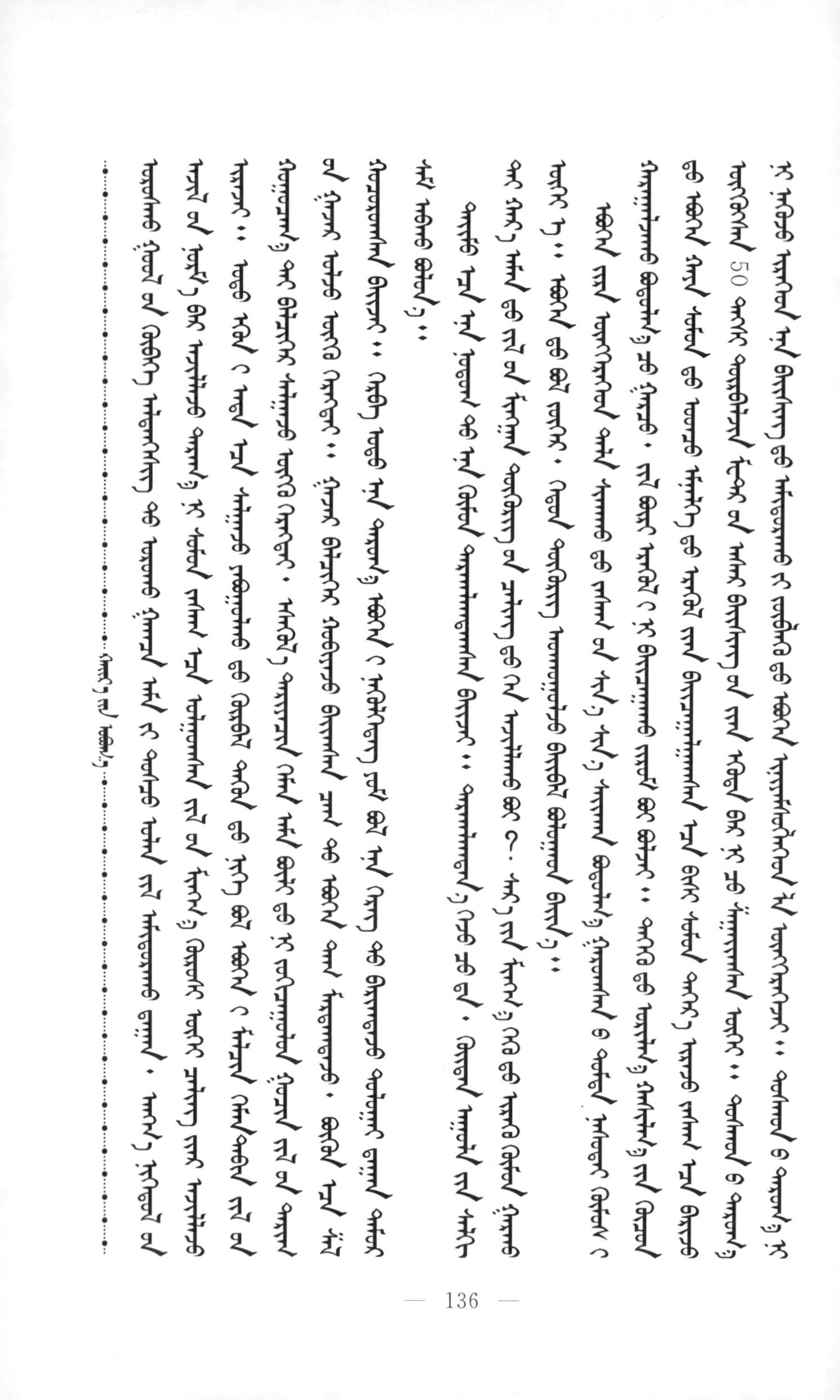

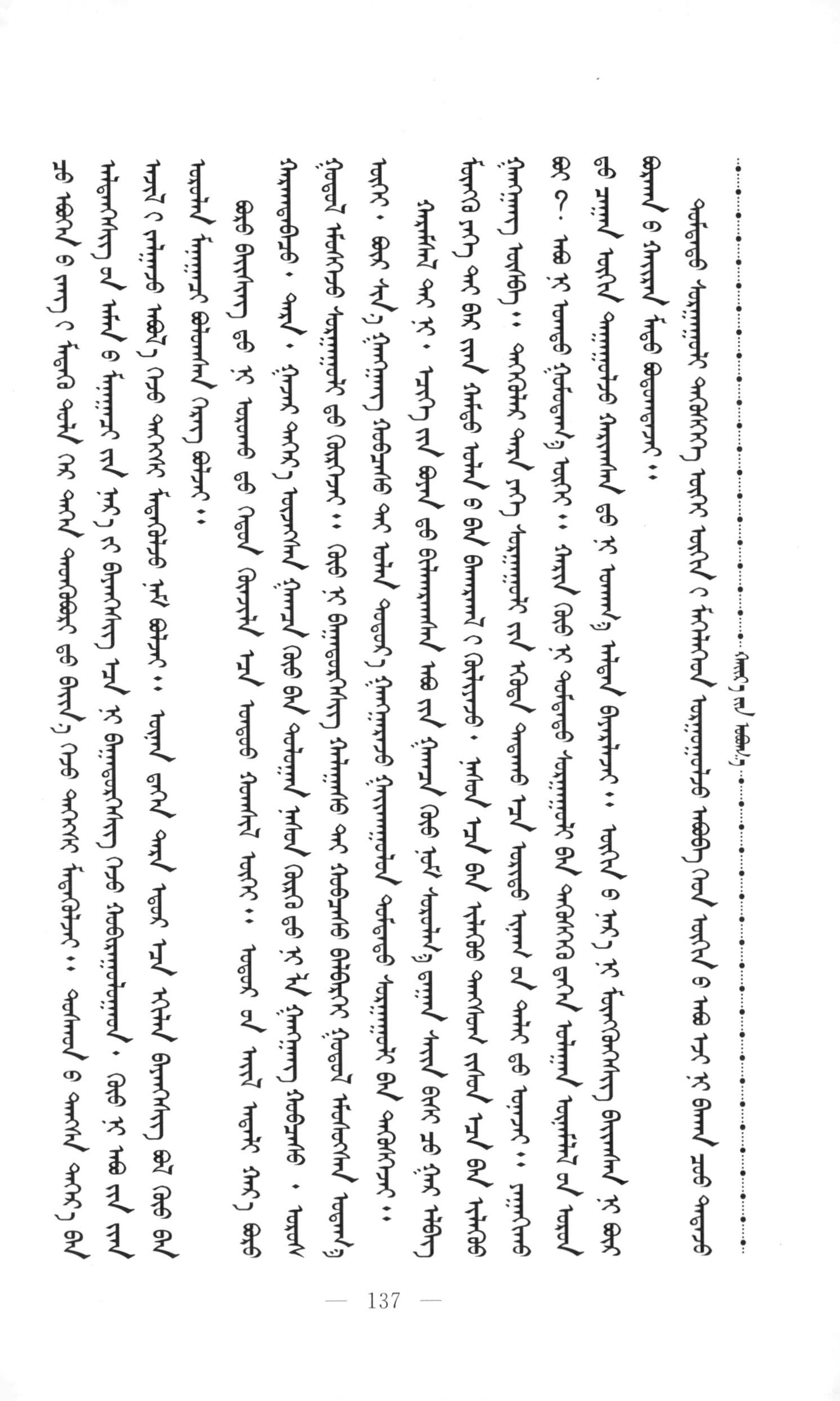

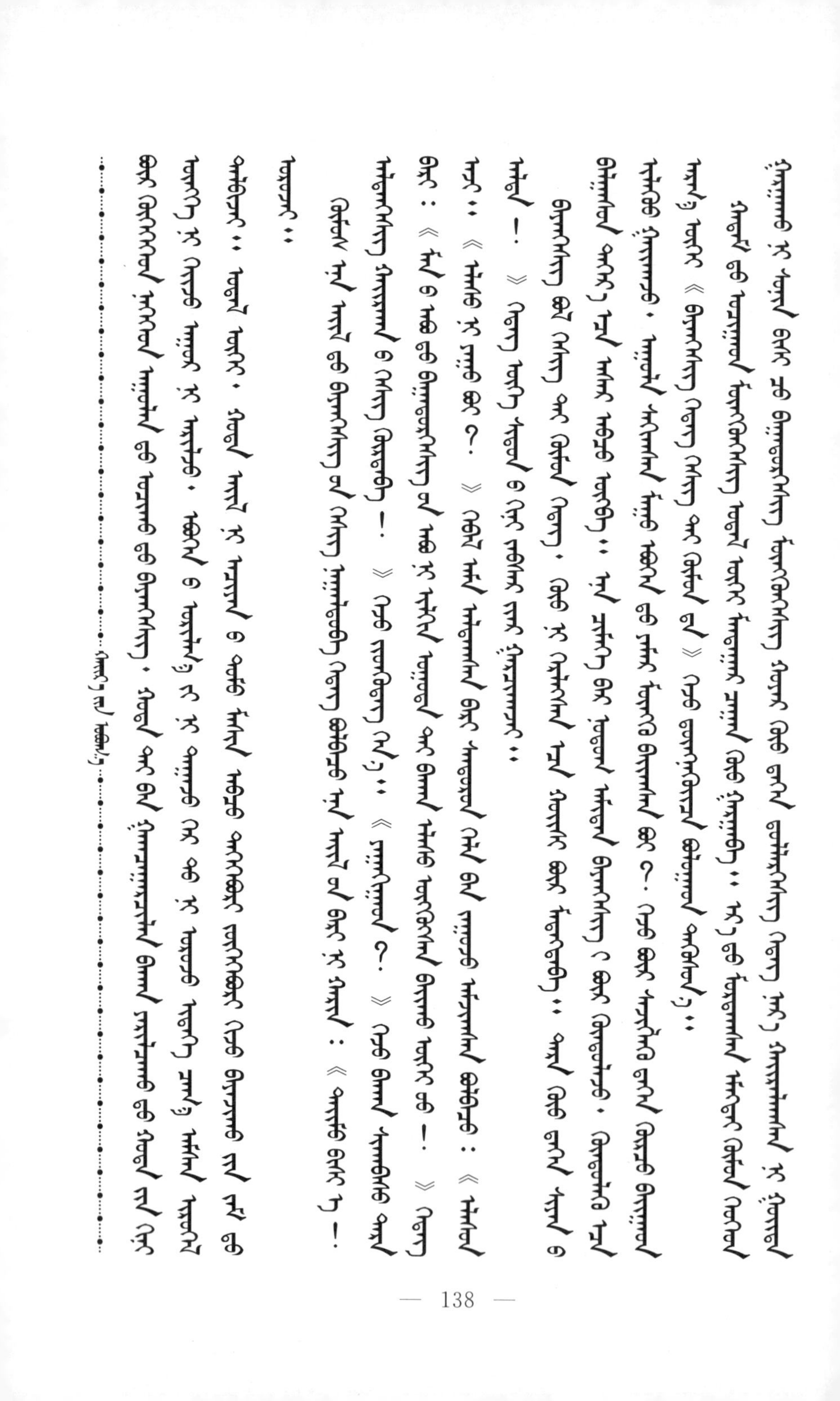

ᠪᠣᠯᠤᠭᠰᠠᠨ :: ᠡᠢᠮᠦ ᠡᠨᠡ ᠨᠢ ᠪᠠᠷᠢᠮᠲᠠ ᠶᠢᠨ ᠲᠡᠮᠳᠡᠭ ᠂ $ ᠭᠡᠳᠡᠭ ᠲᠡᠮᠳᠡᠭᠯᠡᠭᠡᠨ ᠦ ᠤᠳᠬ᠎ᠠ ᠨᠢ :: ᠠᠮᠸᠷᠢᠺᠠ ᠶᠢᠨ ᠳ᠋ᠣᠯᠯᠠᠷ ᠢ ᠲᠥᠯᠦᠭᠡᠯᠡᠳᠡᠭ ᠮᠥᠩᠭᠦ ᠶᠢᠨ ᠨᠡᠷ᠎ᠡ ᠪᠣᠯ ᠪᠥᠭᠡᠳ ᠂ ¥ ᠭᠡᠳᠡᠭ ᠨᠢ ᠶᠠᠫᠣᠨ ᠤ ᠶᠧᠨ ᠪᠣᠶᠤ ᠬᠢᠲᠠᠳ ᠤᠨ ᠶᠤᠸᠠᠨ ᠢ ᠲᠥᠯᠦᠭᠡᠯᠡᠳᠡᠭ ᠃ Euro ᠭᠡᠳᠡᠭ ᠨᠢ ᠶᠧᠸᠷᠣ ᠶᠢ ᠲᠥᠯᠦᠭᠡᠯᠡᠳᠡᠭ :: ᠬᠦᠮᠦᠨ ᠢ Baby ᠭᠡᠵᠦ ᠳᠠᠭᠤᠳᠠᠬᠤ ᠨᠢ ᠪᠠᠰᠠ ᠨᠡᠢᠲᠡ ᠳᠦ ᠡᠷᠬᠢᠯᠡᠨ ᠳᠠᠭᠤᠳᠠᠬᠤ ᠶᠠᠪᠤᠳᠠᠯ ᠪᠣᠯᠵᠠᠢ ::

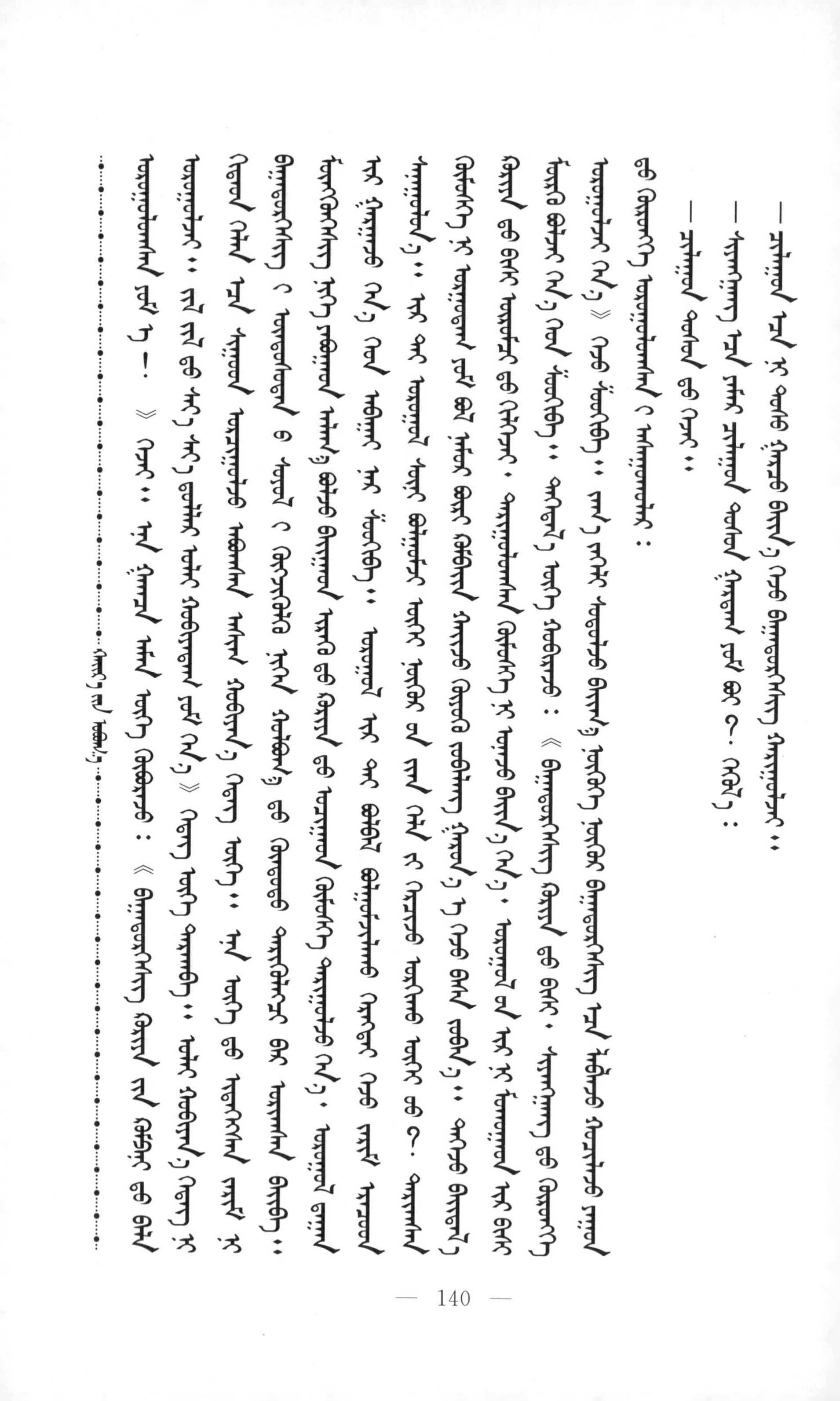

ᠶᠢᠨ ᠵᠣᠬᠢᠬᠤ ᠲᠠᠢ :: ᠲᠡᠷᠡᠭᠦᠦ ᠨᠢ vip ᠲᠡᠭᠦᠨ ᠦ ᠲᠡᠭᠦᠨ ᠲᠡᠷᠢᠭᠦᠨ ᠰᠠᠨᠠᠭᠰᠠᠨ ᠰᠠᠨᠠᠭ᠎ᠠ ᠶᠢᠨ ᠨᠢ ᠲᠠᠢ ᠲᠡᠭᠦᠨ ᠪᠣᠯᠭᠠᠨ ᠨᠢ ᠲᠡᠭᠦᠨ ᠲᠡᠭᠦᠨ ᠶᠢᠨ ᠰᠠᠨᠠᠯ ᠰᠠᠨᠠᠭᠰᠠᠨ ᠰᠠᠨᠠᠭᠠᠨ ᠰᠠᠯᠢᠯᠲᠠ ᠬᠦᠮᠦᠨ :: ᠰᠠᠶᠢᠨ ᠳᠤᠮ ᠰᠠᠯᠢᠯᠲᠠ · ᠰᠠᠯᠢᠯᠲᠠ · ᠪᠠᠢᠳᠠᠯᠳᠠᠭᠤ ᠰᠠᠶᠢᠬᠠᠨ · ᠲᠡᠷᠡ ᠲᠡᠭᠦᠨ ᠶᠢᠨ ᠪᠣᠯᠤᠭᠰᠠᠨ ᠲᠡᠭᠦ ᠨᠢ ᠰᠠᠨ ᠪᠣᠯᠤᠭᠰᠠᠨ ᠵᠠᠭᠤᠨ ᠲᠡᠭᠦᠨ :: ᠲᠡᠭᠦᠨ ᠲᠡᠭᠦᠨ ᠳᠤ ᠤᠤ? ᠲᠡᠭᠦᠨ ᠶᠢᠨ ᠪᠢ ᠪᠣᠯᠭᠠᠭᠰᠠᠨ ᠪᠣᠯᠤᠨ ᠳᠤ ᠲᠡᠷᠡ ᠬᠡᠯᠡᠭᠰᠡᠨ ᠪᠣᠯᠭᠠᠭᠰᠠᠨ ᠳᠤ ᠭᠠᠷᠭᠠᠭᠰᠠᠨ :: ᠭᠠᠷᠭᠠᠭᠰᠠᠨ ᠲᠡᠭᠦᠨ ᠰᠠᠨ ᠭᠠᠷᠭᠠᠬᠤ ᠵᠠᠭᠤᠨ ᠪᠣᠯᠤᠨ :: ᠶᠢᠨ ᠪᠣᠯᠭᠠᠭᠰᠠᠨ ᠳᠤ ᠭᠠᠷᠤᠭᠠᠷᠠᠢ

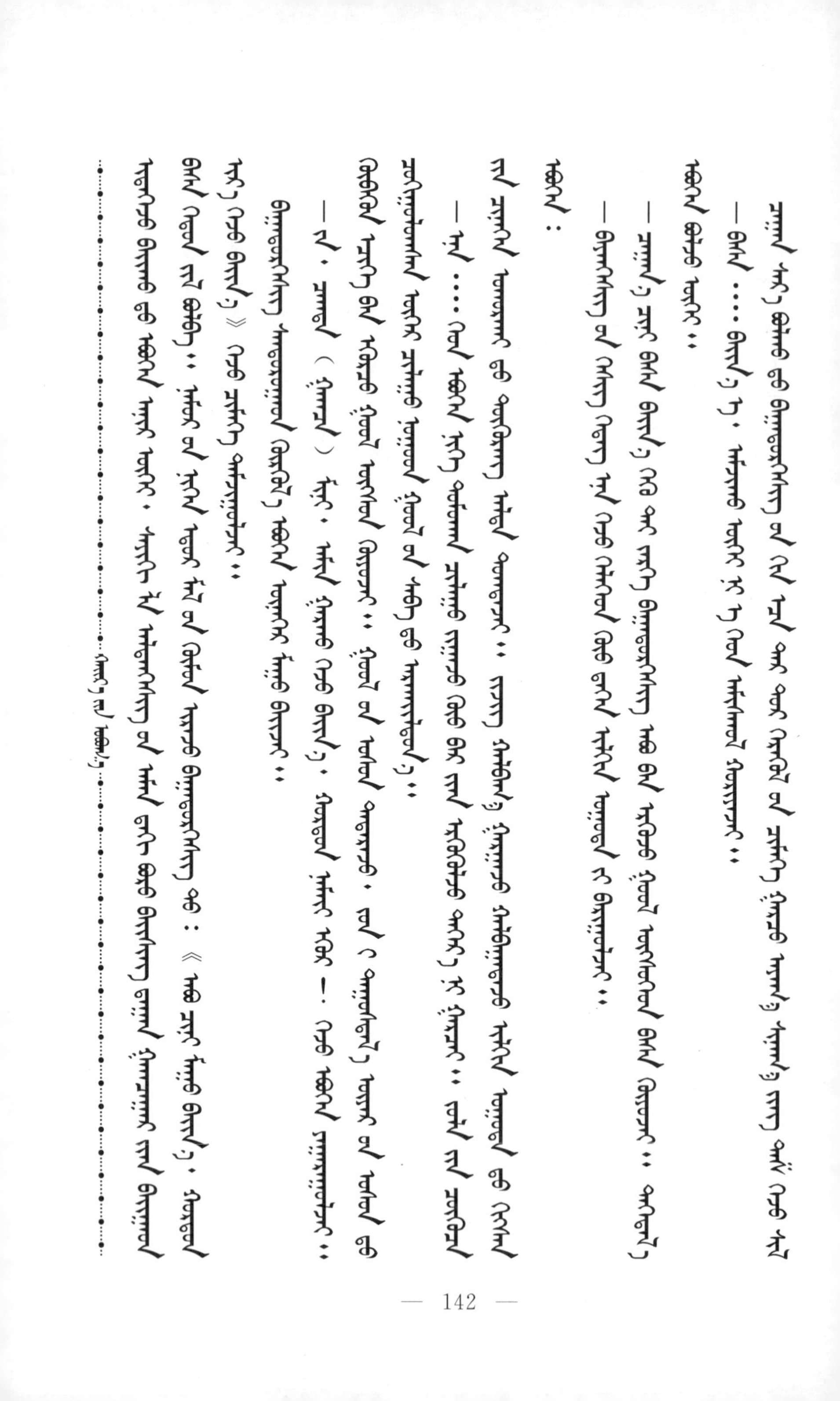

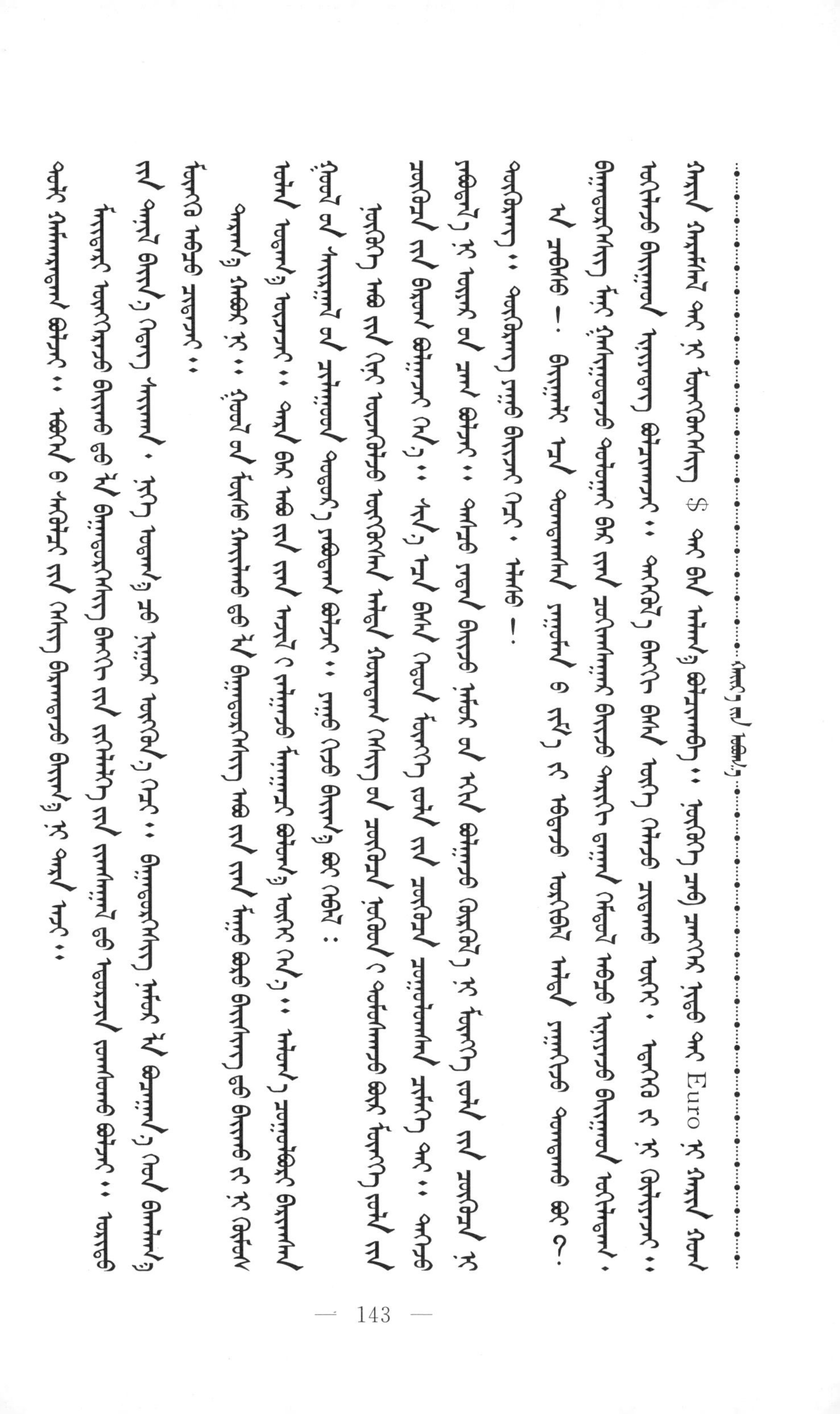

[illegible] $ [illegible] Euro [illegible]

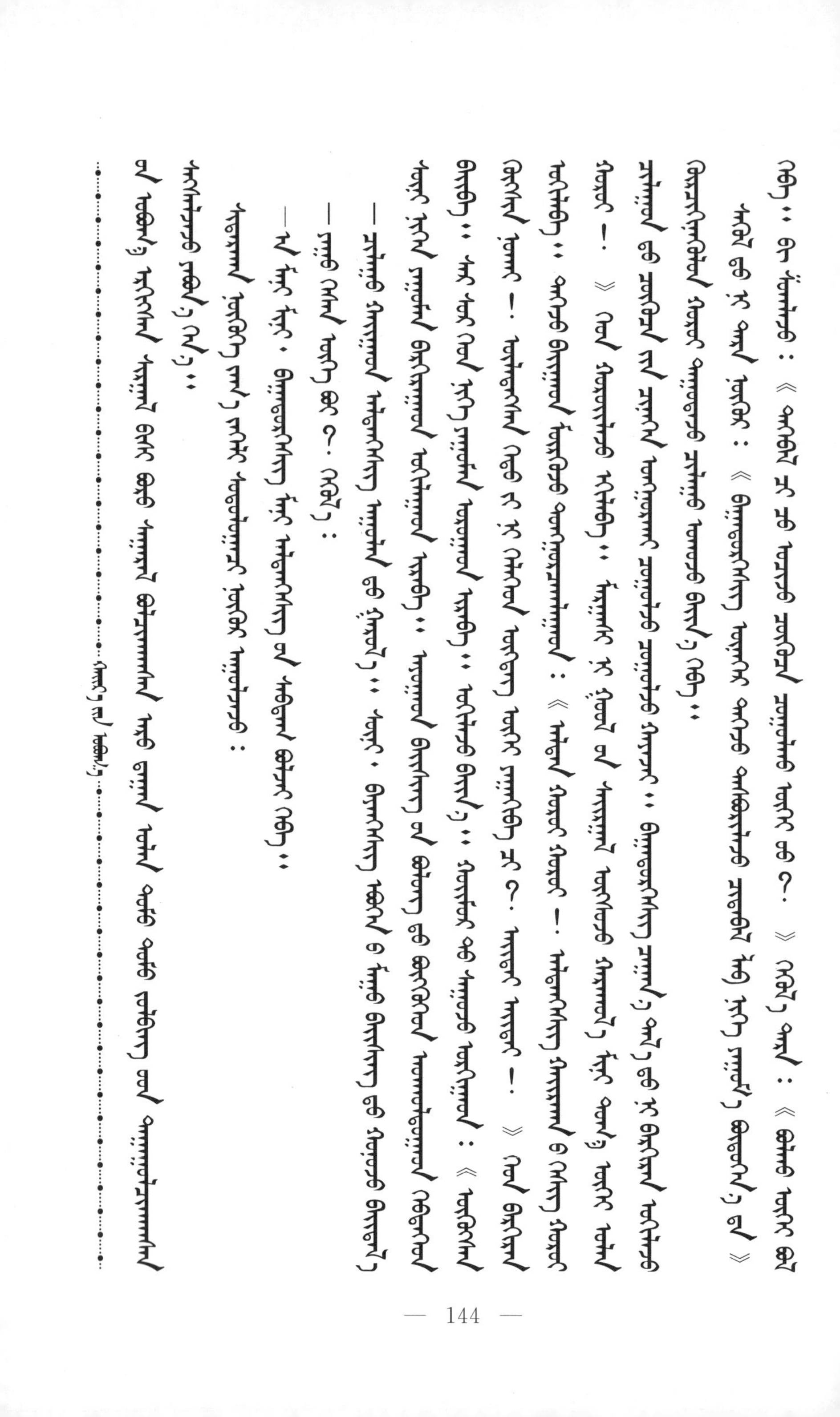

[illegible]

[illegible]

[illegible]

[illegible]

— [illegible]

— [illegible]

— [illegible]

[illegible]

[illegible]

[illegible]

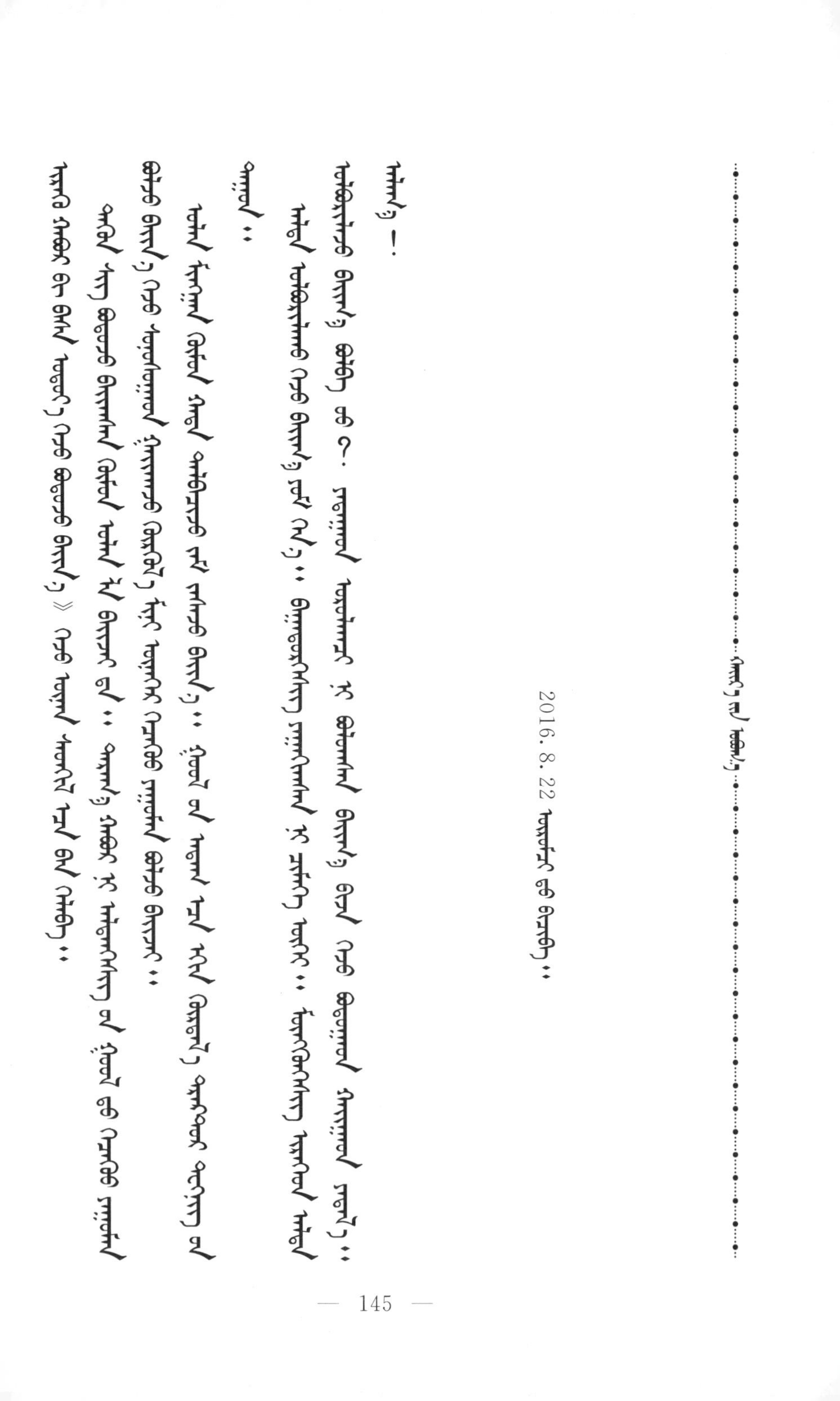

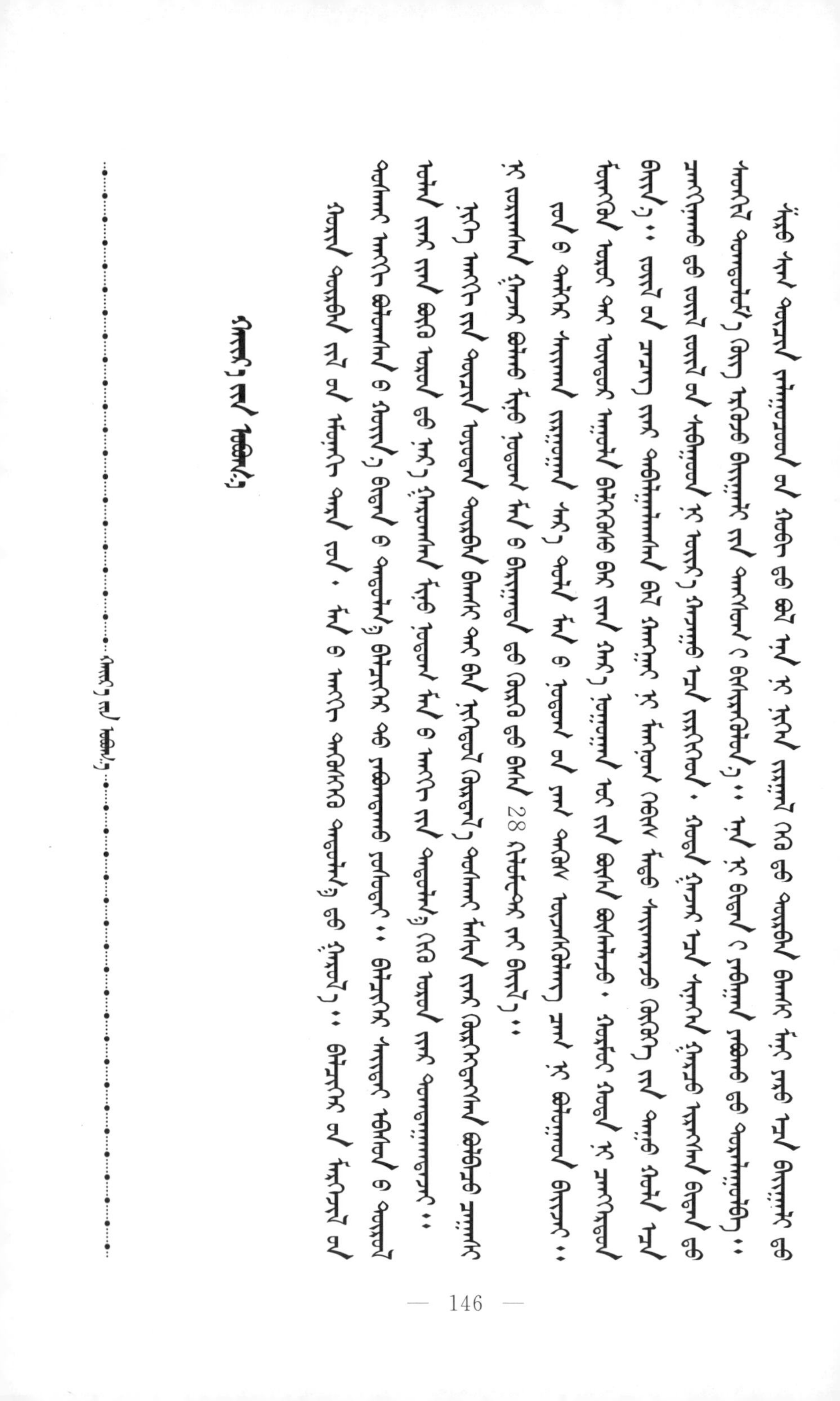

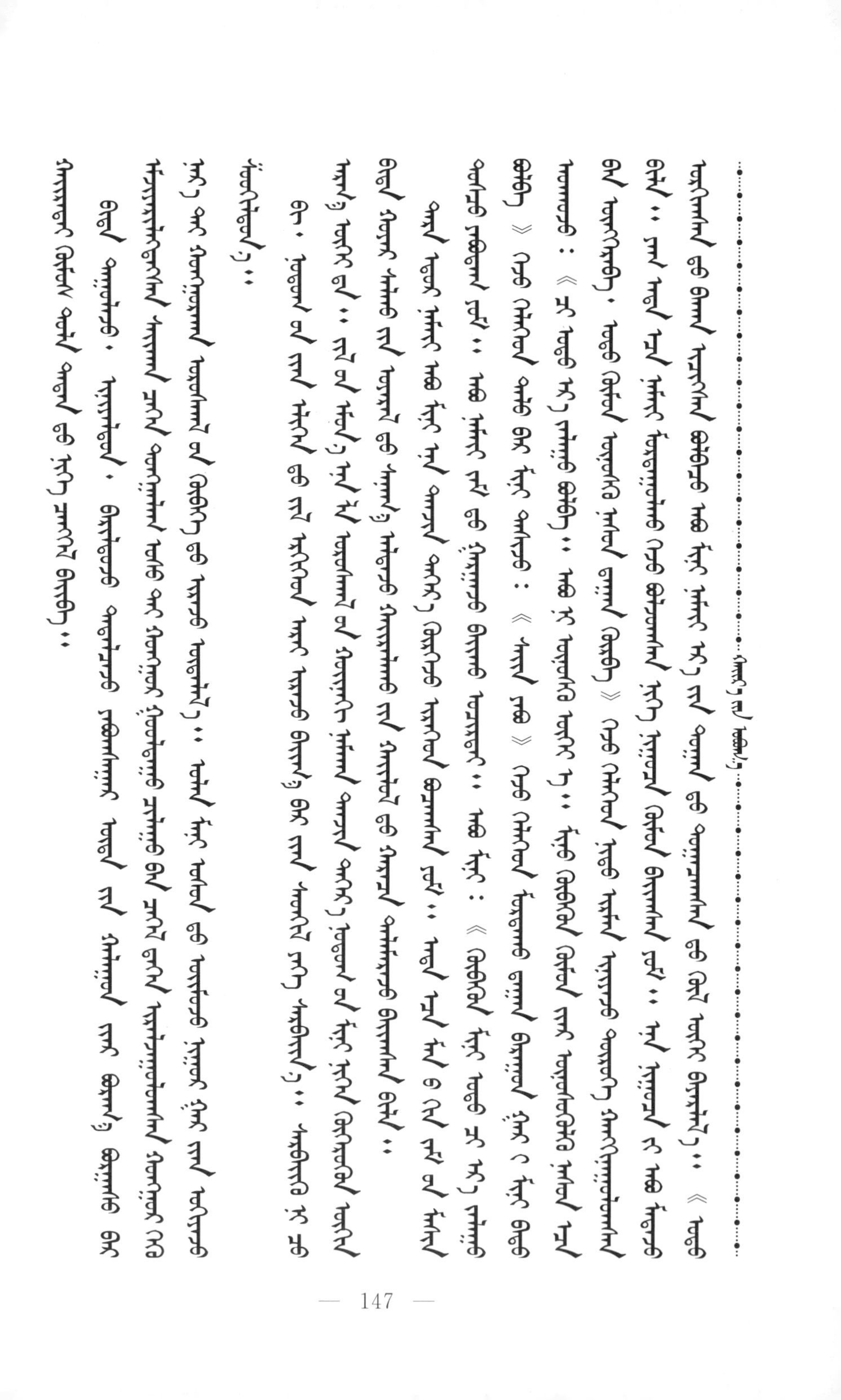

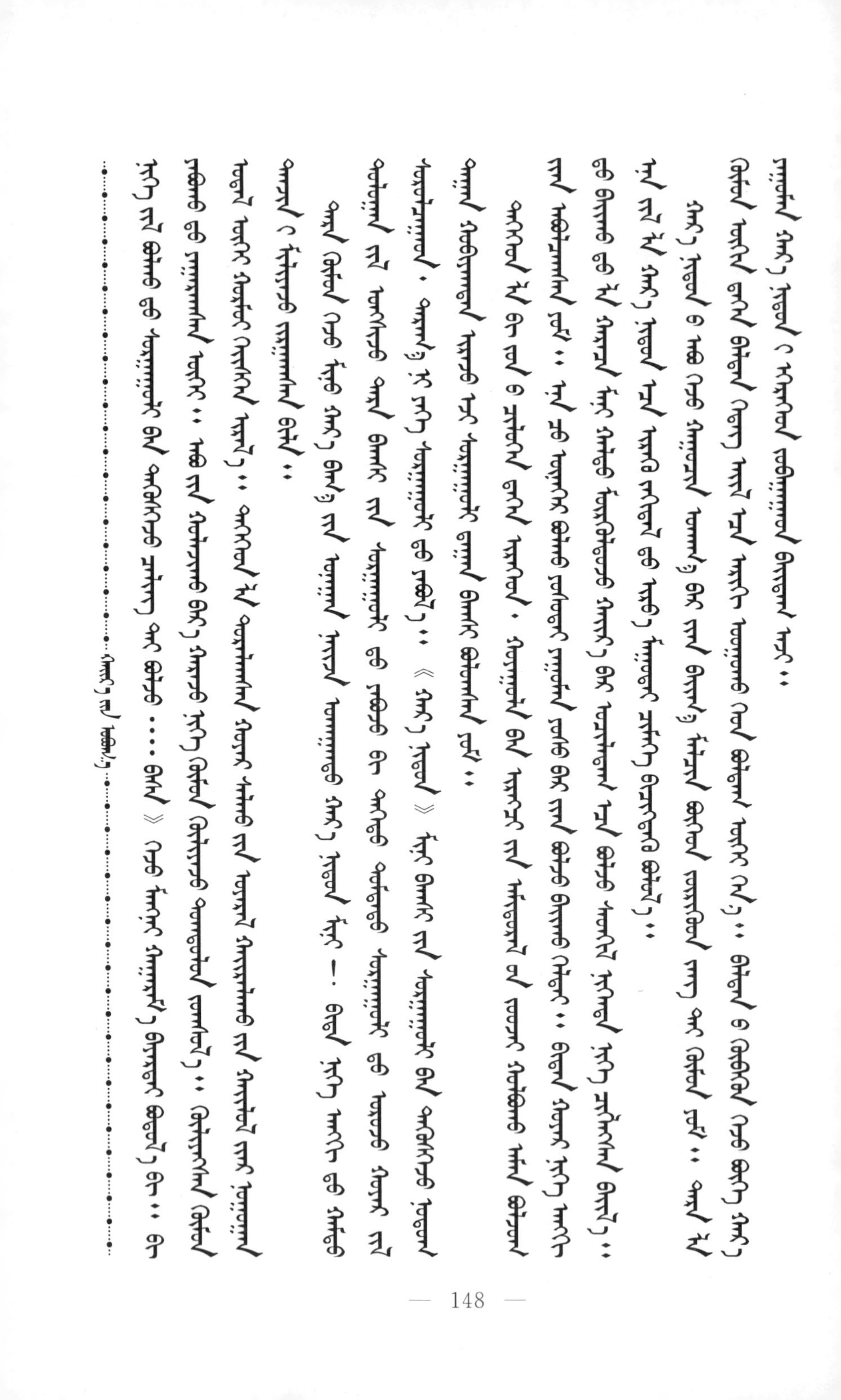

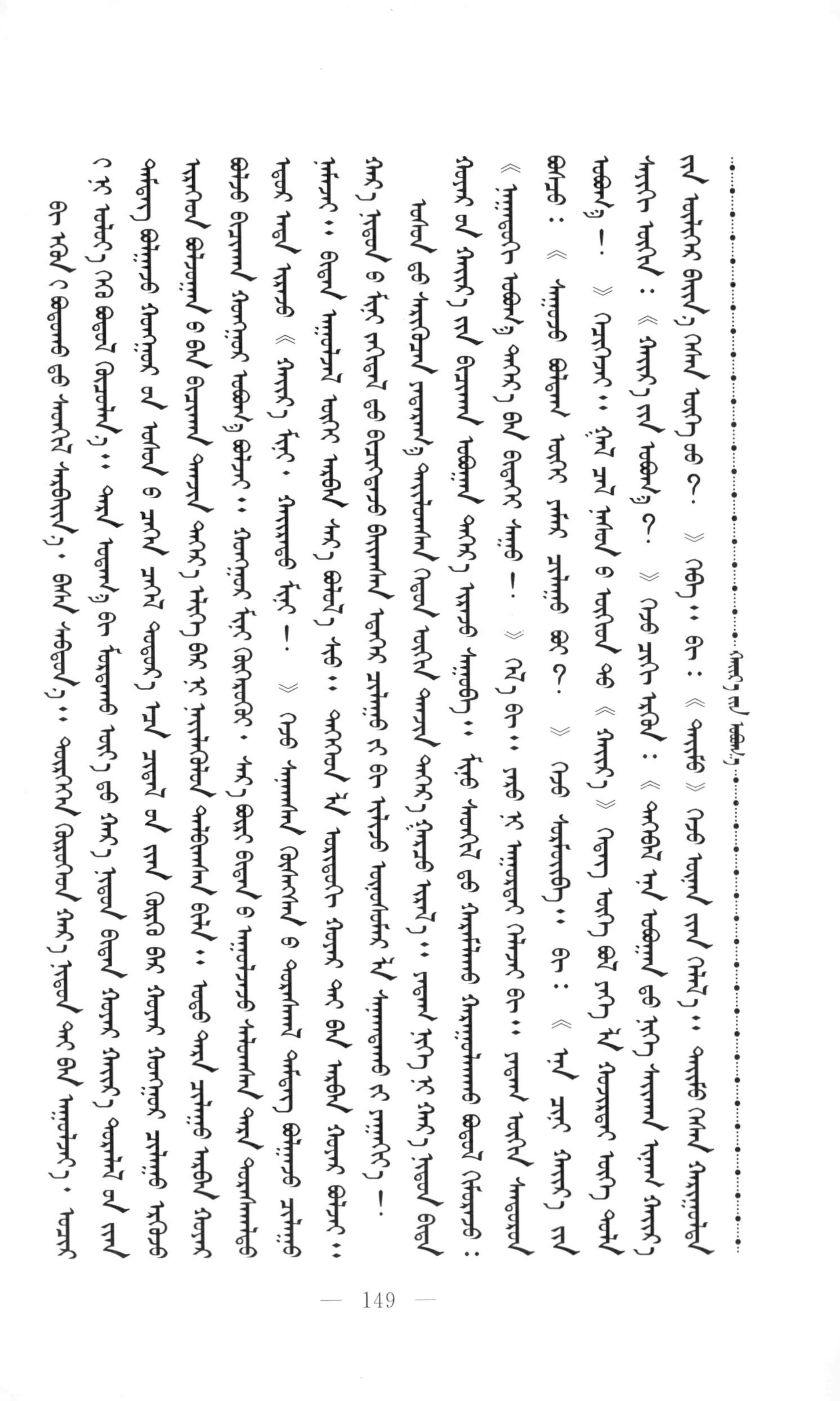

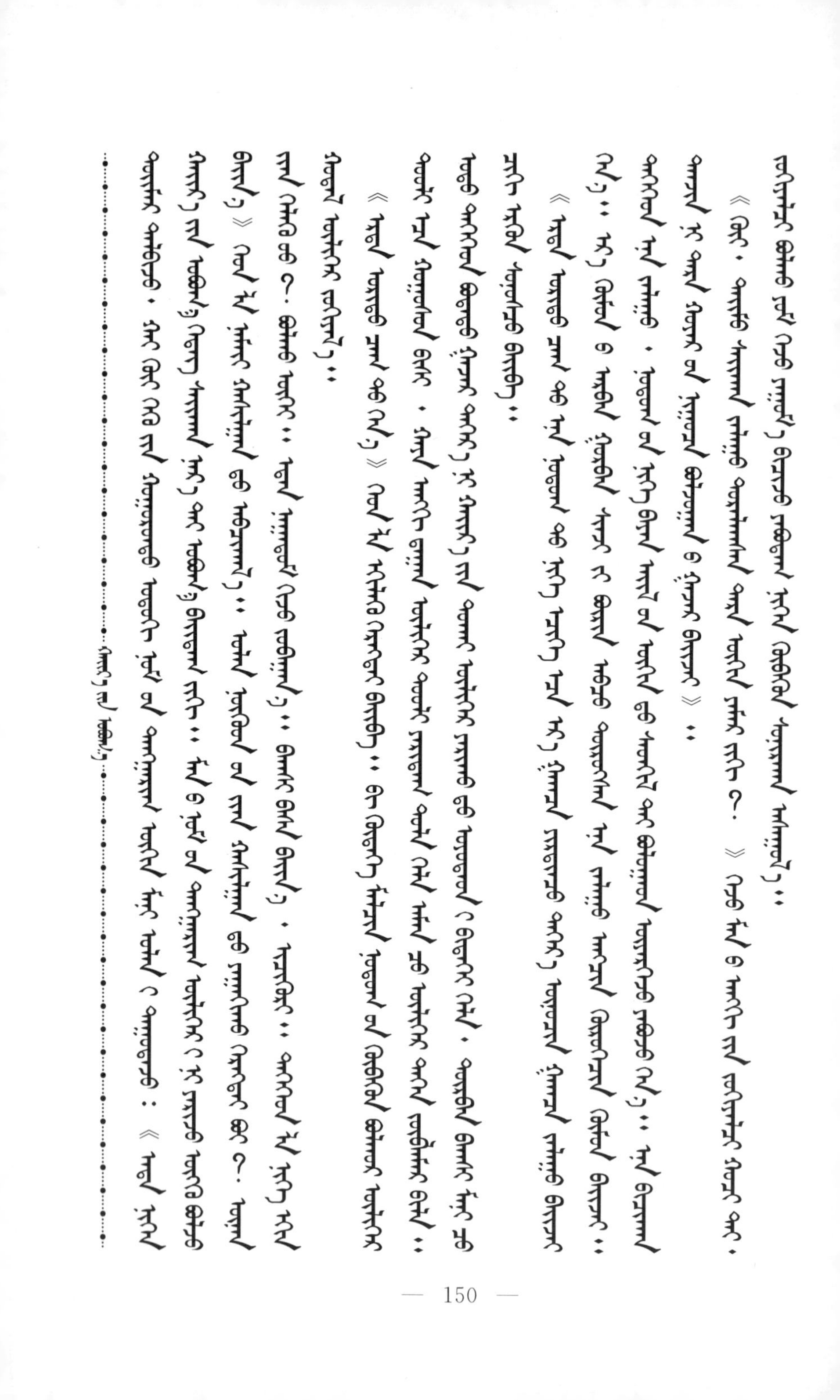

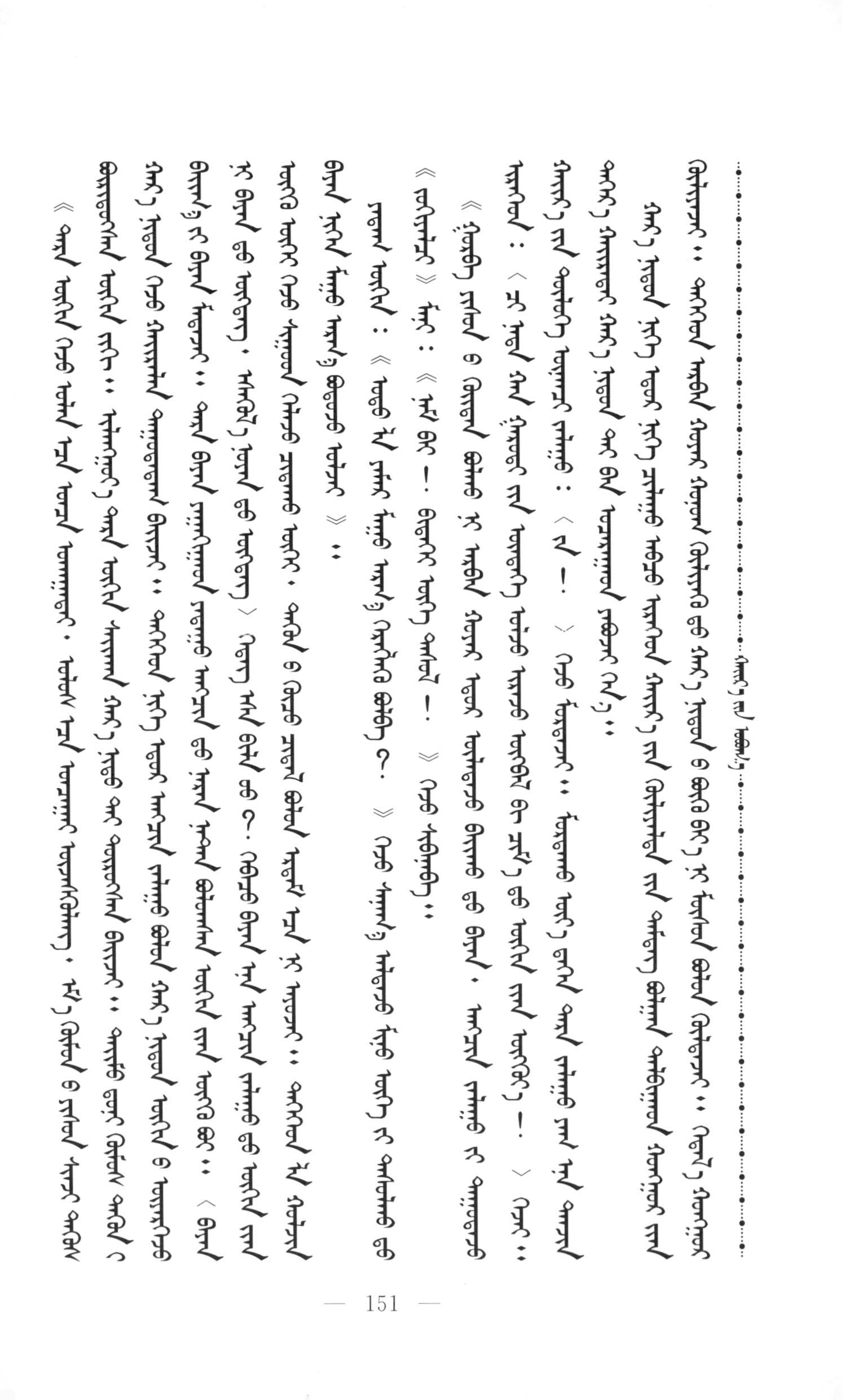

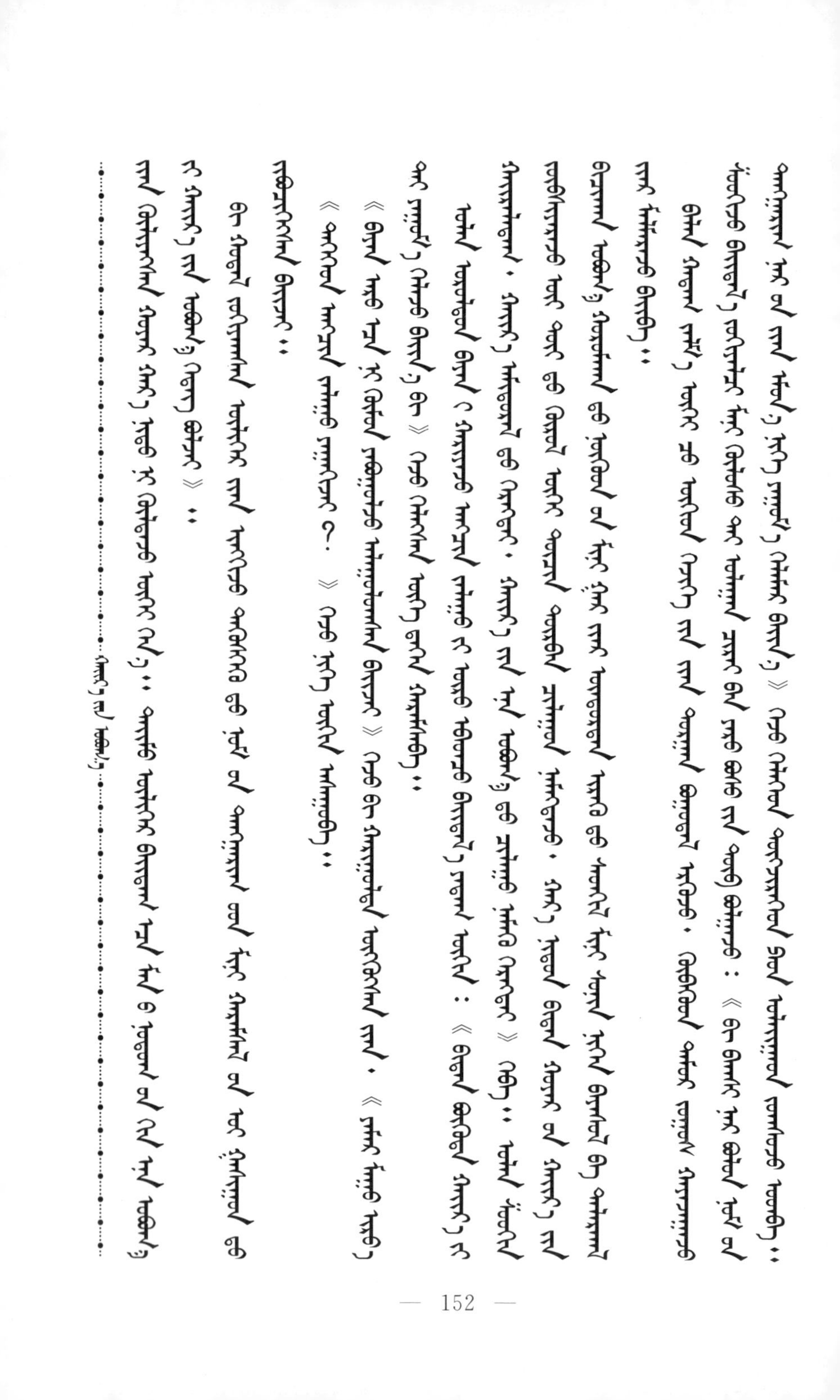

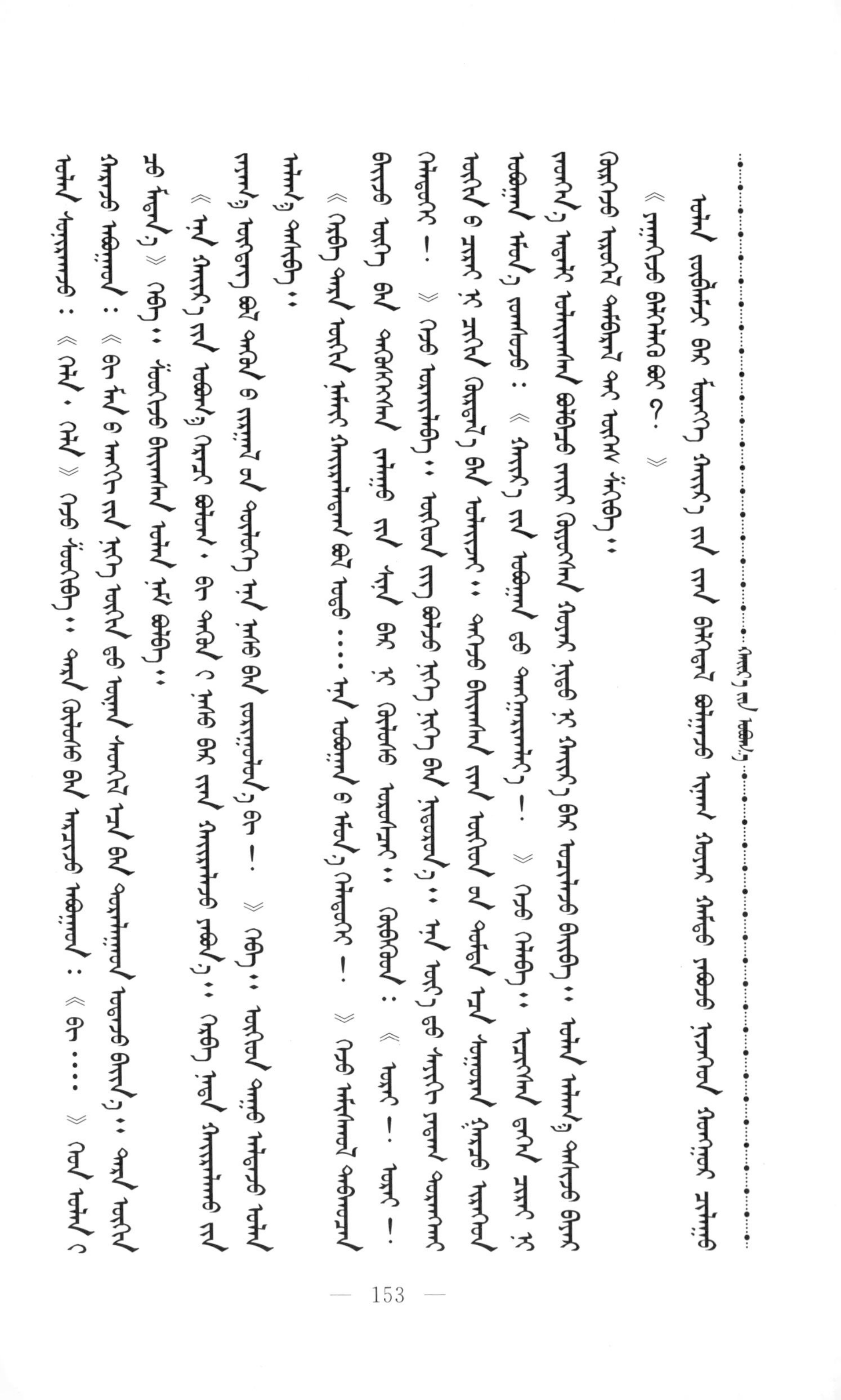

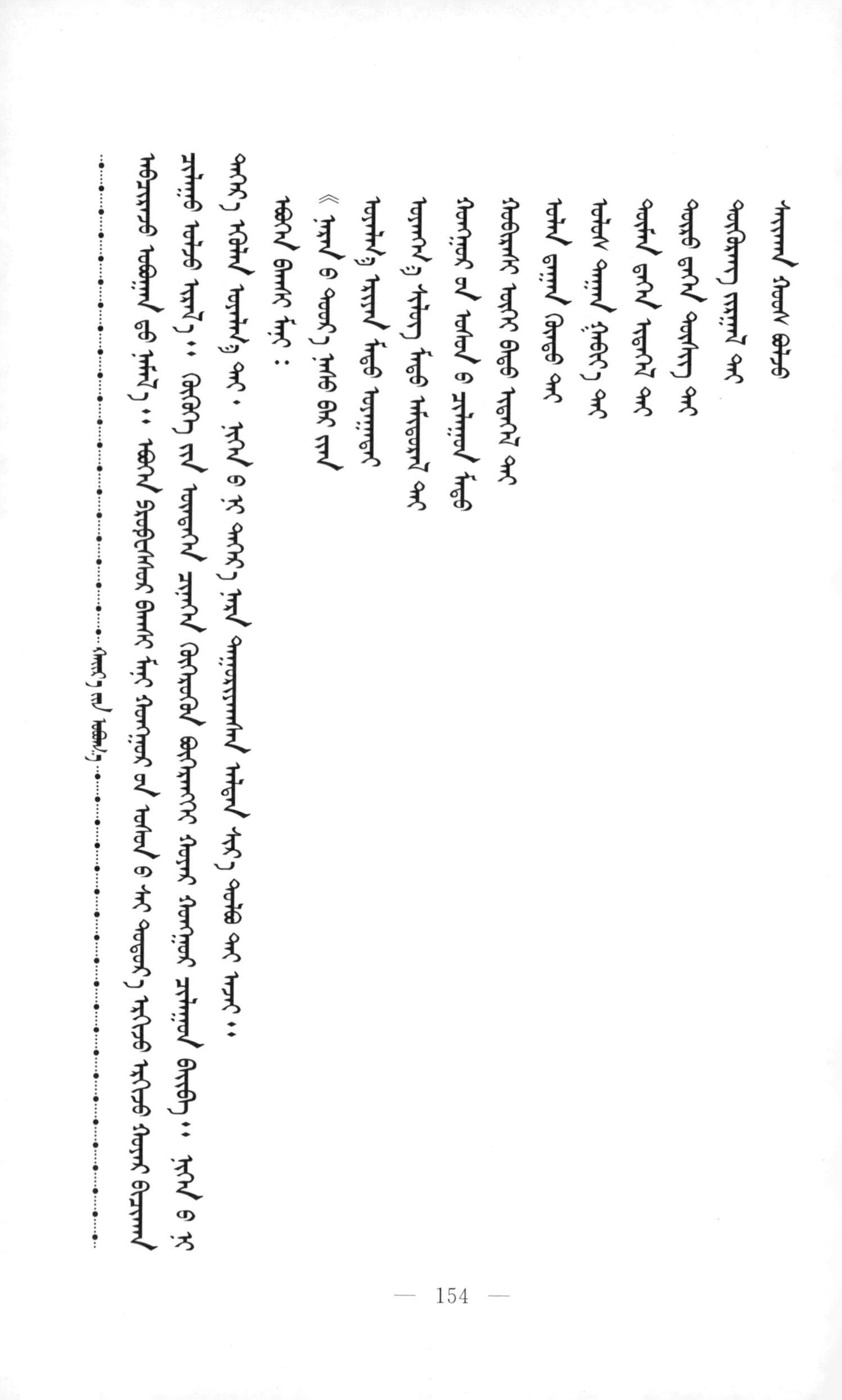

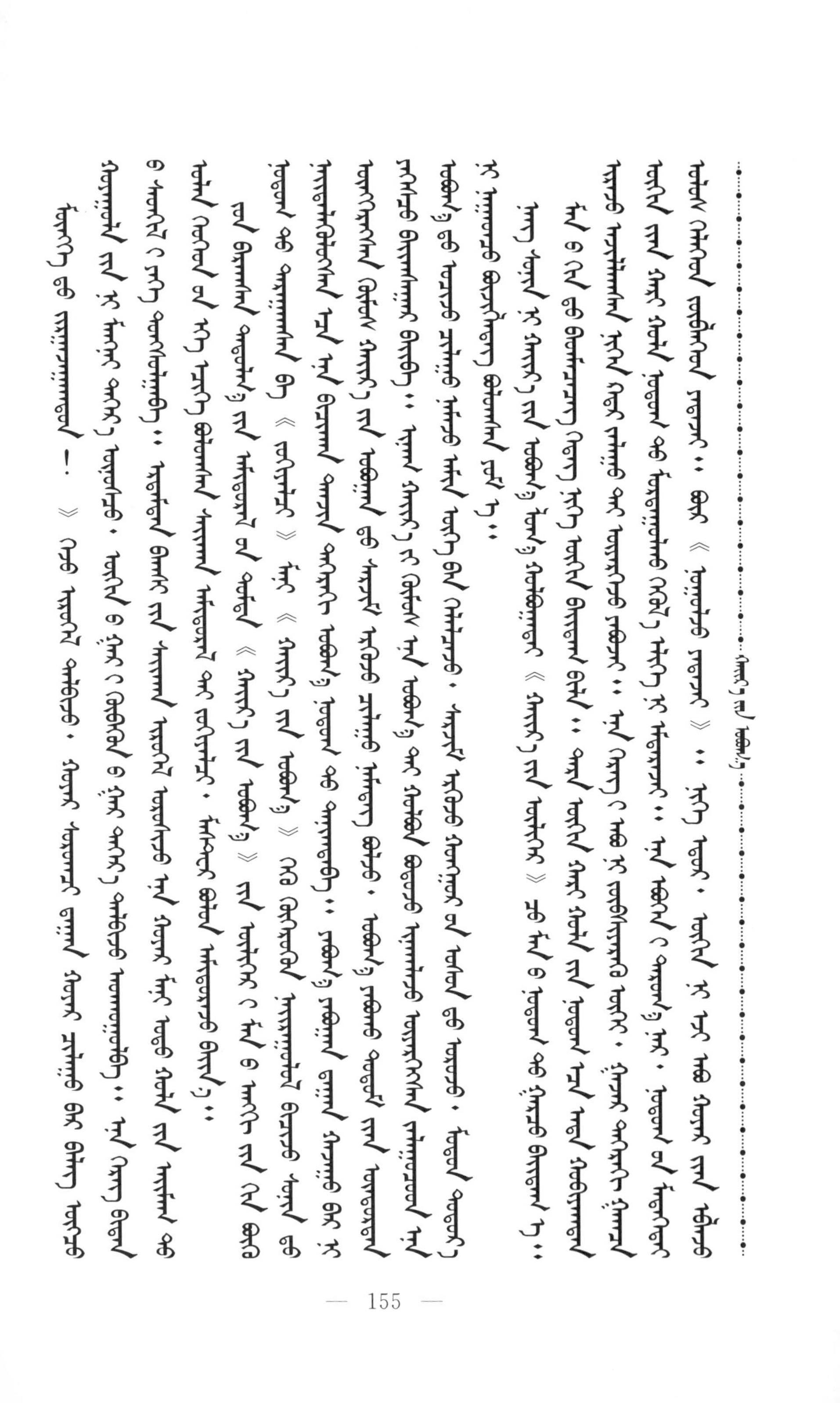

[illegible]

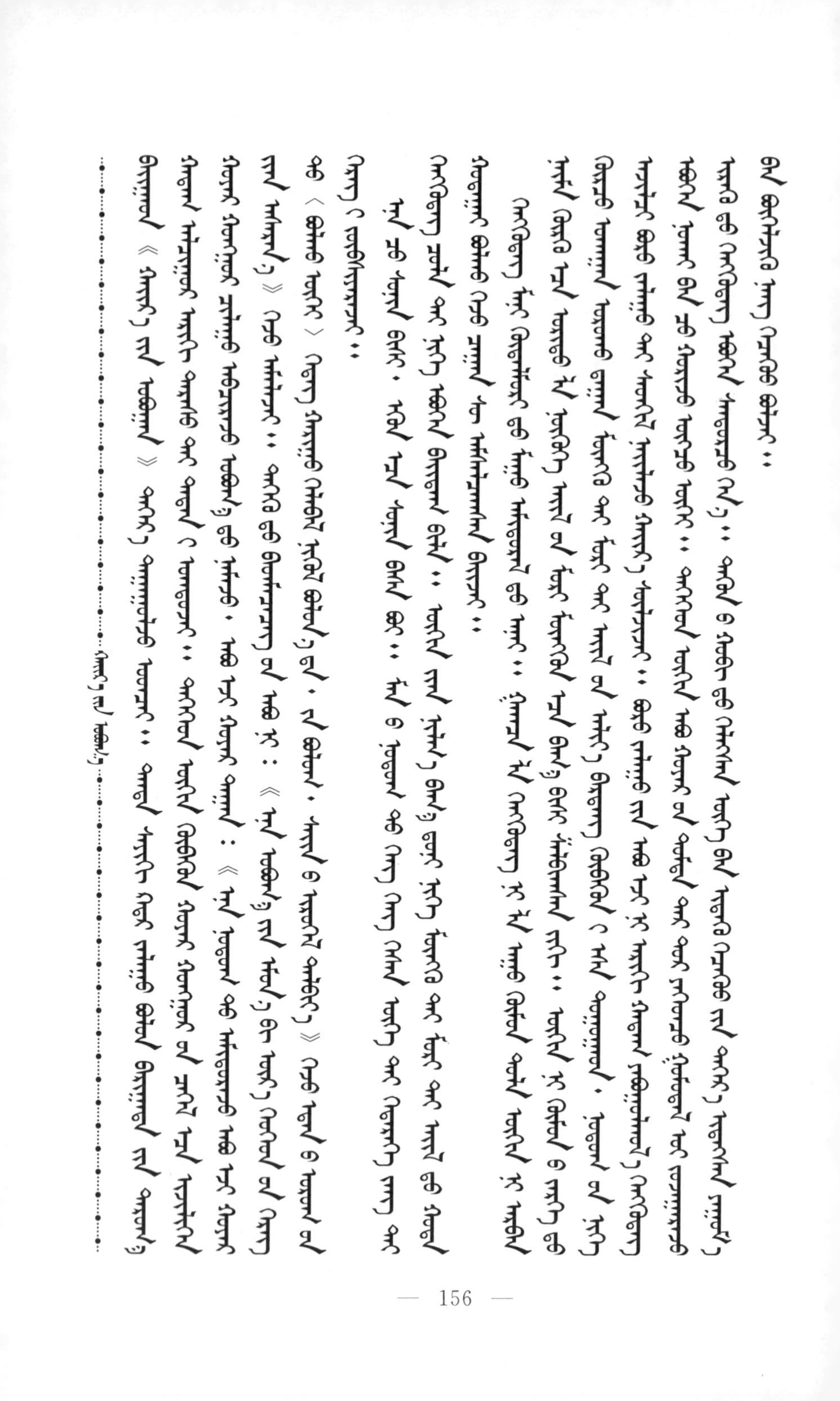

[illegible]

[illegible]

[illegible]

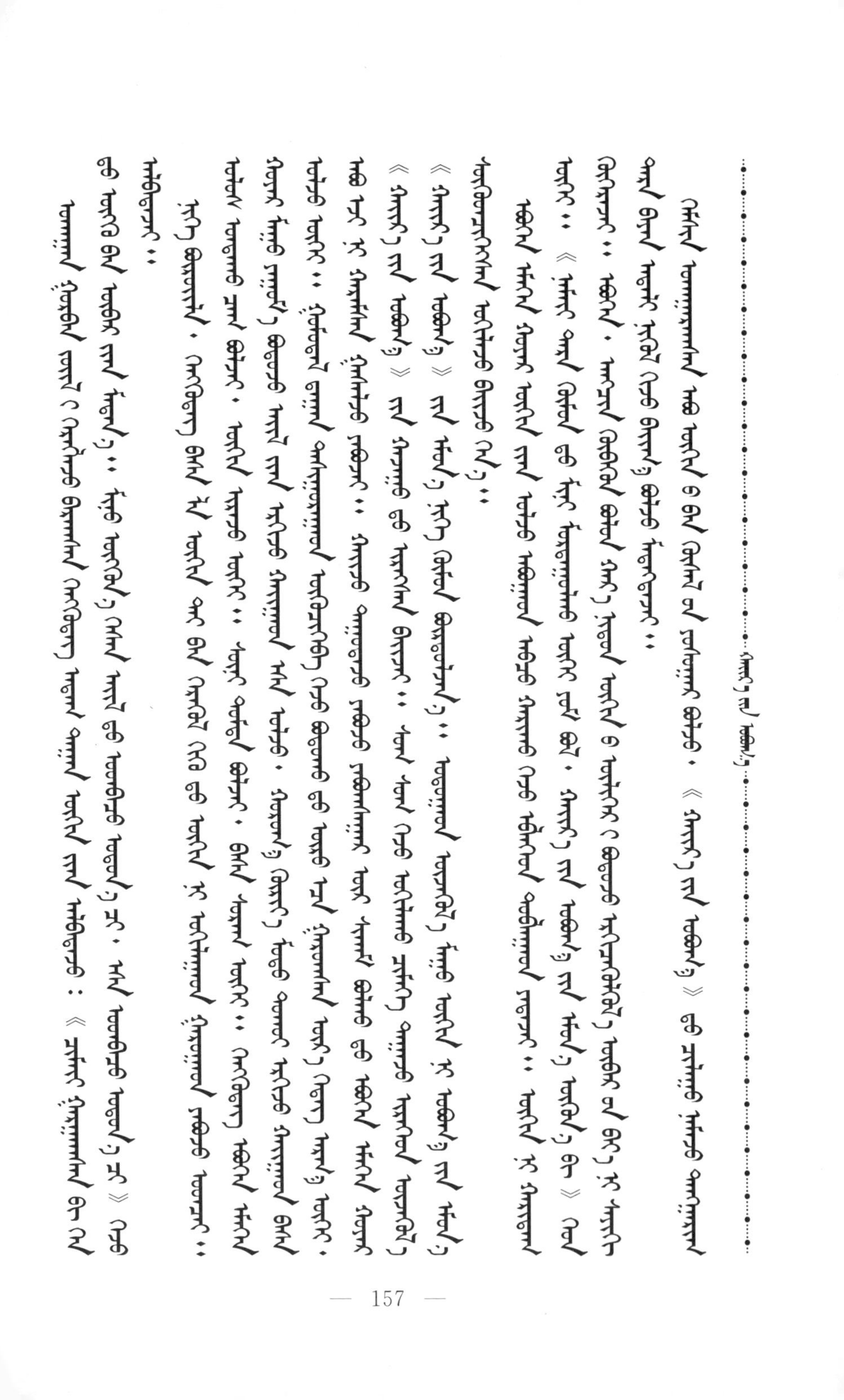

[illegible]

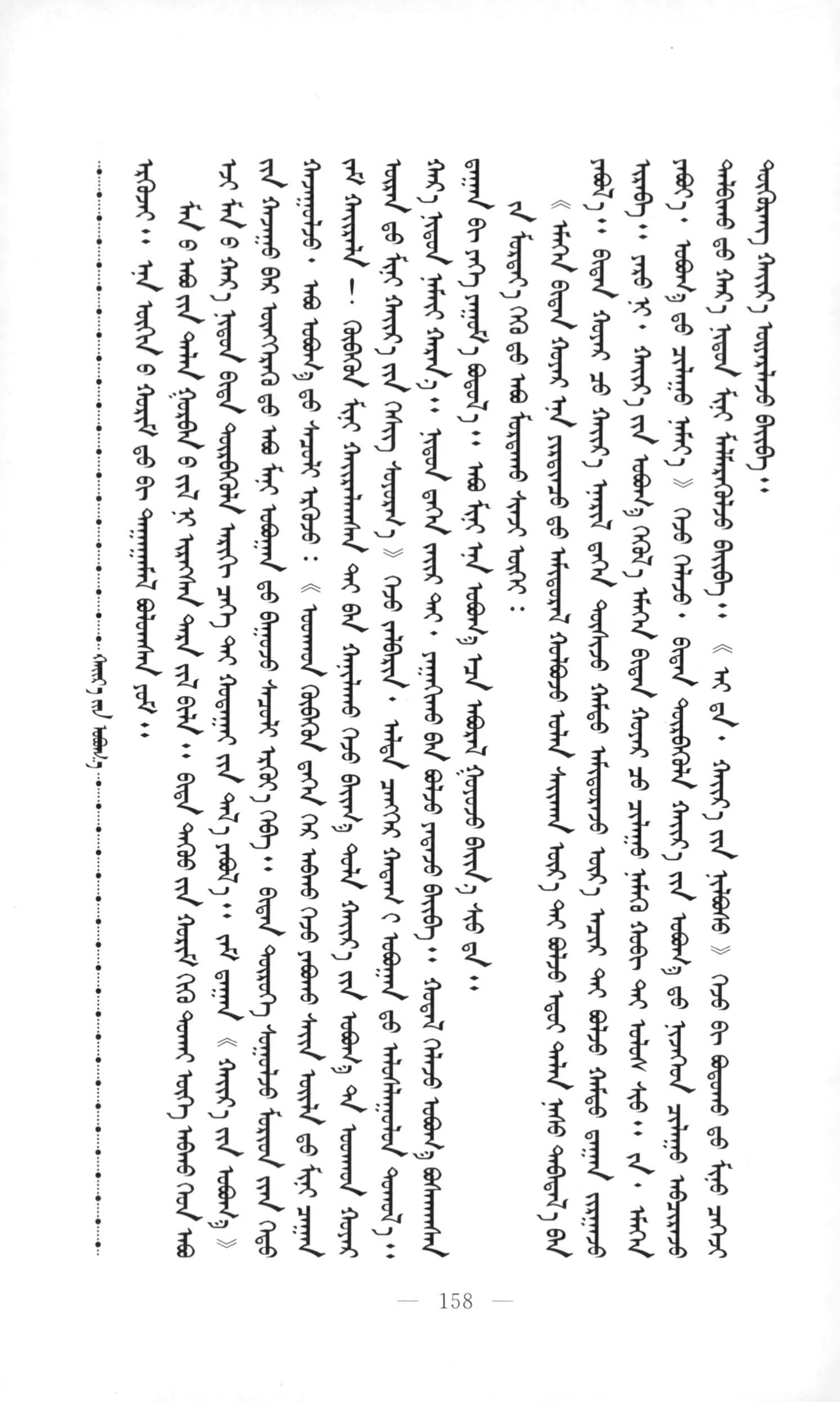

[illegible]
[illegible]
[illegible]
[illegible]
[illegible]
[illegible]
[illegible]
[illegible]
[illegible]
[illegible]
[illegible]
[illegible]
[illegible]
[illegible]
[illegible]
[illegible]
[illegible]

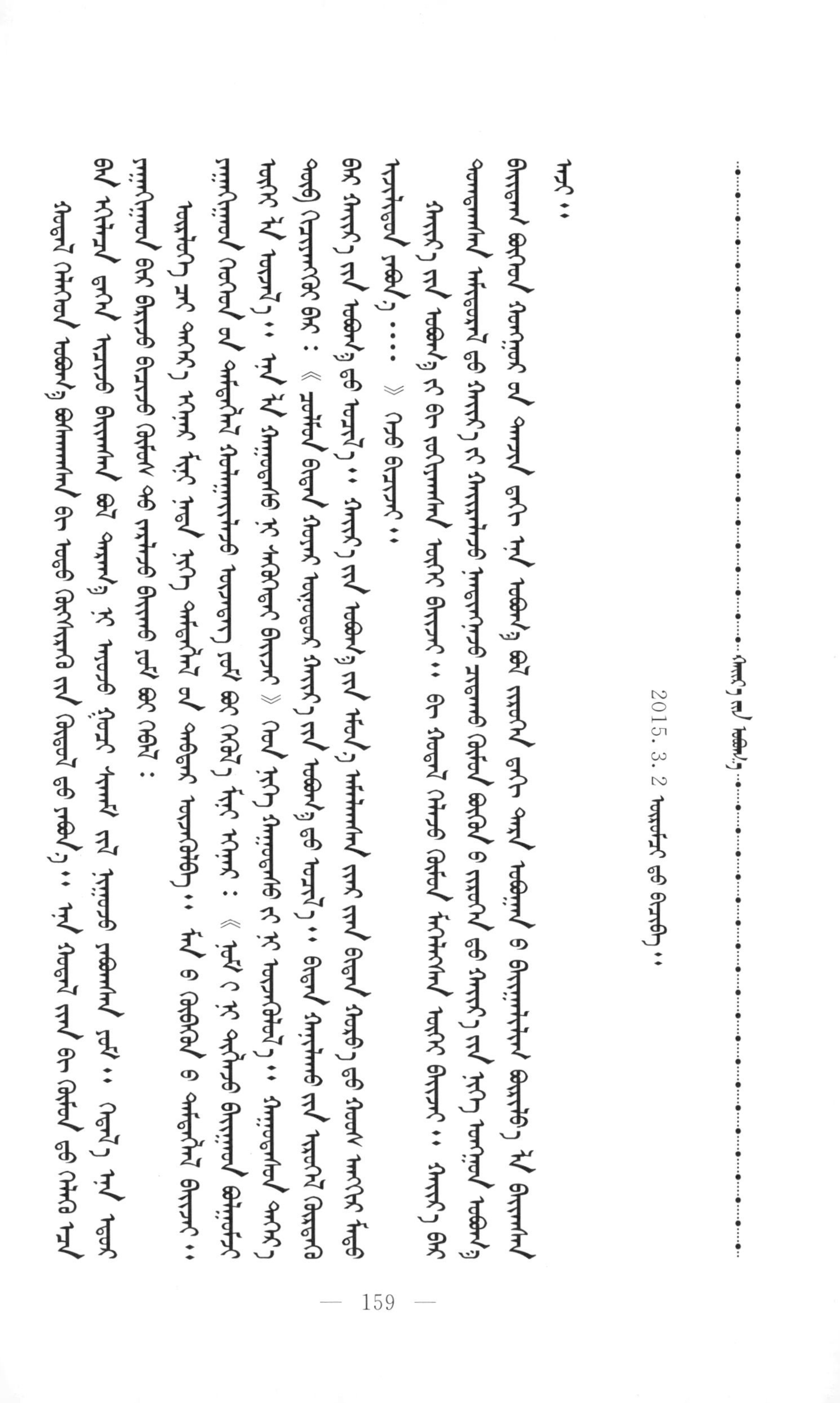

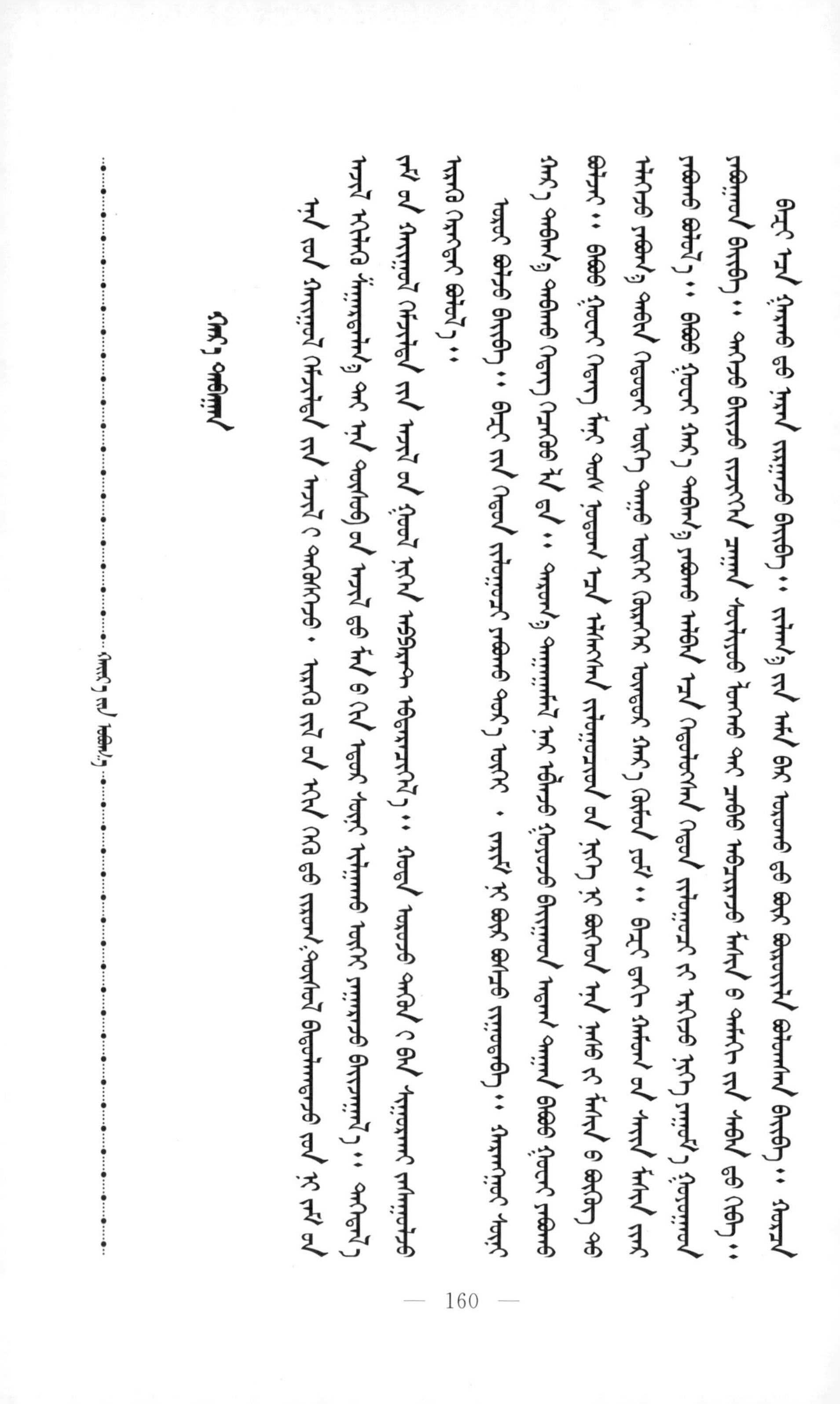

ᠨᠢᠭᠡ ᠪᠦᠯᠦᠭ

[illegible]

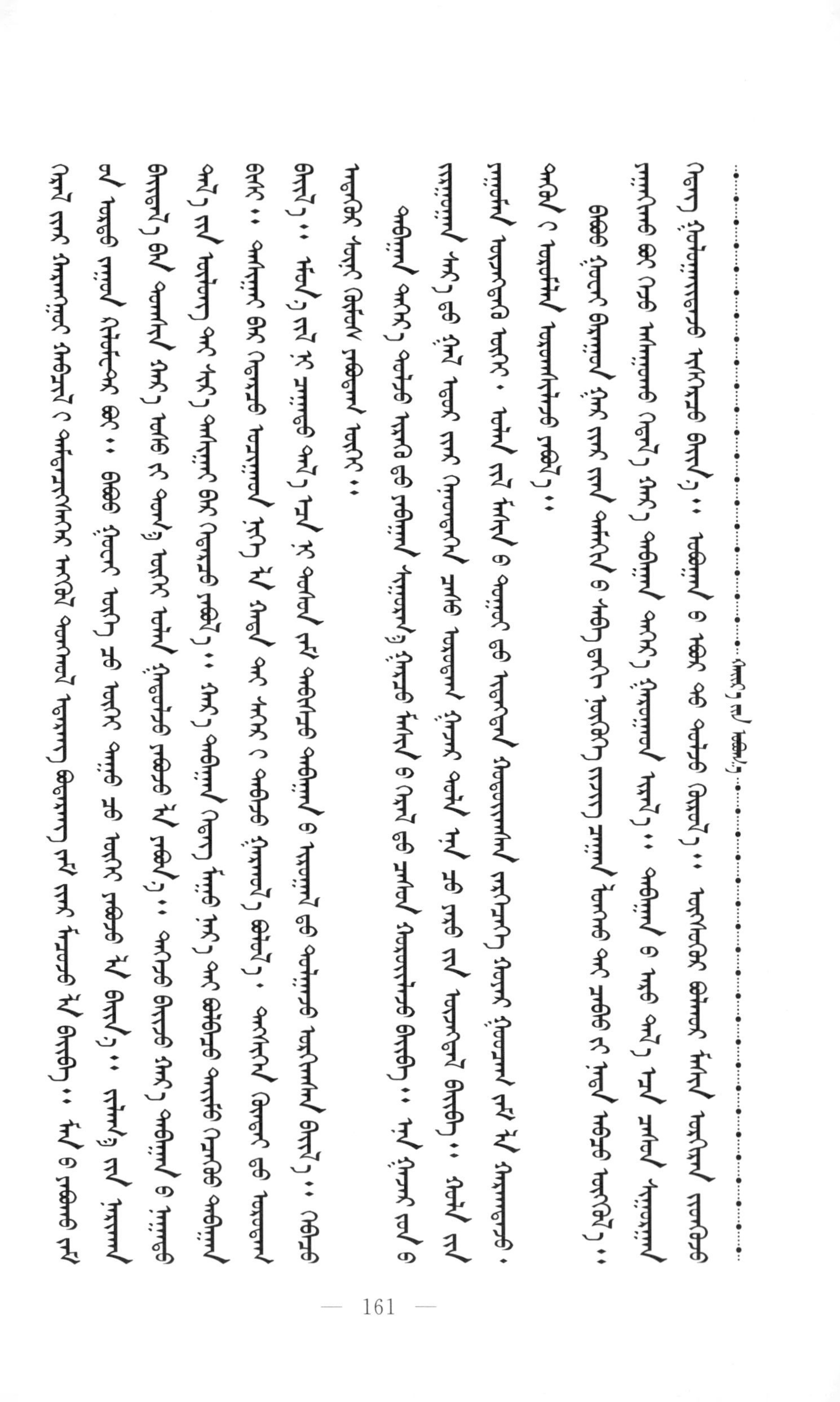

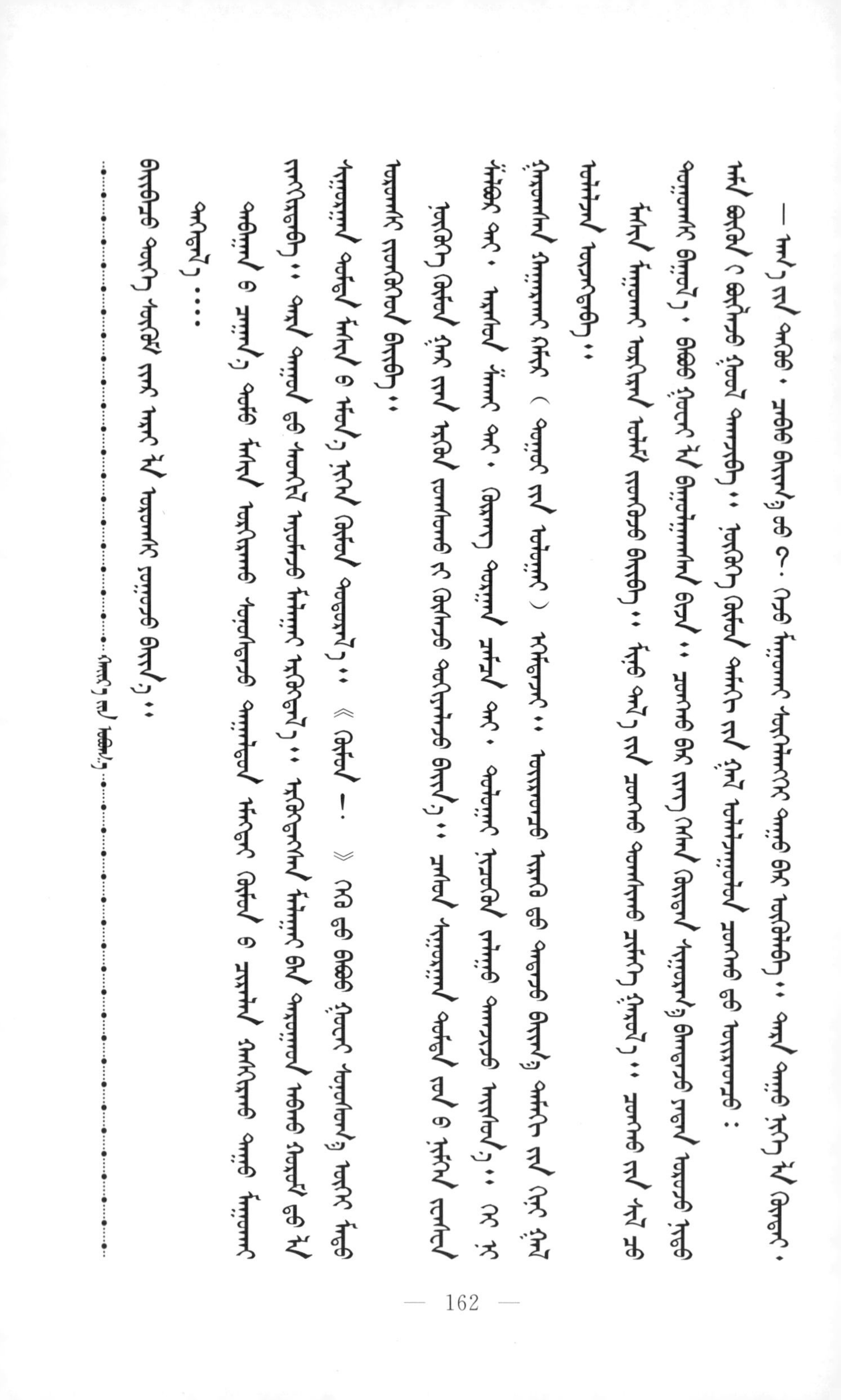

[illegible]

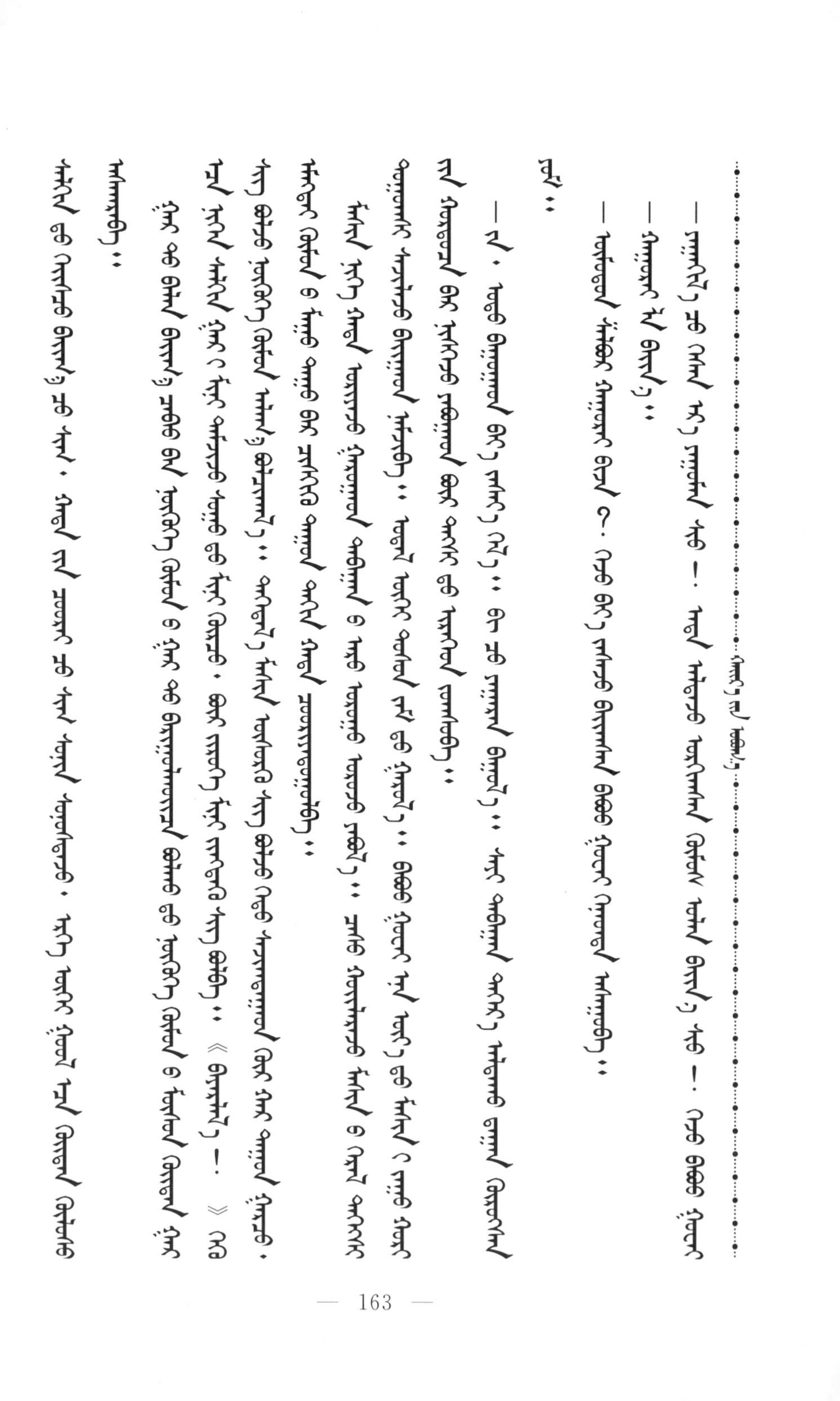

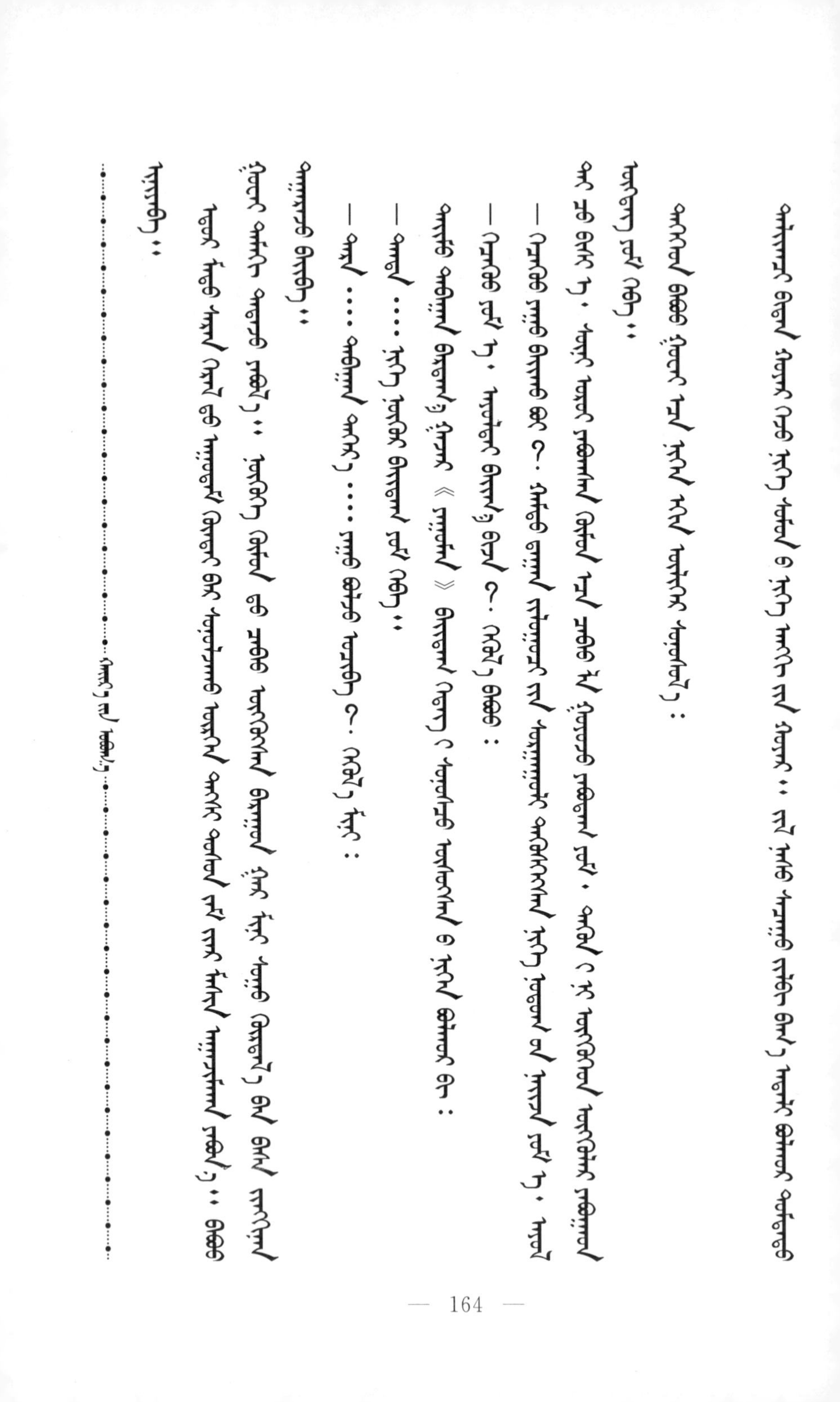

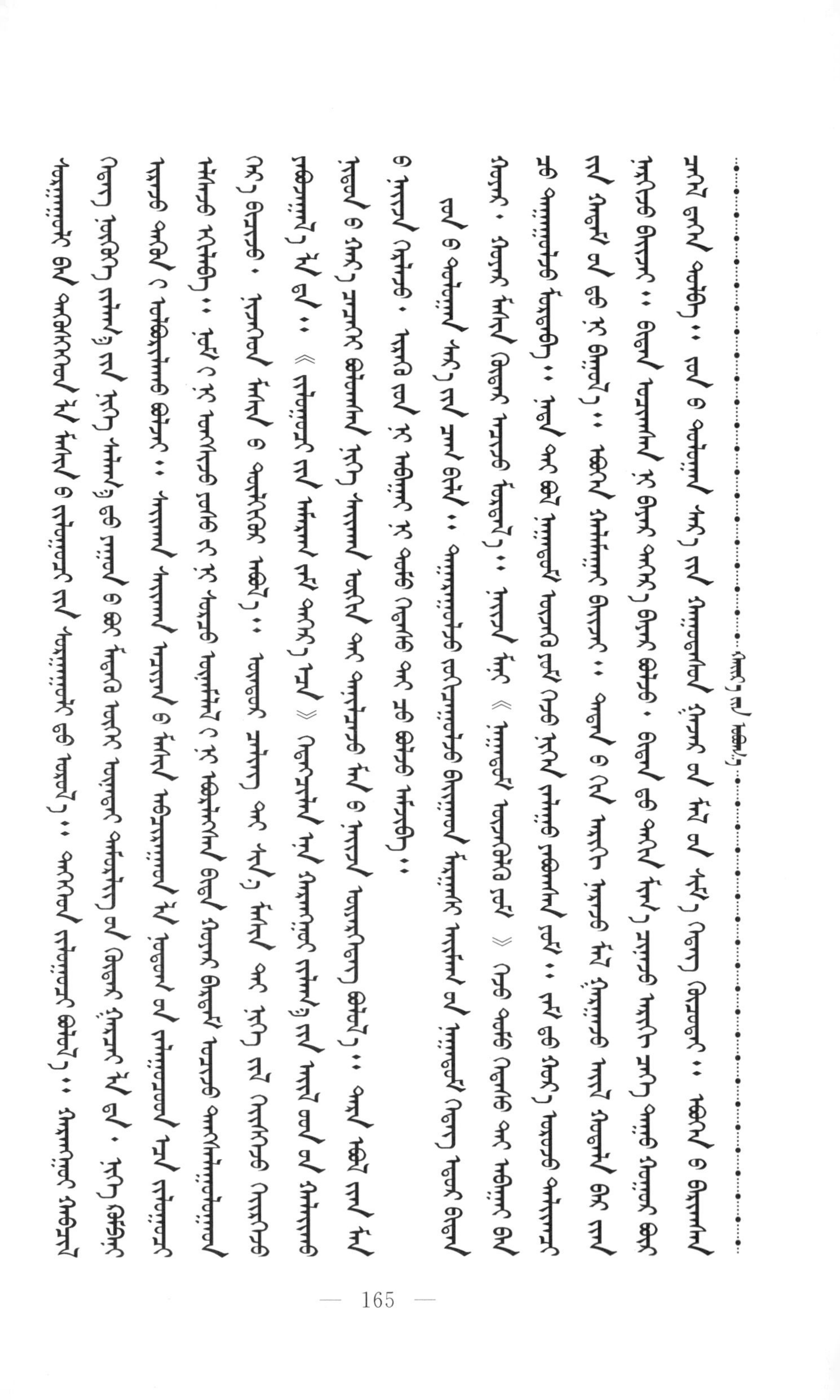

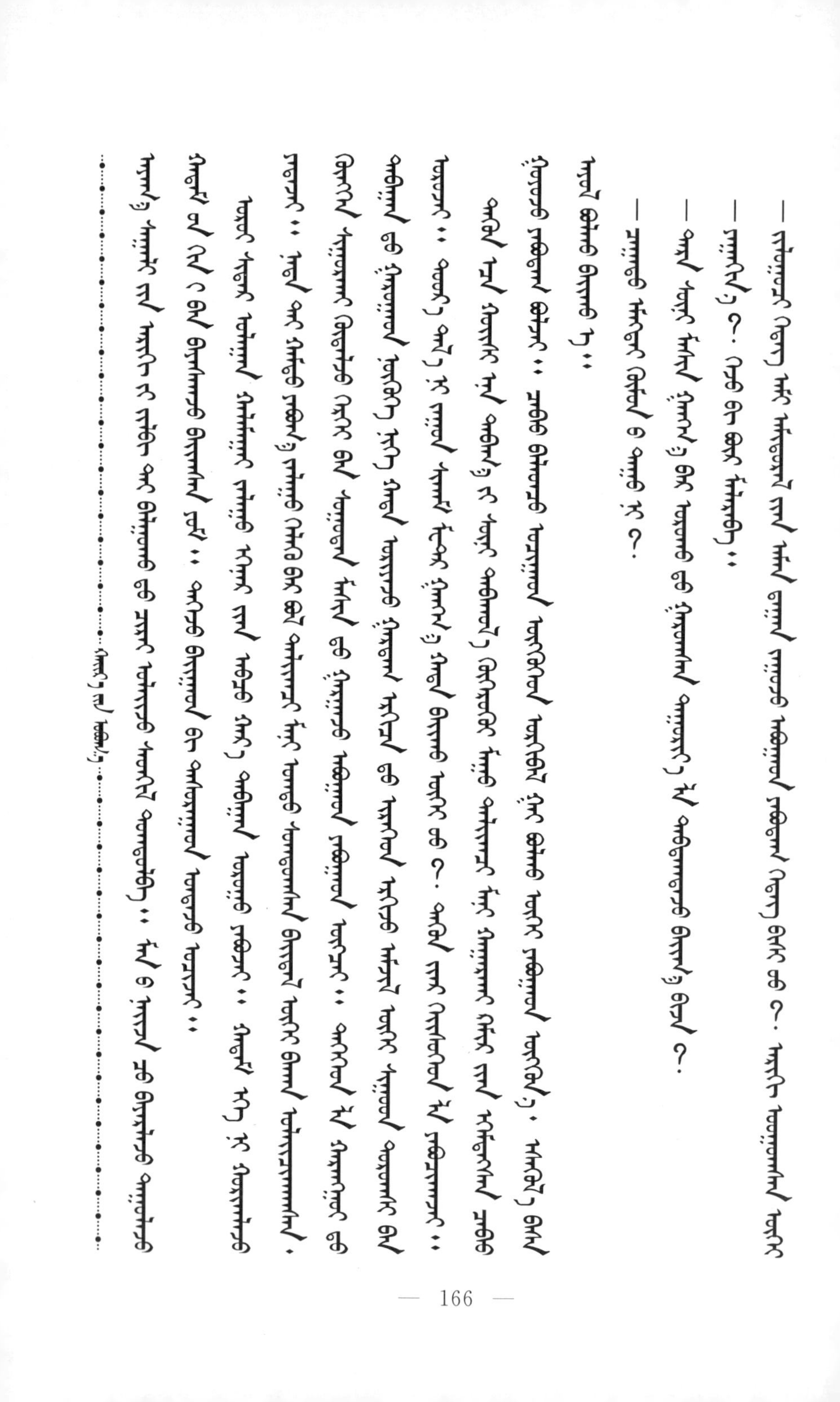

— [illegible] ?

— [illegible] ?

— [illegible] ?

— [illegible] ?

[illegible]

[illegible]

[illegible]

[illegible]

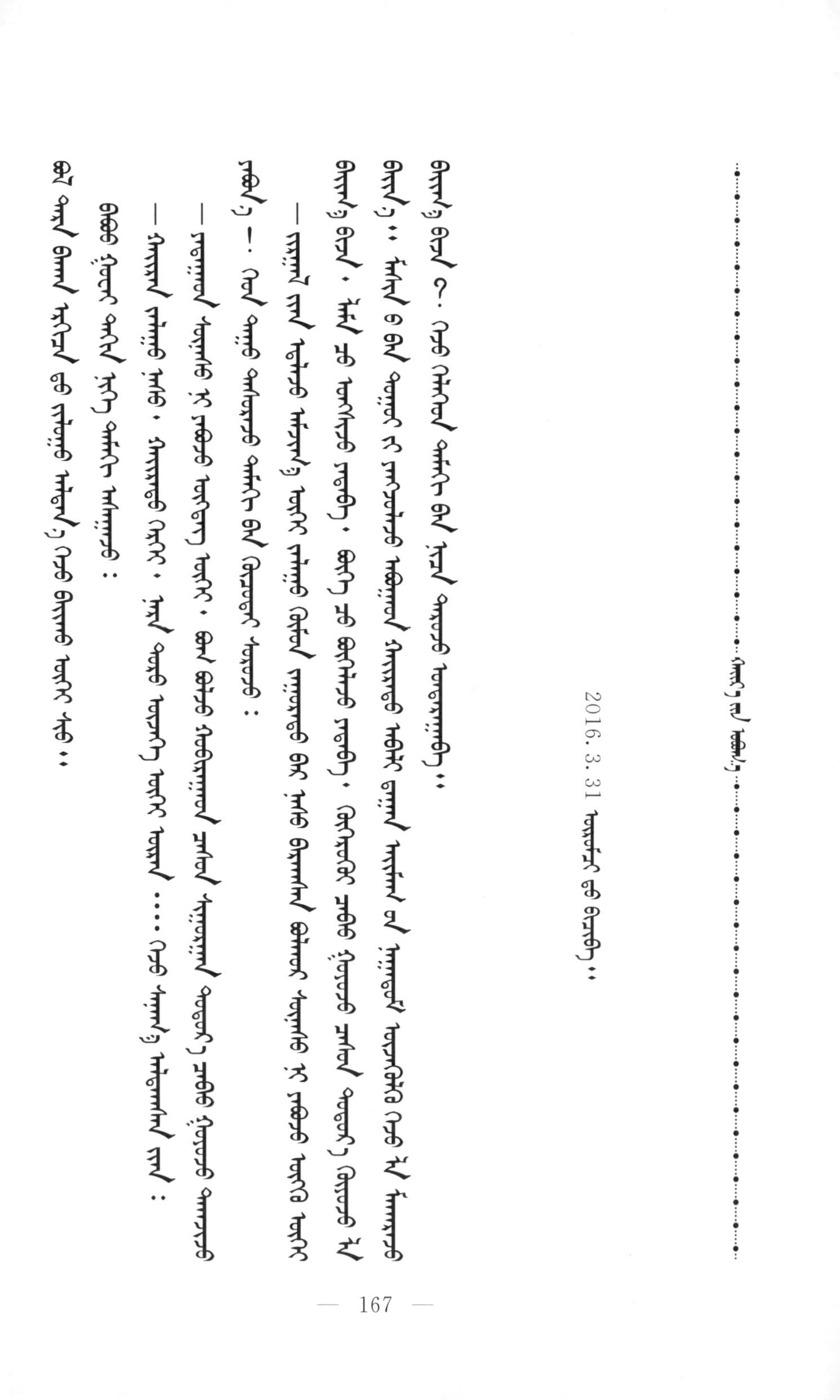

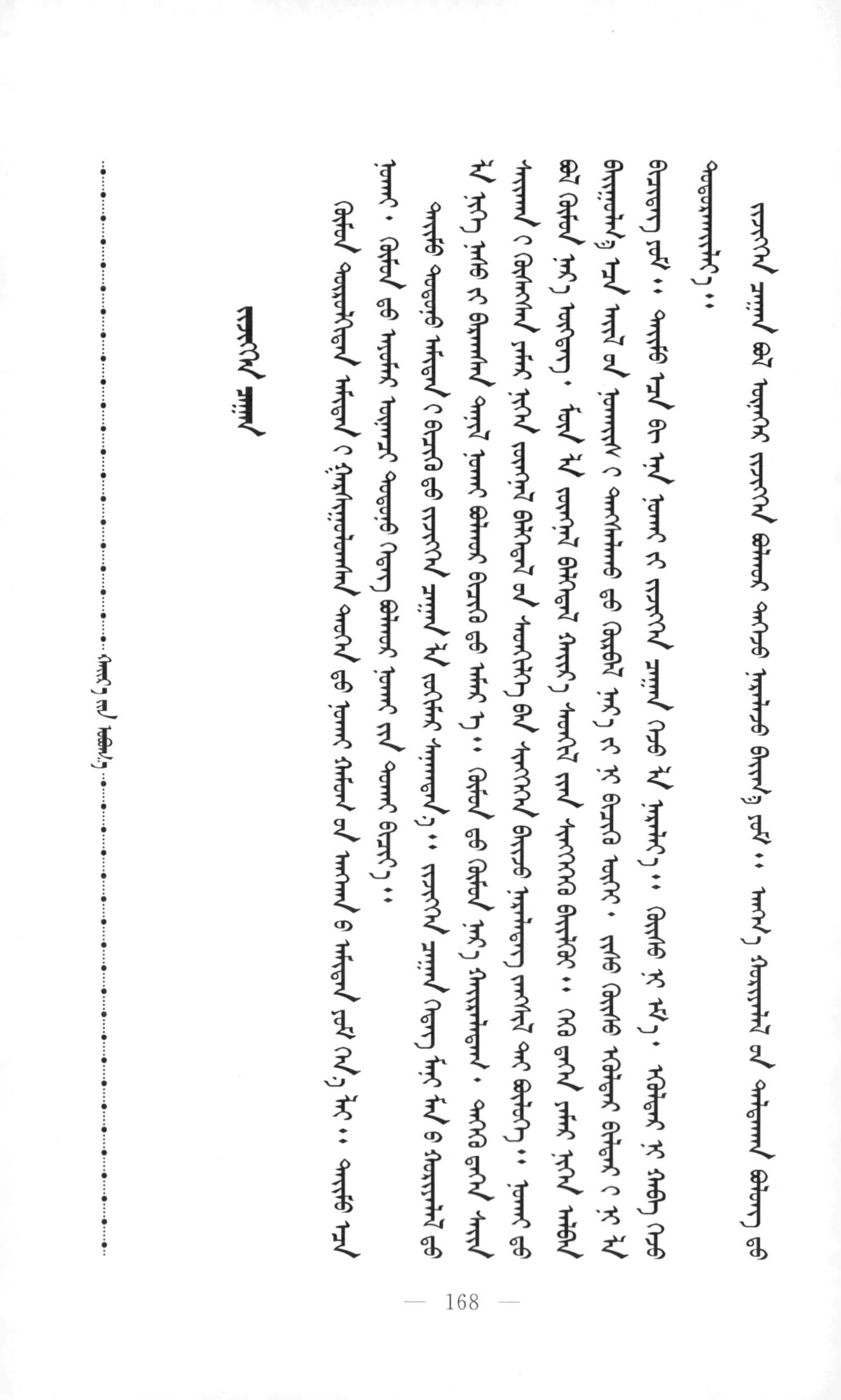

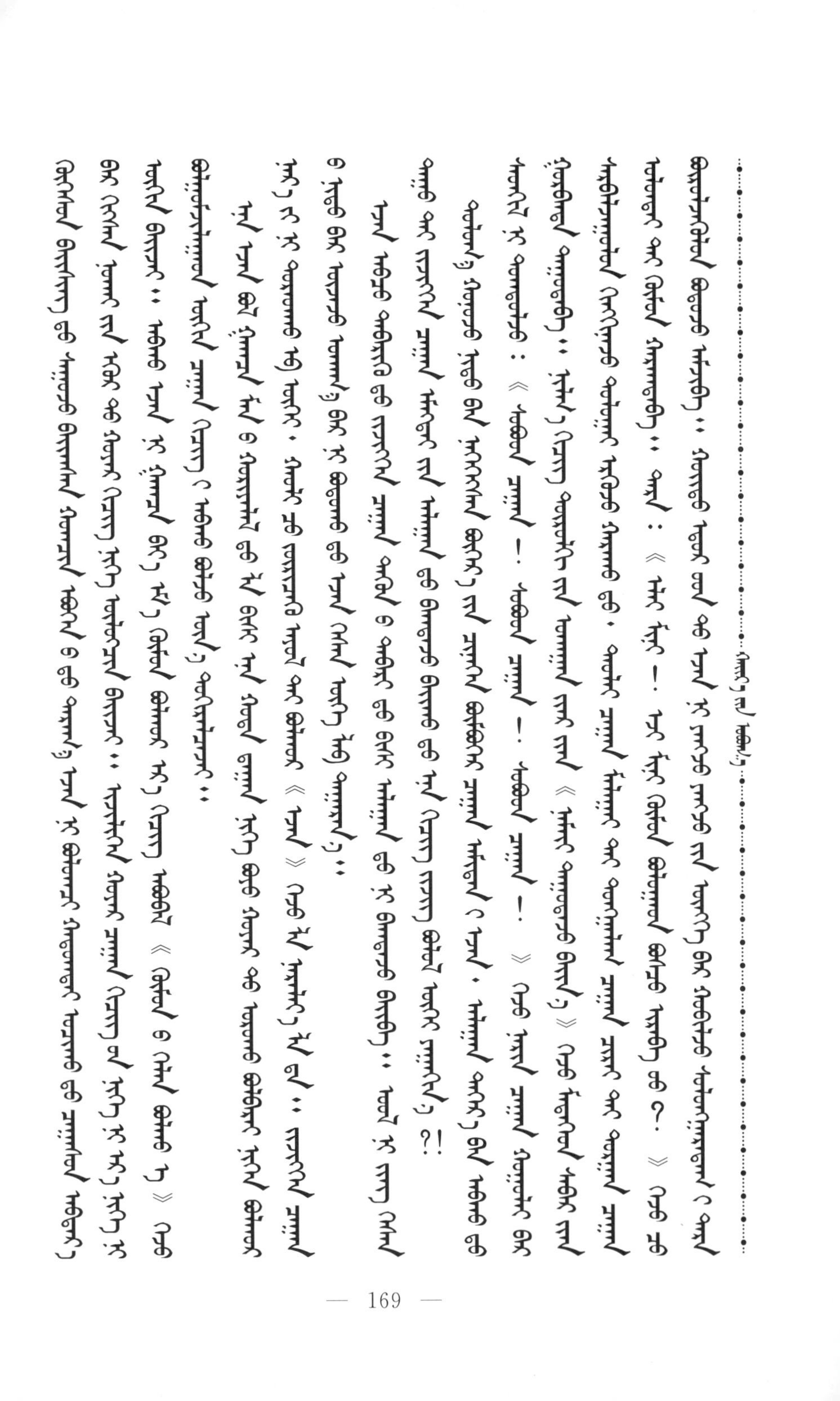

ᠲᠡᠭᠡᠨ ᠦ ᠬᠡᠯᠡᠬᠦ ᠦᠭᠡ ᠶᠢ ᠰᠣᠨᠣᠰᠣᠭᠠᠳ ᠨᠢ ᠰᠡᠳᠬᠢᠯ ᠪᠣᠯᠤᠨ ᠪᠠᠶᠢᠭᠰᠠᠨ ᠬᠦᠮᠦᠨ ᠪᠣᠯᠪᠠ᠂ ᠲᠡᠷᠡ ᠬᠦᠮᠦᠨ ᠢ ᠬᠠᠷᠠᠭᠰᠠᠨ ᠳᠠᠭᠠᠨ ᠬᠡᠯᠡᠪᠡ ᠰᠠᠷᠠᠯᠵᠠᠭᠤᠯᠤᠨ ᠠ ::

《 ᠮᠢᠨᠦ ᠡᠵᠢ ᠮᠢᠨᠢ —! ᠮᠢᠨᠦ ᠡᠵᠢ ᠮᠢᠨᠢ —! 》 ᠭᠡᠵᠦ ᠲᠡᠭᠡᠨ ᠢ ᠳᠠᠭᠤᠳᠠᠭᠰᠠᠨ ᠳᠤ ᠲᠡᠷᠡ ᠪᠠᠰᠠ ᠬᠠᠷᠢᠭᠤᠯᠵᠤ ᠡᠵᠢ ᠪᠡᠨ ᠬᠠᠶᠢᠵᠤ ᠡᠬᠢᠯᠡᠪᠡ ::

ᠡᠬᠡᠨ ᠦ ᠬᠠᠶᠢᠯᠠᠬᠤ ᠳᠤ ᠲᠡᠷᠡ ᠬᠦᠮᠦᠨ ᠦ ᠨᠢᠭᠤᠷ ᠲᠤ ᠨᠢᠯᠪᠤᠰᠤ ᠭᠠᠷᠴᠤ ᠪᠠᠶᠢᠪᠠ᠂ ᠲᠡᠷᠡ ᠮᠦᠷᠦᠭᠳᠡᠯ ᠪᠡᠷ ᠬᠦᠨᠳᠦᠯᠡᠨ ᠪᠠᠶᠢᠪᠠ :: ᠲᠡᠭᠡᠭᠰᠡᠨ ᠢ ᠬᠤᠪᠢᠳᠠᠯ ᠤᠨ ᠮᠡᠳᠡᠷᠡᠮᠵᠢ ᠪᠡᠷ ᠲᠡᠷᠡ ᠪᠣᠯ ᠲᠤᠰ ᠤᠨ ᠬᠦᠮᠦᠨ ᠳᠦ ᠬᠠᠮᠢᠶᠠᠲᠠᠢ ::

ᠲᠡᠷᠡ ᠨᠢ ᠡᠨᠡ ᠬᠢᠷᠢᠯᠴᠡᠭᠰᠡᠨ ᠬᠦᠮᠦᠨ ᠪᠠᠰᠠ ᠡᠵᠢ ᠪᠡᠨ ᠬᠠᠶᠢᠵᠤ᠂ ᠡᠭᠦᠨ ᠦ ᠬᠠᠮᠲᠤ ᠪᠣᠯᠤᠨ ᠤᠳᠠᠭᠠᠨ ᠤᠷᠲᠤ ᠪᠠᠷ ᠠᠮᠢᠳᠤᠷᠠᠭᠰᠠᠨ ᠮᠡᠷᠭᠡᠨ ᠪᠣᠯᠤᠭᠰᠠᠨ ᠬᠦᠮᠦᠨ ᠦ ᠳᠤ ᠲᠡᠮᠳᠡᠭᠯᠡᠭᠰᠡᠨ ᠪᠠᠶᠢᠳᠠᠯ ::

ᠲᠡᠭᠡᠨ ᠦ ᠬᠠᠷᠠᠭᠠᠳ ᠲᠡᠭᠡᠬᠦ :: ᠲᠡᠷᠡ ᠳᠤ ᠨᠢᠭᠡ ᠲᠦᠷᠦᠯ ᠤᠨ ᠰᠢᠨᠵᠢ ᠪᠠᠨ ᠳᠤ ᠪᠠᠷᠢᠭᠰᠠᠨ ᠬᠣᠷᠢᠶᠠᠨ ᠬᠠᠷᠢᠯᠴᠠᠭᠠᠨ ᠤ ᠬᠠᠷᠢᠭᠤ ᠲᠠᠢ ᠪᠣᠯᠤᠨ ᠠ ᠂ ᠮᠢᠨᠢ ᠦᠭᠡ ᠶᠢᠨ ᠬᠡᠯᠡᠪᠡ ᠶᠢ ᠳᠠᠷᠠᠭᠠ ᠳᠤ ᠨᠢ ᠪᠣᠯᠪᠠ ᠤᠤ —! 》 ᠭᠡᠵᠦ ᠠᠰᠠᠭᠤᠭᠰᠠᠨ᠂ ᠬᠡᠳᠦᠢ ᠪᠠᠷ ᠬᠣᠶᠢᠨ᠎ᠠ ᠪᠡᠨ ᠬᠦᠷᠲᠡᠯ᠎ᠡ ᠲᠡᠷᠡ ᠪᠠᠰᠠ (daraa) ᠬᠡᠮᠡᠨ ᠪᠠᠶᠢᠨ ᠠ 《 ᠲᠡᠭᠡᠨ ᠦ ᠪᠠᠶᠢᠳᠠᠯ ᠢ ᠰᠢᠳᠤᠷᠭᠤ ᠪᠡᠷ ᠬᠡᠯᠡᠬᠦ ᠳᠤ ᠪᠣᠯᠪᠠᠰᠤᠷᠠᠯᠲᠠᠢ ᠳᠤ ᠬᠡᠷᠡᠭᠯᠡᠭᠳᠡᠨ ᠡ ᠬᠡᠮᠡᠨ ᠪᠣᠯᠤᠨ᠎ᠠ ::

ᠬᠣᠶᠠᠷ ᠬᠦᠮᠦᠨ ᠤ ᠨᠢᠭᠡ ᠳᠤᠷ᠎ᠠ ᠬᠦᠮᠦᠨ ᠳᠦ ᠪᠠᠶᠢᠭᠰᠠᠨ ᠲᠡᠷᠡ ᠪᠣᠯ ᠬᠠᠷᠢᠯᠴᠠᠭᠰᠠᠨ᠂ ᠬᠣᠶᠠᠷ ᠬᠦᠮᠦᠨ 150 ᠵᠢᠯ ᠦᠨ ᠳᠠᠷᠠᠭᠠᠬᠢ ᠡᠭᠦᠯ ᠬᠡᠯᠡᠬᠦ ᠳᠤ ᠪᠠᠷ ᠦᠭᠡ ᠶᠢ ᠬᠡᠯᠡᠪᠡ᠂ ᠲᠡᠷᠡ ᠪᠣᠯ ᠮᠣᠩᠭᠣᠯ ᠬᠡᠯᠡᠨ ᠤ ᠰᠤᠷᠭᠠᠭᠤᠯᠢ ᠶᠢᠨ ᠦᠭᠡ ᠳᠦ ᠨᠢ ᠪᠣᠯᠪᠠᠰᠤᠷᠠᠯᠲᠠᠢ ::

ᠡᠨᠡ ᠪᠣᠯ ᠬᠦᠮᠦᠨ ᠦ ᠲᠡᠷᠡ ᠬᠡᠮᠡᠨ ᠬᠡᠯᠡᠭᠰᠡᠨ ᠠᠮᠢᠳᠤᠷᠠᠯ ᠤᠨ ᠬᠡᠯᠡᠯᠴᠡᠭᠡᠨ ᠳᠦ ᠨᠢ ᠪᠠᠶᠢᠭᠰᠠᠨ ᠬᠠᠷᠢᠯᠴᠠᠭ᠎ᠠ ᠶᠢᠨ ᠬᠡᠷᠡᠭ ᠢ ᠡᠭᠦᠰᠭᠡᠨ ᠦ ᠮᠡᠳᠡᠭᠰᠡᠨ ᠪᠣᠯᠪᠠ ::

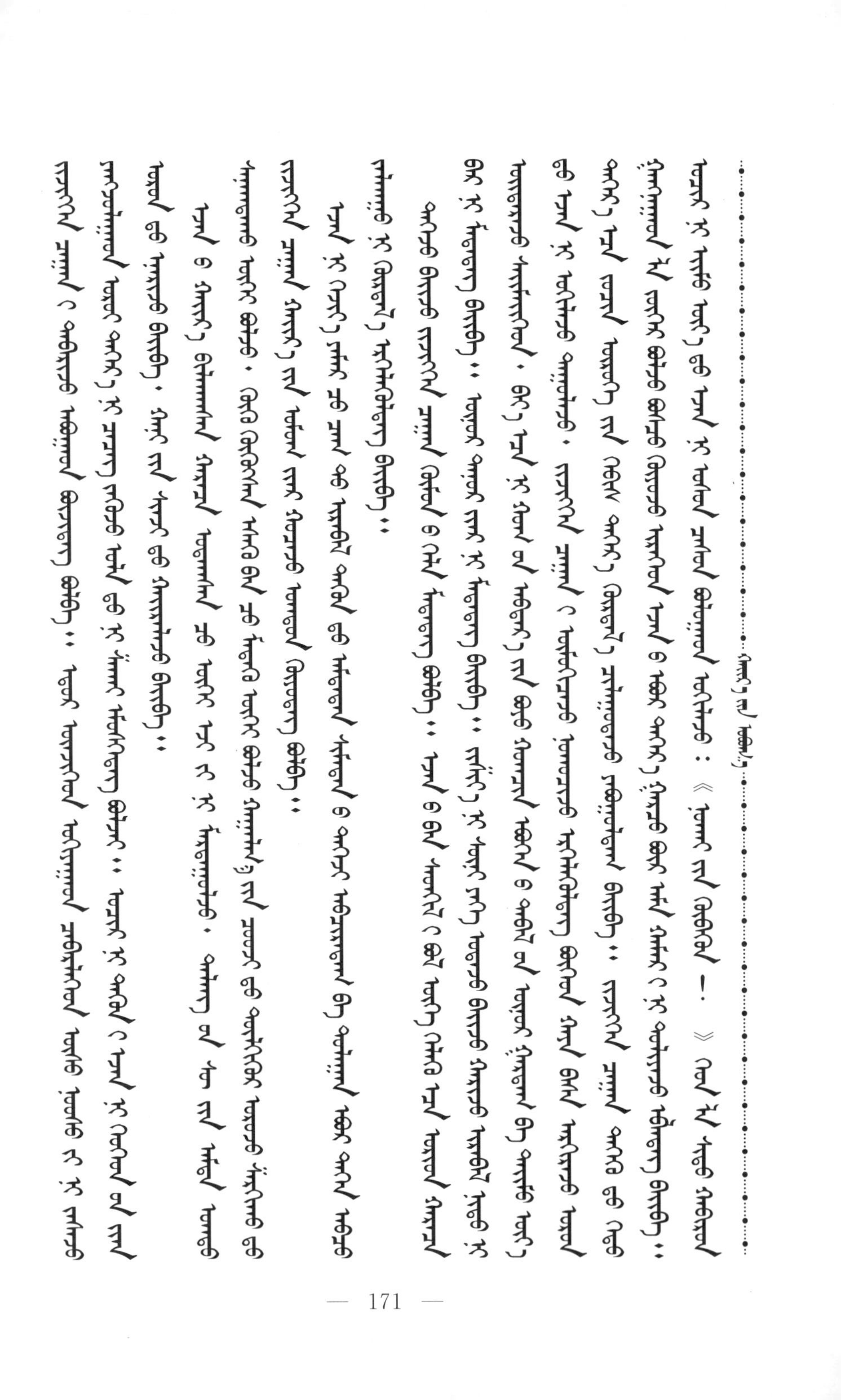

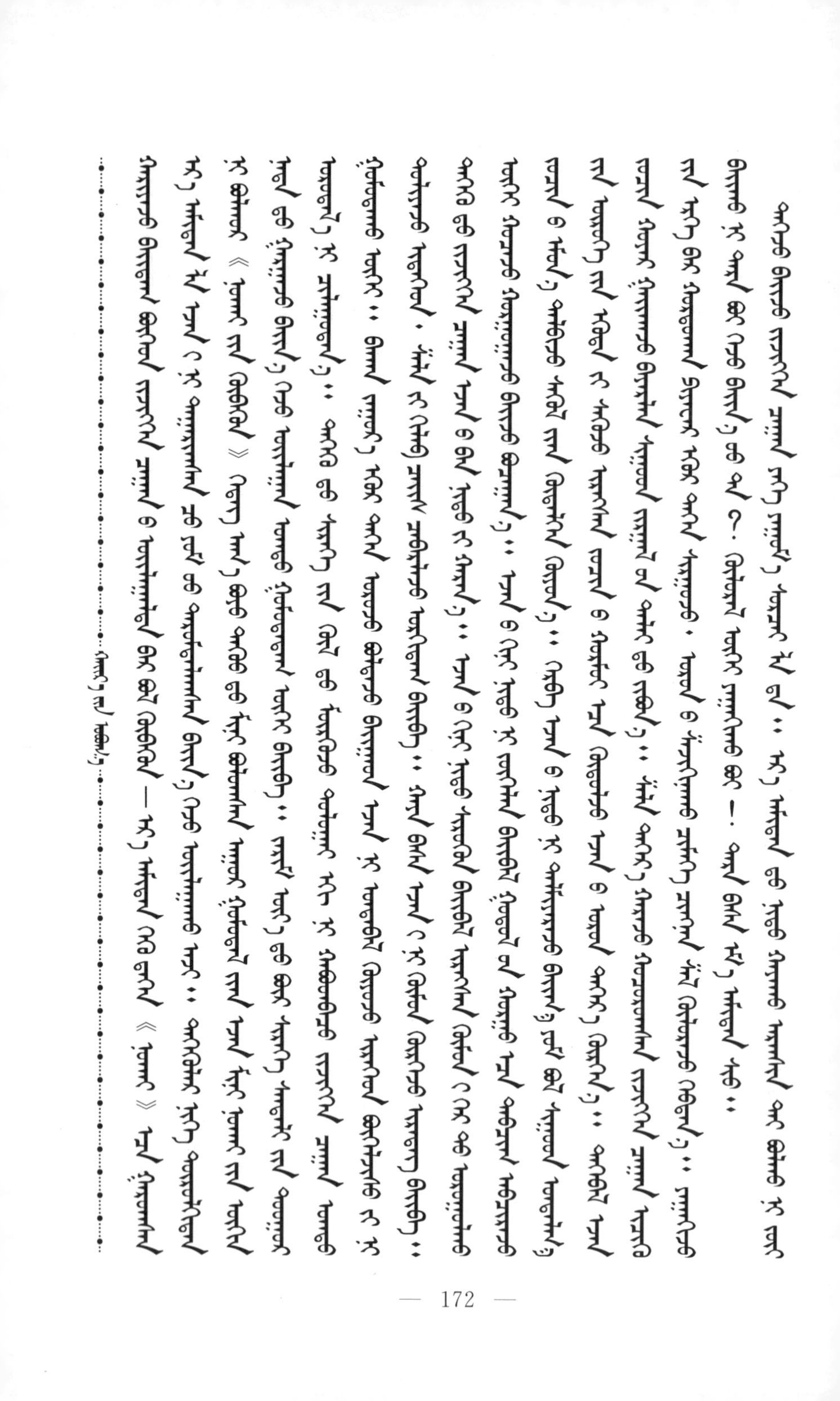

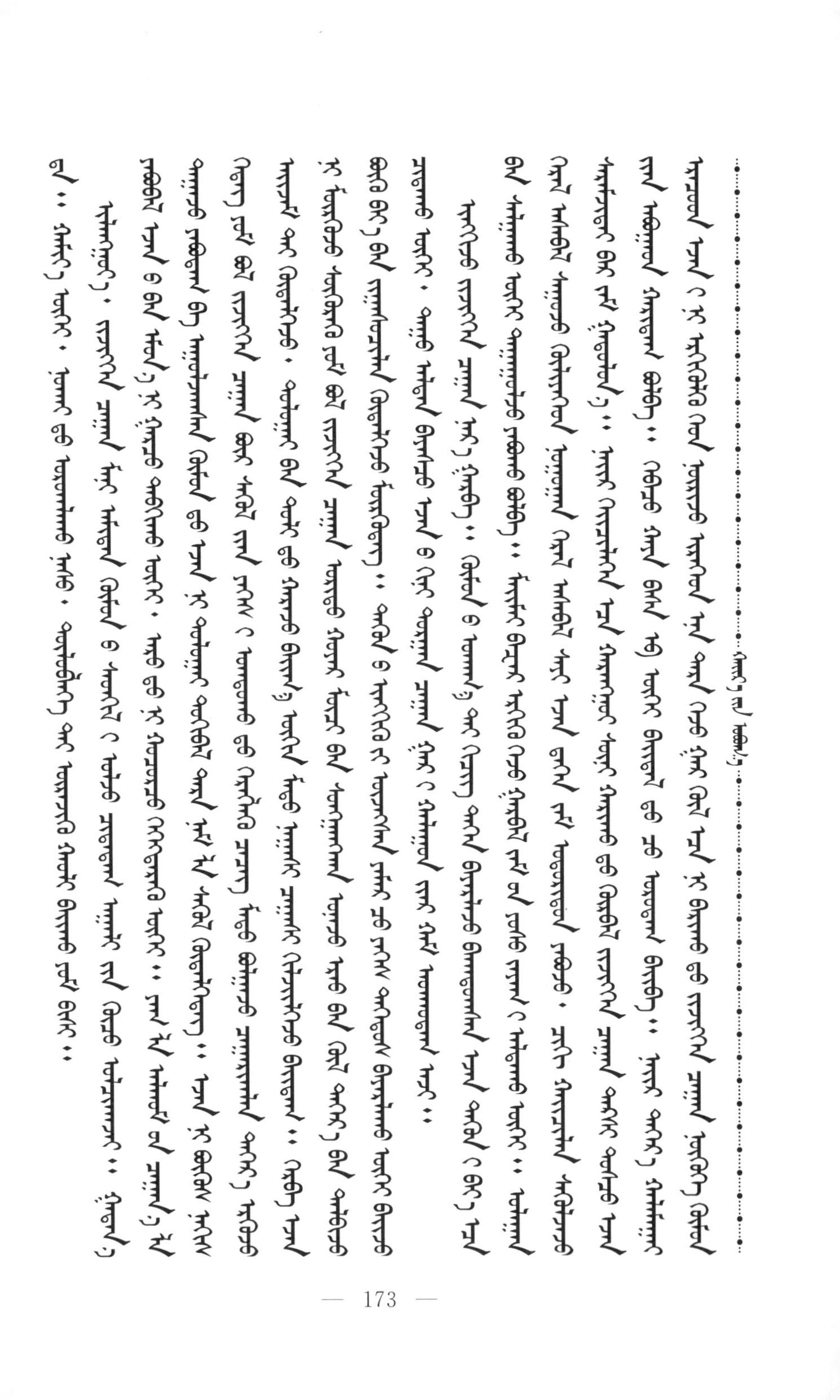

[illegible]

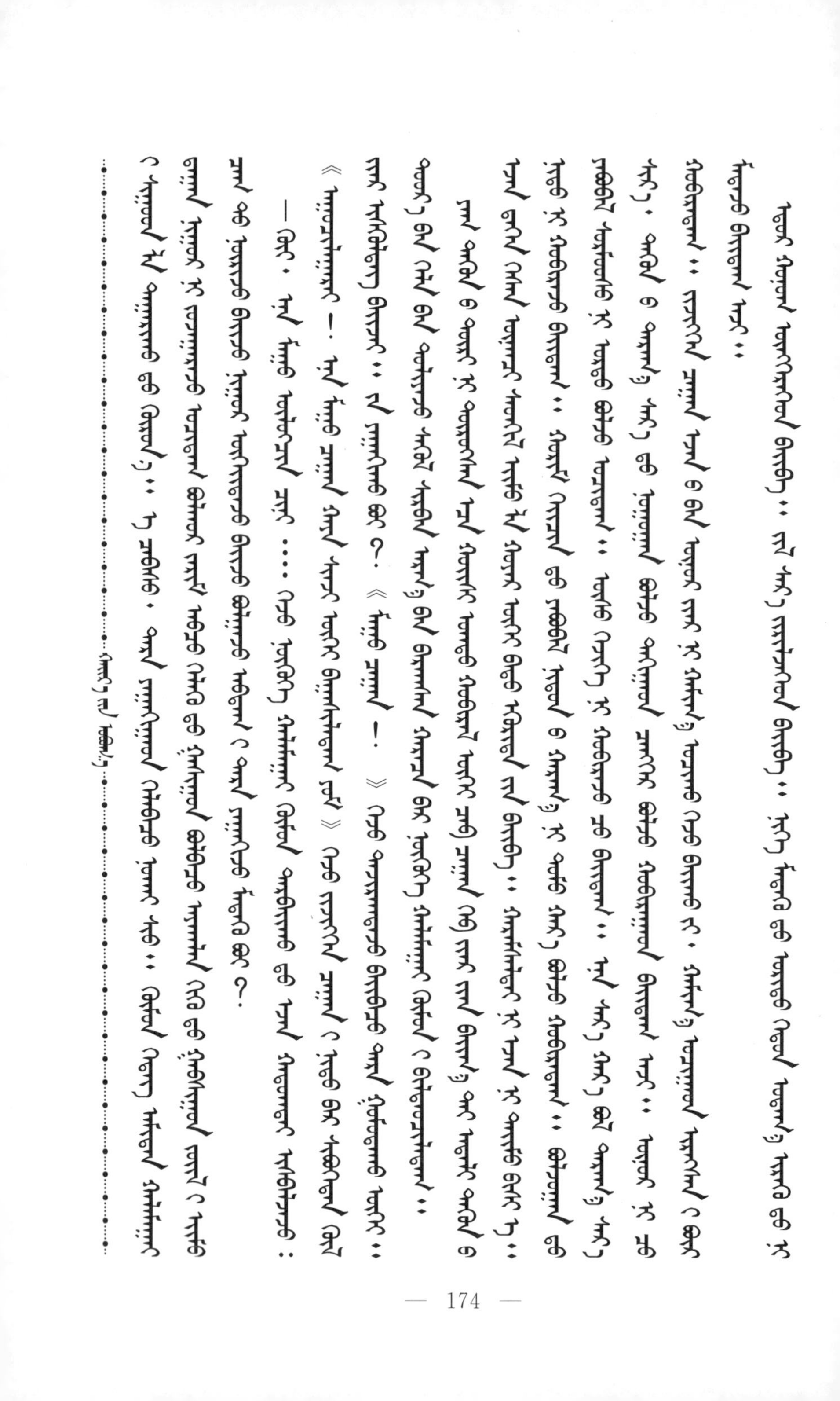

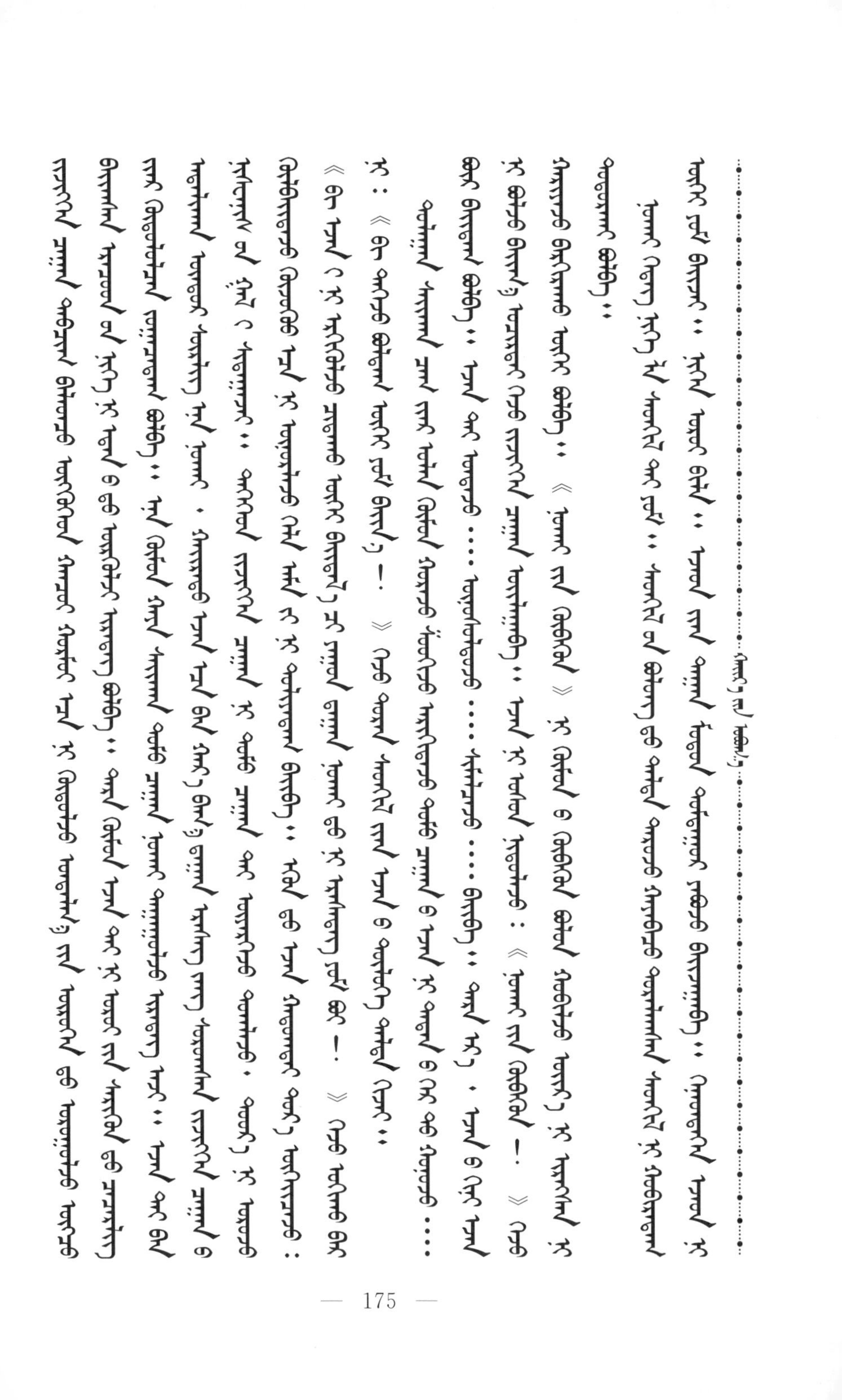

[illegible]

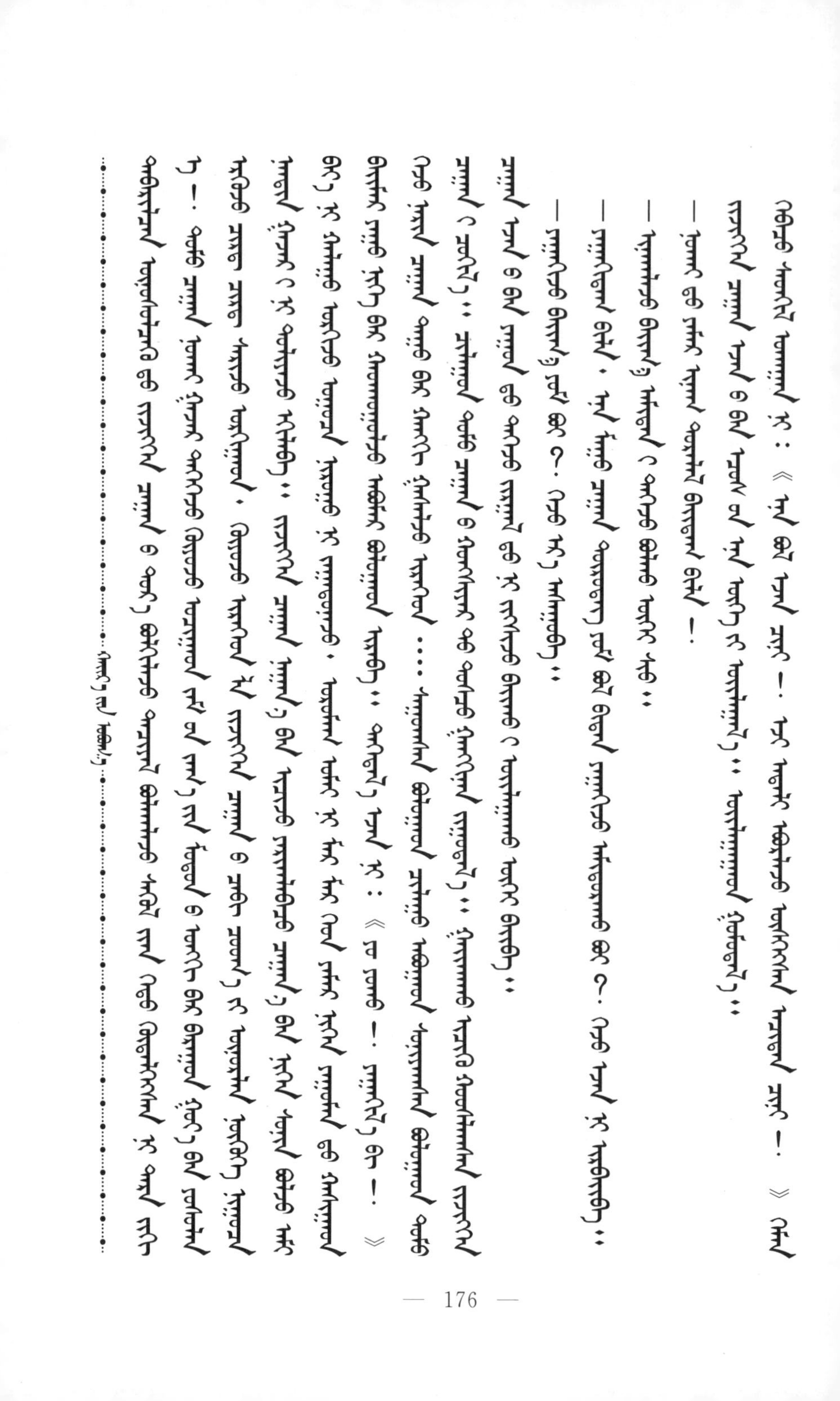

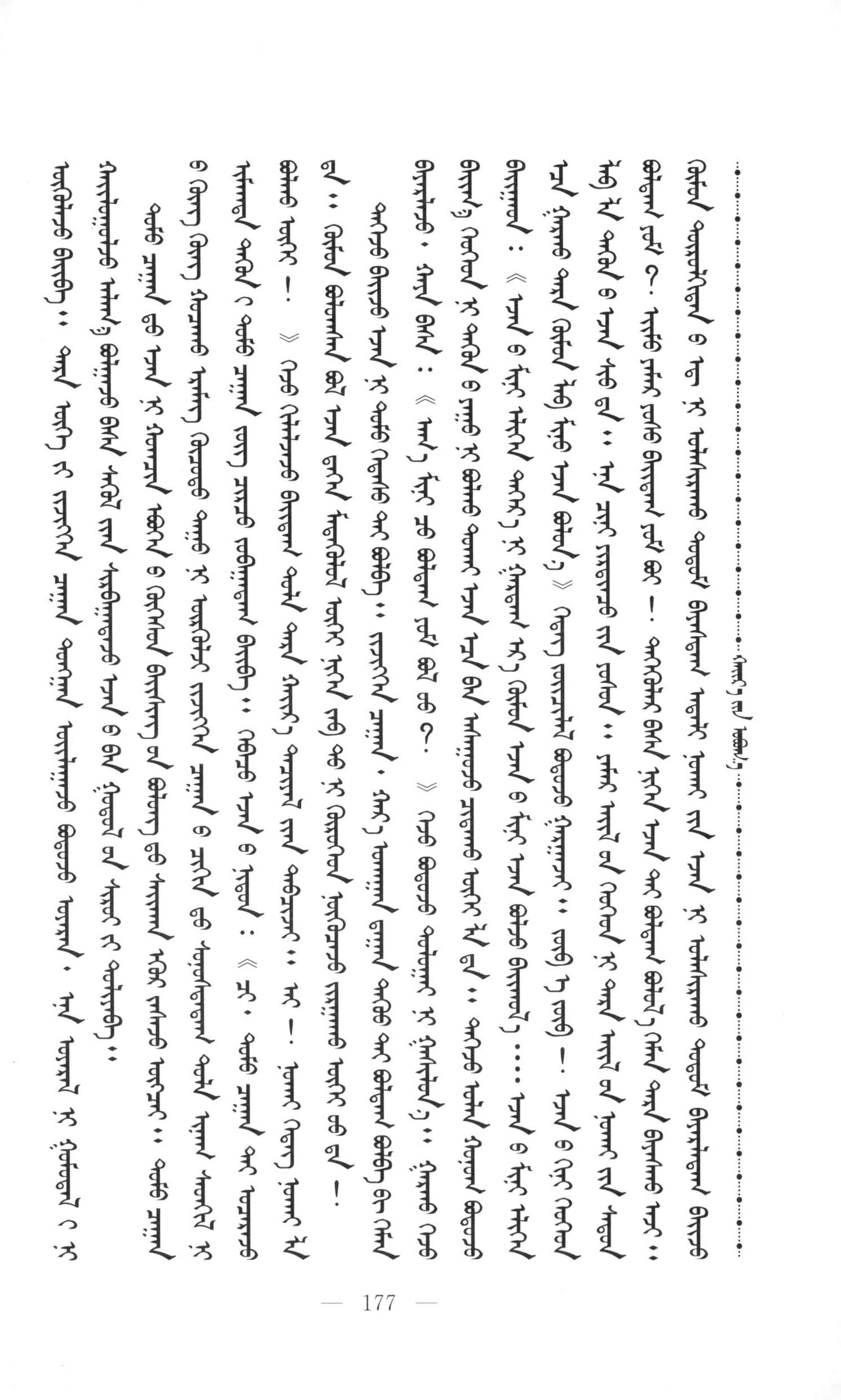

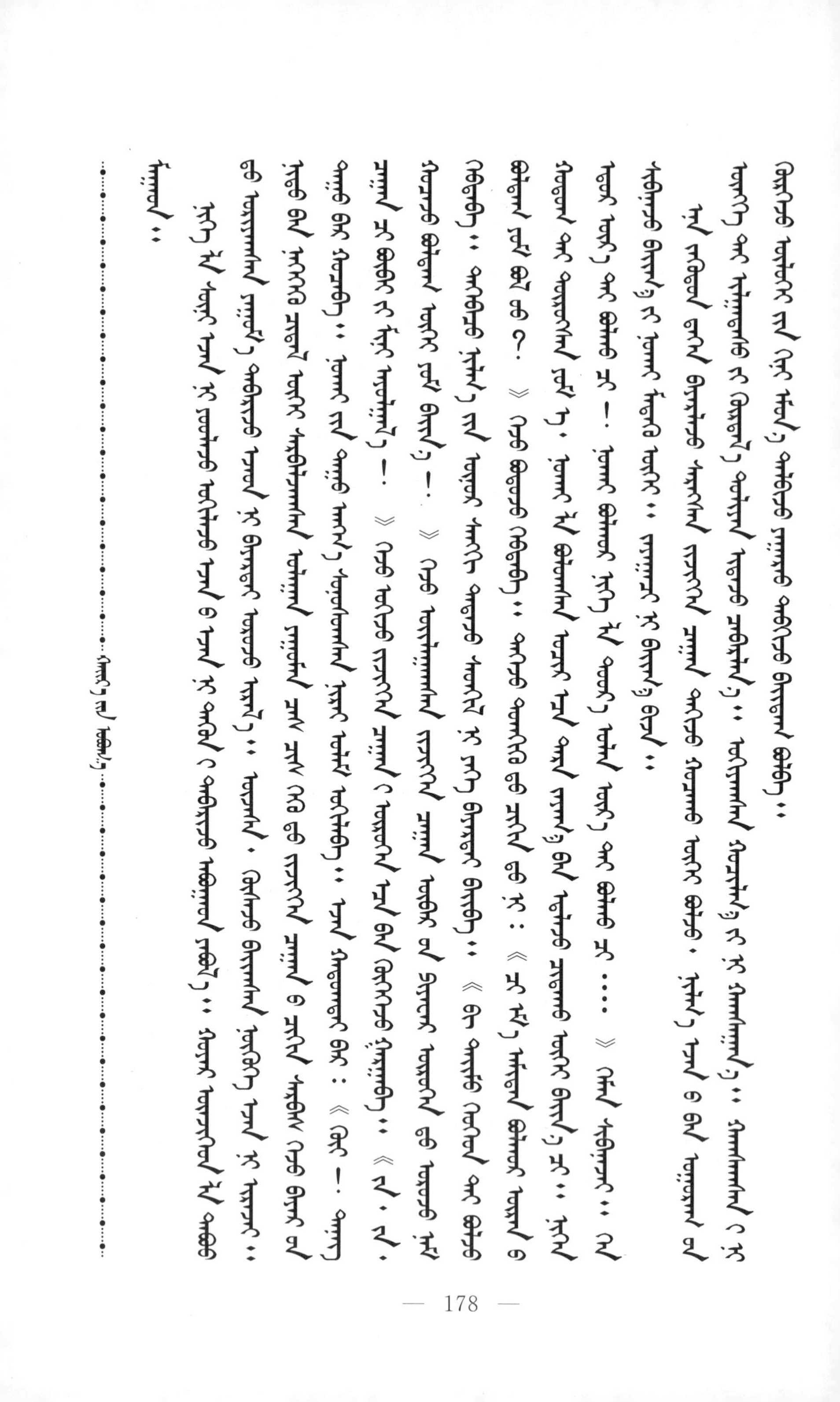

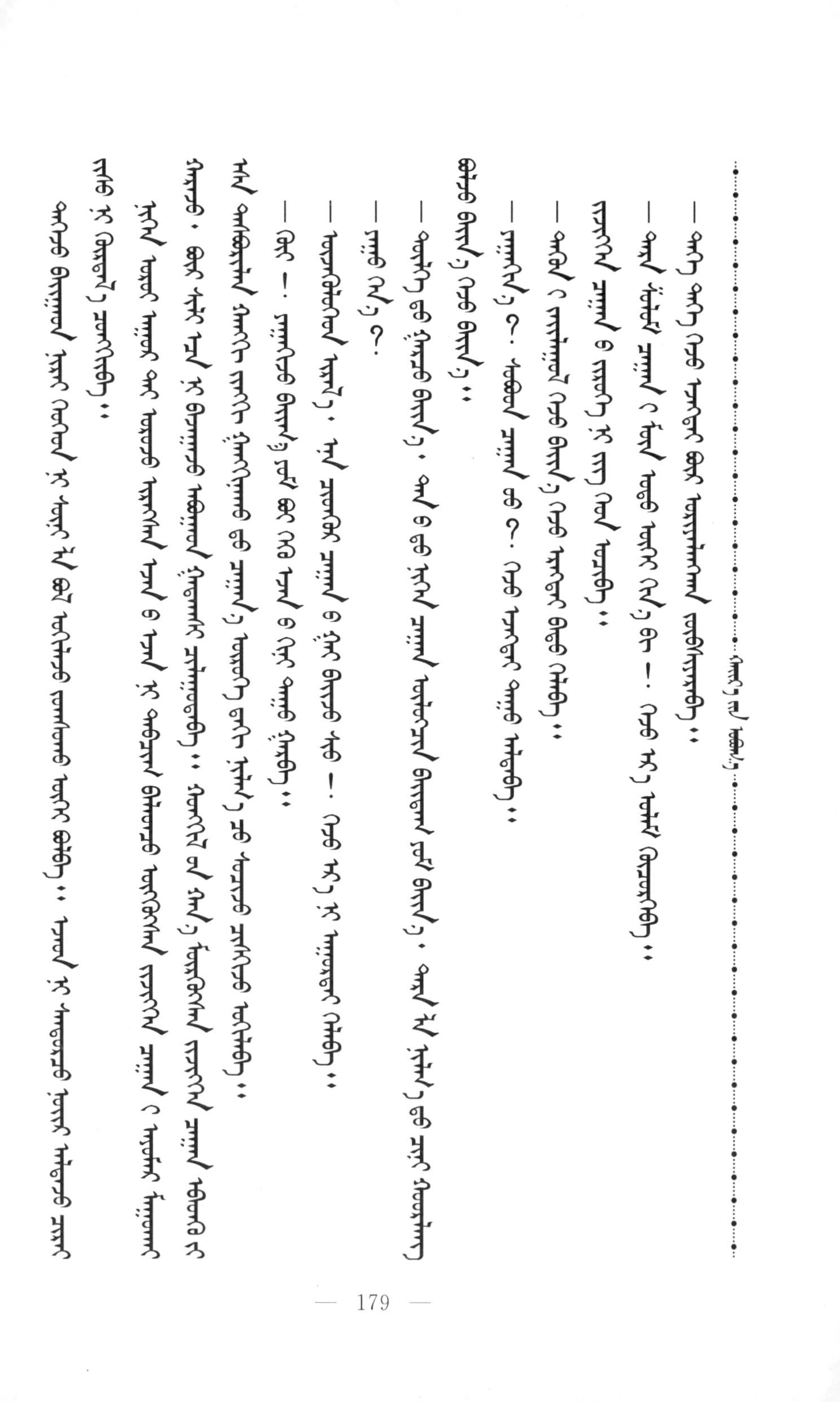

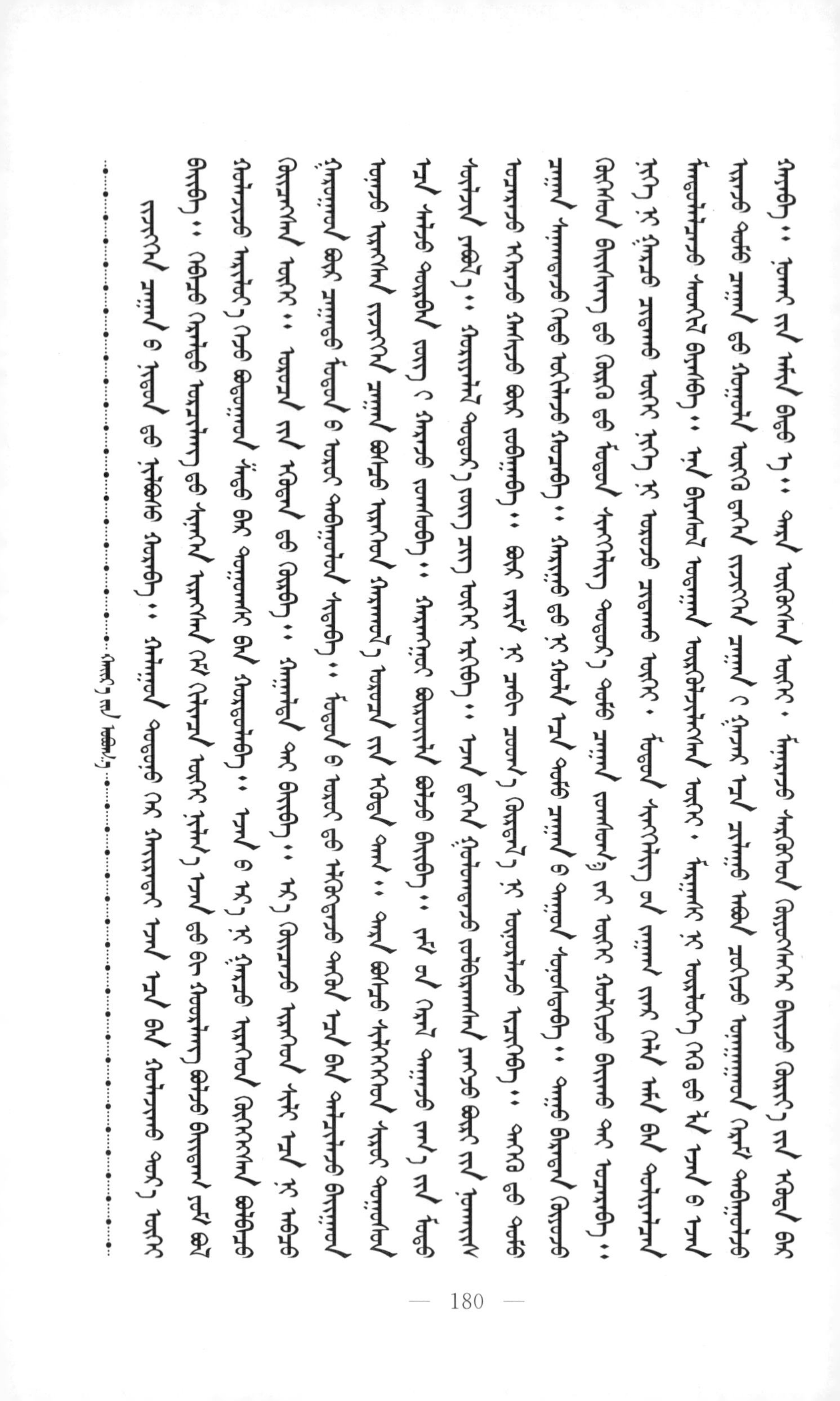

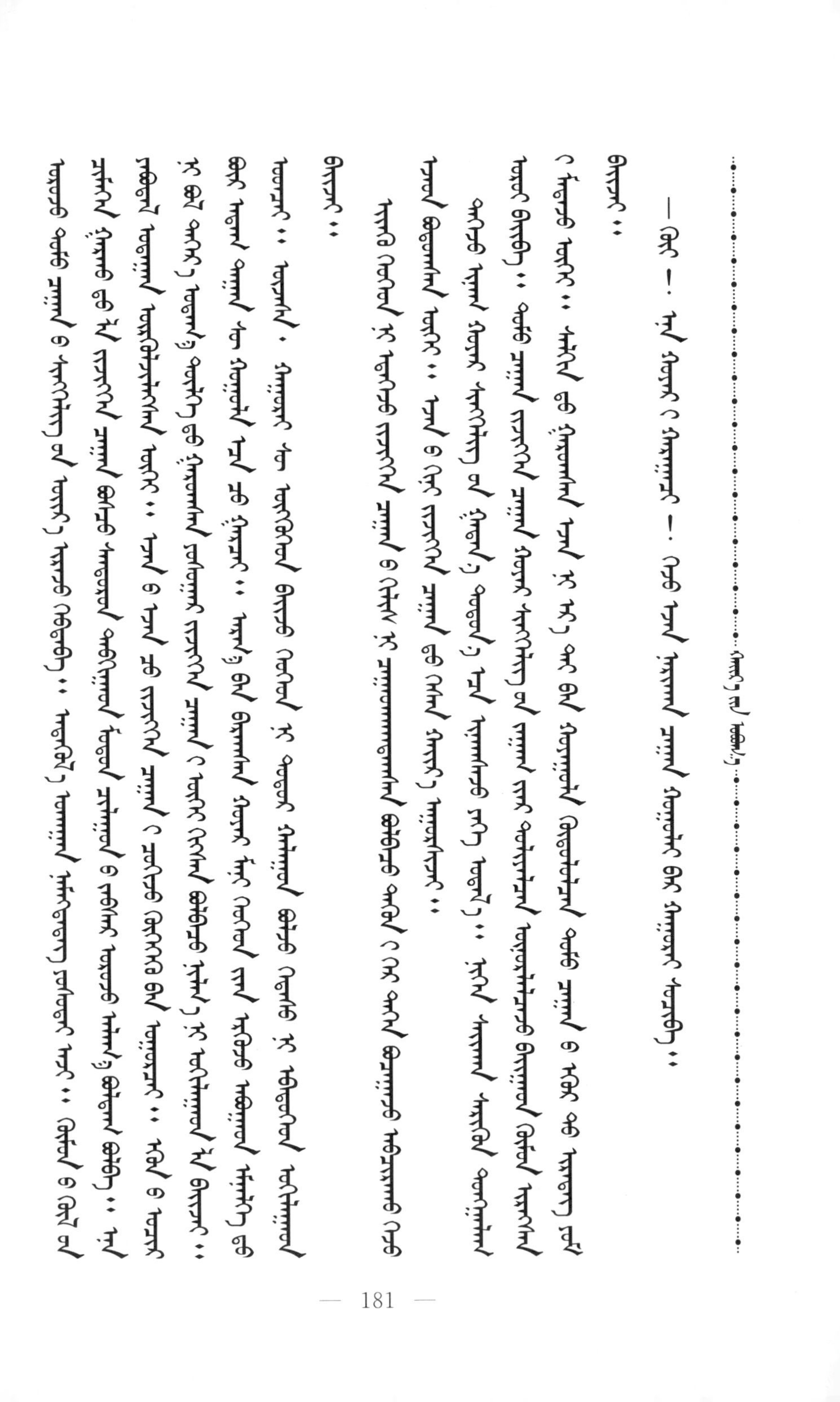

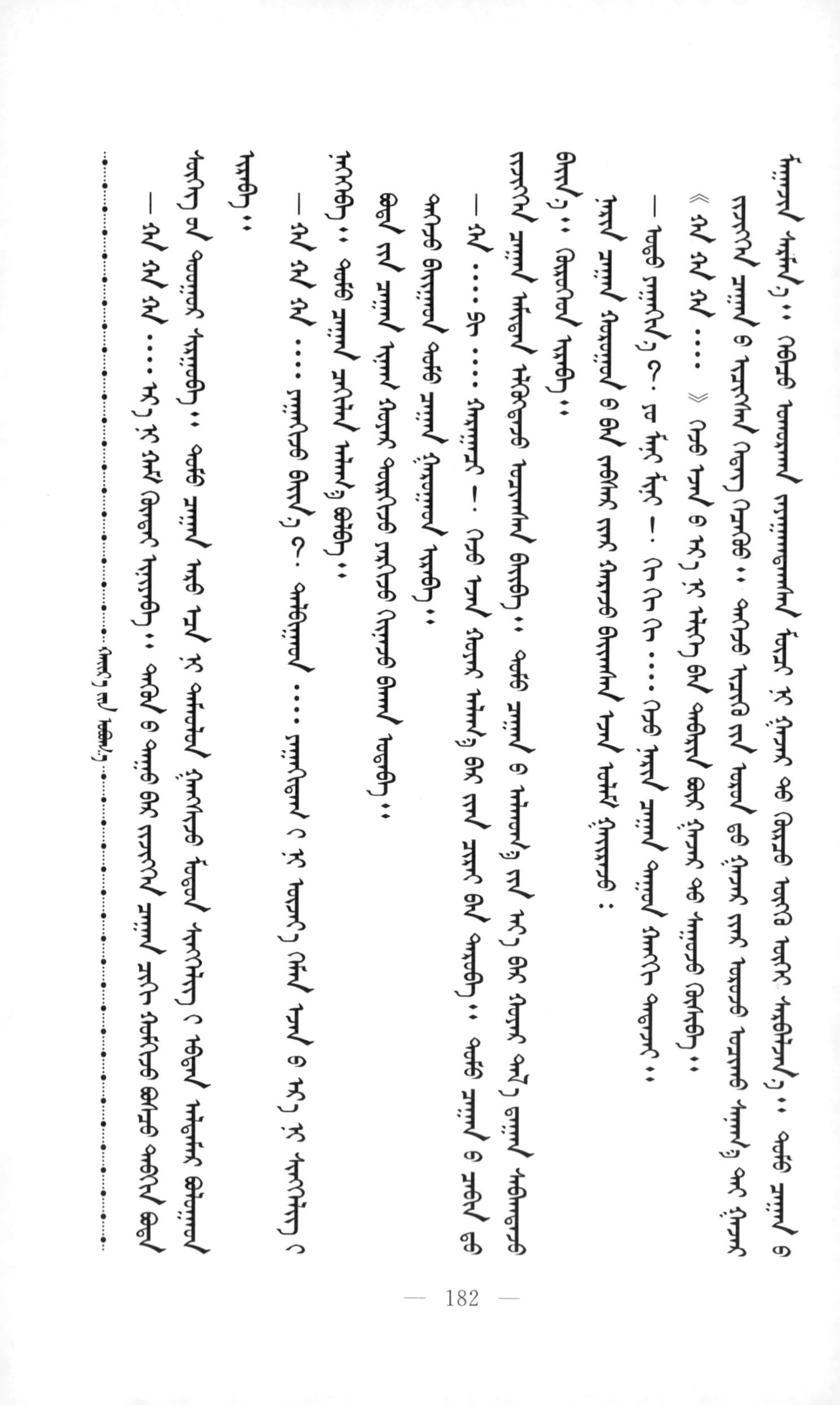

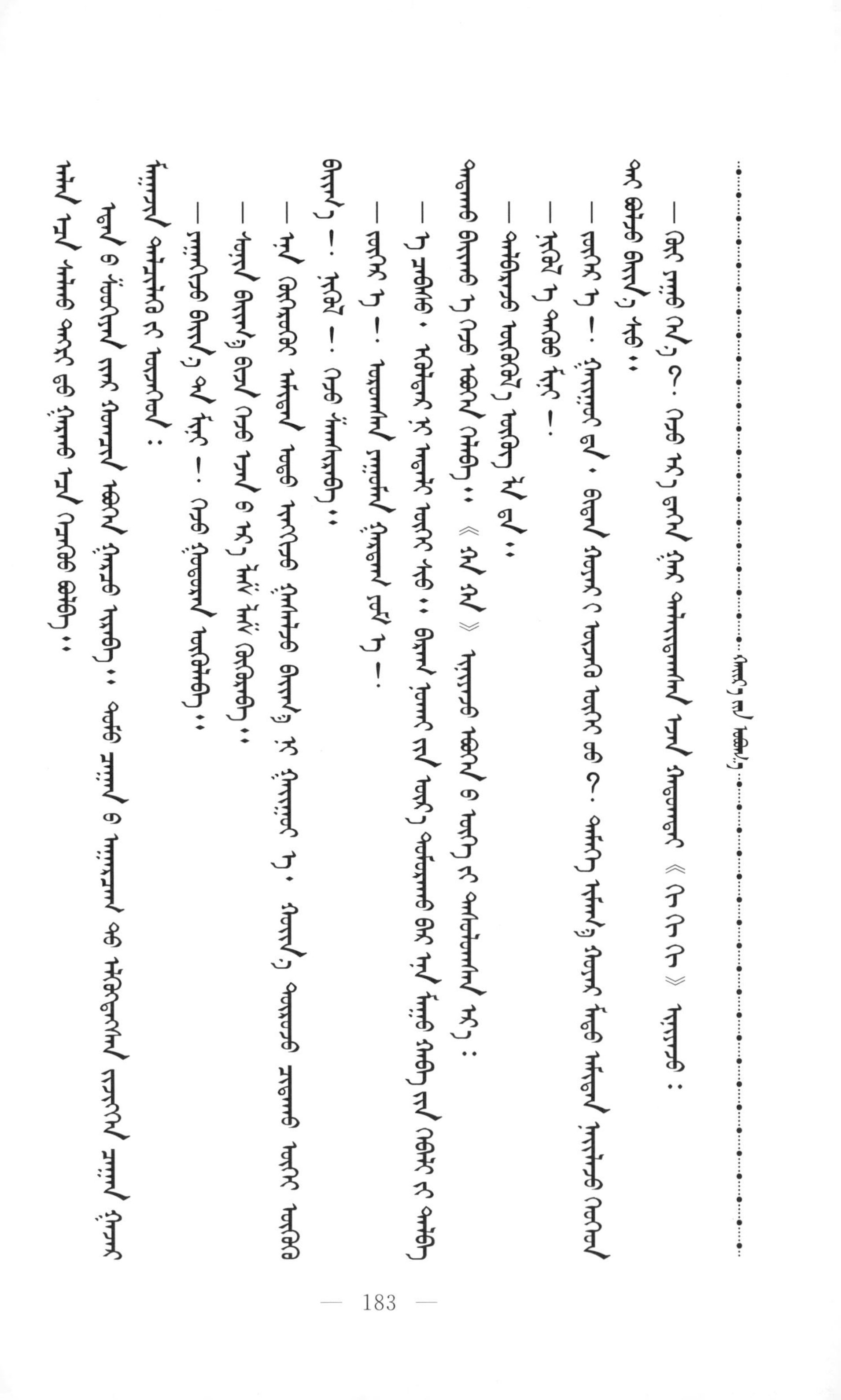

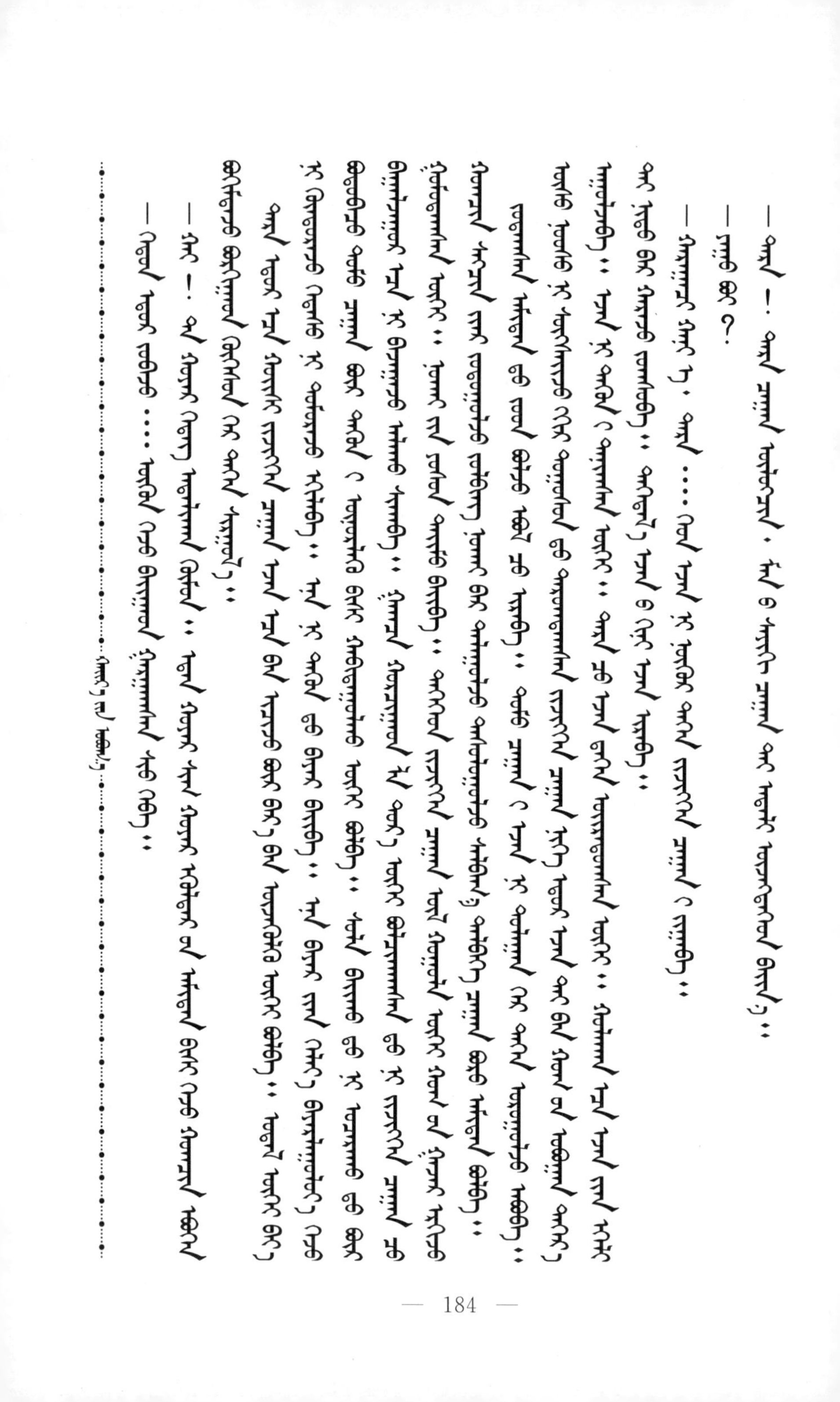

— [illegible]

— [illegible]

[illegible]

[illegible]

— [illegible]

— [illegible]

— [illegible]

— ᠳᠤ ᠰᠠᠨᠠᠭᠳᠠᠪᠠ᠂ ᠬᠡᠷᠪᠡ ᠬᠡᠯᠡᠬᠦ ᠵᠦᠢᠯ ᠪᠠᠢ ᠤᠤ? ᠭᠡᠵᠦ ᠠᠰᠠᠭᠤᠬᠤ ᠳᠤ ᠨᠢ ᠬᠠᠷᠢᠭᠤᠯᠬᠤ ᠦᠭᠡ ᠪᠠᠨ ᠪᠣᠳᠣᠭᠰᠠᠨ ᠪᠣᠯᠤᠨ᠎ᠠ :

— ᠪᠢᠳᠡᠨ᠂ ᠲᠡᠷᠡ ᠪᠣᠯᠣᠭᠰᠠᠨ ᠭᠠᠵᠠᠷ ᠤᠨ ᠲᠤᠬᠠᠢ ᠬᠡᠯᠡᠪᠡ :: ᠲᠡᠭᠡᠳ ᠲᠡᠭᠦᠨ ᠦ ᠪᠣᠳᠣᠯ ᠢ ᠬᠡᠯᠡᠬᠦ ᠨᠢ ᠪᠦᠷ ᠬᠡᠷᠡᠭᠯᠡᠬᠦ ᠦᠭᠡ ᠪᠣᠯᠤᠨ᠎ᠠ :: ᠨᠢᠭᠡ ᠬᠡᠰᠡᠭ ᠨᠢ 《 ᠭᠠᠵᠠᠷ .... 》 ᠭᠡᠳᠡᠭ ᠦᠭᠡ ᠶᠢᠨ ᠬᠡᠯᠡᠬᠦ : 《 ᠭᠠᠵᠠᠷ 》 ᠭᠡᠬᠦ ᠨᠢ ᠶᠠᠭᠤ ᠪᠤᠢ? 》 ᠭᠡᠵᠦ ᠠᠰᠠᠭᠤᠭᠰᠠᠨ ᠳᠤ ᠨᠢ ᠬᠠᠷᠢᠭᠤᠯᠲᠠ ᠪᠠᠨ ᠪᠣᠳᠣᠵᠤ ᠪᠠᠢᠨ᠎ᠠ ::

ᠲᠡᠭᠦᠨ ᠦ ᠭᠠᠵᠠᠷ ᠤᠨ ᠨᠡᠷᠡ ᠶᠢ ᠲᠣᠳᠣᠷᠬᠠᠢᠯᠠᠬᠤ ᠳᠤ ᠨᠢ ᠪᠣᠳᠣᠯ ᠢ ᠬᠡᠯᠡᠵᠦ ᠪᠠᠢᠨ᠎ᠠ :: ᠲᠡᠷᠡ ᠬᠦᠮᠦᠨ ᠦ ᠡᠷᠬᠡ ᠶᠢᠨ ᠲᠥᠯᠦᠭᠡ ᠮᠡᠳᠡᠭᠰᠡᠨ ᠤ ᠬᠣᠢᠨ᠎ᠠ ᠬᠡᠯᠡᠬᠦ ᠳᠤ ᠬᠡᠷᠡᠭᠯᠡᠵᠦ ᠪᠠᠢᠨ᠎ᠠ :: ᠬᠦᠮᠦᠨ ᠦ ᠪᠣᠳᠣᠯ ᠤᠨ ᠬᠦᠴᠦᠨ ᠢ ᠲᠡᠭᠦᠨ ᠦ ᠪᠠᠢᠳᠠᠯ ᠤᠨ ᠬᠠᠮᠲᠤ ᠬᠠᠷᠢᠴᠠᠭ᠎ᠠ ᠳᠤ ᠬᠣᠯᠪᠣᠵᠤ ᠪᠠᠢᠨ᠎ᠠ ::

ᠲᠡᠭᠦᠨ ᠦ ᠪᠣᠳᠣᠯ ᠢ ᠲᠣᠳᠣᠷᠬᠠᠢᠯᠠᠬᠤ ᠳᠤ ᠬᠡᠯᠡᠬᠦ ᠦᠭᠡ ᠶᠢᠨ ᠦᠢᠯᠡ ᠶᠢ ᠪᠣᠳᠣᠵᠤ ᠪᠠᠢᠨ᠎ᠠ :: ᠬᠡᠯᠡᠬᠦ ᠨᠢ ᠲᠡᠷᠡ ᠪᠣᠳᠣᠯ ᠢ ᠬᠠᠷᠢᠭᠤᠯᠬᠤ ᠳᠤ ᠬᠡᠷᠡᠭᠯᠡᠬᠦ ᠵᠦᠢᠯ ᠪᠣᠯᠤᠨ᠎ᠠ :: 《 ᠬᠡᠯᠡ ᠪᠣᠯ ᠬᠡᠯᠡᠯᠴᠡᠭᠡᠨ ᠦ ᠬᠡᠷᠡᠭᠰᠡᠯ ᠮᠥᠨ᠂ ᠲᠡᠷᠡ ᠨᠢ ᠬᠦᠮᠦᠨ ᠦ ᠰᠡᠳᠬᠢᠯᠭᠡ ᠶᠢᠨ ᠪᠣᠳᠠᠲᠤ ᠪᠣᠳᠣᠯ ᠪᠣᠯᠤᠨ᠎ᠠ :: 》 ᠭᠡᠳᠡᠭ ᠨᠢ ᠲᠡᠭᠦᠨ ᠦ ᠨᠢᠭᠡ ᠬᠡᠰᠡᠭ ᠲᠥᠯᠦᠭᠡ ᠪᠣᠯᠤᠨ᠎ᠠ ::

ᠪᠣᠳᠣᠯ ᠢ ᠬᠡᠯᠡᠬᠦ ᠳᠤ ᠬᠡᠯᠡᠨ ᠦ ᠦᠢᠯᠡ ᠶᠢ ᠲᠣᠳᠣᠷᠬᠠᠢᠯᠠᠵᠤ ᠪᠠᠢᠨ᠎ᠠ :: 《 ᠪᠣᠳᠣᠯ 》 ᠭᠡᠳᠡᠭ ᠨᠢ ᠬᠡᠯᠡᠯᠴᠡᠭᠡᠨ ᠤ ᠬᠡᠷᠡᠭᠰᠡᠯ ᠦ ᠪᠣᠳᠠᠲᠤ ᠪᠣᠳᠣᠯ ᠢ ᠬᠡᠯᠡᠵᠦ ᠪᠠᠢᠨ᠎ᠠ :: ᠲᠡᠭᠦᠨ ᠦ ᠪᠠᠢᠳᠠᠯ ᠢ ᠬᠡᠯᠡᠬᠦ ᠳᠤ ᠬᠡᠷᠡᠭᠯᠡᠬᠦ ᠦᠭᠡ ᠪᠣᠯᠤᠨ᠎ᠠ ::

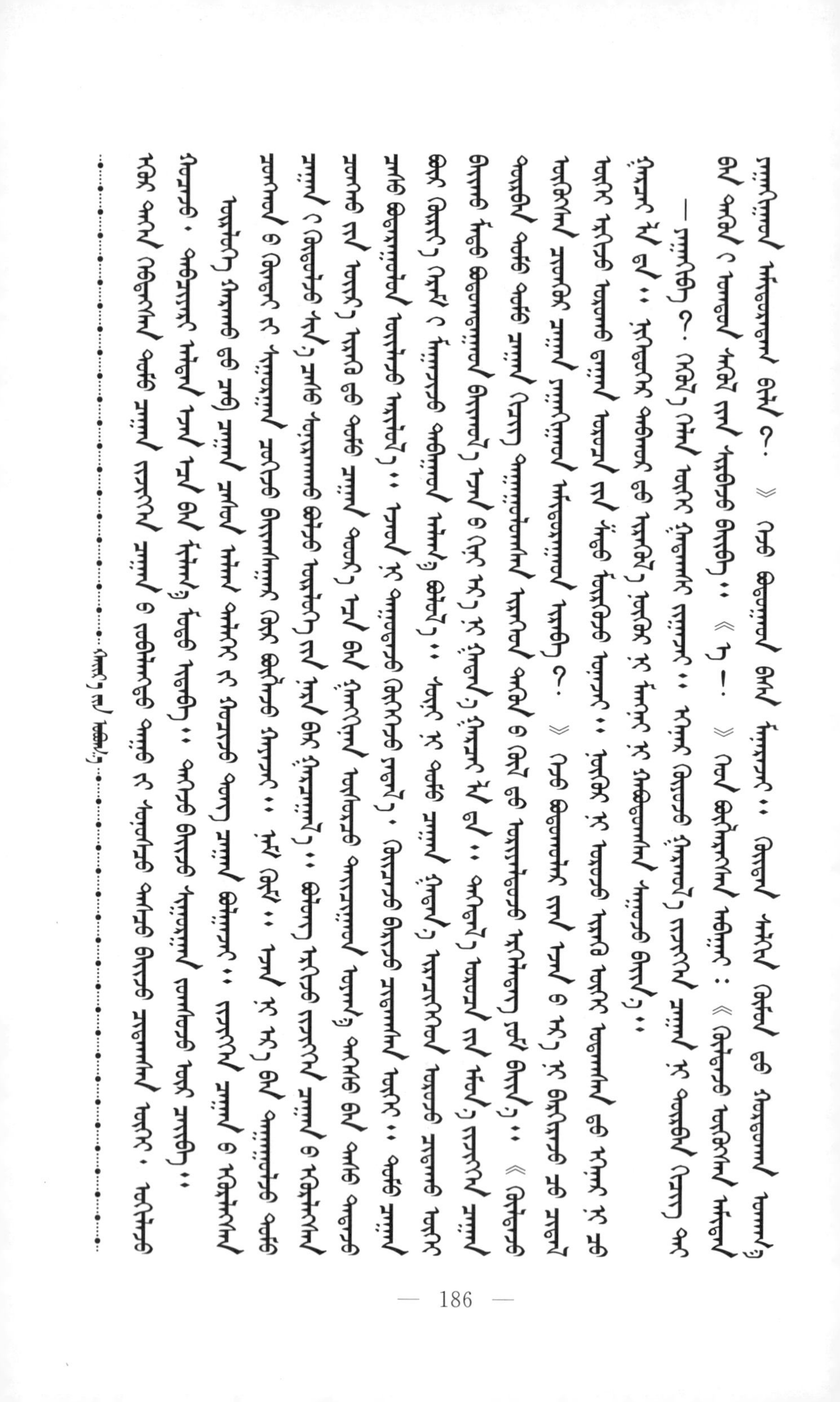

[illegible]

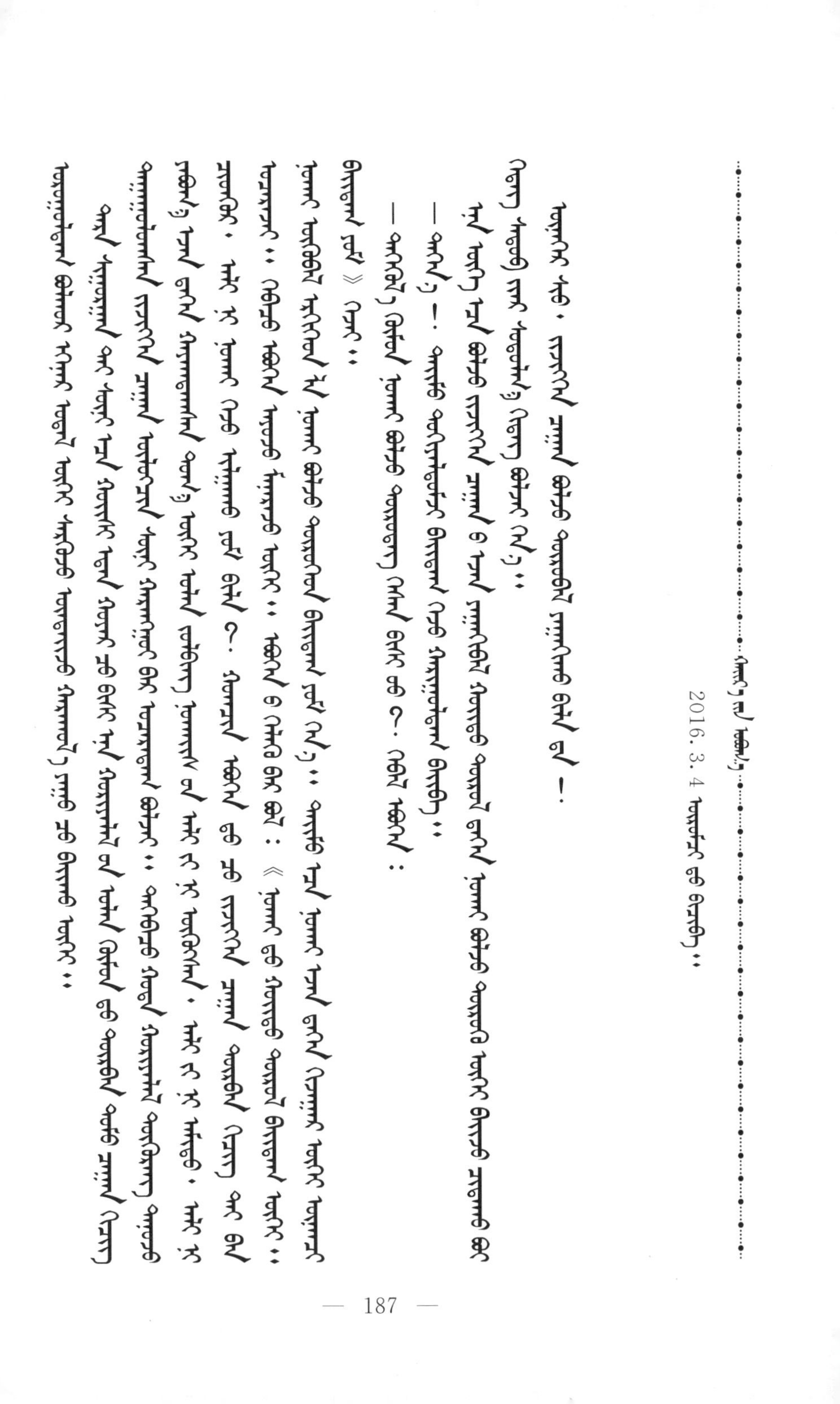

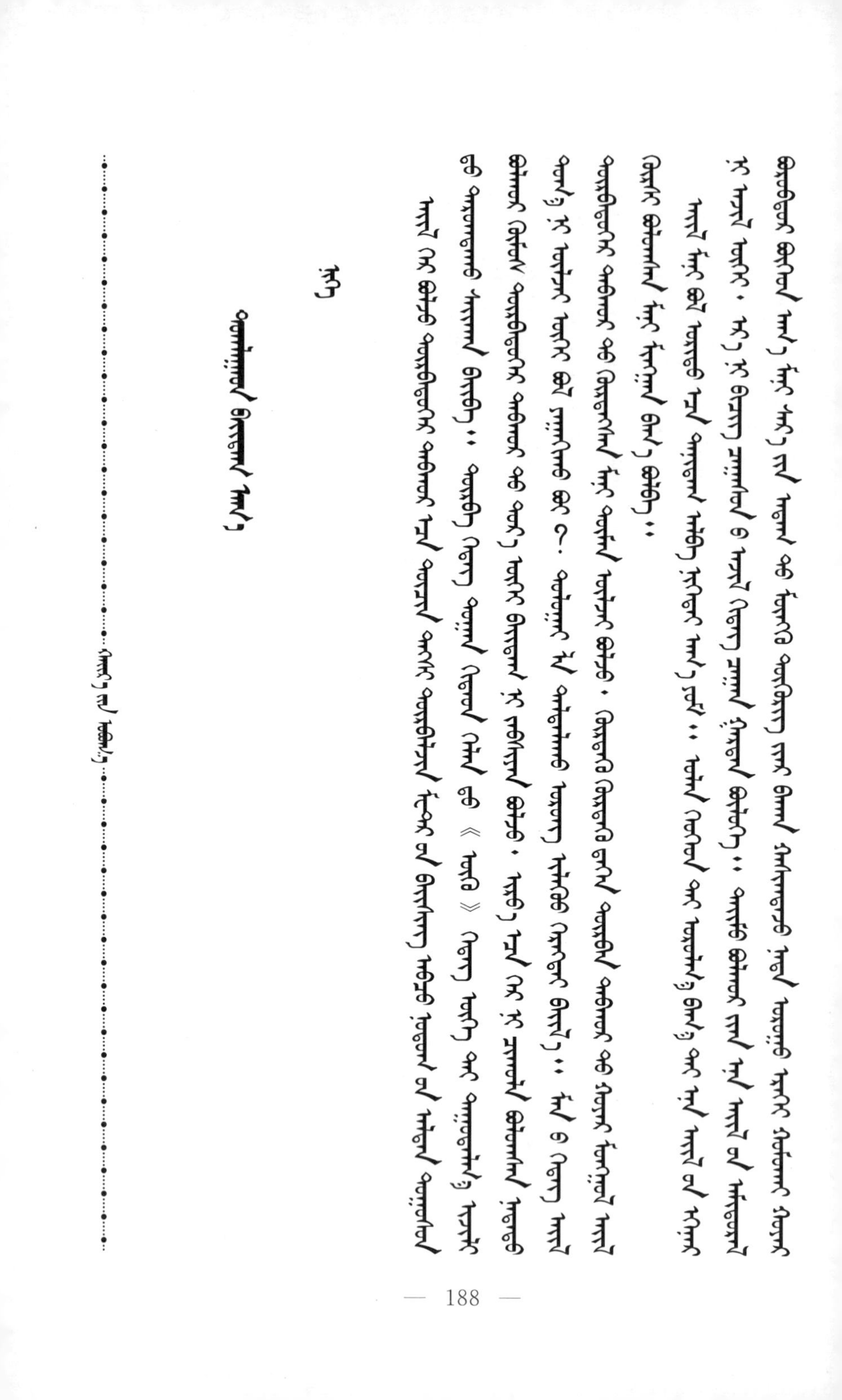

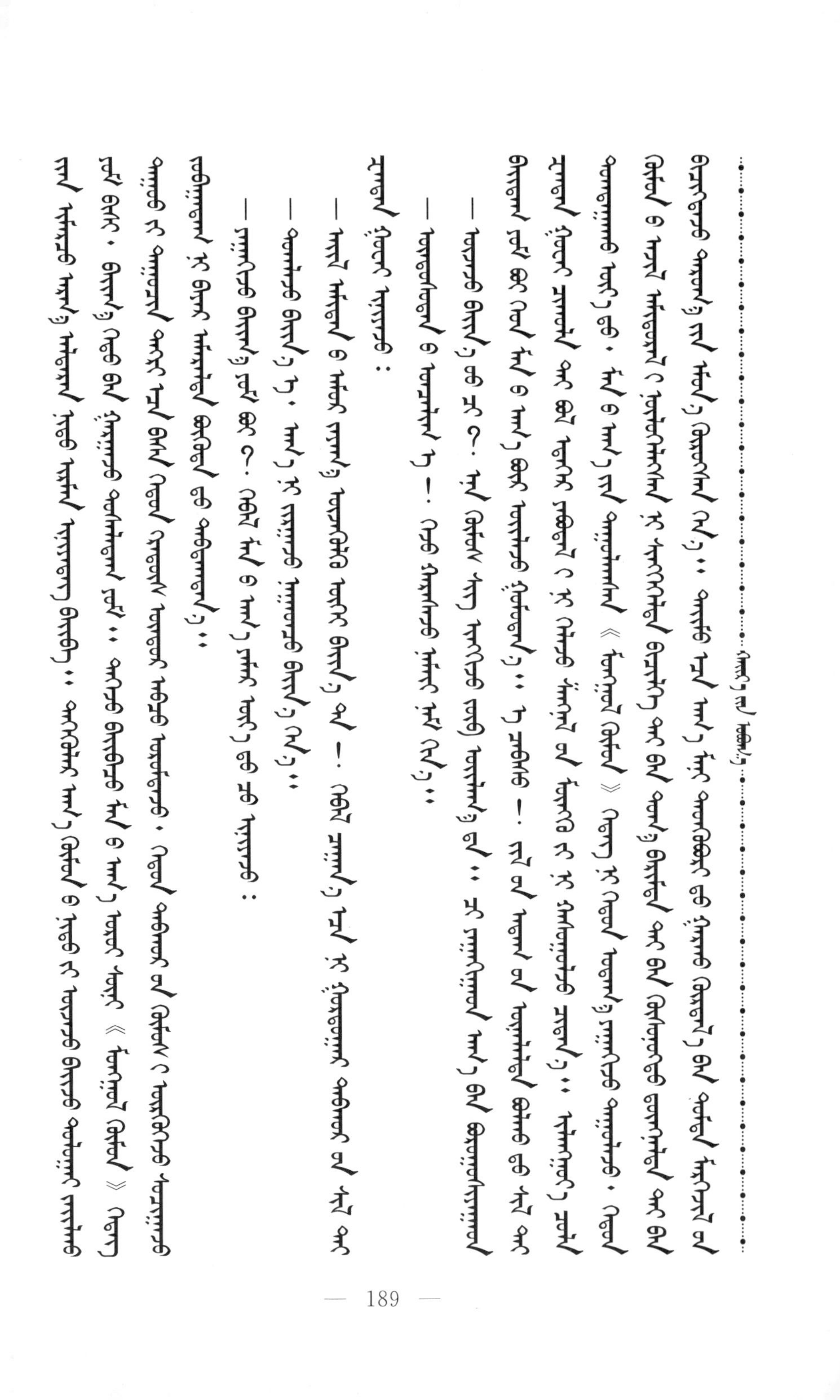

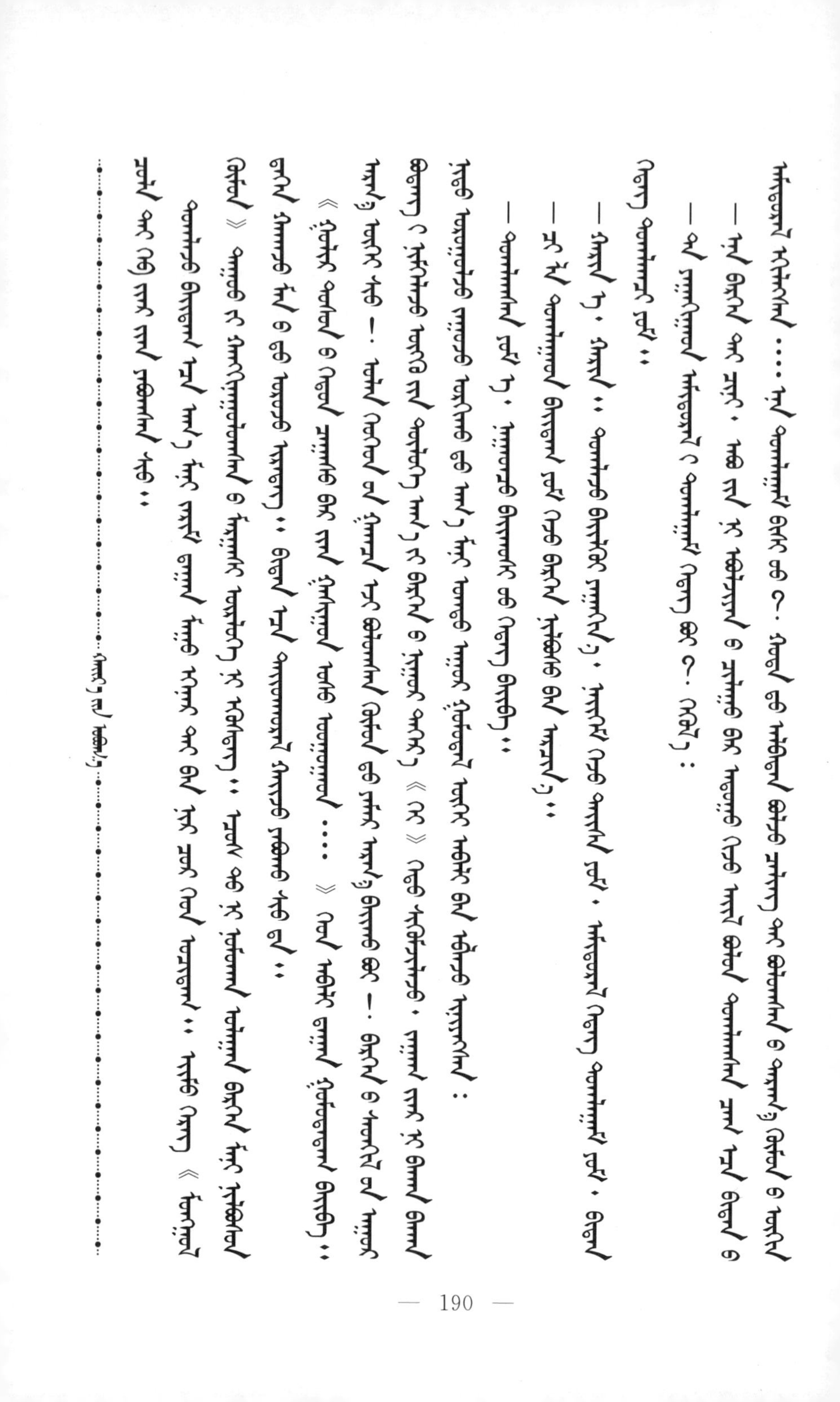

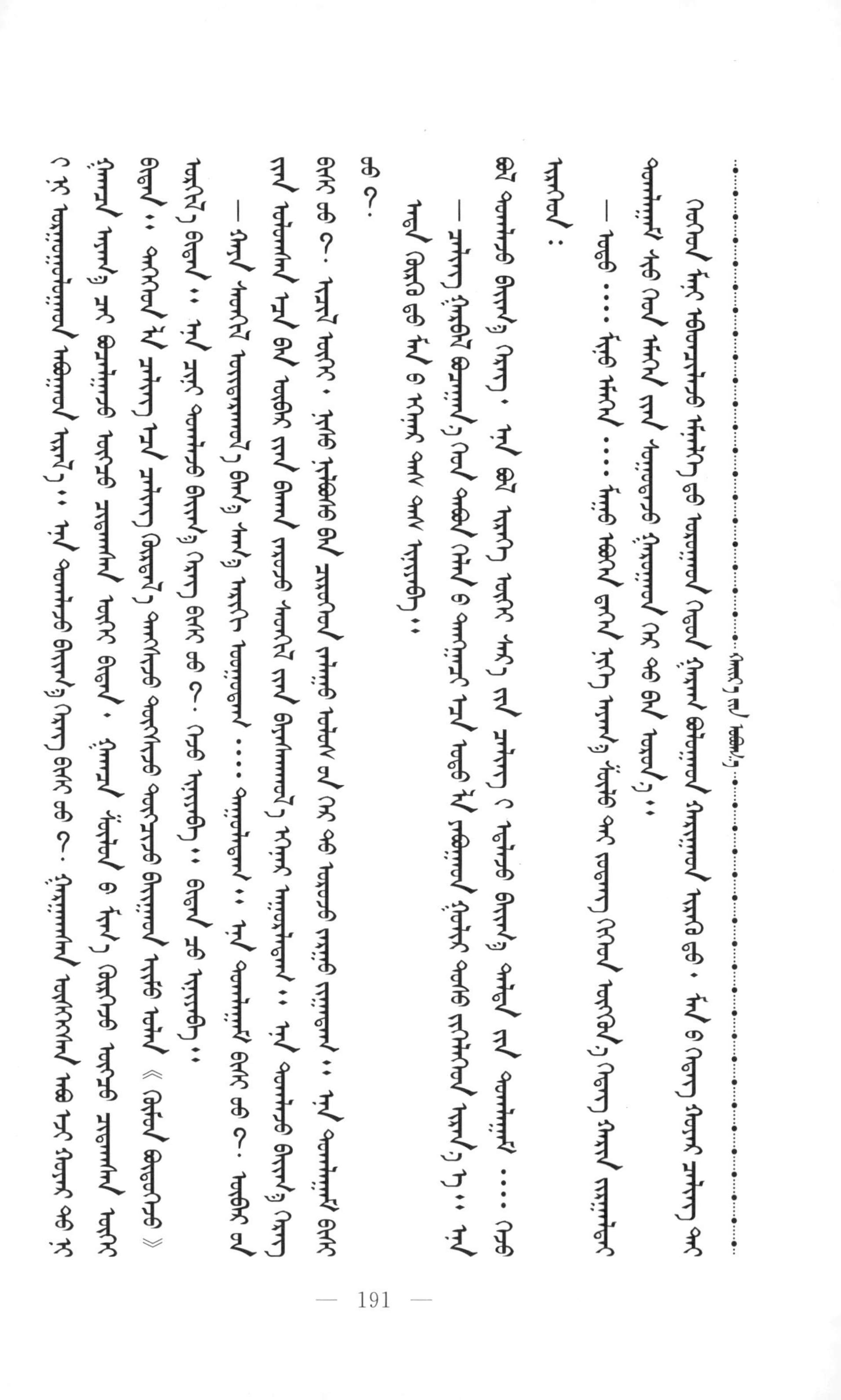

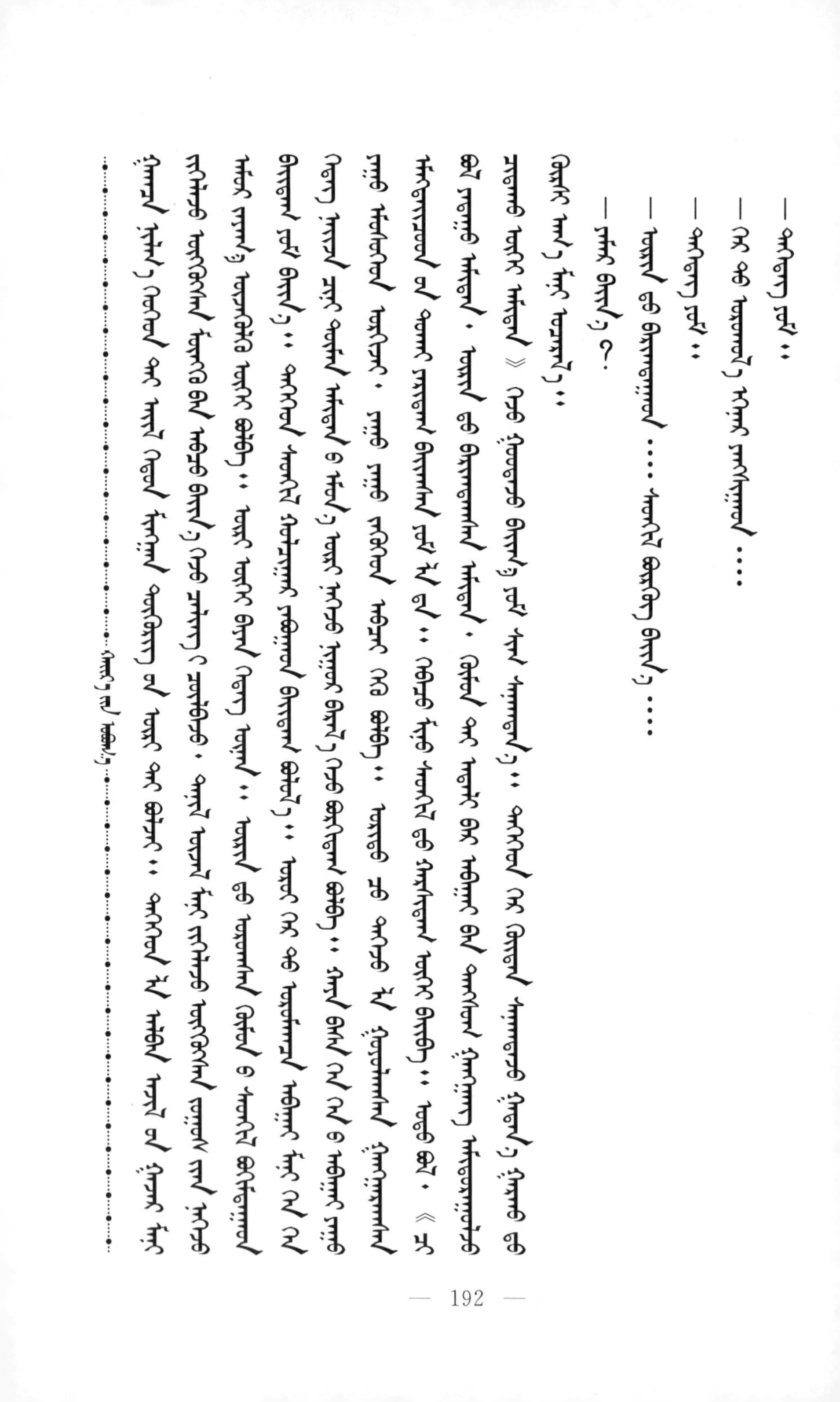

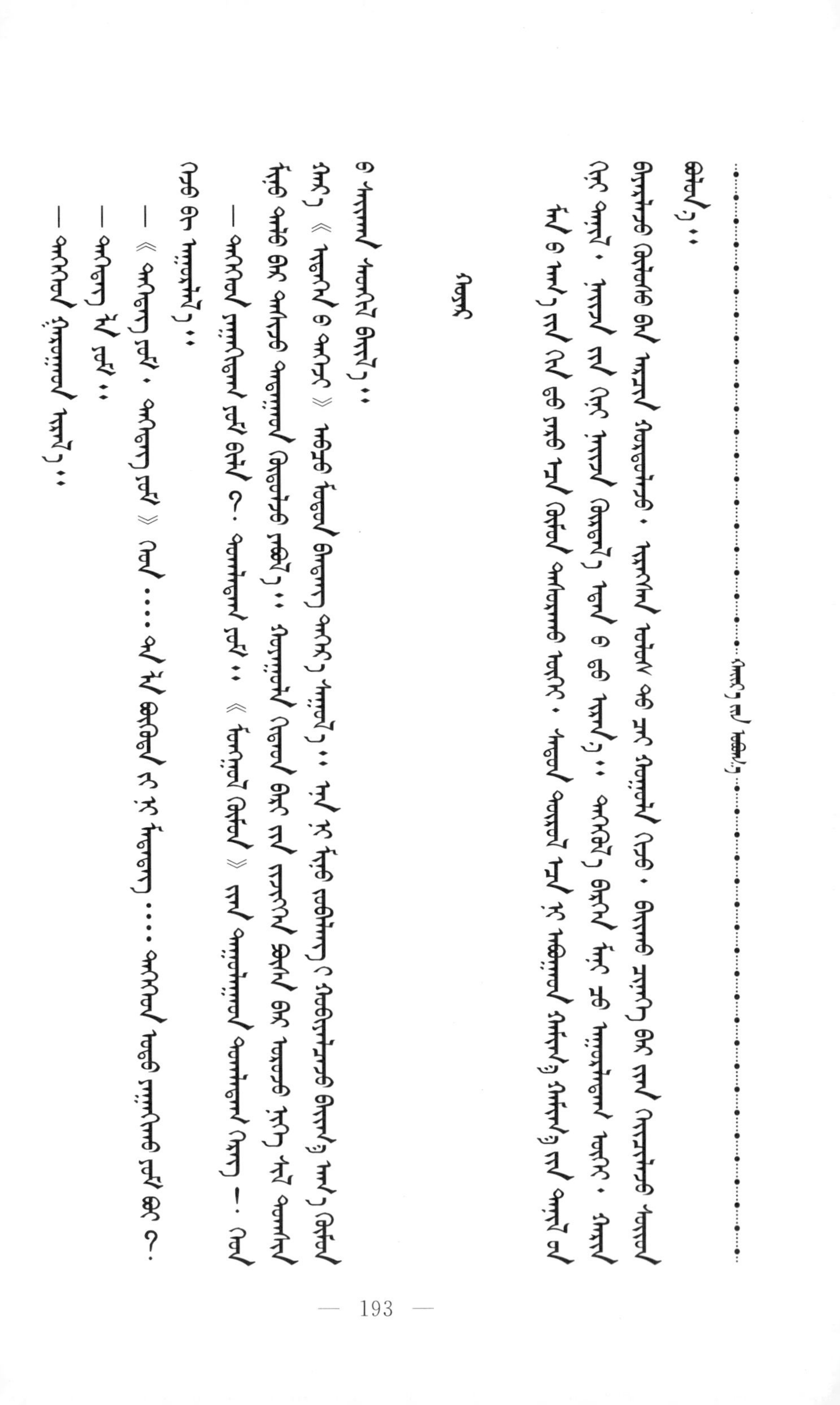

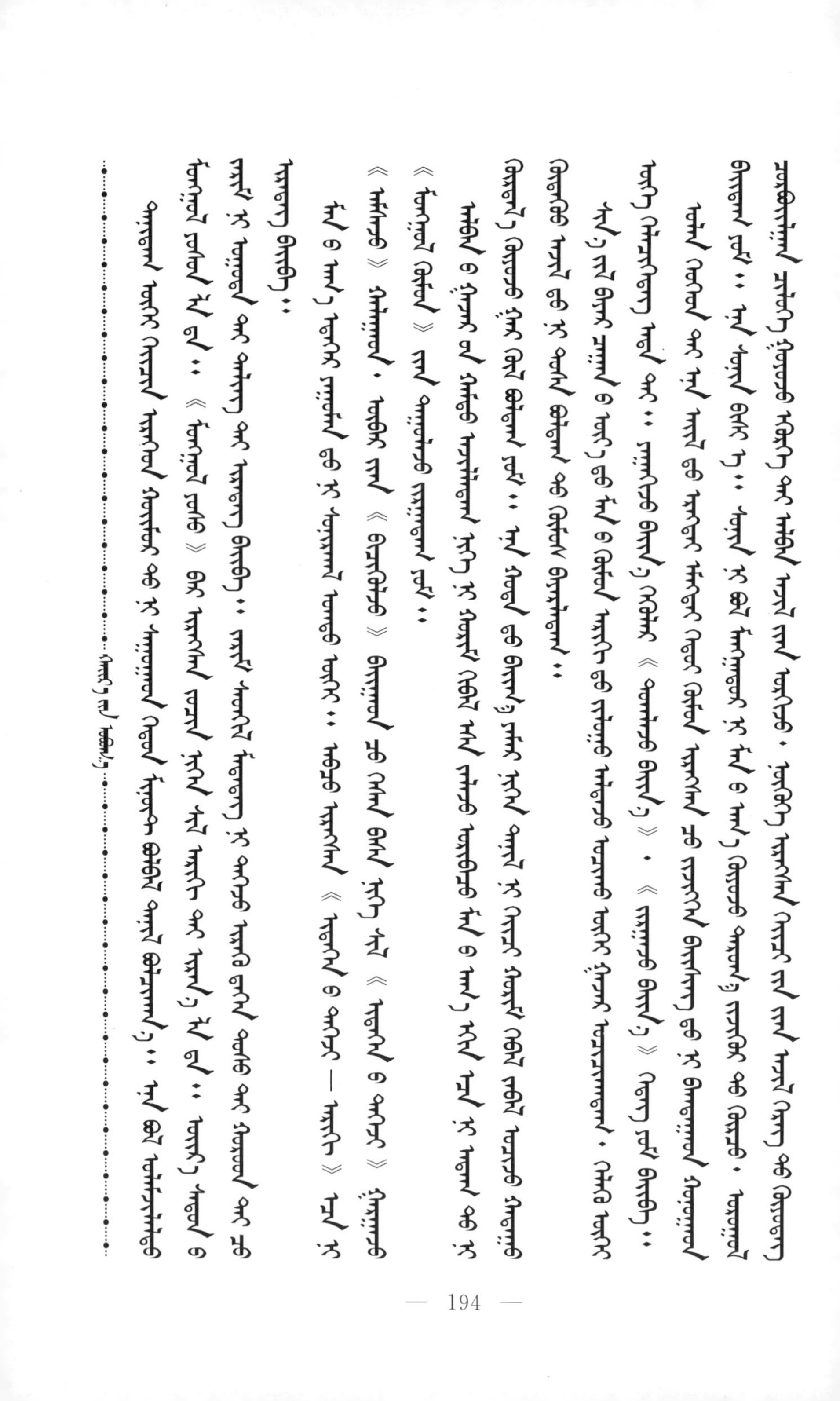

ᠪᠣᠯᠵᠤ ᠪᠠᠢᠭ᠎ᠠ ᠭᠡᠨ ....

— ᠬᠡᠷᠬᠢᠨ ᠭᠡᠷᠡᠯᠲᠡᠢ ᠭᠡᠨ .... ᠭᠡᠨ ᠦ ᠬᠡᠯᠡᠬᠦ ᠦᠭᠡ ᠶᠢᠨ .... ᠭᠡᠨ ᠬᠦᠨ ᠦᠨᠡᠨ ᠦ ᠪᠢᠴᠢᠭ ᠲᠤ ᠬᠡᠷᠡᠭᠯᠡᠬᠦ ᠶᠢ ᠪᠤᠰᠤ ᠳᠠᠭᠤᠨ ᠳᠠᠭᠤᠯᠠᠨ ᠭᠡᠨ

— ᠰᠢᠯᠢᠳᠡᠭ ᠬᠡᠷᠬᠢᠨ ᠂ ᠬᠡᠯᠡᠬᠦ ᠭᠣᠶᠣᠯᠠᠭᠰᠠᠨ ᠬᠦᠮᠦᠨ ᠭᠡᠪᠡᠯ ᠬᠦᠮᠦᠨ ᠦ ᠬᠦᠮᠦᠨᠯᠢᠭ ᠭᠣᠶᠣᠯᠠᠭᠰᠠᠨ ᠶᠠᠭᠤ ᠪᠢᠳᠡᠨ ᠳᠠᠭᠤᠨ ᠦ!

— ᠵᠠᠶᠠᠭᠠᠨ ᠤ ᠭᠡᠬᠦ ᠬᠡᠯᠡᠬᠦ ᠭᠣᠶᠣᠯᠠᠭᠰᠠᠳ ᠤᠨ ᠳᠤᠨ ᠭᠡᠨ ᠡ ....

ᠭᠣᠶᠣᠯᠠᠭᠤ ᠬᠤᠪᠢᠰᠬᠠᠯ ᠢ ᠳᠡᠭᠡᠷ᠎ᠡ ᠳᠠᠭᠤᠳᠠᠵᠤ ᠪᠡᠷ ᠬᠡᠷᠬᠢᠨ ᠬᠤᠪᠢᠰᠤᠨ ᠤ ::

— ᠰᠢᠬᠠᠯᠲᠠ ᠪᠡᠶ᠎ᠡ ᠳᠡᠭᠡᠨ ᠭᠡᠵᠦ ᠵᠠᠪᠰᠠᠷ ᠬᠠᠷᠢᠯᠴᠠᠨ ᠪᠣᠯᠤᠨ ᠭᠣᠶᠣᠯᠠᠭᠠᠷᠠᠢ :: ᠪᠡᠶ᠎ᠡ ᠳᠦ ᠬᠦᠮᠦᠨ ᠭᠡᠬᠦ ᠪᠤᠢ ᠪᠣᠯᠤᠨ ᠪᠡᠷ ᠪᠤᠰᠤᠳ ᠰᠢᠯᠢᠳᠡᠭ

— ᠶᠠᠭᠤᠷᠠᠭᠤ ᠭᠡᠷᠡᠯᠲᠡᠢ ᠭᠣᠶᠣᠯᠠᠭᠤᠨ ᠪᠠᠢᠭᠰᠠᠨ ᠶᠠᠮᠠᠷ ᠪᠤᠢ ᠪᠡ?

— ᠭᠣᠶᠣᠯᠠᠭᠰᠠᠨ ᠶᠠᠮᠠᠷ ᠢ ::

— ᠶᠠᠭᠤᠷᠠᠭᠤ ᠪᠠᠢᠭᠰᠠᠨ ᠭᠡᠬᠦ ᠬᠦᠨ ᠪᠤᠢ ᠪᠡ?

ᠪᠢᠴᠢᠭ ᠬᠡᠷᠡᠭ ᠳᠡᠭᠡᠷ᠎ᠡ ᠬᠡᠯᠡᠪᠡᠷᠢ ᠰᠢᠯᠢᠳᠡᠭᠰᠡᠨ ᠪᠣᠯ 《 ᠲᠣᠮᠣᠭ᠎ᠠ ᠪᠢᠴᠢᠭ 》 ᠳᠤᠨ ᠭᠣᠶᠣᠯᠠᠭᠤ ᠭᠣᠶᠣᠯᠠᠭᠠᠨ ᠭᠠᠷᠭᠠᠨ ᠡ ᠭᠣᠶᠣᠯᠠᠭᠤᠯᠤᠭᠰᠠᠨ ᠤ ::

ᠬᠦᠮᠦᠨ ᠦ ᠦᠨᠡᠨ ᠵᠡᠭᠦᠨ ᠲᠤ ᠳᠠᠭᠤᠨ ᠭᠡᠳᠡᠭ ᠳᠡᠭᠡᠷ᠎ᠡ ᠪᠢᠰᠢᠷᠡᠯ ᠬᠦᠮᠦᠨ ᠪᠡᠷ ᠬᠤᠪᠢᠰᠤᠨ ᠤ :: ᠭᠡᠷᠡᠯᠲᠡᠢ ᠶᠢ ᠬᠦᠮᠦᠨᠳᠦ ᠬᠡᠷᠬᠢᠨ ᠡ ᠰᠢᠯᠢᠳᠡᠭ ᠲᠤ ᠳᠠᠭᠤᠨ ᠦᠨᠡᠨ ᠪᠢᠰᠢᠷᠡᠯᠲᠡᠢ

ᠳᠠᠭᠤ ᠲᠤ ᠬᠦᠮᠦᠨ ᠭᠡᠬᠦ ᠬᠦᠮᠦᠵᠢᠯ ᠬᠡᠯᠡᠬᠦ ᠬᠦᠮᠦᠨ ᠰᠢᠯᠢᠳᠡᠭ ᠲᠤ ᠬᠦᠮᠦᠨ ᠳᠠᠭᠤᠨ ᠳᠠᠭᠤᠯᠠᠨ ᠬᠦᠮᠦᠵᠢᠯ ᠂ ᠬᠡᠯᠡᠬᠦ ᠭᠣᠶᠣᠯᠠᠭᠰᠠᠳ ᠤᠨ ᠳᠠᠭᠤᠯᠠᠭᠰᠠᠨ ᠰᠢᠯᠢᠳᠡᠭ ᠂ ᠬᠦᠨ ᠦ

ᠪᠢᠰᠢᠷᠡᠯᠲᠡᠢ ᠂ ᠬᠦᠮᠦᠨ ᠳᠡᠭᠡᠷ᠎ᠡ ᠭᠡᠷᠡᠯᠲᠡᠢ ᠭᠣᠶᠣᠯᠠᠭᠰᠠᠨ ᠳᠤ ᠳᠠᠭᠤ ᠬᠦᠮᠦᠨᠳᠦ ᠪᠢᠴᠢᠭᠯᠡᠬᠦ ᠳᠠᠭᠤᠯᠠᠭᠰᠠᠨ ᠶᠠᠮᠠᠷ ::

ᠪᠠᠢᠭᠤ :: ᠬᠦᠮᠦᠵᠢᠯ ᠳᠤ ᠬᠦᠮᠦᠨᠯᠢᠭ ᠬᠦᠮᠦᠨ ᠳᠠᠭᠤᠯᠠᠭᠰᠠᠨ ᠬᠦᠮᠦᠵᠢᠭᠦᠯᠦᠭᠰᠡᠨ ᠳᠤ ᠬᠦᠮᠦᠵᠢᠭᠦᠯᠬᠦ ᠂ ᠬᠡᠯᠡᠬᠦ ᠳᠤ ᠪᠢᠰᠢᠷᠡᠯᠲᠡᠢ ᠭᠣᠶᠣᠯᠠᠭᠤ ᠬᠦᠯᠦᠭ ᠳᠤᠨ ᠳᠠᠭᠤᠨ ᠭᠡᠬᠦ ᠶᠢ

ᠶᠠᠮᠠᠷ :: ᠬᠦᠮᠦᠨ ᠳᠡᠭᠡᠷ᠎ᠡ ᠬᠦᠮᠦᠵᠢᠯ ᠬᠦᠮᠦᠨ ᠬᠦᠮᠦᠨ ᠬᠦᠮᠦᠨᠳᠦ ᠬᠦᠮᠦᠨ ᠳᠡᠭᠡᠷ᠎ᠡ ᠪᠢᠴᠢᠭ ᠲᠤ ᠬᠦᠮᠦᠨ ᠦ ᠵᠦᠢᠯ ᠭᠣᠶᠣᠯᠠᠭᠤᠯᠤᠭ ᠬᠡᠯᠡᠬᠦ ᠳᠠᠭᠤᠨ ᠡ ᠶᠢ ᠪᠢᠴᠢᠭᠯᠡᠬᠦ ᠬᠦᠮᠦᠵᠢᠯ

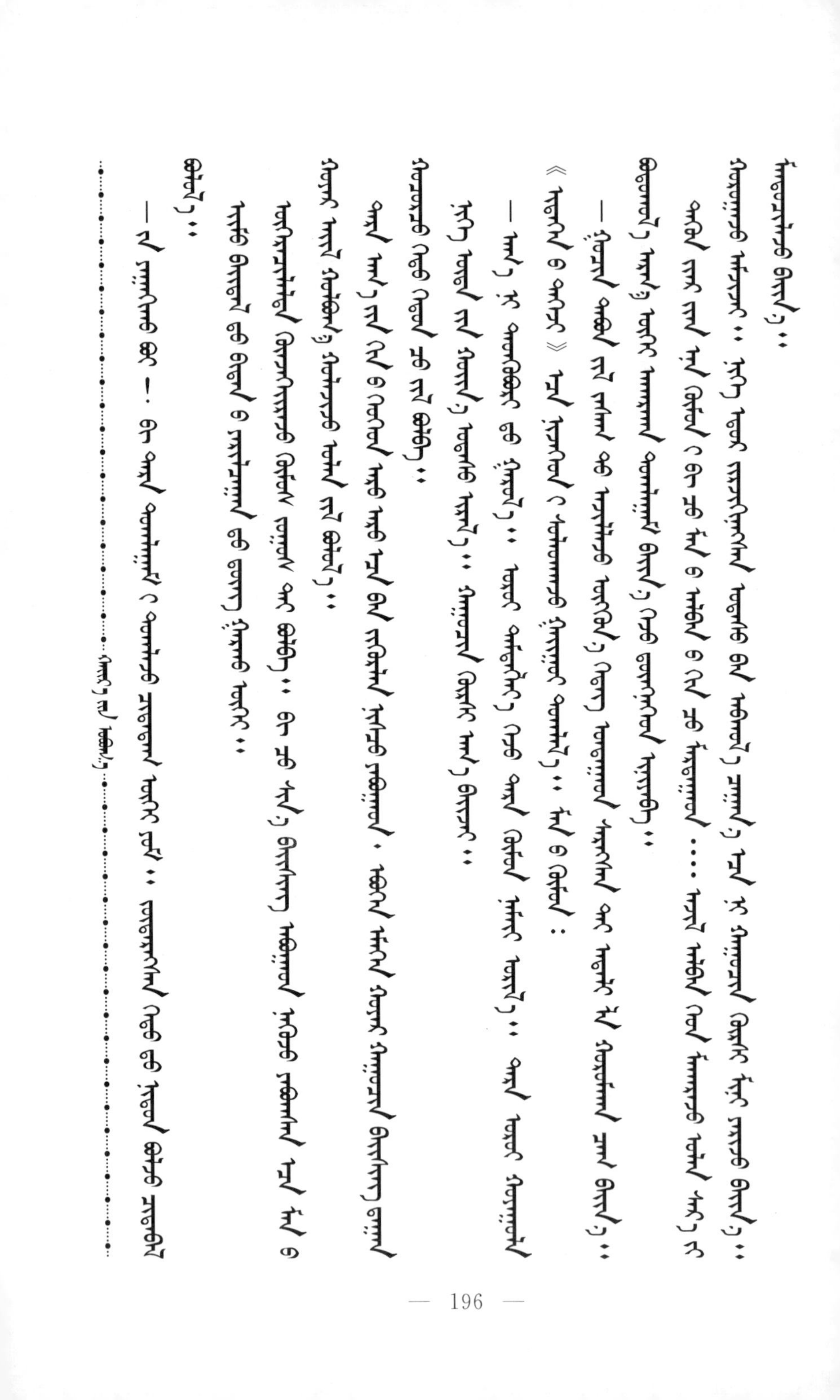

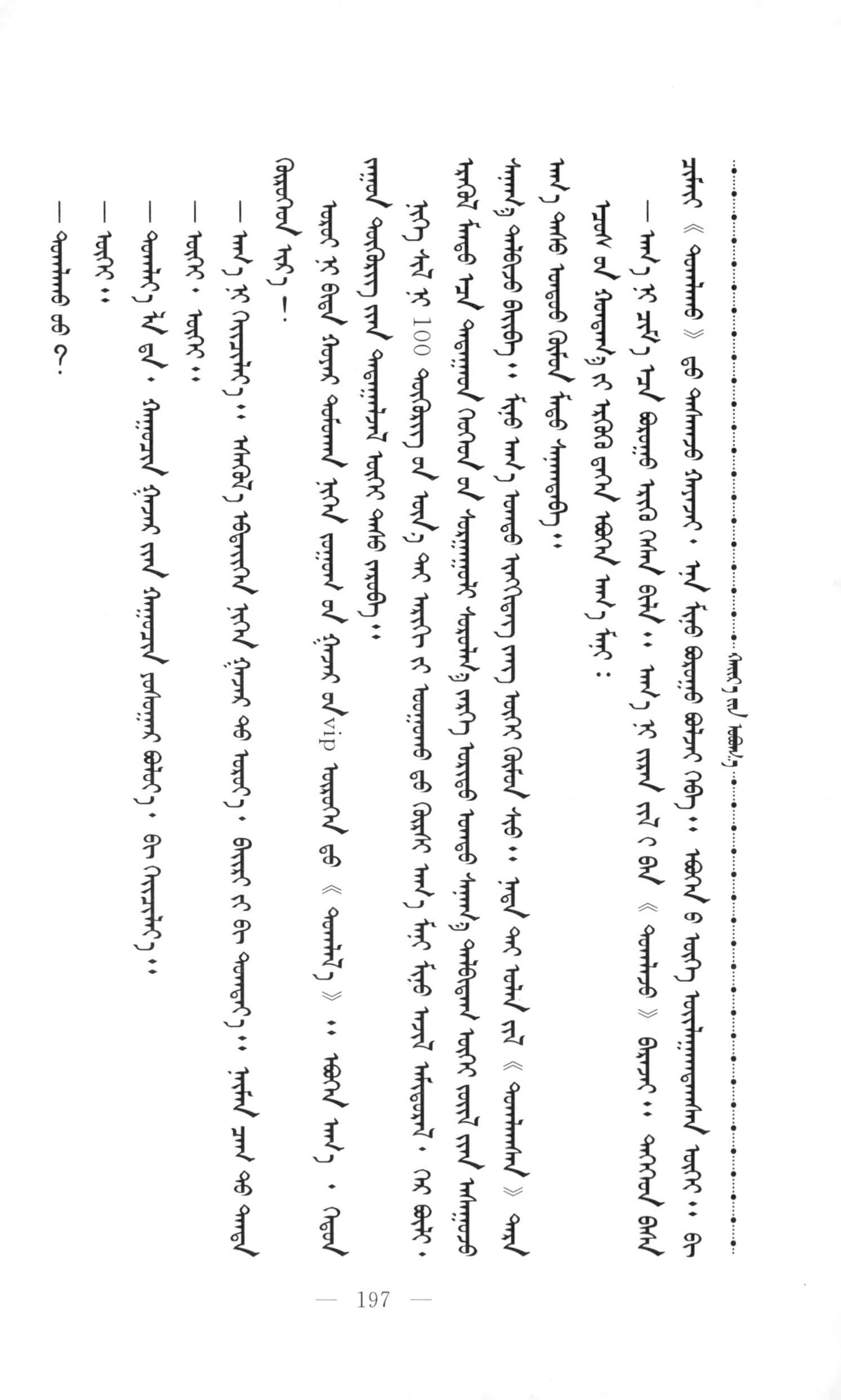

ᠡᠷᠬᠢᠮ ᠨᠢ ᠪᠣᠳᠣᠯ ᠶᠠᠪᠤᠳᠠᠯ ᠪᠣᠯᠵᠣᠨ ᠡᠭᠦᠨ ᠴᠢᠭᠯᠡᠨ ᠳᠤ ᠬᠡᠯᠡᠬᠦ ᠳᠤ vip ᠡᠷᠬᠢᠮᠲᠡᠨ ᠳᠤ 《ᠪᠣᠯᠵᠣᠯᠲᠤ》᠃ ᠡᠮᠦᠨ ᠡᠨᠡ ᠨᠢ᠂ ᠬᠣᠣᠯᠠ ᠪᠠᠶᠢᠭᠤᠯᠤᠨ ᠡᠨᠡ ᠨᠢ —·

ᠬᠡᠯᠡ ᠭᠠᠷᠭᠠᠵᠤ ᠪᠠᠢᠨ᠎ᠠ ::

— ᠪᠢ ᠶᠠᠭ ᠪᠣᠯᠤᠨ ᠠ ᠶᠢᠷᠦ ᠶᠢᠨ ᠮᠠᠯᠴᠢᠨ ᠤ ᠬᠡᠯᠡᠨ ᠳᠦ ᠰᠤᠷᠤᠯᠴᠠᠭᠰᠠᠨ᠂ ᠮᠠᠨᠠᠢ ᠮᠠᠯᠴᠢᠨ ᠤ ᠠᠮᠢᠳᠤᠷᠠᠯ ᠤᠨ ᠰᠣᠶᠣᠯ ᠢ ᠰᠠᠢᠨ ᠮᠡᠳᠡᠬᠦ ᠦᠭᠡᠢ ᠶᠢᠨ ᠲᠤᠯᠠ ᠪᠠᠢᠨ᠎ᠠ :: ᠡᠳᠦᠭᠡ ᠲᠡᠷᠡ ᠮᠠᠯᠴᠢᠨ ᠤ ᠠᠮᠢᠳᠤᠷᠠᠯ ᠤᠨ ᠰᠣᠶᠣᠯ ᠢ ᠰᠤᠷᠤᠯᠴᠠᠬᠤ ᠲᠤ ᠰᠠᠢᠨ ᠪᠣᠯᠬᠤ ᠪᠢᠯᠡ ::

ᠮᠠᠨᠠᠢ ᠮᠠᠯᠴᠢᠨ ᠪᠢ ᠴᠢ ᠬᠡᠳᠦᠨ ᠵᠢᠯ ᠦᠨ ᠲᠡᠷᠡ ᠮᠠᠯᠴᠢᠨ ᠤ ᠠᠵᠢᠯ ᠢ ᠬᠢᠵᠦ ᠪᠠᠢᠭᠰᠠᠨ ᠮᠠᠯᠴᠢᠨ ᠪᠣᠯᠤᠨ᠎ᠠ :: ᠡᠳᠡ ᠨᠠᠷ ᠮᠠᠯᠴᠢᠨ ᠤ ᠠᠮᠢᠳᠤᠷᠠᠯ ᠢ ᠮᠡᠳᠡᠬᠦ ᠦᠭᠡᠢ ᠂ ᠲᠡᠷᠡ ᠲᠡᠭᠦᠨ ᠦ ᠨᠡᠷᠡ ᠶᠢ ᠮᠡᠳᠡᠬᠦ ᠦᠭᠡᠢ ::

— ᠲᠠ ᠲᠡᠷᠡ ᠮᠠᠯᠴᠢᠨ ᠤ ᠬᠡᠷᠡᠭ ᠢ ᠮᠡᠳᠡᠬᠦ ᠦᠭᠡᠢ ᠪᠣᠯᠪᠠᠴᠤ ᠂ ᠮᠠᠨᠠᠢ ᠰᠤᠷᠭᠠᠭᠤᠯᠢ ᠶᠢᠨ ᠪᠠᠭᠰᠢ ᠨᠠᠷ ᠮᠡᠳᠡᠨ᠎ᠡ ᠦᠦ ? ᠲᠡᠳᠡ ᠪᠣᠯᠪᠠᠰᠤᠷᠠᠯ ᠤᠨ ᠬᠡᠷᠡᠭ ᠢ ᠬᠢᠵᠦ ᠪᠠᠢᠭ᠎ᠠ :: ᠲᠡᠷᠡ ᠨᠢ ᠮᠠᠨᠠᠢ ᠬᠡᠯᠡᠯᠴᠡᠭᠰᠡᠨ ᠪᠣᠯᠵᠠᠢ ::

ᠪᠣᠯᠭᠠᠵᠤ ᠤᠳᠤ ᠪᠢᠯᠡ ᠬᠡᠯᠡᠭᠰᠡᠨ ᠤᠭᠠᠪᠠ :: ᠡᠨᠡ ᠶᠢ ᠲᠠ ᠨᠠᠷ ᠤ ᠲᠤᠬᠠᠢ ᠬᠡᠯᠡᠭᠰᠡᠨ ᠪᠣᠯᠵᠠᠢ ᠶᠤ ?

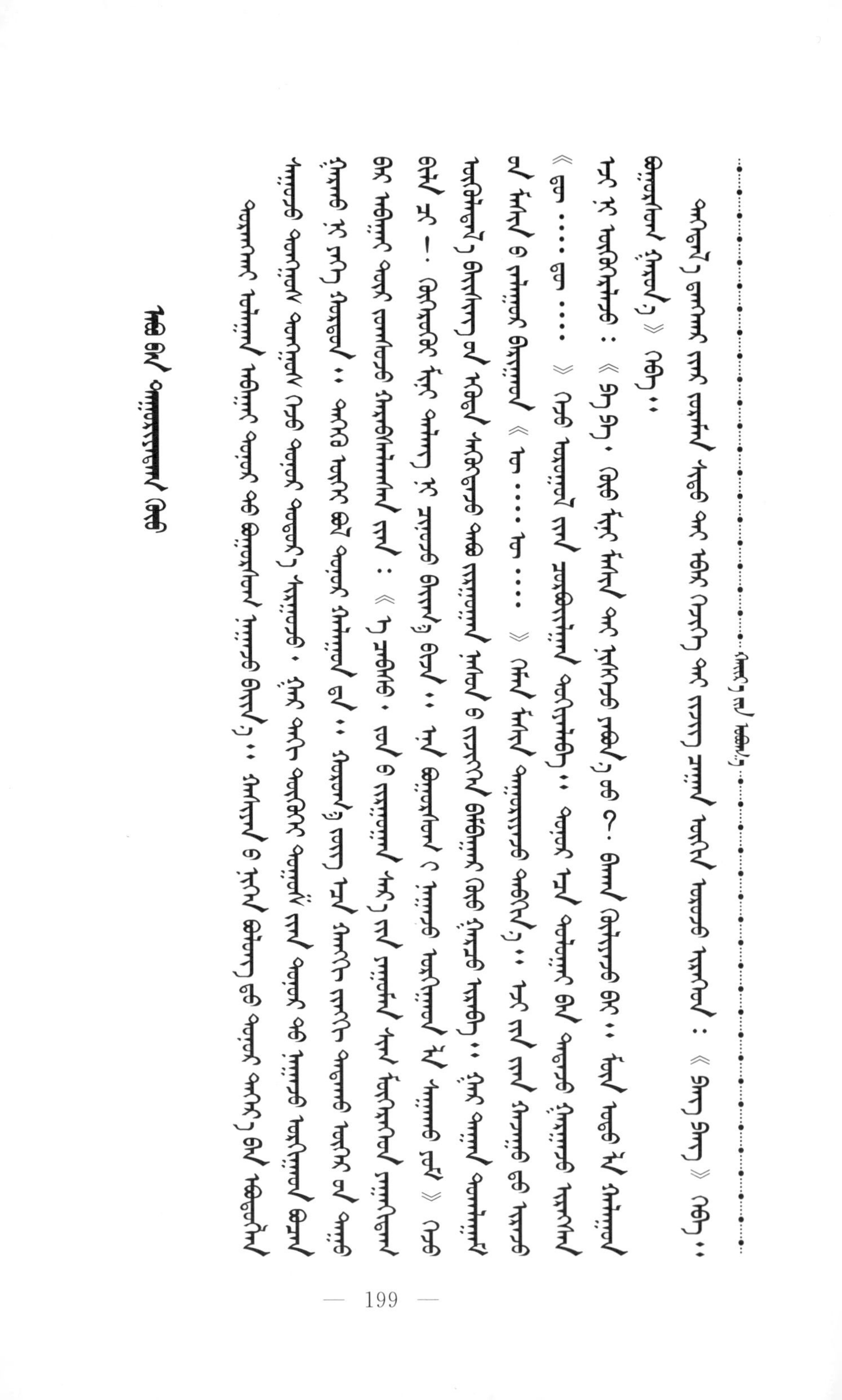

— ᠲᠡᠷᠡ ᠬᠦᠮᠦᠨ ᠲᠡᠷᠭᠡᠭᠦᠯᠦᠨ ᠶᠤᠮ ᠪᠠ ᠄

— ᠲᠡᠭᠡᠪᠡᠯ ᠂ ᠡᠨᠡ ᠮᠢᠨᠢ ᠭᠡᠷ ᠳᠦ ᠪᠠᠢᠭ᠎ᠠ ᠵᠢᠷᠤᠭ ᠤᠨ ᠵᠢᠷᠤᠭᠯᠠᠭᠰᠠᠨ ᠲᠡᠭᠡᠪᠡᠯ ᠶᠤᠮ ᠄ ᠮᠡᠳᠡᠬᠦ ᠂ ᠮᠢᠨᠢ ᠤᠬᠠᠭᠠᠨ ᠄ ᠬᠠ ···· ᠬᠠ ···· ᠤᠬᠠᠭᠠᠷᠠᠭᠰᠠᠨ ᠄

— ᠪᠠᠢᠨ᠎ᠠ ᠪᠠᠢᠨ᠎ᠠ ᠂ ᠪᠢ ᠮᠡᠳᠡᠨ᠎ᠡ ᠭᠡᠵᠦ ᠬᠡᠯᠡᠭᠰᠡᠨ ᠪᠢᠯᠡ ᠲᠡᠭᠡᠪᠡᠯ ᠂ ᠲᠡᠷᠡ ᠬᠦᠮᠦᠨ ᠬᠦᠮᠦᠵᠢᠯ ᠦᠨ ᠲᠡᠭᠦᠨ ᠦ ᠮᠡᠳᠡᠯᠭᠡ ᠶᠢ ᠪᠠᠢᠨ᠎ᠠ ᠄ ᠲᠡᠷᠡ ᠬᠦᠮᠦᠳ ᠤᠬᠠᠭᠠᠳ) ᠪᠣ ᠪᠣ ᠪ ···· ᠮᠢᠨᠢ ᠤᠬᠠᠭᠠᠨ ᠂ ᠪᠢ ᠮᠡᠳᠡᠨ᠎ᠡ ᠄ ᠬᠠ ···· ᠬᠠ ···· ᠪᠣ

— ᠲᠡᠭᠡᠪᠡᠯ ᠄ ᠬᠦᠮᠦᠨ ᠢ ᠲᠡᠭᠦᠨ ᠢ ᠮᠡᠳᠡᠬᠦ ᠦ ᠭᠡᠷ ᠲᠦ ᠲᠡᠭᠦᠨ ᠲᠡᠭᠡᠪᠡᠯ ᠪᠣᠯ ᠲᠡᠭᠦᠨ ᠪᠠᠢᠨ᠎ᠠ ᠄ ᠬᠠ ···· ᠬᠠ ···· (ᠬᠡᠯᠡᠪᠡ

— ᠲᠡᠷᠡ ᠬᠦᠮᠦᠨ ᠮᠢᠨᠢ ᠦ ᠬᠦᠮᠦᠵᠢᠯ ᠦᠨ ᠲᠡᠭᠦᠨ ᠦ ᠮᠡᠳᠡᠯᠭᠡ ᠪᠠᠢᠭᠰᠠᠨ ᠦᠭᠡᠢ ᠄

— ᠬᠦᠮᠦᠵᠢᠯ ᠪᠠᠢᠭ᠎ᠠ ᠶᠢᠨ ᠲᠡᠷᠡ ᠮᠡᠳᠡᠭᠰᠡᠨ ᠦᠭᠡᠢ ᠪᠣᠯ ᠤᠤ ? ᠲᠡᠭᠡᠳ ᠪᠠᠢᠨ ᠤᠬᠠᠭᠠᠨ ᠦᠭᠡᠢ ᠄

— ᠰᠠᠶᠢᠨ ᠪᠣᠯ ᠮᠡᠳᠡᠬᠦ ᠪᠠᠢᠨ᠎ᠠ ᠤᠤ ? ᠮᠢᠨᠢ ᠦ ᠪᠣᠯ ᠲᠡᠭᠦᠨ ᠢ ᠬᠦᠮᠦᠵᠢᠯ ᠤᠬᠠᠭᠠᠨ ᠄

— ᠰᠠᠶᠢᠨ ᠪᠣᠯ ᠲᠡᠭᠦᠨ ᠄

— ᠤᠬᠠᠭᠠᠨ ᠰᠠᠶᠢᠨ ᠲᠡᠭᠦᠨ ᠢ ᠨᠢᠭᠡ ᠪᠠᠢᠨ᠎ᠠ ᠦᠭᠡᠢ ᠪᠢᠯᠡ ᠤᠤ ?

ᠬᠡᠯᠡᠵᠡᠢ ᠄ 《 ᠬᠠᠮᠤᠭ ᠪᠢᠳᠡ ᠤᠬᠠᠭᠠᠷᠠᠭᠰᠠᠨ ᠪᠠᠢᠨ᠎ᠠ ᠪᠢ 》 ᠭᠡᠪᠡ ᠄

ᠤᠬᠠᠭᠠᠷᠠᠭᠰᠠᠨ ᠲᠡᠭᠦᠨ ᠢ ᠬᠠᠶᠢᠨ ᠬᠠᠶᠢᠨ ᠲᠡᠷᠡᠭᠦᠦ ᠪᠣᠯᠵᠤ ᠪᠢᠳᠡ ᠪᠢᠯᠡ ᠬᠡᠯᠡᠵᠡᠢ ᠄ 《 ᠰᠠᠶᠢᠨ ᠪᠣᠯᠵᠤ ᠪᠠᠢᠨ᠎ᠠ ᠦᠭᠡᠢ 》 ᠭᠡᠳᠡᠭ ᠪᠠᠢᠨ᠎ᠠ ᠪᠠᠢᠨ᠎ᠠ ᠶᠢ

《 ᠬᠠᠶᠢᠨ ᠬᠠᠶᠢᠨ 》 ᠭᠡᠳᠡᠭ ᠤᠬᠠᠭᠠᠷᠠᠭᠰᠠᠨ ᠪᠢᠯᠡ ᠤᠬᠠᠭᠠᠨ ᠲᠡᠭᠦᠨ ᠲᠡᠭᠡᠪᠡᠯ ᠄

ᠤᠬᠠᠭᠠᠨ ᠤ ᠲᠡᠭᠦᠨ ᠪᠣᠯᠪᠠᠰᠤᠷᠠᠯ ᠪᠣᠯᠵᠤ ᠄ 《 ᠬᠠ ···· ᠬᠠ ···· 》 ᠭᠡᠳᠡᠭ ᠰᠠᠶᠢᠨ ᠲᠡᠭᠦᠨ ᠦ ᠰᠤᠷᠤᠯᠴᠠᠭ᠎ᠠ ᠲᠡᠭᠦᠨ ᠢ ᠶᠠᠭᠤ ᠲᠡᠭᠡᠬᠦ ᠪᠣᠯᠵᠤ ᠄

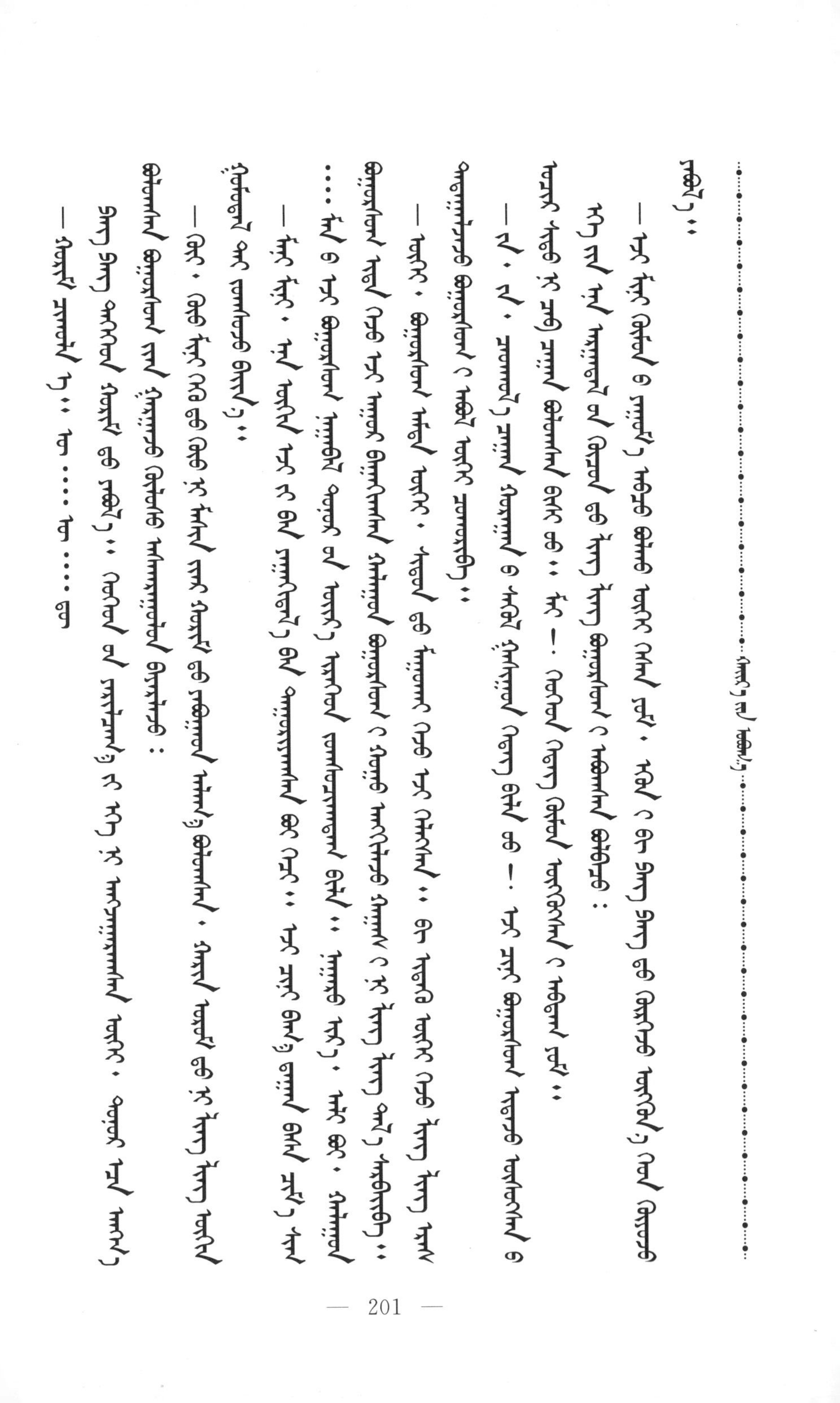

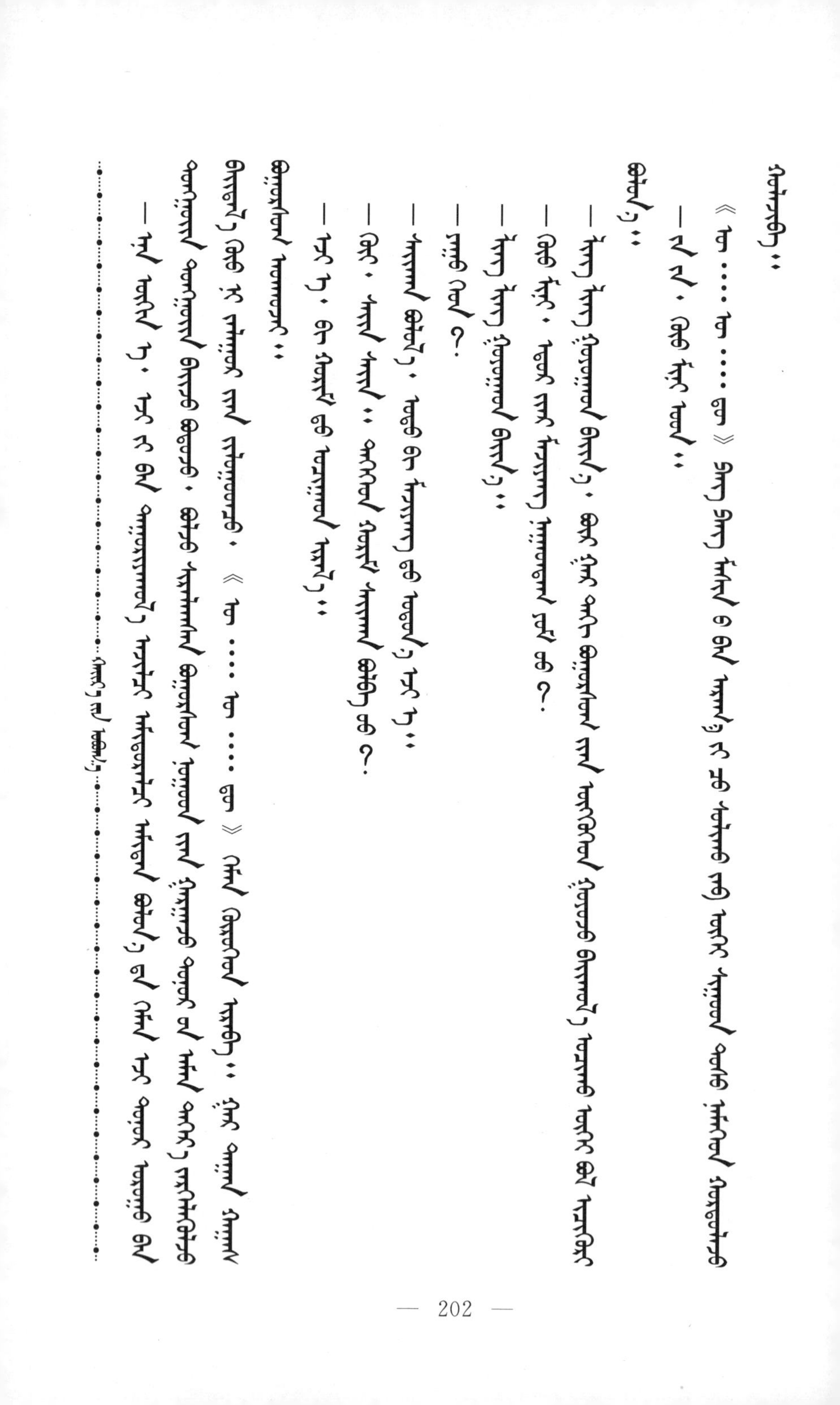

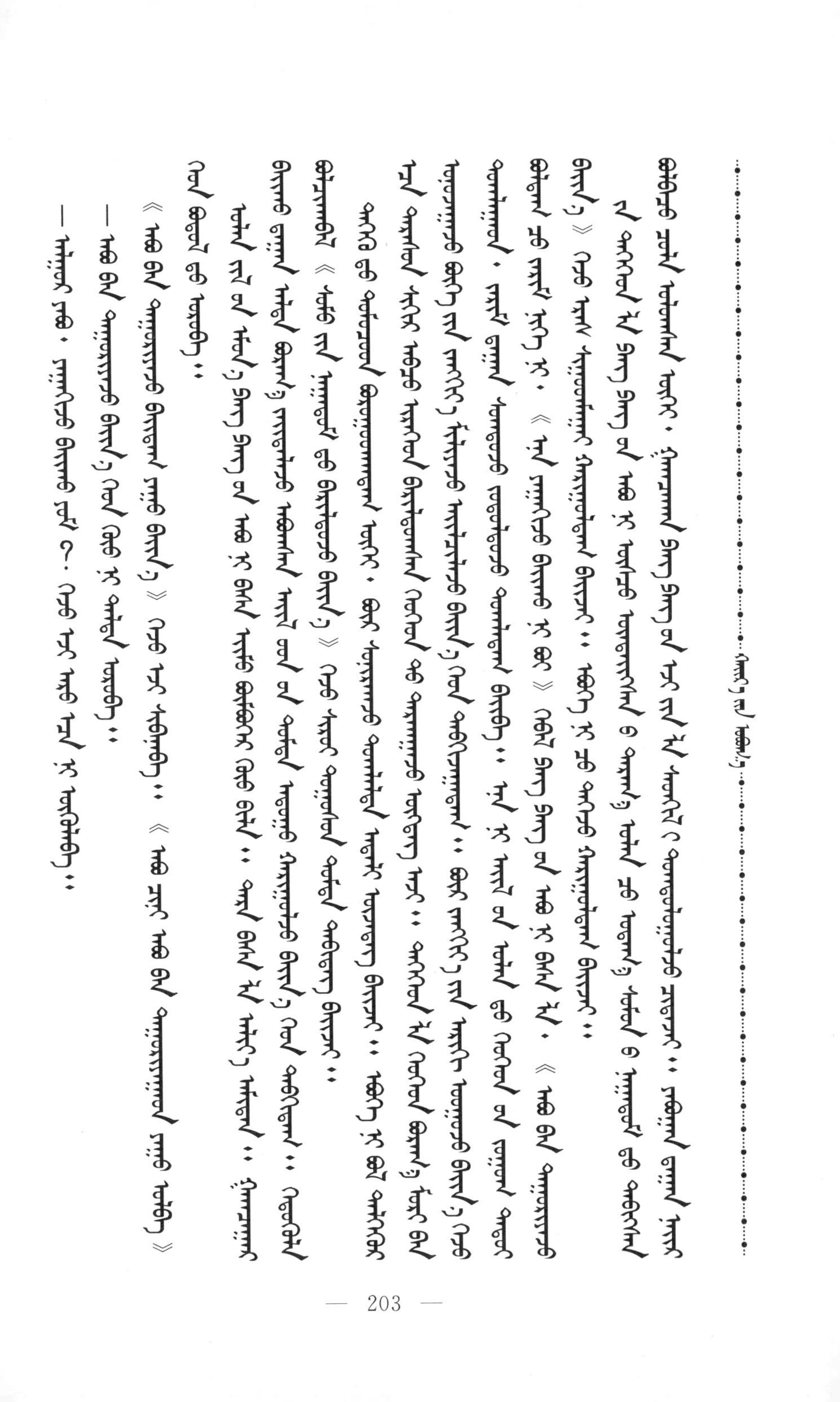

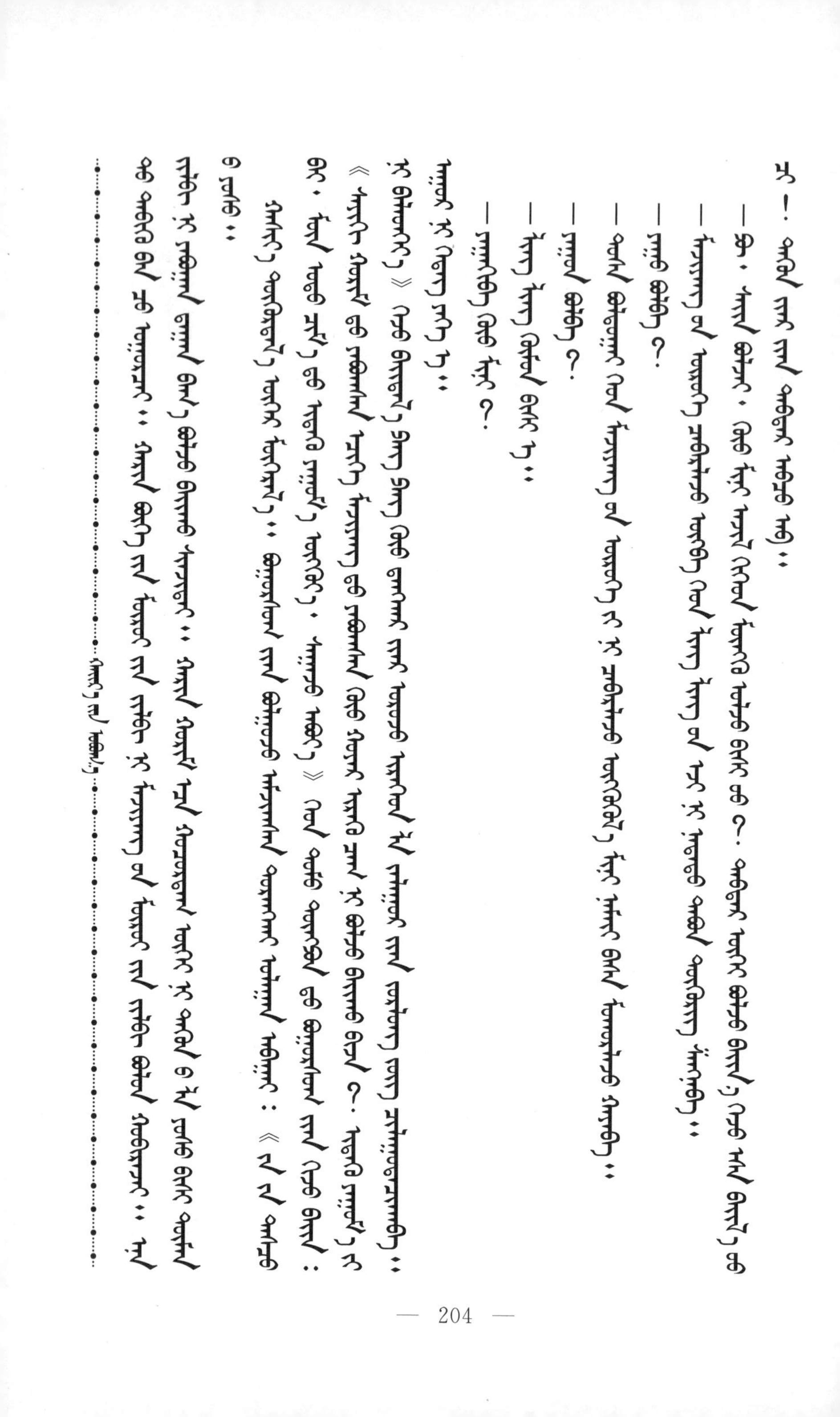

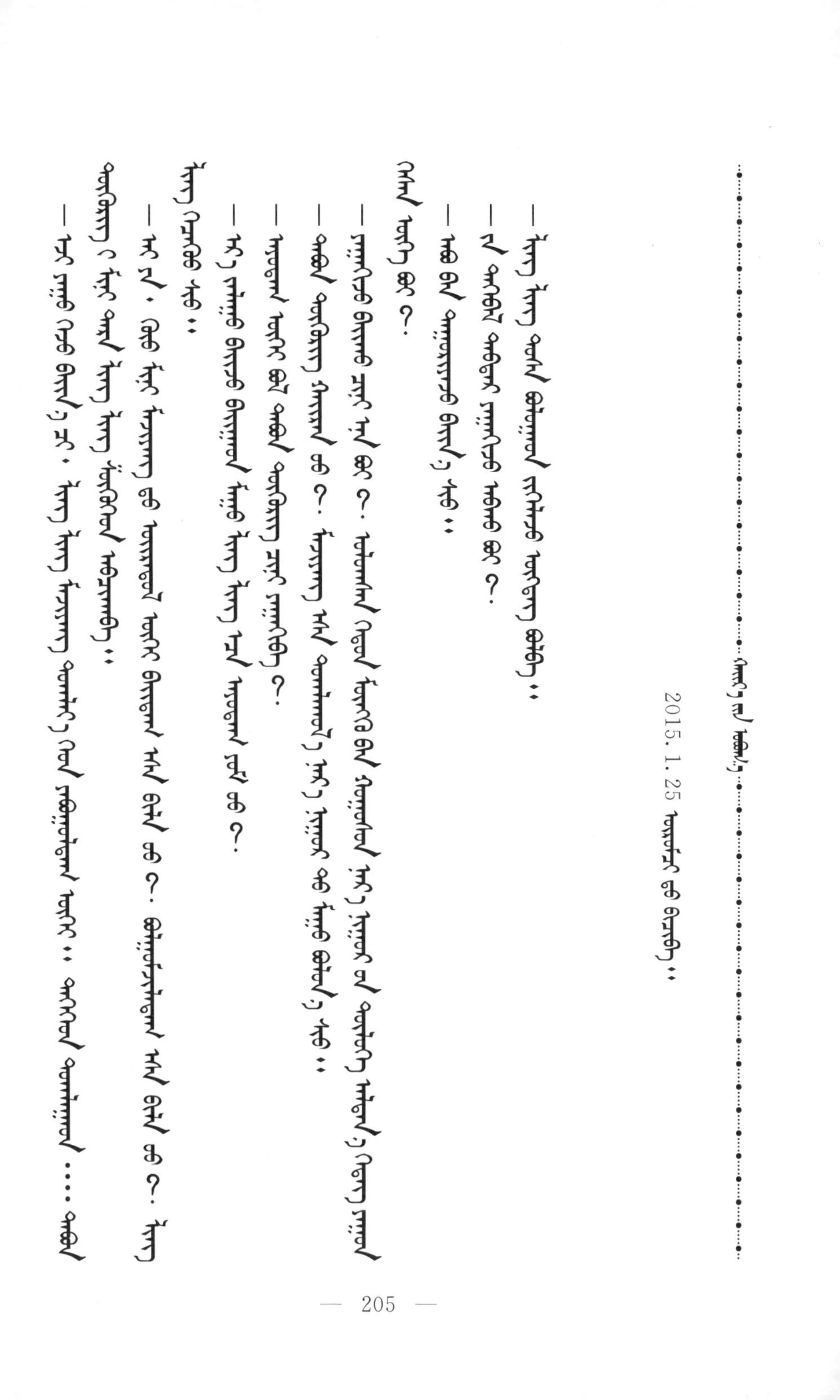

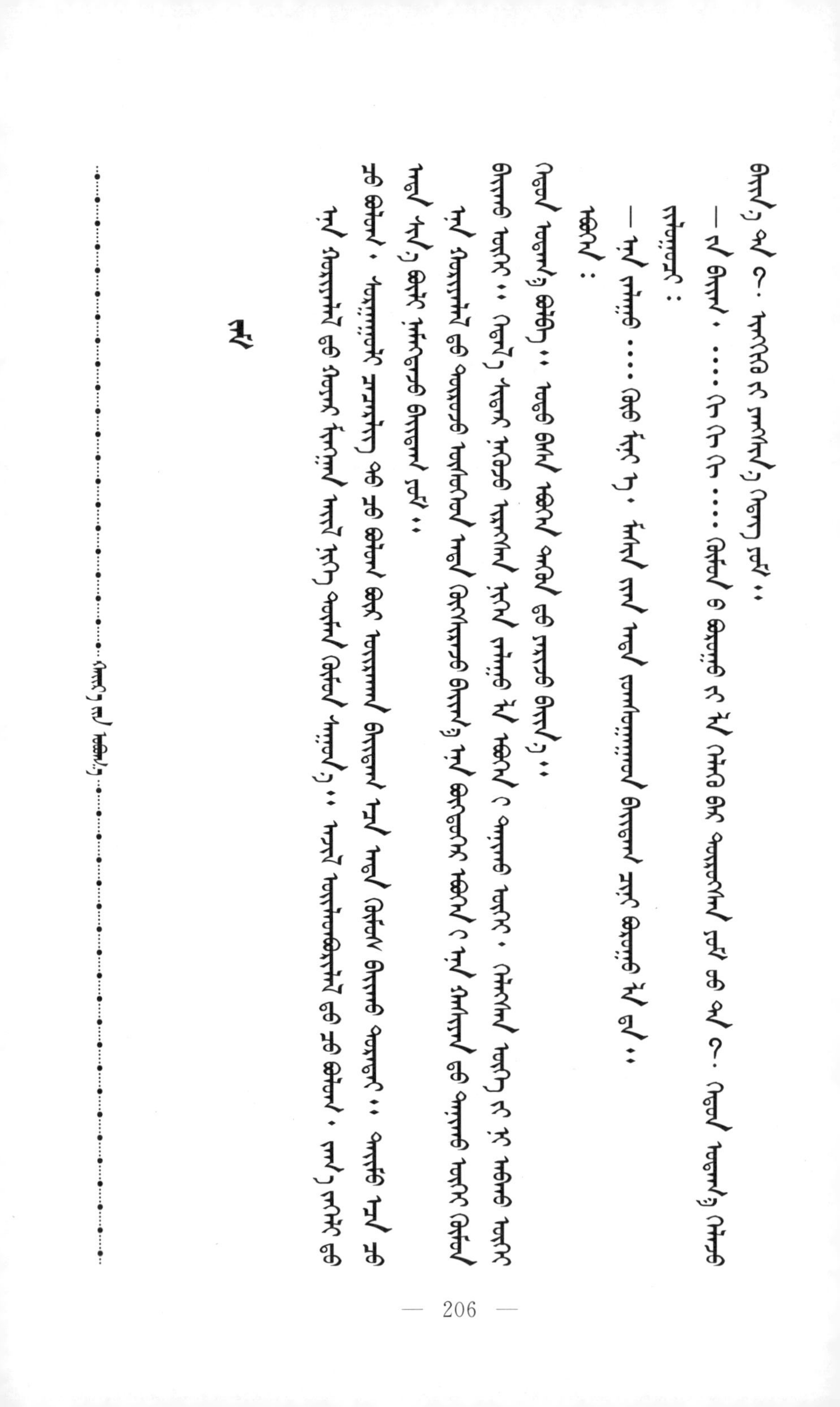

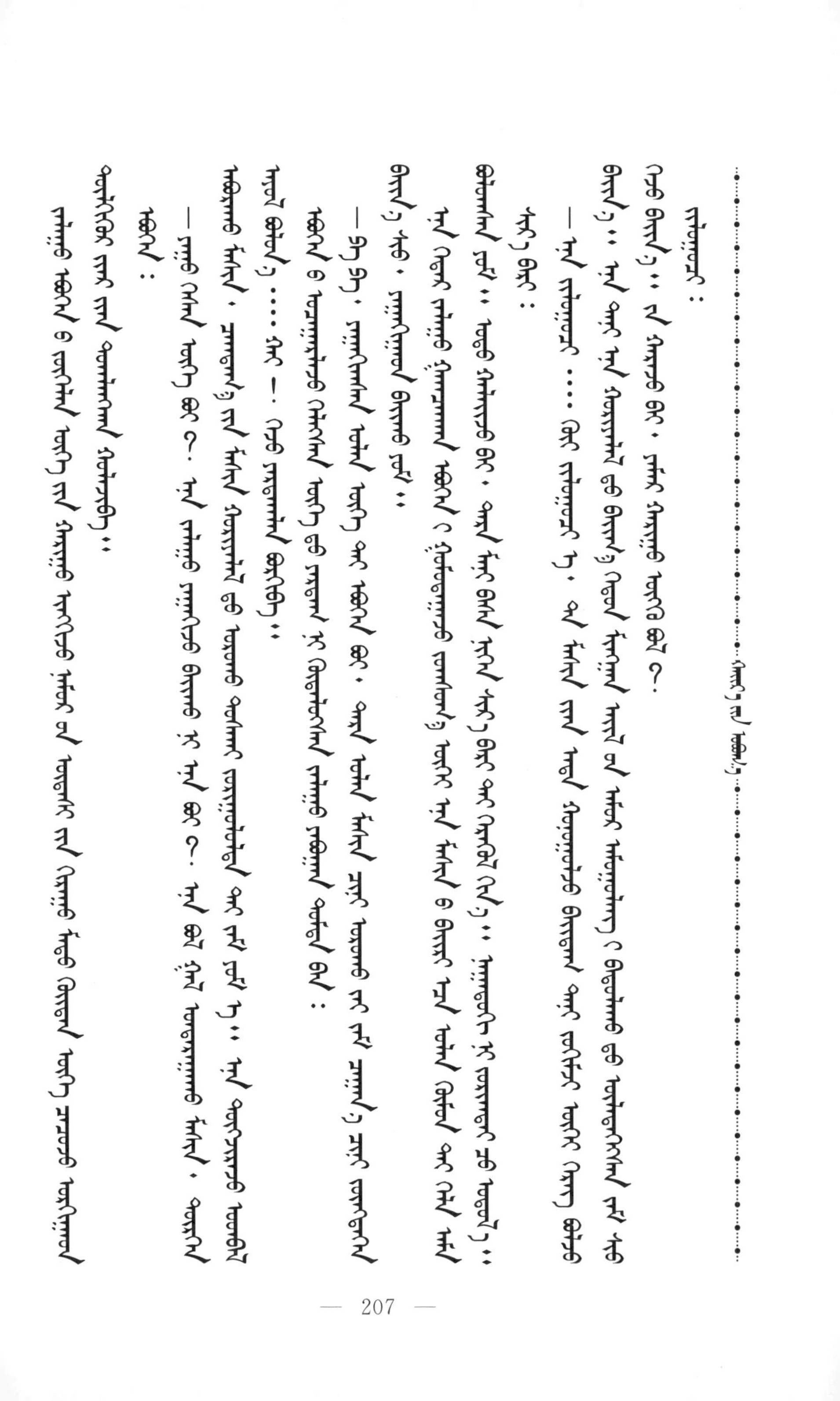

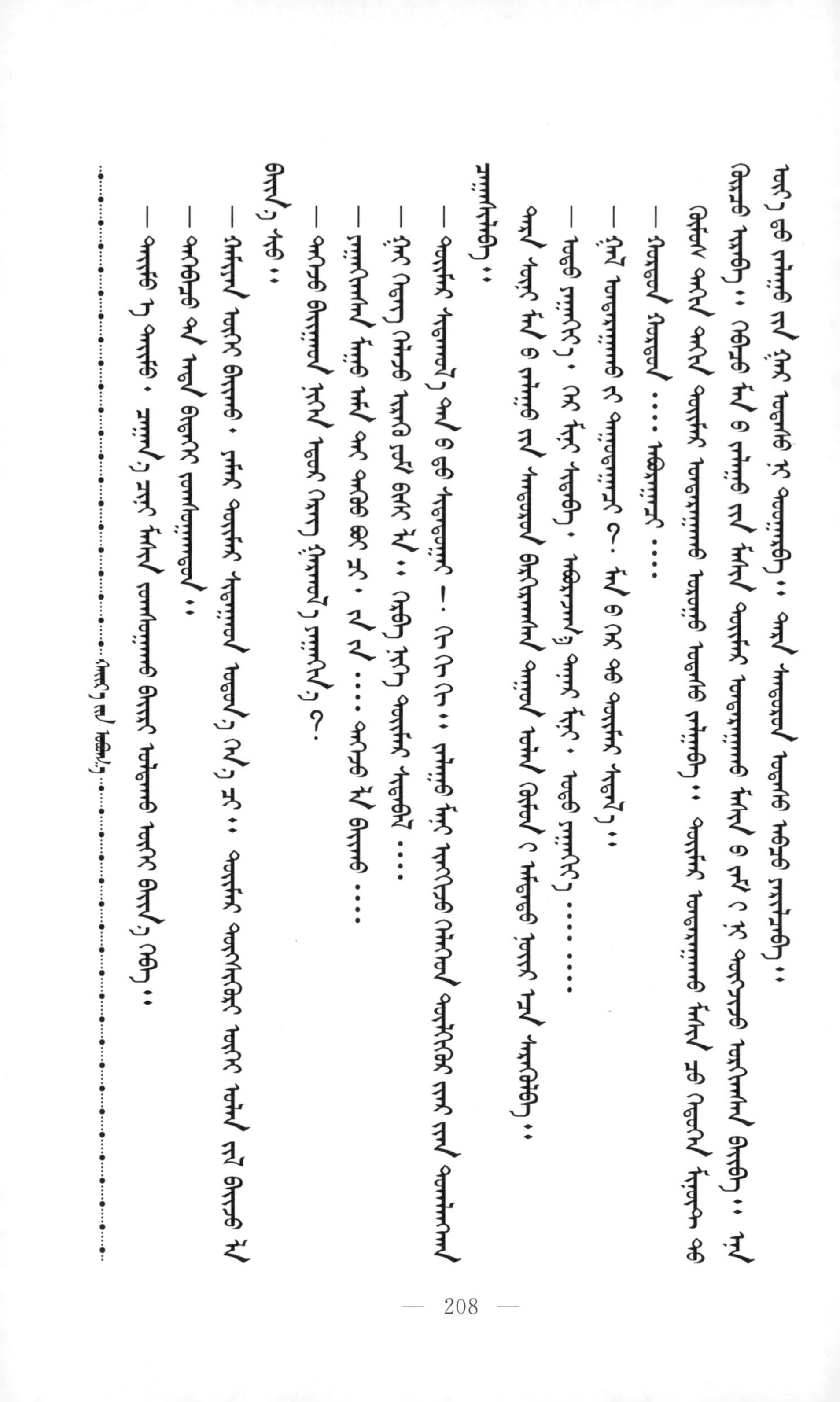

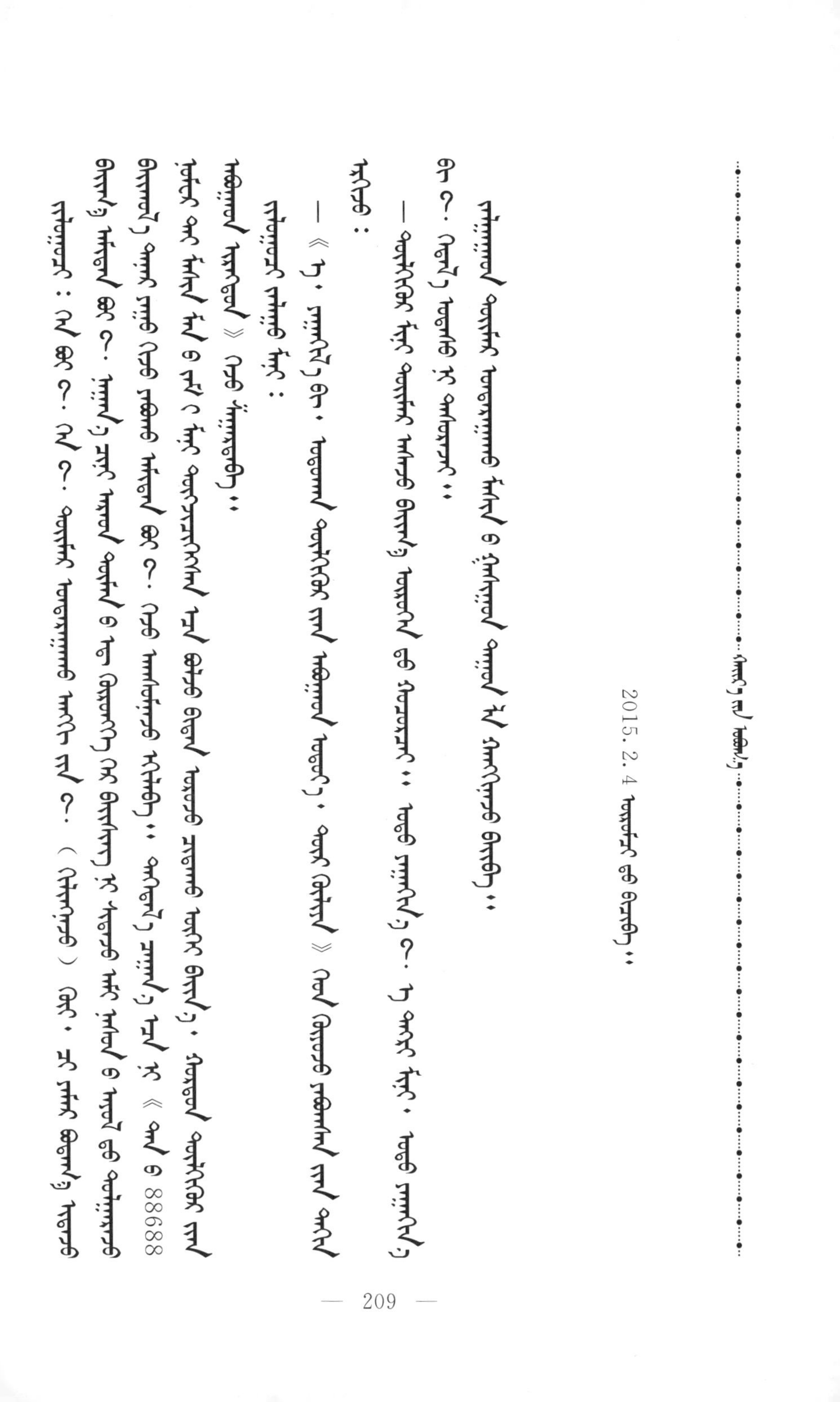

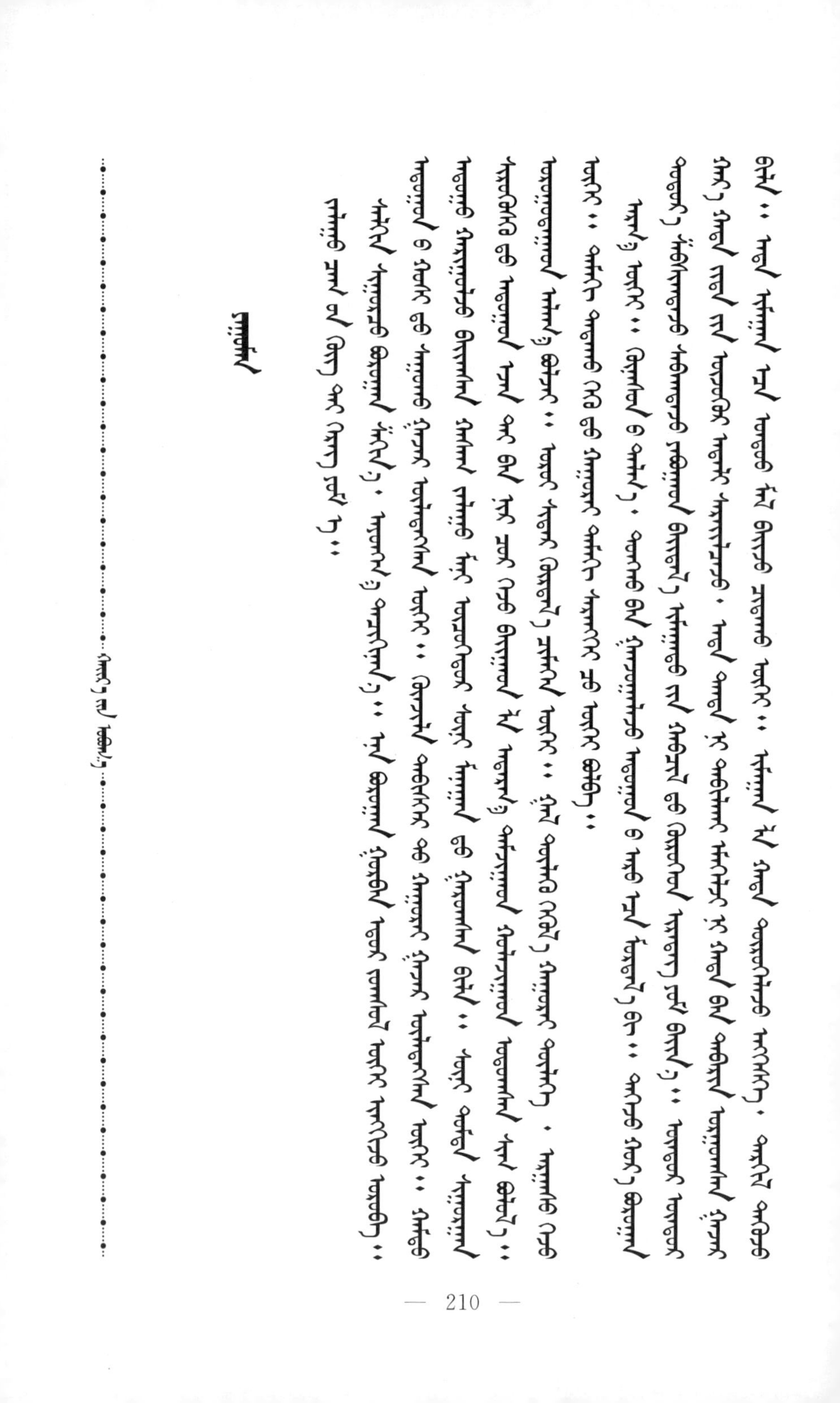

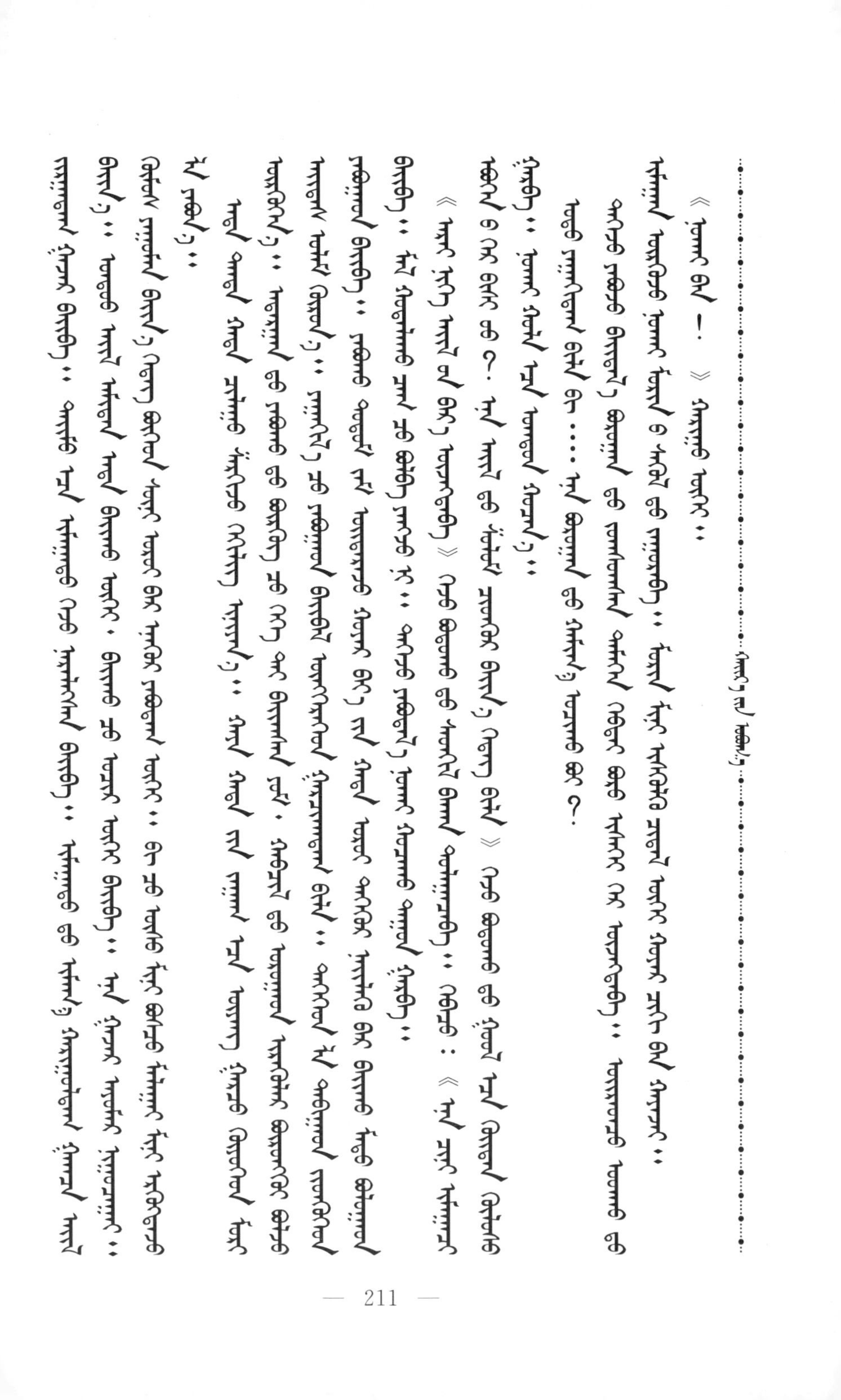

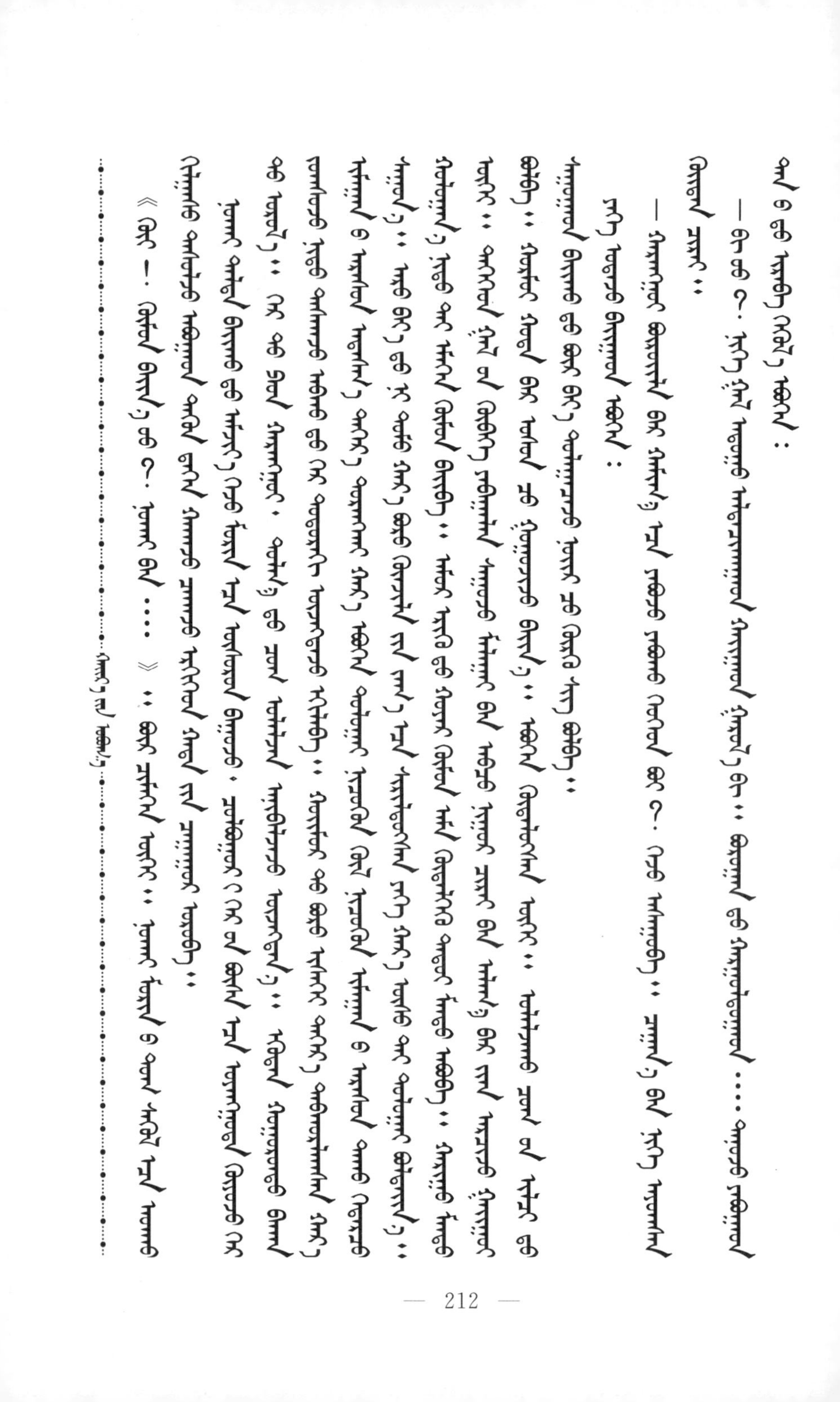

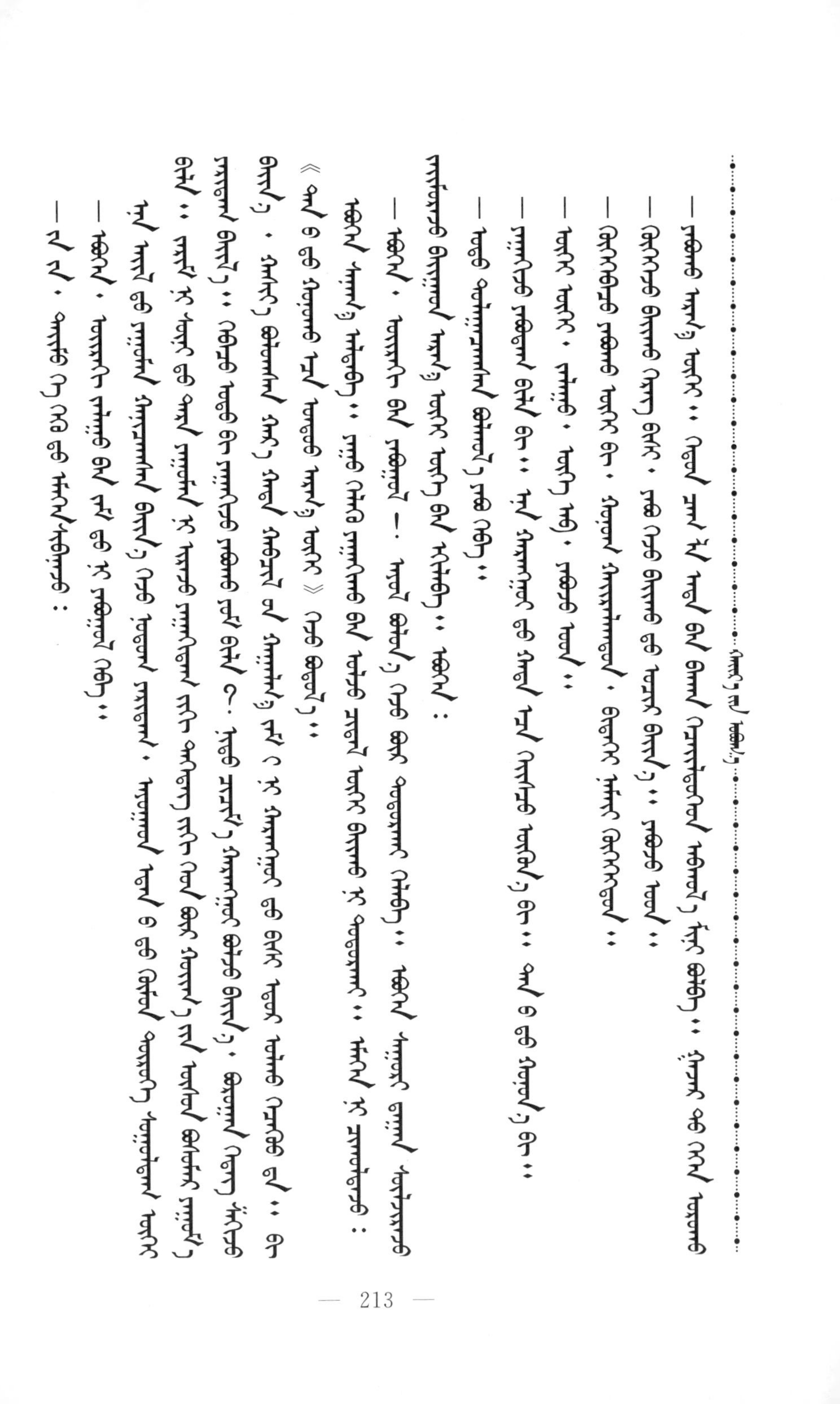

— [illegible]

— [illegible]

— [illegible]

— [illegible]

— [illegible]

— [illegible]

[illegible]

— [illegible]

[illegible]

《[illegible]》[illegible]

[illegible]

— [illegible]

— [illegible]

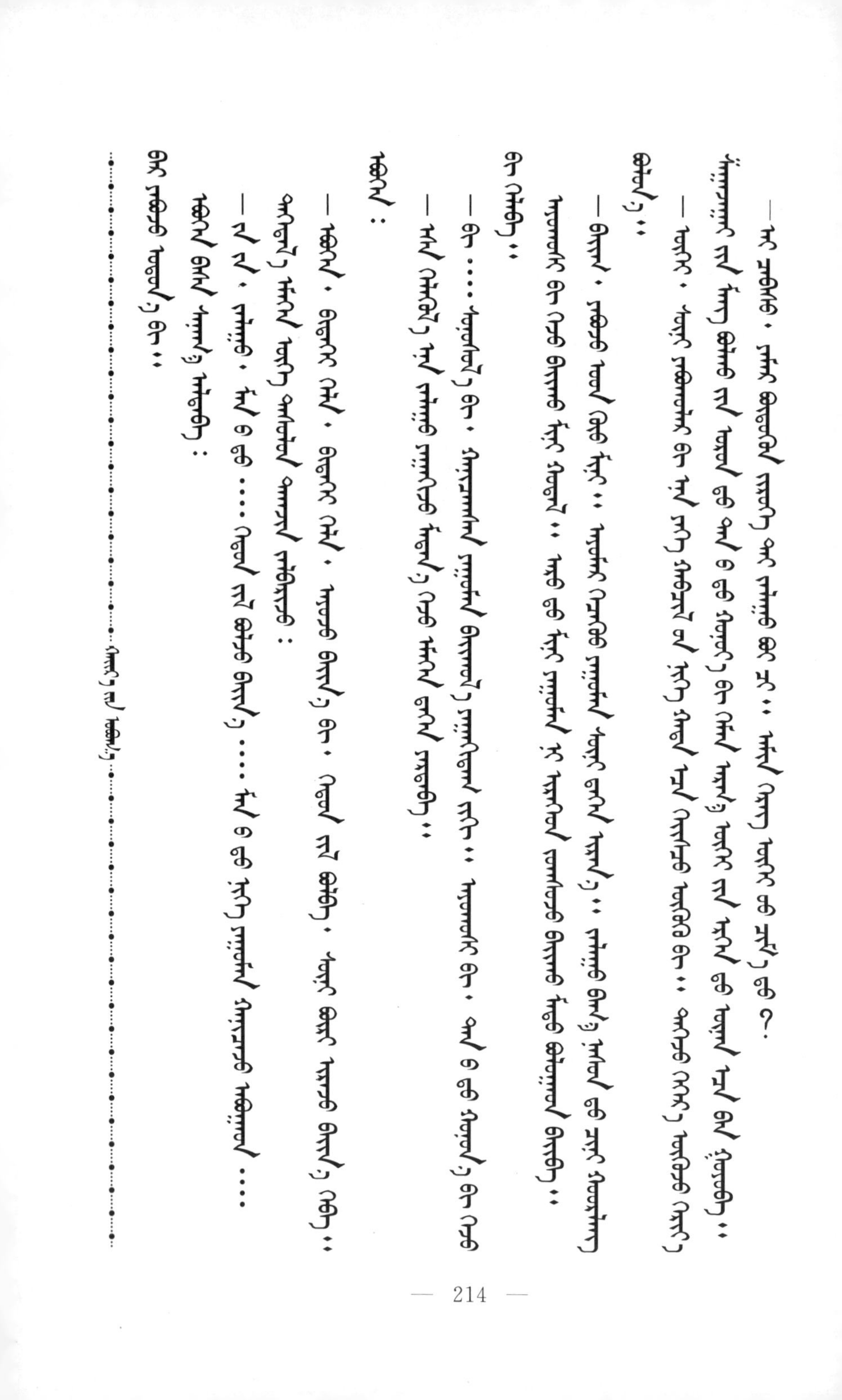

— [illegible] ?

— [illegible] ::

— [illegible] ::

— [illegible] ::

— [illegible] ::

[illegible] :

— [illegible] ::

[illegible] :

— [illegible] ....

[illegible] :

[illegible] ::

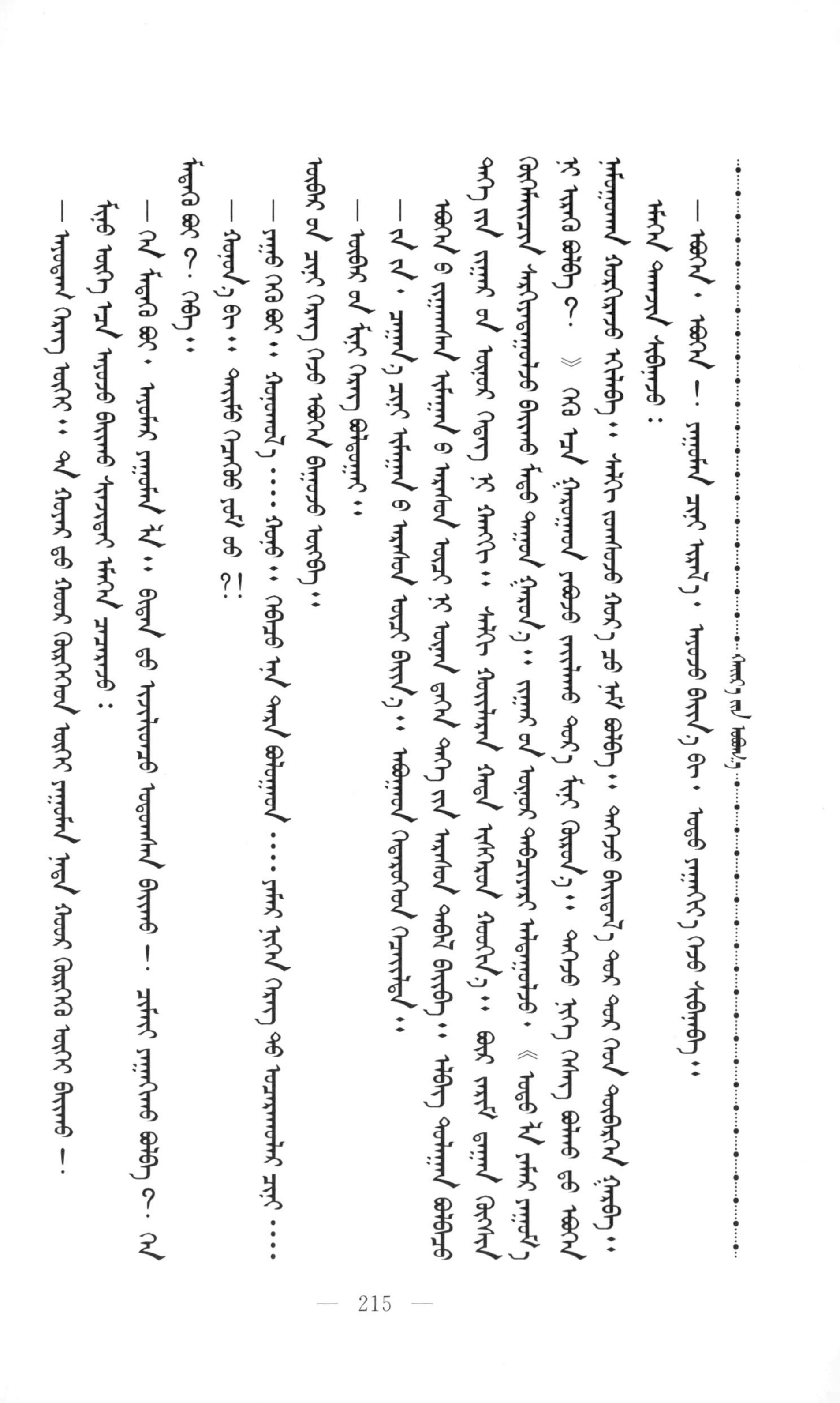

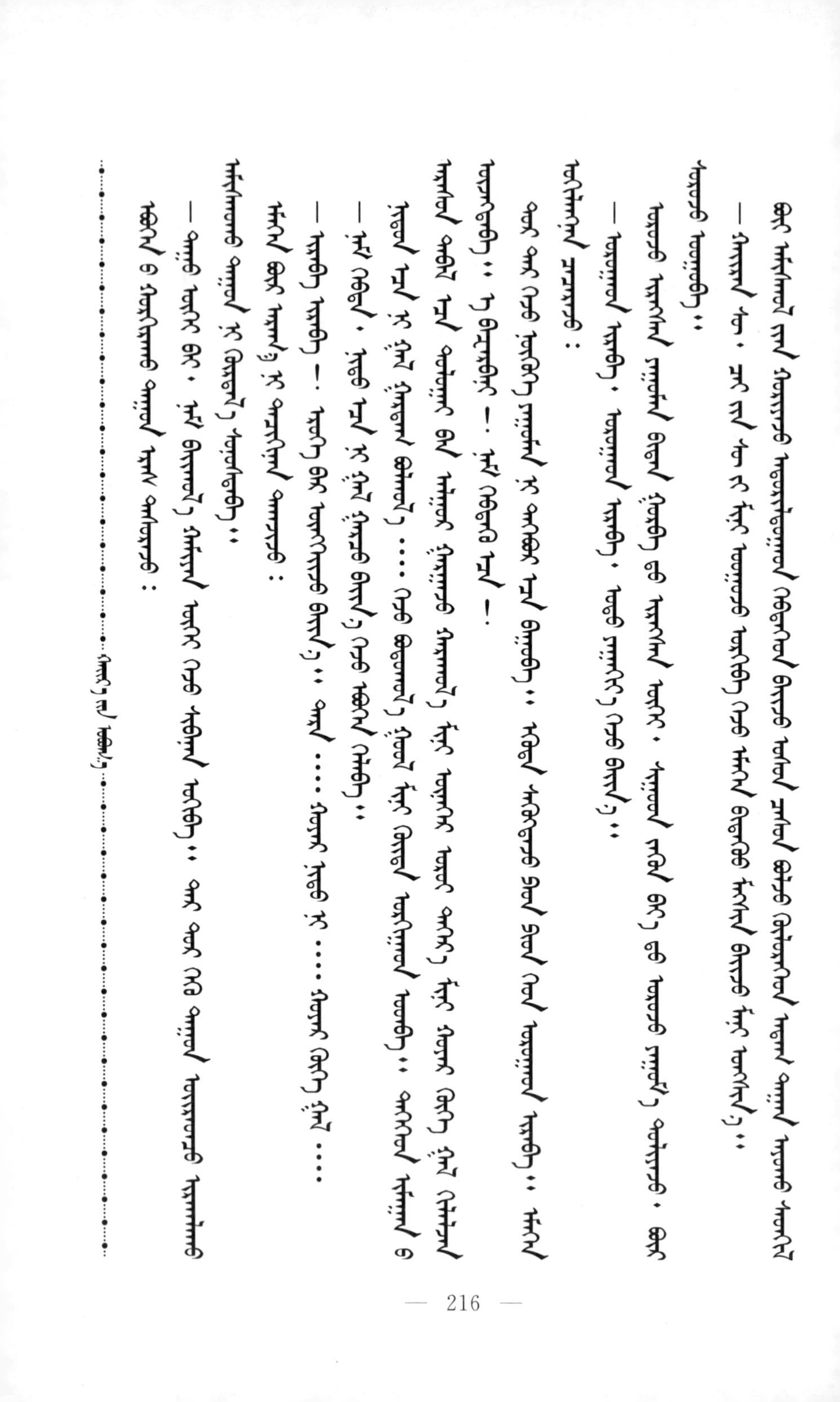

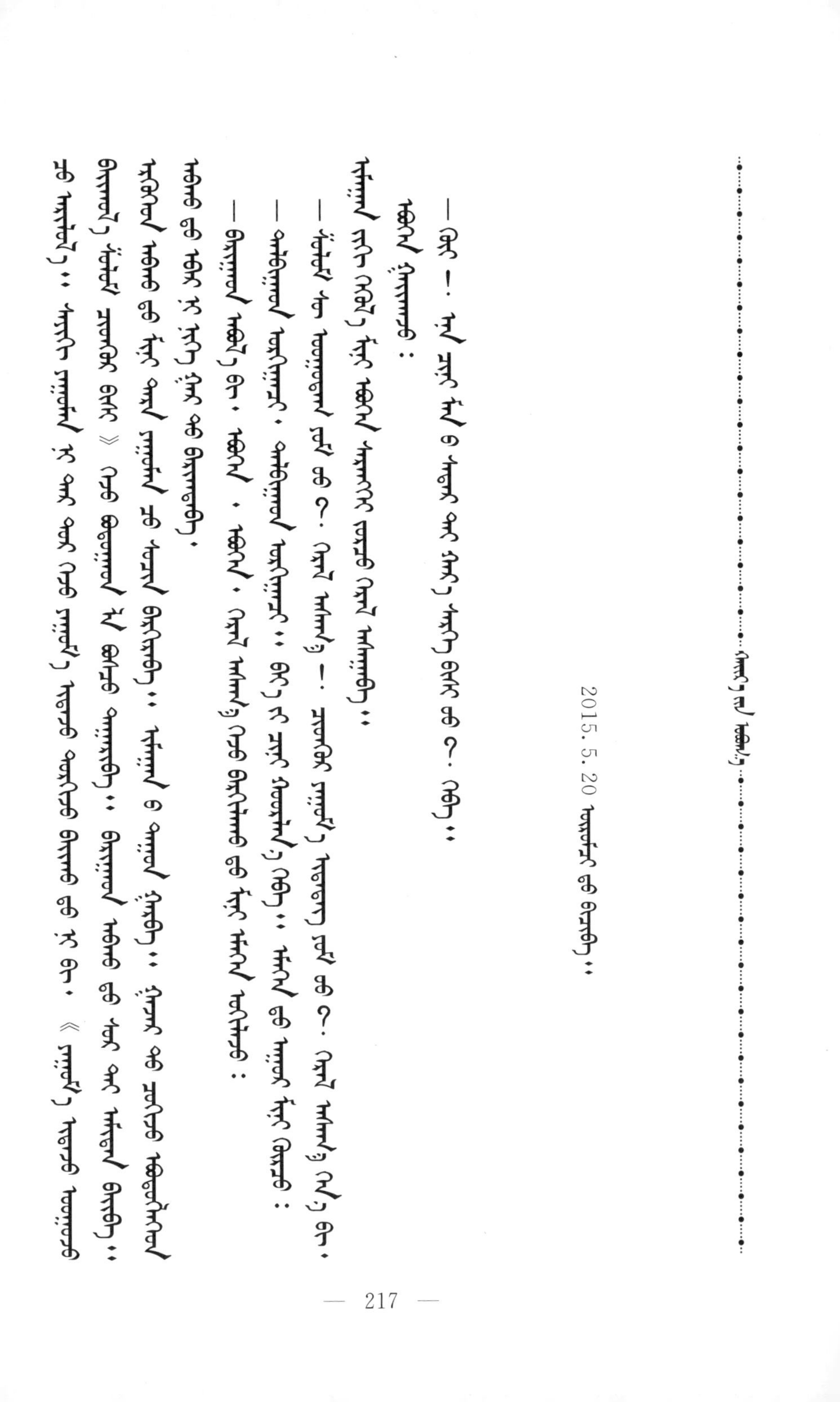

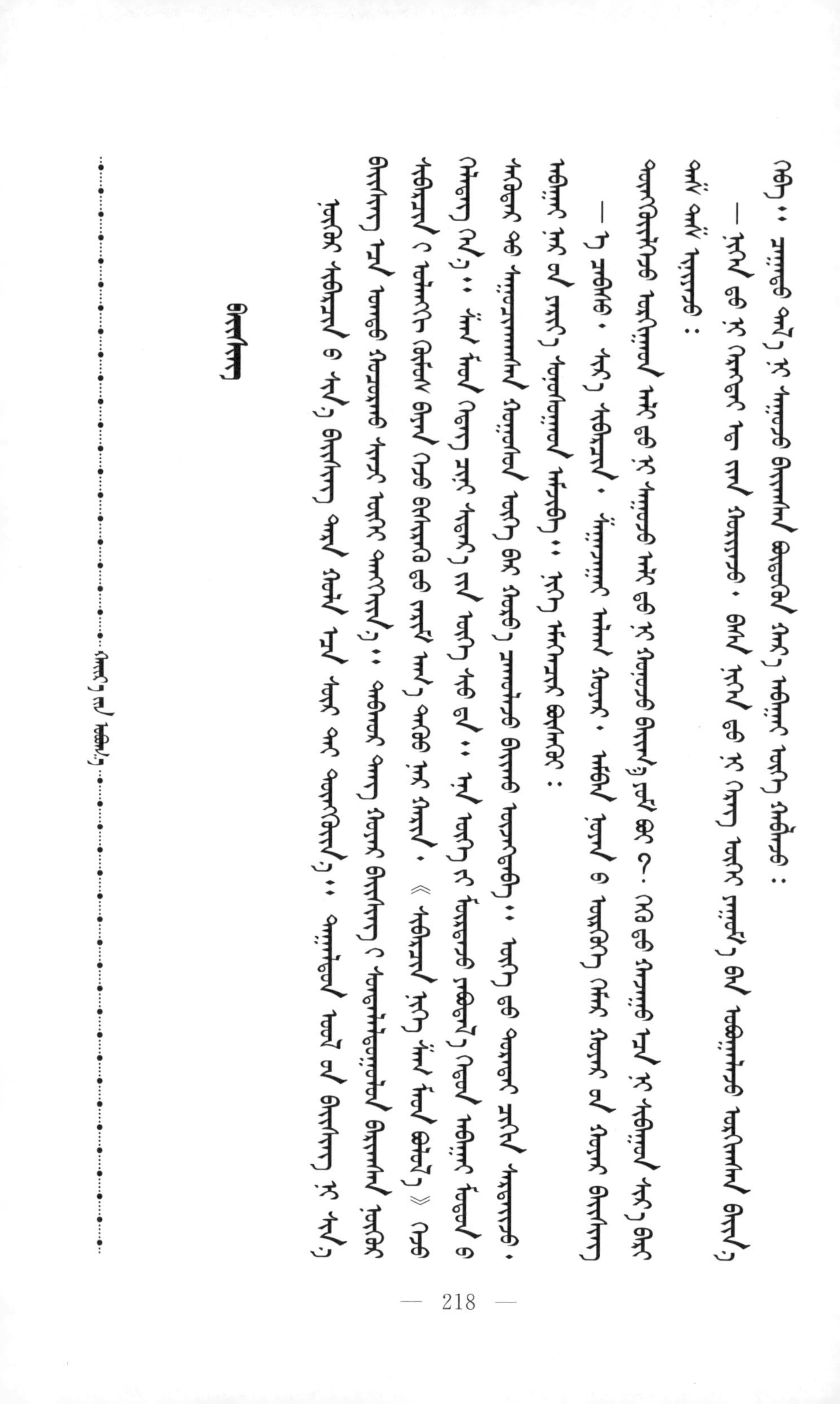

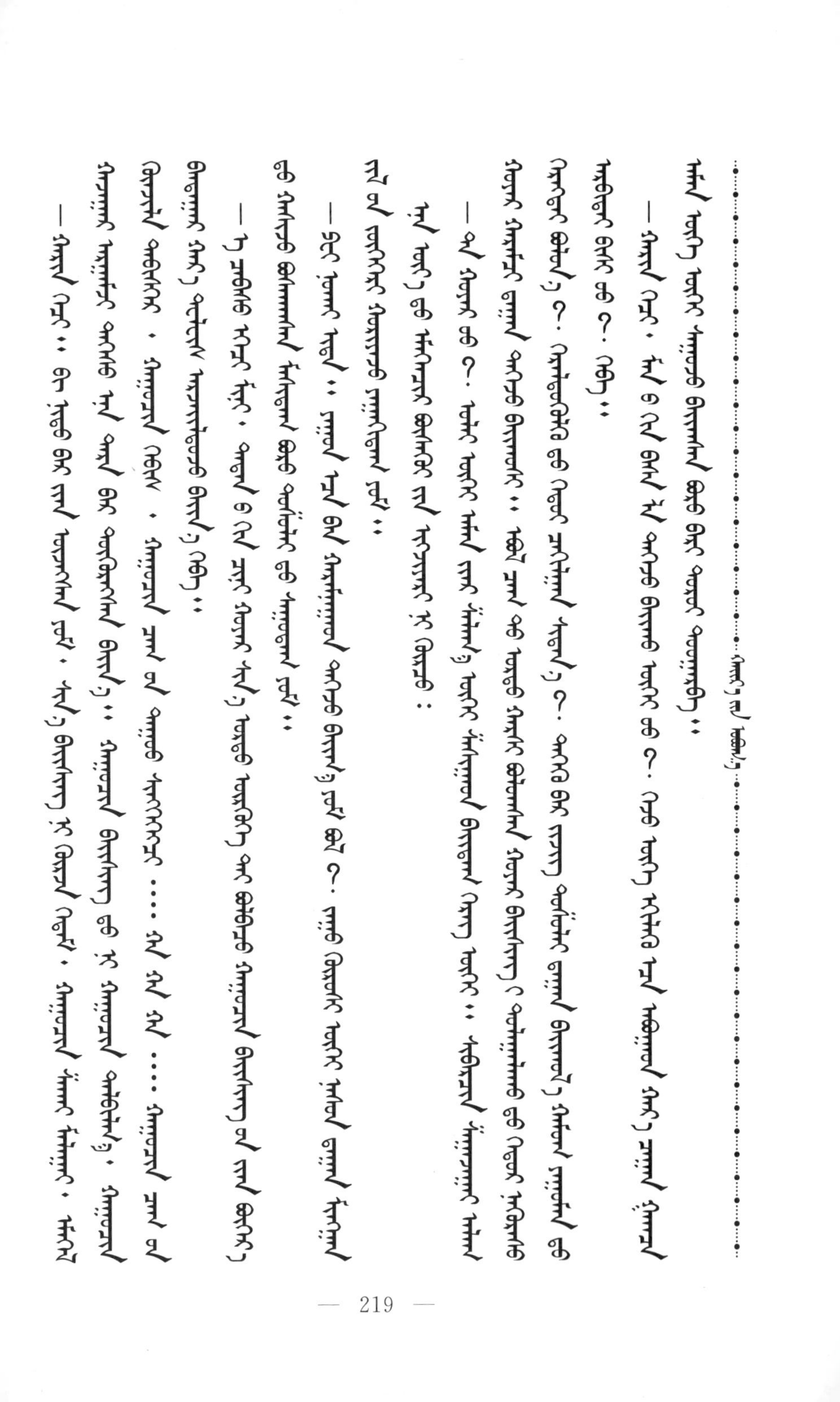

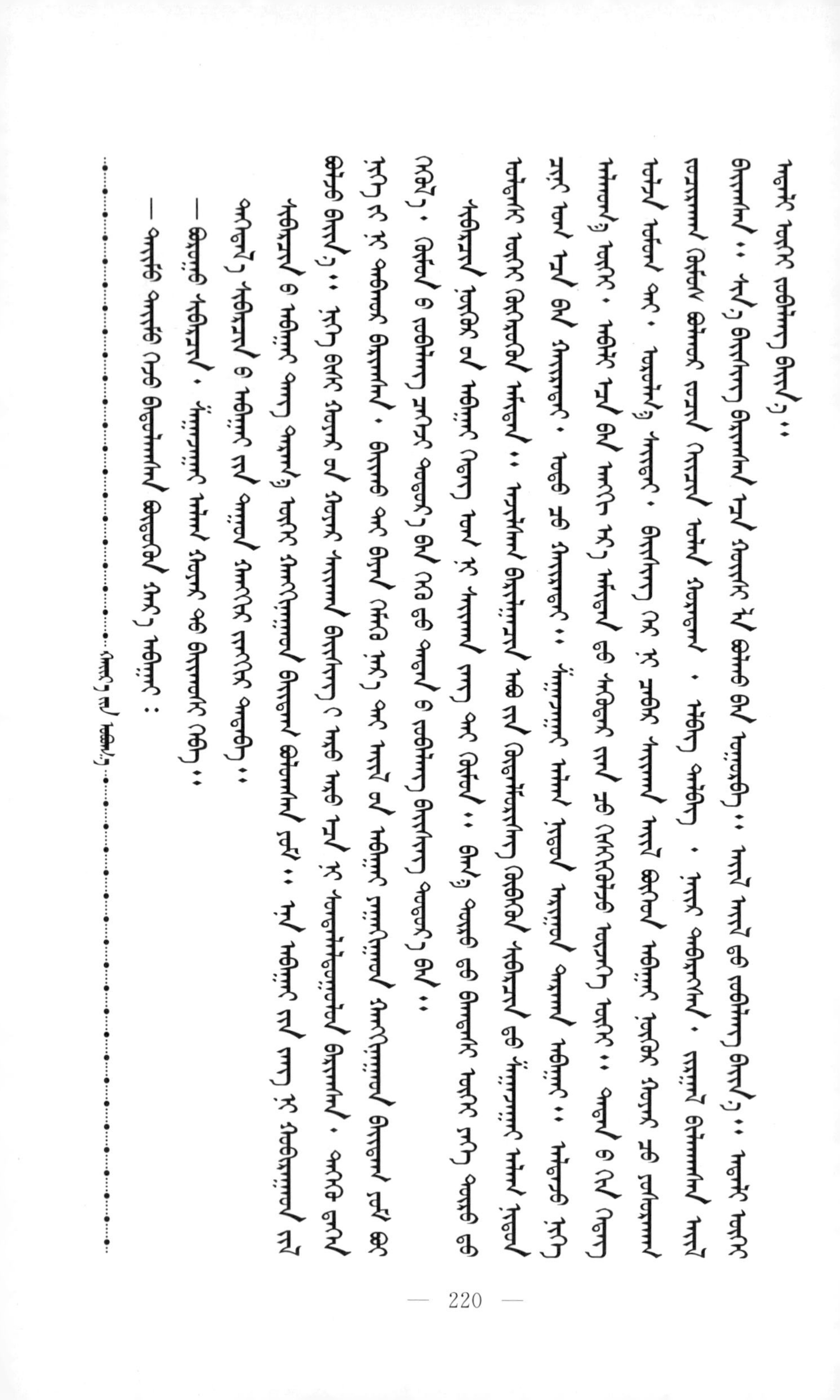

— [illegible] :

— [illegible] ::

[illegible]

[illegible]

[illegible]

[illegible]

[illegible]

[illegible]

[illegible]

[illegible]

[illegible]

[illegible]

[illegible]

[illegible]

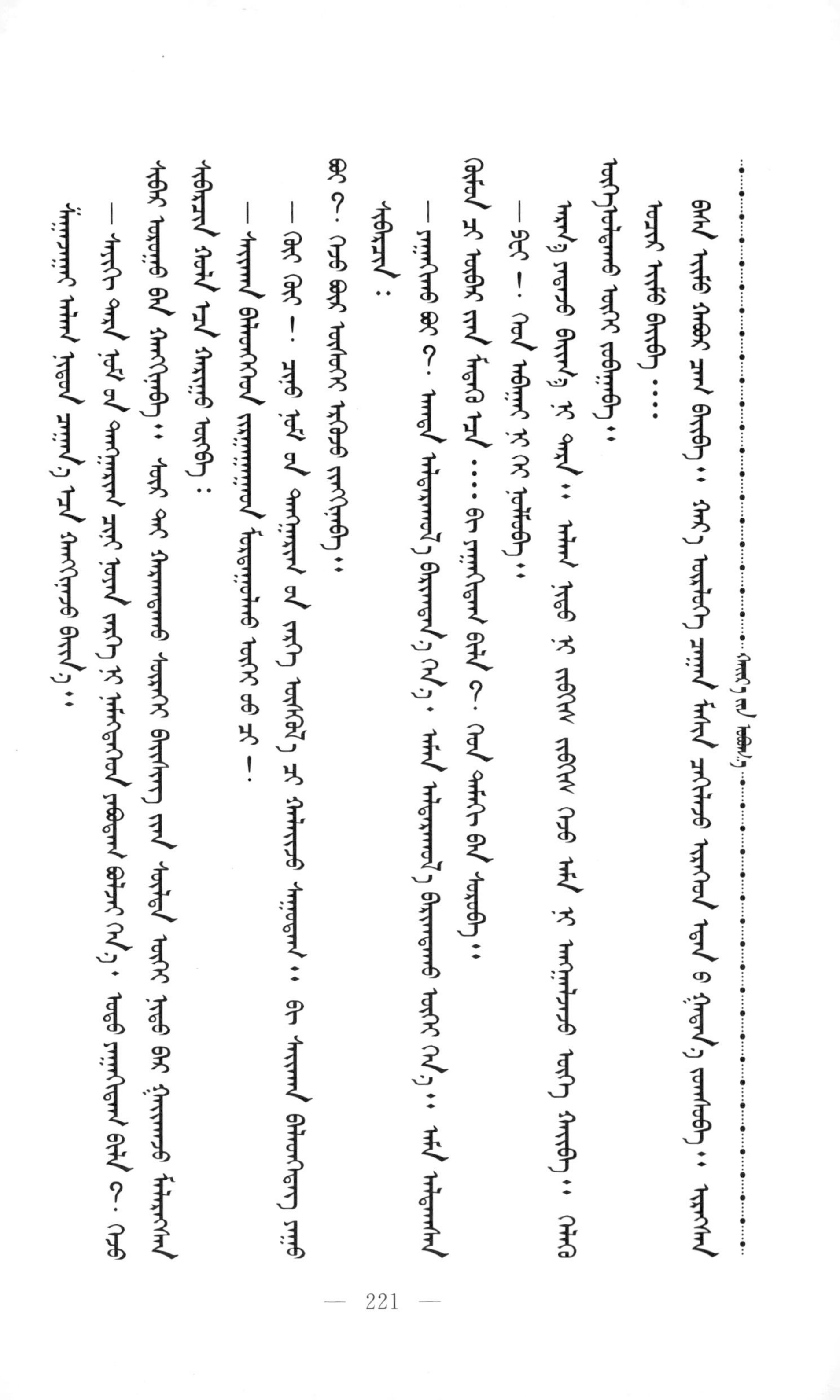

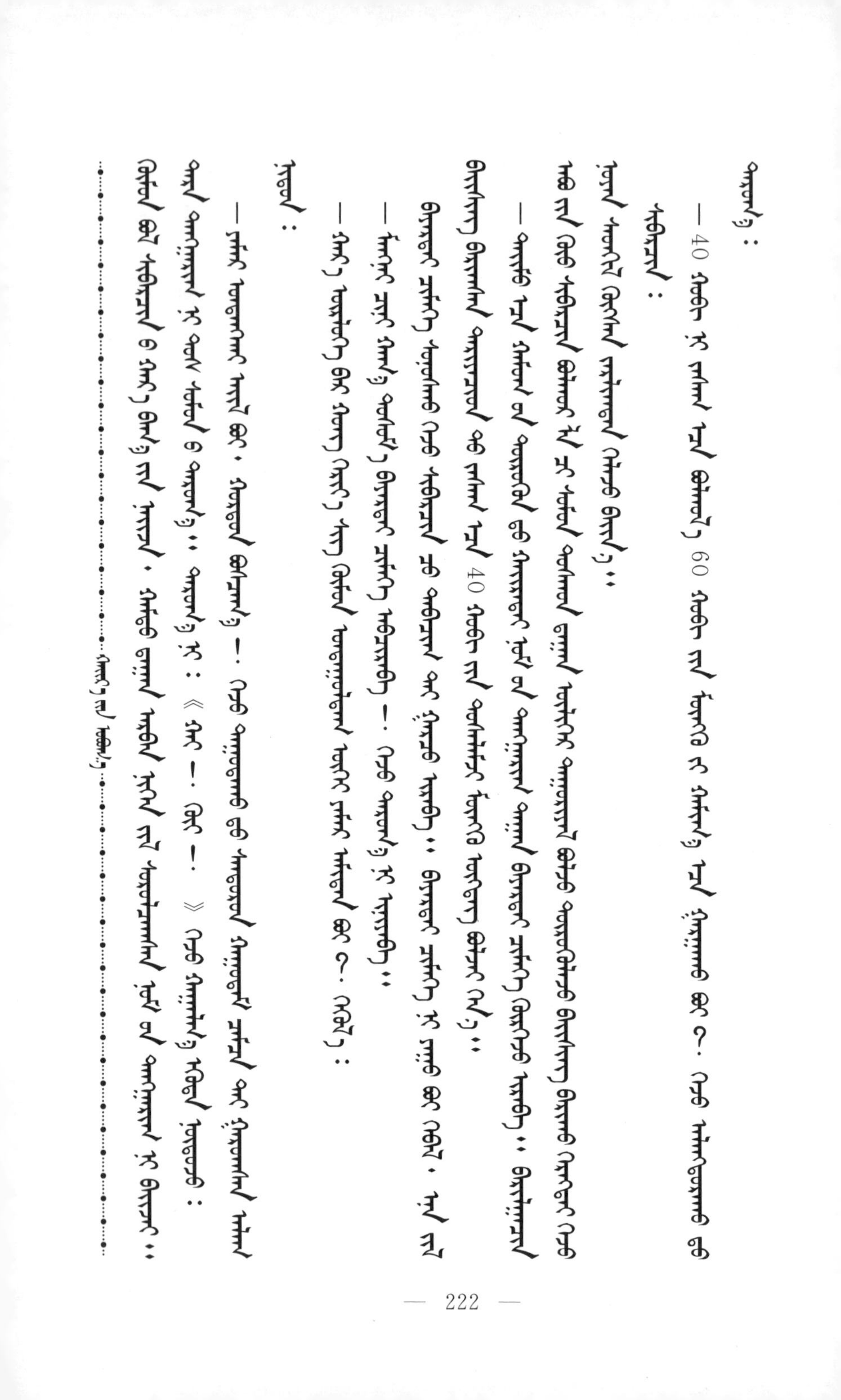

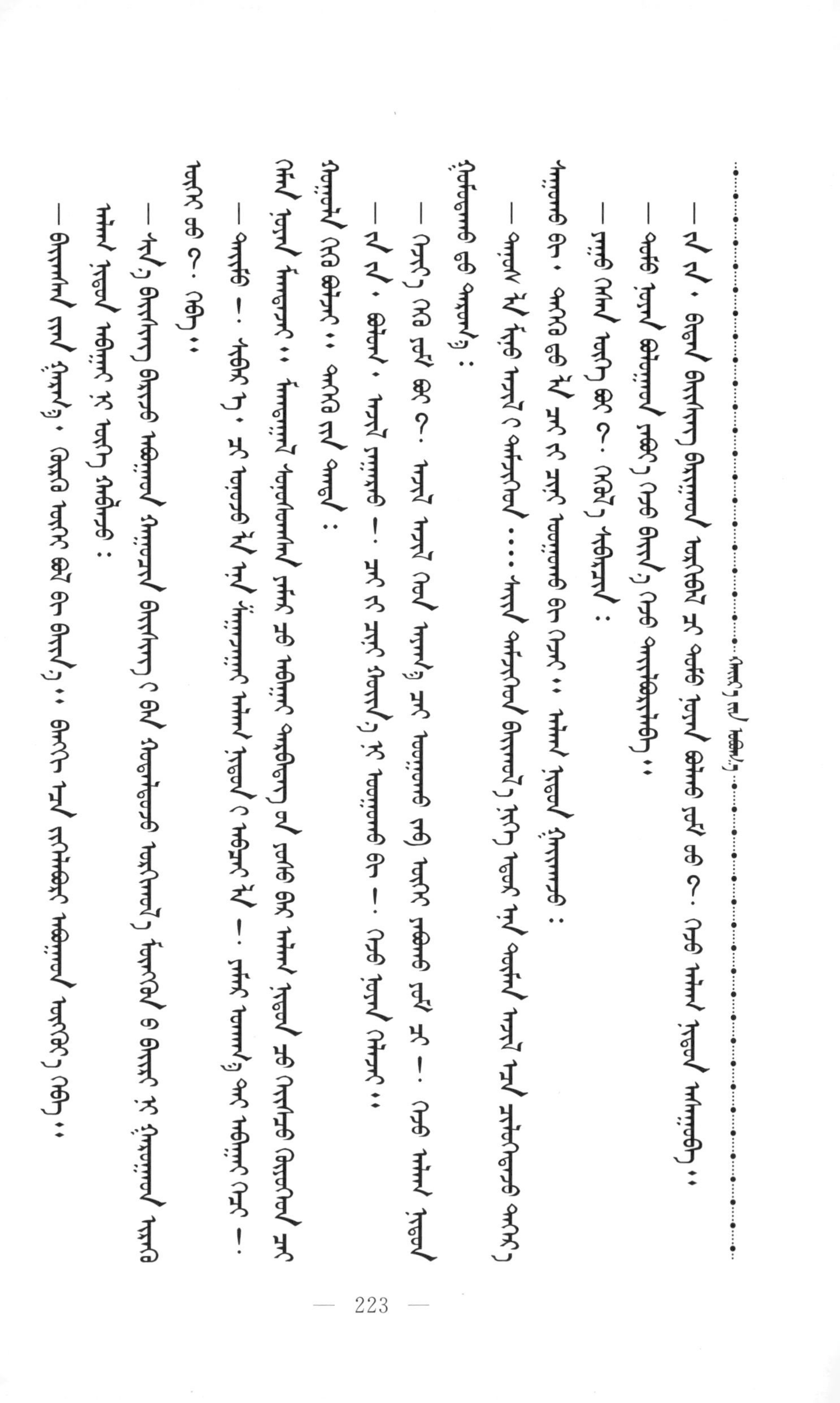

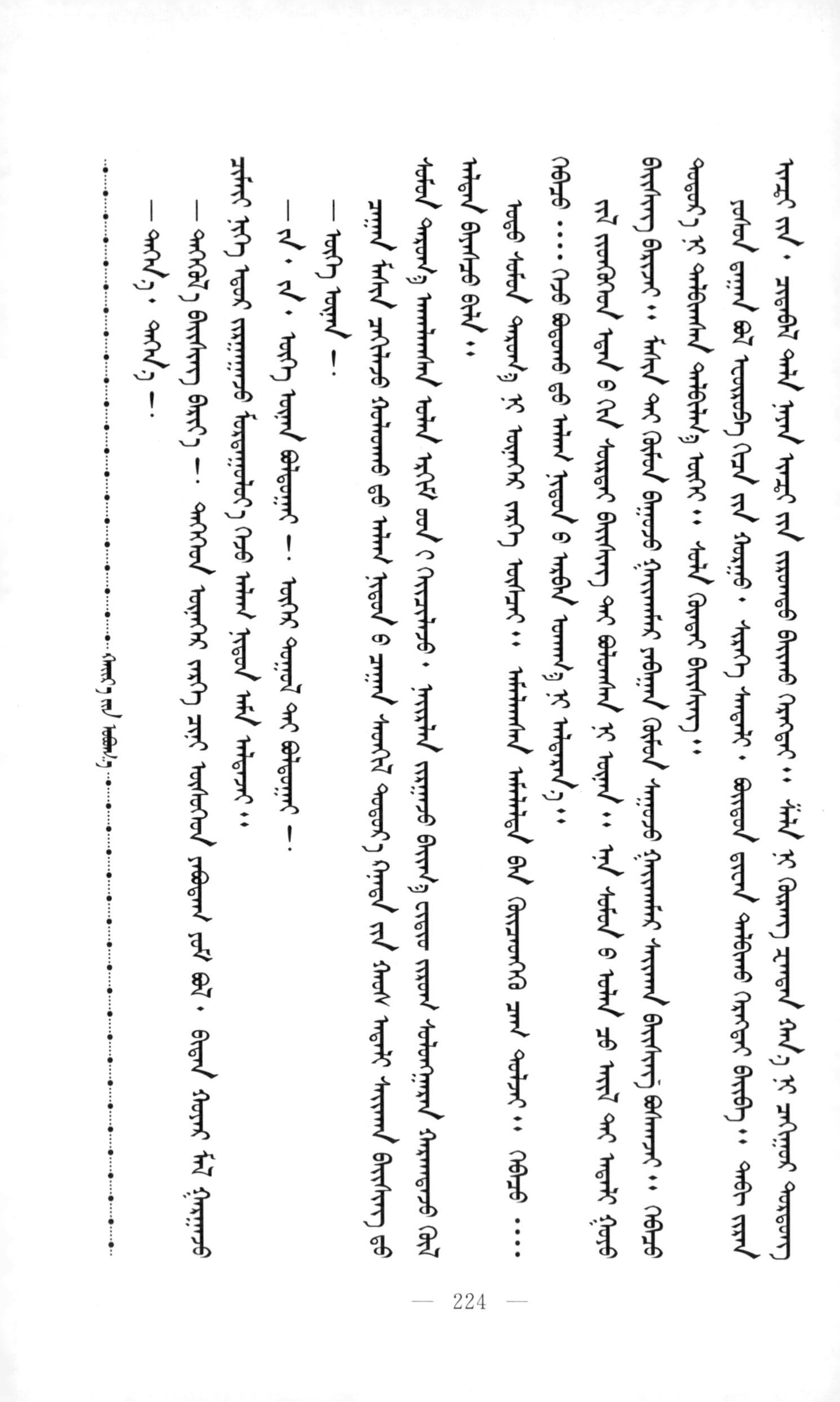

— [illegible] —!

— [illegible] — [illegible]

[illegible]

— [illegible] —! [illegible] —!

— [illegible] —!

[illegible]

[illegible]

[illegible]

[illegible]

[illegible]

[illegible]

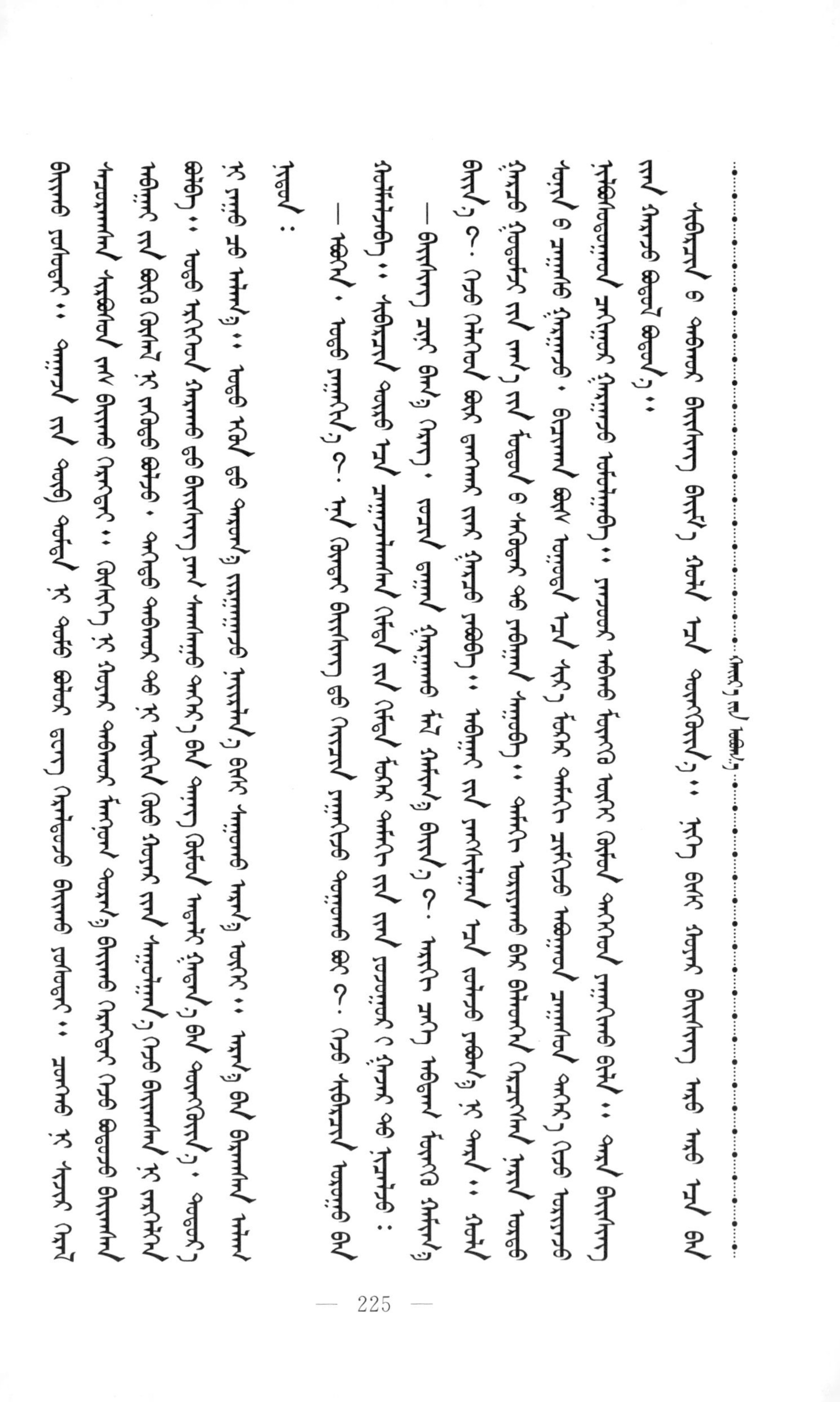

[illegible]

[illegible]

[illegible]

[illegible]

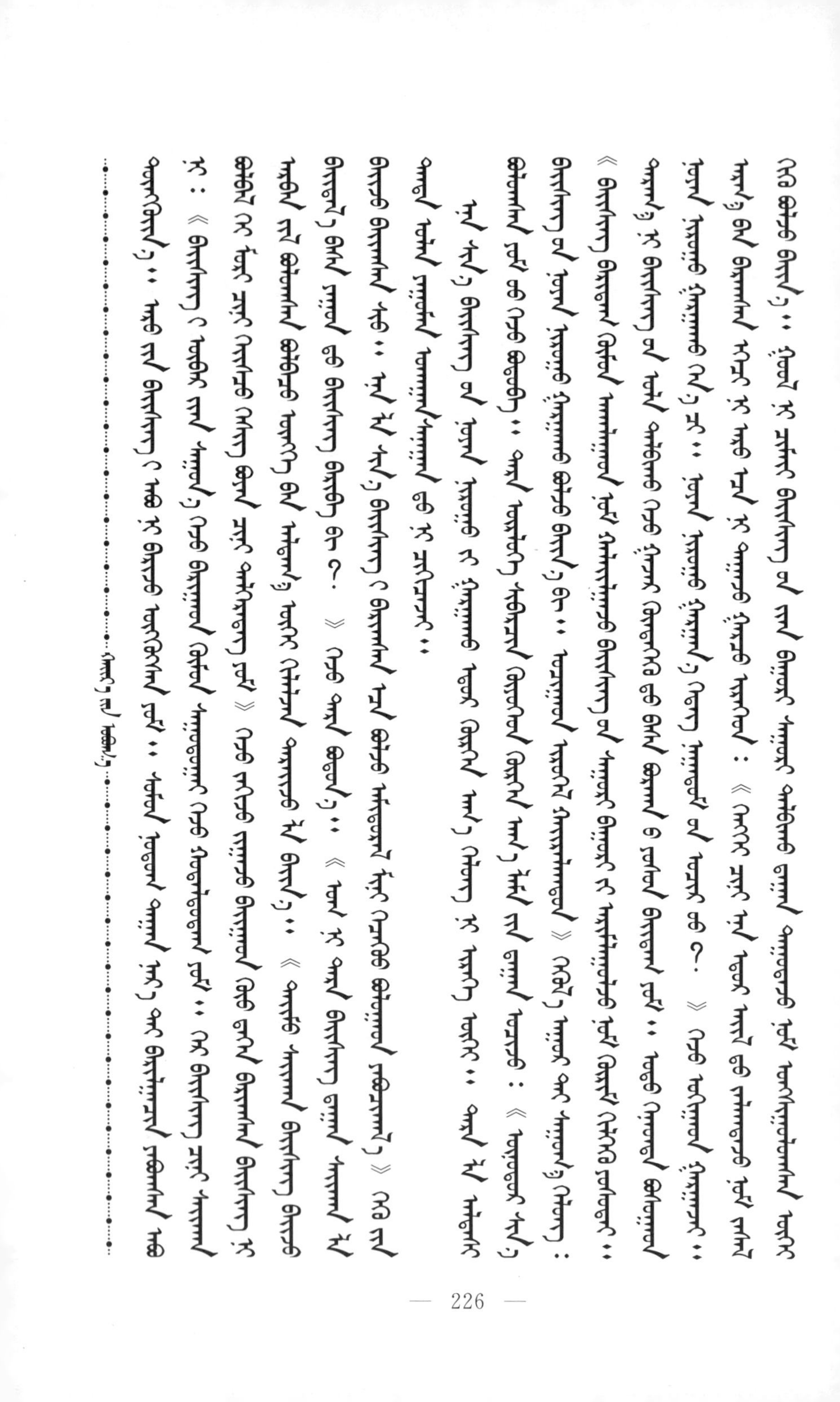

[illegible]

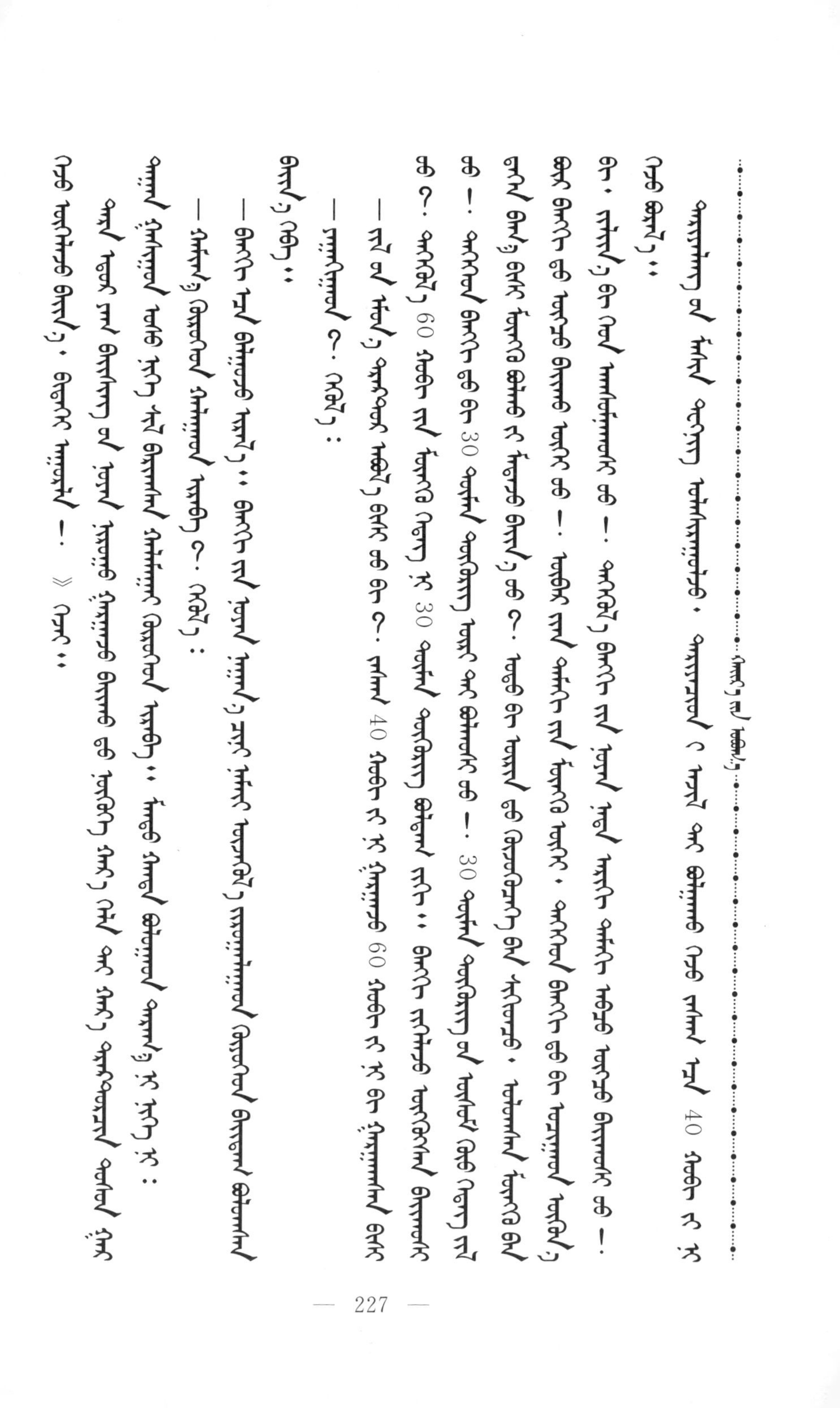

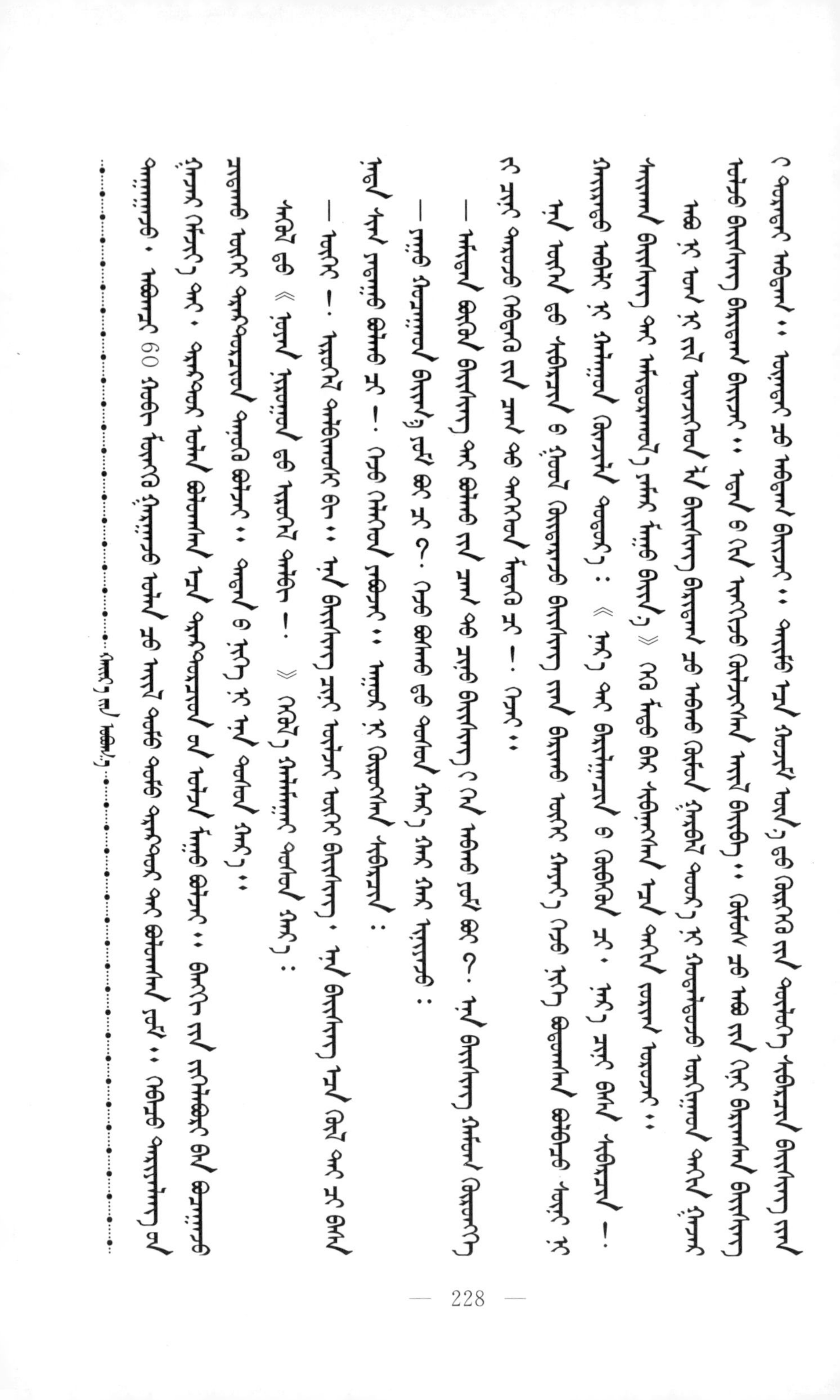

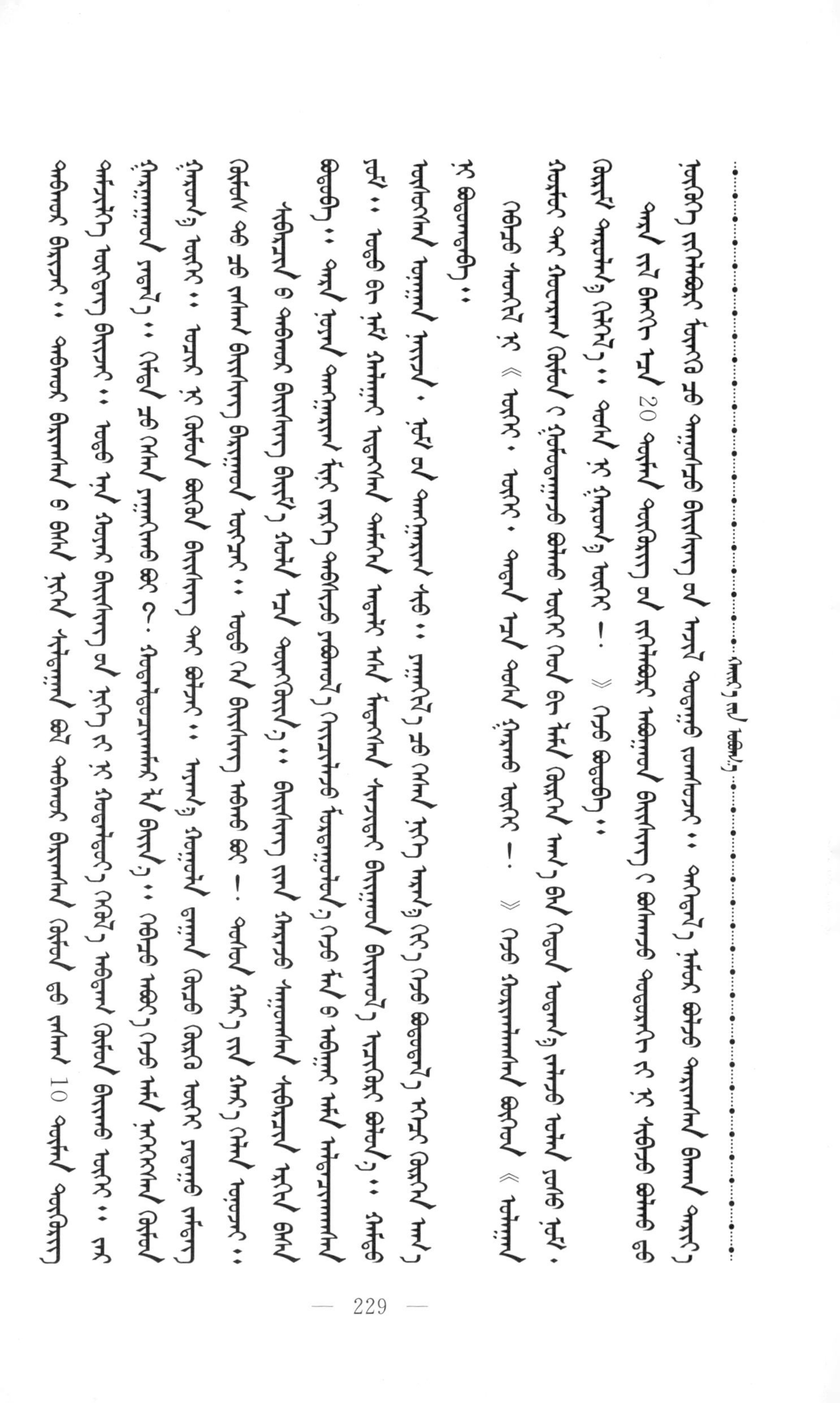

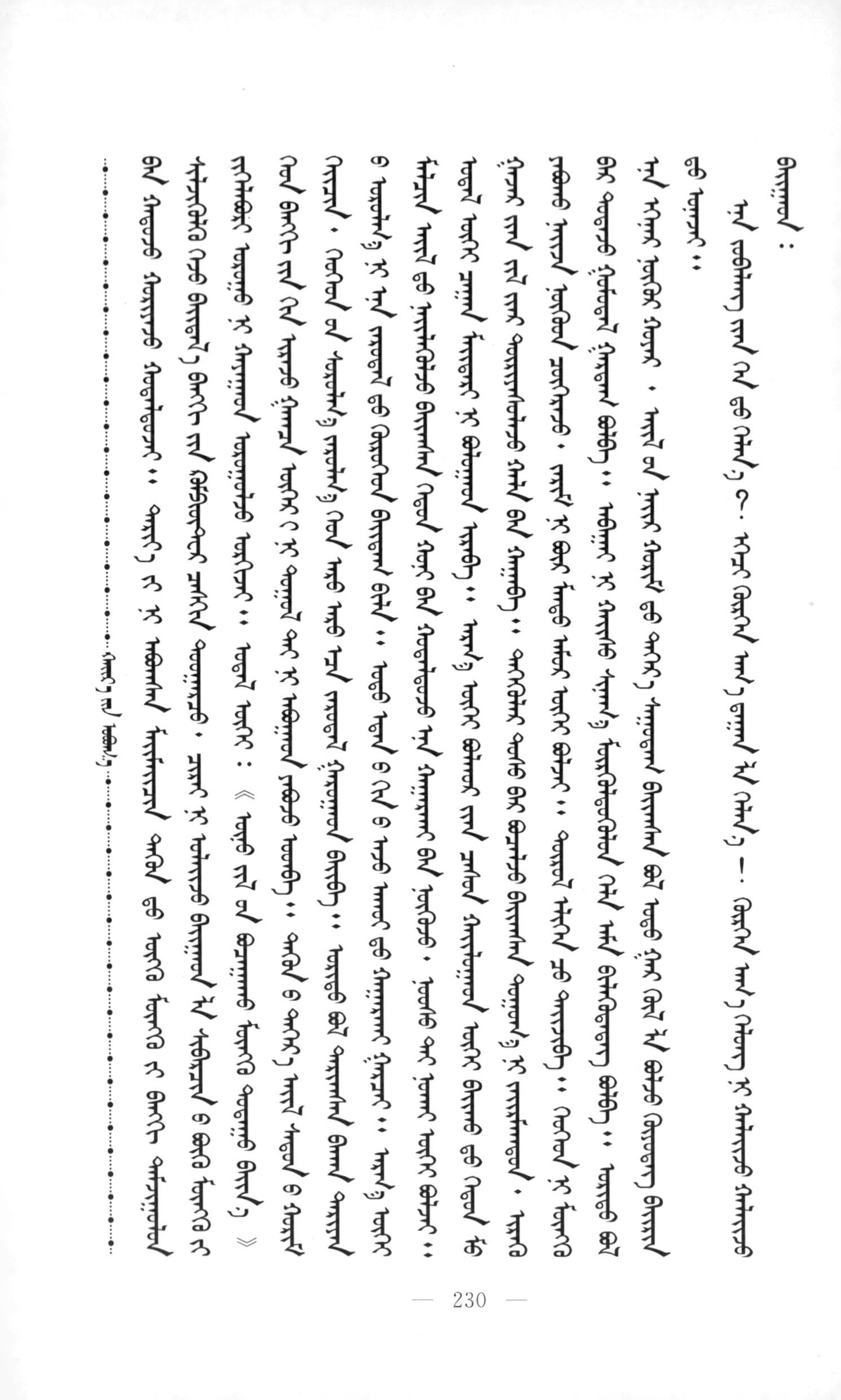

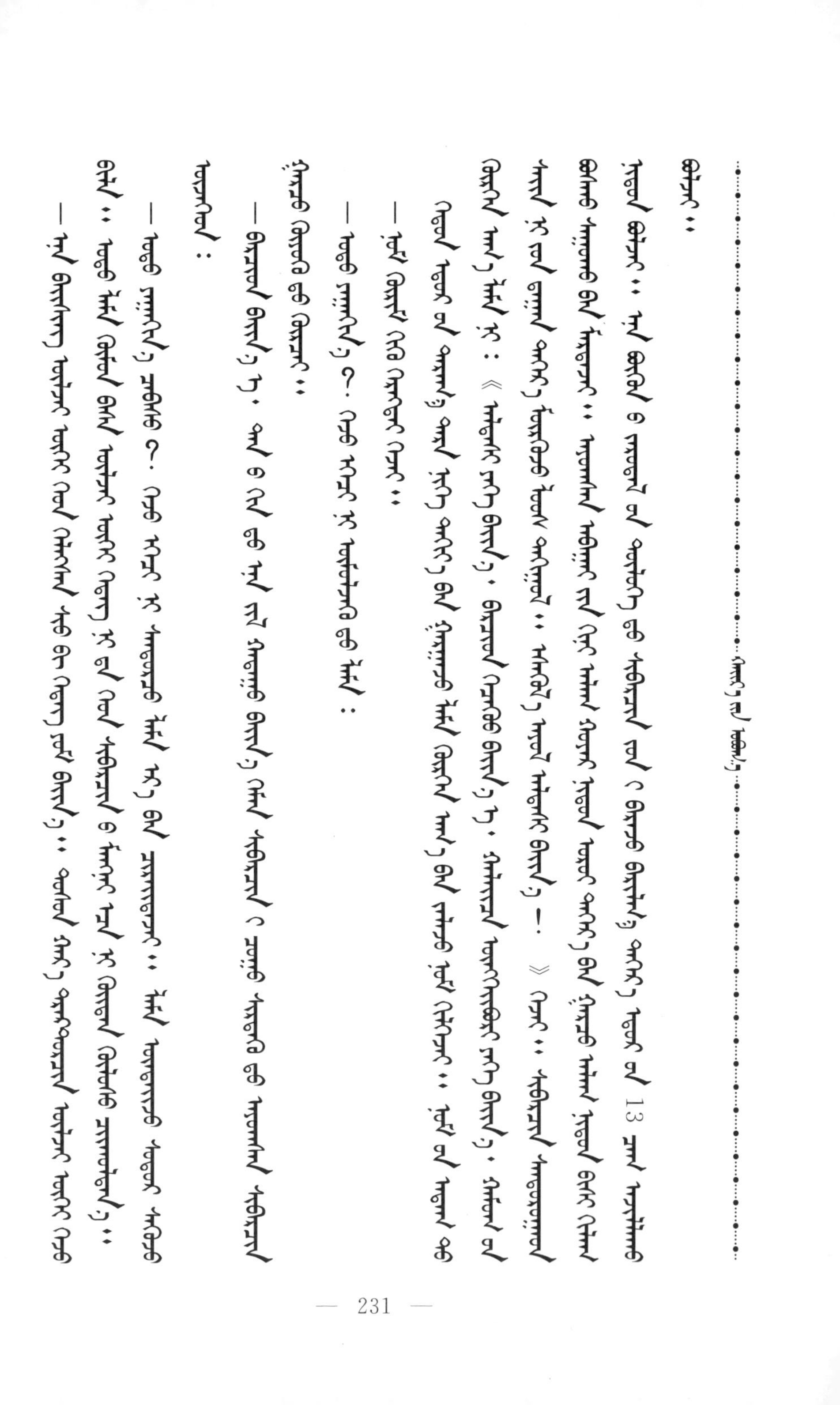

[illegible] ::

[illegible] :: [illegible] 13 [illegible] :: [illegible] — · 》 [illegible] :: [illegible] : 《 [illegible] · [illegible] · [illegible] · [illegible] :: [illegible]

— [illegible] ::

— [illegible] ?· [illegible] :

[illegible] ::

— [illegible] · [illegible] · [illegible]

[illegible] :

— [illegible] ?· [illegible] :: [illegible] :: [illegible] :: [illegible]

— [illegible] :: [illegible]

— ᠮᠠᠭᠤᠳᠠᠢ ᠡᠮᠡᠭᠡᠨ ᠦ ᠶᠠᠭᠠᠨ ᠮᠠᠭᠤᠬᠠᠢ ᠬᠦᠮᠦᠨ ᠬᠦᠦᠬᠡᠳ ᠪᠠᠢᠭᠰᠠᠨ ᠤ ᠪᠢᠳᠡ ᠶᠠᠭᠤ ?

— ᠶᠡᠬᠡᠳᠡᠪᠡ ᠪᠠᠢᠭᠠᠨ ᠤ ᠪᠢᠰᠢ ᠂ ᠲᠡᠷᠡ ᠴᠢ ᠬᠡᠳᠦᠢ ᠳᠡᠭᠡᠷᠡ ᠪᠠᠢᠬᠤ ᠠᠭᠠ ᠪᠢᠰᠢ ᠮᠠᠭᠤ ᠶᠢ ᠮᠡᠳᠡᠳᠡᠭ ᠦ ᠄

— ᠶᠠᠭᠤᠪᠠ ᠭᠡᠷᠡᠭᠡ ᠶᠢ ᠪᠠᠢᠬᠤ ᠮᠡᠳᠡᠭᠰᠡᠨ ᠦᠭᠡᠢ —᠂

ᠮᠠᠰᠢ ᠶᠢᠨ ᠪᠢᠳᠡ ᠪᠠᠢᠭᠰᠠᠨ ᠠᠷᠠᠯ ᠶᠢᠨ ᠮᠡᠳᠡᠯ ᠢᠶᠡᠨ ᠪᠢᠳᠡ ᠬᠡᠯᠡᠯᠴᠡᠪᠡ ᠮᠠᠭᠠᠳ ᠤ᠄

ᠠᠭᠠᠷᠠᠪᠠ ᠮᠠᠭᠤᠬᠠᠢ ᠬᠦᠮᠦᠨ ᠳᠡᠭᠡᠷᠡ ᠳᠤ ᠬᠠᠷᠠᠭᠳᠠᠭᠰᠠᠨ ᠪᠠᠢᠭᠰᠠᠨ ᠶᠠᠭᠤ ᠮᠠᠨ —᠂

ᠠᠯᠢᠪᠠ ᠠᠮᠢᠳᠤᠷᠠᠯ ᠬᠦᠮᠦᠨ ᠶᠠᠭᠤᠨ ᠠᠮᠠᠷ ᠰᠠᠢ ᠮᠡᠳᠡᠨ ᠪᠣᠯᠤᠨ᠎ᠠ᠂ ᠠᠷᠠᠭᠠᠪᠠ ᠭᠡᠷᠡᠭᠡ ᠮᠡᠳᠡᠭᠰᠡᠨ ᠮᠠᠭᠤ ᠪᠣᠯᠤᠨ᠎ᠠ᠄ ᠠᠯᠢᠮᠠ ᠬᠤ —᠂ ᠭᠡᠷᠡᠭᠡ ᠶᠢ ᠳᠡᠭᠡᠷᠡ

— ᠬᠤ᠂ ᠰᠠᠢᠨ ᠪᠠᠢᠭᠠᠨ ᠤ ᠶᠢᠨ ᠤ ᠲᠡᠷᠡ ? ᠰᠠᠢᠬᠠᠨ ᠠᠮᠢᠳᠤᠷᠠᠯ ᠰᠠᠢᠬᠠᠨ ᠮᠡᠳᠡᠯᠡᠯ ᠳᠡᠭᠡᠷᠡ ᠶᠠᠭᠤ ᠰᠠᠢᠨ ᠶᠢ ᠪᠣᠯᠤᠨ᠎ᠠ ᠪᠢᠰᠢ ? ᠳᠡᠭᠡᠷᠡ ᠶᠢᠨ ᠳᠡᠭᠡᠷᠡ

— ᠮᠠᠨ ᠳᠡᠭᠡᠷᠡ ? ……ᠲᠡᠷᠡ ᠰᠠᠢᠨ ᠪᠣᠯᠤᠭᠰᠠᠨ ᠶᠠᠭᠤ ᠬᠠᠷᠠᠭᠳᠠᠭᠰᠠᠨ ᠪᠠᠢᠭᠠᠨ ᠤ ᠰᠠᠨ ᠪᠢᠰᠢ ?

— ᠮᠣᠩᠭᠣᠯ ᠳᠤ ᠳᠡᠭᠡᠷᠡ ᠮᠠᠨ —᠂ ᠬᠤᠷᠠ ᠮᠣᠩᠭᠣᠯ ᠠᠭᠠ ᠨᠢ ᠪᠠᠢᠭᠠᠯᠭᠠᠳᠤᠨ᠎ᠠ᠄

— ᠶᠡᠬᠡ᠂ ᠨᠠᠮᠠ ᠶᠢ ᠠᠯᠢᠪᠠ ᠳᠡᠭᠡᠷᠡ ᠶᠢᠨ ᠮᠡᠳᠡᠭᠳᠡᠭᠰᠡᠨ —᠂ ᠬᠠᠮᠢᠨ ᠲᠡᠨ :

ᠲᠡᠷᠡ ᠪᠢᠳᠡ ᠨᠠᠷᠠ ᠪᠠᠢᠭᠰᠠᠨ ᠤ ᠠᠯᠢᠮᠠ ᠭᠡᠷᠡᠭᠰᠡᠨ ᠰᠠᠢᠨ ᠪᠠᠢᠭᠠᠯᠭᠠᠳᠤᠨ :

ᠨᠣᠮᠣᠭᠠᠨ ᠮᠠᠰᠢ ᠮᠠᠰᠢ ᠰᠠᠢᠨ ᠦ ᠪᠣᠯᠤᠭᠰᠠᠨ ᠳᠡᠭᠡᠷᠡ ᠲᠡᠨ ᠲᠡᠨ ᠶᠡᠬᠡ ᠶᠢᠨ ᠨᠡᠭᠡ ᠮᠣᠩᠭᠣᠯ ᠪᠠᠢᠭᠠᠨ ᠤ ᠠᠮᠢᠳᠤᠷᠠᠯ ᠭᠡᠷᠡ ᠶᠢᠨ ᠪᠠᠷᠠᠭᠤᠨ ᠮᠣᠩᠭᠣᠯ᠄ ᠰᠠᠷᠠᠭᠤᠨ ᠰᠠᠢᠬᠠᠨ ᠠᠮᠢᠳᠤᠷᠠᠯᠲᠠᠢᠭᠠᠷ᠄

ᠠᠯᠪᠠᠨ ᠪᠠᠢᠬᠤ ᠲᠡᠨ ᠮᠠᠭᠤ ᠲᠡᠷᠡ ᠬᠠᠷᠠᠭᠳᠠᠭᠰᠠᠨ ᠮᠠᠭᠤᠬᠠᠢ ᠰᠠᠢᠬᠠᠨ ᠄ ᠮᠠᠨ ᠲᠡᠨ ᠪᠢᠳᠡ ᠮᠡᠳᠡᠭᠡᠳ ᠪᠠᠢᠭᠠᠨ ᠭᠡᠷᠡᠭᠡ ᠶᠢᠨ ᠬᠤ ᠪᠠᠢᠬᠤ ᠪᠠᠢᠭᠠᠳ ᠮᠣᠩᠭᠣᠯ

ᠠᠮᠢᠳᠤ ᠶᠢᠨ ᠲᠡᠨ ᠮᠣᠩᠭᠣᠯ

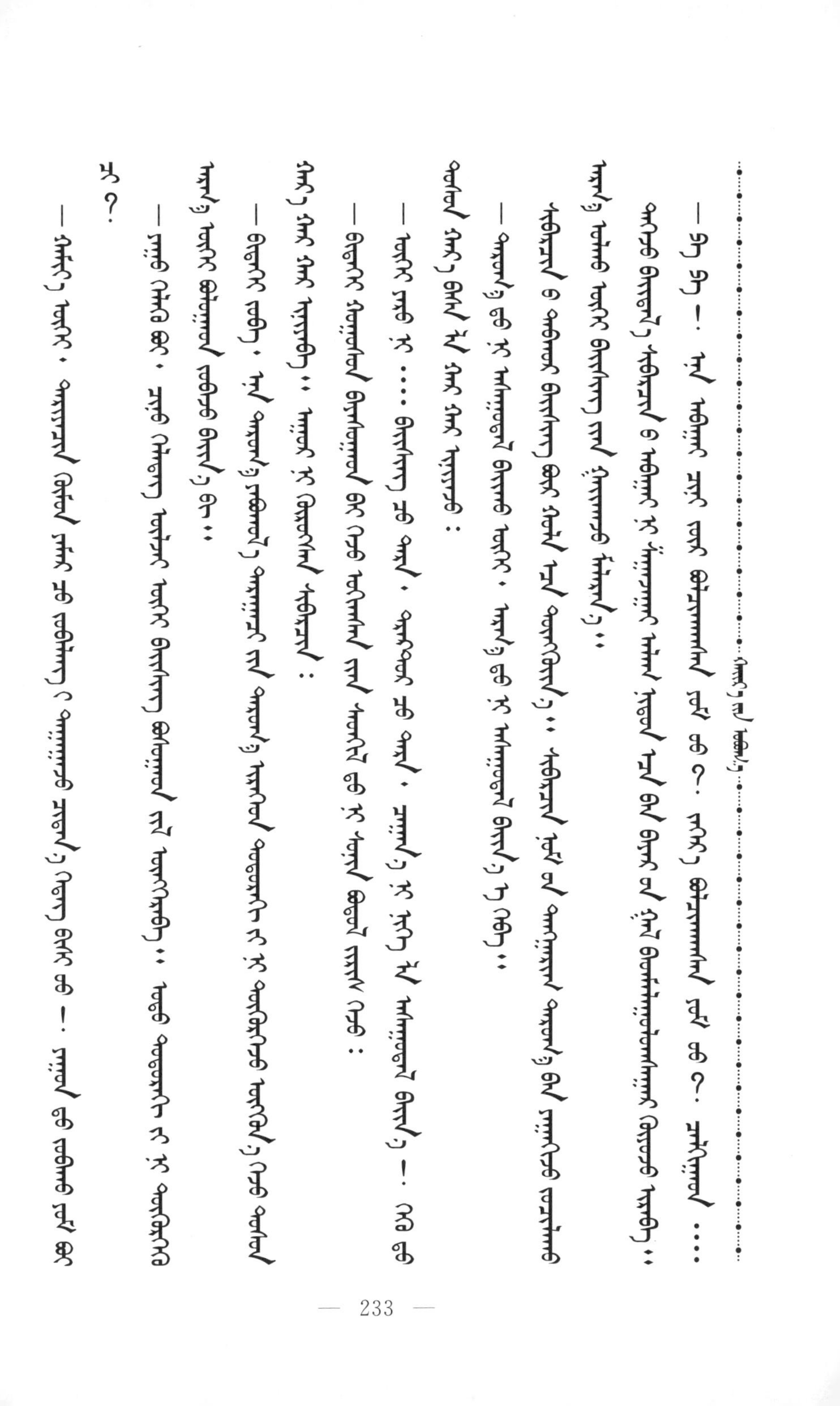

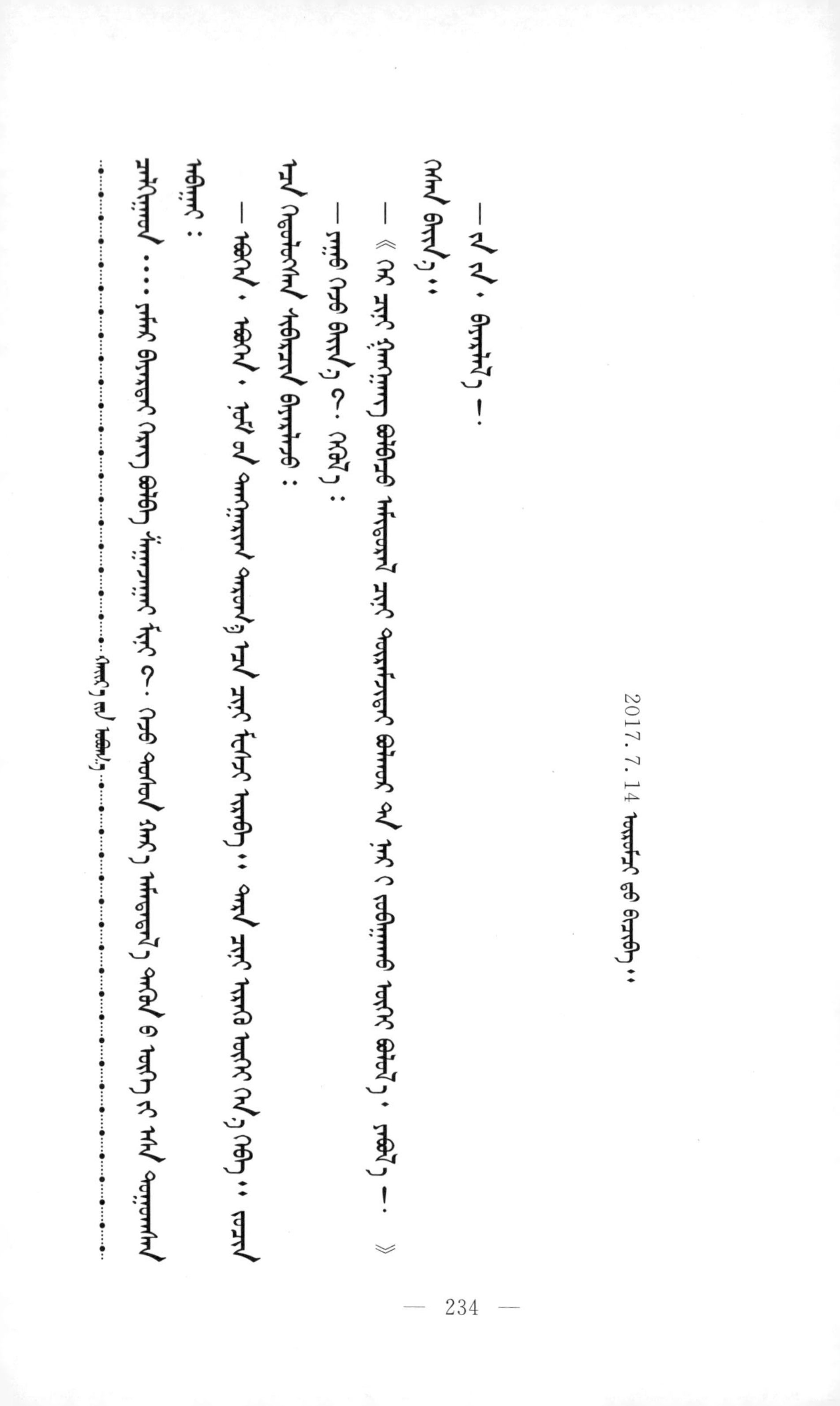

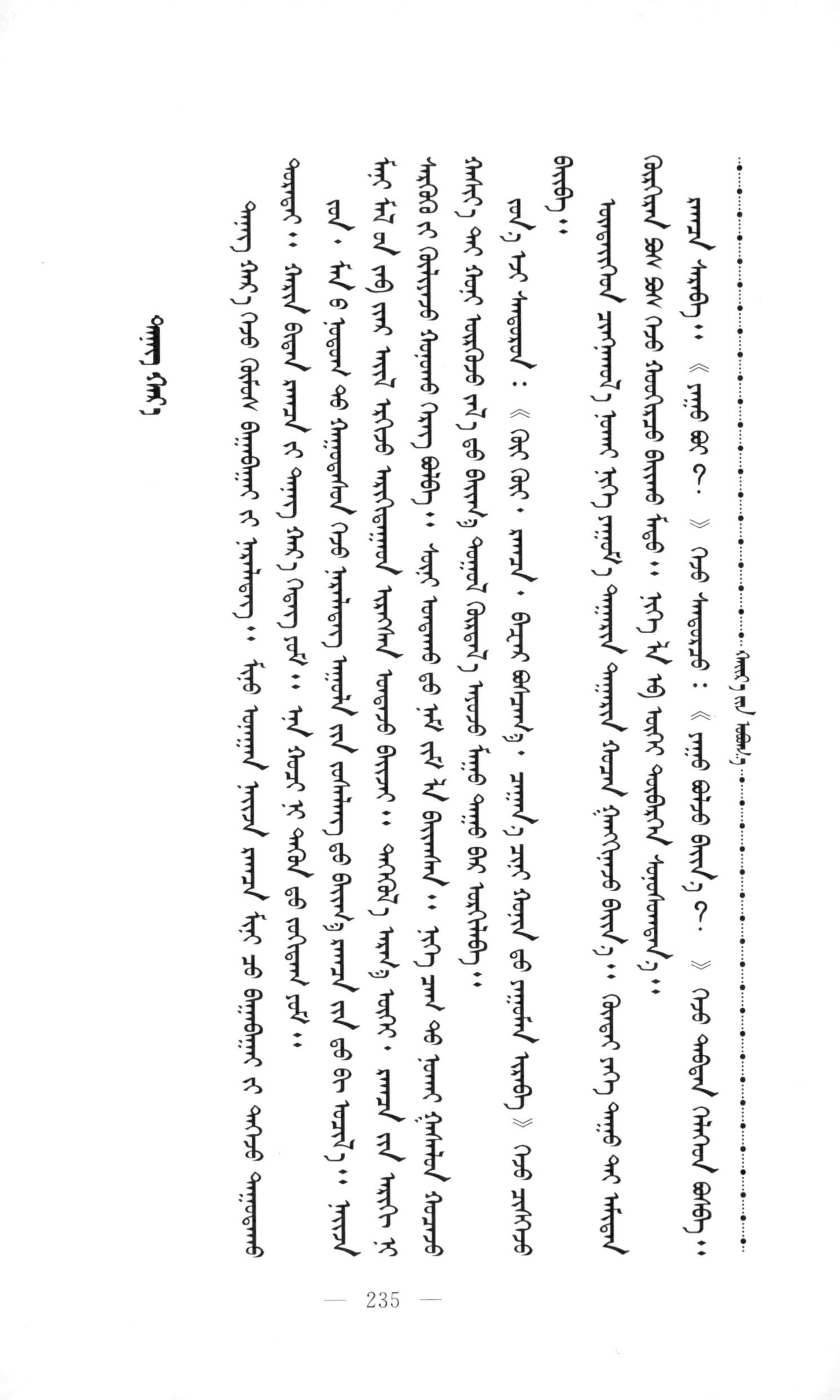

[illegible]

[illegible]

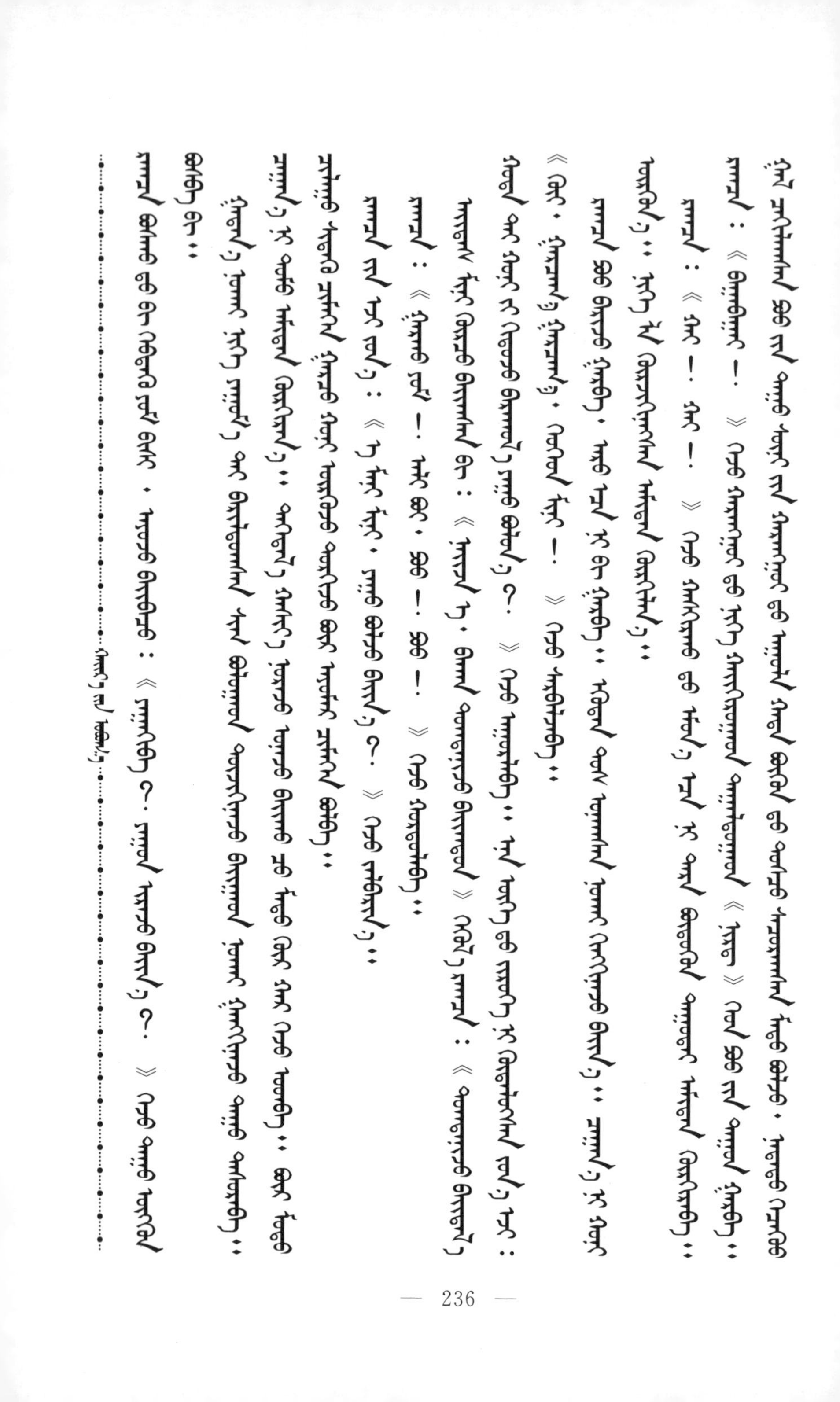

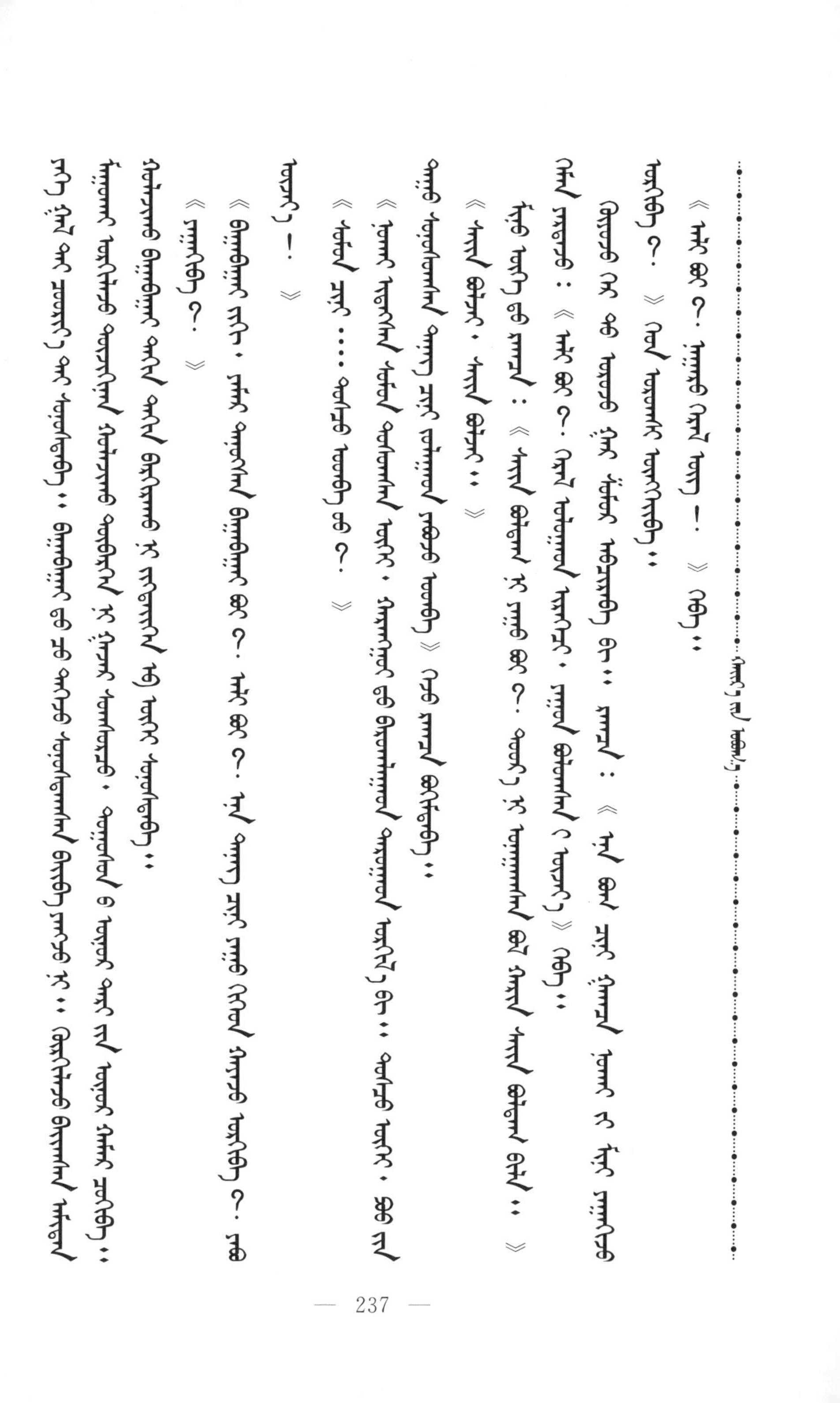

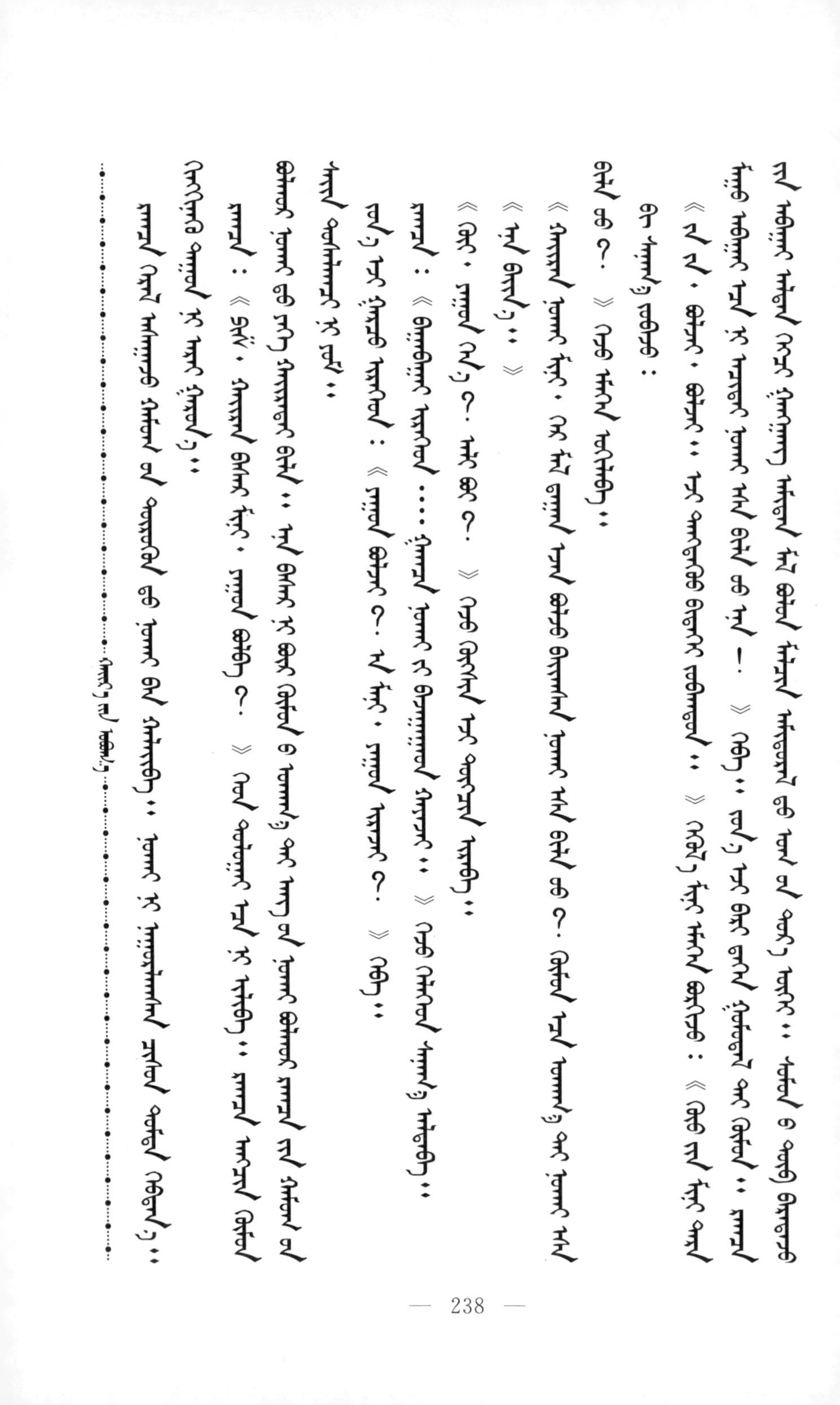

[illegible] ᠃᠃ [illegible]
[illegible] ! 》 [illegible] ᠃᠃ [illegible] ᠃᠃ [illegible]
《 [illegible] ᠂ [illegible] ᠂ [illegible] ᠃᠃ [illegible] ᠃᠃ 》 [illegible] : 《 [illegible]
[illegible] :
[illegible] ᠪᠣ ? 》 ᠭᠡᠵᠦ [illegible] ᠃᠃

《 [illegible] ᠂ [illegible] ? [illegible]
《 [illegible] ᠃᠃ 》
《 [illegible] ᠂ [illegible] ? [illegible] ? 》 ᠭᠡᠵᠦ [illegible] ᠃᠃
[illegible] : 《 [illegible] …… [illegible] ᠃᠃ 》 ᠭᠡᠵᠦ [illegible] ᠃᠃
[illegible] : 《 [illegible] ? [illegible] ᠂ [illegible] ? 》 [illegible] ᠃᠃
[illegible] ᠃᠃

[illegible] ᠃᠃ [illegible]
[illegible] : 《 [illegible] ᠂ [illegible] ᠂ [illegible] ? 》 [illegible] ᠃᠃ [illegible]
[illegible] ᠃᠃

[illegible] ᠃᠃ [illegible] ᠃᠃

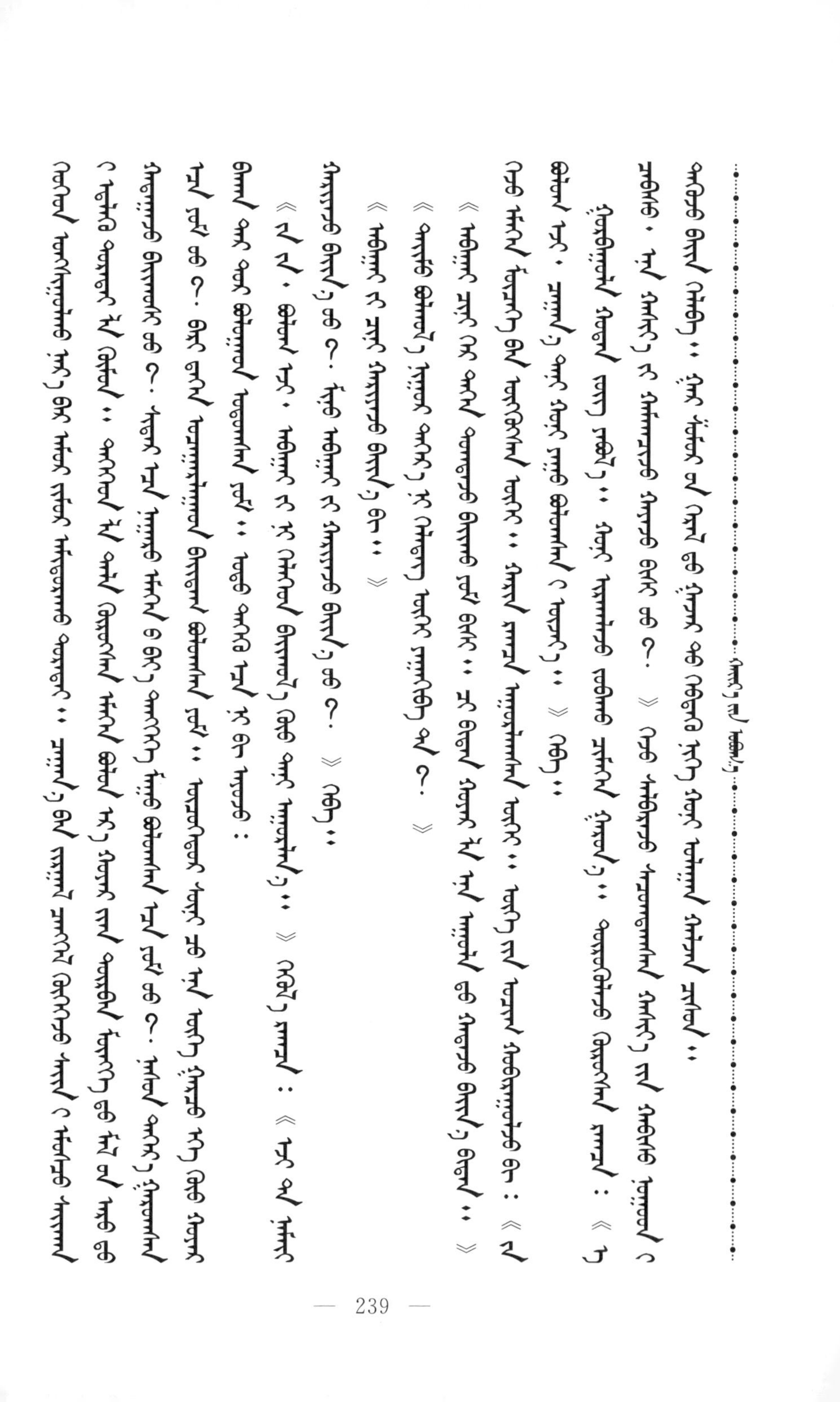

[illegible]

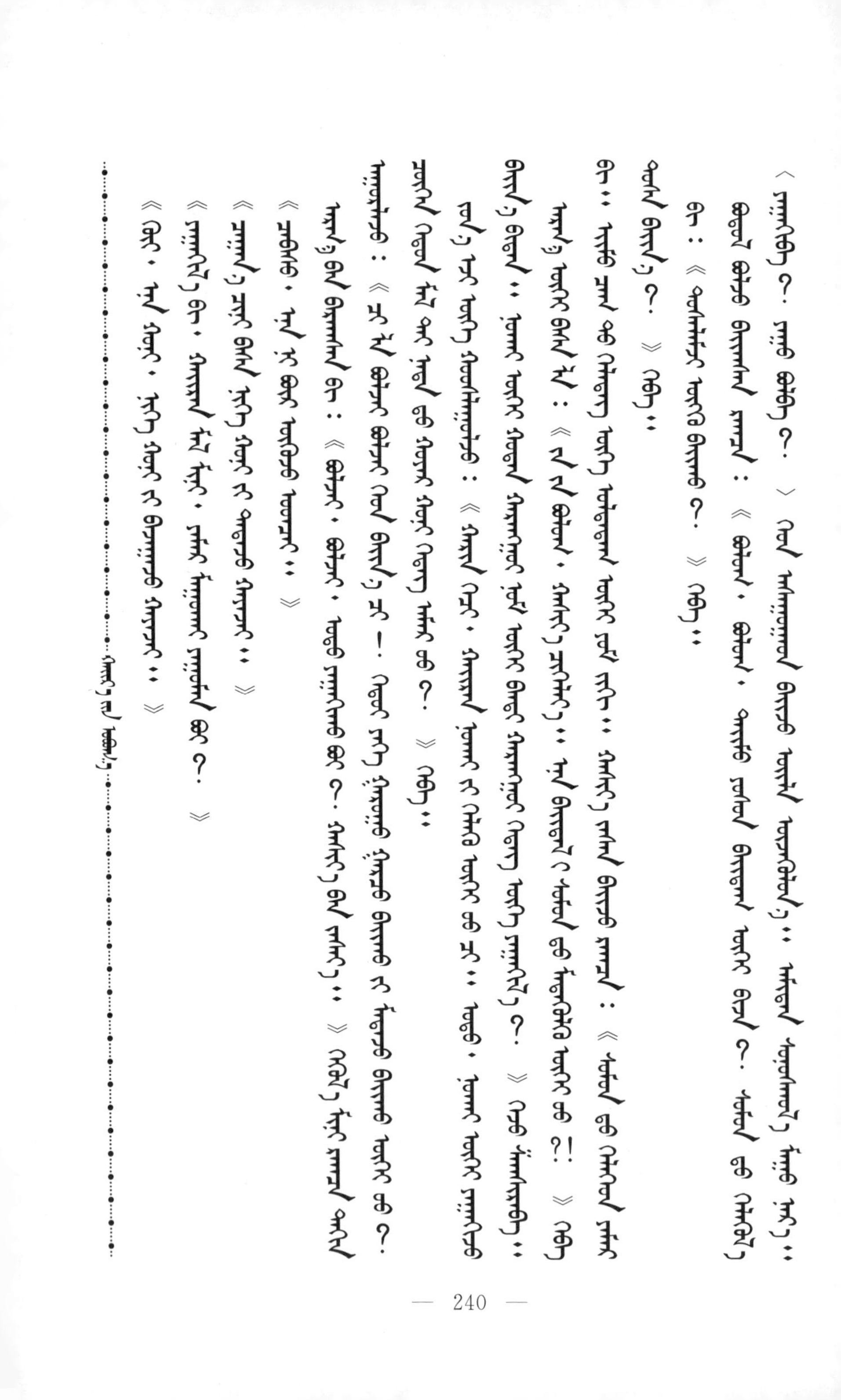

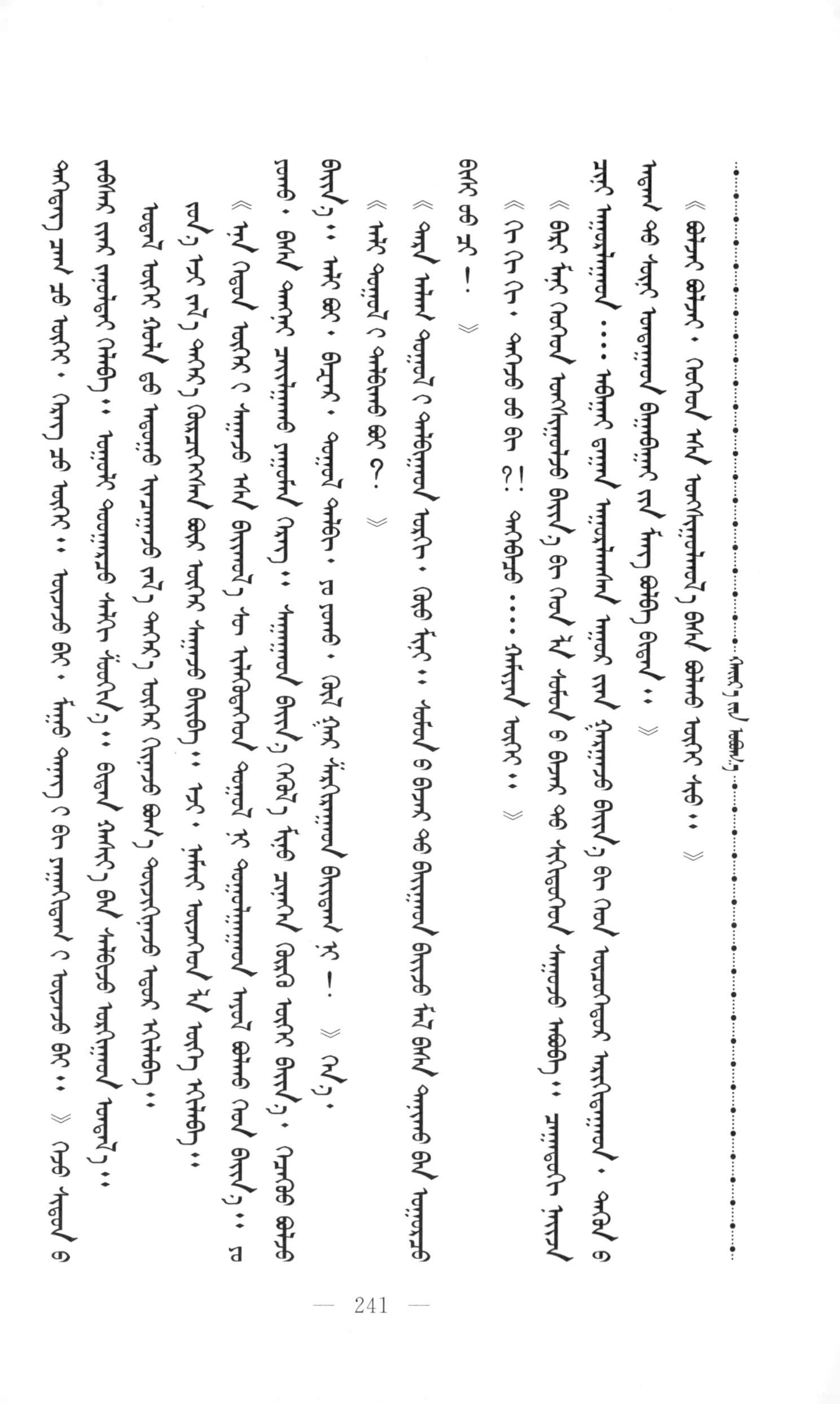

[illegible]

《[illegible] ᠃ 》

[illegible] ᠃ 》

[illegible] …… [illegible]

《[illegible] ᠃ [illegible]

《[illegible] ?! [illegible] …… [illegible] ᠃ 》

[illegible] ! 》

《[illegible] ᠃ [illegible]

《[illegible] ? 》

[illegible] ! 》 [illegible]

[illegible] ᠃ [illegible]

《[illegible] ᠃ [illegible]

[illegible] ᠃

[illegible] ᠃

[illegible] ᠃ [illegible] ᠃

[illegible] ᠃ 》 [illegible]

ᠪᠡ : 《ᠪᠢᠴᠢᠭ ᠪᠢᠴᠢᠭ᠂ ᠰᠤᠷᠤᠭᠴᠢᠳ ᠤᠨ ᠬᠣᠢᠨ᠎ᠠ ᠪᠢᠳᠡ ᠭᠡᠨ᠎ᠡ᠂ ᠪᠡ ᠪᠢᠳᠡᠨ ᠤᠨ ᠰᠢᠨ᠎ᠡ ᠪᠢᠴᠢᠭᠰᠡᠨ》 ᠭᠡᠵᠦ ᠪᠢᠴᠢᠪᠡ ::
ᠪᠢᠳᠡ᠂ ᠰᠤᠷᠤᠭ ᠰᠤᠷᠭᠠᠭᠤᠯᠢ ᠶᠢᠨ ᠪᠡ :: 》 ᠭᠡᠵᠦ ᠬᠡᠯᠡᠪᠡ ::
《ᠰᠤᠷᠭᠠᠭᠤᠯᠢ ᠶᠢᠨ ᠪᠡ᠂ ᠬᠡᠳᠦᠢ ᠬᠡᠯᠡ᠂ ᠨᠣᠮᠤᠨ ᠤ ᠪᠠᠶᠢᠰᠢᠩ ᠪᠠ᠂ ᠬᠡᠳᠦᠢ ᠬᠡᠯᠡ᠂ ᠭᠡᠷ ᠲᠤ ᠰᠠᠭᠤᠵᠤ ᠰᠤᠷᠤᠵᠤ ᠰᠤᠷᠤᠭᠠᠳ ᠭᠡᠵᠦ ᠪᠠᠶᠢᠭᠠᠳ ᠬᠡᠯᠡ
ᠰᠣᠨᠣᠰᠴᠤ ᠲᠤᠰᠠ ᠦᠭᠡᠢ ᠪᠣᠯ ᠲᠡᠷᠡ ᠲᠡᠭᠦᠨ ᠤ ᠲᠥᠯᠥᠭᠡ ᠰᠤᠷᠤᠯᠴᠠᠬᠤ ᠶᠢᠨ ᠲᠥᠯᠦᠭᠡ ᠬᠡᠯᠡ ᠰᠠᠨᠠᠵᠤ :: ᠪᠢᠳᠡᠨ ᠲᠤᠰᠠ ᠰᠠᠢᠨ ᠪᠠᠶᠢᠨ᠎ᠠ ᠭᠡᠵᠦ ᠮᠣᠩᠭᠣᠯ :
ᠪᠢᠴᠢᠭᠯᠡᠬᠦ ᠲᠡᠷᠡ ᠪᠢᠳᠡ ᠪᠣᠯ ᠤᠤ? ᠪᠢᠳᠡᠨ ᠲᠡᠷᠡ — ᠪᠢ ᠲᠡᠷᠡ᠂ ᠲᠡᠷᠡ ᠲᠡᠷᠡ ᠪᠡ :: 》 ᠭᠡᠵᠦ ᠲᠡᠷᠡᠭᠦᠯᠡᠪᠡ :: ᠮᠣᠩᠭᠣᠯ ᠤᠨ ᠪᠢᠴᠢᠭ ᠲᠡᠷᠡᠭᠦᠨ
ᠲᠡᠭᠦᠨ ᠦ ᠬᠡᠯᠡ ᠲᠡᠷᠡᠭᠦᠨ : 《ᠰᠤᠷᠭᠠᠭᠤᠯᠢ ᠶᠢᠨ ᠪᠡ᠂ ᠲᠡᠷᠡᠭᠦᠨ ᠰᠤᠷᠤᠭᠴᠢ ᠪᠢᠴᠢᠭ ᠰᠤᠷᠤᠯᠴᠠᠬᠤ ᠭᠡᠵᠦ ᠲᠡᠷᠡ ᠪᠢᠳᠡ᠂ ᠪᠢᠳᠡᠨ ᠪᠢᠴᠢᠭᠯᠡᠬᠦ ᠨᠣᠮᠤᠨ
ᠲᠡᠭᠦᠨ ᠰᠤᠷᠤᠯᠴᠠᠬᠤ᠂ ᠬᠡᠯᠡ ᠪᠢ ᠬᠡᠯᠡ :: 》 ᠭᠡᠪᠡ ::
ᠰᠤᠷᠤᠭ : 《ᠪᠢᠳᠡ ᠤ ᠲᠡᠷᠡᠭᠦᠨ ᠰᠤᠷᠤᠭᠴᠢ ᠲᠡᠭᠦᠨ ᠰᠤᠷᠤᠯᠴᠠᠬᠤ ᠲᠡᠷᠡ᠂ ᠪᠢᠴᠢᠭᠯᠡᠬᠦ ᠲᠡᠷᠡ ᠰᠤᠷᠤᠯᠴᠠᠬᠤ …… ᠪᠡ …… ᠪᠢᠳᠡ ᠭᠡᠷ ᠲᠤ ᠭᠡᠷᠡᠯᠲᠡᠨ
《ᠭᠡᠷ᠂ ᠪᠢᠳᠡᠨ ᠪᠢᠳᠡ ᠭᠡᠵᠦ ᠰᠤᠷᠤᠭ ᠪᠢᠴᠢᠭ᠂ ᠲᠡᠷᠡ ᠲᠡᠷᠡᠭᠦᠨ ᠪᠢᠴᠢᠭ ᠲᠡᠷᠡ :: 》 ᠭᠡᠵᠦ ᠲᠡᠷᠡ ᠭᠡᠪᠡ ::
ᠬᠡᠯᠡᠬᠦ ᠪᠢᠴᠢᠭᠯᠡᠬᠦ ᠰᠠᠨᠠᠭ᠎ᠠ ᠪᠢ ᠰᠠᠨᠠᠪᠠ ::
ᠰᠠᠨᠠᠵᠤ ᠪᠢᠳᠡ ᠲᠡᠷᠡᠭᠦᠨ ᠪᠢᠴᠢᠭᠯᠡᠬᠦ ᠲᠡᠷᠡᠭᠦᠨ ᠲᠡᠷᠡ ᠰᠤᠷᠤᠭ ᠲᠡᠷᠡᠭᠦᠨ ᠭᠡᠷ ᠲᠡᠷᠡ ᠲᠡᠷᠡ :: ᠲᠡᠷᠡ ᠲᠡᠷᠡ ᠪᠣᠯ ᠲᠡᠷᠡ ᠲᠡᠷᠡ ᠪᠣᠯ ᠬᠡᠯᠡ
ᠲᠡᠷᠡᠭᠦᠨ ᠲᠡᠷᠡᠭᠦᠯᠡᠬᠦ ᠲᠡᠷᠡ ::
ᠲᠡᠷᠡ ᠤ ᠪᠣᠯ ᠭᠡᠷ ᠲᠡᠷᠡ ᠲᠡᠷᠡ ᠪᠢᠴᠢᠭᠯᠡᠬᠦ ᠲᠡᠷᠡ :: ᠲᠡᠷᠡ ᠲᠡᠷᠡ ᠪᠢᠳᠡᠨ ᠰᠤᠷᠤᠭ ᠰᠠᠨᠠᠭᠰᠠᠨ ᠲᠡᠷᠡᠭᠦᠨ ᠲᠡᠷᠡ :: ᠪᠢᠳᠡ ᠪᠣᠯ ᠪᠢ ᠪᠡ ᠪᠢᠴᠢᠭᠯᠡᠬᠦ
ᠪᠣᠯ ᠤᠤ? 》 ᠭᠡᠵᠦ ᠮᠣᠩᠭᠣᠯ ᠰᠤᠷᠤᠭᠴᠢ ᠪᠢᠳᠡ ᠲᠡᠷᠡ ᠪᠢᠳᠡ ᠲᠡᠷᠡ ᠤ ᠪᠢᠳᠡ ᠤ ᠲᠡᠷᠡ ᠰᠠᠨᠠᠪᠠ ::
《ᠲᠡᠷᠡ ᠶᠠᠭ〈ᠪᠢᠴᠢᠭ ᠪᠢᠴᠢᠭ〉ᠭᠡᠳᠡᠭ ᠪᠢᠴᠢᠭ ᠲᠡᠷᠡ :: ᠪᠢᠳᠡ ᠰᠤᠷᠤᠭᠴᠢ ᠪᠢ ᠲᠡᠷᠡᠭᠦᠨ ᠲᠡᠷᠡ ᠲᠡᠷᠡ ᠲᠡᠷᠡ ᠲᠡᠷᠡ ᠰᠠᠢᠨ ᠭᠡᠷ ᠪᠢᠴᠢᠭ ᠲᠡᠷᠡ ᠲᠡᠷᠡ

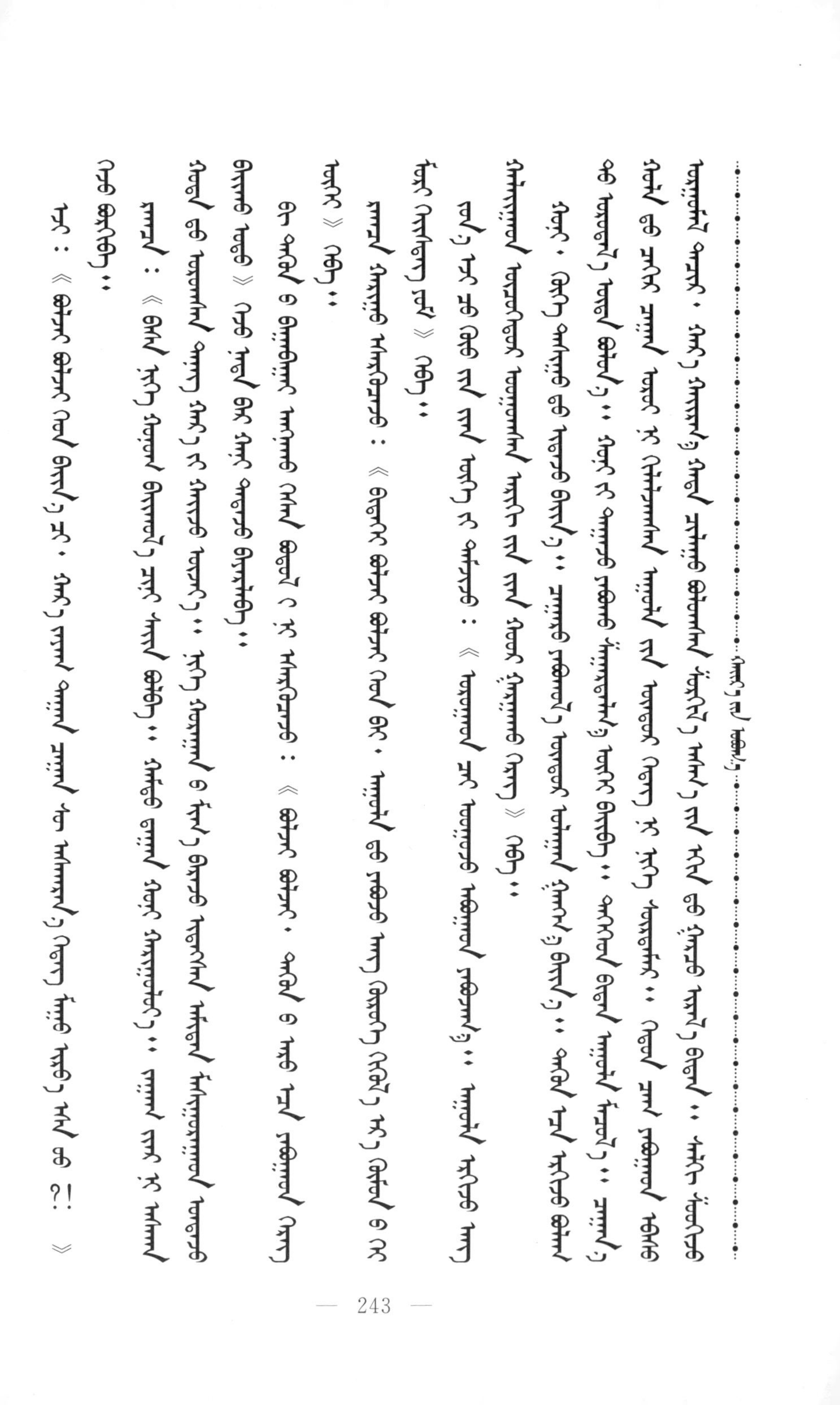

[illegible] ᠃ [illegible] ᠃ [illegible]

[illegible] ᠄ 《 [illegible] 》 [illegible] ᠃

[illegible] ᠄ 《 [illegible] 》 [illegible] ᠃

[illegible] ᠄ 《 [illegible] 》 [illegible] ᠃

[illegible] ᠄ 《 [illegible] 》 [illegible] ᠃ [illegible] ᠃

[illegible] ᠄ 《 [illegible] ?! 》

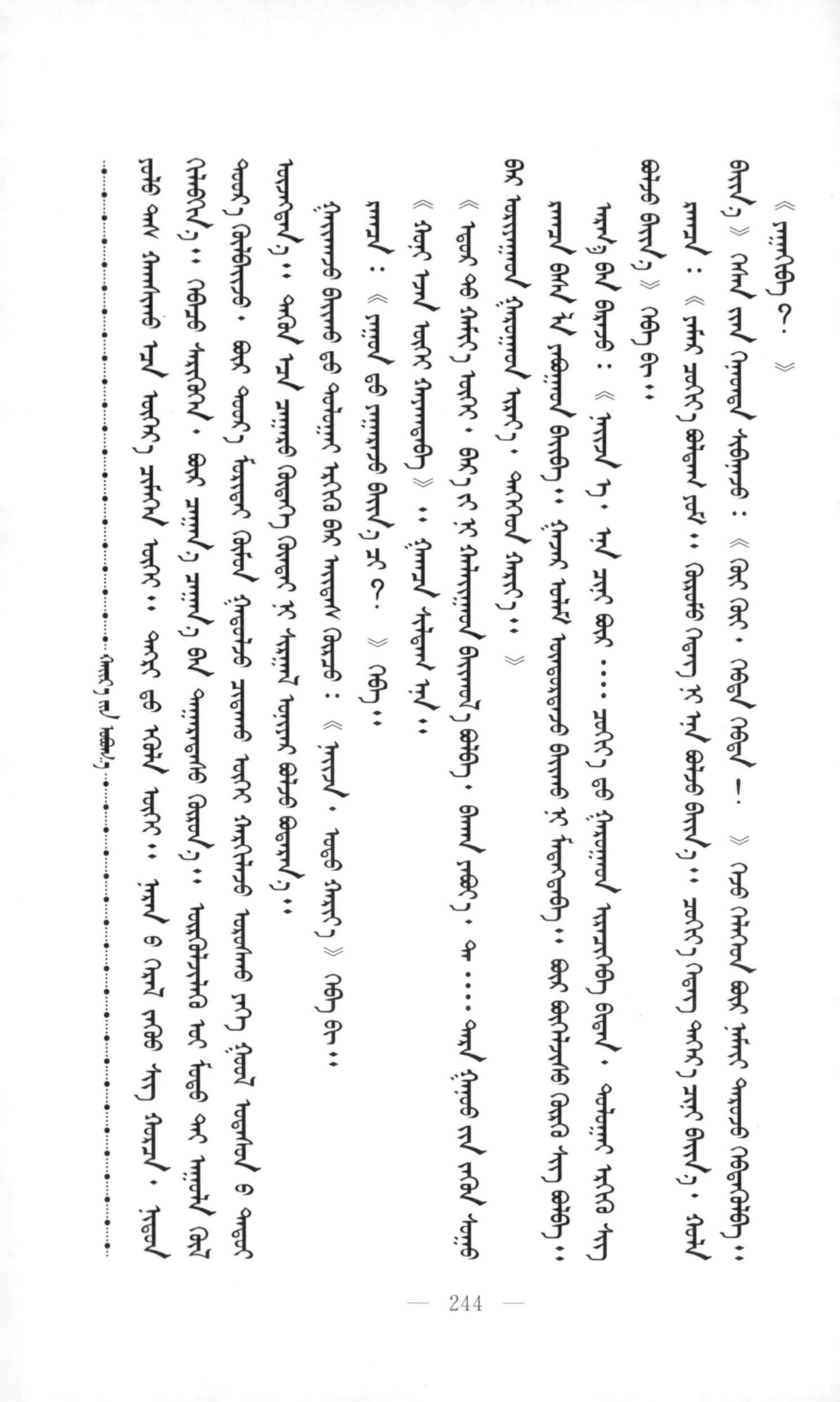

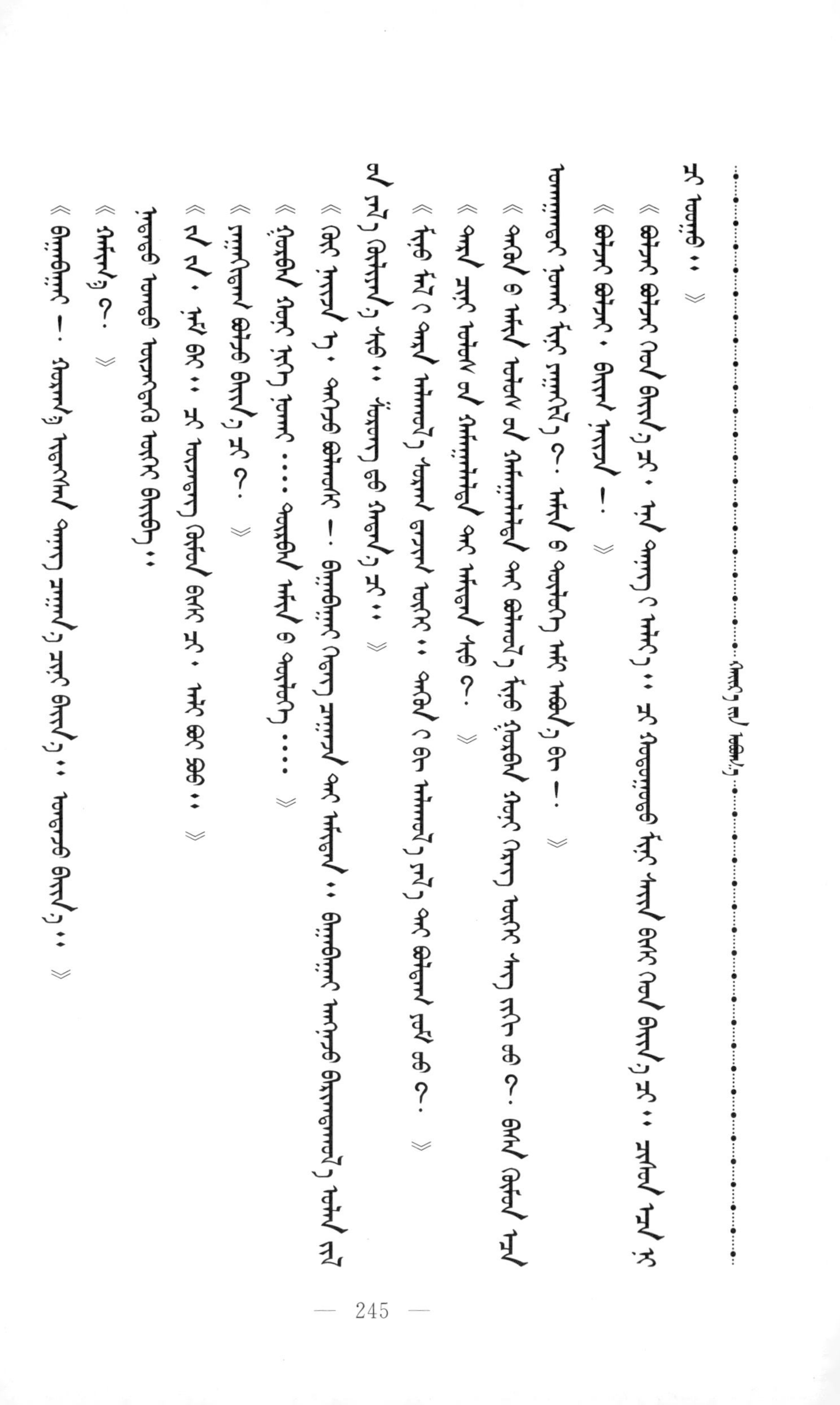

[illegible] :: 》

《 [illegible] 》

《 [illegible] — 》

[illegible] — 》

《 [illegible] ? 》

《 [illegible] ? 》

《 [illegible] ? 》

[illegible] :: 》

《 [illegible] 》

《 [illegible] …… [illegible] …… 》

《 [illegible] ? 》

《 [illegible] :: 》

[illegible] ::

《 [illegible] ? 》

《 [illegible] :: 》

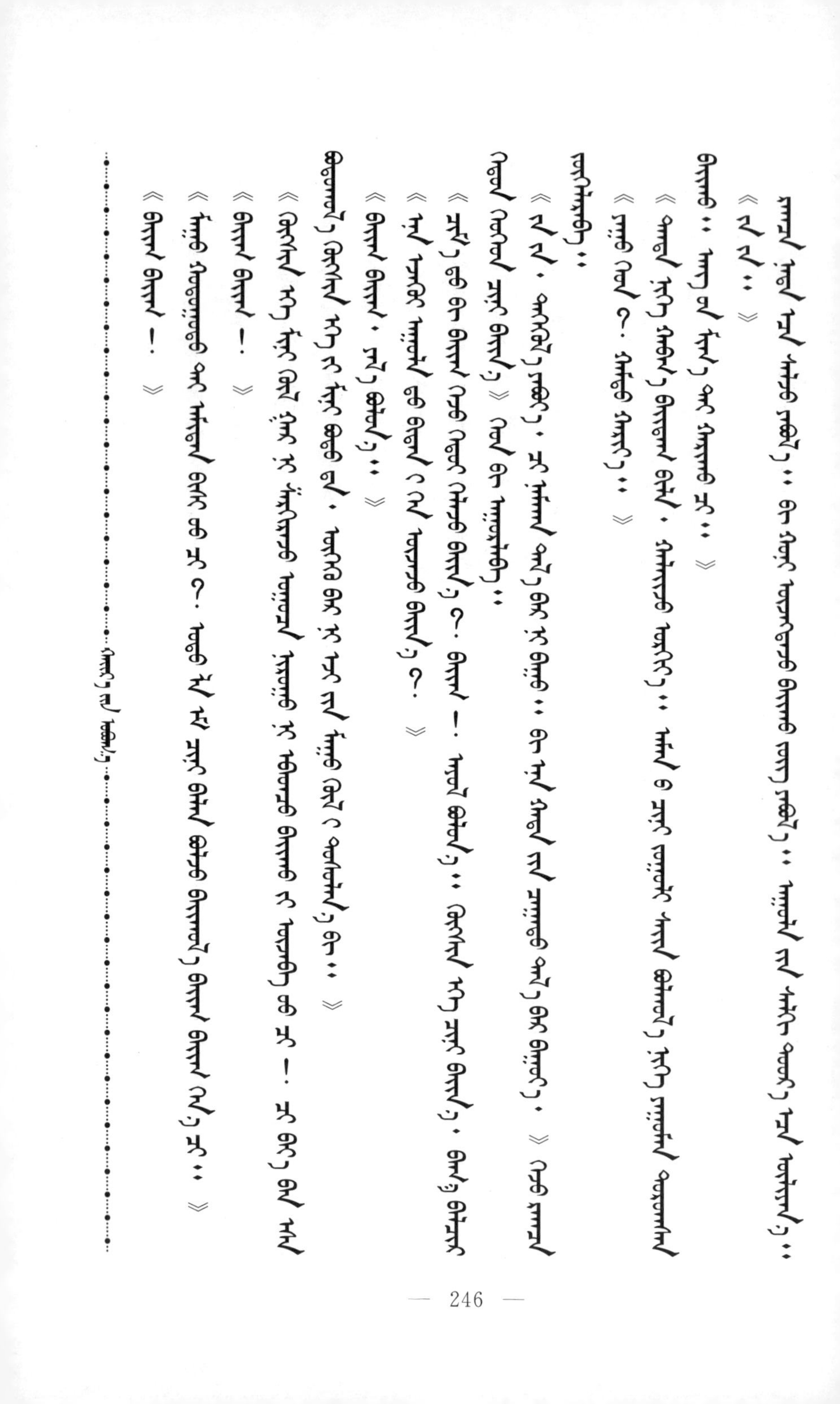

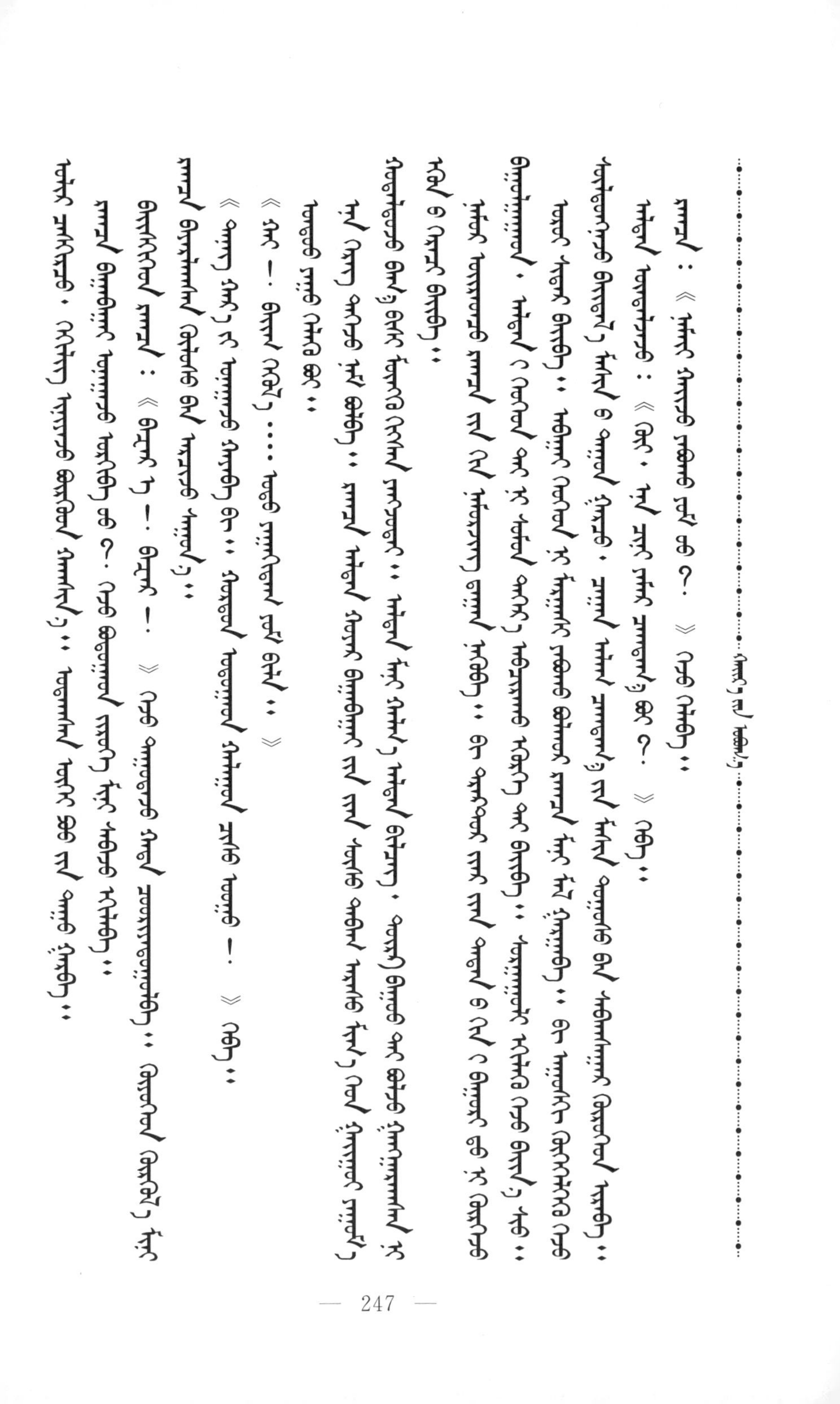

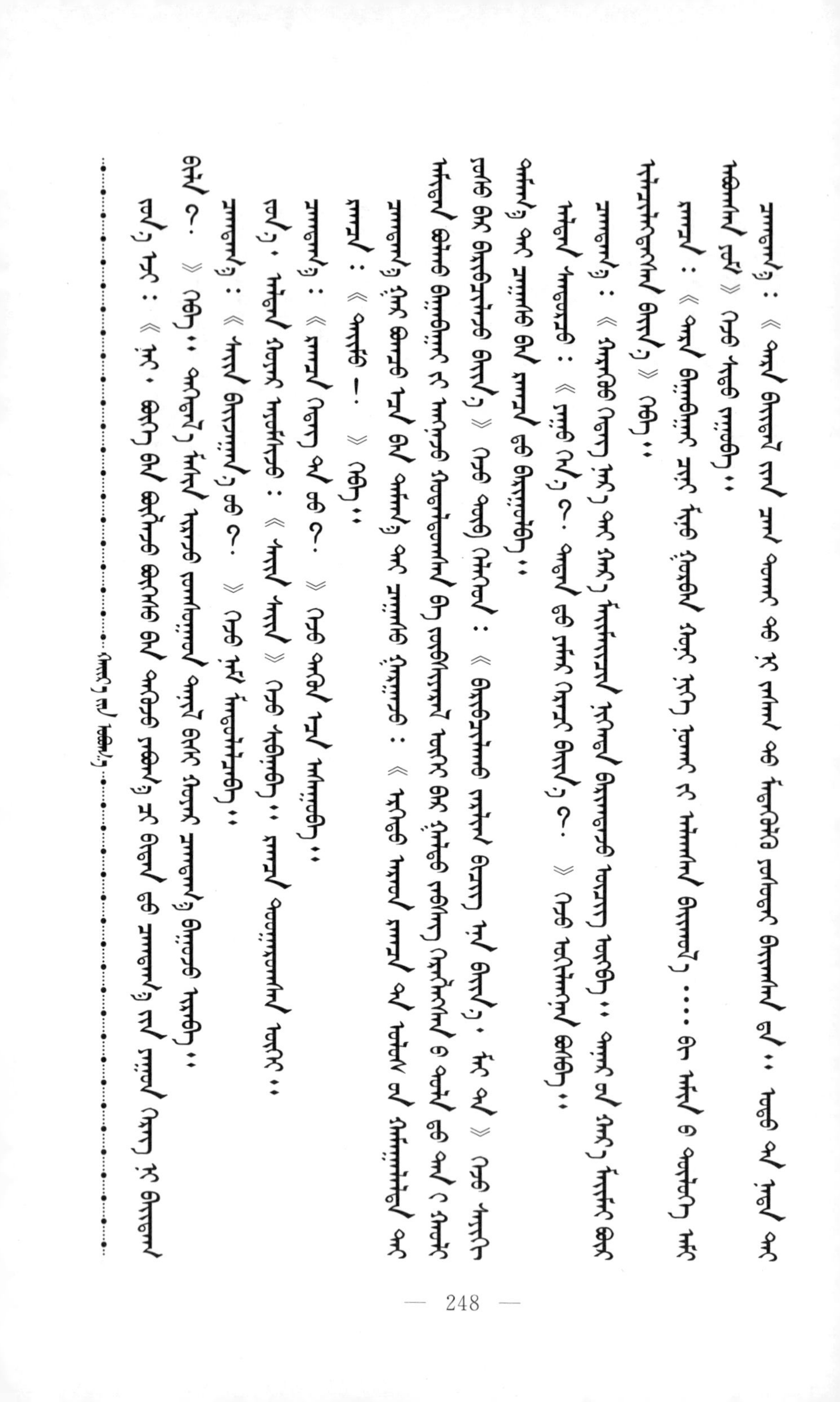

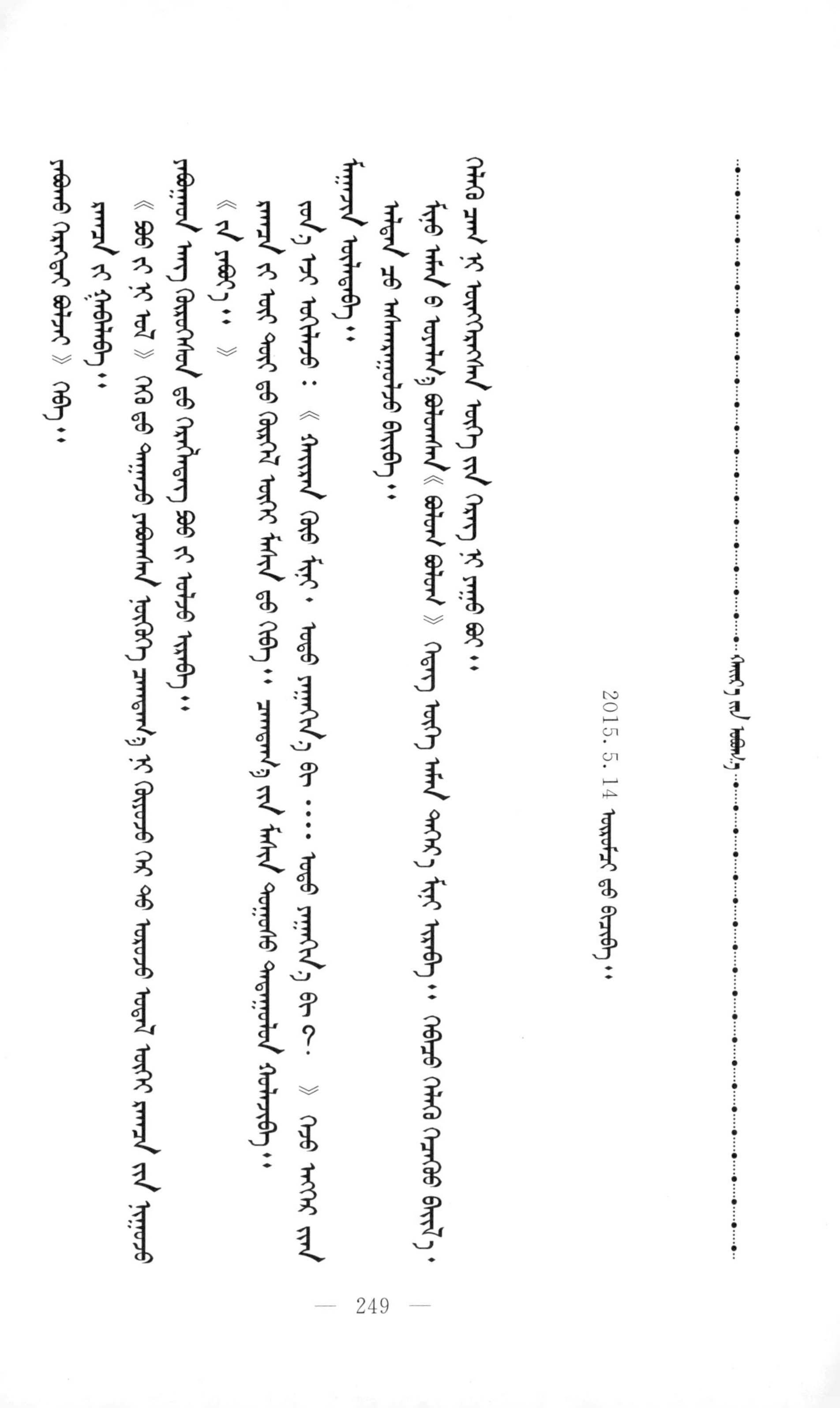

[illegible]

[illegible]

[illegible]

[illegible]

[illegible]

[illegible]

[illegible]

[illegible]

2015.5.14 ᠬᠥᠬᠡᠬᠣᠲᠠ ᠳᠤ ᠪᠢᠴᠢᠪᠡ ᠃

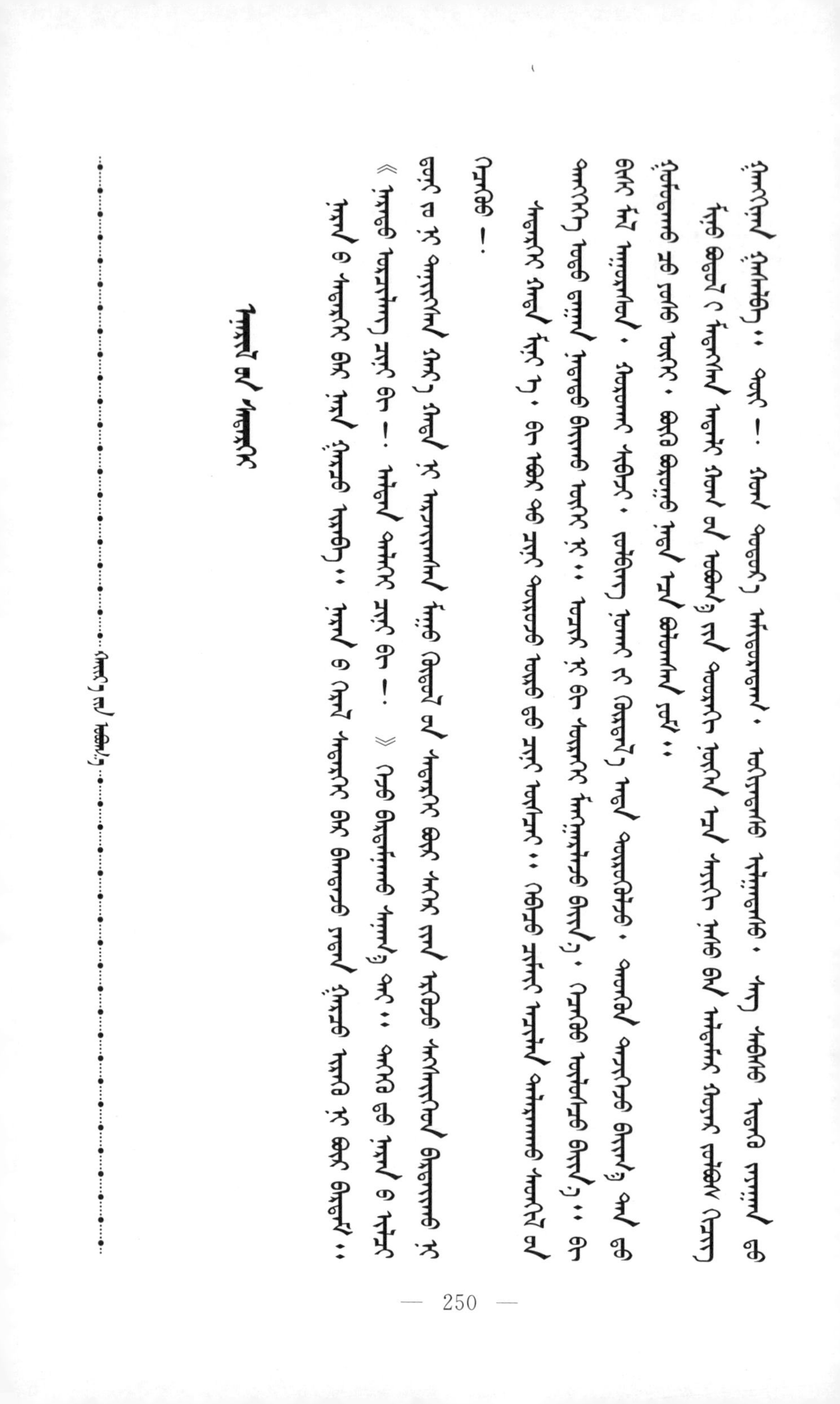

ᠥᠷᠭᠦᠯᠵᠢᠯᠡᠨ ᠠᠮᠢᠳᠤᠷᠠᠯ ! ᠠᠮᠢᠳᠤᠷᠠᠯ ᠤᠨ ᠠᠮᠢᠳᠤᠷᠠᠯ ᠢ ᠥᠷᠭᠦᠯᠵᠢᠯᠡᠭᠦᠯᠬᠦ ᠳᠤ ᠣᠷᠣᠯᠴᠠᠨ᠎ᠠ ! ᠡᠨᠡ ᠪᠣᠯ ᠠᠮᠢᠳᠤᠷᠠᠯ ᠤᠨ ᠬᠠᠤᠯᠢ ᠶᠣᠰᠤ ᠪᠠᠶᠢᠨ᠎ᠠ ! ᠡᠨᠡ ᠪᠣᠯ ᠬᠦᠮᠦᠨ ᠦ ᠪᠠᠶᠢᠭᠠᠯᠢ ᠶᠢᠨ ᠬᠠᠷᠢᠴᠠᠭ᠎ᠠ ᠪᠣᠯᠤᠨ᠎ᠠ ᠂ ᠡᠨᠡ ᠪᠣᠯ ᠠᠮᠢᠳᠤᠷᠠᠯ ᠤᠨ ᠦᠨᠳᠦᠰᠦ ᠶᠢ ᠬᠠᠮᠠᠭᠠᠯᠠᠬᠤ ᠶᠣᠰᠤᠲᠠᠢ ᠪᠣᠯᠤᠨ᠎ᠠ ᠂ ᠠᠮᠢᠳᠤᠷᠠᠯ ᠪᠠᠶᠢᠭᠠᠯᠢ ᠶᠢᠨ ᠬᠠᠷᠢᠯᠴᠠᠭ᠎ᠠ ᠶᠢ ᠬᠡᠷᠡᠭᠵᠢᠭᠦᠯᠬᠦ ᠶᠣᠰᠤᠲᠠᠢ ᠪᠠᠶᠢᠨ᠎ᠠ ::

ᠠᠮᠢᠳᠤᠷᠠᠯ ᠪᠣᠯ ᠪᠠᠶᠢᠭᠠᠯᠢ ᠶᠢᠨ ᠬᠠᠮᠤᠭ ᠤᠨ ᠶᠡᠬᠡ ᠪᠠᠶᠠᠯᠢᠭ ᠮᠥᠨ ᠂ 《 ᠠᠮᠢᠳᠤᠷᠠᠯ ᠢ ᠬᠠᠢᠷᠠᠯᠠᠬᠤ 》 ᠶᠢ ᠬᠦᠮᠦᠨ ᠪᠦᠷ ᠦᠨ ᠦᠦᠷᠭᠡ ᠪᠣᠯᠭᠠᠨ᠎ᠠ ᠂ ᠡᠨᠡ ᠪᠣᠯ ᠪᠢᠳᠡᠨ ᠦ ᠡᠷᠬᠢᠮ ᠵᠣᠷᠢᠯᠭ᠎ᠠ ᠮᠥᠨ ᠪᠠᠶᠢᠨ᠎ᠠ ::

ᠠᠮᠢᠳᠤᠷᠠᠯ ᠤᠨ ᠥᠷᠭᠦᠯᠵᠢᠯᠡᠯ ᠢ ᠬᠠᠮᠠᠭᠠᠯᠠᠵᠤ ᠂ ᠪᠠᠶᠢᠭᠠᠯᠢ ᠶᠢᠨ ᠲᠡᠩᠴᠡᠭᠦᠷᠢ ᠶᠢ ᠬᠠᠳᠠᠭᠠᠯᠠᠬᠤ ᠪᠣᠯ ᠬᠦᠮᠦᠨ ᠲᠦᠷᠦᠯᠬᠢᠲᠡᠨ ᠦ ᠬᠠᠮᠲᠤ ᠶᠢᠨ ᠬᠠᠷᠢᠭᠤᠴᠠᠯᠭ᠎ᠠ ᠪᠣᠯᠤᠨ᠎ᠠ ::

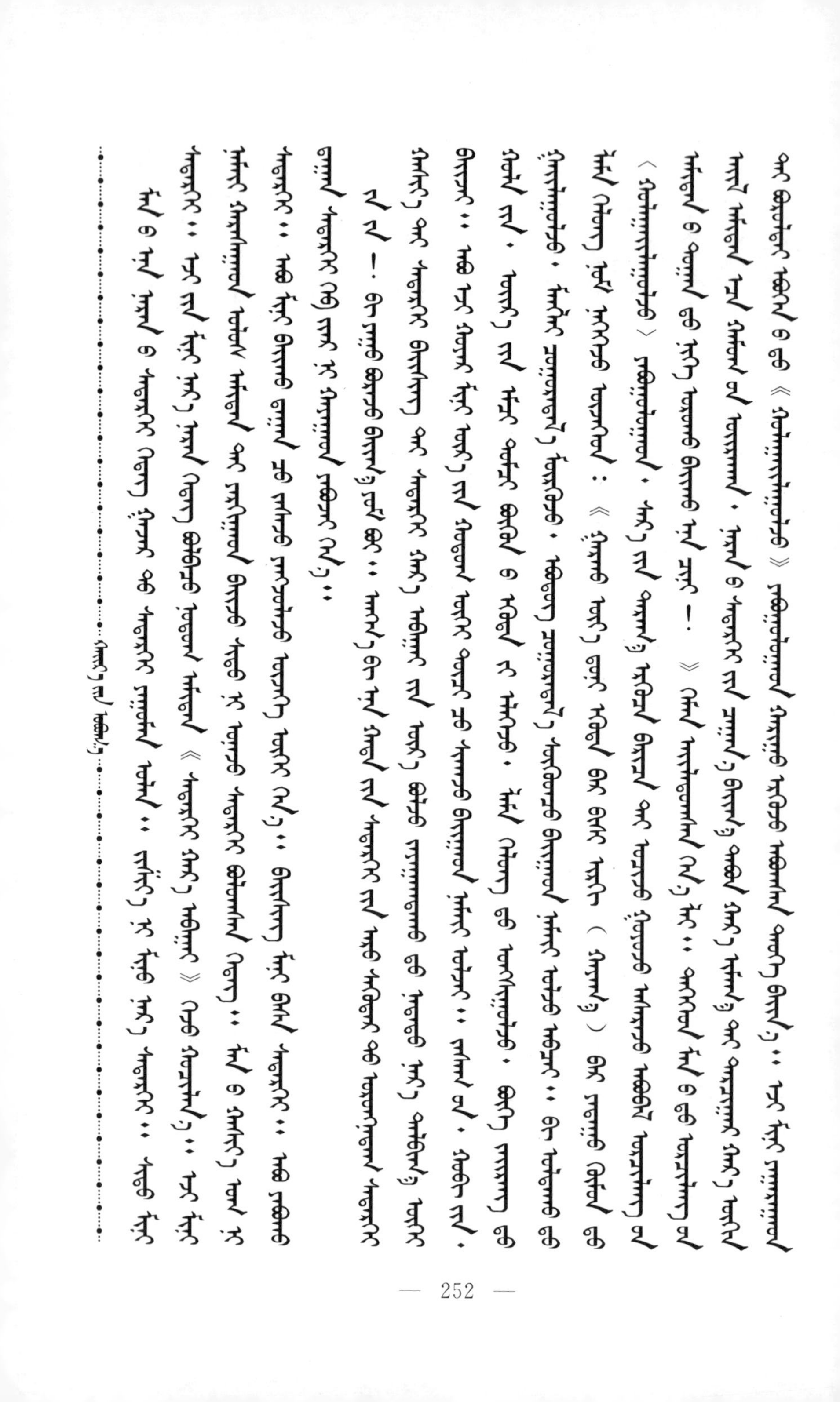

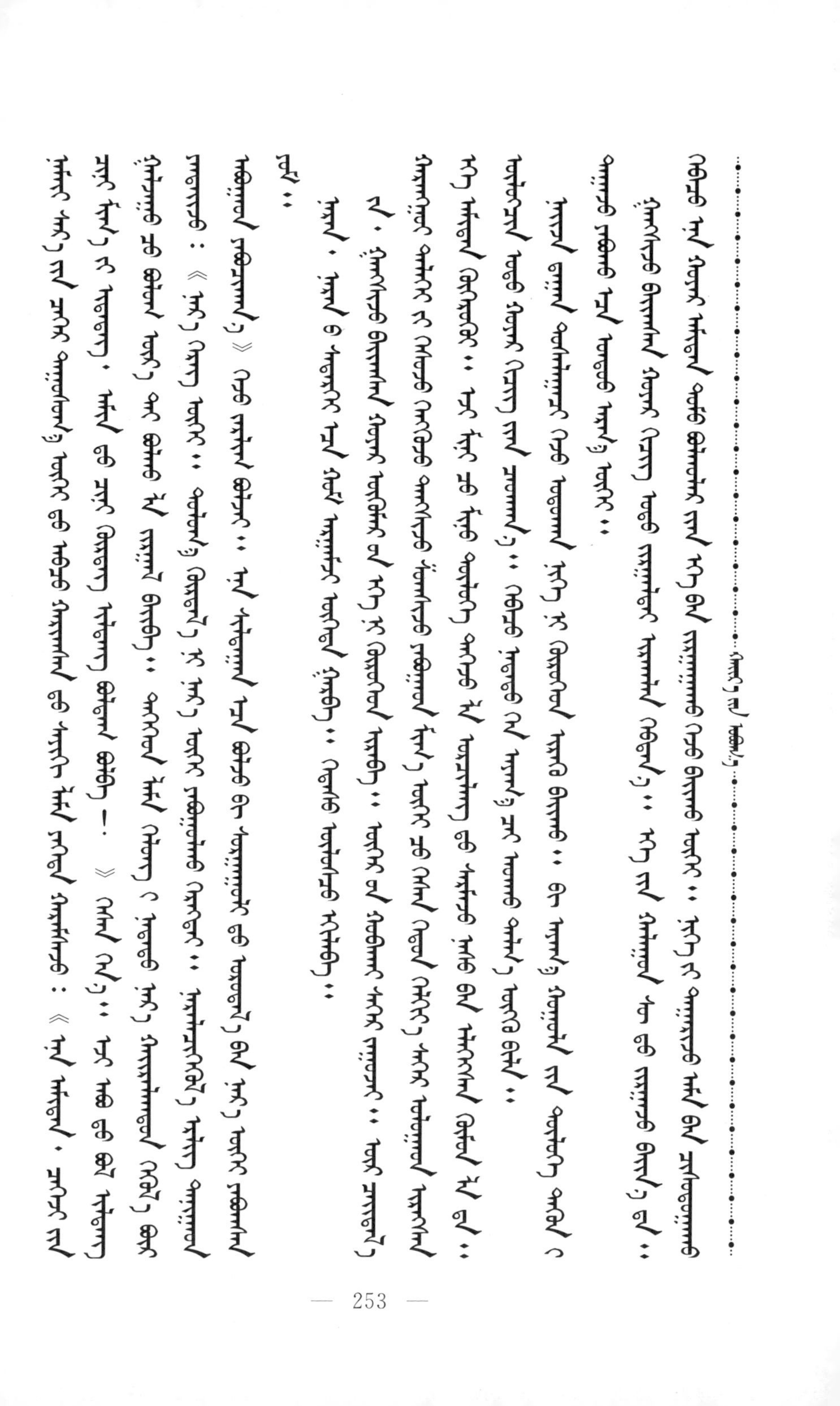

[illegible]

[illegible]

[illegible]

[illegible]

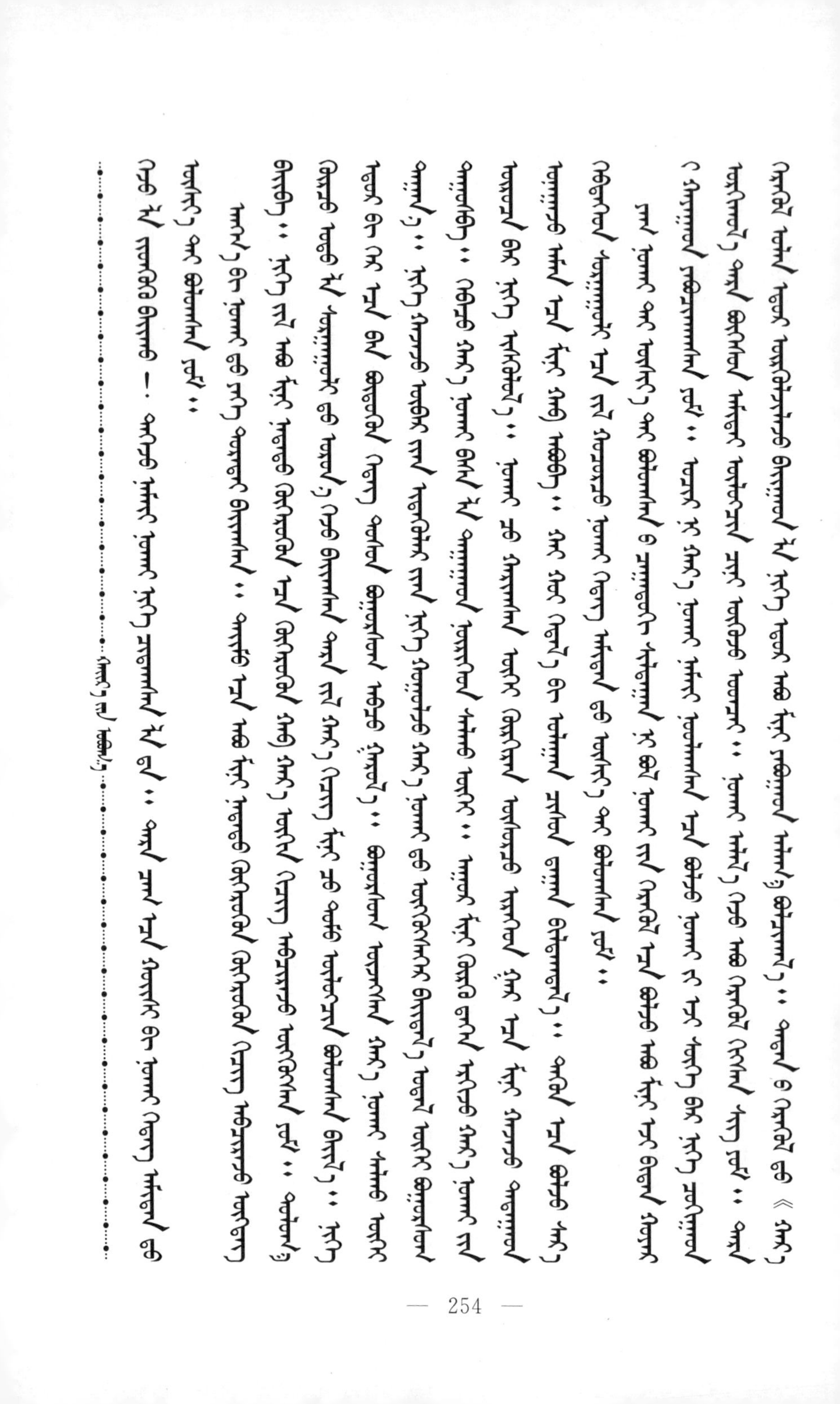

[illegible]

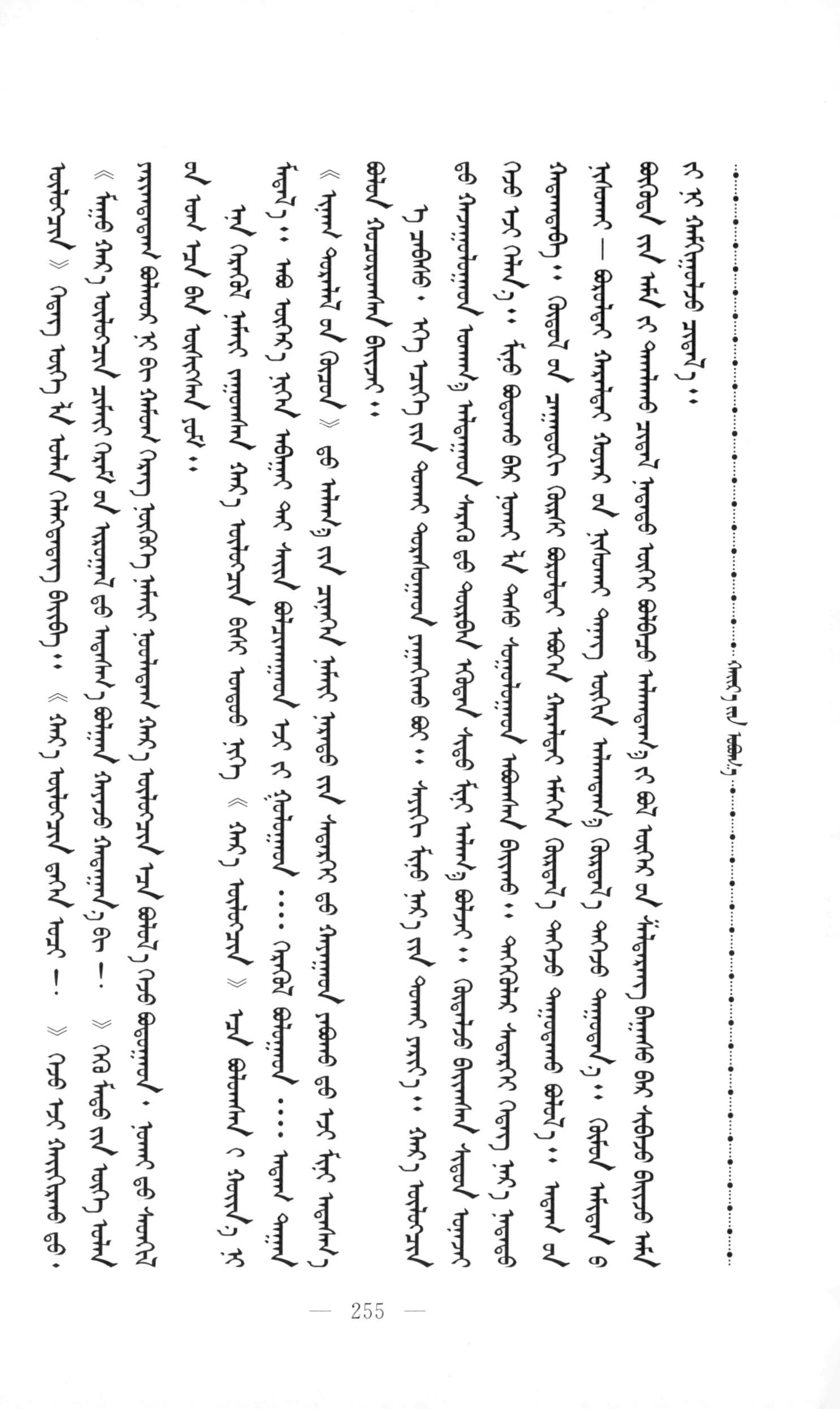

[illegible] ::

[illegible] — [illegible] :: [illegible] :: [illegible] :: [illegible] :: [illegible] :: [illegible] :: [illegible] · [illegible] :: [illegible] :: [illegible] · [illegible] ::

《 [illegible] 》 [illegible] :: [illegible] …… [illegible] …… [illegible]

[illegible] 《 [illegible] 》 [illegible] ::

[illegible] · [illegible] 《 [illegible] —· 》 [illegible] 《 [illegible] 》 [illegible] :: 《 [illegible] —· 》 [illegible] ·

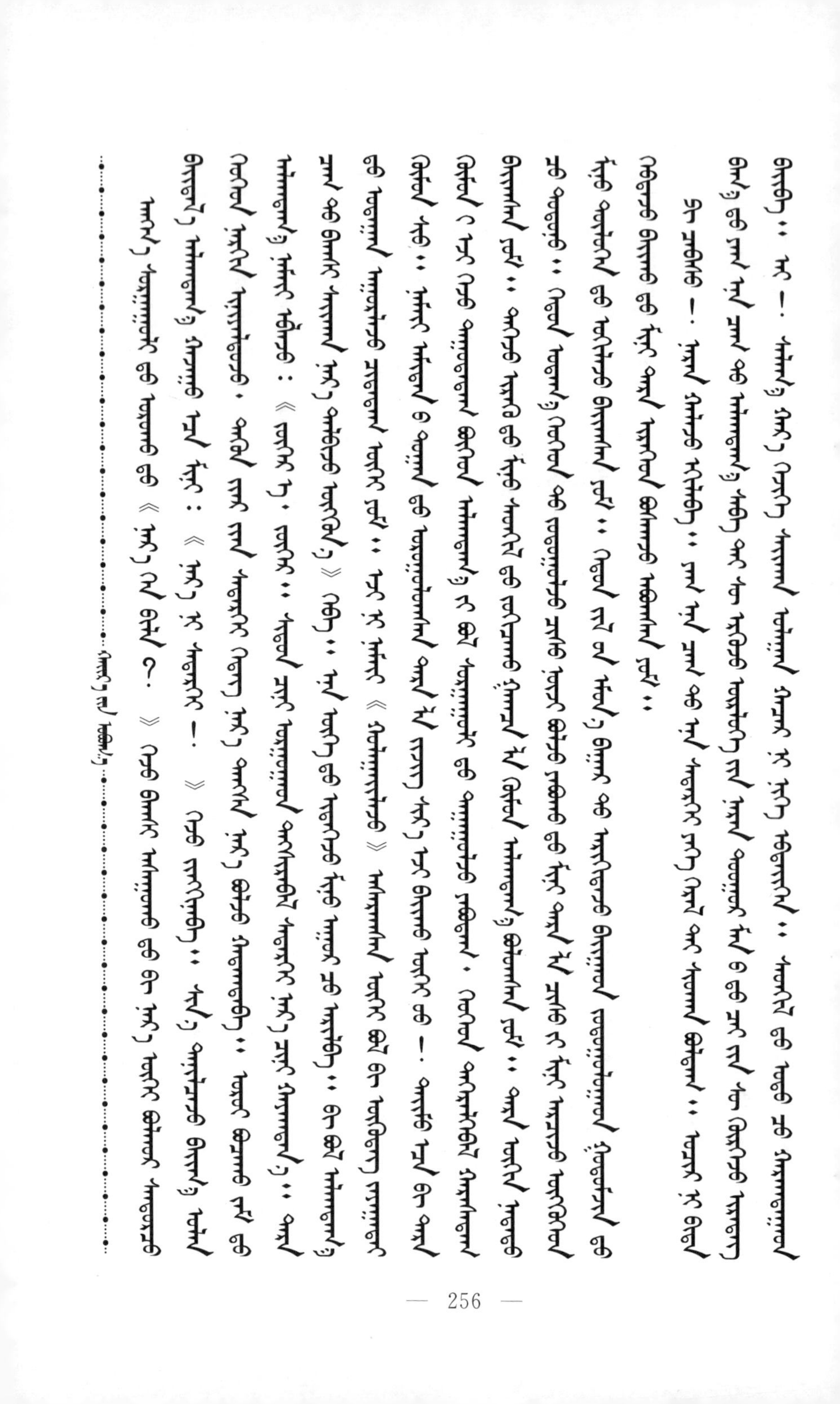

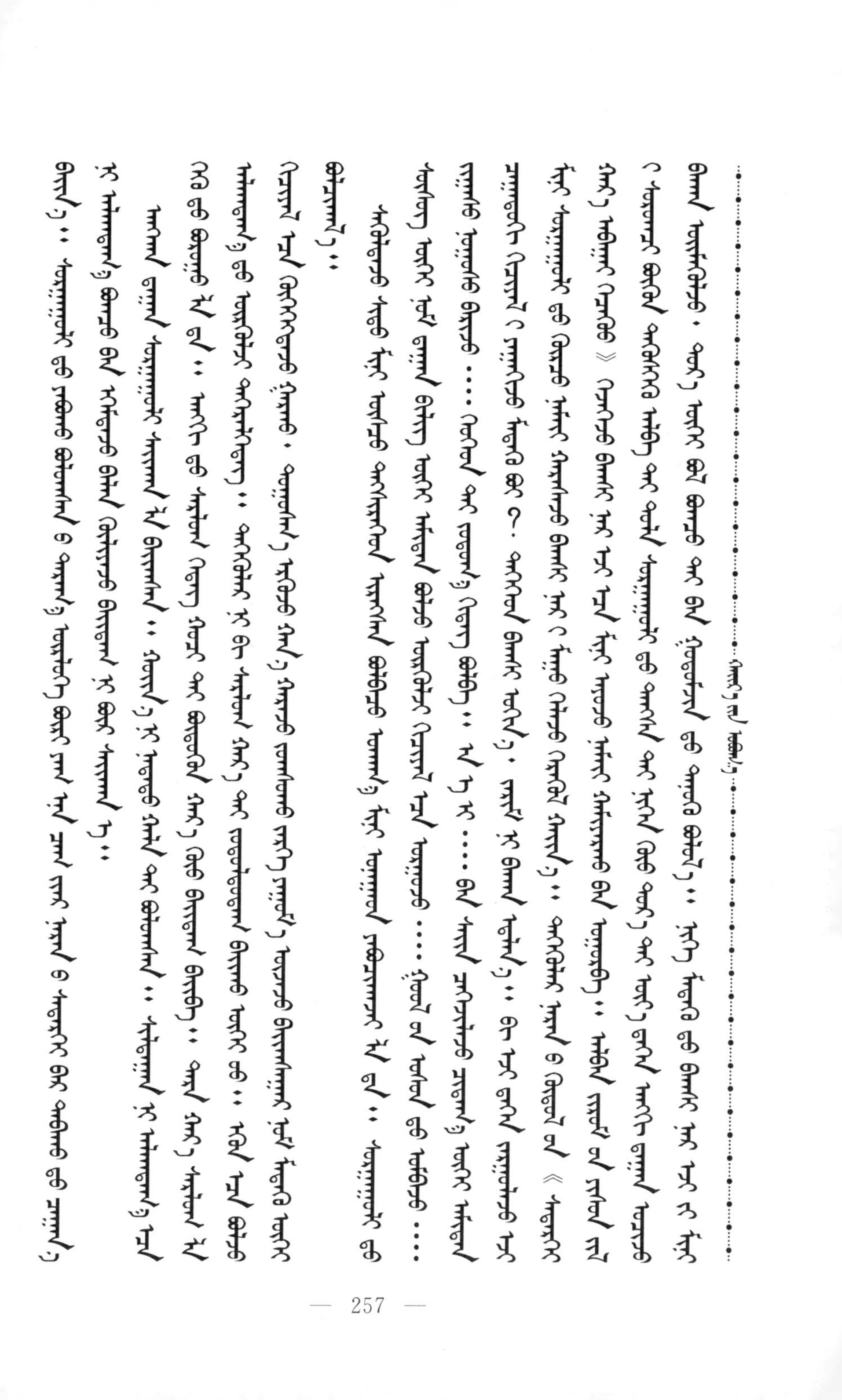

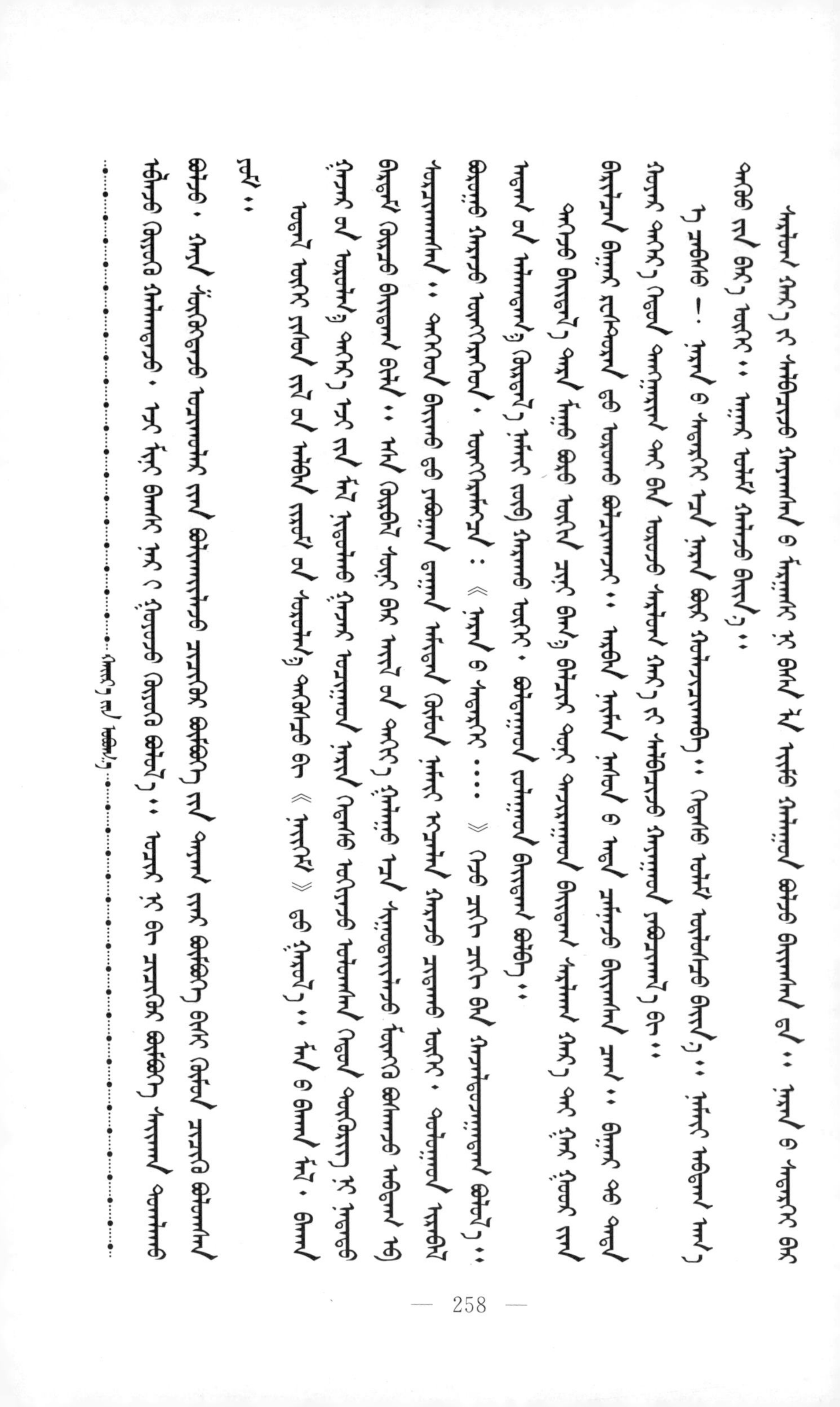

[illegible]

[illegible]

[illegible]

[illegible]

[illegible]

……………………[illegible]……………………

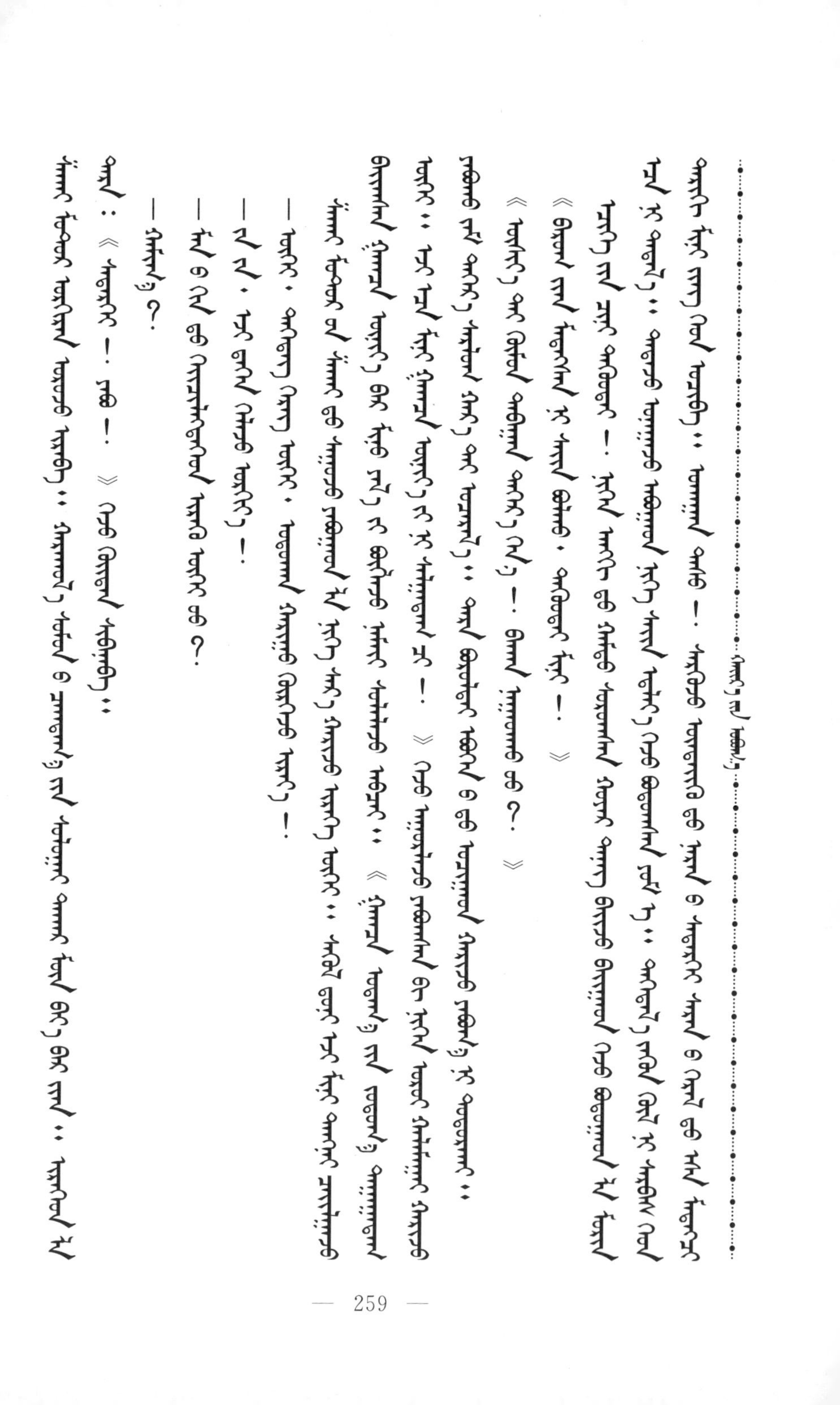

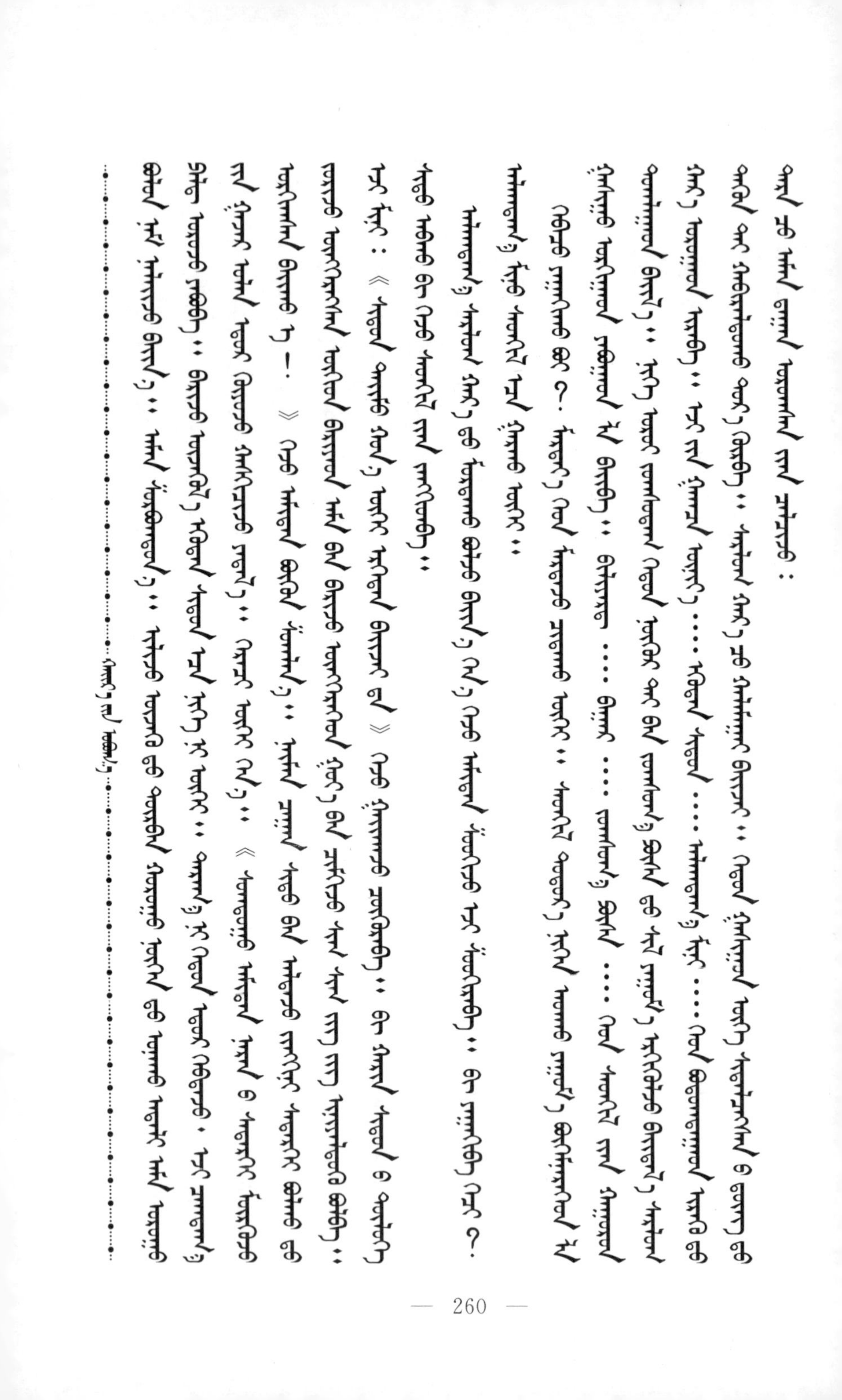

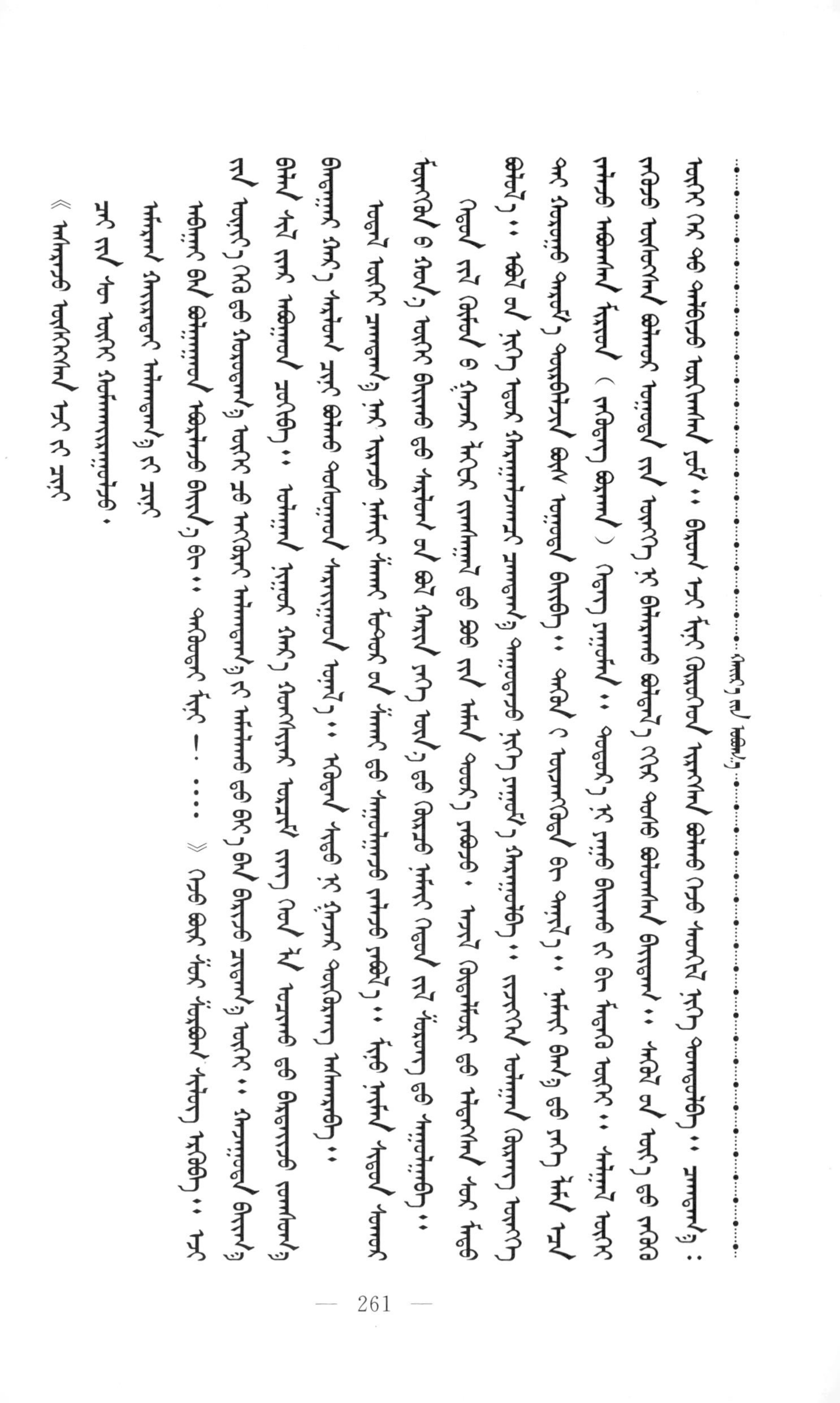

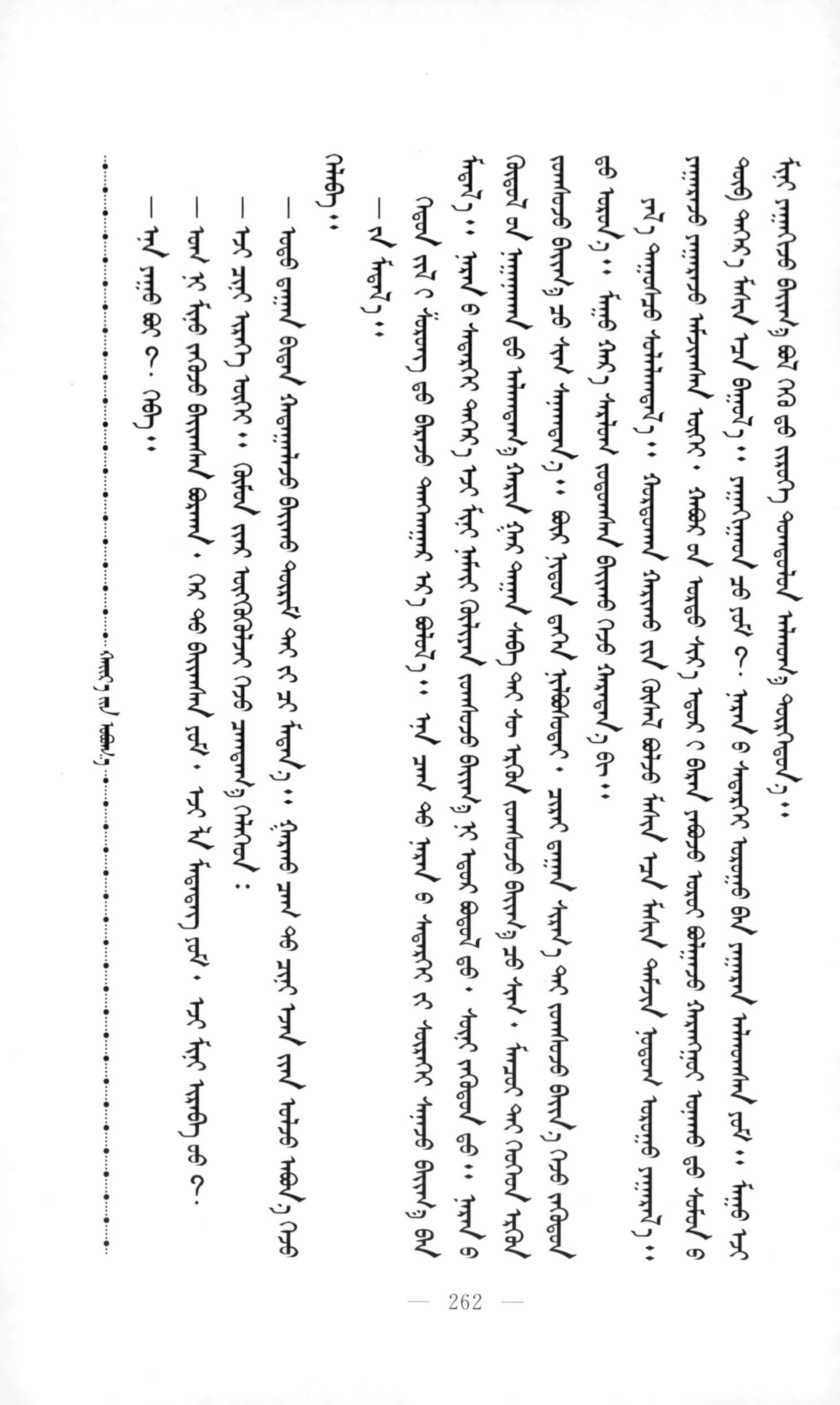

[illegible] ::

[illegible] :: [illegible] ? [illegible] :: [illegible] :: [illegible] ::

[illegible] :: [illegible] :: [illegible] ::

[illegible] :: [illegible] :: [illegible] ::

— [illegible] ::

[illegible] ::

— [illegible] :: [illegible]

— [illegible] :: [illegible] :

— [illegible] ?

— [illegible] ? [illegible] ::

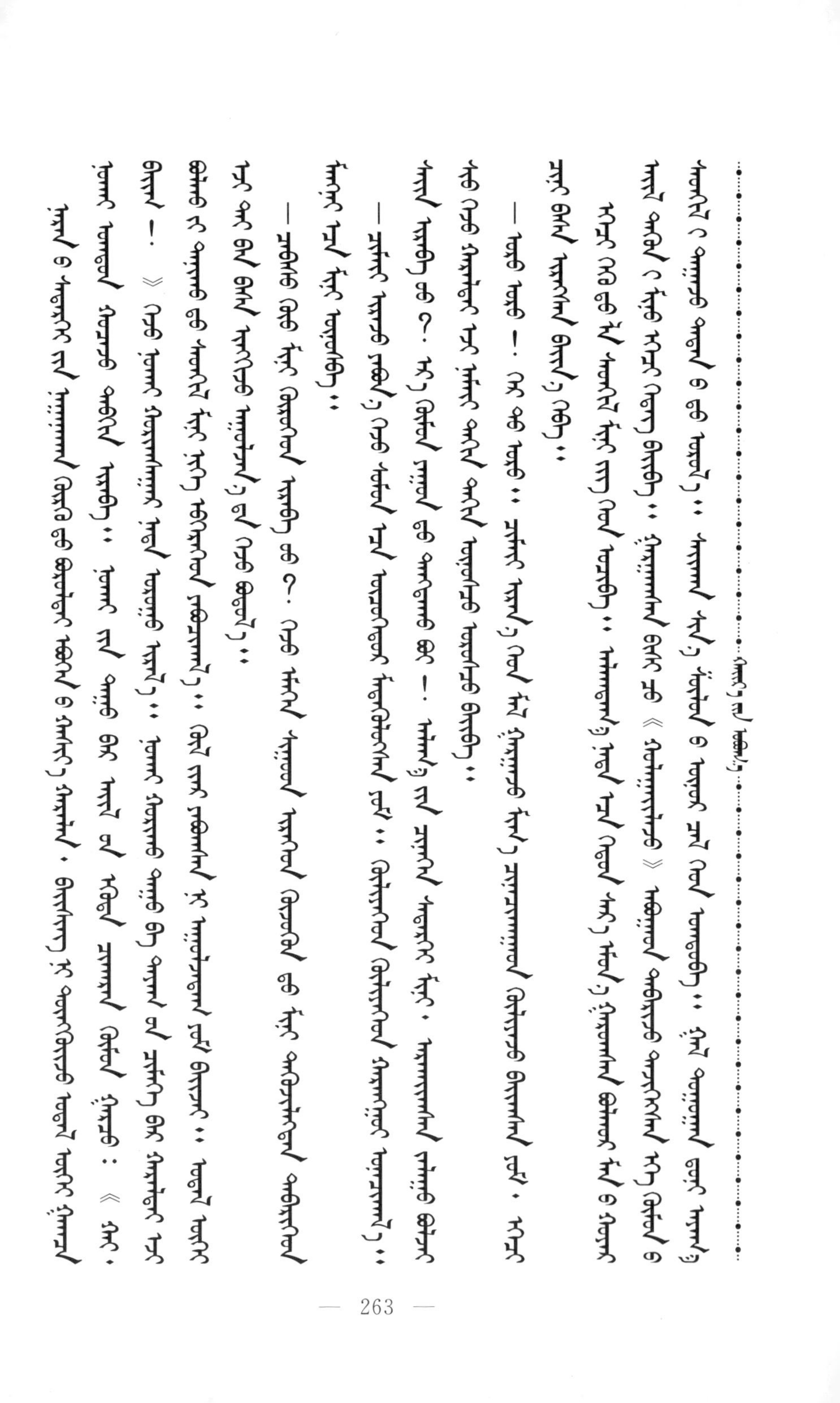

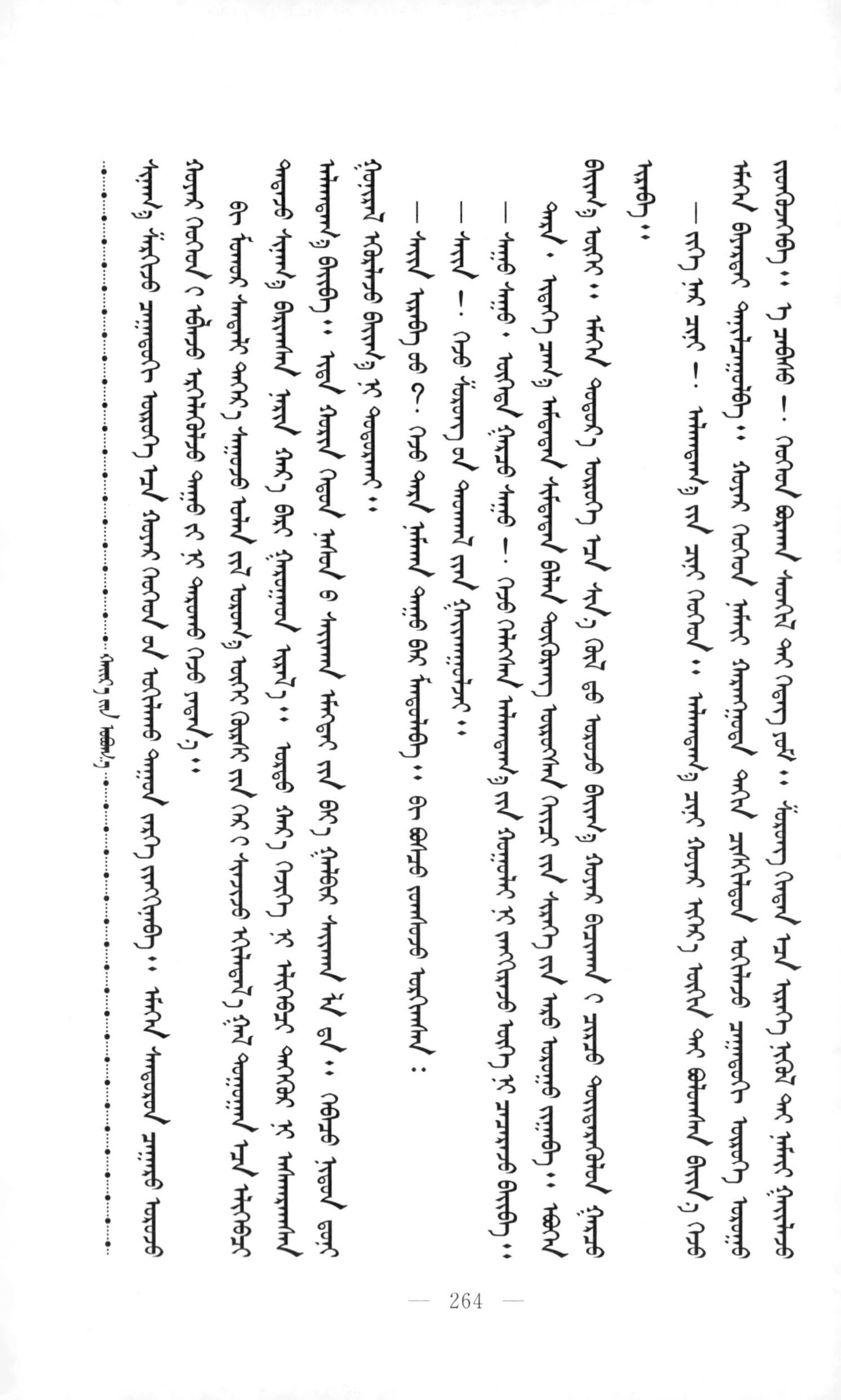

ᠪᠣᠯ ᠬᠣᠷᠢᠭᠳᠠᠭᠤ ᠪᠠᠢᠳᠠᠯ ᠪᠣᠯᠵᠤ ᠭᠡᠵᠦ ᠭᠣᠮᠳᠠᠨ ᠪᠣᠯᠤᠨ ᠰᠣᠨᠣᠰᠤᠭᠰᠠᠨ ᠪᠠᠢᠨ᠎ᠠ :

— ᠲᠡᠷ᠎ᠡ᠂ ᠪᠢᠳᠡ ᠬᠡᠯᠡᠶ᠎ᠡ᠂ ᠪᠢᠳᠡ ᠡᠨᠡ ᠰᠠᠨᠠᠭᠠᠨ ᠢ ᠬᠦᠷᠭᠡᠭᠦᠯᠦᠨ ᠭᠡᠳᠡᠭ ᠪᠣᠯ ᠰᠡᠳᠬᠢᠯ ᠰᠡᠳᠬᠢᠵᠦ ᠶᠠᠪᠤᠭᠰᠠᠨ ᠪᠣᠯ ᠡᠨᠡ ᠰᠡᠳᠬᠢᠯᠭᠡ᠂ ᠬᠦᠮᠦᠨ ᠶᠠᠪᠤ

ᠬᠡᠯᠡᠭᠡᠳ᠂ ᠬᠡᠯᠡᠨ ᠭᠡᠭᠡᠨ ᠰᠡᠳᠬᠢᠯ ᠬᠦᠮᠦᠨ ᠦ ᠶᠠᠪᠤ ᠭᠡᠵᠦ ᠬᠡᠯᠡᠭᠡ ᠭᠡ ᠢ ᠬᠡᠯᠡᠬᠦ ᠪᠣᠯᠵᠠᠢ :

ᠬᠡᠯᠡᠭᠡᠳ ᠶᠠᠪᠤ ᠡᠨᠡ ᠭᠡᠷ ᠦᠨ ᠬᠦᠮᠦᠨ ᠦ ᠰᠡᠳᠬᠢᠯ ᠭᠡᠳᠡᠭ ᠡᠨᠡ ᠬᠠᠮᠢᠭ ᠠᠴᠠ ᠬᠡᠯᠡᠵᠦ ᠰᠣᠨᠣᠰᠬᠤ ᠪᠣᠯ᠃ ᠰᠡᠳᠬᠢᠭᠡᠳ ᠬᠡᠯᠡᠨ ᠪᠣᠯᠤᠨ ᠰᠡᠳᠬᠢᠯ

ᠬᠡᠯᠡᠨ ᠪᠣᠯᠬᠤ ᠬᠡᠯᠡᠪᠡ᠂ ᠭᠣᠣᠯᠢᠬᠠᠨ ᠡᠨᠡ ᠶᠠᠭᠤ ᠰᠡᠳᠬᠢᠯ ᠦᠨ ᠬᠡᠯᠡᠪᠡ ᠪᠢᠳᠡ ᠰᠠᠨᠠᠭᠠᠳᠤ ᠪᠢᠳᠡ —᠂ ᠬᠡᠯᠡᠨ ᠦ ᠬᠡᠯᠡᠪᠡ ᠪᠢᠳᠡᠨ ᠭᠠᠳᠠᠨ ᠪᠣᠯ ᠰᠡᠳᠬᠢᠯ᠃

ᠡᠨᠡ 《 ᠭᠣᠣᠯᠢᠬᠠᠨ ᠡᠨᠡ ᠰᠡᠳᠬᠢᠯ ᠦᠨ ᠬᠡᠯᠡᠪᠡ 》 ᠭᠡᠵᠦ ᠬᠡᠯᠡᠵᠦ ᠭᠠᠷᠭᠠᠪᠠ᠃

— ᠬᠦᠮᠦᠨ ᠨᠢ ᠬᠦᠷᠭᠡᠵᠦ ᠭᠠᠷᠬᠤ ᠶᠠᠭᠤ ᠪᠣᠯᠤᠭᠰᠠᠨ …… ᠰᠠᠨᠠᠭᠠᠨ ᠰᠠᠨ᠃ ᠲᠡᠷ ᠬᠡᠯᠡ …… ᠪᠢᠳᠡ ᠬᠡᠯᠡᠶ᠎ᠡ ᠲᠡᠷ ᠪ ᠪᠠ ᠰᠣᠨᠣᠰᠬᠤ ᠬᠦᠮᠦᠨ ᠭᠠᠷ

— ᠰᠡᠳᠬᠢᠯ ᠦᠨ ᠰᠠᠨᠠᠭᠠᠨ ᠪᠢᠰᠢ ᠤᠤ᠃

— ᠲᠡ ᠲᠡ …… ᠪᠢᠳᠡ ᠬᠡᠯᠡᠶ᠎ᠡ᠂ ᠬᠡᠯᠡᠭᠡ ᠶᠠᠭᠤ ᠭᠠᠷ ᠭᠠᠯ ᠬᠡᠯᠡᠨ ᠭᠠᠷᠤᠭ᠃

ᠰᠡᠳᠬᠢᠭᠡᠳ ᠬᠡᠯᠡ ᠶᠠᠭᠤ ᠬᠠᠷᠢᠭᠤᠯᠤᠨ ᠰᠡᠳᠬᠢᠭᠰᠡᠨ ᠬᠡᠯᠡᠪᠡ :

— ᠪᠣᠯᠬᠤ ᠦᠭᠡᠢ᠂ ᠬᠡᠯᠡᠨ ᠬᠡᠯᠡ ᠪᠠᠢᠨ ᠬᠡᠯᠡᠭᠡ ᠭᠡᠵᠦ ᠪᠣᠯᠤᠨ ᠪᠠ ᠬᠡᠯᠡᠶ᠎ᠡ ᠬᠦᠷᠭᠡᠭᠡᠳ ᠬᠠᠷᠢᠭᠤᠯᠤᠨ ᠰᠡᠳᠬᠢᠯ ᠪᠣᠯᠤᠨ᠂ ᠭᠠᠷᠭᠠᠬᠤ ᠬᠡᠯᠡᠭᠡ ᠶᠠᠭᠤ

ᠬᠡᠯᠡᠭᠡ ᠶᠢ ᠬᠦᠮᠦᠨ ᠭᠠᠷᠭᠠᠬᠤ ᠰᠡᠳᠬᠢᠵᠦ ᠬᠡᠯᠡᠨ᠃

ᠰᠡᠳᠬᠢᠯ ᠬᠦᠮᠦᠨ ᠢ ᠪᠢᠷ ᠪᠣᠯᠭᠠᠨ ᠭᠠᠷᠭᠠᠬᠤ ᠬᠡᠯᠡᠭᠡ᠃ ᠰᠡᠳᠬᠢᠯ ᠬᠡᠯᠡᠵᠦ ᠪᠣᠯᠤᠨ ᠰᠡᠳᠬᠢᠵᠦ ᠬᠡᠯᠡᠭᠡ ᠬᠦᠷᠭᠡᠭᠡᠳ᠃ ᠬᠡᠯᠡ ᠪᠠᠢᠨ ᠬᠡᠯᠡᠭᠡ ᠭᠠᠷ

— ᠲᠡᠷ ᠬᠡᠯᠡᠨ᠂ ᠲᠡᠷ ᠬᠡᠯᠡᠨ —᠂ ᠬᠡᠯᠡᠭᠡ ᠪᠣᠯ ᠰᠡᠳᠬᠢᠵᠦ ᠬᠡᠯᠡᠨ ᠪᠣᠯᠤᠭᠰᠠᠨ ᠪᠠᠢᠨ ᠬᠡᠯᠡᠨ ᠪᠠ ᠤᠤ᠃ ᠲᠡᠷ ᠰᠡᠳᠬᠢᠯ ᠬᠡᠯᠡᠭᠡᠨ ᠭᠡᠵᠦ ᠭᠠᠷᠭᠠᠬᠤ

ᠭᠠᠷᠭᠠᠭᠰᠠᠨ ᠪᠣᠯᠤᠨ ᠪᠠᠢ ᠪᠠ ᠭᠡᠵᠦ ᠪᠣᠯᠤᠨ ᠪᠠ ᠬᠡᠯᠡᠭᠡ ᠬᠦᠮᠦᠨ ᠰᠣᠨᠣᠰᠤᠭᠰᠠᠨ᠃

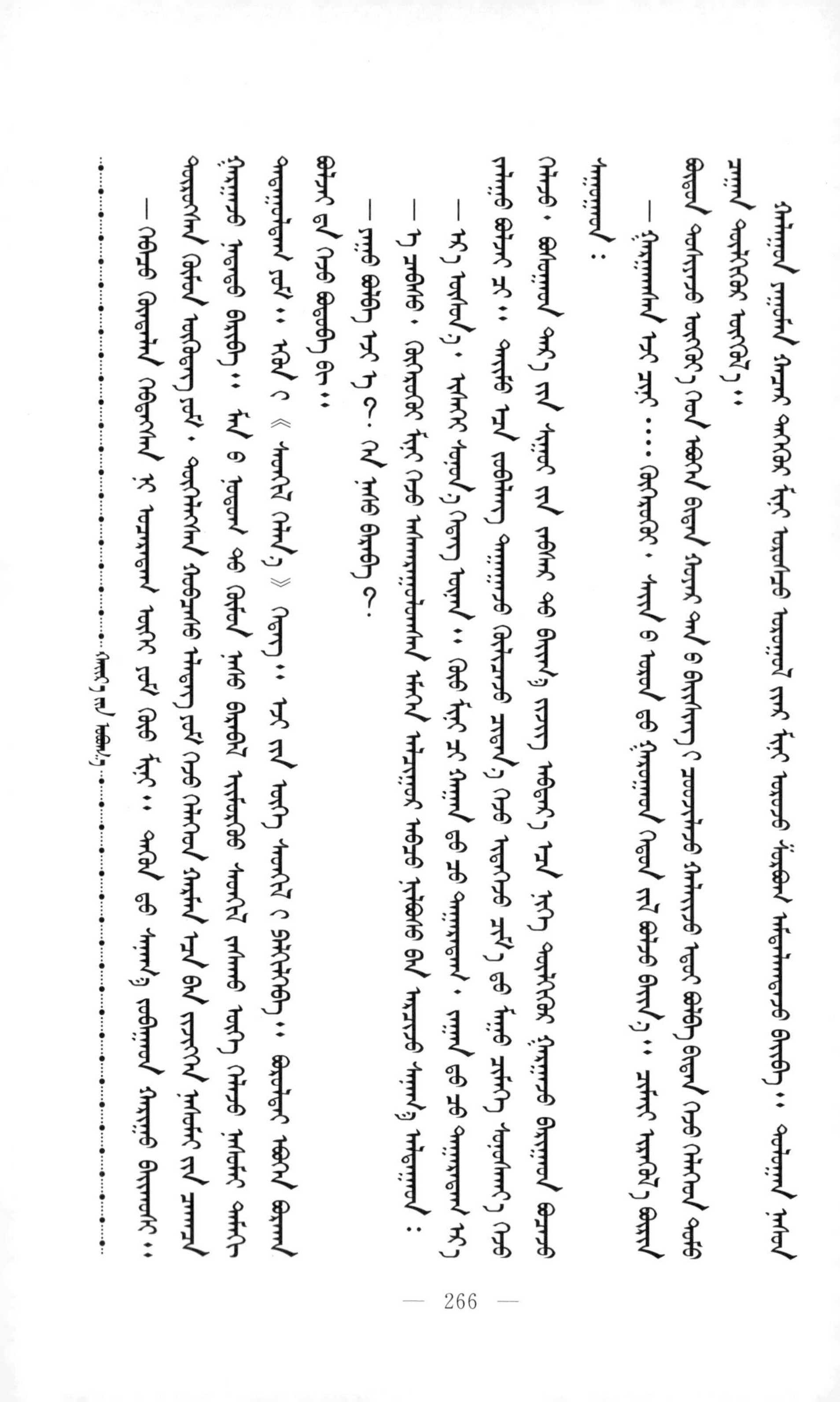

[illegible]

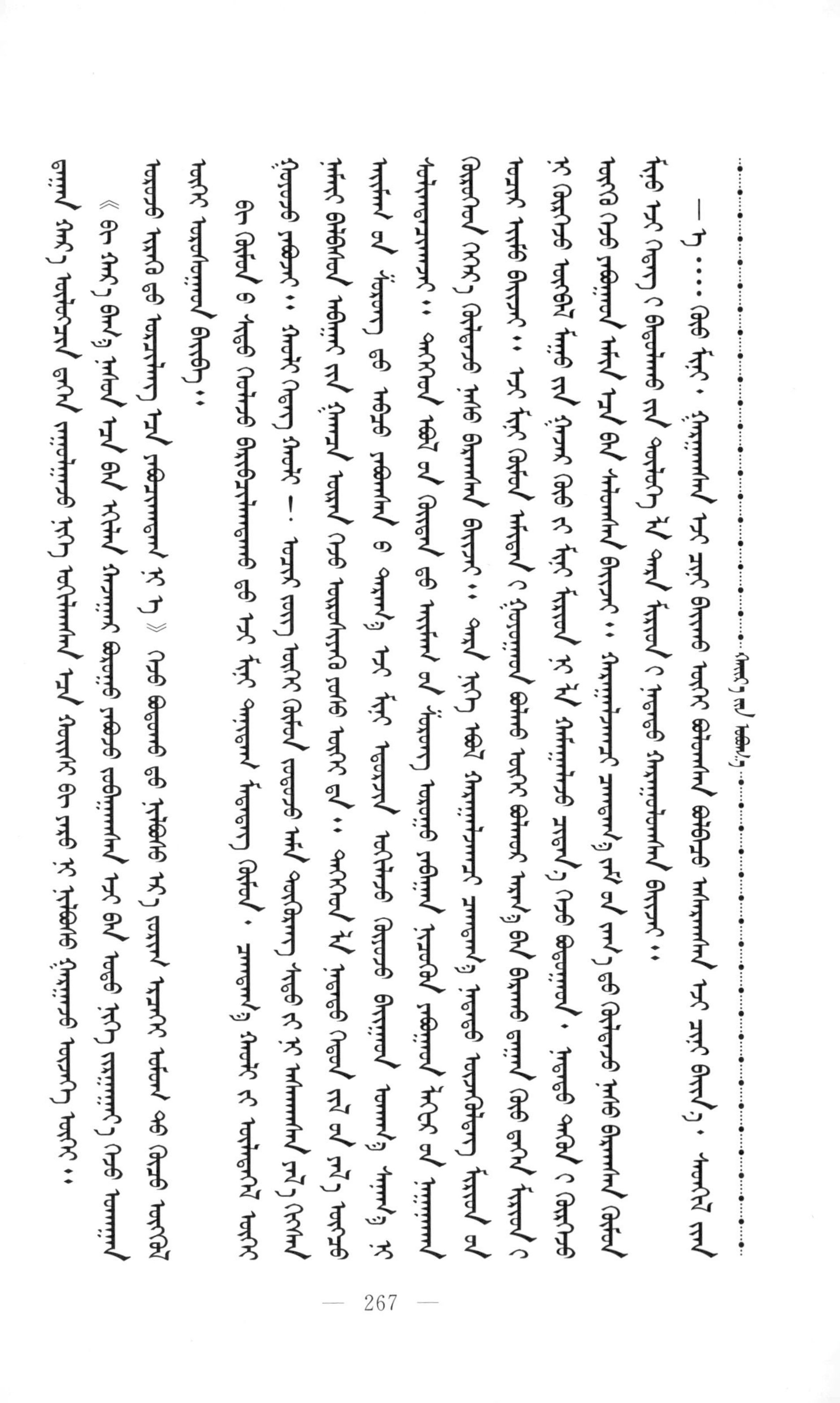

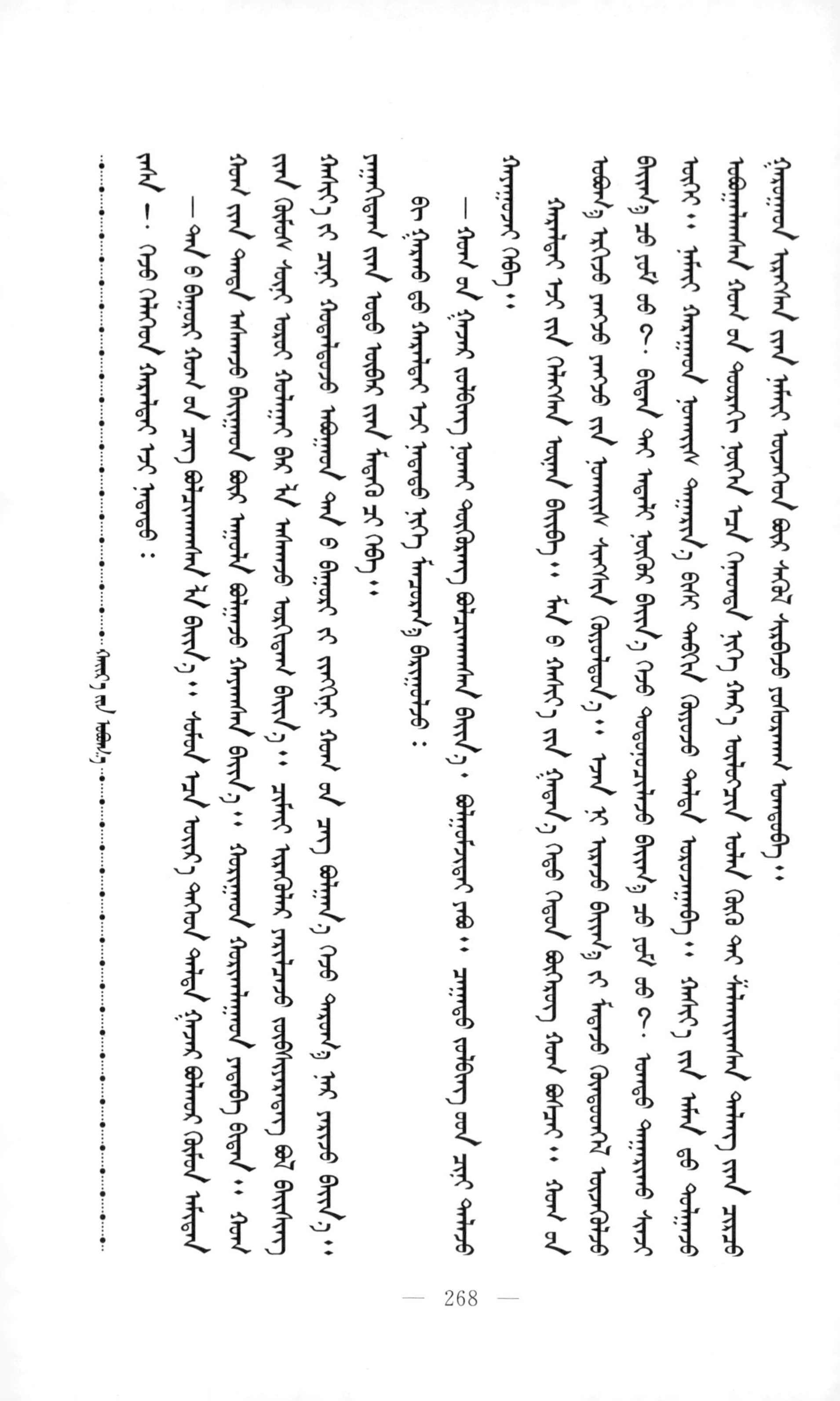

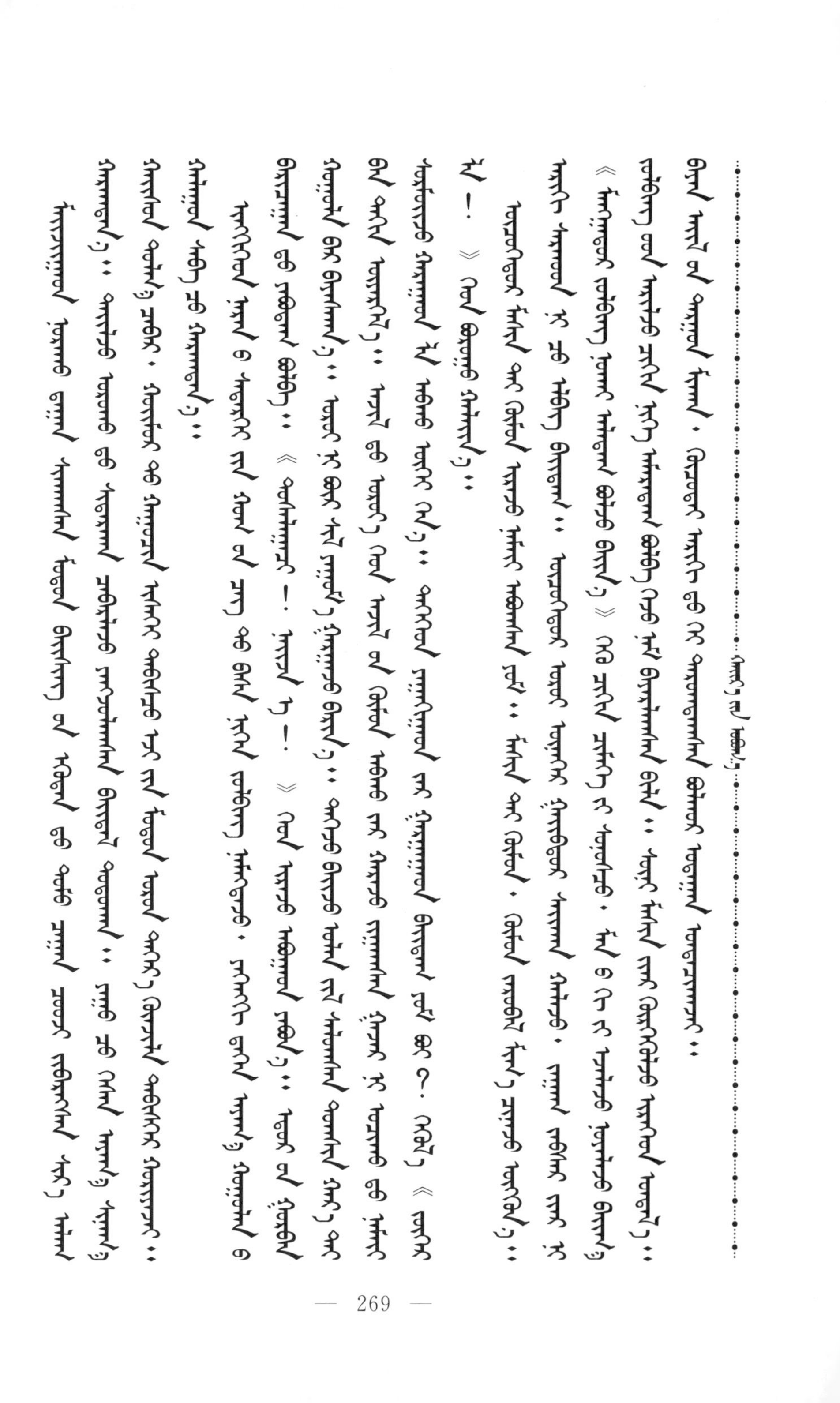

[illegible]

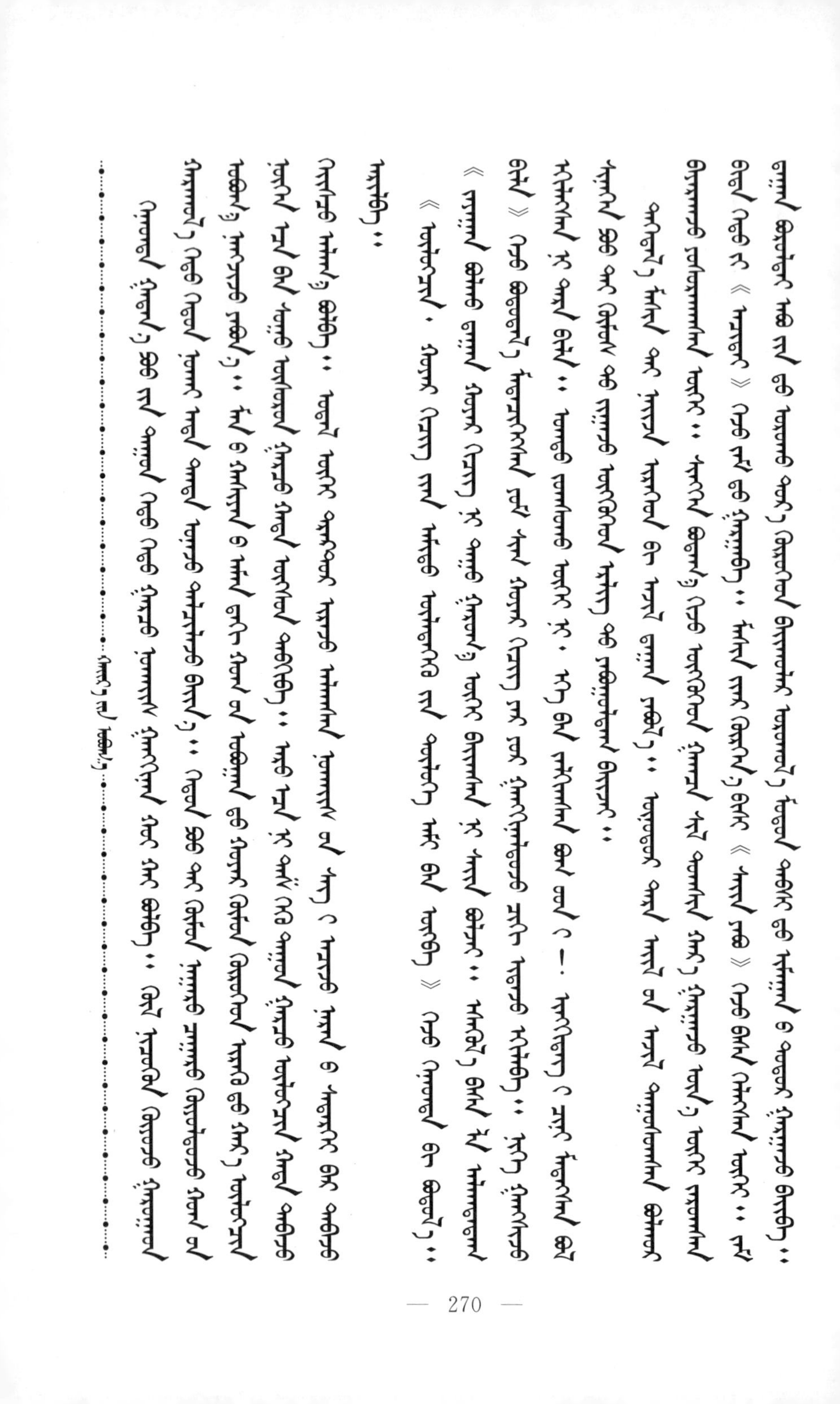

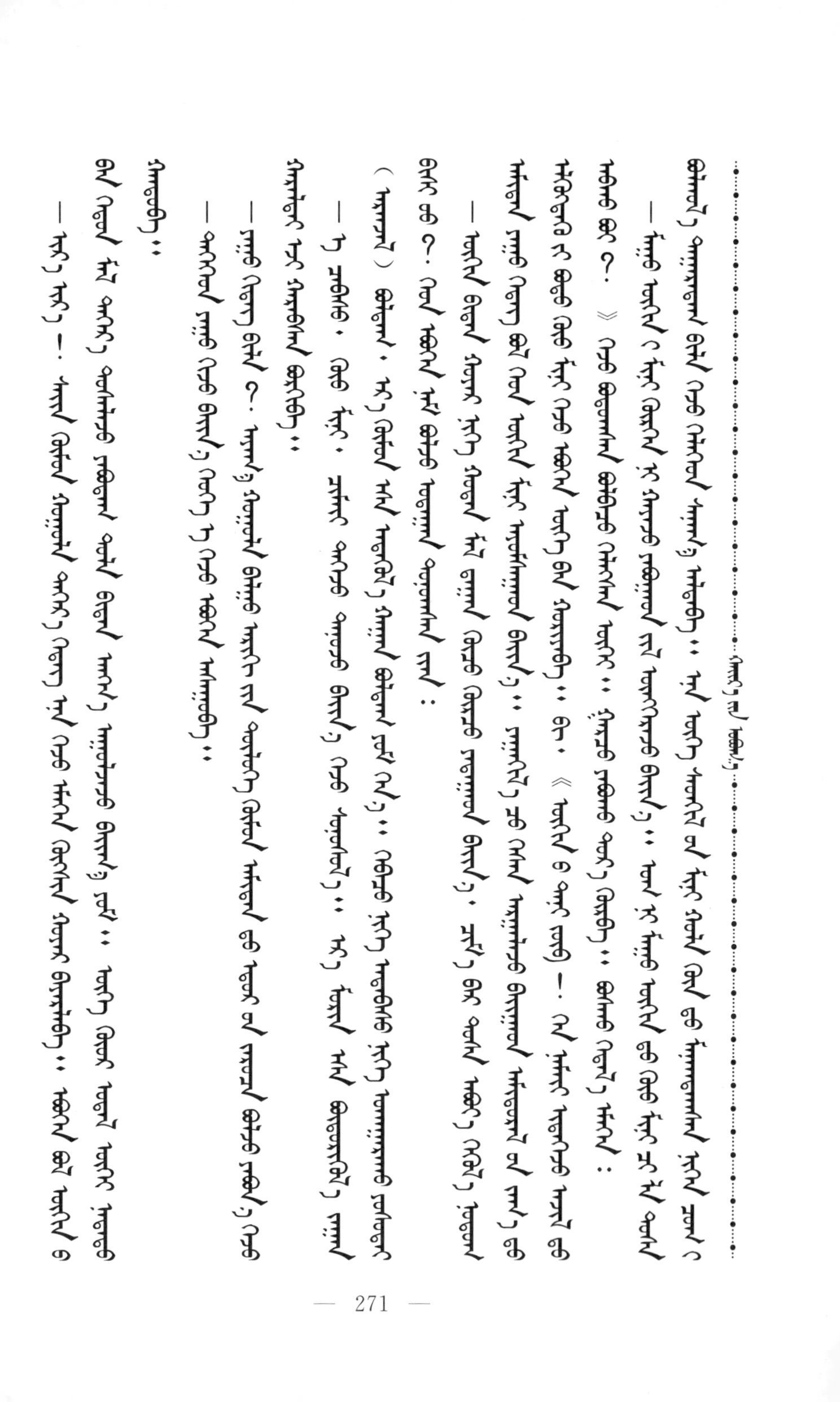

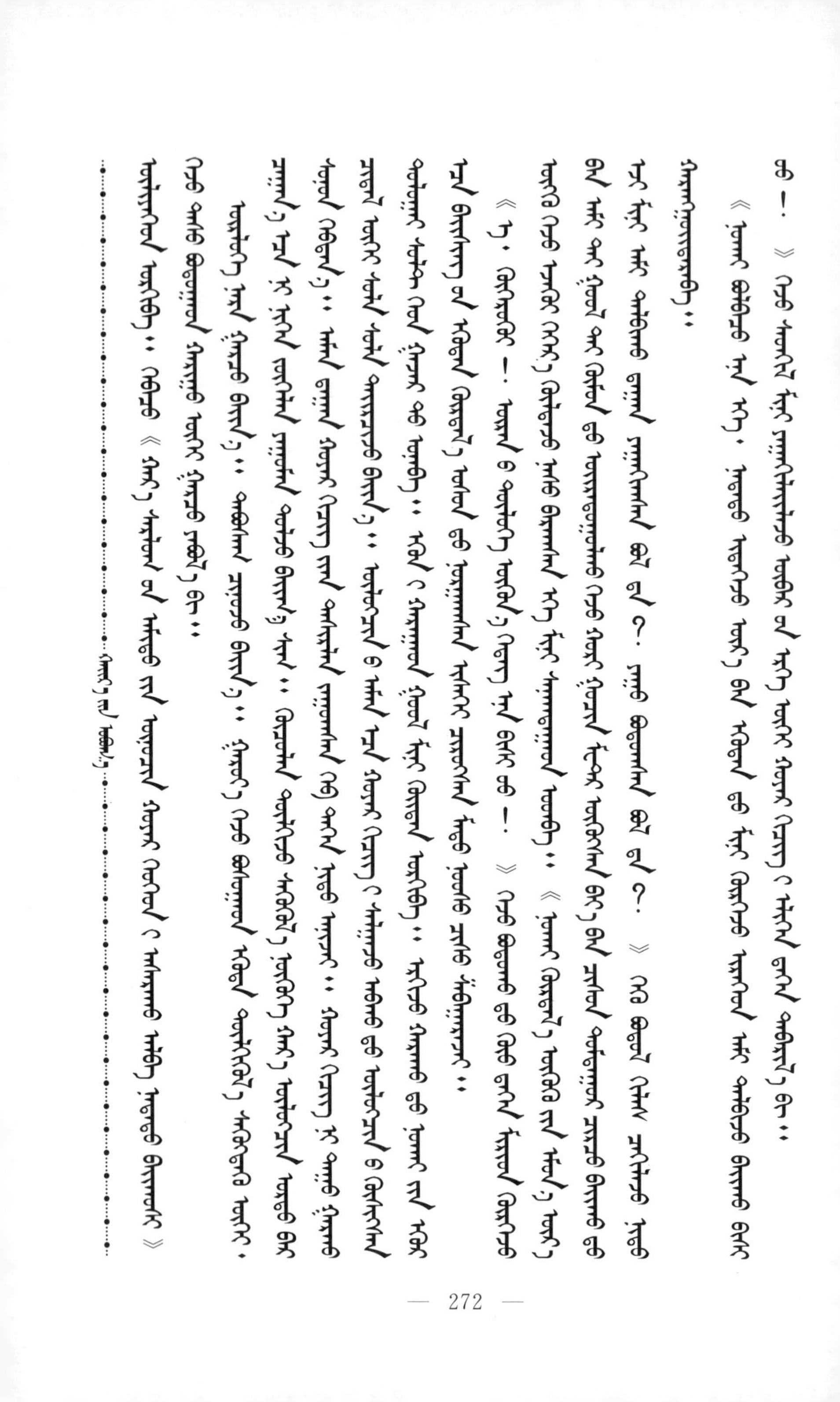

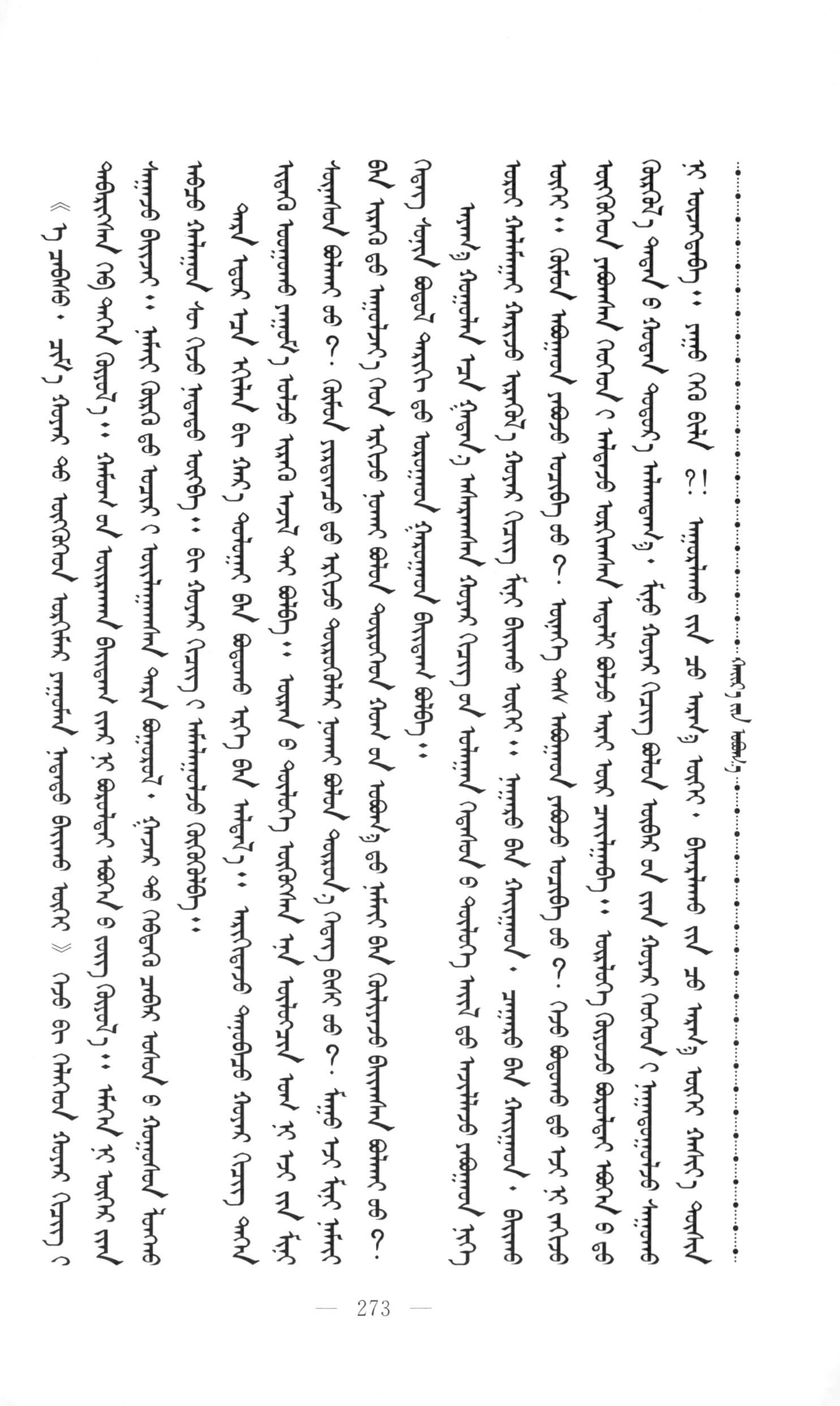

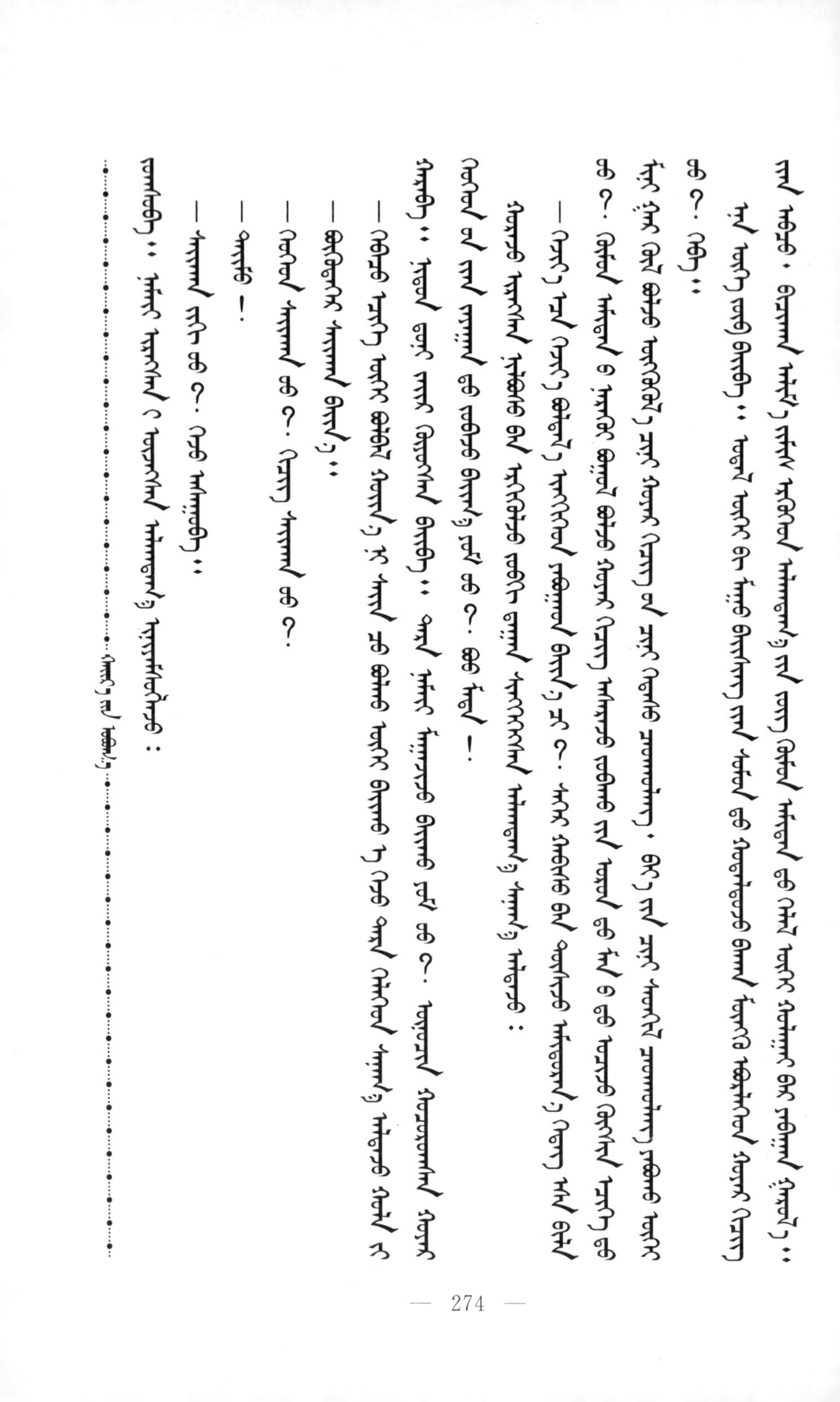

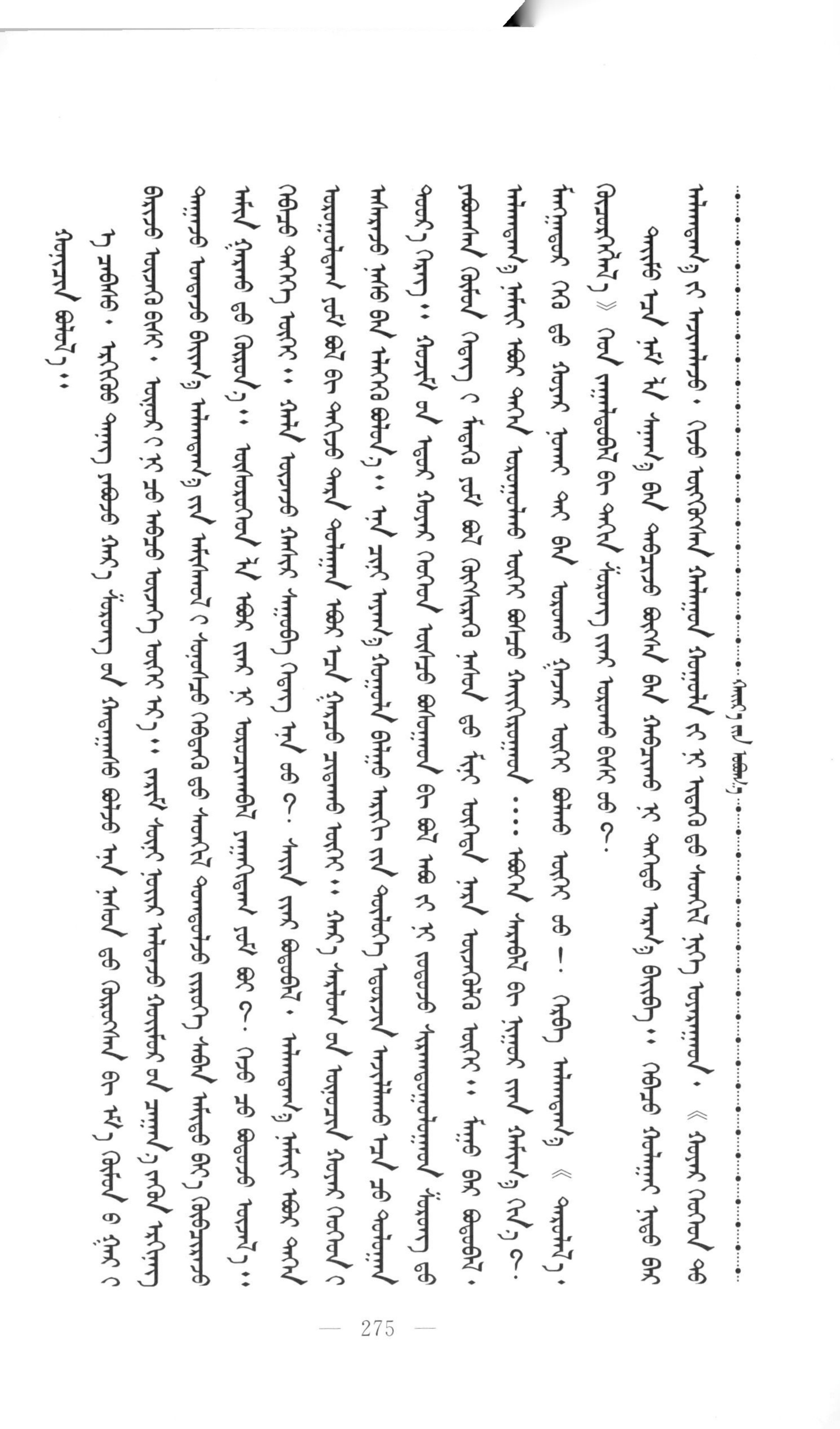

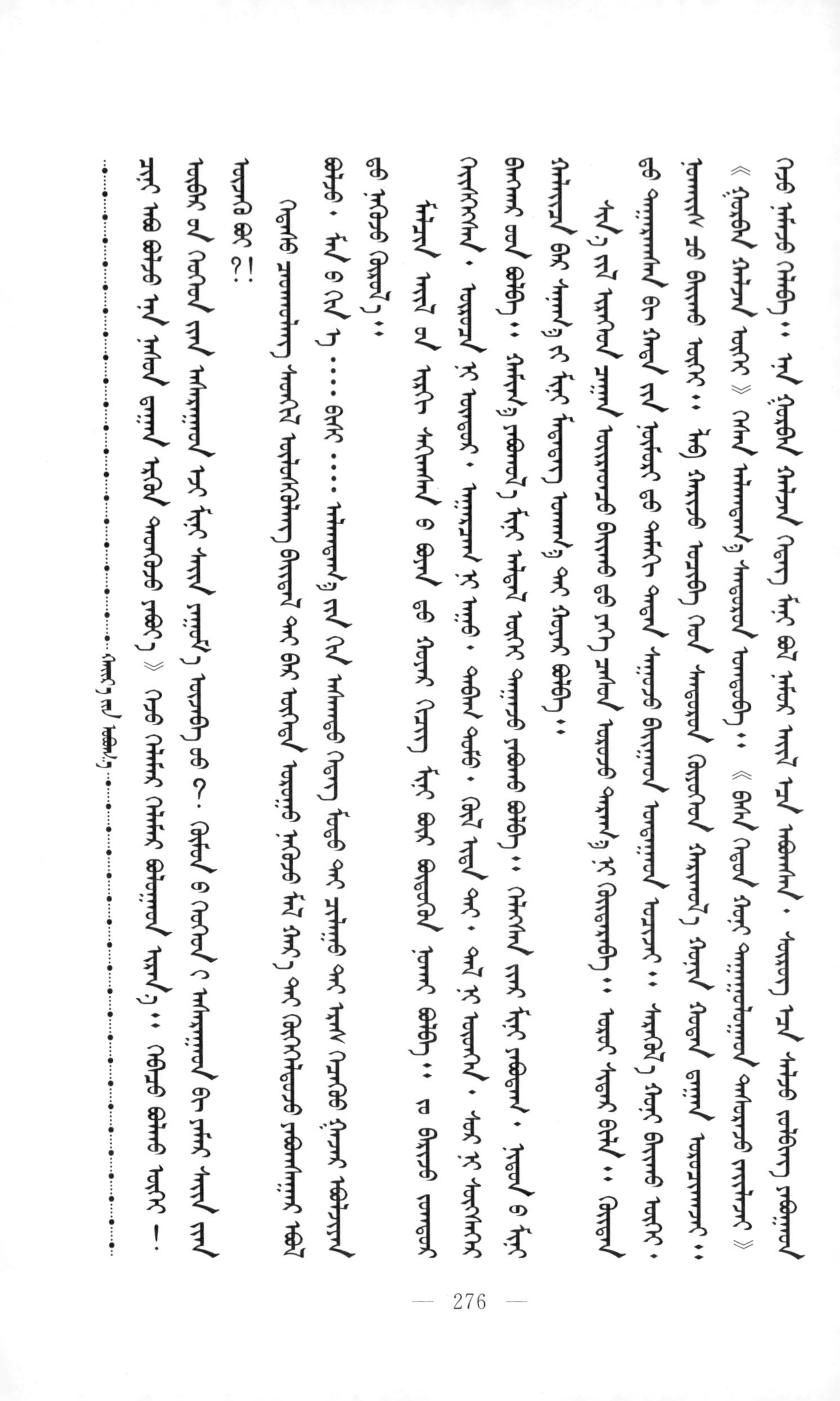

[illegible]

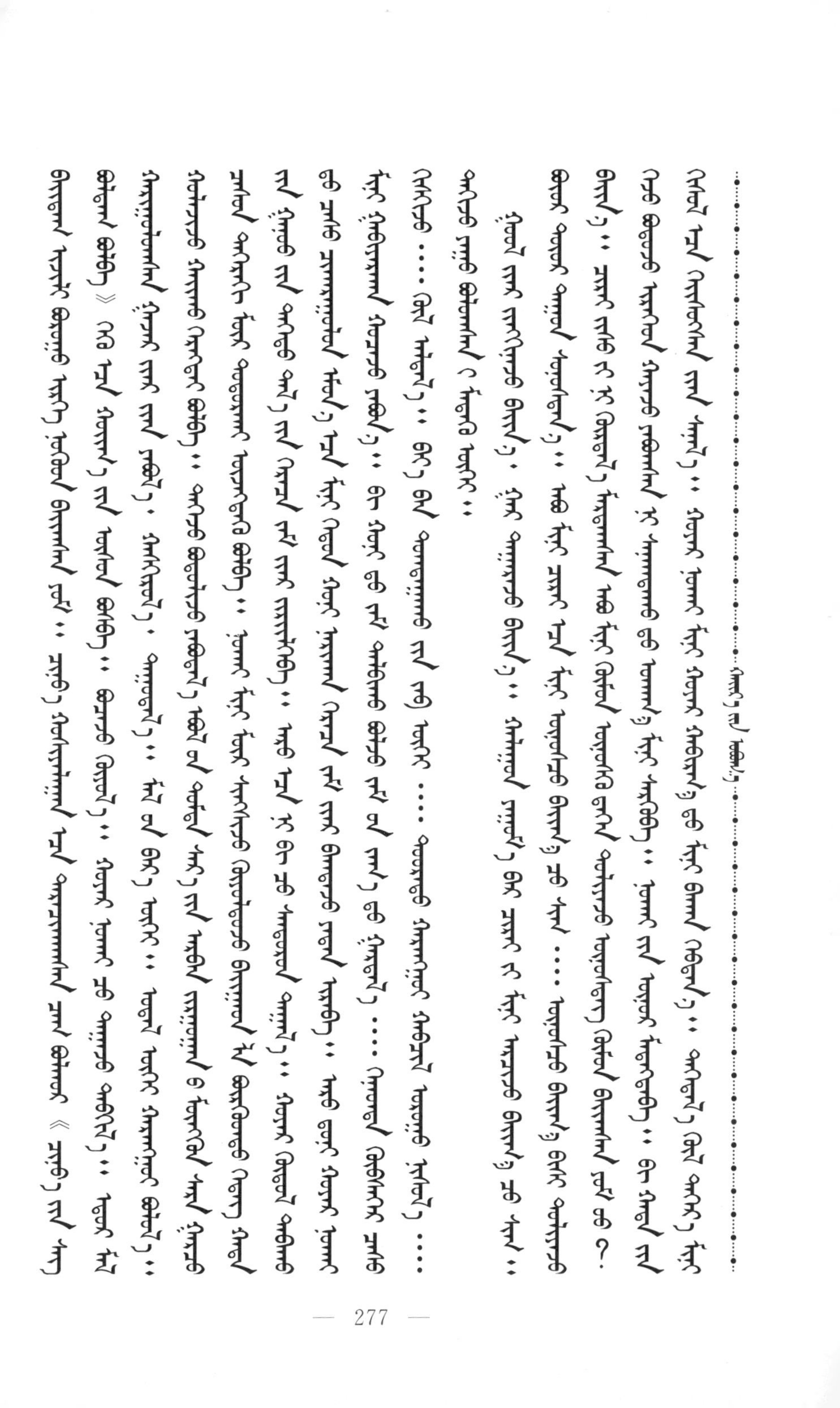

[illegible]

[illegible]

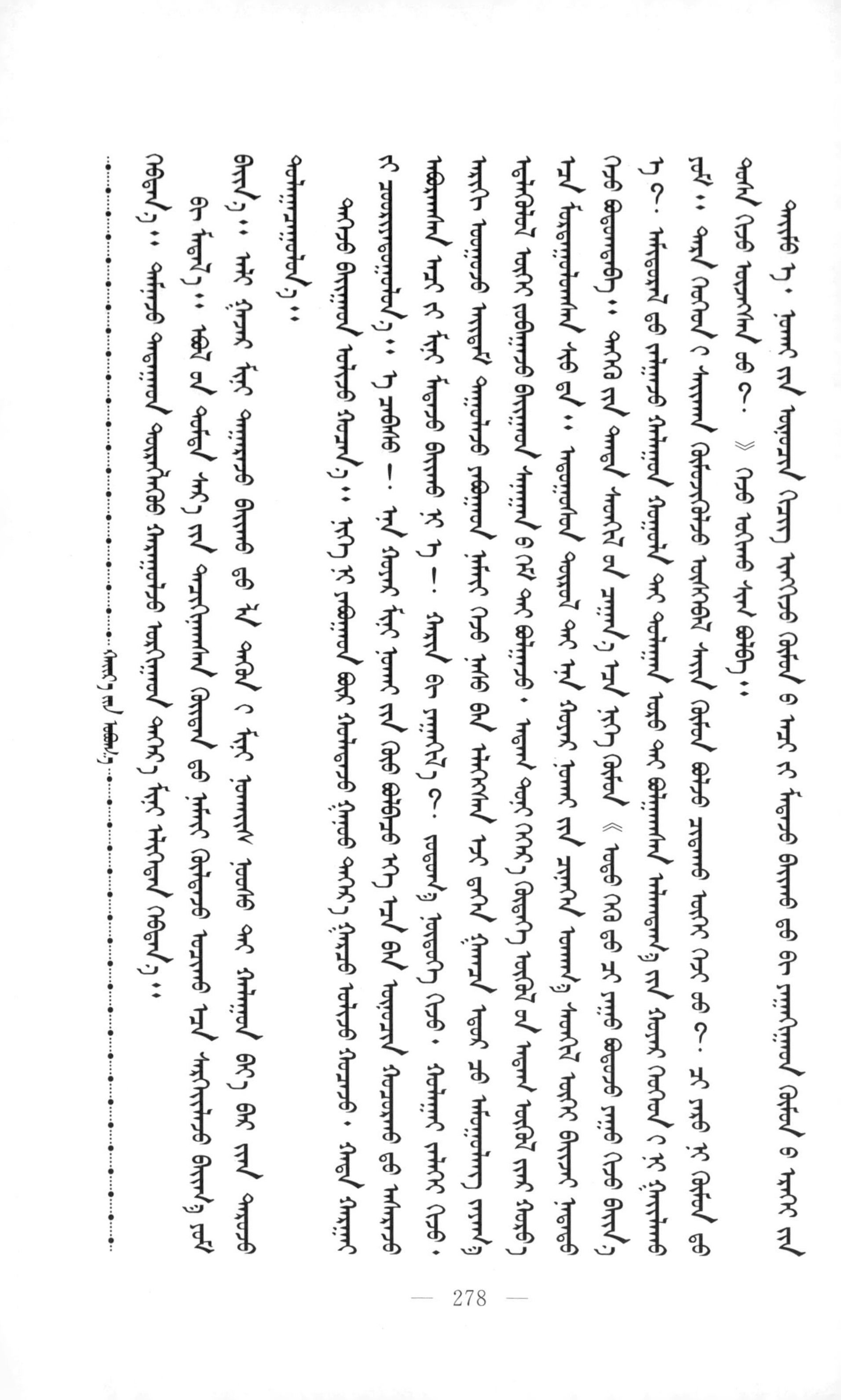

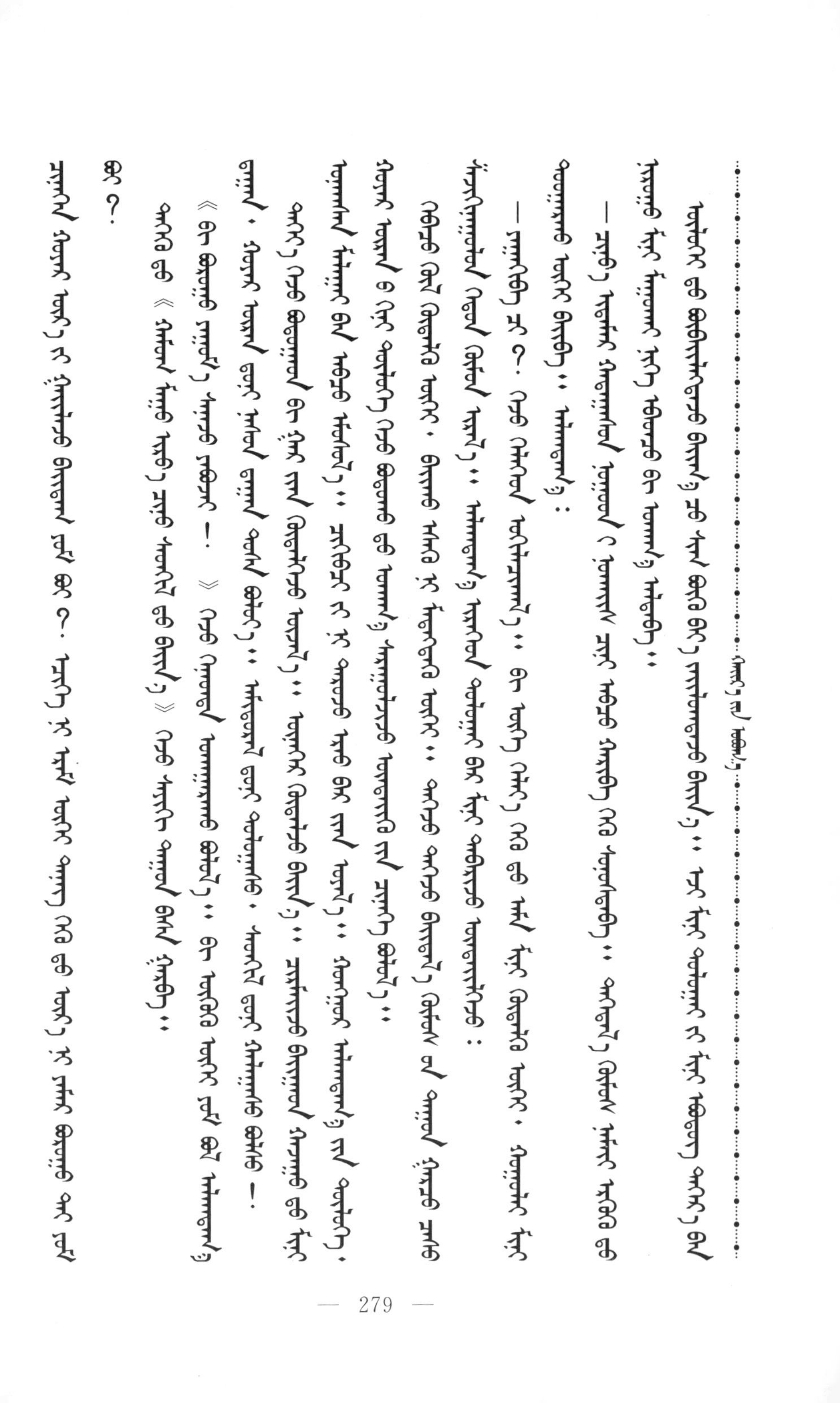

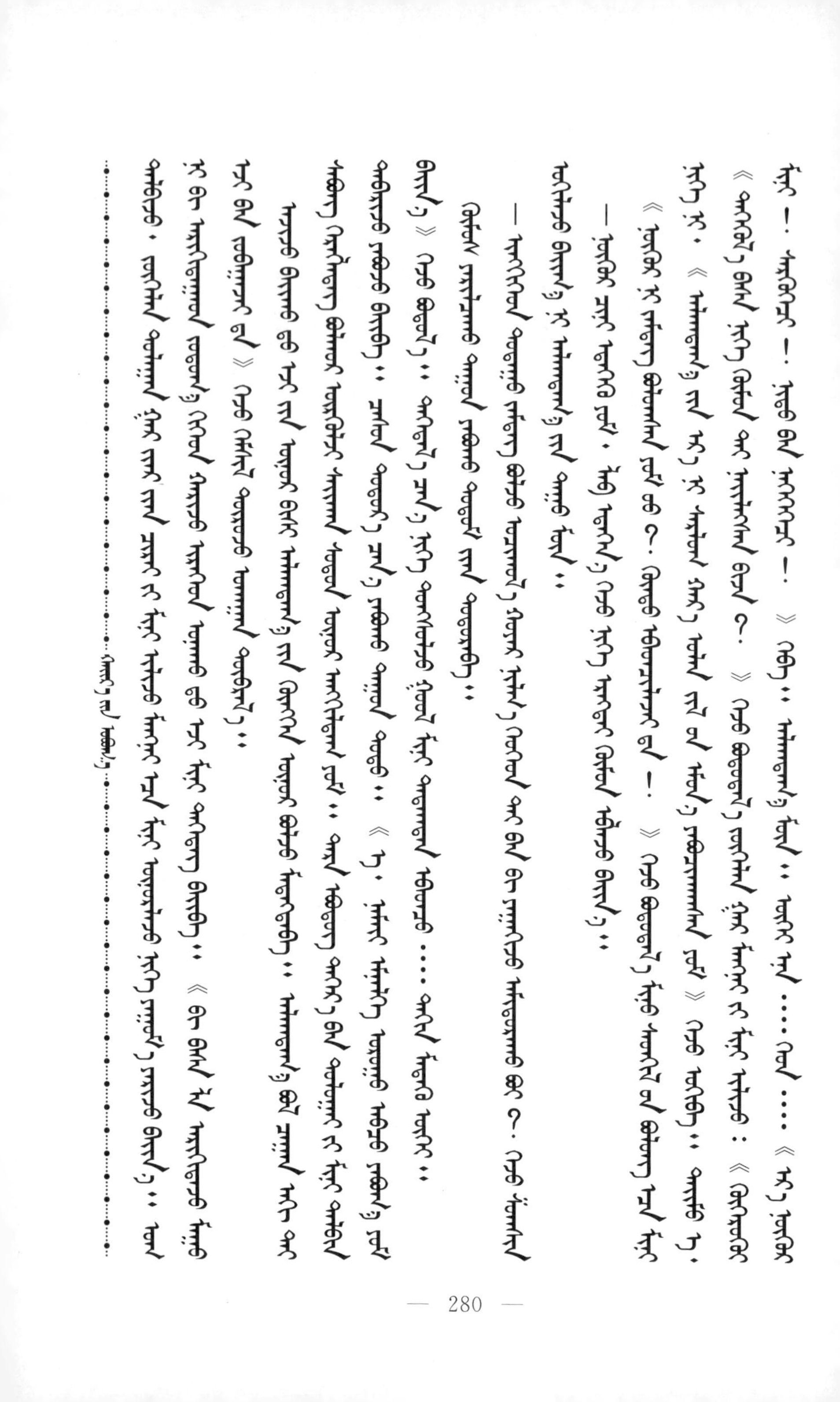

— ᠪᠢᠳᠡ ᠲᠡᠷᠡ ᠪᠣᠯᠤᠭᠰᠠᠨ — · ᠠᠮᠠᠷᠬᠠᠨ — · ᠪᠣᠯᠤᠭᠰᠠᠨ — · ᠲᠡᠭᠡᠳ ᠳᠠᠭᠤᠯᠠᠭᠤᠯᠤᠨ᠎ᠠ ᠃ ᠪᠢ ᠴᠢ ᠭᠠᠷᠤᠭᠠᠷ ᠰᠠᠶᠢᠨ ᠪᠣᠯᠤᠭᠰᠠᠨ ᠃

ᠬᠠᠰᠢᠭᠤᠷ ᠤᠨ ᠪᠠᠷ ᠬᠤᠯᠢᠶᠠᠳ :

— ᠮᠢᠩᠭᠠᠨ ᠤ · ᠮᠢᠩᠭᠠᠨ ᠤ — · ᠲᠡᠷᠡ ᠪᠢᠳᠡ ᠬᠠᠷᠠᠭᠠᠯᠵᠠᠨ ᠪᠤᠯᠤᠩ ᠰᠢᠷᠡᠭᠡ ᠪᠠᠢᠳᠠᠯ ᠰᠢᠳᠤᠷᠭᠤ ᠰᠠᠭᠤᠭᠠᠳ ᠃ ᠬᠠᠳᠠᠭᠠᠯ ᠤ ᠮᠡᠳᠡ ᠬᠠᠷᠢ ᠬᠠᠷᠢ ᠮᠡᠳᠡᠭᠦᠯᠦᠨ ·

— ᠪᠤᠷᠤᠭᠤ ᠲᠡᠷᠡ ᠪᠢᠳᠡ ᠶᠢ ᠪᠣᠯᠭᠠᠬᠤ ᠪᠠᠢᠳᠠᠯ ᠢ ᠃ ᠮᠡᠳᠡᠭᠦᠯᠦᠭᠰᠡᠨ ᠢ ᠪᠣᠯᠭᠠᠬᠤ ᠪᠠᠢᠳᠠᠯ ᠢ ᠲᠡᠭᠡᠳ ᠲᠡᠭᠦᠨ ᠴᠢᠬᠤᠯᠠᠭᠠ ᠃

— ᠬᠡᠷᠬᠢᠨ ᠲᠡᠢ ᠪᠡ ? ᠲᠡᠷᠡ ᠰᠠᠭᠤᠭᠠᠳ ᠪᠠᠢᠭᠤᠯᠤᠯᠲᠠ ᠬᠡᠷᠡᠭ ᠪᠣᠯᠤᠭᠠ ᠃

— ᠪᠤᠷᠤᠭᠤ ᠲᠡᠷᠡ ᠪᠢᠳᠡ ᠪᠣᠯᠭᠠᠬᠤ ᠪᠠᠢᠳᠠᠯ ᠢ ᠲᠡᠭᠦᠨ ᠃ ᠭᠠᠷᠤᠭᠠᠷ ᠢ ᠰᠠᠶᠢᠨ ᠮᠡᠳᠡᠭᠦᠯᠦᠭᠰᠡᠨ ᠦ ᠲᠡᠷᠡ :

ᠬᠠᠷᠢᠬᠤ ᠮᠠᠯᠠᠭᠠ · ᠪᠢᠳᠡ ᠲᠡᠷᠡ ᠬᠠᠷᠢᠭᠤ ᠃ ᠠᠷᠪᠠᠨ ᠲᠡᠭᠡᠳ ᠲᠡᠭᠦᠨ ᠪᠠᠢᠳᠠᠯ ᠲᠡᠭᠦᠨ ᠴᠢᠬᠤᠯᠠᠭᠠ ᠃ ᠠᠷᠪᠠᠨ ᠮᠠᠩᠭᠠ ᠮᠡᠳᠡᠭᠦᠯᠦᠭᠰᠡᠨ ᠮᠠᠯᠠᠭᠠ ᠮᠠᠯᠠᠭᠠ ᠰᠠᠭᠤᠭᠠᠳ ᠮᠠᠯᠠᠭᠠᠨ ᠪᠠᠢᠳᠠᠯ ᠢ ᠲᠡᠭᠡᠳ ᠪᠣᠯᠤᠭᠰᠠᠨ · ᠪᠠᠷ ᠮᠠᠯᠠᠭᠠ ᠪᠢᠳᠡ ᠤ ᠬᠠᠳᠠᠭᠠᠯ ᠤ ᠮᠡᠳᠡᠭᠦᠯᠦᠨ ᠃ ᠮᠡᠳᠡᠭᠦᠯᠦᠭᠰᠡᠨ ᠦ

ᠪᠢᠳᠡ ᠤ ᠬᠠᠳᠠᠭᠠᠯ ᠤ ᠮᠡᠳᠡᠭᠦᠯᠦᠨ ᠪᠠᠢᠳᠠᠯ ᠰᠠᠭᠤᠭᠠᠳ ᠪᠣᠯᠤᠭᠰᠠᠨ ᠃ ᠬᠡᠷᠬᠢᠨ ᠪᠠᠢ ᠪᠡ ? ᠮᠠᠯᠠᠭᠠ ᠮᠢᠩᠭᠠᠨ ᠪᠡ ? ᠮᠠᠯᠠᠭᠠ ᠮᠢᠩᠭᠠᠨ ᠪᠠᠢ ᠬᠠᠳᠠᠭᠠᠯᠠᠭᠰᠠᠨ ᠪᠠᠢᠨ᠎ᠠ ᠃ ᠮᠡᠳᠡ ᠃ ᠮᠡᠳᠡ ᠪᠡ ᠮᠠᠯᠠᠭᠠ ᠮᠡᠳᠡᠭᠦᠯᠦᠭᠰᠡᠨ ᠮᠢᠩᠭᠠᠨ ᠬᠠᠷᠢᠬᠤ ᠲᠡᠭᠡᠳ ᠪᠣᠯᠤᠭᠰᠠᠨ ᠃ ᠬᠠᠷᠢᠬᠤ ᠪᠣᠯᠤᠭᠰᠠᠨ ᠪᠡ ᠪᠠᠢᠬᠤ ᠪᠠᠢᠭ᠎ᠠ ᠬᠠᠷᠢᠯᠲᠠ ᠮᠡᠳᠡᠭᠦᠯᠦᠨ ᠮᠡᠳᠡ ᠮᠠᠯᠠᠭᠠ ᠪᠠᠢᠬᠤ ᠮᠡᠳᠡ ᠪᠣᠯᠤᠭᠰᠠᠨ ᠃ ᠪᠡ ᠮᠠᠯᠠᠭᠠᠳ ᠮᠠᠯᠠᠭᠠ ᠪᠠᠢᠭᠤᠯᠤᠯᠲᠠ ᠮᠢᠩᠭᠠᠨ ᠬᠠᠷᠢᠬᠤ ᠲᠡᠭᠡᠳ ᠪᠣᠯᠤᠭᠰᠠᠨ ᠃ ᠠᠷᠪᠠᠨ ᠮᠡᠳᠡ ᠬᠠᠷᠢ ᠶᠢ · ᠪᠢᠳᠡᠨ ᠮᠠᠯᠠᠭᠠ ᠮᠠᠯᠠᠭᠠ ᠬᠠᠷᠢ ᠶᠢ ᠪᠣᠯᠭᠠᠬᠤ ᠮᠡᠳᠡᠭᠦᠯᠦᠨ ᠪᠠᠢᠭᠤᠯᠬᠤ ᠰᠠᠭᠤᠭᠠᠳ ᠪᠠᠢ ᠪᠡ ? ᠬᠠᠷᠢᠬᠤ ᠮᠡᠳᠡ ᠪᠡ ᠮᠡᠳᠡᠭᠦᠯᠦᠨ ᠪᠠᠢᠬᠤ ᠲᠡᠷᠡ ᠮᠠᠯᠠᠭᠠ ᠮᠡᠳᠡᠭᠦᠯᠦᠭᠰᠡᠨ ᠦ ᠲᠡᠷᠡ ᠮᠠᠯᠠᠭᠠ ᠶᠢ ᠪᠢᠳᠡᠭᠦᠯᠦᠨ ᠪᠡ ? ᠲᠡᠭᠡᠳ ᠬᠠᠷᠢᠬᠤ ᠪᠢᠳᠡ ᠪᠡ ᠮᠠᠯᠠᠭᠠ ᠪᠠᠢᠳᠠᠯ ᠲᠡᠷᠡ ᠲᠡᠷᠡ ᠬᠠᠷᠢᠬᠤ ᠤ ᠠᠷᠪᠠᠨ ᠲᠡᠭᠡᠳ ᠬᠠᠷᠢ ᠶᠢ · ᠪᠠᠢᠭᠤᠯᠤᠯᠲᠠᠪᠣᠯᠤᠭᠰᠠᠨ ᠃ ᠠᠷᠪᠠᠨ ᠪᠠᠷ ᠪᠣᠯᠭᠠᠬᠤ ᠮᠡᠳᠡᠭᠦᠯᠦᠨ · ᠪᠣᠯᠭᠠᠬᠤ ᠪᠠᠢᠳᠠᠯ ᠢ ᠃ ᠪᠡ ᠮᠠᠯᠠᠭᠠ ᠮᠢᠩᠭᠠᠨ ᠪᠠᠢᠳᠠᠯ ᠢ ᠲᠡᠭᠡᠳ ᠪᠣᠯᠤᠭᠰᠠᠨ ᠃ ᠲᠡᠭᠡᠳ ᠮᠡᠳᠡᠭᠦᠯᠦᠨ ᠪᠠᠢᠭᠤᠯᠤᠯᠲᠠ ᠪᠠᠢᠳᠠᠯ ᠢ ᠲᠡᠭᠡᠳ ᠮᠠᠯᠠᠭᠠ ᠮᠢᠩᠭᠠᠨ ᠪᠠᠢᠳᠠᠯ ᠲᠡᠭᠦᠨ ᠃ ᠠᠷᠪᠠᠨ ᠪᠠᠢᠳᠠᠯ ᠮᠡᠳᠡᠭᠦᠯᠦᠨ ᠮᠠᠯᠠᠭᠠ ᠰᠠᠭᠤᠭᠠᠳ ᠶᠢ ᠮᠡᠳᠡᠭᠦᠯᠦᠭᠰᠡᠨ ᠃ ᠮᠢᠩᠭᠠᠨ ᠲᠡᠷᠡ ᠮᠠᠯᠠᠭᠠ ᠮᠠᠯᠠᠭᠠ ᠮᠡᠳᠡ ᠮᠠᠯᠠᠭᠠ ᠪᠠᠢᠳᠠᠯ ᠢ ᠲᠡᠭᠡᠳ ᠮᠠᠯᠠᠭᠠ ᠪᠣᠯᠭᠠᠬᠤ

— ᠮᠠᠯᠠᠭᠠ ᠪᠣᠯᠭᠠᠬᠤ · ᠮᠠᠯᠠᠭᠠ ᠮᠡᠳᠡ ᠠᠷᠪᠠᠨ ᠠᠷᠪᠠᠨ ᠮᠠᠯᠠᠭᠠ ᠮᠠᠯᠠᠭᠠ ᠃ ᠮᠡᠳᠡᠭᠦᠯᠦᠭᠰᠡᠨ ᠦ ᠠᠷᠪᠠᠨ ᠪᠡ ᠮᠠᠯᠠᠭᠠ ᠪᠡ ᠮᠡᠳᠡᠭᠦᠯᠦᠨ ᠲᠡᠭᠦᠨ ᠰᠠᠭᠤᠭᠠᠳ ᠮᠠᠯᠠᠭᠠ ᠲᠡᠭᠡᠳ ᠮᠡᠳᠡ ᠬᠠᠷᠢ ᠪᠠᠢᠳᠠᠯ ᠢ ᠲᠡᠭᠦᠨ ᠪᠡ ? 《 ᠲᠡᠭᠡᠳ ᠪᠣᠯᠭᠠᠬᠤ ᠮᠠᠯᠠᠭᠠ ᠪᠠᠷ ᠮᠠᠯᠠᠭᠠ ᠲᠡᠷᠡ ᠪᠡ ᠮᠠᠯᠠᠭᠠ ᠮᠠᠯᠠᠭᠠ ᠮᠠᠯᠠᠭᠠ ᠪᠠᠢᠨ᠎ᠠ ᠃

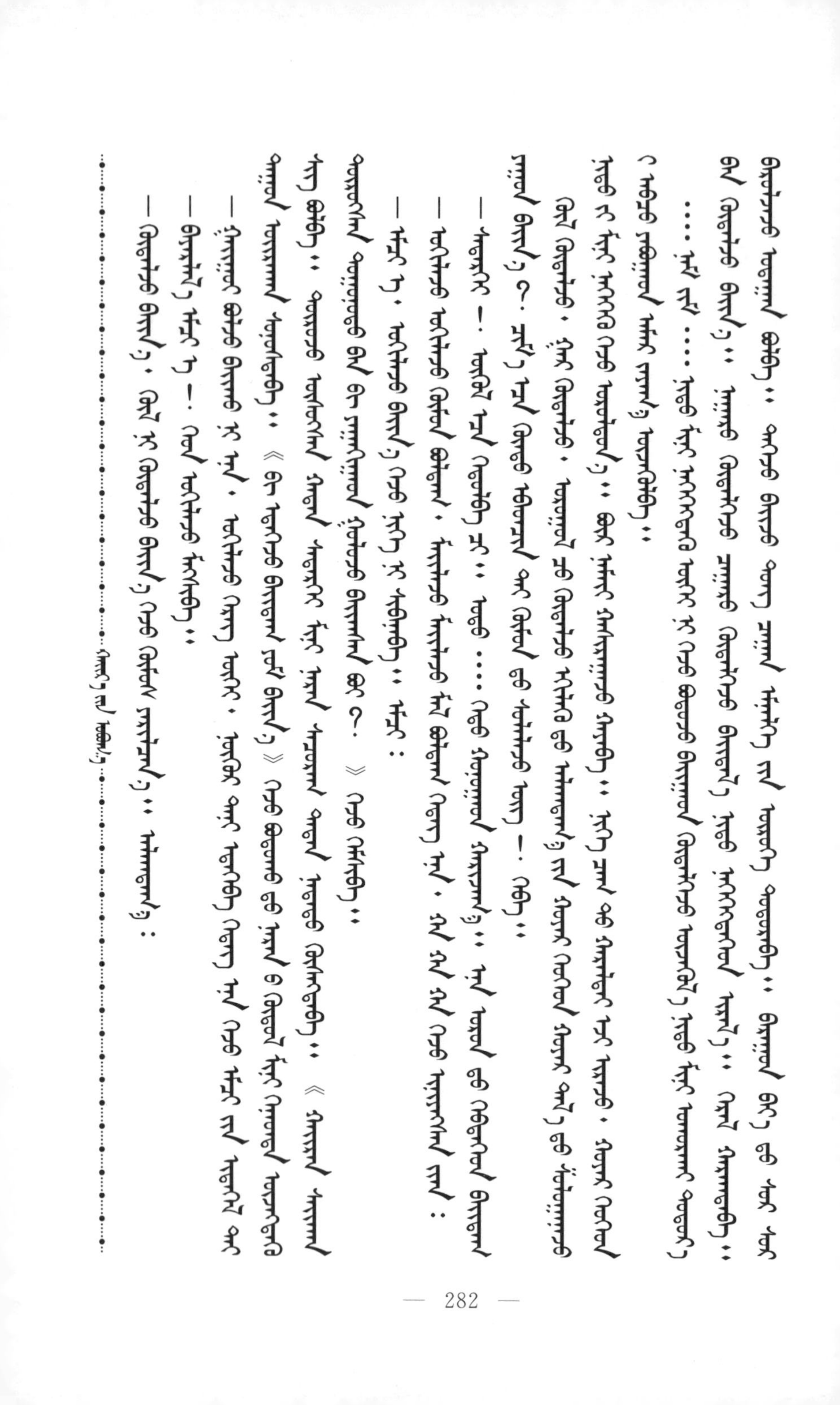

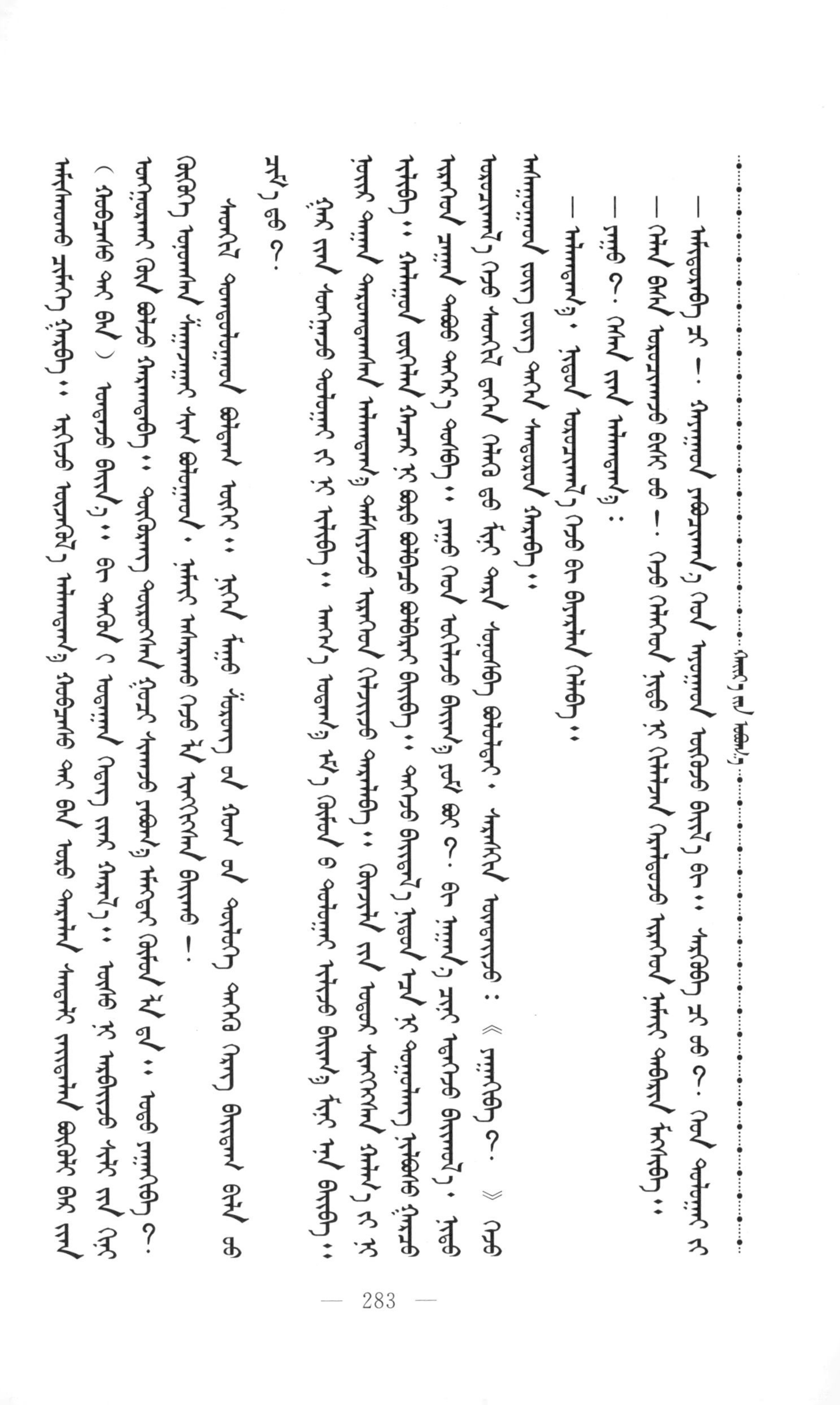

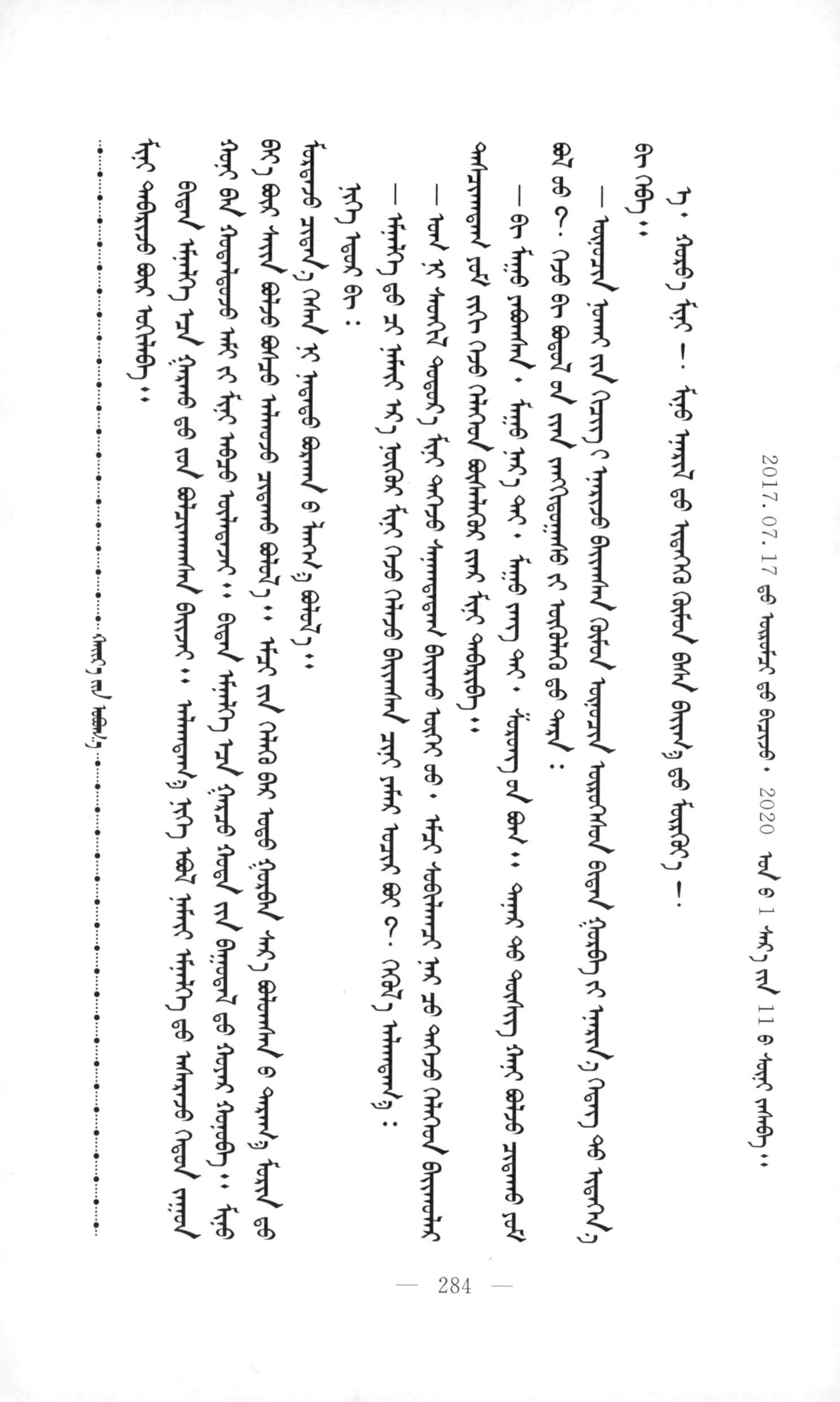

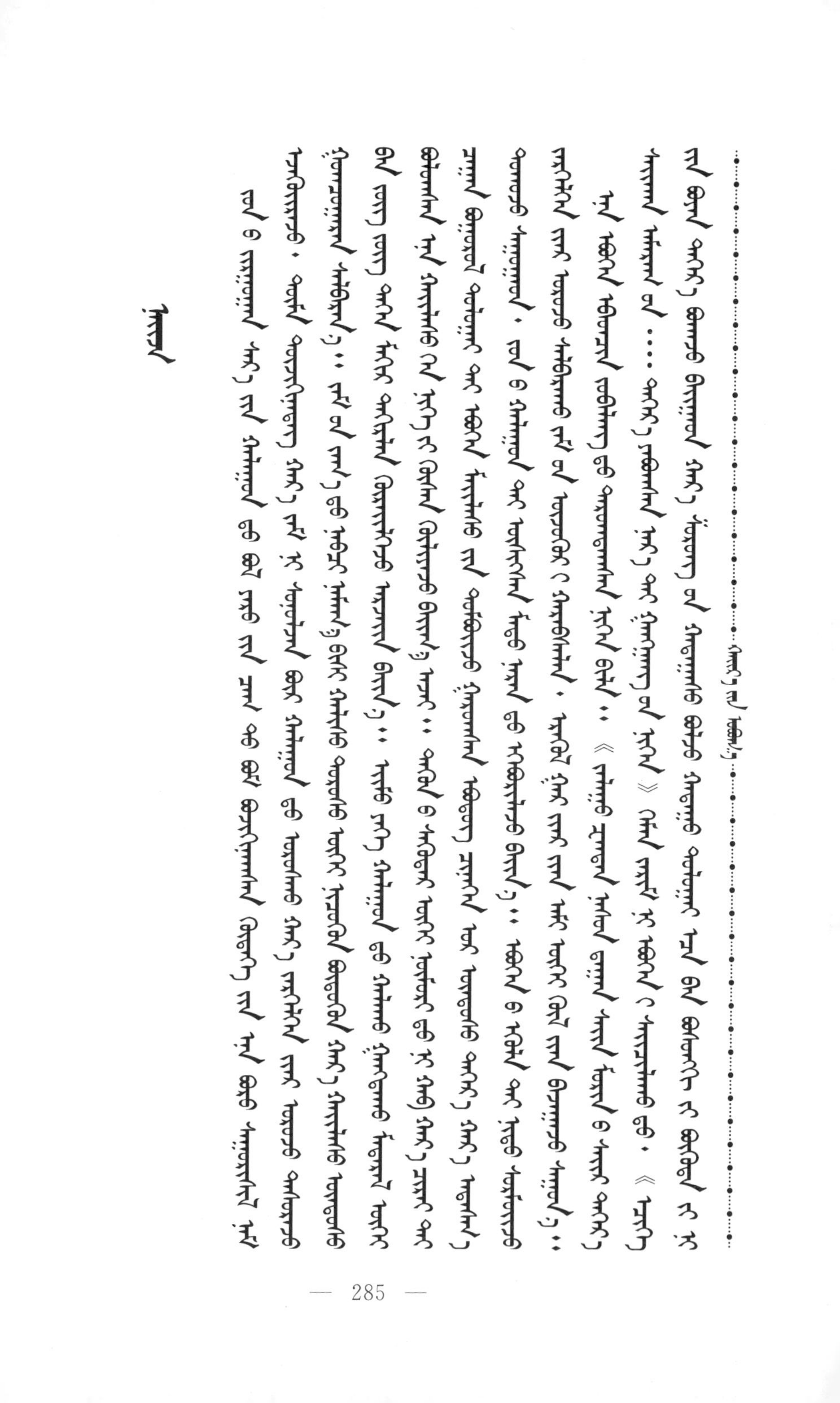

ᠬᠠᠪᠰᠤᠷᠭ᠎ᠠ

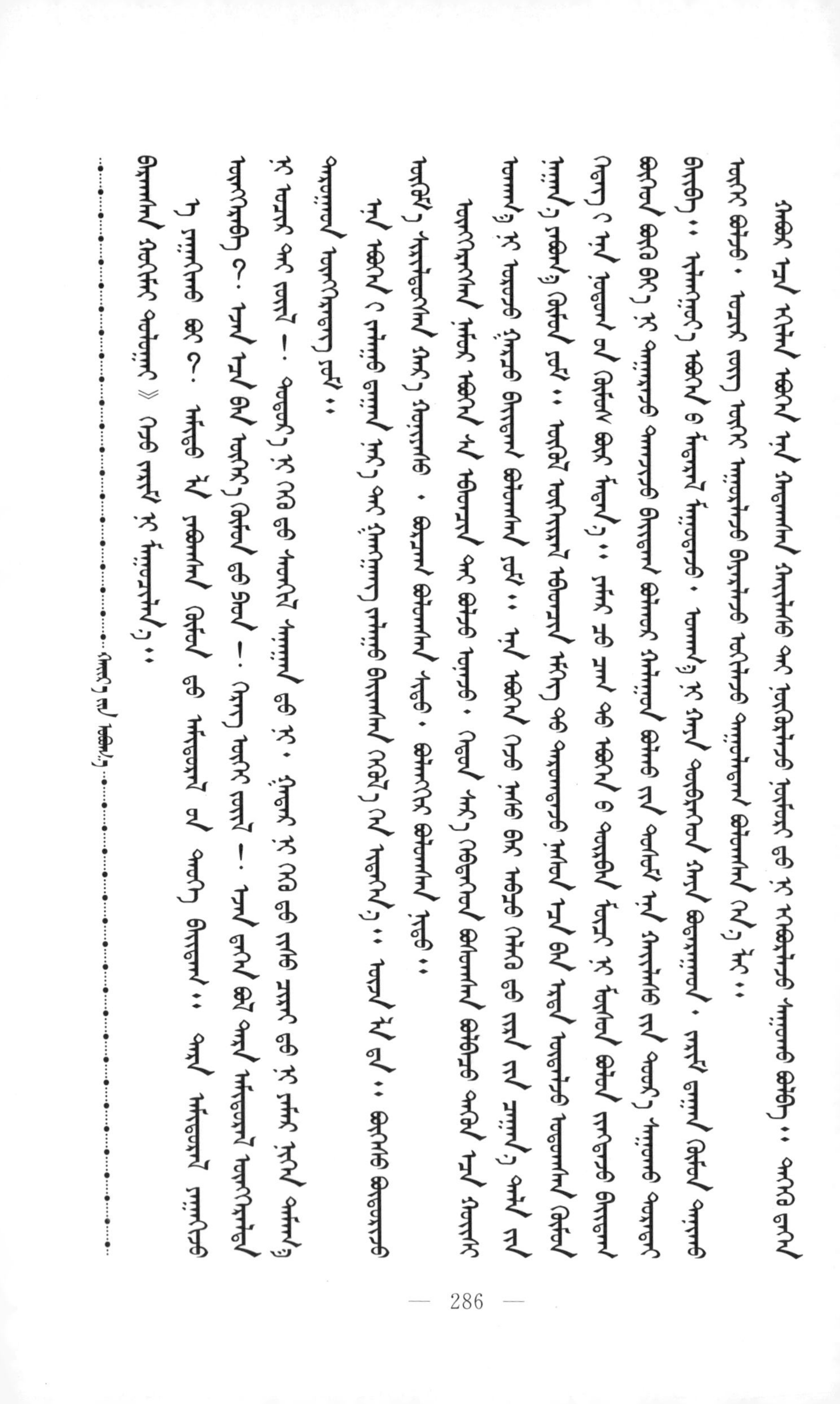

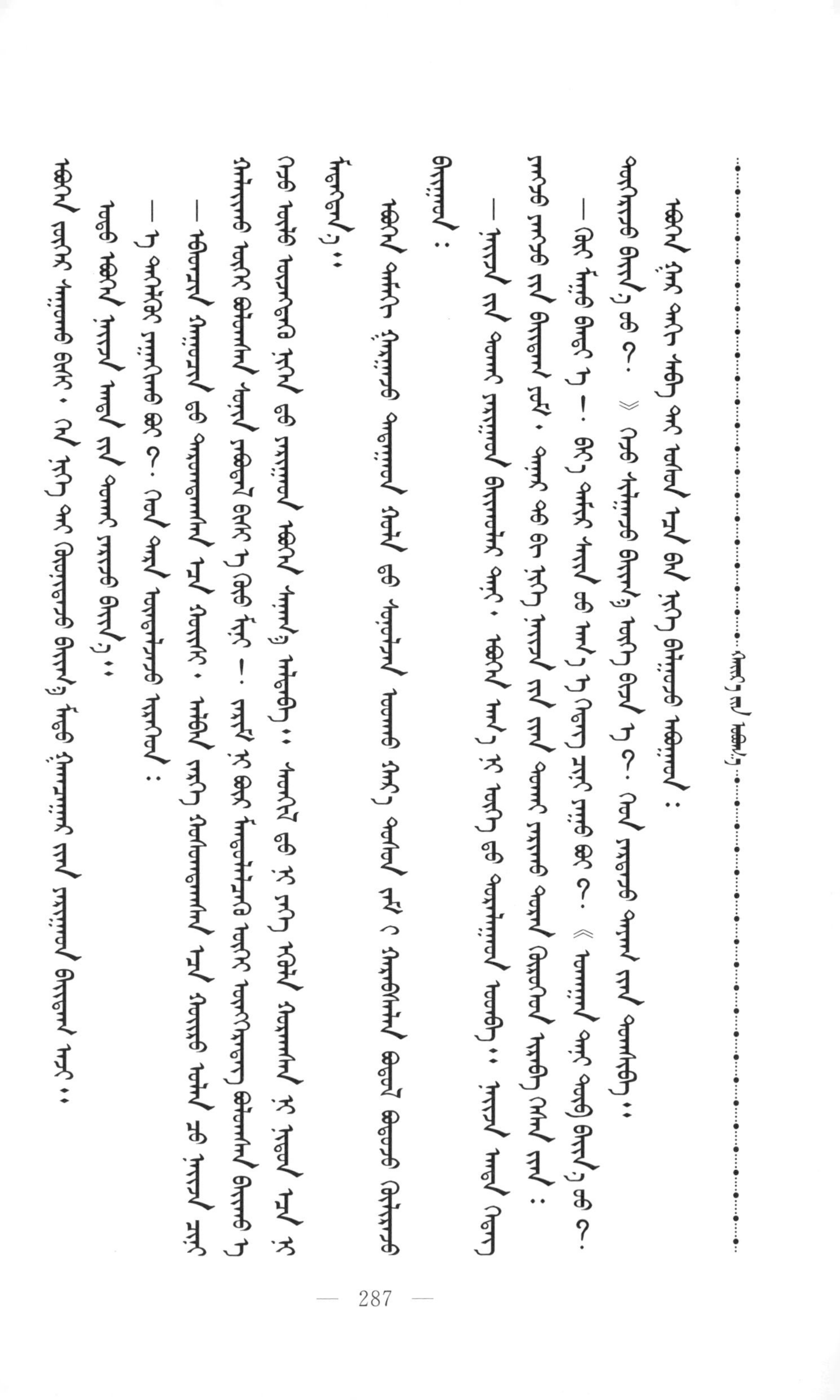

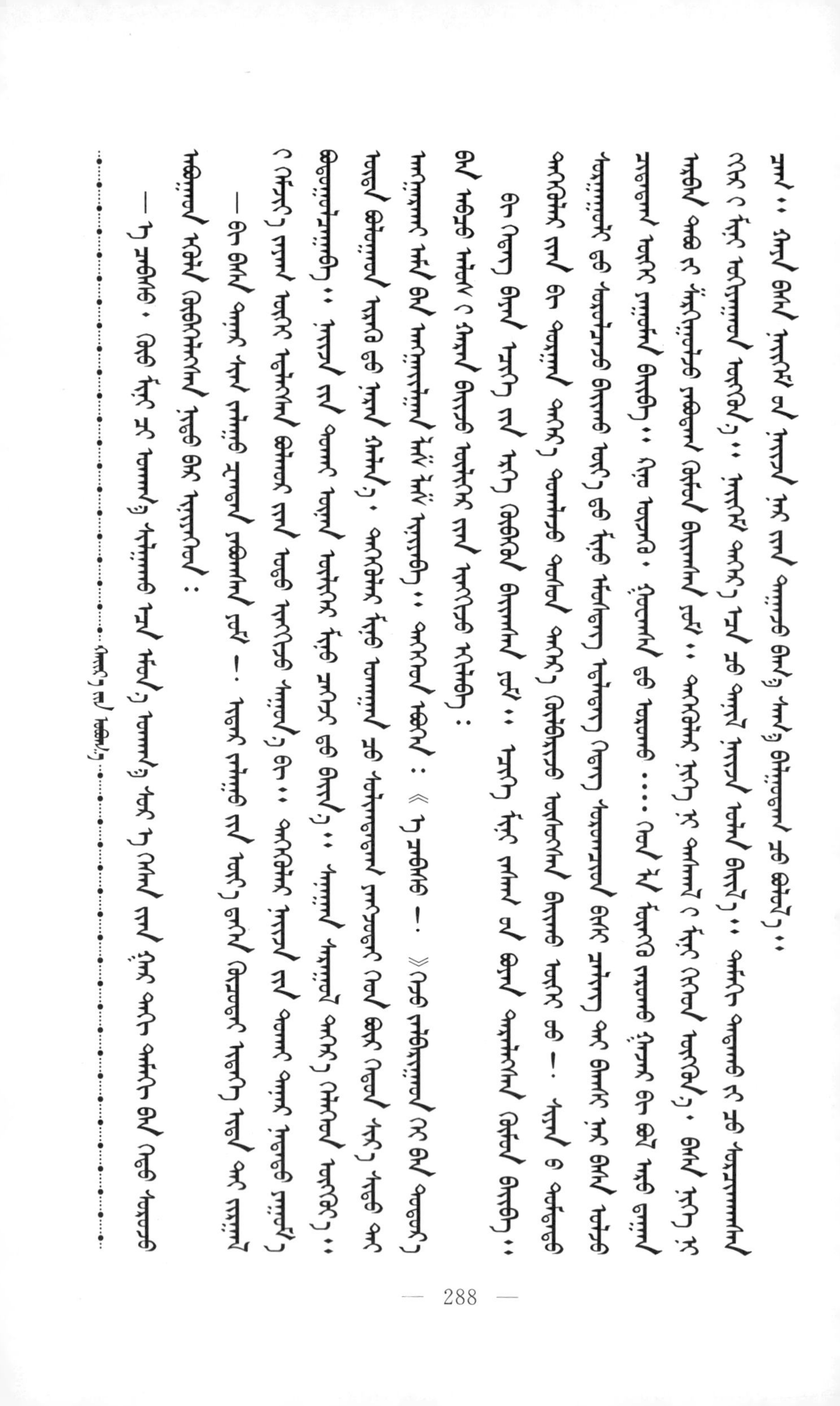

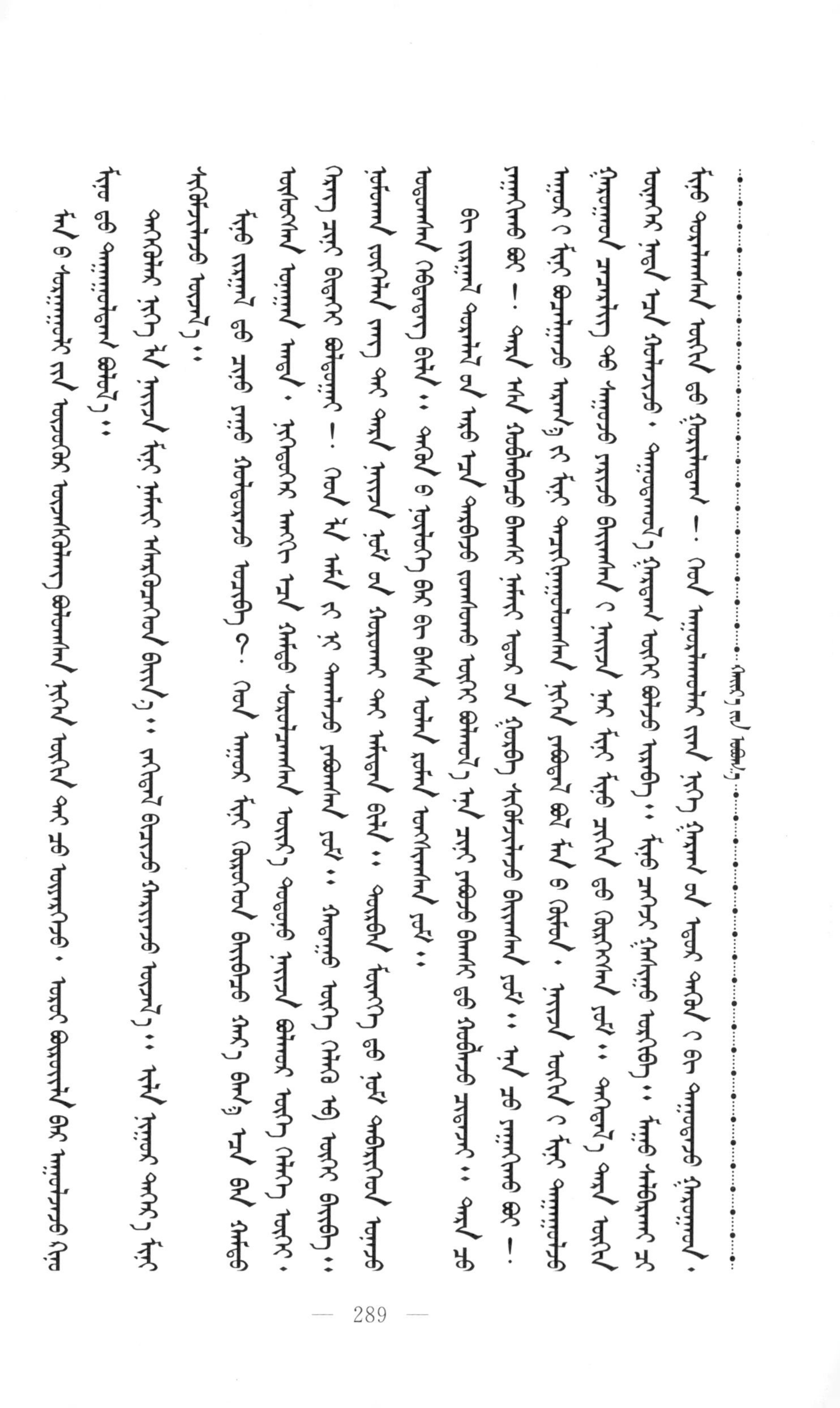

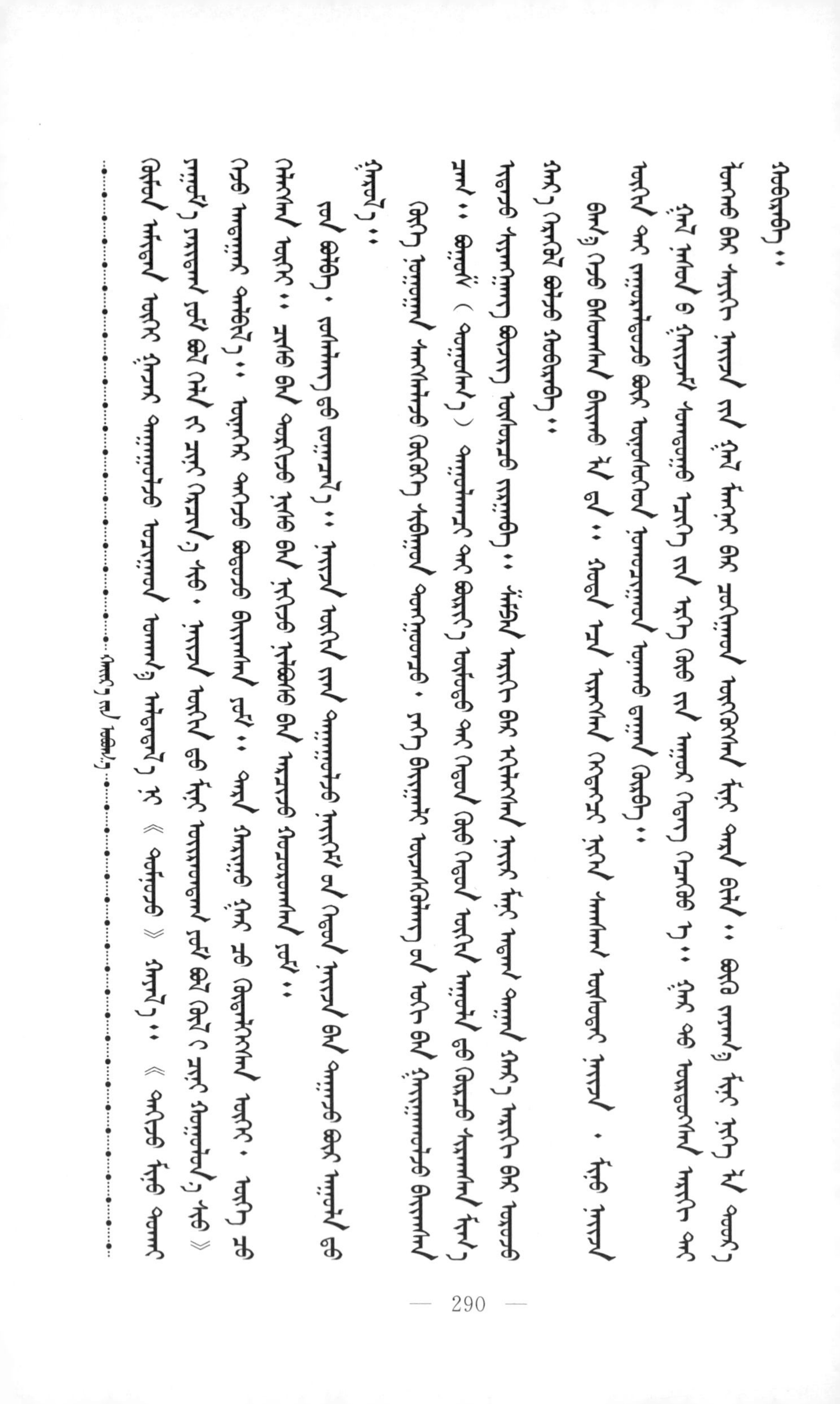

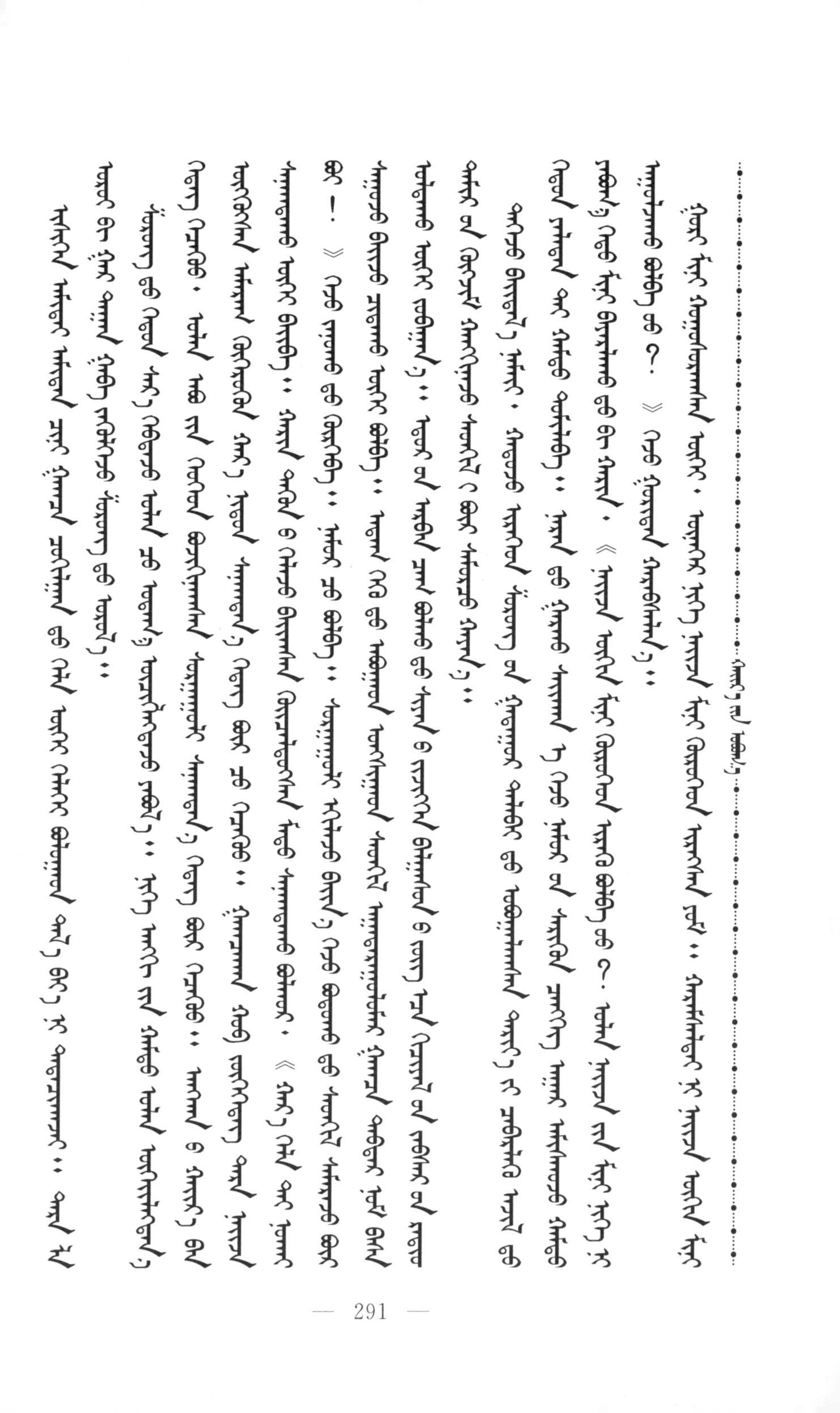

[illegible]

[illegible]

[illegible]

[illegible]

[illegible]

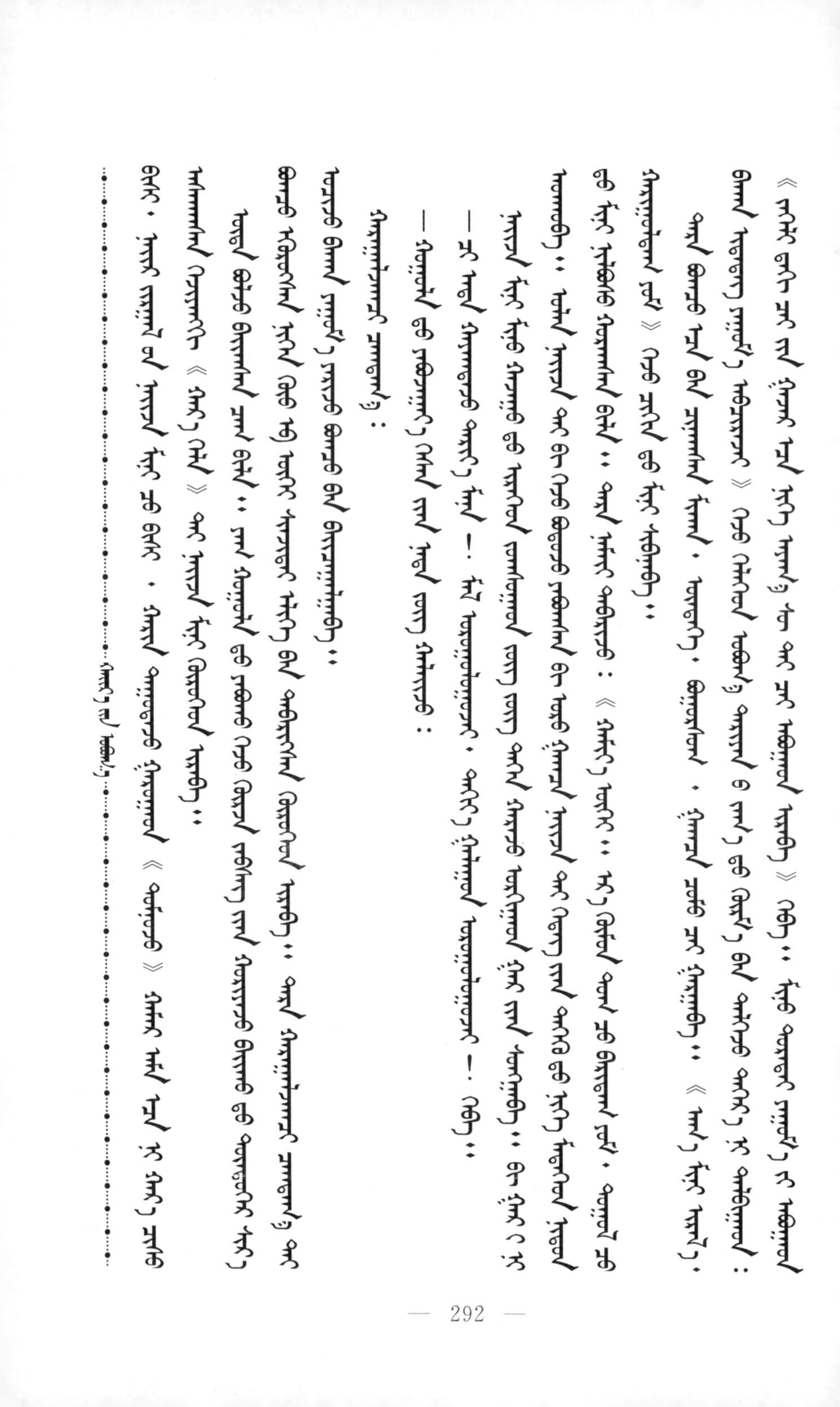

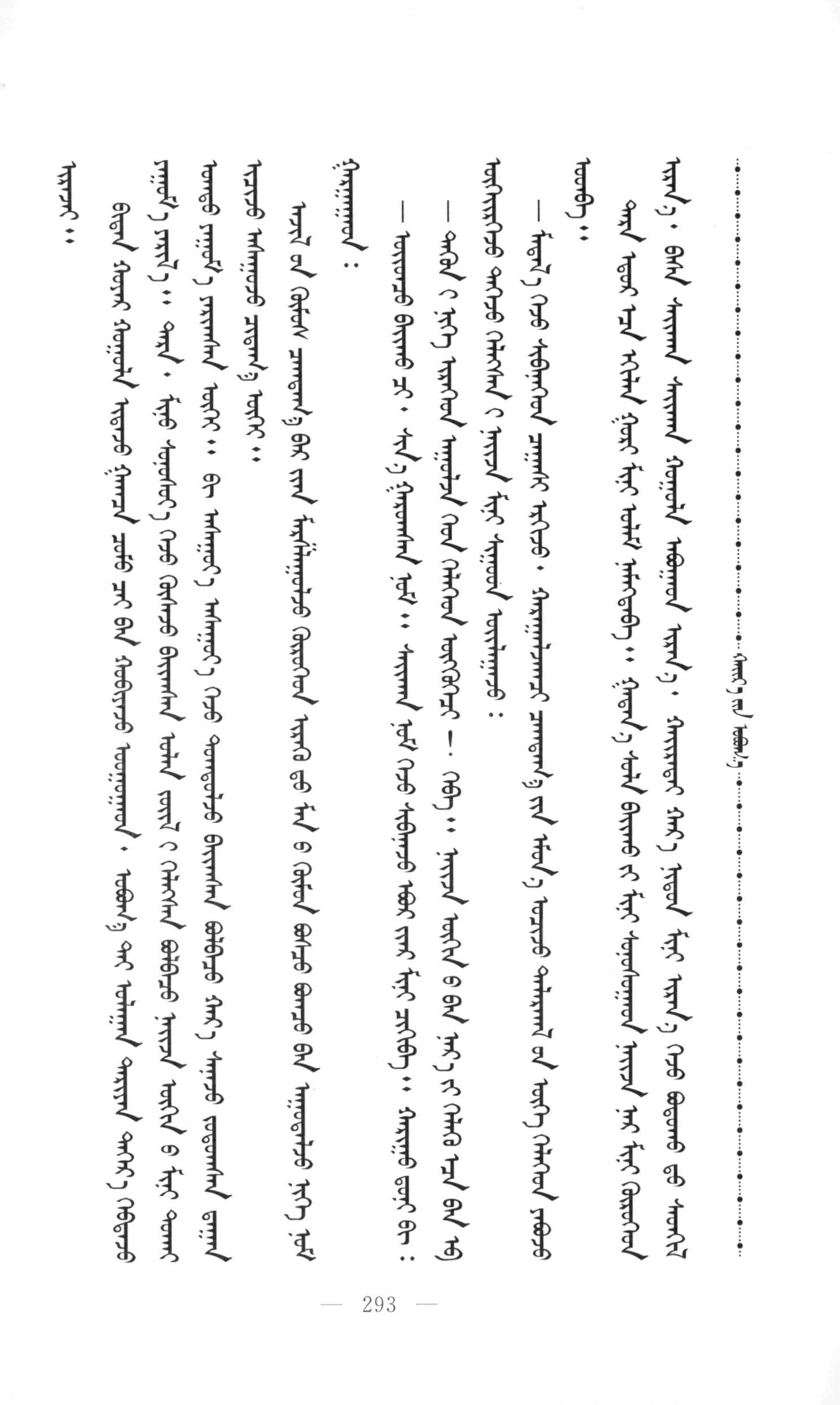

[illegible]
[illegible]
[illegible]

— [illegible]
[illegible]
— [illegible]
— [illegible]
[illegible]

[illegible]
[illegible]

[illegible]
[illegible]
[illegible]
[illegible]

ᠪᠣᠯᠵᠢᠭᠠᠨ ᠪᠠᠢᠬᠤ ᠪᠣᠯᠤᠨ ᠪᠠᠷᠠᠭ᠎ᠠ ᠃ ᠭᠠᠳᠠᠨ᠎ᠠ ᠡᠴᠡ ᠭᠠᠷᠴᠤ ᠢᠷᠡᠭᠡᠳ ᠪᠠᠢᠨ᠎ᠠ ᠤᠤ ? ᠮᠠᠰᠢ ᠭᠠᠷᠤᠨ ᠭᠠᠷᠭᠠᠵᠤ ᠪᠠᠢᠭᠰᠠᠨ ᠬᠠᠷᠠᠭᠠᠯᠵᠠᠭᠠᠴᠢ ᠭᠠᠷᠭᠠᠵᠤ ᠃᠃᠃᠃ ᠭᠡᠪᠡ ᠪᠣᠯᠪᠠᠰᠤᠷᠠᠯ ᠢ ᠪᠡᠷ ᠬᠡᠯᠡᠭᠰᠡᠨ ᠲᠦ ᠬᠠᠮᠤᠭ ᠡᠭᠦᠨ ᠢ ᠭᠡᠵᠦ ᠪᠠᠢᠨ᠎ᠠ ᠃᠃ ᠬᠢᠵᠦ ᠃᠃᠃᠃ ᠬᠢᠵᠦ ᠃᠃᠃᠃ ᠭᠠᠷᠭᠠᠵᠤ ᠪᠣᠯᠤᠭᠰᠠᠨ ᠬᠡᠯᠡᠪᠡ ᠃᠃ ᠬᠡᠨ ᠲᠦ ᠮᠡᠳᠡᠭᠰᠡᠨ ᠪᠡᠷ ᠬᠡᠯᠡᠭᠰᠡᠨ ᠶᠠᠭᠤ ᠪᠠᠢᠨ᠎ᠠ ᠃ ᠬᠠᠮᠤᠭ ᠡᠭᠦᠨ ᠶᠢᠨ ᠬᠡᠯᠡᠯᠴᠡᠬᠦ ᠪᠠᠢᠨ᠎ᠠ ᠃᠃ ᠶᠢᠨ ᠠᠬᠤᠷᠬᠠᠨ ᠴᠢᠬᠤᠷᠬᠠᠨ ᠮᠡᠳᠡᠭᠳᠡᠭᠰᠡᠨ ᠶᠡᠬᠡ ᠲᠦ ᠶᠠᠭᠤᠷᠯᠠᠭᠰᠠᠨ ᠭᠡᠵᠦ ᠪᠠᠢᠭᠰᠠᠨ ᠴᠠᠭ ᠤᠨ ᠪᠠᠢᠭᠤᠯᠤᠭᠠᠳ ᠮᠠᠭᠤ ᠪᠠᠢᠨ᠎ᠠ ᠃᠃

ᠨᠡᠷᠡᠳᠦ ᠪᠣᠯᠤᠨ ᠰᠠᠷ᠎ᠠ ᠬᠠᠷᠢᠶᠠᠯᠠᠭᠴᠢ

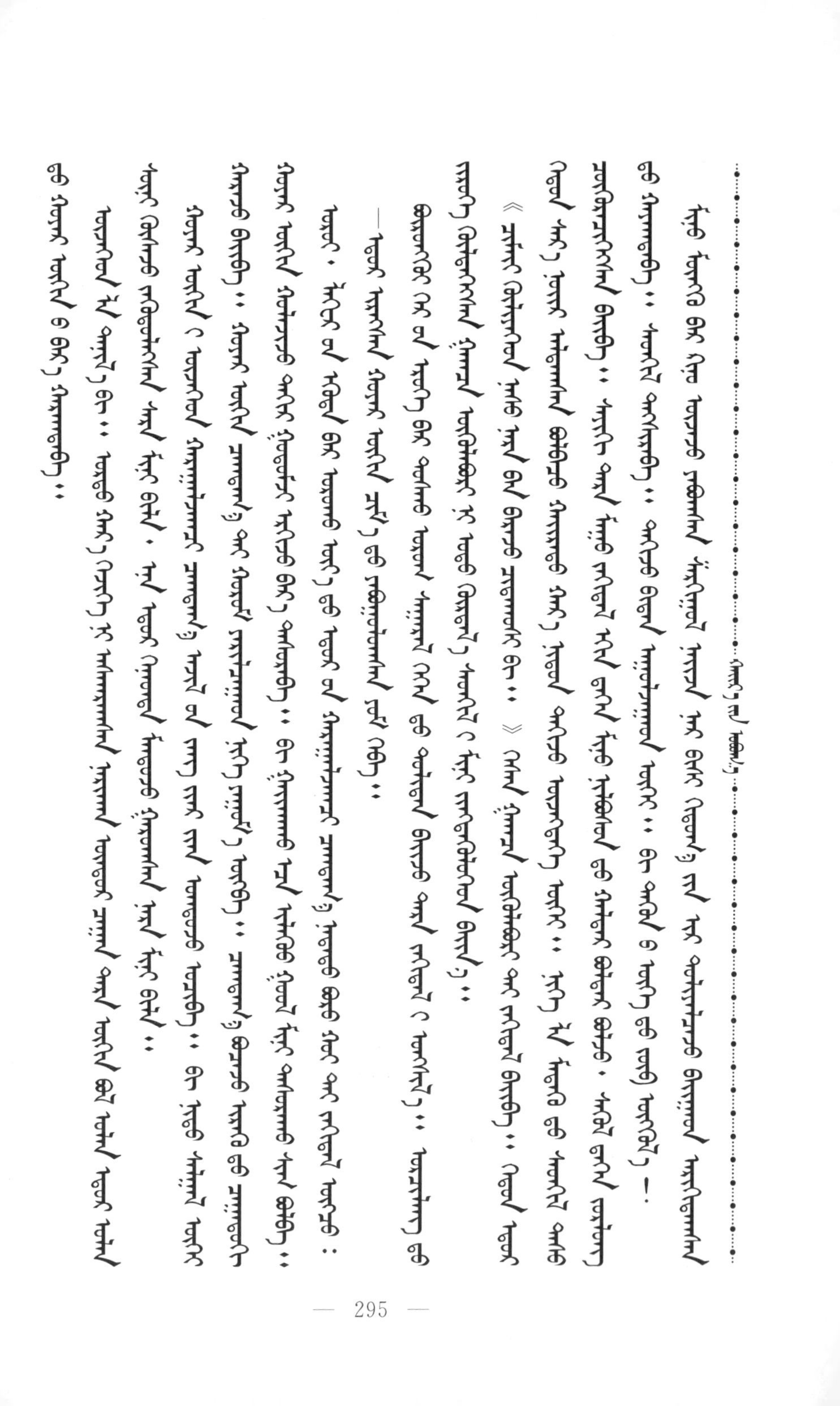

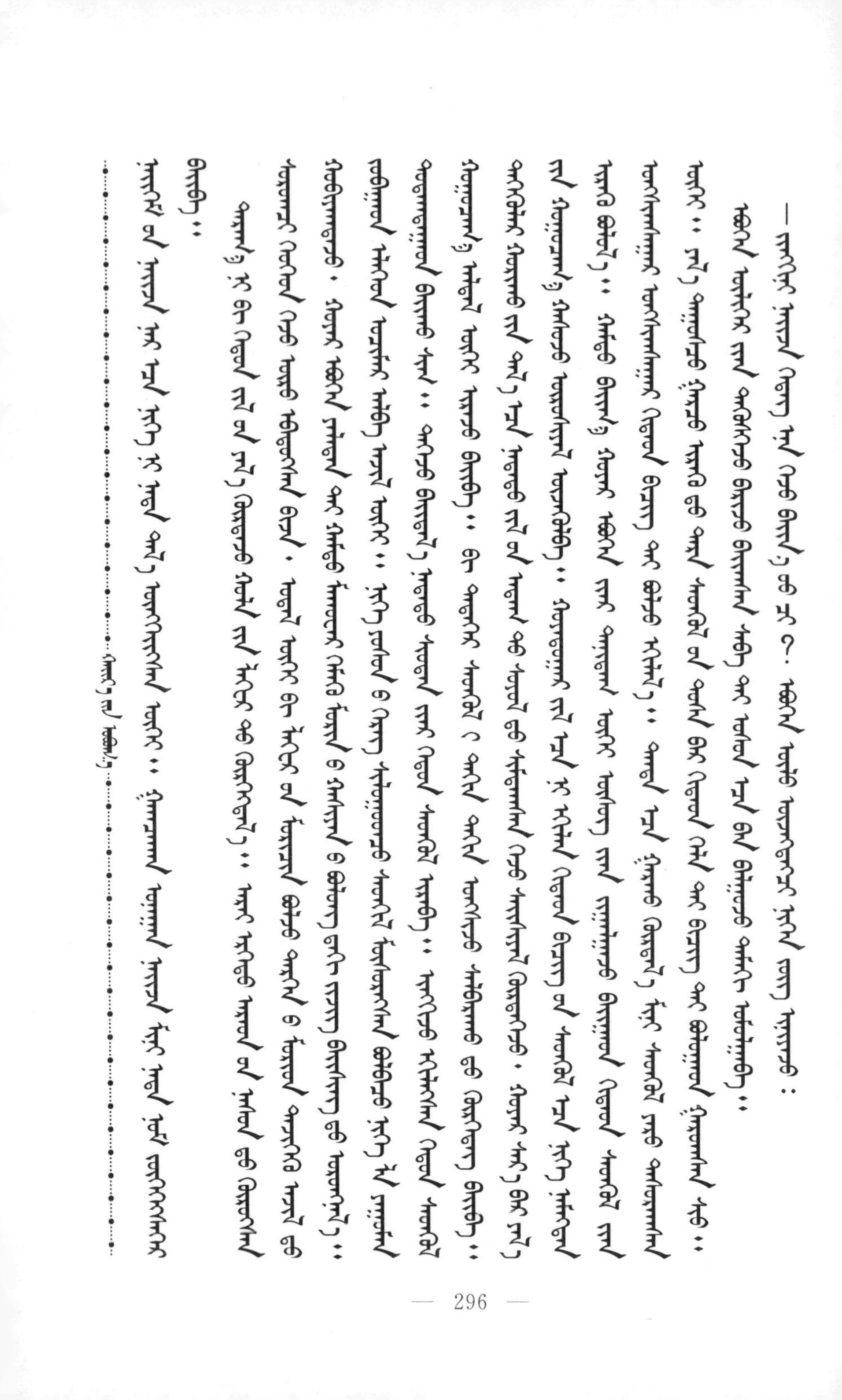

ᠬᠦᠮᠦᠨ ᠪᠣᠯᠤᠭᠰᠠᠨ ᠰᠠᠨᠠᠭᠠᠲᠠᠢ ᠪᠠᠢᠬᠤ ᠶᠢ ᠰᠢᠭᠠᠷᠳᠠᠳᠠᠭ᠃ ᠬᠦᠮᠦᠨ ᠤ ᠰᠠᠨᠠᠭ᠎ᠠ ᠶᠢᠨ ᠬᠠᠷᠢᠭᠤ ᠪᠣᠯ ᠪᠣᠯᠤᠨ᠎ᠠ ᠬᠢᠴᠢᠶᠡᠨ ᠦᠨᠡᠨ ᠪᠣᠯᠪᠠᠰᠤ ᠠᠮᠢᠳᠤᠷᠠᠯ ᠨᠢᠭᠡ ᠪᠣᠯᠤᠯᠴᠠᠭᠠᠨ ᠪᠣᠯᠤᠨ᠎ᠠ᠃ ᠣᠨ ᠪᠣᠯ ᠰᠠᠨᠠᠭᠠᠲᠠᠢ ᠪᠠᠢᠬᠤ ᠶᠢ ᠰᠢᠭᠠᠷᠳᠠᠳᠠᠭ ᠪᠣᠯᠤᠨ᠎ᠠ᠃ 》

[illegible]

— ᠠᠪᠤ ᠶᠢᠨ᠂ ᠴᠢᠮᠠᠳᠤ ᠬᠡᠯᠡᠬᠦ ᠪᠣᠯᠤᠨ᠎ᠠ ᠶᠣᠰᠣᠲᠠᠢ᠃

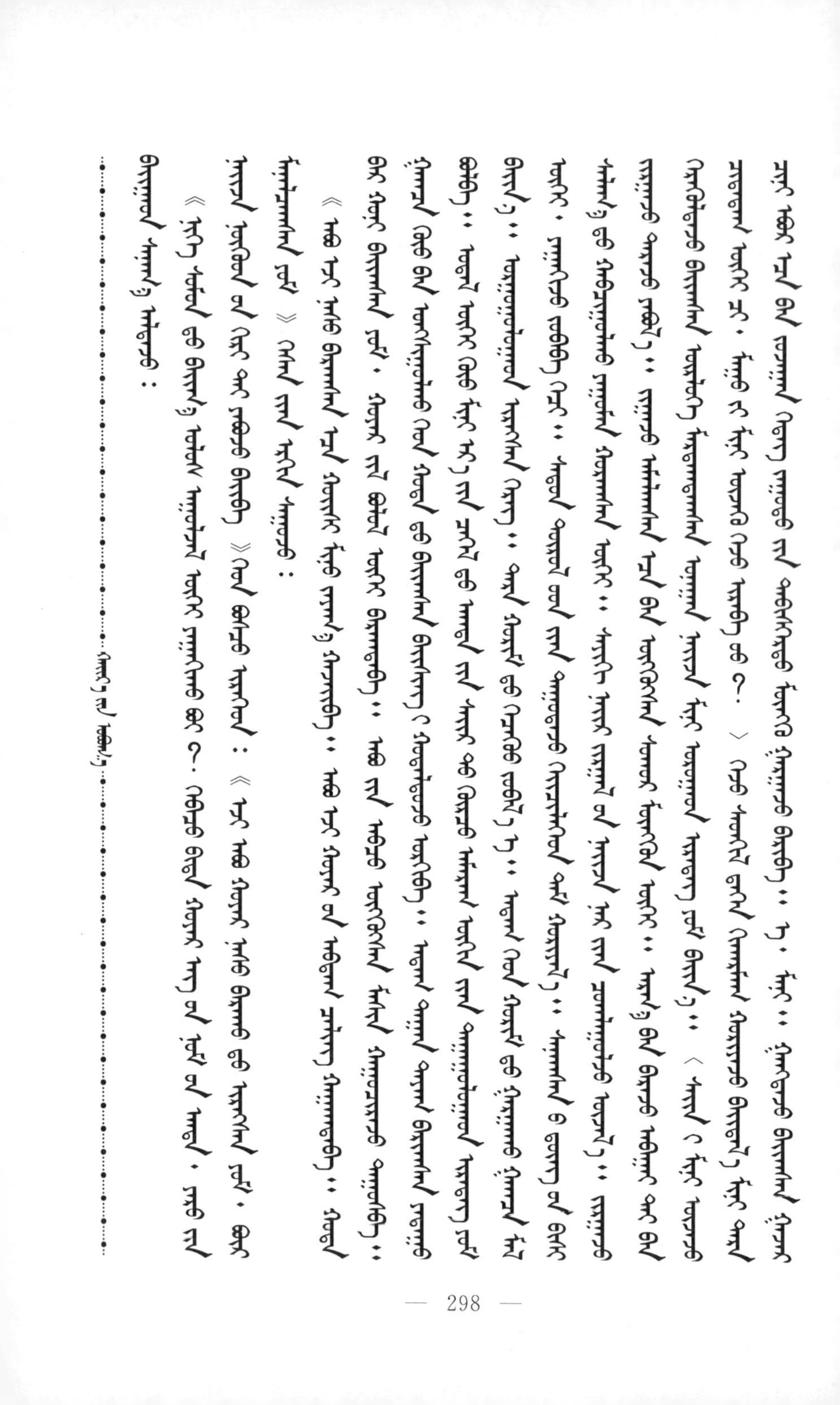

ᠰᠢᠯᠭᠠᠭᠤᠯᠬᠤ ᠵᠦᠢᠯ ᠮᠡᠳᠡᠬᠦ ᠮᠡᠳᠡᠭᠳᠡᠭᠰᠡᠨ ᠪᠣᠯᠤᠮᠵᠢᠲᠠᠢ ᠪᠡ ᠭᠠᠷᠤᠯ ᠢ ᠪᠢᠴᠢᠬᠦ ᠳᠠᠭᠤᠰᠭᠠᠭᠰᠠᠨ ᠮᠡᠳᠡᠨ᠎ᠡ ᠄ ᠲᠡᠭᠡᠳ ᠲᠡᠭᠦᠨ ᠦ ᠪᠣᠳᠤᠯᠭᠠᠰᠠᠨ ᠭᠠᠷᠤᠯ ᠮᠡᠳᠡᠯ ᠲᠡᠷᠡ ᠨᠢ ᠪᠣᠳᠣᠭᠠᠳ ᠶᠠᠭᠤ ᠶᠢᠨ ᠰᠠᠨᠠᠭᠠ ᠪᠠᠢᠨ᠎ᠠ ᠄ ᠲᠡᠭᠡᠬᠦ ᠳᠦ ᠪᠣᠯ ᠰᠡᠳᠭᠢᠬᠦ ᠪᠣᠯ ᠄ ᠮᠡᠳᠡᠬᠦ ᠦᠭᠡᠢ ᠂ ᠮᠡᠳᠡᠭᠳᠡᠬᠦ ᠦᠭᠡᠢ ᠶᠠᠭᠤ ᠪᠣᠯᠬᠤ ᠪᠣᠯ ᠶᠠᠭᠤᠨ ᠤ ᠰᠠᠨᠠᠭᠠ ᠵᠢᠷᠤᠮ ᠲᠠᠢ ᠮᠡᠳᠡᠬᠦ ᠶᠢᠨ ᠲᠥᠯᠦᠭᠡ ᠪᠣᠯᠪᠠ ᠄ ᠪᠣᠳᠣᠯ ᠰᠠᠨᠠᠭᠠ ᠶᠢᠨ ᠪᠣᠳᠣᠯ ᠰᠠᠨᠠᠭᠠ ᠦᠭᠡᠢ ᠶᠢᠨ ᠰᠠᠨᠠᠭ᠎ᠠ ᠪᠡᠷ ᠮᠡᠳᠡᠨ᠎ᠡ ᠪᠡᠷ ᠮᠡᠳᠡᠭᠡᠳ ᠄ ᠮᠡᠳᠡᠨ᠎ᠡ ᠄ ᠵᠡᠭ ᠮᠡᠳᠡᠯ ᠦᠨ ᠮᠡᠳᠡᠬᠦ ᠶᠢᠨ ᠶᠠᠭᠤ ᠪᠣᠯᠪᠠ ᠄ ᠮᠡᠳᠡᠯ ᠦᠨ ᠪᠣᠳᠣ ᠮᠡᠳᠡᠭᠰᠡᠨ ᠮᠡᠳᠡᠯ ᠰᠠᠢᠬᠠᠨ ᠮᠡᠳᠡᠭᠳᠡᠬᠦ ᠄

« ᠲᠡᠭᠡ ᠪᠢᠴᠢᠬᠦ — ᠂ ᠮᠡᠳᠡᠯ ᠦᠨ ᠮᠡᠳᠡᠭᠦᠯᠬᠦ ᠶᠠᠭᠤ ᠮᠡᠳᠡᠭᠳᠡ ᠮᠡᠳᠡᠨ ᠮᠡᠳᠡᠬᠦ ᠮᠡᠳᠡᠭᠦᠯᠬᠦ ᠪᠣᠯᠪᠠ ᠄ ᠮᠡᠳᠡᠯ ᠦᠨ ᠲᠡᠭᠡᠳ ᠮᠡᠳᠡᠭᠳᠡᠨ ᠮᠡᠳᠡᠭᠳᠡᠯ ᠰᠠᠢᠬᠠᠨ ᠄
ᠰᠠᠨᠠᠭᠳᠠᠭᠤᠯᠤᠨ :

« ᠮᠡᠳᠡᠯ ᠦᠨ ᠮᠡᠳᠡᠭᠦᠯᠬᠦ ᠰᠠᠨᠠᠭᠠᠨ ᠪᠣᠳᠣᠯ ᠪᠡ » ᠬᠡᠮᠡᠨ ᠲᠡᠷᠡ ᠪᠣᠯᠤᠨ ᠪᠣᠳᠣᠭᠠᠳ ᠪᠣᠯᠭᠠᠨ ᠂ ᠮᠣᠩᠭᠣᠯ ᠪᠢᠴᠢᠭ ᠪᠢᠴᠢᠭ ᠪᠢᠴᠢᠭ ᠮᠡᠳᠡᠭᠳᠡᠭᠦᠨ ᠦᠭᠦᠯᠡᠭᠡᠨ ᠪᠣᠯ ᠪᠣᠯ ᠪᠣᠯᠭᠠᠨ ᠰᠢᠨ᠎ᠡ ᠲᠡᠷᠡ ᠲᠡᠷᠡ ᠮᠡᠨ ᠪᠢᠴᠢᠭᠡ ᠄

ᠬᠡᠷᠡᠭᠯᠡᠭᠰᠡᠨ ᠰᠠᠨᠠᠭᠠᠨ ᠄ ᠪᠢᠳᠡ ᠰᠠᠨᠠᠭ᠎ᠠ ᠪᠢᠴᠢᠭ ᠮᠡᠳᠡᠯ ᠮᠡᠨ ᠮᠡᠳᠡᠭᠰᠡᠨ ᠪᠢᠴᠢᠭ ᠪᠢᠴᠢᠭ ᠬᠡᠯᠡ ᠬᠡᠯᠡᠭᠡ ᠮᠡᠳᠡᠭᠳᠡᠨ ᠦᠭᠦᠯᠡᠭᠡᠨ ᠬᠡᠯᠡ « ᠬᠡᠯᠡ » ᠬᠡᠮᠡᠨ ᠬᠡᠯᠡᠭᠦᠯᠦᠨ ᠪᠢᠴᠢᠭᠡ

« ᠪᠡ ᠦᠭᠡᠢᠭᠡ ᠄ ᠰᠠᠨᠠᠭᠳᠠᠭᠰᠠᠨ ᠲᠡᠷᠡ ᠪᠢᠴᠢ ᠦᠭᠡ ᠮᠡᠳᠡᠯ ᠦᠨ ᠮᠡᠳᠡᠭᠦᠯᠬᠦ ᠰᠠᠨᠠᠭᠠᠨ ᠲᠡᠷᠡ ᠪᠢᠴᠢᠭ ᠦᠭᠡ ᠮᠡᠳᠡᠭᠦᠯᠬᠦ ᠦᠭᠦᠯᠡᠨ ᠨᠢ ᠨᠢ ᠮᠡᠳᠡᠭᠳᠡᠭᠦᠨ ᠦᠭᠦᠯᠡᠨ ᠮᠡᠳᠡᠭᠳᠡᠭᠰᠡᠨ
ᠰᠠᠨᠠᠭᠳᠠᠭᠤᠯᠤᠨ ᠪᠣᠯᠭᠠᠨ :

« ᠦᠭᠡᠨ ᠦᠭᠦᠯᠡᠬᠦ ᠰᠠᠨᠠᠭᠠᠨ ᠄ ᠮᠡᠳᠡᠭᠦ ᠮᠡᠳᠡᠬᠦ ᠮᠡᠳᠡᠬᠦ ᠪᠣᠯᠪᠠ ᠪᠡ » ᠬᠡᠮᠡᠨ ᠲᠡᠷᠡ ᠦᠭᠦᠯᠡᠭᠰᠡᠨ ᠶᠢ ᠰᠠᠨᠠᠨ ᠲᠡᠭᠦᠨ ᠮᠡᠳᠡᠬᠦ ᠰᠠᠨᠠᠭ᠎ᠠ ᠲᠡᠷᠡ ᠦᠨ ᠰᠠᠨᠠᠭᠳᠠᠭᠤᠯᠤᠨ
ᠮᠡᠳᠡᠭᠦᠯᠬᠦ :

ᠮᠣᠩᠭᠣᠯ ᠦᠭᠦᠯᠡᠨ ᠰᠠᠨᠠᠭᠳᠠᠭᠤᠯᠬᠤ ᠦᠭᠦᠯᠡᠬᠦ ᠲᠡᠷᠡ ᠲᠡᠷᠡ ᠵᠠᠭᠤᠰᠢᠭᠤᠷ ᠤᠨ ᠰᠠᠨᠠᠭᠳᠠᠭᠤᠯᠤᠨ ᠲᠡᠷᠡ ᠮᠡᠳᠡᠭᠳᠡᠭᠦᠨ ᠦᠭᠦᠯᠡᠭᠡ ᠦᠭᠦᠯᠡᠭᠦ ᠮᠡᠳᠡᠭᠳᠡᠭᠦᠯᠦᠨ᠎ᠡ ᠄ ᠮᠣᠩᠭᠣᠯ
ᠪᠣᠯᠪᠠ 〈 ᠬᠡᠯᠡᠦ ᠮᠡᠳᠡᠭᠳᠡᠭᠰᠡᠨ ᠶᠢ ᠪᠢᠴᠢᠭᠰᠡᠨ ᠦ ᠲᠡᠷᠡᠭᠦᠨ ᠦᠭᠡᠦ ᠮᠡᠳᠡᠭᠦᠯᠦᠨ᠎ᠡ ᠄ ᠦᠭᠡ ᠬᠡᠯᠡᠦ ᠮᠡᠳᠡᠭᠳᠡᠭᠰᠡᠨ ᠦᠭᠦᠯᠡᠬᠦ ᠮᠡᠳᠡᠯ ᠪᠣᠯᠬᠤ ᠮᠡᠳᠦ ᠪᠡ ᠄ 》
ᠲᠡᠷᠡᠭᠰᠡᠨ ᠰᠠᠨᠠᠭ᠎ᠠ ᠮᠡᠳᠡᠭᠰᠡᠨ ᠮᠡᠳᠡᠬᠦ ᠪᠢᠴᠢᠭᠡ ᠄ ᠬᠡᠪᠡᠲᠦ ᠮᠡᠳᠡᠯ ᠦᠭᠡ ᠪᠢᠴᠢᠬᠦ ᠬᠡᠪᠡᠷᠢᠬᠦ ᠬᠡᠯᠡᠦ ᠰᠠᠨᠠᠭᠳᠠᠭᠤᠯᠤᠨ᠎ᠡ 〈 ᠮᠡᠨ …… ᠦᠭᠡ ᠮᠡᠳᠡᠨ ᠪᠢᠴᠢᠬᠦ

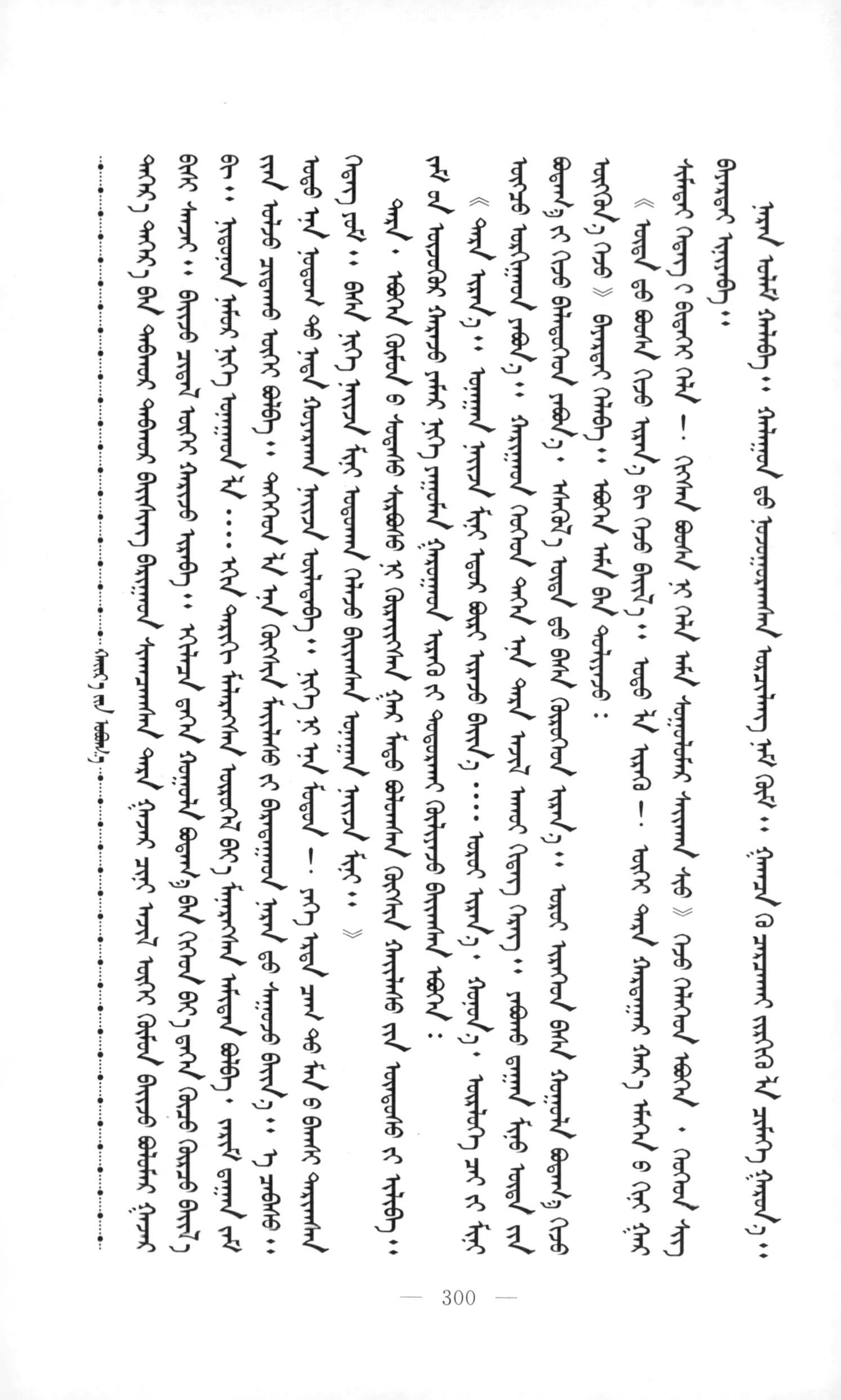

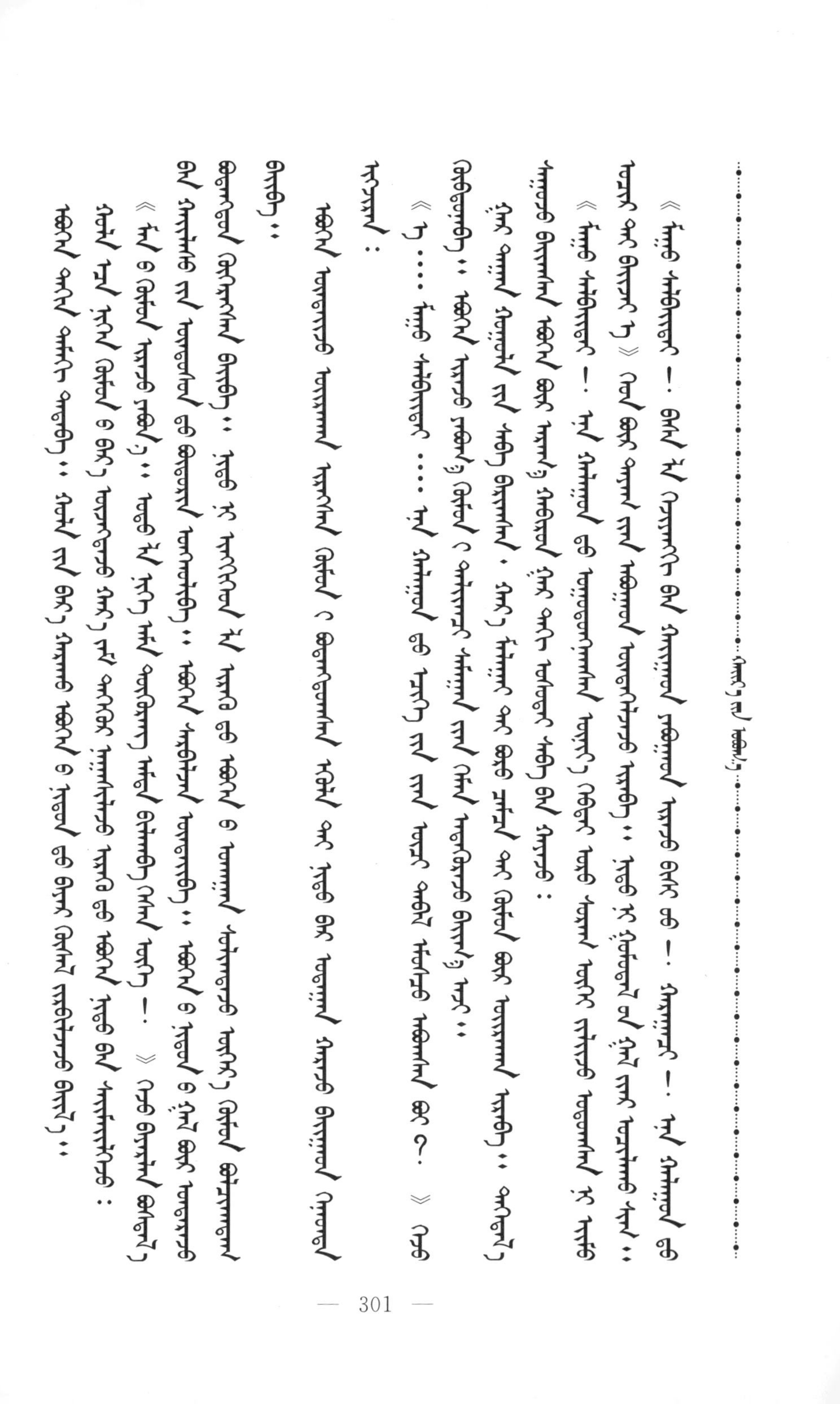

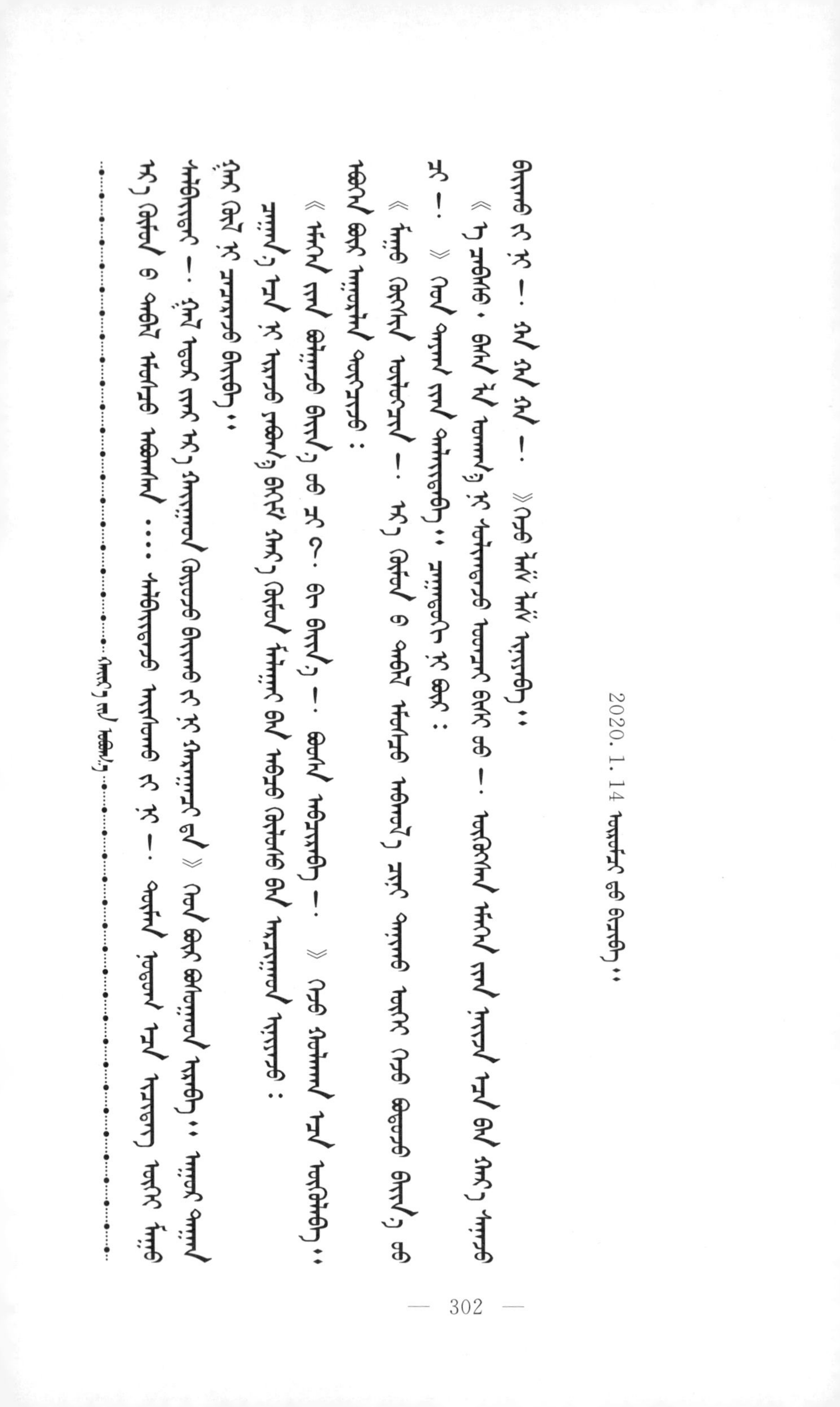

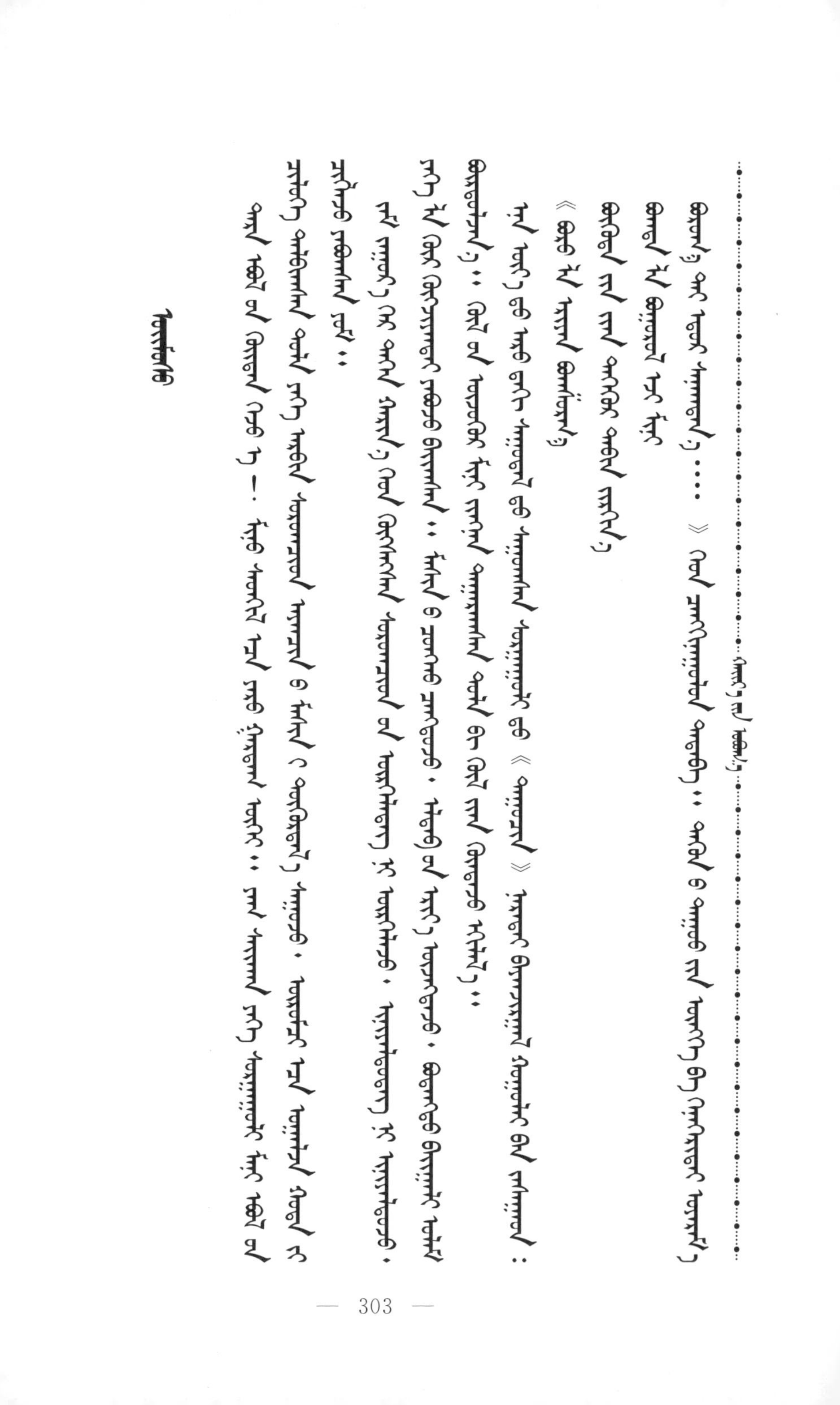

[illegible]

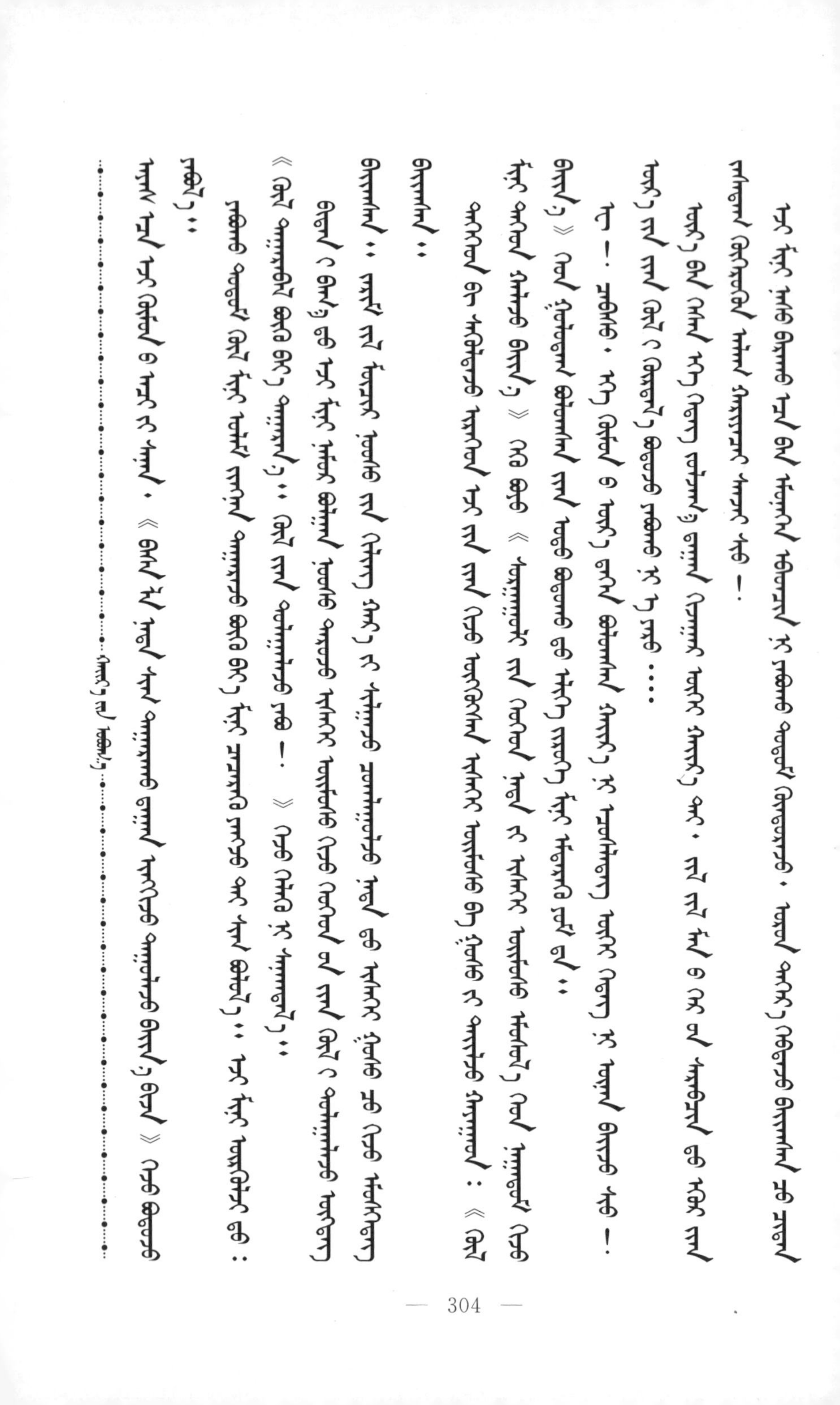

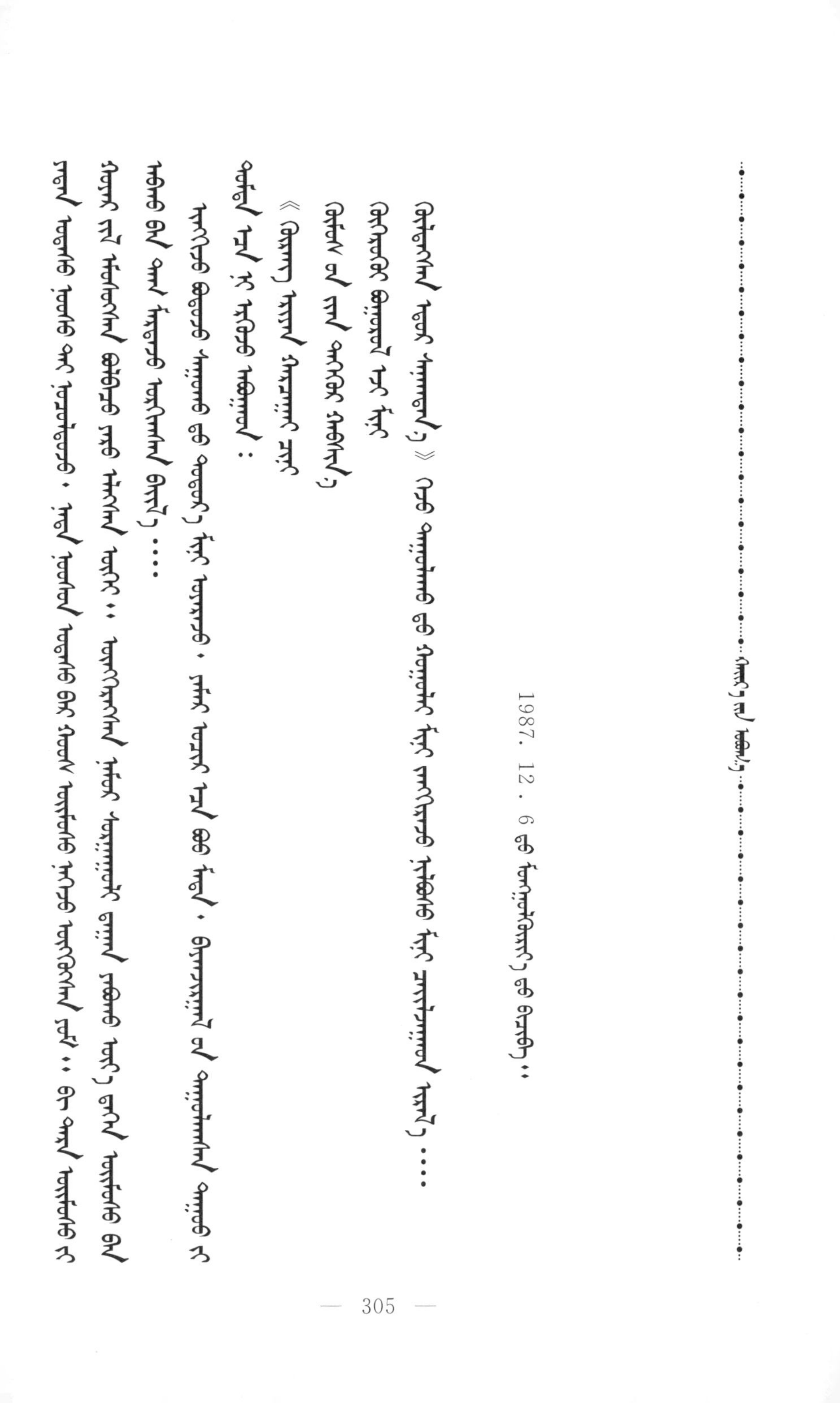

ᠰᠠᠷᠠᠨ ᠤ ᠭᠡᠷᠡᠯ ᠲᠤᠭᠤᠯ᠎ᠠ

ᠣᠷᠴᠢᠭᠤᠯᠤᠭᠴᠢ : ᠨᠠ ᠲᠤᠯᠭᠠ ᠨᠠᠰᠤ
ᠬᠠᠷᠢᠭᠤᠴᠠᠬᠤ ᠨᠠᠢᠷᠠᠭᠤᠯᠤᠭᠴᠢ: ᠲᠤᠶᠠᠪᠣ
ᠬᠠᠷᠢᠭᠤᠴᠠᠬᠤ ᠬᠢᠨᠠᠯᠲᠠᠴᠢ: ᠴᠡᠪᠡᠭ
ᠬᠠᠪᠲᠠᠰᠤ ᠵᠢᠷᠤᠭᠴᠢ: ᠭᠦᠩ ᠵᠢᠶᠠ ᠸᠠᠨ ᠵᠢ
ᠬᠠᠷᠢᠭᠤᠴᠠᠬᠤ ᠬᠡᠪᠯᠡᠯ ᠦᠨ ᠨᠠᠢᠷᠠᠭᠤᠯᠤᠭᠴᠢ: ᠮᠤ ᠵᠢᠶᠠ ᠵᠦ

ᠰᠢᠨᠵᠢᠶᠠᠩ ᠤᠨ ᠠᠷᠠᠳ ᠤᠨ ᠬᠡᠪᠯᠡᠯ ᠦᠨ ᠬᠣᠷᠢᠶ᠎ᠠ ᠬᠡᠪᠯᠡᠨ ᠨᠡᠢᠲᠡᠯᠡᠪᠡ
ᠦᠷᠦᠮᠴᠢ ᠬᠣᠲᠠ ᠶᠢᠨ ᠵᠢᠶᠧ ᠹᠠᠩ ᠡᠮᠦᠨᠡᠳᠦ ᠵᠠᠮ ᠤᠨ 348 ᠳ᠋ᠤᠭᠠᠷ ᠨᠣᠮᠧᠷ
ᠰᠢᠤᠳᠠᠨ ᠺᠣᠳ᠋: 830001
ᠬᠣᠯᠪᠣᠭ᠎ᠠ ᠤᠲᠠᠰᠤ: 0991—2825887 0991— 2837939
ᠰᠢᠨᠵᠢᠶᠠᠩ ᠤᠨ ᠰᠢᠨᠬᠤᠸᠠ ᠪᠢᠴᠢᠭ ᠦᠨ ᠳᠡᠯᠭᠡᠭᠦᠷ ᠬᠤᠪᠢᠴᠠᠭᠠᠲᠤ ᠺᠣᠮᠫᠠᠨᠢ ᠲᠠᠷᠬᠠᠭᠠᠪᠠ
ᠬᠡᠪᠯᠡᠯ ᠦᠨ ᠬᠡᠮᠵᠢᠶ᠎ᠡ: 880mm 1230mm 1/32
ᠬᠡᠪᠯᠡᠯ ᠦᠨ ᠬᠤᠳᠤᠳᠠᠰᠤ: 9.75

ᠬᠡᠪᠯᠡᠯ ᠦᠨ ᠲᠣᠭ᠎ᠠ: 200 ᠮᠢᠩᠭ᠎ᠠ
2020 ᠣᠨ ᠤ 12 ᠰᠠᠷ᠎ᠠ ᠳᠤ ᠨᠢᠭᠡᠳᠦᠭᠡᠷ ᠬᠡᠪᠯᠡᠯ ᠬᠡᠪᠯᠡᠪᠡ
2024 ᠣᠨ ᠤ 8 ᠰᠠᠷ᠎ᠠ ᠳᠤ ᠬᠣᠶᠠᠳᠤᠭᠠᠷ ᠤᠳᠠᠭ᠎ᠠ ᠬᠡᠪᠯᠡᠪᠡ
ᠦᠨ᠎ᠡ: 38.00 ᠶᠤᠸᠠᠨ